U0513802

诗典新编

田松青　胡 真 主编

上海古籍出版社

图书在版编目(CIP)数据

诗典新编/田松青,胡真主编.——上海:上海古籍出版社
2001.6(2024.6重印)
ISBN 978-7-5325-2885-1

Ⅰ.诗… Ⅱ.①田…②胡… Ⅲ.古典诗歌:-典故-汇编-中国 Ⅳ.1207.22

中国版本图书馆CIP数据核字(2001)第05901号

撰稿人

(以姓氏笔画为序)

田松青 乐 樵 江 萍

张 葵 胡 真 嘉 耕

诗 典 新 编

田松青 胡 真 主编

上海世纪出版股份有限公司
上 海 古 籍 出 版 社 出版、发行

(上海市闵行区号景路159弄1-5号A座5F 邮政编码 201101)

(1)网址:www.guji.com.cn

(2)E-mail:guji1@guji.com.cn

(3)易文网网址:www.ewen.co

新华书店上海发行所发行经销 上海颛辉印刷厂有限公司印刷

开本850×1156 1/48 印张11 插页2 字数372,000

2001年6月第1版 2024年6月第19次印刷

印数:48,601-49,900

ISBN 978-7-5325-2885-1

I·1434 定价:32.00元

如有质量问题,读者可向工厂调换

凡　例

一、本书是专门为古诗爱好者和初学古诗写作者编写的古诗典故词典。

二、为了读者查阅古诗典故的方便,本书条目的排列一反现代所有典故词典按音序或笔画排列的方法,而是按部类排列,故名《诗典新编》。

三、本书共收典故近1000个,词语近3000条。所收皆为阅读古诗时常见的和写作古诗时常用的典故、词语。

四、词条分为主条和分条两种形式。

五、主条的内容包括:典源出处(书名)、典故原文(如原文太长,则部分采用现代文缩写)、喻意、古诗举例、参见分条的所属部类及词语条目(少数主条没有分条,因而也就没有"参见"这部分内容)。

六、分条为主条所系典故在古诗中不同形式或不同用法所产生的词语,如主条为"苏武节"的典故,因其在古诗中不同形式或不同用法,有"看羊"、"掘鼠"、"苏武毡"、"牧羊臣"、"瓶乳"等分条。分条的内容包括:参见主条的所属部类及词语条目和古诗例句。如果分条的喻意与主条不同,则也出喻意。

七、所有条目都按照其字面和喻意归入天

文、地理、伦类、人体、动物、植物、武备、九流、器用、文明、人物、政事和人事共13个大部的67个小部中。如上述“苏武节”典故，其主条归入政事部的“忠直”小部中，简作“政事部·忠直”，其分条中的“看羊”、“掘鼠”、“苏武毡”、“牧羊臣”因字面中的“羊”、“鼠”、“毡”、“臣”分别归入动物部·走兽、动物部·走兽、器用部·日用、人物部·官吏；而“羝乳”则因其喻意而归入人事部·谬误。因此，根据上述归类原则，读者在查找某典故时，可根据其字面中事物的类别到相应的大部中去找；如果知道该典故的喻意，也可到与喻意相应的大部中去找。

八、为了读者查阅的方便，大部分的小部中还分若干小类，如植物部的“木本”小部中还分有1.树、2.木(林)、3.松、4.杨……24.槟榔共24个小类。正文中隶属于某小类的词条按照其首字的笔画数排列，该小类的词条的第一条旁标以与小类序号相同的数字。

九、所有古诗例句都标明作者朝代、作者和诗题。

十、为了读者的查阅方便，本书附有全部词条的拼音索引。

总　目

目 录

一、天文部

（一）天体

1. 宇宙 2. 天 3. 日 4. 月 5. 星

（二）时令

1. 季节 2. 节令 3. 年月 4. 气候 5. 夜

（三）气象

1．风　2．雨　3．雪
4．霜　5．云　6．霞
7．雾　8．雷　9．电
10．虹

二、地理部

(一) 土石

1. 土 2. 泥 3. 沙 4. 灰 5. 尘 6. 石 7. 岩 8. 砖瓦(甓) 9. 山 10. 丘 11. 谷 12. 洞穴 13. 坑 14. 田(阡) 15. 地 16. 原野 17. 陂 18. 洲

（二）水流

（三）城建

1. 道路(途径) 2. 街巷 3. 桥 4. 国 5. 京都 6. 县 7. 州邑 8. 城 9. 关 10. 市 11. 肆 12. 驿 13. 园 14. 乡 15. 社 16. 墓(墦)

三、伦类部

（一）亲眷

（二）师友

1. 师生 2. 朋友

（三）宾主

四、人体部

（一）头面

1．头 2．发(鬓) 3．额 4．颔 5．颜面 6．貌 7．七窍 8．眉 9．眼(目、瞳) 10．鼻 11．耳 12．口 13．唇齿 14．舌 15．须髯

（二）肢体

1．身体 2．手（指、臂、肘） 3．项 4．胸 5．肋 6．腹 7．背 8．脐 9．腰 10．股 11．髀 12．胯 13．脚足

（三）其他

1．心 2．肝 3．胆 4．膏肓 5．血 6．唾 7．泪 8．粪（矢）

五、动物部

(一) 飞禽

（二）走兽

(三) 鳞介

1. 龙(蛟)　2. 鱼
3. 龟(鼋)　4. 鳖
5. 蛇　6. 蛙(蟾蜍)
7. 蜗　8. 蟹　9. 蚌
10. 蜮(短狐)　11. 鲛人

（四）虫豸

1．虫　2．蜂　3．蝶
4．螳（蝉）　5．蚨
6．萤　7．蚁　8．蝇
9．虱　10．蠹鱼
11．蚓

六、植物部

（一）木本

1．树 2．木（林） 3．松 4．杨 5．柳（絮） 6．桃 7．李 8．桂 9．柑橘 10．槐 11．梧桐 12．棠 13．栎 14．桑 15．枫 16．椿 17．紫荆 18．荆棘 19．竹（笋） 20．果 21．梅（子） 22．栗 23．枣 24．槟榔

(二) 草本

1．草 2．蓂 3．生刍 4．微 5．芥 6．芦 7．蒿 8．蕉 9．萍 10．薏苡 11．紫芝 12．莼 13．芹 14．韭 15．薤 16．苜蓿 17．芋 18．葵 19．茱萸 20．瓜 21．蔗 22．麦 23．秫 24．粟 25．豆

七、武备部

10．杵　11．甲（札）

（三）其他

1．战功　2．武功
3．谋略　4．战事
5．战胜　6．战败
7．叛乱　8．军书（檄）

八、九流部

（一）神仙

1. 神仙　2. 仙术
3. 仙境

（二）宗教

1．佛 2．道 3．修行

（三）医药

1．医 2．药 3．药方

九、器用部

（二）衣冠

1．衣冠 2．衣服 3．袍 4．裘 5．氅 6．裙 7．袴 8．犊鼻 9．襟 10．裾 11．带 12．巾(羃) 13．冠 14．帽(笠) 15．(冠)缨 16．履 17．屐 18．屣 19．舄 20．靴 21．袜 22．钗 23．簪

（三）饮食

1．饭（斋） 2．食（餐） 3．饮酒（醉） 4．浆 5．粮米 6．菜 7．羹 8．肉炙 9．糕饼 10．其他

（四）车船

1．车　2．驾　3．辇
4．辕（辀）　5．轮
6．辖　7．辔　8．辙
9．轼　10．车盖
11．舟（帆）　12．船
13．舸　14．槎

（五）珍宝

1. 金 2. 钱 3. 玉
4. 璧 5. 璜 6. 珠
7. 珊瑚 8. 犀角
9. 宝

（六）器皿

1. 鼎 2. 杯 3. 壶 4. 盘 5. 樽 6. 卮 7. 盆 8. 斗斛 9. 瓢瓠 10. 釜 11. 瓮 12. 瓿 13. 甑 14. 钵

（七）日用

1. 床 2. 榻 3. 被 4. 枕 5. 席 6. 毡 7. 案 8. 灯 9. 烛 10. 火 11. 镜(台) 12. 箱 13. 箧笥 14. 扇 15. 杖 16. 屏风 17. 步障 18. 帐 19. 帷 20. 帘幕 21. 蒲 22. 箸 23. 炉 24. 香 25. 薪 26. 畚帚 27. 书(信) 28. 针

(八)其他

1．织物(丝、纱、锦、绡、茵、缨、组、繻) 2．囊 3．工具(刀、斧、斤、锸、锥、罗、网、梭) 4．鞭(棰) 5．棺 6．丸 7．(官)檄 8．笏 9．名刺 10．券 11．地图 12．垆 13．铁

十、文明部

（一）礼乐

1．礼教　2．教化　3．聘礼　4．音乐（曲）　5．律　6．弦　7．钟　8．鼓　9．琴　10．瑟　11．筝　12．笛　13．箫　14．竽　15．笙　16．筑

（二）诗词

1．吟咏 2．作诗
3．诗词

（三）文章

1．文章 2．名著
3．赋 4．铭 5．启

（四）学识

(七) 歌舞

1. 歌 2. 舞

十一、人物部

(一) 帝王

1. 上古 2. 先秦
3. 秦汉 4. 魏晋
5. 宋 6. 其他

（二）将相

1．将 2．相 3．拜封

（三）官吏

（四）圣贤

1．圣人 2．贤才

（五）妇女

（六）人杰

（七）其他

十二、政事部

（一）清廉

（二）忠直

1．忠义 2．正直

（三）议政

1．论政（谏） 2．礼（求）贤 3．荐才 4．仕途

（四）治理

十三、人事部

（二）情感

1．欣喜　2．悲哀
3．哭泣　4．忧愁
5．伤悼　6．爱慕
7．私情　8．思乡
9．思恋　10．怀旧
11．真挚　12．恩惠
13．慷慨　14．离别
15．愤怒　16．惊惧
17．猜疑　18．嫉妒

(三) 雅逸

1. 风雅 2. 闲适 3. 隐逸

（四）志趣

1．心志 2．情趣

（五）狂放

1．狂傲 2．不羁

（六）禀性

(九) 寿考

1. 称寿　2. 年老
3. 老者

(十) 谬误

（十一）冤怨

1．冤屈　2．陷害
3．哀怨　4．报冤

（十三）睡梦

1．睡眠　2．做梦

（十四）其他

1．事理　2．杀人
3．受辱　4．失意
5．辛劳　6．危险
7．怪事

一、天文部

（一）天体

1．宇宙　2．天　3．日　4．月　5．星

1**【洪炉】**　《庄子·大宗师》："今一以天地为大炉，以造化为大冶，恶乎往而不可哉！"《抱朴子·勖学》："鼓九阳之洪炉。"〇喻天地宇宙。唐刘禹锡《九华山歌》："奇峰一见惊魂魄，意想洪炉始开辟。"另参见天文部·时令"三伏鼓洪炉"、器用部·日用"洪炉"。

2**【二天】**　《后汉书·苏章传》："（苏章）举贤良方正，对策高第，为议郎。数陈得失，其言甚直。……顺帝时，迁冀州刺史。故人为清河太守，章行部案其奸臧。乃请太守，为设酒肴，陈平生之好甚欢。太守喜曰：'人皆有一天，我独有二天。'章曰：'今夕苏孺文与故人饮者，私恩也；明日冀州刺史案事者，公法也。'遂举正其罪。州境知章无私，望风畏肃。"〇喻官吏不徇私情，秉公办事。唐杜甫《江亭王阆州筵饯萧遂州》："二天开宠饮，五马灿生光。"另参见器用部·饮食"二天酒"、人物部·官吏"刺史天"、政事部·忠直"故人天"。

【乐令天】　参见人物部·人杰"乐广披云"。唐骆宾王《冬日宴》："赏洽袁公地，情披乐令天。"

【呵壁问天】　参见人事部·情感"呵壁问天"。

【杞天】　《列子·天瑞》："杞国有人忧天地崩坠，身亡所寄，废寝食者。"〇喻无谓之忧。唐杜甫《寄刘峡州伯华使君四十韵》："但求椿寿永，莫虑杞天崩。"另参见人事部·情感"忧天"。

【邹生谈】　《史记·孟子荀卿列传》裴骃集解引刘向《别录》："驺衍之所言五德终始，天地广大，尽言天事，故曰'谈天'。"〇指知识广博，善于言谈。清黄景仁《杂咏》之

九:"莫恤邹生谈,驰精九州外。"另参见人体部·头面"衍口"、人物部·人杰"谈天衍"、人事部·行止"谈天"。

【补天】　参见九流部·神仙"女娲"。唐李贺《李凭箜篌引》:"女娲炼石补天处,石破天惊逗秋雨。"

3 **【九日落】**　屈原《天问》:"羿焉彃日,乌焉解羽。"王逸注:"尧时十日并出,草木焦枯。尧命羿仰射十日,中其九日,日中九乌皆死,堕其羽翼,故留其一日也。"○喻为民除害,或喻勇猛。唐杜甫《观公孙大娘弟子舞剑器行》:"㸌如羿射九日落,矫如群帝骖龙翔。"另参见动物部·飞禽"九乌"、武备部·兵器"射日弓"、九流部·神仙"后羿一射"。

【戈挥日】　《淮南子·览冥训》:"鲁阳公与韩搆难,战酣,日暮,援戈而抝(通挥)之,日为之反三舍。"○喻酣战。清赵翼《南苑大阅恭纪》:"风云卷阵戈挥日,烟焰腾霄炮震雷。"另参见武备部·军旅"挥日"、武备部·兵器"鲁阳戈"。

【长安日】　参见地理部·城建"日下"。唐杜甫《建都十二韵》:"愿枉长安日,光辉照北原。"

【夸父逐日】　《山海经·海外北经》:"夸父与日逐走,入日;渴,欲得饮,饮于河渭,河渭不足,北饮大泽。未至,道渴而死。弃其杖,化为邓林。"○多指事业未竟或不自量力,亦用于歌颂勇敢奋斗精神。唐柳宗元《行路难三首》其一:"君不见夸父逐日窥虞渊,跳踉北海超昆仑。"另参见植物部·木本"邓林"、九流部·神仙"夸父"、器用部·日用"夸父杖"、人事部·病死"毙长途"。

【阳乌】　《春秋元命苞》:"阳成于三,故日中有三足乌。"○喻指太阳。唐贯休《古意九首》之二:"阳乌烁万物,草木怀春恩。"另参见动物部·飞禽"三足乌"。

【赵日】　参见天文部·天体"赵盾日"。○喻冬天的太阳。清阮葵生、严长明《集陆耳山新居联句》:"寒避庄噫冲,暖迎赵日晒。"

【赵盾日】 《左传·文公七年》:"酆舒问于贾季曰:'赵衰、赵盾孰贤?'对曰:'赵衰,冬日之日也。赵盾,夏日之日也。'"注:"冬日可爱,夏日可畏。"〇咏烈日。宋苏轼《次韵朱光庭喜雨》:"久苦赵盾日,欣逢傅说霖。"另参见天文部·天体"赵日"、人物部·人杰"云间赵盾"。

【壶中日月】 参见九流部·神仙"壶公"。〇喻指仙道生活。唐吕岩《七言》之九:"物外烟霞为伴侣,壶中日月任婵娟。"

【羲驭】 《初学记》引《淮南子·天文训》:"爰止羲和,爰息六螭,是谓悬车。"注:"日乘车,驾以六龙,羲和驭之。"〇指日或时光。唐许敬宗《奉和入潼关》:"羲驭循黄道,星陈引翠旗。"另参见动物部·鳞介"六龙"、九流部·神仙"羲娥"、器用部·车船"曦车"。

4**【玉斧修月】** 唐段成式《酉阳杂俎·天咫》:唐太和中郑仁本表弟游嵩山,见一人枕襆而眠,问其所自,其人笑曰:"君知月乃七宝合成乎?月势如丸,其影,日烁其凸处也。常有八万二千户修之,予即一数。"后因有"玉斧修月"之说。〇咏月。宋王安石《题扇》:"玉斧修成宝月圆,月边仍有女乘鸾。"另参见九流部·神仙"修月手"、器用部·其他"修月斧"。

【月兔】 汉乐府《董逃行》:"教敕凡吏受言,采取神药若木端,玉兔长跪捣药蛤蟆丸。"〇咏月。唐李白《拟古》其九:"月兔空捣药,扶桑已成薪。"另参见动物部·走兽"白兔"。

【月桂】 参见天文部·天体"蟾宫"。唐骆宾王《夏日游德州赠高四》:"霜松贞雅节,月桂朗冲襟。"

【喘月】 《世说新语·言语》:"满奋畏风,在晋武帝坐,北窗作琉璃屏,实密似疏,奋有难色。帝笑之,奋答曰:'臣犹吴牛,见月而喘'。"〇喻指因疑心而胆怯,或指天气酷热。唐李峤《牛》:"在吴频喘月,奔梦屡惊风。"另参见天文部·时令“吴牛喘月”、动物部·走兽“吴牛”、人事部·情感“妄喘”。

【嫦娥孤栖】 参见九流部·神仙“嫦娥”。唐李白《把酒问月》:“白兔捣药秋复春,嫦娥孤栖与谁邻?”

【蟾宫】 《淮南子·精神训》:“日中有踆乌,而月中有蟾蜍。”《后汉书·天文志上》刘昭注引张衡《灵宪》:“羿请无死之药于西王母,姮娥窃之以奔月,……遂托身于月,是为蟾蠩(蜍)。”唐段成式《酉阳杂俎》前集卷一《天咫》:“旧言月中有桂,有蟾蜍,故异书言月桂高五百丈,……或言月中蟾桂,地影也;空处,水影也。此语差近。”○指月亮。唐袁郊《月》:“嫦娥窃药出人间,藏在蟾宫不放还。”另参见天文部·天体“月桂”、动物部·鳞介“蟾蜍”、植物部·木本“蟾桂”。

5**【少微星】** 参见人物部·圣贤“少微星”。唐窦群《草堂夜坐》:“匣中三尺剑,天上少微星。”

【台星】 参见人物部·将相“三台”。清顾炎武《路舍人家见东武四先历》:“龙驭杳安之,台星陨衡鼎。”

【台星拆】 参见人事部·死丧“星坼”。唐罗隐《所思》:“生灵不幸台星拆,造化无情世界空。”拆,同“坼”。

【使臣星】 《后汉书·方术列传·李郃传》:“和帝即位,分遣使者,皆微服单行,各至州县,观采风谣。使者二人当到益部,投郃候舍。时夏夕露坐,郃因仰观,问曰:‘二君发京师时,宁知朝廷遣二使邪?’二人默然,惊相视曰:‘不闻也。’问何以知之,郃指星示云:‘有二使星向益州分野,故知之耳。’”○喻指朝廷使者。唐王维《送邢桂州》:“明珠归合浦,应逐使臣星。”另参见人物部·其他“星使”。

【郎星】 《后汉书·明帝纪》:“帝遵奉建武制度,无敢违者。后宫之家,不得封侯与政。馆陶公主为子求郎,不许,而赐钱千万。谓群臣曰:‘郎官上应列宿,出宰百里,有非其人,则民受其殃,是以难之。’故吏称其官,民安其业,远近肃服,户口滋殖焉。”〇用以美称郎官。明高启《送郑都司赴大将军行营》:“后夜军门知子到,郎星应是近三台。”另参见人物部·官吏“星郎”。

【星辰剑】 参见武备部·兵器“丰城龙剑”。唐杜甫《偶题》:“郁郁星辰剑,苍苍云雨池。”

【星桥】 参见天文部·时令“七夕”。宋李宗谔《代意》:“洞房斗帐承新爱,河汉星桥隔后期。”

【槎犯斗】 参见器用部·车船“星槎”。唐韩偓《六月十七日召对自辰及申方归本院》:“坐久忽疑槎犯斗,归来兼恐海生桑。”

【聚德星】 《初学记》卷一七引《汝南先贤传》:“颍川陈寔,有子曰元方,次曰仲方,并以名德称。兄弟孝养,闺门雍睦。海内慕其风,四府并命,无所屈就。兄弟尝过同郡荀爽,夜会饮宴。太史奏:‘德星聚。’”〇喻群贤聚会。唐杜甫《行次盐亭县聊题四韵奉简严遂州蓬州两使君咨议诸昆季》:“全蜀多名士,严家聚德星。”另参见人物部·其他“德星”。

(二) 时令

1. 季节 2. 节令 3. 年月 4. 气候 5. 夜

1**【一枝春】** 参见植物部·花卉“陇头梅”。宋黄庭坚《刘邦直送早梅水仙花四首》之一:“欲问江南近消息,喜君贻我一枝春。”

【永和春】 参见伦类部·师友“永和人”。宋陆游《简付十八官汉孺》:“兰亭修禊近,为记永和春。”

【阳春有脚】 五代王仁裕《开元天宝遗事·有脚阳春》:“宋璟爱民恤物,朝野归美,时人咸谓璟为‘有脚阳春’,言所至之处,如阳春煦物也。”〇喻官吏有德政。宋杨万里《送吉守赵山父移广东提刑》:“阳春有脚来江城,银汉乘槎移使星。”另参见人体部·肢体“春有脚”、政事部·治理

"阳春有脚"。

【彩燕迎春】 参见动物部·飞禽"彩燕"。宋王曾《春帖子》:"彩燕迎春入鬓飞,轻寒未放缕金衣。"

【秋风鲈脍】 参见人事部·情感"忆鲈鱼"。唐白居易《寄杨六侍郎》:"秋风一筯鲈鱼脍,张翰摇头唤不回。"

【三冬】 参见文明部·学识"三冬学"。唐罗隐《隐尝在江陵……感事悲身遂成长句》:"才怜曼倩三冬后,艺许由基一箭中。"

2**【子推】** 参见人事部·雅逸"介推"。〇代指寒食。唐孟云卿《寒食》:"贫居往往无烟火,不独明朝为子推。"

【斗草】 南朝梁宗懔《荆楚岁时记》:"五月五日,四民并踏百草,又有斗百草之戏。"〇代指端午,或指端午时的游戏。唐白居易《观儿戏》:"弄尘復斗草,尽日乐嬉嬉。"另参见植物部·草本"斗百草"。

【七夕】 宋罗愿《尔雅翼·卷十三》:"涉秋七日,(鹊)首无故皆髡,相传以为是日河鼓(即牵牛)与织女会于汉东,役乌鹊为梁以渡,故毛皆脱去。"〇咏七夕,或喻指夫妇聚会。唐杜甫《牵牛织女》:"万古永相望,七夕谁见同。"另参见天文部·天体"星桥"、地理部·城建"织女桥"、伦类部·亲眷"牛女"、动物部·飞禽"河鹊"、人物部·妇女"织女"。

【青鸟过】 参见动物部·飞禽"青鸟"。〇指使者。唐崔国辅《七夕》:"遥思汉武帝,青鸟几时过。"

【九日白衣人】 参见器用部·饮食"白衣酒"。唐刘方平《寄陇右严判官》:"一丛黄菊地,九日白衣人。"

【落帽期】 参见器用部·衣冠"孟嘉帽"。〇指九月九日重阳。唐许棠《白菊》:"所尚雪霜姿,非关落帽期。"

【登高】 南朝梁吴均《续齐谐记》:"汝南桓景随费长房游学累年。长房谓曰:'九月九日汝家中当有灾,宜急去,令家人各作绛囊,盛茱萸以系臂,登高饮菊花酒,此祸可除。'景如言,齐家登山。夕还,见鸡犬牛羊一时暴死。长房闻之,曰:‘此可代也。’今世人九日登高饮酒,妇人带茱萸囊,盖始于此。”○咏重阳节。唐杜甫《九日》:“去年登高郪县北,今日重在涪江滨。”另参见植物部·草本“茱萸”。

【题糕】　宋邵博《邵氏闻见后录》卷一九:“刘梦得(禹锡)作《九日诗》,欲用糕字,以‘五经’中无之,辍不复为。宋子京(祁)以为不然。故子京《九日食糕》有咏云:‘飚馆轻霜拂曙袍,糗糍花饮斗分曹。刘郎不敢题糕字,虚负诗中一世豪。’”○咏重阳。清钱谦益《重阳次日徐二尔从馈糕蟹》:“自笑吾家传嗜蟹,敢言诗句补题糕。”另参见器用部·饮食“题糕”、文明部·诗词“题糕字”。

3**【白鸡年】**　参见人事部·病死“白鸡梦”。○喻不祥之岁。宋王安石《诗奉送觉之奉使东川》:“后会更期黄耇日,相看且度白鸡年。”

【六月降霜】　参见天文部·气象“燕霜”。明刘基《夏夜台州城中作》:“六月降霜良有以,天公未必长暗聋。”

【瓜时】　参见武备部·军旅“瓜戍”。○指七月。唐杜甫《秋日夔府咏怀奉寄郑监李宾客一百韵》:“瓜时犹旅寓,萍泛苦夤缘。”

【蓂全落】　参见人物部·帝王“献荛蓂”。○亦用以指晦日,农历每个月的最后一天。唐宋之问《奉和晦日幸昆明池应制》:“节晦蓂全落,春迟柳暗催。”

4**【三伏鼓洪炉】**　参见天文部·天体“洪炉”。○喻指天气炎热。唐权德舆《病中苦热》:“三伏鼓洪炉,支离一病夫。”

【北窗凉】　参见人事部·雅逸“羲皇人”。宋陆游《暑中北窗昼卧有作》:“高卧北窗凉,超然寄疏豁。”

【吴牛喘月】　参见天文部·天体“喘月”。唐李白《丁都护歌》:“吴牛喘月时,拖船一何苦。”

【邹子律】　汉刘向《别录》:“邹衍在燕,燕有谷,地美而寒,不生五谷。邹衍居之。吹律而温气至,而黍生。今名黍谷。”○喻气候由寒转暖。宋黄庭坚《赠送张叔和》:“张侯温和邹子律,能令阴谷黍生春。”另参见地理部·土石“律通谷暖”。

5 **【庚申夜】** 参见动物部·虫豸“三尸”。唐皮日休《奉和鲁望秋日遣怀次韵》:“共守庚申夜,同看乙巳占。”

(三)气象

1. 风 2. 雨 3. 雪 4. 霜 5. 云 6. 霞 7. 雾 8. 雷 9. 电 10. 虹

1 **【九万风】** 参见人事部·志趣“九万欲抟空”。唐李商隐《东下三旬苦于风土马上戏作》:“天池辽阔谁相待,日日虚乘九万风。”

【千里仁风】 参见政事部·治理“仁风动”。唐高湘《和李尚书命妓饯崔侍御》:“谢安春渚饯袁宏,千里仁风一扇清。”

【长风】 参见人事部·志趣“乘风破浪”。唐李群玉《广州陪凉公从叔越台宴集》:“高鸟散飞惊大旆,长风万里卷秋鼙。”

【北窗风】 参见人事部·雅逸“羲皇人”。唐李商隐《自贶》:“谁将五斗米,拟换北窗风。”

【风落帽】 参见器用部·衣冠“孟嘉帽”。唐李白《九日龙山饮》:“醉看风落帽,舞爱月留人。”

【西风尘】 参见地理部·土石“元规尘”。宋苏轼《次韵王廷老退居见寄》之一:“北牖已安陶令榻,西风还避庾公尘。”

【易水风】 参见地理部·水流“易水”。唐许浑《送从兄归隐兰溪二首》之二:“夜忆萧关月,行悲易水风。”

【草木风】 参见武备部·军旅“草木兵”、武备部·其他“风声鹤唳”。唐杜甫《洗兵马》:“三年笛里关山月,万国兵前草木风。”

【秋风起】　参见人事部·情感“忆鲈鱼”。唐韩翃《和高平朱参军思归作》:“一雁南飞动客心,思归何待秋风起。”

【朝南暮北风】　《后汉书·郑弘传》李贤注引南朝宋孔灵符《会稽记》:“射的山南有白鹤山,此鹤为仙人取箭。汉太尉郑弘尝采薪,得一遗箭,顷有人觅,弘还之,问何所欲,弘识其神人也,曰:‘常患若邪溪载薪为难,愿旦南风,暮北风。’后果然。”〇指顺风。宋陆游《溯溪》:“闲携清圣浊贤酒,重试朝南暮北风。”另参见九流部·神仙“樵风”。

【舜风】　参见人物部·帝王“舜咏”。唐张锡《奉和九月九日登慈恩寺浮图应制》:“菊彩扬尧日,萸香绕舜风。”

2【天漏】　参见九流部·神仙“女娲”。〇喻天下雨。唐杜甫《九日寄岑参》:“安得诛云师,畴能补天漏。”

【石燕】　参见地理部·土石“石燕”。北周庾信《喜晴》:“已欢无石燕,弥欲弃泥龙。”

【雨垫巾】　参见器用部·衣冠“折角巾”。宋杨亿《公子》:“细雨垫巾过柳市,轻风侧帽上铜堤。”

【洗兵雨】　参见武备部·军旅“洗兵”。南朝梁《陇西行》之二:“洗兵逢骤雨,送阵出黄云。”

【随车一雨】　参见政事部·治理“甘雨”。宋范成大《次韵袁起岩甘雨即日应祈》:“天遣贤侯惠此州,随车一雨缓千忧。”

【联床雨】　参见伦类部·亲眷“对床夜雨”。清赵翼《与邵松阿别几三十年今夏始至虞山》:“廿年别绪联床雨,四海虚名满鬓霜。”

【楚雨】　参见人事部·情感“朝云暮雨”。唐李商隐《梓州罢吟寄同舍》:“楚雨含情皆有托,漳滨卧病竟无憀。”

【漂麦雨】　参见植物部·草本“飘麦”。清唐孙华《春日感怀次张蒿园韵》:“浥草只愁漂麦雨,鸣条无奈落花风。”

【霖雨】　参见人物部·将相“济巨川”。唐张蠙《投翰林张侍郎》:“愿与吾君作霖雨,且应平地活枯苗。”

【灌坛雨】 晋张华《博物志》卷七:“太公为灌坛令。文王梦妇人当道夜哭,问之,曰:‘吾是东海神女,嫁与西海神童。今灌坛令当道,废我行。我行必有大风雨,而太公有德,吾不敢以暴风雨过,是毁君德。’文王明日召太公,三日三夜,果有疾风暴雨从太公邑外过。”《搜神记》卷四略同。〇咏雨,或喻有德政。唐杜甫《题郪县郭三十二明府茅屋壁》:“云散灌坛雨,春青彭泽田。”另参见政事部·治理“灌坛遗风”。

3**【山阴野雪】** 参见伦类部·朋友“访戴”。唐杜甫《多病执热奉怀李尚书》:“不是尚书期不顾,山阴野雪兴难乘。”

【玉田】 参见器用部·珍宝“种玉”。〇喻雪景。唐李绅《登禹庙回降雪五言二十韵》:“玉田千亩合,琼室万家开。”

【披氅】 参见植物部·木本“王恭柳”。〇喻雪。宋苏轼《雪诗八首》之二:“闲来披氅学王恭,姑射群仙邂逅逢。”

【袁安雪】 参见人事部·贫贱“袁安困雪”。清顾炎武《吴兴行赠归高士祚明》:“穷冬积阴天地闭,知君惟有袁安雪。”

【雪似盐】 参见人物部·妇女“谢女”。〇喻雪。唐李贺《马诗》之二:“腊月草根甜,天街雪似盐。”

【梁苑雪】 南朝宋谢惠连《雪赋》:“岁将暮,时既昏,寒风积,愁云繁。梁王不悦,游于兔园,乃置旨酒,命宾友,召邹生,延枚叟,相如末至,居客之右。俄而微霰零,密雪下,王乃歌北风于《卫诗》,咏南山于《周雅》,授简于司马大夫曰:‘抽子秘思,骋子妍辞,侔色揣称,为寡人赋之。’”〇咏文人赏雪赋诗之雅事。唐韦庄《代书寄马》:“鬓白似披梁苑雪,颈肥如扑杏园花。”另参见地理部·城建“兔园”、伦类部·宾主“延枚”、伦类部·宾主“梁园客”、文明部·诗词“赋吟梁苑雪”、文明部·诗词“授简”、文明部·文章“梁苑赋”、人事部·雅逸“声洒梁苑”。

【程门雪】 参见伦类部·师友“立雪程门”。元谢应芳《杨龟山祠》：“卓彼文靖公，早立程门雪。”

【窗雪】 参见文明部·学识“映雪读书”。唐贯休《寄匡山大愿和尚》：“一听玄音下竹亭，却思窗雪与囊萤。”

【灞桥风雪】 参见文明部·诗词“骑驴索句”。清宋琬《长歌赠吴雪航先生》：“韦曲莺花载酒过，灞桥风雪赋诗还。”

4**【燕霜】** 《初学记》卷二引《淮南子》：“邹衍事燕惠王，尽忠。左右谮之，王系之。仰天而哭，夏五月，天为之下霜。”〇指冤狱。唐李白《送张秀才谒高中丞》：“我无燕霜感，玉石俱烧焚。”另参见天文部·时令“六月降霜”、人事部·冤怨“燕狱”。

5**【巫山一段云】** 参见人事部·情感“朝云暮雨”。唐李群玉《同郑相并歌姬小饮戏赠》：“裙拖六幅湘江水，鬓耸巫山一段云。”

【亲舍云】 唐刘肃《大唐新语·举贤》：“（阎立本）特荐（狄仁杰）为并州法曹。其亲在河阳别业，仁杰赴任，于并州登太行，南望白云孤飞，谓左右曰：‘吾亲所居，近此云下。’悲泣，伫立久之，候云移乃行。”〇喻客旅在外思念父母。元龚璛《次韵郑佥事送千寿道之慈湖长》：“亲舍云飞千里客，客篷雨涨一川黄。”另参见伦类部·亲眷“白云行处”。

【歌云】 参见文明部·歌舞“遏云歌”。宋杨亿《无题三首》之一：“才断歌云成梦雨，斗回笑电作嗔霆。”

6**【流霞】** 《论衡·道虚》：“（项）曼都好道学仙，委家亡去，三年而返。家问其状，曼都曰：‘……口饥欲食，仙人辄饮我以流霞一杯，每饮一杯，数月不饥。不知去几何年月，不知以何为过，忽然若卧，复下至此。’”〇喻指酒或仙道生活。唐杜甫《官吏夕坐戏简颜十少府》：“老翁须地主，细细酌流霞。”另参见九流部·神仙“斥仙”、器用部·饮食

“流霞酒”、器用部·器皿“霞杯”、人事部·雅逸“酌霞”。

7 **【五里雾】** 《后汉书·张霸传》附《张楷传》:张楷“性好道术,能作五里雾”。〇指大雾或仙术。宋钱惟演《致斋太一宫》:“楼迷五里雾,坛烛九枝灯。”另参见九流部·神仙“五里仙雾”、九流部·杂技“雾术”。

【披云雾】 参见人物部·人杰“乐广披云”。唐李白《赠溧阳宋少府陟》:“扫洒青天开,豁然披云雾。”

【南山雾】 参见动物部·走兽“隐豹”。唐许浑《酬河中杜侍御重寄》:“文章已变南山雾,羽翼应传北海风。”

8 **【阿香雷】** 《搜神后记·卷五》:“永和中,义兴人姓周,出都,乘马,从两人行。未至村,日暮。道边有一新草小屋,一女子出门,年可十六七,姿容端正,衣服鲜洁。望见周过,谓曰:‘日已向暮,前村尚远。临贺讵得至?’周便求寄宿。……向一更中,闻外有小儿唤阿香声,女应诺。寻云:‘官唤汝推雷车。’女乃辞行,云:‘今有事当去。’夜遂大雷雨。”〇咏雷。宋陆游《中春连日得雨雷亦应候》:“犁畔方吹社公雨,陇头又转阿香雷。”另参见九流部·神仙“阿香”、器用部·车船“阿香车”。

9 **【金壶电】** 参见九流部·神仙“投壶玉女”。〇喻雷电、雷雨。唐郑愔《奉和幸上官昭客院献诗四首》之一:“座拂金壶电,池摇玉酒霞。”

10 **【日贯虹】** 参见人事部·禀性“贯白虹”。唐李白《结客少年场行》:“羞道易水寒,从令日贯虹。”

二、地理部

（一）土石

1. 土　2. 泥　3. 沙　4. 灰　5. 尘　6. 石　7. 岩　8. 砖瓦(甓)　9. 山　10. 丘　11. 谷　12. 洞穴　13. 坑　14. 田(阡)　15. 地　16. 原野　17. 陂　18. 洲

1**【捧土】**　《后汉书·朱浮传》:“今天下几里,列郡几城,奈何以区区渔阳而结怨天子?此犹河滨之人捧土以塞孟津,多见其不知量也。”〇喻指力量微薄,难以成事;或反其意用之。唐李白《北风行》:“黄河捧土尚可塞,北风雨雪恨难裁。”另参见人事部·谬误“孟津捧土”。

2**【一丸泥】**　参见武备部·军旅“一丸封”。唐李贺《奉和二兄罢使遣马归延州》:“空留三尺剑,不用一丸泥。”

【曳泥途】　参见人事部·雅逸“曳尾”。唐丁泽《龟负图》:“还寻九江去,安肯曳泥途?”

3**【虫沙】**　参见人物部·其他“虫沙猿鹤”。金元好问《酬中条李隐君邦彦》:“虫沙非故国,人物自名流。”

【射工含沙】　参见动物部·鳞介“短狐”。清尤侗《周栎园司农席上赠》:“盛名所集谤亦起,射工含沙应龙囚。”

【博浪沙】　参见人事部·冤怨“博浪飞椎”。唐李白《猛虎行》:“朝过博浪沙,暮入淮阴市。”

4**【死灰】**　参见人事部·冤怨“灰死”。唐沈佺期《同狱者叹狱中无燕》:“食蕊嫌丛棘,衔泥怯死灰。”

【劫灰】　晋干宝《搜神记》卷一三:“汉武帝凿昆明池,极深,悉是灰墨,无复土。举朝不解,以问东方朔。朔曰:‘臣愚,不足以知之。可试问西域人。’帝以朔不知,难以移问。至后汉明帝时,西域道人入来洛阳。时有忆方朔言者,乃试以武帝时灰墨问之。道人云:'经云:"天地大劫将尽,则劫烧。"此劫烧之余也。'乃知朔言有旨。"〇喻灾难后的遗迹。唐韩偓《寄禅师》:"劫灰聚散铢锱黑,日御奔驰茧栗红。"另参见地理部·水流"昆池"、九流部·宗教"示劫灰"。

【复燃灰】 另参见人事部·冤怨"寒灰复燃"。宋梅尧臣《咏怀》之三:"欲溺复燃灰,败笔前已陈。"

【秦灰】 参见人事部·冤怨"焚阬"。元郝经《秋兴》:"六经依旧垂天地,千载秦灰散劫空。"

5**【元规尘】** 《晋书·王导传》:"时(庾)亮虽居外镇,而执朝廷之权,既据上流,拥强兵,趣向者多归之。(王)导内不能平,常遇西风尘起,举扇自蔽,徐曰:'元规(庾亮字)尘污人。'"〇喻高官权贵气势凌人,又泛指尘污。唐李白《送岑征君归鸣皋山》:"西来一摇扇,共拂元规尘。"另参见天文部·气象"西风尘"、器用部·日用"扇隔元规"、政事部·忠直"遮王导"、政事部·贪鄙"污尘埃"。

【拜后尘】 参见政事部·贪佞"望尘拜"。清舒位《石季伦潘安仁》:"思归引与闲居赋,何苦低头拜后尘。"

【海尘】 参见地理部·土石"桑田"。唐李贺《天上谣》:"东指羲和能走马,海尘新生石山下。"

【甑中尘】 参见人事部·贫贱"甑生尘"。唐白居易《醉后狂言酬赠萧殷二协律》:"天寒身上犹衣葛,日高甑中未拂尘。"

6**【女娲石】** 参见九流部·神仙"女娲"。宋梅尧臣《苦雨》:"洒尽天汉流,蒸烂女娲石。"

【支机石】 参见器用部·车船"星槎"。唐杜甫《天池》:"欲问支机石,如临献宝宫。"

【石燕】 《水经注·湘水》:"湘水东南流径石燕山东,其山有石,绀而状燕,因以名山。其石或大或小,若母子焉。及其雷风相薄,则石燕群飞,颉颃如真燕矣。"〇咏雨。清尤侗《四月十五日圣驾祷雨立降喜成二律限韵》之二："旱魃敢同石燕舞，雨师早驭土龙迎。"另参见天文部·气象"石燕拂云"、动物部·飞禽"湘燕"。

【石髓空握】 参见九流部·神仙"嵇生不遭逢"。唐陈子昂《酬田逸人见寻不遇题隐居里壁》："石髓空盈握，金经闭不开。"

【叱石】 参见九流部·神仙"金华牧羊儿"。清吴伟业《归云洞》："晚向洞中眠，叱石开百武。"

【白石】 《神仙传》卷二："白石先生者，中黄丈人弟子也。至彭祖时已二千岁余矣，不肯修升天之道，但取不死而已，不失人间之乐……常煮白石为粮，因就白石山居，时人故号曰'白石先生'。亦食脯饮酒，亦食谷食。日行三四百里，视之色如四十许人……故时人呼白石先生为隐遁仙人。"又卷六："焦先者，字孝然，河东人也，年一百七十岁。常食白石，以分与人，熟煮如芋。"〇咏神仙。北周庾信《奉和赵王游仙》："白石香新芋，青泥美熟芝。"另参见植物部·草本"仙人芋"、九流部·神仙"白石先生"、器用部·饮食"餐白石"。

【衔石】 参见人事部·冤怨"禽填海"。唐罗隐《子规》："一种有冤犹可报，不如衔石叠沧溟。"

【望夫石】 南朝宋刘义庆《幽明录》："武昌阳新县北山上有望夫石，状若人立。相传：昔有贞妇，其夫从役，远赴国难，妇携弱子，饯送此山，立望夫而化为石，因以为名焉。"〇喻妻子思念丈夫，或形容精诚之至。唐元稹《春六十韵》："望夫身化石，为伯首如蓬。"另参见伦类部·亲眷"石望夫"、器用部·宫室"望夫台"。

【裂石】 参见人事部·禀性"石饮羽"。金元好问《东丹骑射》："血毛不见南山虎，想得弦声裂石时。"

【漱石】 南朝宋刘义庆《世说新语·排调》："孙子荆（楚）年少时欲隐，语王武子（济），当'枕石漱流'，误曰'漱石枕流’。王曰：‘流可枕，石可漱乎？’孙曰：‘所以枕流，欲洗其耳；所以漱石，欲砺其齿。’”〇咏隐居生活。宋苏轼《次韵孙巨源寄涟水李盛二著作》之二：“漱石先生难可意，啮毡校尉久无明。”另参见地理部·水流“枕流”、人事部·雅逸“漱流”。

【燕石】 《后汉书·应劭传》“宋愚夫亦宝燕石”李贤注引《阙子》：“宋之愚人得燕石梧台之东，归而藏之，以为大宝。周客闻而观之，主人父斋七日，端冕之衣，衅之以特牲，革匮十重，缇巾十袭。客见之，俛而掩口卢胡而笑曰：‘此燕石也，与瓦甓不殊。’主人父怒曰：‘商贾之言，竖匠之心。’藏之愈固，守之弥谨。”〇指普通东西，或谦称己物。唐杜甫《酬郭十五判官》：“只同燕石能星陨，自得隋珠觉夜明。”另参见人事部·谬误“什袭收藏”。

【鞭石】 参见九流部·神仙“驱石”。宋杨亿《始皇》：“沧波沃日虚鞭石，白刃凝霜枉铸金。”

7**【耕岩】** 参见地理部·土石“郑生谷”。唐杜甫《夔府书怀四十韵》：“钓濑疏坟籍，耕岩进弈棋。”

8**【八砖】** 唐李肇《翰林志》：“北厅前阶有花砖道，冬中日及五砖，为入直之候。李程性懒，好晚入，恒过八砖乃至，众呼为‘八砖学士’。”〇指人慵懒。宋崔遵度《属疾》：“八砖非性懒，三昧减心忧。”另参见人物部·禀性“过八砖”。

【长平瓦】 参见武备部·军旅“振瓦”。唐李白《赠常侍御》：“传闻武安将，气振长平瓦。”

【运甓】 参见人事部·志趣“运甓”。宋苏轼《送公为游淮南》：“负米万里缘其亲，运甓无度忧其身。”

9**【八公山】** 参见武备部·军旅“草木兵”。〇指战争失利之地。唐李白《送张遥之寿阳幕府》：“苻坚百万众，遥阻八公山。”

【弓挂天山】 参见武备部·其他“三矢平虏”。宋杨万里《跋丘宗卿侍郎见赠使北诗五七言一轴》：“手持汉节娖秋月,弓挂天山鸣积雪。”

【云雨巫山】 参见人事部·情感“朝云暮雨”。唐李白《清平调三首》之二:“一枝红艳露凝香,云雨巫山枉断肠。”

【牛山】 参见人事部·情感“牛山悲”。宋刘筠《泪》之一:“雍门琴罢已浪浪,更上牛山半夕阳。”

【玉山】 参见人体部·肢体“玉山”。唐李端《送黎少府赴阳翟》:“玉山那惜醉,金谷已无春。”

【龙山】 参见器用部·衣冠“孟嘉帽”。○喻欢宴。唐朱湾《重阳日陪韦卿宴》:“何必龙山好,南亭赏不睽。”

【东山】 《晋书·谢安传》:“征西大将军桓温请为司马,将发新亭,朝士咸送,中臣高崧戏之曰:‘卿累违朝旨,高卧东山,诸人每相与言,安石不肯出,将如苍生何?苍生今亦将如卿何?’安甚有愧色。既到,温甚喜,言生平,欢笑竟日。”后谢安官至中书令、司徒等要职。○指隐居。唐王维《戏赠张五弟諲三首》之一:“吾弟东山时,心尚一何远。”另参见人物部·将相“东山起”、人物部·圣贤“东山谢安石”、人事部·雅逸“东山高卧”、人事部·志趣“东山趣”。

【西山】 参见人事部·雅逸“拄笏看山”。唐王维《送李太守赴上洛》:“若见西山爽,应知黄绮心。”

【远山】 参见人体部·头面“远山眉”。宋黄庭坚《以梅馈晁深道戏赠二首》之一:“相如渴病应须此,莫与文君蹙远山”。

【华山归马】 参见武备部·其他“归马华山阳”。唐张碧《野田行》:“愿得华山之下长归马,野田无复堆冤者。”

【买山】 参见人事部·雅逸“支遁隐”。唐温庭筠《春日访李十四处士》:“谁言有策堪经世,自是无钱可买山。”

【巫山】 参见人事部·情感“朝云暮雨”。唐乔知之《定情篇》:“家本巫山阳,归去路何长。”

【岘山】 参见器用部·宫室“堕泪碑”。唐杜牧《往年随故府吴兴公夜泊芜湖口今赴官西去再宿芜湖感旧伤怀因成十六韵》:“岘山云影畔,棠叶水声前。”

【荆山产美玉】 参见器用部·珍宝“和氏玉”。唐聂夷中《客有追叹后时者作诗勉之》:“荆山产美玉,石石皆坚贞。”

【南山铁案】 参见政事部·忠直“铁案”。清黄遵宪《感事》:“东市朝衣真不测,南山铁案竟无名。”

【南山捷径】 《新唐书·卢藏用传》:“(卢藏用)与兄征明偕隐终南、少室二山,……始隐山中时,有意当世,人目为‘随驾隐士’。晚乃徇权利,务为骄纵,素节尽矣。司马承祯尝召至阙下,将还山,藏用指终南曰:‘此中大有嘉处。’承祯徐曰:‘以仆视之,仕宦之捷径耳。’藏用惭。”〇指隐居沽名而求做官,或喻投机取巧的便捷途径。宋范成大《逍遥席上赠张邦达教授》:“谁怜蛮府清池句,不着南山捷径鞭。”另参见地理部·城建“南山捷径”、政事部·议政“捷径终南”。

【首阳】 参见人物部·圣贤“夷齐”。唐李白《赠宣城宇文太守兼呈崔侍御》:“饮水箕山上,食雪首阳巅。”

【泰山毁】 参见人事部·病死“泰山颓”。隋刘斌《和谒孔子庙》:“何言泰山毁,空惊逝水流。”

【盐坂】 参见器用部·车船“盐车”。盐坂,即吴山(吴坂)。唐李贺《马诗二十三首》之十一:“午时盐坂上,蹭蹬溘风尘。”

【勒燕然】 《后汉书·窦融传》附《窦宪传》:“(窦宪)与北单于战于稽落山,大破之。虏众崩溃,单于遁走。……宪、秉遂登燕然山,去塞三千余里,刻石勒功,纪汉威德。”〇咏边塞立功。唐姚合《送任畹评事赴沂海》:“孟坚勒燕然,岂独在汉朝?”另参见武备部·其他“燕然功”。

【鹿门】 参见人事部·雅逸“庞公隐”。唐杜甫《喜晴》:“汉阴有鹿门,沧海有灵查。”

【商山】 参见人事部·寿考“四老”。唐武元衡《和杨弘微春日曲江南望》:“商山将避汉,晋室正藩周。”

【愚公移】 《列子·汤问》:“太行、王屋二山,方七百里,高万仞;……北山愚公者,年且九十,面山而居。惩山北之塞,出入之迂也,聚室而谋曰:‘吾与汝毕力平险,指通豫南,达于汉阴,可乎?’杂然相许。……遂率子孙荷担者三夫,叩石垦壤,箕畚运于渤海之尾。……河曲智叟笑而止之,曰:‘甚矣,汝之不惠!以残年余力,曾不能毁山之一毛;其如土石何?’北山愚公长息曰:‘汝心之固,固不可彻;曾不若孀妻弱子。虽我之死,有子存焉。子又生孙,孙又生子;子又有子,子又有孙;子子孙孙,无穷匮也;而山不加增,何苦而不平?’河曲智叟亡以应。”〇喻坚持不懈。清赵翼《漫兴》之二:“日虽夸父身能逐,山岂愚公力可移?”另参见人事部·志趣“移山志”、人事部·寿考“愚公”。

【蓬莱】 参见九流部·神仙“徐市”。唐杜牧《池州送孟迟先辈》:“蓬莱顶上斡海水,水尽到底看海空。”

【蓬莱峰】 《史记·封禅书》:“自威、宣、燕昭使人入海求蓬莱、方丈、瀛洲。此三神山者,其传在渤海中,去人不远;患且至,则船风引而去。盖尝有至者,诸仙人及不死之药皆在焉。其物禽兽尽白,而黄金银为宫阙。”〇喻指仙地圣境。唐独孤及《观海》:“超遥蓬莱峰,想象金台存。”另参见九流部·神仙“三山”。

【鳌山】 参见动物部·鳞介“钓鳌”。宋李宗谔《灯夕寄内翰虢略公》:“应念鳌山方并宿,紫泥封后独频伸。”

10**【狐丘】** 参见人事部·情感“狐首丘”。宋刘过《谒江华曾里》:“狐丘未死归心切,未有相如驷马车。”

11**【郑生谷】** 《汉书·王贡两龚鲍传序》:“谷口有郑子真,蜀有严君平,皆修身自保,非其服弗服,非其食弗食。成帝时,元舅大将军王凤以礼聘子真,子真遂不诎而终。……及(扬)雄著书言当世士,称此二人。其论曰:

……谷口郑子真不诎其志，耕于岩石之下，名震于京师。”○喻隐居或隐居之所。唐岑参《终南山双峰草堂作》：“缅怀郑生谷，颇忆严子濑。”另参见地理部·土石“耕岩”、人物部·圣贤“郑夫子”、人事部·雅逸“谷口耕”。

【封泥谷】　参见武备部·军旅“一丸封”。○指函谷关等险要。唐骆宾王《北眺春陵》：“既出封泥谷，还过避雨陵。”

【律通谷暖】　参见天文部·时令“邹子律”。唐沈佺期《喜赦》：“律通幽谷暖，盆举太阳辉。”

【愚公谷】　汉刘向《说苑·政理》：“齐桓公出猎，逐鹿而走入山谷之中，见一老公而问之曰：‘是为何谷？’对曰：‘为愚公之谷。’桓公曰：‘何故？’对曰：‘以臣名之。’桓公曰：‘今视公之仪状，非愚人也，何为以公名？’对曰：‘臣请陈之：臣故畜牸牛，生子而大，卖之而买驹。少年曰：“牛不能生马。”遂持驹去。傍邻闻之，以臣为愚，故名此谷为愚公之谷。’桓公曰：‘公诚愚矣，夫何为而与之？’桓公遂归，明日朝，以告管仲。管仲正衿再拜曰：‘此夷吾之愚也。使尧在上，咎繇为理，安有取人之驹者乎？若有见暴如是叟者，又必不与也。公知狱讼之不正，故与之耳。请退而修政。’”○喻隐逸之地。唐王维《愚公谷三首》之三：“借问愚公谷，与君聊一寻。”另参见人事部·雅逸“谷名愚”。

12**【武陵洞】**　参见地理部·水流“桃源”。唐钱起《山居新种花药与道士同游赋诗》：“宛谓武陵洞，潜应造化移。”

【金穴】　参见人事部·富贵“金穴”。北周庾信《见游春人》：“长安有狭邪，金穴盛豪华。”

【狡穴】　参见动物部·走兽“兔藏三窟”。宋范成大《次韵李子永雪中长句》：“犬骄鹰俊马蹄快，狡穴未尽须穷追。”

【浑沌穴】　参见人体部·头面“凿窍”。○喻天然浑成。宋苏轼《与正甫游香积寺》：“我惭作机春，凿破浑沌穴。”

【梦蚁穴】　参见人事部·睡梦“南柯一梦”。宋黄庭坚《次韵十九叔父台源》:“人曾梦蚁穴,鹤亦怕鸡笼。”

13【赵坑】 参见人事部·冤怨“长平苦”。唐李商隐《送千牛李将军赴阙》:“纵未移周鼎,何辞免赵坑。”

【秦坑】 参见人事部·冤怨“焚阬”。清顾炎武《子德李子闻余在难将赴燕中告急作诗赠之》:“喜犹存卞璞,幸不蹈秦坑。”

14【二顷田】 《史记·苏秦列传》:“苏秦为从约长,并相六国。北报赵王,乃行过雒阳,……嫂委蛇蒲服,以面掩地而谢曰:‘见季子位高多金也。’苏秦喟然叹曰:‘此一人之身,富贵则亲戚畏惧之,贫贱则轻易之,况众人乎! 且使我有雒阳负郭田二顷,吾岂能佩六国相印乎!’”○指供温饱的田产,或用作归隐之词。元萨都剌《上赵凉国公》:“笑辞天上九鼎贵,来种江东二顷田。”另参见人事部·雅逸“二顷田”。

【求田】 参见人事部·禀性“豪气元龙”。宋曾巩《赠张伯常之郢见过》:“志大肯同悲抱璞,识高宁许笑求田。”

【邵平田】 参见植物部·草本“东陵瓜”。唐孟浩然《送新安张少府归秦中》:“仲月送君从此去,瓜时须及邵平田。”

【桑田】 晋葛洪《神仙传·王远》:麻姑与王远(字方平)饮蔡经家,“麻姑自说云:‘接侍以来,已见东海三为桑田。向到蓬莱,又水浅于往日会时略半耳,岂将复为陵陆乎?’远叹曰:‘圣人皆言海中将复扬尘也。’”○喻世事变迁极快、极大。或谓时间久远。唐王绩《游仙四首》之一:“自悲生死促,无暇待桑田。”另参见地理部·土石“海尘”、地理部·水流“沧海”、人事部·其他“桑田变”。

【蓝田】 参见器用部·珍宝“种玉”。唐李商隐《锦瑟》:“沧海月明珠有泪,蓝田日暖玉生烟。”

【京兆阡】 参见地理部·城建“新京兆”。唐王维《哭祖六自虚》:“永去长安道,徒闻京兆阡。”

15【牛眠地】 参见九流部·杂技“卜牛眠”。元丁鹤年《送奉祠王良佐奔讣还郾城》:"佳城已卜牛眠地,屏立泰山带围泗。"

【缩地】 参见九流部·神仙"长房术"。唐元稹《和乐天早春见寄》:"同受新年不同赏,无由缩地欲如何。"

16【九原】 参见人事部·病死"九原可作"。〇指墓地。南朝宋鲍照《松柏篇》:"永离九原亲,长与三辰隔。"

【傅野】 《史记·殷本纪》:"武丁夜梦得圣人名曰说,以梦所见视群臣百吏皆非也。于是乃使百工营求之野,得说于傅岩中。是时说为胥靡,筑于傅险。见于武丁,武丁曰:'是也。'得而与之语,果圣人。举以为相,殷国大治。"〇喻贤士在野。唐杜甫《秋日荆南述怀》:"贤非梦傅野,隐类凿颜坯。"另参见人物部·帝王"武王梦"、人物部·将相"梦相"、人物部·圣贤"版筑士"、人事部·雅逸"傅岩人"、人事部·睡梦"梦高宗。"

【麟见处】 参见人事部·情感"悲麟"。唐许棠《送刘枝书游东鲁》:"如经麟见处,驻马瞰荒丘。"

17【葛陂】 参见植物部·木本"龙竹"。唐褚载《赠道士》:"闻说葛陂风浪恶,许骑青鹿从行无。"

18【洲中奴长】 参见植物部·木本"橘奴"。宋苏轼《侄安节远来夜坐三首》之三:"腰下牛闲方解佩,洲中奴长足为生。"

(二)水流

1. 水流 2. 江河 3. 湖 4. 海 5. 溪 6. 泉 7. 源 8. 浪涛 9. 潮 10. 冰 11. 井 12. 池

1【牛马不辨】 《庄子·秋水》:"秋水时至,百川灌河,泾流之大,两涘渚崖之间,不辨牛马。"陆德明《释文》:"司马彪云:'泾,通也。'不辨牛马:辨,别也,言广大,故望不分别也。"〇喻河流水势浩大。唐李白《玉真公主别馆苦雨赠卫尉张卿二首》之二："淙淙奔溜泻，浩浩惊波转。泥沙塞中途，牛马不可辨。"另参见动物部·走兽"不分牛"。

【斗升水】　参见动物部·鳞介"涸鲋"。○喻急需的济助。唐刘禹锡《送张盥赴举》："乞取斗升水，因之云汉津。"

【任棠水】　参见政事部·清廉"任棠水"。唐高适《东平旅游奉赠薛太守二十四韵》："不改任棠水，仍传晏子裘。"

【沧浪水】　参见人事部·雅逸"沧浪"。唐谈戭《清溪馆作》："何必沧浪水，庶兹浣尘襟。"

【乘槎水】　参见器用部·车船"星槎"。唐唐彦谦《蒲津河亭》："烟横情望乘槎水，日上文王避雨陵。"

【难为水】　参见地理部·水流"海难为水"。晋陆云《为顾彦先赠妇》："浮海难为水，游林难为观。"

【难收水】　宋王楙《野客丛书》卷二八：世谓"姜太公妻马氏，不堪其贫而去，及太公既贵再来，太公取一壶水倾於地，令妻收之，乃语之曰：'若言离更合，覆水定难收。'"○指事情已成定局，无法挽回。唐刘禹锡《怀妓》："金盆已覆难收水，玉轸长抛不续弦。"另参见人事部·谬误"覆水难收"。

【枕流】　参见地理部·土石"漱石"。宋陆游《幽居示客》："聊将枕流耳，静听属私蛙。"

【唐浊流】　参见人事部·冤怨"白马清流"。宋刘克庄《和实之读邸报》："欲取汉清议，尽投唐浊流。"

2**【西江】**　参见动物部·鳞介"涸鲋"。○喻无法解决问题的空头支票，或反指能解决急需的济助。清赵翼《可型内弟自瓯宁罢官归慰赠》之四："赖有西江润，能嘘涸辙枯。"

【投鞭填江】　参见武备部·军旅"投鞭填江"。唐李白《登金陵冶城西北谢安墩》："投鞭可填江，一扫何足论。"

【沉湘】　参见人事部·冤怨"屈平沉湘"。唐郑谷《蜀江有吊》："折槛未为切，沉湘何足悲。"

【枫落吴江】　参见文明部·诗词"枫落句"。宋陆游《夜步》:“鹤归辽海逾千岁,枫落吴江又一秋。”

【易水】 《战国策·燕策三》:荆轲替燕太子丹刺杀秦王,出发前“太子及宾客知其事者皆白衣冠以送之,至易水上,既祖取道,高渐离击筑,荆轲和而歌。为变徵之声,士皆垂泪涕泣。又前而为歌曰:‘风萧萧兮易水寒,壮士一去兮不复还。’复为慷慨羽声,士皆瞋目,发尽上指冠。”另参见天文部·气象“易水风”、人体部·头面“发冲冠”、文明部·歌舞“易水歌”、人物部·人杰“燕丹客”、人事部·情感“易水悲”、人事部·情感“易水别”、人事部·禀性“壮气惊寒水”。

【背水】 参见武备部·其他“背河一战”。唐杜甫《奉送韦中丞之晋赴湖南》:“湖南安背水,峡内忆行春。”

【铁锁横江】 参见武备部·军旅“铁锁沉江”。明高启《登金陵雨花台望大江》:“黄旗入洛竟何祥,铁锁横江未为固。”

【梗泛】 《战国策·齐策三》:“有土偶人与桃梗相与语。桃梗谓土偶人曰:‘子西岸之土也,挺子以为人,至岁八月降雨下,淄水至,则汝残矣。’土偶曰:‘不然,吾西岸之土也,吾残则复西岸耳。今子,东国之桃梗也,刻削子以为人,降雨下,淄水至,流子而去,则子漂漂者将何如耳?’”〇喻指漂泊无定所。唐骆宾王《浮槎》:“似舟漂不定,如梗泛何从?”另参见植物部·木本“桃梗”、人事部·情感“悲梗”、人事部·其他“漂梗”。

【悬河】 《世说新语·赏誉》:“王太尉云:郭子玄语议如悬河写水,注而不竭。”〇指说话滔滔不绝。宋陆游《闻王嘉叟讣报有作》:“笼灯踏雪夜相过,剧论悬河骇邻里。”另参见人体部·头面“口若悬河”。

【湘川】 参见人事部·情感“江娥啼竹”。唐朱放《竹》:“萧萧意何恨,不独往湘川。”

【楚江萍】 参见植物部·草本“楚昭萍”。唐杜甫《奉酬薛十二丈判官见赠》:“荣华贵少壮,岂食楚江萍?”

【碑沉汉水】 《晋书·杜预传》:“(杜)预为后世名,常言‘高岸为谷,深谷为陵’,刻石为二碑,纪其勋绩,一沉万山之下,一立岘山之上,曰:‘焉知此后不为陵谷乎!’”〇咏世事变迁,或喻建立功业。唐温庭筠《中书令裴公挽歌词》:“铭勒燕山暮,碑沉汉水春。”另参见器用部·宫室“万山碑”、人物部·将相“沉碑会”。

【濠梁】 参见人事部·雅逸“观鱼”。宋黄庭坚《奉答谢公定与荣子邕论狄元规孙少述诗长韵》:“自往见谢公,论诗得濠梁。”

【灞水】 参见地理部·城建“灞水桥”。唐李白《灞陵行送别》:“送君灞陵亭,灞水流浩浩。”

3**【五湖载越姝】** 参见人事部·雅逸“范蠡归”。清吴伟业《桃核船》:“三士漫成齐相计,五湖好载越姝行。”

【鼎湖】 参见九流部·神仙“乘龙”。〇指帝王等下葬之处。唐杜甫《行次昭陵》:“壮士悲陵邑,幽人拜鼎湖。”

4**【沧海】** 参见地理部·土石“桑田”。唐李益《喜见外弟又言别》:“别来沧海事,语罢暮天钟。”

【徐福空来】 参见九流部·神仙“徐市”。“市”,又作“福”。唐李商隐《海上》:“石桥东望海连天,徐福空来不得仙。”

【海难为水】 《孟子·尽心上》:“孔子登东山而小鲁,登泰山而小天下。故观于海者难为水,游于圣人之门者难为言。”〇喻所见者大,则小者不足道。唐元稹《离思五首》之四:“曾经沧海难为水,除却巫山不是云。”另参见地理部·水流“难为水”。

【鲁连蹈海】 参见政事部·忠直“蹈海”。金元好问《箕山》:“鲁连蹈东海,夷叔采薇蕨。”

【精卫填海】 参见人事部·冤怨“禽填海”。金元好问《壬辰十二月车驾东狩后即事五首》之二:“精卫有冤填瀚海,包胥无泪哭秦庭。”

5【访剡溪】 参见伦类部·师友“访戴”。宋王安石《寄程给事》:“何时得遂扁舟去,邂逅从君访剡溪。”

【武陵溪】 参见地理部·水流“桃源”。唐杜甫《水宿遣兴奉呈群公》:“丹心老未折,时访武陵溪。”

【虎溪】 参见九流部·宗教“虎溪相送”。元耶律楚材《送王君玉西征》:“湛然送客河中西,乘兴何妨过虎溪。”

6【贪泉】 《晋书·吴隐之传》:吴隐之为人清廉。“朝廷欲革岭南之弊,隆安中,以隐之为龙骧将军、广州刺史、假节,领平越中郎将。未至州二十里,地名石门,有水曰贪泉,饮者怀无厌之欲。隐之既至,语其亲人曰:‘不见可欲,使心不乱。越岭丧清,吾知之矣。’乃至泉所,酌而饮之,因赋诗曰:‘古人云此水,一歃怀千金。试使夷齐饮,终当不易心。’及在州,清操逾厉,常食不过菜及干鱼而已,帷帐器服皆付外库,时人颇谓其矫,然亦终始不易。”○喻为人节操高尚,光明正大。唐张祜《寄迁客》:“瘴海须求药,贪泉莫举瓢。”另参见器用部·饮食“酌贪泉”、文明部·诗词“咏贪泉”、政事部·清廉“饮贪泉”、人事部·志趣“酌泉表洁”。

【盗泉】 《水经注·洙水》:“尸子曰:‘孔子至于暮而不宿,于盗泉渴矣而不饮,恶其名也。’”○喻恶势力,或表示不义之物。唐李白《赠宣城宇文太守兼呈崔侍御》:“回车避朝歌,掩口去盗泉。”另参见器用部·饮食“不饮盗泉”、政事部·忠直“不饮盗泉水”。

7【桃源】 晋陶潜《桃花源记》:“晋太元中,武陵人捕鱼为业。缘溪行,忘路之远近。忽逢桃花林,芳草鲜美,落英缤纷。”在桃花林的尽头水源处有一山洞,洞内是另一个天地,里面的居民是避秦时乱而迁居此地的,在这个与世隔绝的环境中安居乐业。○后用以指隐居处或仙境。唐杜甫《不寐》:“多垒满山谷,桃源何处求?”另参见地理部·

土石“武陵洞”、地理部·水流“武陵溪”、植物部·花卉“武陵花”、人事部·雅逸“避秦”。

8**【长风破浪】**　参见人事部·志趣“乘风破浪”。唐李白《行路难》之一:“长风破浪会有时,直挂云帆济沧海。”

【鱼吹浪】　参见文明部·礼乐“鱼听曲”。唐杜甫《城西陂泛舟》:“鱼吹细浪摇歌扇,燕蹴飞花落舞筵。”

【射涛】　参见人物部·帝王“射潮”。元麻革《上云内帅贾君》:“日出戈挥景,江翻弩射涛。”

9**【伍员潮】**　参见人体部·头面“伍员抉目”。唐元稹《相忆泪》:“会向伍员潮上见,气充顽石报心仇。”

10**【卧冰】**　参见动物部·鳞介“王祥鲤”。宋梅尧臣《胡夫人挽歌》:“谁复向寒月,卧冰求鲤鱼?”

【抱冰】　参见人物部·帝王“勾践”。唐元稹《冬白纻》:“共笑越王穷惴惴,夜夜抱冰寒不睡。”

11**【毛遂堕井】**　参见人事部·谬误“野人非毛遂”。唐李白《系浔阳上崔相涣三首》之二:“毛遂不堕井,曾参宁杀人。”

【丹砂井】　晋葛洪《抱朴子·仙药》:“有廖氏家,世世寿考,或出百岁,或八九十。后徙去,子孙转多夭折。他人居其故宅,复如旧,后累世寿考。由此乃觉是宅之所为,而不知其何故。疑其井水殊赤,乃试掘井左右,得古人埋丹砂数十斛,去数尺,此丹砂汁,因泉渐入井,是以饮其水而得寿。”〇喻水质醇美,或喻地灵人杰。唐王维《林园即事寄舍弟紞》:“徒思赤笔书,讵有丹砂井?”另参见九流部·神仙“井有丹砂”、九流部·医药“廖井”。

【橘井】　晋葛洪《神仙传·苏仙公》:苏仙公(苏耽)汉文帝时得道,“乃跪白母,曰:‘某受命当仙,被召有期,仪卫已至,当违色养(奉养)。’即便拜辞,母子歔欷。母曰:‘汝去之后,使我如何存活?’先生曰:‘明年天下疾疫,庭中井水,檐边橘树,可以代养。井水一升,橘叶一枚,可疗一人。'"○喻孝事父母，或指仙丹妙药。唐杜甫《奉送二十三舅录事之摄郴州》："郴州颇凉冷，橘井尚凄清。"另参见伦类部·亲眷"苏耽井"、九流部·神仙"苏耽宅"、九流部·医药"橘井"。

12【**习家池**】《世说新语·任诞》刘孝标注引《襄阳记》："汉侍中习郁于岘山南，依范蠡养鱼法，作鱼池，池边有高堤，种竹及长楸，芙蓉菱芡覆水，是游宴名处也。山简每临此池，未尝不大醉而还，曰：'此是我高阳池也。'"○指欢宴之处。唐陈子昂《晦日重宴高氏林亭》："此时高宴所，讵减习家池？"另参见器用部·宫室"习氏宅"。

【**凤池**】《晋书·荀勖传》："（荀）勖久在中书，专管机事。及失之，甚罔罔怅恨。或有贺之者，勖曰：'夺我凤凰池，诸君贺我邪！'"○凤凰池是禁苑中池沼，借指中书省或宰相。唐张说《崔司业挽歌二首》之二："凤池伤旧草，麟史泣遗编。"另参见人物部·将相"凤池客"。

【**汤池**】参见武备部·其他"金汤固"。唐杜甫《秋日荆南送石首薛明府辞满告别奉寄薛尚书颂德叙怀斐然之作三十韵》："汤池虽险固，辽海尚填淤。"

【**曲池平**】参见人事部·情感"雍门哀"。宋黄庭坚《外舅孙莘老守苏州留诗庭坚和》："谢公所筑埭，未叹曲池平。"

【**昆池**】参见地理部·土石"劫灰"。唐李商隐《子初全溪作》："汉苑生春水，昆池换劫灰。"

【**春草池塘**】参见人事部·睡梦"梦惠连"。金元好问《论诗三首》之一："情知春草池塘句，不到柴烟粪火边。"

【**高阳池**】参见人事部·狂放"山公醉"。唐高正臣《晦日重宴》："自符河朔趣，宁羡高阳池。"

【**墨池**】参见文明部·书画"临池"。唐苏涣《赠零陵僧》："南中纸价当日贵，只恐贪泉成墨池。"

（三）城建

1. 道路(途径) 2. 街巷 3. 桥 4. 国 5. 京都 6. 县 7. 州邑 8. 城 9. 关 10. 市 11. 肆 12. 驿 13. 园 14. 乡 15. 社 16. 墓(墦)

1 **【亡羊路】** 《列子·说符》:“杨子之邻人亡羊,既率其党,又请杨子之竖追之。杨子曰:‘嘻,亡一羊何追者之众?’邻人曰:‘多歧路。’既反,问:‘获羊乎?’曰:‘亡之矣。’曰:‘奚亡之?’曰:‘歧路之中又有歧焉,吾不知所之,所以反也。’杨子戚然变容,不言者移时,不笑者竟日。”〇喻指世事复杂。唐姚系《京西遇旧识兼送往陇西》:“相逢与相失,共是亡羊路。”另参见动物部·走兽“亡羊 1”。

【石路五丁开】 参见人物部·将相“五丁”。唐骆宾王《饯郑安阳入蜀》:“剑门千仞起,石路五丁开。”

【西州路】 参见人事部·情感“咽羊昙”。清查慎行《哭王右朝四首》之二:“东山便是西州路,欲学羊昙计转穷。”

【杨朱路】 参见人事部·情感“杨朱泣”。唐唐彦谦《离鸾》:“尘埃一别杨朱路,风月三年宋玉墙。”

【知路】 参见动物部·走兽“老马”。宋陆游《东窗遣兴》之三:“老马漫知路,钝锥宁出囊?”

【山阴道】 参见伦类部·师友“访戴”。唐杜甫《舟中夜雪有怀卢十四侍御弟》:“不识山阴道,听鸡更忆君。”

【老罴当道】 参见人事部·禀性“老罴当道”。清钱谦益《元日杂题长句八首》之五:“老罴当道踞津门,一旅师如万骑屯。”

【三径】 晋陶潜《归去来辞》:“三径就荒,松菊犹存。”李善注引赵岐《三辅决录》:“蒋诩,字元卿,舍中三径,唯羊仲、求仲从之游,皆推廉逃名不出。”〇指家园,或喻归隐。

唐孟浩然《秦中感秋寄远上人》:“一丘常欲卧,三径苦无资。”另参见植物部·草本“三径草”、人事部·雅逸“菊荒”。

【李径】　参见人事部·禀性“桃李自无言”。唐张九龄《郡舍南有园畦杂树聊以永日》:“成蹊谢李径,卫足感葵阴。”

【南山捷径】　参见地理部·土石“南山捷径”。宋范成大《逍遥席上赠张邦达教授》:“谁怜蛮府清池句,不着南山捷径鞭。”

【九折途】　《汉书·王尊传》:“先是,琅邪王阳为益州刺史,行部至邛崃九折坂,叹曰:‘奉先人遗体,奈何数乘此险!’后以病去。及(王)尊为刺史,至其坂,问吏曰:‘此非王阳所畏道邪?’吏对曰:‘是。’尊叱其驭曰:‘驱之!王阳为孝子,王尊为忠臣。’”○喻指路途艰险。宋陆游《东窗》:“九折危途寸步艰,至今回首尚心寒。”另参见器用部·车船“九折回车”、人物部·官吏“九折回轩”、政事部·忠直“叱驭”、人事部·情感“九折心”。

【穷途】　参见人事部·情感“穷途哭”。唐杜甫《即事》:“多病马卿无日起,穷途阮籍几时醒。”

2**【走章台】**　参见人事部·雅逸“章台走马”。宋苏轼《次韵刘贡父李公择见寄》之二:“为郡鲜欢君莫叹,犹胜尘土走章台。”

【乌衣巷】　《宋书·谢弘微传》:“谢混风格高峻,少所交纳,唯与族子灵运、瞻、曜、弘微并以文义赏会。尝共宴处,居在乌衣巷,故谓之乌衣之游,混五言诗所云‘昔为乌衣游,戚戚皆亲侄’者也。其外虽复高流时誉,莫敢造门。”《世说新语·雅量》:“王公(王导)曰:‘……吾角巾径还乌衣,何所稍严。’”刘孝标注引《丹阳记》:“乌衣之起,吴时乌衣营处所也。江左初立,琅邪诸王所居。”○喻王公贵族的居处,或咏王公贵族之往事。唐刘禹锡《乌衣巷》:“朱雀桥边野草花,乌衣巷口夕阳斜。”另参见器用部·宫室“乌衣旧宅”。

【陈巷】 参见器用部·车船“长者车”。清赵执信《春日闲居杂兴》:“晏家从近市,陈巷不容车。”

【颜巷】 参见人物部·圣贤“颜回”。唐方干《归睦州中路寄侯郎中》:“颜巷萧条知命后,膺门感激受恩初。”

3 **【长桥役】** 参见人事部·禀性“周处杀蛟”。唐李贺《送秦光禄北征》:“周处长桥役,侯调短弄哀。”

【取履桥】 参见器用部·衣冠“取履”。唐李德裕《奉送相公十八丈镇扬州》:“取履桥边啼鸟换,钓璜溪畔落花初。”

【抱桥】 《庄子·盗跖》:“尾生与女子期于梁(桥)下,女子不来,水至不去,抱梁柱而死。”〇称恋人忠诚守信。宋刘筠《又赠一绝》:“风波若未乖前约,一死何曾更抱桥。”另参见人事部·禀性“柱下期信”。

【织女桥】 参见天文部·时令“七夕”。唐李邕《奉和初春幸太平公主南庄应制》:“织女桥边乌鹊起,仙人楼上凤凰飞。”

【秦桥】 参见九流部·神仙“驱石”。唐李贺《古悠悠行》:“海波变成石,鱼沫吹秦桥。”

【题桥】 参见人事部·富贵“题柱”。唐许浑《寄湘中友人》:“相如已定题桥志,江上无由梦钓台。”

【灞水桥】 《三辅黄图·卷六》:“霸桥在长安东,跨水作桥。汉人送客至此桥,折柳赠别。”按霸陵亦作“灞陵”。〇咏别离。唐李商隐《泪》:“朝来灞水桥边问,未抵青袍送玉珂。”另参见地理部·水流“灞水”、人事部·情感“灞岸别”。

【灞桥驴背】 参见文学部·诗词“骑驴索句”。清黄鹭来《题入关图》:“汉阙秦陵杳霭间,灞桥驴背意偏闲。”

4 **【神州赤县】** 《史记·孟子荀卿列传》:“驺衍……称引天地剖判以来,……中国名曰赤县神州。”〇指称中国。宋陆游《官居书事》:“灭胡意气嗟谁许,泪尽神州赤县图。”

5 **【日下】** 《世说新语·夙惠》:“晋明帝数岁,坐元帝膝上。

有人从长安来,元帝问洛下消息,潸然流涕。明帝问何以致泣,具以东渡意告之。因问明帝:'汝意谓长安何如日远?'答曰:'日远。不闻人从日边来,居然可知。'元帝异之。明日,集群臣宴会,告以此意,更重问之。乃答曰:'日近。'元帝失色,曰:'尔何故异昨日之言邪?'答曰:'举目见日,不见长安。'"〇喻指帝都。唐戎昱《秋日感怀》:"日下未驰千里足,天涯徒泛五湖舟。"另参见天文部·天体"长安日"、人物部·帝王"长安日"、人事部·禀性"对日"。

6 **【长岑】** 参见政事部·议政"长岑未归"。北周庾信《拟咏怀》之一:"由来不得意,何必往长岑。"

【龙门】 参见政事部·议政"登龙"。唐窦巩《放鱼》:"好去长江千万里,不须辛苦上龙门。"

【花县】 参见植物部·花卉"河阳一县花"。唐王维《送严秀才还蜀》:"别路经花县,还乡入锦城。"

【茂陵】 参见人物部·人杰"茂陵书生"。唐杜牧《游池州林泉寺金碧洞》:"携茶腊月游金碧,合有文章病茂陵。"

【细柳】 参见武备部·军旅"细柳营"。北周庾信《燕歌行》:"自从将军出细柳,荡子空床难独守。"

【南柯】 参见人事部·睡梦"南柯一梦"。宋苏轼《九日次定国韵》:"南柯已一世,我眠未转头。"

【灞上】 参见武备部·军旅"细柳营"、武备部·军旅"如儿戏"。唐李白《司马将军歌》:"细柳开营揖天子,始知灞上为婴孩。"

7 **【博凉州】** 参见器用部·饮食"一斗得凉州"。宋范成大《次韵徐廷献机宜送自酿石室酒三首》之三:"一语为君评石室,三杯便可博凉州。"

【铸六州】 参见人事部·谬误"铸大错"。清严复《题孙师郑感逝诗卷》:"大错惊心铸六州,土崩何日奠金瓯。"

【单父邑】 参见文明部·礼乐"宓子弹琴"。晋潘岳《河阳县作》之二:“位同单父邑,愧无子贱歌。”

8【十二城】 参见九流部·神仙“十二宫楼”。唐李縠《和皮日休悼鹤》:“犹怜反顾五六里,何意忽归十二城。”

【十丈愁城】 参见人事部·情感“愁城”。宋陆游《山园》:“狂吟烂醉君无笑,十丈愁城要解围。”

【下齐七十城】 参见人事部·行止“舌卷齐城”。唐胡曾《咏史诗·高阳》:“最怜伏轼东游日,下尽齐王七十城。”

【丰城气】 参见武备部·兵器“丰城龙剑”。〇喻有声誉、才华。唐杨炯《和刘长史答十九兄》:“宝剑丰城气,明珠魏国珍。”

【长城】 参见人物部·将相“万里长城”。唐高适《酬秘书弟兼寄幕下诸公》:“前席屡荣问,长城兼在躬。”

【百城】 参见人事部·志趣“拥书城”。清归庄《过万年少淮浦隰西草堂次元韵题赠》之二:“八阵纵横五彩笔,百城睥睨一床书。”

【金汤】 参见武备部·其他“金汤固”。唐李商隐《览古》:“莫恃金汤忽太平,草间霜露古今情。”

【城崩】 参见人物部·妇女“杞梁妻”。〇喻痛哭感天动地。唐李白《白头吟》之二:“城崩杞梁妻,谁道土无心。”

9【紫气关】 参见九流部·神仙“青牛真气”。唐杜甫《承闻河北诸道节度使入朝欢喜口号绝句十二首》之九:“紫气关临天地阔,黄金台贮俊贤多。”

10【东市朝衣】 参见人物部·官吏“东市朝衣”。清黄遵宪《感事》:“东市朝衣真不测,南山铁案竟无名。”

【市中有虎】 参见动物部·走兽“三人成虎”。宋黄庭坚《思亲汝州作》:“车上吐茵元不逐,市中有虎竟成疑。”

【吹箫吴市】 参见文明部·礼乐“吴市吹箫”。唐虞世南《结客少年场行》:“吹箫入吴市,击筑游燕肆。”

【挂秦金】 参见器用部·珍宝“千金字”。唐李峤《市》:“徒知观卫玉,讵肯挂秦金?”

【柴市】 参见政事部·忠直“文山柴市”。清朱彝尊《玉带生歌》:“惊心柴市日,慷慨且诵临终诗,疾风蓬勃扬沙时。”

【梅福市】 《汉书·梅福传》:“梅福字子真,九江寿春人也。少学长安,明《尚书》、《谷梁春秋》,为郡文学,补南昌尉。……至始元中,王莽颛政,福一朝弃妻子,去九江,至今传以为仙。其后,人有见福于会稽者,变名姓,为吴市门卒云。”〇咏县尉或吴地。南朝宋谢灵运《会吟行》:“范蠡出江湖,梅福入城市。”另参见动物部·飞禽“梅家鹤”、人物部·官吏“仙尉”、人事部·雅逸“梅市隐”。

11**【成都卜肆】** 参见九流部·杂技“成都卜”。唐李商隐《壬申七夕》:“成都过卜肆,曾妒识灵槎。”

12**【郑驿】** 《汉书·郑当时传》:“郑当时字庄,……孝景时,为太子舍人。每五日洗沐,常置驿马长安诸郊,请谢宾客,夜以继日,至明旦,常恐不遍。”〇喻迎宾之所,或喻好客。唐元稹《献荥阳公诗五十韵》:“郑驿骑翩翩,丘门子弟贤。”另参见伦类部·宾主“留宾”。

13**【兔园】** 参见天文部·气象“梁苑雪”。唐白居易《雪中寄令狐相公兼呈梦得》:“兔园春雪梁王会,想对金罍咏玉尘。”

14**【郑乡】** 《后汉书·郑玄传》:“国相孔融深敬于(郑)玄,屣履造门。告高密县为玄特立一乡,曰:‘……今郑君乡宜曰“郑公乡”。’”〇喻指学者故乡。唐温庭筠《感旧陈情五十韵献淮南李仆射》:“郑乡空健谈,陈榻未招筵。”

15**【白社】** 《晋书·隐逸传》:“董京字威辇,不知何郡人也。初与陇西计吏俱至洛阳,被发而行,逍遥吟咏,常宿白社中。”〇指隐士居所。唐孟浩然《宴包二融宅》:“烟暝栖鸟还,余亦归白社。”另参见人物部·其他“白社客”、人事部·雅逸“白社幽闲”。

16**【九原】** 参见人事部·病死“九原可作”。〇指墓地。

唐杜甫《哭长孙侍御》:"惟余旧台柏,萧瑟九原中。"

【徐君墓】 参见伦类部·师友"挂剑"。○指亡友墓地。清赵翼《哭杭应龙先生墓》:"我归但有徐君墓,公在曾怜赵氏孤。"

【新京兆】 《汉书·原涉传》:"(原)涉自以为前让南阳赙送,身得其名,而令先人坟墓俭约,非孝也。乃大治起冢舍,周阁重门。初,武帝时,京兆尹曹氏葬茂陵,民谓其道为京兆仟。涉慕之,乃买地开道,立表署曰'南阳仟',人不肯从,谓之'原氏仟'。"仟通"阡"。○指墓地。唐李端《代宗挽歌》:"已向新京兆,谁云天路遥。"另参见地理部·土石"京兆阡"。

【誓墓】 参见人事部·志趣"誓墓志"。宋陆游《上书乞祠》:"誓墓那因一怀祖,人间处处是危机。"

【东播】 参见人事部·贫贱"乞祭余"。明王思任《戏答范长白》:"滇南学使活作怪,误认东播是林麓。"

三、伦类部

（一）亲眷

1. 孝亲　2. 父母　3. 子女　4. 夫妻　5. 兄弟　6. 舅甥　7. 叔侄　8. 婿　9. 恋人　10. 婚嫁　11. 亲情

1**【三时孝养】**　《礼记·文王世子》:“文王之为世子，朝于王季日三。鸡初鸣而衣服，至于寝门外，问内竖之御者曰:‘今日安否何如?’内竖曰:‘安。’文王乃喜。及日中又至，亦如之。及莫又至，亦如之。”〇喻孝养父母。唐韩愈《大行皇太后挽歌词三首》之一:“一纪尊名正，三时孝养荣。”

【负米】　参见器用部·饮食“负米”。唐王维《送李员外贤郎》:“少年何处去，负米上铜梁。”

【冰鲤】　参见动物部·鳞介“王祥鲤”。唐柳宗元《弘农公以硕德伟材屈于诬枉左官三岁复为大僚……谨献诗五十韵以毕微志》:“渊龙过许劭，冰鲤吊王祥。”

【孝笋】　参见植物部·木本“孟笋”。清宋琬《为白仲调母夫人寿代党大司农》:“孝笋偏生砌，贞筠不避霜。”

【苏耽井】　参见地理部·水流“橘井”。唐杜甫《八哀诗·故右仆射相国张公九龄》:“敢忘二疏归，痛迫苏耽井。”

【怀橘】　参见植物部·木本“陆绩橘”。唐骆宾王《畴昔篇》:“茹荼空有叹，怀橘独伤心。”

【斑衣奉亲】　《艺文类聚》引《列女传》:“老莱子孝养二亲，行年七十，婴儿自娱，著五色彩衣。尝取浆上堂，跌仆，因卧地为小儿啼，或弄乌鸟于亲侧。”〇咏孝亲。宋黄庭坚《还家呈伯氏》:“斑衣奉亲伯与侬，四方上下相依从。”另参见器用部·衣冠“老莱衣”，文明部·歌舞“斑衣舞”。

【温席】　《东观汉记·黄香传》:“黄香,字文强,江夏安陆人,父况为郡五官掾。……贫无奴仆,香躬亲勤苦,尽心供养,冬无袴被;暑即扇床枕,寒即以身温席。”〇咏孝养父母。唐孟浩然《送洗然弟进士举》:“昏定须温席,寒多未授衣。”另参见器用部·日用“江夏枕”、器用部·日用“黄香扇”。

【捧檄心】　《后汉书·刘赵淳于江刘周赵列传序》:“庐江毛义少节,家贫,以孝行称。南阳人张奉慕其名,往候之。坐定而府檄适至,以义守令,义奉檄而入,喜动颜色。奉者,志尚士也,心贱之,自恨来,固辞而去。及义母死,去官行服。数辟公府,为县令,进退必以礼。后举贤良,公车征,遂不至。张奉叹曰:‘贤者固不可测。往日之喜,乃为亲屈也。斯盖所谓“家贫亲老,不择官而仕”者也。’”〇指为侍奉母亲而出仕。明吴廷翰《送陈邦直教临海》:“韦氏传经业,毛生捧檄心。”另参见器用部·其他“毛子檄”、人物部·官吏“捧檄毛公”。

2 **【投杼】**　参见人事部·冤怨“谗言三及”。〇指流言可畏。唐李白《系寻阳上崔相涣三首》之二:“虚言误公子,投杼惑慈亲。”

【冷灰画荻】　参见文明部·学识“荻字”。清赵翼《蔡寡妇诗》:“冷灰画荻孤儿字,宿火鸣机寡女丝。”

【封鲊】　《晋书·列女传·陶侃母湛氏》:“(陶)侃少为寻阳县吏,尝监鱼梁,以一坩鲊遗母。湛氏封鲊及书,责侃曰:‘尔为吏,以官物遗我,非惟不能益吾,乃以增吾忧矣。’”〇咏母教贤明。清袁枚《沭阳杂兴八首》之一:“廉吏不须封鲊去,冯驩久已食无鱼。”另参见器用部·饮食“陶公鲊”。

【剪髻】　《世说新语·贤媛》:“陶公(侃)少有大志,家酷贫,与母湛氏同居。同郡范逵素知名,举孝廉,投侃宿。于时冰雪积日,侃室如悬罄,而逵马仆甚多。侃母湛氏语侃曰：‘汝但出外留客，吾自为计。’湛头发委地，下为二髲，卖得数斛米。斫诸屋柱，悉割半为薪，剉诸荐以为马草。日夕，遂设精食，从者皆无所乏。逵既叹其才辩，又深愧其厚意，……逵及洛，遂称之于羊晫、顾荣诸人，大获美誉。”○喻贤母教子有方，或喻诚心待客。宋黄庭坚《乐寿县君吕氏挽词二首》之一：“剪髻宾筵盛，齐眉妇礼闲。”另参见伦类部·宾主“截发留客”、人体部·头面“断发”、人事部·贫贱“剪髻鬟”。

3【**邓家无子**】 《晋书·邓攸传》：“（邓）攸弃子之后，妻不复孕。过江，纳妾，甚宠之，讯其家属，说是北人遭乱，忆父母姓名，乃攸之甥。攸素有德行，闻之感恨，遂不复畜妾，卒以无嗣。时人义而哀之，为之语曰：‘天道无知，使邓伯道无儿。’”○指没有子嗣。唐白居易《老来生计》：“陶令有田唯种黍，邓家无子不留金。”

【**过庭**】 参见器用部·宫室“鲤庭”。唐李商隐《五言述德抒情诗一首四十韵献上杜七兄仆射公》：“过庭多令子，乞墅有名甥。”

【**投璧负婴**】 参见人事部·其他“投璧负婴儿”。○喻轻财利重亲情。宋黄庭坚《答德甫弟》：“何况极天无以报，林回投璧负婴儿。”

【**慈亲倚门**】 《战国策·齐策六》：“王孙贾年十五，事闵王。王出走，失王之处。其母曰：‘女朝出而晚来，则吾倚门而望；女暮出而不还，则吾倚闾而望。女今事王，王出走，女不知其处，女尚何归？’”○咏长辈对子女牵挂。唐许浑《王可封临终》：“今朝埋骨寒山下，为报慈亲休倚门。”另参见器用部·宫室“倚门”、人事部·情感“倚门愁”。

【**掇蜂**】 参见动物部·虫豸“伯奇掇蜂”。○喻离间父子。唐白居易《新乐府·天可度》：“劝君掇蜂君莫掇，使君父子成豺狼。”

【**慈母择邻**】 汉刘向《列女传·母仪·邹孟轲母传》：“邹孟

轲之母也,号孟母。其舍近墓,孟子之少也,嬉游为墓间之事,踊跃筑埋。孟母曰:‘此非吾所以居处子也。’乃去,舍市傍,其嬉戏为贾人衒卖之事。孟母又曰:‘此非吾所以居处子也。’复徙,舍学宫之傍,其嬉游乃设俎豆,揖让进退。孟母曰:‘真可以居吾子矣。’遂居之。及孟子长,学六艺,卒成大儒之名。”〇喻为子女选择好的环境,或喻迁居不定。宋苏轼《崔文学甲携文见过》:“自言总角岁,慈母为择邻。”另参见人物部·其他“孟邻”。

【麒麟儿】 《拾遗记·周灵王》:“周灵王立二十一年,孔子生于鲁襄公之世。……夫子未生时,有麟吐玉书于阙里人家,文云:‘水精之子,系衰周而素王。’故二龙绕室,五星降庭。徵在贤明,知为神异,乃以绣绂系麟角,信宿而麟去。”〇用以美称他人儿子。唐杜甫《徐卿两子歌》:“孔子释氏亲抱送,并是天上麒麟儿。”另参见动物部·走兽“麒麟”、人物部·圣贤“天上麒麟”。

4 **【已倾荀奉倩】** 参见人事部·情感“荀奉倩”。南朝梁刘缓《敬酬刘长史咏名士悦倾城》:“已倾荀奉倩,能迷石季伦。”

【太常妻】 《后汉书·周泽传》:“以(周)泽行司徒事,如真。泽性简,忽威仪,颇失宰相之望。数月,复为太常。清洁循行,尽敬宗庙。常卧疾斋宫,其妻哀泽老病,窥问所苦。泽大怒,以妻干犯斋禁,遂收送诏狱谢罪。当世疑其诡激。时人为之语曰:‘生世不谐,作太常妻,一岁三百六十日,三百五十九日斋。’”〇用于夫妻调侃。唐李白《赠内》:“虽为李白妇,何异太常妻。”另参见器用部·饮食“太常斋”。

【牛女】 参见天文部·时令“七夕”。唐杜甫《一百五日夜对月》:“牛女漫愁思,秋期犹渡河。”

【分鸾】 参见动物部·飞禽“镜中鸾”。唐杨衡《夷陵郡内叙别》:“分鸾岂遐阻,别剑念相寻。”

【示山妻】 参见人体部·头面“仪舌”。唐李白《赠范金卿二首》之一:“只应自索漠,留舌示山妻。”

【石望夫】 参见地理部·土石“望夫石”。宋黄庭坚《次韵杨明叔四首》之四:“窃观今日事,君与古人俱。气类莺求友,精诚石望夫。”

【老莱藉嘉耦】 参见人物部·妇女“莱妻”。唐王绩《山中叙志》:“张奉娉贤妻,老莱藉嘉耦。”

【伯鸾妻】 参见人物部·妇女“齐眉”。清赵翼《题蒋心馀归舟安稳图》:“难得全家总高致,介之推母伯鸾妻。”

【庄缶击】 参见文明部·歌舞“漆园歌”。晋潘岳《悼亡诗三首》之一:“庶几有时衰,庄缶犹可击。”

【刘伶妇】 参见人事部·狂放“刘伶病酲”。〇喻劝戒酒之人。宋苏轼《小儿》:“大胜刘伶妇,区区为酒钱。”

【阮郎妻】 参见人物部·其他“刘郎”。唐秦系《题女道士居》:“共知仙女丽,莫是阮郎妻。”

【杞妻】 参见人物部·妇女“杞梁妻”。唐李白《东海有勇妇》:“梁山感杞妻,恸哭为之倾。”

【穷士妻贤】 参见器用部·日用“黔娄被”、人物部·妇女“黔娄妻”。唐白居易《赠内》:“黔娄固穷士,妻贤忘其贫。”

【画眉夫婿】 《汉书·张敞传》:“(张)敞为京兆……为妇画眉,长安中传张京兆眉怃。有司以奏敞,上问之,对曰:‘臣闻闺房之内,夫妇之私,有过于画眉者。’上爱其能,弗备责也。”〇咏夫妇间风流情好。唐李频《春闺怨》:“红妆女儿灯下羞,画眉夫婿陇西头。”另参见人体部·头面“双眉妩”、人物部·官吏“京兆画蛾眉”、人事部·情感“京兆画”。

【周妻】 参见九流部·宗教“何肉周妻”。明汤显祖《正觉院箨龙轩饮帅大仪得七字》:“何肉等荒淫,周妻谢灵匹。”

【泣牛衣】 参见人事部·贫贱“卧牛衣”。宋苏轼《追和戊寅岁上元》:"合浦卖珠无复有,当年笑我泣牛衣。"

【细君】 《汉书·东方朔传》:"久之,伏日,诏赐从官肉。大官丞日晏不来,(东方)朔独拔剑割肉,谓其同官曰:'伏日当蚤归,请受赐。'即怀肉去。大官奏之。朔入,上曰:'昨赐肉,不待诏,以剑割肉而去之,何也?'朔免冠谢。上曰:'先生起自责也。'朔再拜曰:'朔来!朔来!受赐不待诏,何无礼也!拔剑割肉,壹何壮也!割之不多,又何廉也!归遗细君,又何仁也!'上笑曰:'使先生自责,乃反自誉!'复赐酒一石,肉百斤,归遗细君。"○指妻子。宋苏轼《上元侍饮》:"归来一点残灯在,犹有传柑遗细君。"另参见器用部·饮食"割肉"、人事部·行止"怀肉"。

【荆妇】 参见人物部·妇女"荆钗布裙"。清赵翼《移寓春树胡同》:"赁春尚未偕荆妇,祭灶仍先请比邻。"

【故剑】 《汉书·外戚传上·孝宣许皇后传》:汉宣帝微时,娶暴室啬夫许广汉女许平君。及登帝位,"平君为婕妤。是时,霍将军有小女,与皇太后有亲。公卿议更立皇后,皆心仪霍将军女,亦未有言。上乃诏求微时故剑,大臣知指,白立许婕妤为皇后。"○喻称结发妻子。唐骆宾王《艳情代郭氏答卢照邻》:"倒提新缣成慊慊,翻将故剑作平平。"另参见武备部·兵器"故剑"、人事部·情感"思故剑"。

【破镜重寻】 参见器用部·日用"半镜"。○喻夫妻失散后重聚。唐罗虬《比红儿诗》之五十八:"红儿若向隋朝见,破镜无因更重寻。"

【射雉】 《左传·昭公二十八年》:"昔贾大夫恶,娶妻而美,三年不言不笑,御以如皋,射雉,获之,其妻始笑而言。贾大夫曰:'才之不可以已。我不能射,女遂不言不笑!'"○指因才艺而博得妻室欢心。宋黄庭坚《戏和文潜谢穆父松扇》:"持赠小君聊一笑,不须射雉彀黄间。"另参见武备部·兵器"如皋一箭"、九流部·杂技"如皋射雉"。

【卿卿】 南朝宋刘义庆《世说新语·惑溺》:"王安丰(王

戎)妇常卿安丰,安丰曰:'妇人卿婿,于礼为不敬,后勿复尔。'妇曰:'亲卿爱卿,是以卿卿,我不卿卿,谁当卿卿。'遂恒听之。"○指夫妇或情人间的昵称。唐韩偓《偶见》:"小叠红笺书恨字,与奴方便寄卿卿。"

【韩侯妇】 参见人事部·情感"相思树"。唐邵谒《金谷园怀古》:"不学韩侯妇,衔冤报宋王。"

【窦家妻】 参见文明部·诗词"织锦回文"。隋薛道衡《昔昔盐》:"采桑秦氏女,织锦窦家妻。"

5 **【二龙】** 《世说新语·赏誉》:"谢子微见许子将兄弟曰:'平舆之渊,有二龙焉。'"南朝梁刘孝标注:"《汝南先贤传》曰:谢甄字子微,汝南邵陵人。明识人伦,虽郭林宗不及甄之鉴也。见许子将兄弟弱冠时,则曰:'平舆之渊有二龙。'……许虔字子政,平舆人。体尚高洁,雅正宽亮,谢子微见虔兄弟叹曰:'若许子政者,幹国之器也。'虔弟劭,声未发时,时人以谓不如虔。虔恒抚髀称劭,自以为不及也。释褐为郡功曹,黜奸废恶,一郡肃然,年三十五岁卒。"○喻并有才名的两兄弟。唐李白《送二季之江东》:"多惭一日长,不及二龙贤。"另参见动物部·鳞介"二龙"。

【三荆】 南朝梁吴均《续齐谐记》:"京兆田真兄弟三人共议分财生赀,皆平均,惟堂前一株紫荆树,共议欲破三片。明日,就截之,其树即枯死,状如火然。真往见之,大惊,谓诸弟曰:'树本同株,闻将分斫,所以憔悴。是人不如木也。'因悲不自胜,不复解树,树应声荣茂。兄弟相感,合财宝,遂为孝门。真仕至太中大夫。"○喻指兄弟。晋陆机《豫章行》:"三荆欢同株,四鸟悲异林。"另参见植物部·木本"紫荆树"。

【子敬】 参见人事部·病死"人琴两亡"。唐窦蒙《题弟臮述书赋后》:"季江留被在,子敬与琴亡。"

【白眉人】 参见人体部·头面"白眉"。唐陈子昂《合州津口别舍弟至东阳峡步趁不及眷然有忆作以示之》:"思积芳庭树,心断白眉人。"

【汉谣】 参见植物部·草本"斗粟"。唐李白《箜篌谣》:"汉谣一斗粟,不与淮南舂。兄弟尚路人,吾心安所从。"

【对床夜雨】 宋苏辙《逍遥堂会宿》诗序:"辙幼从子瞻(苏轼)读书,未尝一日相舍。既壮,将游宦四方。读韦苏州(应物)诗至'安知风雨夜,复此对床眠',恻然感之,乃相约早退,为闲居之乐。"○喻好友、兄弟的欢聚。宋苏轼《送刘寺丞赴余姚》:"中和堂后石楠树,与君对床听夜雨。"另参见天文部·气象"联床雨"、伦类部·师友"风雨对床"、器用部·日用"对床"、人事部·睡眠"夜雨对床眠"。

【阿大中郎】 《世说新语·贤媛》:"王凝之谢夫人(道韫)既往王氏,大薄凝之。既还谢家,意大不说。太傅(谢安)慰释之曰:'王郎,逸少之子,人材亦不恶,汝何以恨乃尔?'答曰:'一门叔父,则有阿大、中郎;群从兄弟,则有封、胡、遏(《晋书》作"羯")、末。不意天壤之中,乃有王郎!'"○美称兄弟。宋苏轼《贺陈述古弟章生子》:"参军新妇贤相敌,阿大中郎喜有余。"

【阿连】 参见人事部·睡梦"梦惠连"。○指兄弟。唐白居易《将归渭村先寄舍弟》:"为报阿连寒食下,与吾酿酒扫柴扉。"

【封胡羯末】 参见伦类部·兄弟"阿大中郎"。宋苏轼《蜜酒歌又一首答二犹子与王郎见和》:"封胡羯末已可怜,不知更有王郎子。"

【难弟难兄】 参见伦类部·师友"二难"。○亦喻两物并美,或指两者同样低劣。清魏源《二室行》:"太室之胜山内藏,少室之奇山外仰。难弟难兄孰相让?"

【萁燃】 参见文明部·诗词"七步咏"。○喻兄弟相逼,或喻内部不和。清黄鹭来《寄怀吕大风》:"屐虽齿折诚何碍,吟到萁燃未免猜。"

【棠棣】 《诗·小雅·常棣》序:"《常棣》,燕兄弟也。闵管蔡之失道,故作《常棣》焉。"毛传:"周公吊二叔(管叔、蔡叔)之不咸,而使兄弟之恩疏,召公为作此诗而歌之,以亲之。"《常棣》首章为:"常棣之华,鄂(萼)不韡韡(光明貌)。凡今之人,莫如兄弟。"常,一作棠。○喻兄弟。唐沈佺期《洛州萧司兵谒兄还赴洛成礼》:"棠棣日光辉,高襟应序归。"另参见植物部·花卉"棣萼"。

6【卫玠】《世说新语·容止》:"骠骑王武子是卫玠之舅,俊爽有风姿,见玠辄叹曰:'珠玉在侧,觉我形秽!'"○用于称美外甥。唐李端《酬丘拱外甥览余旧文见寄》:"舅乏郄鉴爱,君如卫玠贤。"另参见人物部·人杰"卫叔美"。

【宅相】《晋书·魏舒传》:"魏舒……少孤,为外家宁氏所养。宁氏起宅,相宅者云:'当出贵甥。'外祖母以魏氏甥小而慧,意谓应之。舒曰:'当为外氏成此宅相。'"○称美外甥。唐李白《赠别从甥高五》:"能成吾宅相,不减魏阳元。"另参见九流部·杂技"相宅"、器用部·宫室"弊宅因之"。

7【二疏】《汉书·疏广传》:汉宣帝时,疏广为太傅,其兄之子疏受为少傅。后两人同时告老,还乡之日,"送者车数百辆,辞决而去。及道路观者皆曰:'贤哉二大夫!'或叹息为之下泣。"○喻叔侄并贤,又咏功成身退。唐权德舆《奉送韦起居老舅百日假满归嵩阳旧居》:"四皓本违难,二疏犹待年。"另参见人物部·官吏"疏太傅"、人物部·圣贤"汉二疏"、人事部·雅逸"疏受杜门"。

【乞墅】参见人事部·情感"喜折屐"、九流部·杂技"赌墅"。唐李商隐《五言述德抒情诗一首四十韵献上杜七兄仆射相公》:"过庭多令子,乞墅有名甥。"

8【东床客】参见人体部·肢体"坦腹"。唐刘长卿《登迁仁楼酬子婿李穆》:"赖有东床客,池塘免寂寥。"

9【求凰】参见人事部·情感"求凰"。○喻男子求佳偶。金元好问《王子文琴斋》:"天上秋风月底霜,求凰一曲鬓丝长。”

【吹箫伴】 参见九流部·神仙“乘鸾”。○喻情郎或佳偶。唐刘禹锡《赠东岳张炼师》：“云衢不要吹箫伴，只拟乘鸾独自飞。”

10**【子平嫁娶】** 《后汉书·逸民列传·向长传》：“（向长）隐居不仕，性尚中和。……建武中，男女娶嫁既毕，敕断家事勿相关，当如我死也。于是遂肆意，与同好北海禽庆俱游五岳名山，竟不知所终。”○指儿女婚嫁。唐白居易《将归渭村寄舍弟》：“子平嫁娶贫中毕，元亮田园醉里归。”另参见人事部·志趣“向平愿”。

11**【白云行处】** 参见天文部·气象“亲舍云”。宋黄庭坚《次韵寅庵四首》之二：“白云行处应垂泪，黄犬归时早寄书。”

（二）师友

1. 师生　2. 朋友

1**【立雪程门】** 《宋史·杨时传》：“（杨时）见程颐于洛，时盖年四十矣。一日见颐，颐偶瞑坐，时与游酢侍立不去。颐既觉，则门外雪深一尺矣。”○咏尊师重道。清赵翼《梅花》之一：“单身立雪程门弟，素面朝天虢国姨。”另参见天文部·气象“程门雪”。

【过庭交分】 参见器用部·宫室“过庭”。○喻与人同学。唐杜牧《寄宣州郑谏议》：“再拜宜同丈人行，过庭交分有无同。”

【绛帐】 《后汉书·马融传》：“（马）融才高博洽，为世通儒，教养诸生，常有千数。涿郡卢植、北海郑玄皆其徒也。善鼓琴、好吹笛，达生任性，不拘儒者之节，居宇器服，多存侈饰。常坐高堂，施绛纱帐，前授生徒，后列女乐，弟子以次相传，鲜有入其室者。”○喻授业师长或授课处所。唐卢纶《上巳日陪齐相公花楼宴》：“礼卑瞻绛帐，恩浃厕华缨。”另参见器用部·日用“马融帐”。

【载酒生徒】 参见文明部·学识“问奇字”。清赵翼《寄顾北墅》:“载酒生徒扬子宅,焚香书画米家船。”

【桃李满天下】 《韩诗外传》第七卷第二十章:“魏文侯之时,子质仕而获罪焉,去而北游,谓简主曰:‘从今已后,吾不复树德于人矣。’简主曰:‘何以也?’质曰:‘吾所树堂上之士半,吾所树朝廷之大夫半,吾所树边境之人亦半。今堂上之士恶我于君,朝廷之大夫恐我以法,边境之人劫我以兵,是以不复树德于人也。’简主曰:‘噫!子之言过矣。夫春树桃李,夏得荫其下,秋得食其实。春树蒺藜,夏不可采其叶,秋得其刺焉。由此观之,在所树也。’”○喻培养的人才众多。唐白居易《奉和令公绿野堂种花》:“令公桃李满天下,何用堂前更种花?”另参见植物部·木本“桃李”。

【跪履】 参见器用部·衣冠“取履”。宋苏轼《和陶渊明读山海经十三首》之十一:“素书在黄石,岂敢辞跪履?”

2**【二难】** 《世说新语·德行》:“陈元方子长文,有英才,与季方子孝先,各论其父功德,争之不能决,咨于太丘,太丘曰:‘元方难为兄,季方难为弟’。”○喻有贤德的兄弟或朋友。唐罗隐《暇日感怀因寄同院吴蜕拾遗》:“今日二难俱大夜,当时三幅谩高才。”另参见伦类部·亲眷“难兄难弟”。

【十日欢】 《史记·范雎蔡泽列传》:“秦昭王闻魏齐在平原君所,欲为范雎必报其仇,乃详为好书遗平原君曰:‘寡人闻君之高义,愿与君为布衣之友,君幸过寡人,寡人愿与君为十日之饮。’”○指朋友相见而饮酒尽欢。唐李白《寻鲁城北范居士失道落苍耳中见范置酒摘苍耳作》:“近作十日欢,远为千载期。”另参见器用部·饮食“十日饮”。

【大被姜郎】 参见器用部·日用“姜被”。明李东阳《春寒二十韵》:“绨袍范叔谁相恋,大被姜郎且共亲。”

【山阳会】 参见文明部·礼乐“山阳笛”。唐崔峒《赠窦十九》:“山阳会里同人少,灞曲农时故老稀。”

【千里驾】 参见器用部·车船“嵇生驾”。唐房琯《题汉州西湖》:“同人千里驾,邻国五马车。”

【车笠相逢】 晋周处《风土记》:“越俗性率朴,初与人交,有礼封土坛,祭以犬鸡,祝曰:‘卿虽乘车我戴笠,后日相逢下车揖;我步行,卿乘马,后日相逢君当下。’”〇指交情不因身份贵贱变化而变化。清尤侗《哭晋顾庵学士二首》之二:“车笠相逢三十年,少君一岁我随肩。”另参见器用部·衣冠“戴笠”、器用部·车船“车笠交游”。

【风雨对床】 参见伦类部·亲眷“对床夜雨”。清唐孙华《哭大兄允中》:“仿佛梦魂怀远驿,潇潇风雨对床声。”

【卞和】 参见器用部·珍宝“和氏玉”。〇指知音。唐李涉《送颜觉赴举》:“居然一片荆山玉,可怕无人是卞和。”

【仙侣同舟】 《后汉书·郭太传》:郭太,字林宗,“始见河南尹李膺,膺大奇之,遂相友善,于是名震京师。后归乡里,衣冠诸儒送至河上,车数千辆。林宗唯与李膺同舟而济,众宾望之,以为神仙焉。”〇喻指知己,或指沾名人的光。唐杜甫《秋兴》之八:“佳人拾翠春相问,仙侣同舟晚更移。”另参见器用部·车船“膺舟”、人事部·雅逸“李郭仙”。

【永和人】 晋王羲之《兰亭集序》:“永和九年,岁在癸丑,暮春之初,会于会稽山阴之兰亭,修禊事也。群贤毕至,少长咸集,此地有崇山峻岭,茂林修竹,又有清流激湍,映带左右,引以为流觞曲水,列坐其次。虽无丝竹管弦之盛,一觞一咏,亦足以畅叙幽情。”〇咏朋友聚会。唐独孤及《同徐侍郎五云溪新亭重阳宴集作》:“岂令永和人,独擅山阴游。”另参见天文部·时令“永和春”、器用部·宫室“兰亭”、文明部·书画“醉本兰亭”、人事部·雅逸“兰亭会”。

【竹马】《后汉书·郭伋传》:“(郭)伋前在并州,素结恩德,及后入界,所到县邑,老幼相携,逢迎道路。……始至行部,到西河美稷,有童儿数百,各骑竹马,道次迎拜。”《世说新语·方正》:诸葛靓与武帝有旧,“帝欲见之无由,乃请诸葛妃呼靓。既来,帝就太妃间相见。礼毕,酒酣,帝曰:‘卿故复忆竹马之好不?’”〇喻指儿时朋友,或喻地方长官的良好政绩。唐白居易《送王卿使君赴任苏州因思花迎新使感旧游寄题郡中木兰西院一别》:“不论竹马尽成人,亦恐桑田半为海。”另参见植物部·木本“骑青竹”、人物部·官吏“竹儿争见”、政事部·治理“竹马迎”。

【竹林欢】 参见人物部·圣贤“七贤”。南朝梁萧统《咏山涛王戎诗》:“山公弘识量,早厕竹林欢。”

【负荆】 参见人物部·将相“廉蔺”。〇指向朋友请罪、道歉。唐李白《自广平乘醉走马六十里至邯郸登城楼览古书怀》:“两虎不可斗,廉公终负荆。”

【交情】 参见器用部·宫室“雀罗门”。唐骆宾王《帝京篇》:“黄金销铄素丝变,一贵一贱交情见。”

【访戴】《世说新语·任诞》:“王子猷居山阴,夜大雪,眠觉,开室命酌酒,四望皎然。因起仿偟,咏左思《招隐诗》,忽忆戴安道。时戴在剡,即便夜乘小船就之。经宿方至,造门不前而返。人问其故,王曰:‘吾本乘兴而行,兴尽而返,何必见戴!’”〇喻指访友或行事洒脱。唐李白《酬坊州王司马与阎正字对雪见赠》:“访戴昔未偶,寻嵇此相得。”另参见天文部·气象“山阴野雪”、地理部·水流“访剡溪”、地理部·城建“山阴道”、器用部·车船“剡溪船”、人事部·雅逸“子猷兴”、人事部·志趣“子猷归”。

【寻嵇】 参见人物部·其他“凡鸟”。〇喻对朋友的思念。唐李白《酬坊州王司马与阎正字对雪见赠》“访戴昔未偶,寻嵇此相得。”

【把臂托】　《后汉书·朱晖传》:“初,(朱)晖同县张堪素有名称,尝于太学见晖,甚重之,接以友道,乃把晖臂曰:‘欲以妻子托朱生。’晖以堪先达,举手未敢对。……堪卒,晖闻其妻子贫困,乃自往候视,厚赈赡之。晖少子颉怪而问之曰:‘大人不与堪为友,平生未曾相闻,子孙窃怪之。’晖曰:‘堪尝有知己之言,吾以信于心也。’”〇喻知心好友。唐陈子昂《同旻上人伤寿安傅少府》:“把臂虽无托,平生固亦亲。”另参见人体部·肢体“把臂”。

【忘年】　参见政事部·议政“荐贤”。宋黄庭坚《和东坡送仲天贶王元直六言韵》:“老忆夷门老将,当年许我忘年。”

【张范】　《后汉书·独行列传·范式传》:范式,字巨卿,“与汝南张劭为友。劭字元伯。二人并告归乡里。式谓元伯曰:‘后二年当还,将过拜尊亲,见孺子焉。’乃共剋期日。后期方至,元伯具以白母,请设馔以候之。母曰:‘二年之别,千里结言,尔何相信之审邪?’对曰:‘巨卿信士,必不乖违。’母曰:‘若然,当为尔醞酒。’至其日,巨卿果到,升堂拜饮,尽欢而别。”谢承《后汉书》亦有此事。有张劭“杀鸡作黍”之说。〇喻指友人间以诚相待。唐王昌龄《郑县宿陶太公馆中赠冯六元二》:“张范善终始,吾等岂不慕。”另参见伦类部·宾主“具鸡黍”、器用部·饮食“鸡黍”。

【青眼客】　参见人体部·头面“青眼”。〇指知心朋友。唐王维《赠韦穆十八》:“与君青眼客,共有白云心。”

【幸遇韩京兆】　参见文明部·诗词“推敲”。〇指遇到知音。元王冕《贾阆仙骑驴图》:“穷吟苦思不觉老,知音幸遇韩京兆。”

【周郎】　参见文明部·礼乐“周郎顾”。唐贯休《酬张相公见寄》:“周郎怀抱好知音,常爱山僧物外心。”

【沫相濡】　参见动物部·鳞介“涸鱼”。唐骆宾王《久戍边城有怀京邑》:“共矜名已泰,讵肯沫相濡?”

【挂剑】 《史记·吴太伯世家》:"季札之初使,北过徐君,徐君好季札剑,口弗敢言。季札心知之。为使上国,未献。还至徐,徐君已死。于是乃解其宝剑系之徐君冢树而去。"○表示追念亡友。宋黄庭坚《李濠州挽词》:"虽云挂剑来坟上,亦恐藏书在壁中。"另参见地理部·城建"徐君墓"、武备部·兵器"留徐剑"、人事部·情感"许剑"、人事部·死丧"悬剑"。

【指囷】 《三国志·吴志·鲁肃传》:"周瑜为居巢长,将数百人故过候(鲁)肃,并求资粮。肃家有两囷米,各三千斛,肃乃指一囷与周瑜。"○喻指慷慨之友。唐李咸用《古意论交》:"见义必许死,临危当指囷。"另参见植物部·草本"赠粟"。

【鸥伴侣】 参见人事部·其他"忘机"。清赵翼《赠保堂》:"便拟结盟鸥伴侣,相携望海蜃楼台。"

【钟期】 参见文明部·礼乐"高山流水"。唐李白《月夜听卢子顺弹琴》:"钟期久已没,世上无知音。"

【重绨袍】 参见器用部·衣冠"范叔袍"。唐戎昱《冬夜宴梁十三厅》:"夜寒销腊酒,霜冷重绨袍。"

【班荆椒举】 参见植物部·木本"班荆"。唐李德裕《夏晚有怀平泉林居》:"眷阙悲子牟,班荆感椒举。"

【唇亡齿枯】 参见人体部·头面"唇齿"。唐白居易《哭刘尚书梦得二首》之二:"不知箭折弓何用,兼恐唇亡齿亦枯。"

【倾盖】 参见器用部·车船"盖倾"。唐杜甫《赠王二十四侍御契四十韵》:"客则挂冠至,交非倾盖新。"

【寄梅】 参见植物部·花卉"陇头梅"。清赵翼《驿柳诗和蒋立庵》之四:"寄梅人去青莲陇,筹笔窗开绿满庭。"

【弹冠】 参见人事部·情感"弹冠喜"。宋苏轼《次韵钱穆父会饮》:"弹冠恨不早,挂冠常苦迟。"

【腹痛约】 参见人事部·病死"斗酒只鸡"。清钱谦益《饮酒》之六:“誓践腹痛约,南下湘水滨。”

【缟纻】 参见器用部·衣冠“缟带”。隋孙万寿《答杨世子》:“缟纻始云赠,胶漆乃相投。”

【管鲍交】 《列子·力命》:“管仲尝叹曰:吾少穷困时尝与鲍叔贾,分财多自与,鲍叔不以我为贪,知我贫也;吾尝为鲍叔谋事而大穷困,鲍叔不以我为愚,知时有利不利也;吾尝三仕三见逐于君,鲍叔不以我为不肖,知我不遭时也;吾尝三战三北,鲍叔不以我为怯,知我有老母也;公子纠败,召忽死之,吾幽囚受辱,鲍叔不以我为无耻,知我不羞小节而耻名不显于天下也。生我者父母,知我者鲍叔也。”〇喻指知心之交。晋傅玄《何当行》:“管鲍不世出,结交安可为。”另参见人物部·人杰“管鲍”、人事部·禀性“鲍叔义”、人事部·贫贱“贫时交”。

【裹鸡】 《后汉书·徐稚传》李贤注引谢承《后汉书》:“(徐)稚诸公所辟虽不就,有死丧负笈赴吊。常于家豫炙鸡一只,以一两棉絮渍酒中,暴干以裹鸡,径到所起冢隧外,以水渍棉使有酒气,斗米饭,白茅为藉,以鸡置前,醊酒毕,留谒则去,不见丧主。”〇指悼念亡友。唐唐彦谦《过浩然先生墓》:“行客须当下马过,故交谁复裹鸡来?”另参见器用部·饮食“渍酒”、器用部·饮食“裹鸡”、人事部·病死“徐稚吊”。

【赠麦舟】 参见器用部·车船“麦舟”。清方文《奉别李观察溉林先生》:“曾于熙水分囷粟,又向彭城赠麦舟。”

【赠鞭】 《左传·文公十三年》:“晋人患秦之用士会也,……乃使魏寿余伪以魏叛者以诱士会,执其帑于晋,使夜逸。……乃行,绕朝赠之以策,曰:‘子无谓秦无人,吾谋适不用也。’”〇咏赠别。清钱谦益《眼镜篇送张七异度北上公车》:“张兄偕计北上燕,束刍禭丝当赠鞭。”另参见器用部·其他“绕朝鞭”、人事部·情感“绕朝赠”。

（三）宾主

【三千客】 参见人物部·其他“珠履客”。○指贵客盈门。宋范成大《次韵甄云卿晚登浮丘亭》：“宾筵旧压三千客，燕榭新高十二城。”

【延枚】 参见天文部·气象“梁园雪”。○指延集宾客。唐李商隐《忆雪》：“预约延枚酒，虚乘访戴船。”

【交态】 参见器用部·宫室“雀罗门”。唐杜甫《赠虞十五司马》：“交态知浮俗，儒流不异门。”

【苏鬼】 参见植物部·木本“薪桂”。○指谒客。唐骆宾王《在江南赠宋五之问》：“李仙非易托，苏鬼尚难因。”

【陈遵投辖】 参见器用部·车船“孟公辖”。唐骆宾王《帝京篇》：“陆贾分金将晏喜，陈遵投辖正留宾。”

【卧下床】 参见人事部·禀性“豪气元龙”。○指简慢客人。清赵翼《题闽游草后》之一：“共和殷浩宜高阁，偏伴陈登卧下床。”

【招车胤】 《世说新语·识鉴》：“（车）胤长，又为桓宣武所知。清通于多士之世，官至选曹尚书。”刘孝标注引《续晋阳秋》：“（车胤）字武子，南平人。……及长，风姿美劭，机悟敏率。桓温在荆州取为从事，一岁至治中。胤既博学多闻，又善于激赏。当时每有盛坐，胤必同之，皆云：‘无车公不乐。’太博谢公游集之日，开筵以待之。”○指请佳宾，或指宴会游赏。唐元稹《酬翰林白学士代书一百韵》：“情会招车胤，闲行觅戴逵。”另参见器用部·饮食“车公停杯”。

【具鸡黍】 参见伦类部·师友“张范”。○喻招待客人。唐孟浩然《过故人庄》：“故人具鸡黍，邀我至田家。”

【恶宾】 《西京杂记》卷二：“公孙弘起家徒步，为丞相。故人高贺从之，弘食以脱粟饭，覆以布被。贺怨曰：‘何用故人富贵为？脱粟布被，我自有之。’弘大惭。贺告人曰：

‘公孙弘内服貂蝉,外衣麻枲,内厨五鼎,外膳一肴,岂可以示天下?’于是朝廷疑其矫焉。弘叹曰:‘宁逢恶宾,不逢故人!’”〇指庸俗不堪或不怀好意的客人。宋苏轼《和苏州太守王规文侍太夫人观灯之什》之二:“安排诗律追强对,蹭蹬归期为恶宾。”

【倒屣迎】 《三国志·魏志·王粲传》:“献帝西迁,(王)粲徙长安,左中郎将蔡邕见而奇之,时邕才学显著,贵重朝廷,常车骑填巷,宾客盈坐。闻粲在门,倒屣迎之。粲至,年既幼弱,容状短小,一坐尽惊。邕曰:‘此王公孙也,有异才,吾不如也。吾家书籍文章,尽当与之。’”〇指对贤才尊重,或指对宾客热情。唐王维《春过贺遂员外药园》:“画畏开厨走,来蒙倒屣迎。”另参见器用部·衣冠“中郎屣”、政事部·议政“倒屐”。

【留宾】 参见地理部·城建“郑驿”。唐杜甫《赠王二十四侍御契四十韵》:“山阳无俗物,郑驿正留宾。”

【梁苑客】 参见天文部·气象“梁苑雪”。〇指有才华的宾客。唐李白《秋夜与刘砀山泛宴喜亭池》:“文招梁苑客,歌动郢中儿。”

【置醴】 参见器用部·饮食“楚醴”。唐杜甫《壮游》:“曳裾置醴地,奏赋入明光。”

【解榻】 参见器用部·日用“徐孺榻”。唐李白《春陪商州裴使君游石娥溪》:“我来属芳节,解榻时相悦。”

【截发留客】 参见伦类部·亲眷“剪髻”。明王思任《寿汤母傅太夫人六十》:“截发留贤客,帷纱对讲徒。”

四、人体部

（一）头面

1．头　2．发（鬓）　3．额　4．领　5．颜面　6．貌　7．七窍　8．眉　9．眼（目、瞳）　10．鼻　11．耳　12．口　13．唇齿　14．舌　15．须髯

1**【长头】**　《后汉书·贾逵传》："（贾逵）身长八尺二寸，诸儒为之语曰：'问事不休贾长头。'"《梁书·范岫传》："南乡范云谓人曰：'诸君进止威仪，当问范长头。'以岫多识前代旧事也。"○喻博学之士。宋陆游《秋晚寓叹》："一端聊自慰，问事有长头。"另参见人物部·人杰"长头儿"。

【头上千薪】　参见政事部·议政"积薪"。清赵翼《七十自述》之十八："胸中五岳平犹起，头上千薪积已高。"

【头似笔】　《魏书·古弼传》："世祖大阅，将校猎于河西。弼留守，诏以肥马给骑人，弼命给弱者。世祖大怒曰：'尖头奴，敢裁量朕也！朕还台，先斩此奴。'弼头尖，世祖常名之曰'笔头'，是以时人呼为'笔公'。"○指人忠直耿介。宋刘筠《受诏修书述怀感事三十韵》："直非头似笔，智谢里名樗。"另参见政事部·忠直"头似笔"。

【放出头】　参见文明部·学识"出头地"。清丘逢甲《次韵寄谭彤士桂林》之三："欧阳门下吾尤愧，但有文章放出头。"

【悬头】　参见文明部·学识"悬头苦学"。唐李商隐《咏怀寄秘阁旧僚二十六韵》："悬头曾苦学，折臂反成医。"

【焦头】　参见器用部·日用"徙薪"。○喻身陷困境。金元好问《壬辰十二月车驾东狩即事五首》之三："焦头无客知移突，曳足何人与共船？"

2【三握发】 参见人物部·帝王"周公吐哺"。宋陆游《老病谢客或者非之戏作》:"客至难令三握发,佛来仅可小低头。"

【发冲冠】 参见地理部·水流"易水"。唐骆宾王《于易水送人》:"此地别燕丹,壮士发冲冠。"

【怒发】 参见人事部·情感"冲冠"。晋卢谌《览古诗》:"眦血下沾襟,怒发上冲冠。"

【潜郎生白发】 参见人事部·寿考"白发潜郎"。宋苏轼《次天子韵答岑岩起》:"莫叹潜郎生白发,圣朝求旧鄙鸢肩。"

【断发】 参见伦类部·亲眷"剪髻"。宋陈师道《舒御史太夫人挽辞》:"断发人何在?捐金事已空!"

【潘鬓】 晋潘岳《秋兴赋·序》:"晋十有四年,余春秋三十有二,始见二毛。"〇喻指年岁蹉跎。唐元稹《酬翰林白学士代书一百韵》:"宁牛终夜永,潘鬓去年衰。"另参见人事部·寿考"潘安白发"。

3【效颦】 参见人体部·其他"捧心"。唐王翰《观蛮童为伎之作》:"长裙锦带还留客,广额青娥亦效颦。"

【额妆】 参见人物部·妇女"梅妆"。宋陆游《湖山柳姑庙》:"汀月生眉黛,溪梅试额妆。"

4【燕颔】 参见人事部·富贵"封侯万里"。唐权德舆《送山人归旧隐》:"武人荣燕颔,志士恋渔竿。"

5【半面】 参见人物部·妇女"徐妃半面妆"。宋钱惟演《荷花》:"徐娘羞半面,楚女妒纤腰。"

【何郎面】 参见人物部·其他"何郎"。唐元稹《寄吴士矩端公五十韵》:"可怜何郎面,二十才冠饰。"

【桃花人面】 参见人物部·妇女"人面桃花"。清黄遵宪《不忍池晚游》之七:"鸦背斜阳闪闪红,桃花人面薄纱笼。"

【邢颜】 参见人事部·情感"尹邢避面"。清毛奇龄《长歌送颜泰飚北征》:“卞玉谁教暗里投,邢颜却被宫中妒。”

6【**潘岳貌**】　参见人物部·人杰“玉貌潘郎”。唐祖咏《赠苗发员外》:“花惭潘岳貌,年称老莱衣。”

7【**凿窍**】　《庄子·应帝王》:“南海之帝为儵,北海之帝为忽,中央之帝为浑沌。儵与忽时相遇于浑沌之地,浑沌待之甚善。儵与忽谋报浑沌之德,曰:‘人皆有七窍,以视听食息,此独无有,尝试凿之。’日凿一窍,七日而浑沌死。”○喻破坏自然,改变原貌。唐韩愈《嘲鼾睡》:“南帝初奋槌,凿窍泄混沌。”另参见地理部·土石“浑沌穴”。

8【**双眉妩**】　参见伦类部·亲眷“画眉夫婿”。唐张说《赠崔二安平公乐世词》:“自怜京兆双眉妩,会待南来五马留。”

【**白眉**】　《三国志·蜀志·马良传》:“马良,字季常,襄阳宜城人也。兄弟五人,并有才名,乡里为之谚曰:‘马氏五常,白眉最良。’良眉中有白毛,故以称之。”○喻指兄弟中最出色者,或指人中俊杰。唐权德舆《马秀才草书歌》:“白眉年少未弱冠,落纸纷纷运纤腕。”另参见伦类部·亲眷“白眉人”、人物部·人杰“眉最白”。

【**齐眉**】　参见人物部·妇女“齐眉”。宋黄庭坚《乐寿县尹吕氏挽词》:“剪髻宾筵盛,齐眉妇礼闲。”

【**远山眉**】　《西京杂记》卷二:“文君姣好,眉色如望远山,脸际常若芙蓉,肌肤柔滑如脂,十七而寡,为人放诞风流,故悦长卿之才而越礼焉。”○喻女子貌美。唐杜牧《少年行》:“豪持出塞节,笑别远山眉。”另参见地理部·土石“远山”、人物部·妇女“远山色”。

【**察眉**】　参见人事部·行止“察眉”。明王世贞《送李员外实夫》:“有疏堪流涕,无人可察眉。”

9【**目无牛**】　参见九流部·杂技“庖丁解牛”。唐贯休《题淮南惠照寺律师院》:“学徒梧有凤,律藏目无牛。”

【**白眼**】　参见人体部·头面“青眼”。唐王维《与卢员外象过崔处士兴宗林亭》:“科头箕踞长松下,白眼看他世上人。”

【伍员抉目】 《国语·吴语》:伍子胥谏吴王,不从,“遂自杀。将死,曰:‘以悬吾目于东门,以见越之入,吴国之亡也。’王愠曰:‘孤不使大夫得有见也。’乃使取申胥之尸,盛以鸱鹩,而投之于江。”《吴越春秋·夫差内传》:“吴王乃取子胥尸,盛以鸱夷之器,投之于江中,言曰:‘胥汝一死之后何能有知。’”“子胥因随流扬波,依潮来往,荡激崩岸。”〇咏忠臣蒙冤。唐李绅《姑苏台杂句》:“伍员抉目看吴灭,范蠡全身霸西越。”另参见九流部·神仙“灵胥”、人物部·将相“伍员”、政事部·忠直“伍员忠”、政事部·议政“伍员谏”、人事部·冤怨“伍员怨”、人事部·病死“伍员死”。

【青眼】 《晋书·阮籍传》:“(阮)籍又能为青白眼,见礼俗之士,以白眼对之。及嵇喜来吊,籍作白眼,喜不怿而退。喜弟康闻之,乃赍酒挟琴造焉,籍大悦,乃见青眼。”〇喻对人看重或喜爱,亦指知己。唐王维《过卢四员外宅看饭僧共题七韵》:“三贤异七圣,青眼慕青莲。”另参见伦类部·朋友“青眼客”、人体部·头面“白眼”、人事部·狂放“白眼”、人事部·行止“青盼”。

【刮目】 参见人物部·其他“吴阿蒙”。〇指另眼看待,用新眼光看人。宋苏舜钦《送李冀州》:“众人刮目看能事,著鞭无为儒生羞。”

【方瞳】 参见九流部·神仙“方瞳人”。唐李白《游泰山六首》之二:“山际逢羽人,方瞳好容颜。”

【重瞳】 《史记·项羽本纪》:“吾闻之周生曰:舜目盖重瞳子。又闻项羽亦重瞳子。”裴骃《集解》引《尸子》曰:“舜两眸子,是谓重瞳。”《论衡·骨相》:“尧眉八彩,舜目重瞳。”〇指舜或项羽,或指有帝王之相。唐李白《远别离》:“九疑联绵皆相似,重瞳孤坟竟何是?”另参见人物部·帝王

“项王双瞳”、人物部·圣贤“重瞳”。

10【拥鼻】 参见文明部·诗词“洛生咏”。唐杜牧《折菊》:“雨中衣半湿,拥鼻自知心。”

【斫鼻】 参见器用部·其他“郢匠斤”。宋黄庭坚《题王仲弓兄弟巽亭》:“傥无斫鼻工,聊付曲肱梦。”

【掩鼻】 参见人事部·冤怨“掩鼻计”。唐白居易《读史五首》之四:“掇蜂杀爱子,掩鼻戮宠姬。”

11【宋聋】 《左传·宣公十四年》:“楚子使申舟聘于齐,曰‘无假道于宋’。亦使公子冯聘于晋,不假道于郑。申舟以孟诸之役恶宋,曰:‘郑昭,宋聋,晋使不害,我则必死。’”○喻指不明事理,或指耳聋。唐李商隐《五言四十韵》:“下令销秦盗,高谈破宋聋。”

【钟期耳】 参见文明部·礼乐“高山流水”。唐白居易《郡中夜听李山人弹三乐》:“却怪钟期耳,唯听水与山。”

【洗耳】 汉蔡邕《琴操·河间杂歌·箕山操》:许由“以清节闻于尧。尧大其志,乃遣使以符玺禅为天子。于是许由喟然叹曰:‘匹夫结志,固如盘石。采山饮河,所以养性,非以求禄位也;放发优游,所以安己不惧,非以贪天下也。’使者还,以状报尧,尧知由不可动,亦已矣。于是许由以使者言为不善,乃临河洗耳。樊坚见由方洗耳,问之:‘耳有何垢乎?’由曰:‘无垢,闻恶语耳。’坚曰:‘何等语者?’由曰:‘尧聘吾为天子。’坚曰:‘尊位何为恶之?’由曰:‘吾志在青云,何乃劣劣为九州伍长乎?’于是樊坚方且饮牛,闻其言而去,耻饮于下流。”○指隐士清高脱俗。唐李白《送裴十八图南归嵩山》之二“归时莫洗耳,为我洗其心。”另参见动物部·走兽“幸可饮牛”、人物部·圣贤“洗耳翁”、人物部·圣贤“巢许辈”、人事部·雅逸“巢由洗耳”。

12【口若悬河】 参见地理部·水流“悬河”。唐韩愈《石鼓歌》:“安能以此上论列,愿借辩口如悬河。”

【衍口】 参见天文部·天体“邹衍谈”。清查慎行《次韵酬别声山侄》:“山妻不须视仪舌,俗子合讶哆衍口。”

13【唇齿】 《左传·僖公五年》:“晋侯复假道于虞以伐虢。宫之奇谏曰:‘虢,虞之表也;虢亡,虞必从之。晋不可启,寇不可玩,一之谓甚,其可再乎?谚所谓“辅车相依,唇亡齿寒”者,其虞、虢之谓也。’”〇喻邻邦或友人。唐杜甫《赠李八秘书别三十韵》:“战连唇齿国,军急羽毛书。”另参见伦类部·师友“唇亡齿枯。”

14【三寸舌】 参见政事部·议政“毛遂请行”。〇指能言善辩、能以言语胜人。唐于濆《南越谣》:“三寸陆贾舌,万里汉山川。”

【仪舌】 《史记·张仪列传》:“张仪已学而游说诸侯。尝从楚相饮,已而楚相亡璧,门下意张仪曰:‘仪贫无行,必此盗相君之璧。’共执张仪,掠笞数百,不服,醳之。其妻曰:‘嘻,子毋读书游说,安得此辱乎?’张仪谓其妻曰:‘视吾舌尚在不?’其妻笑曰:‘舌在也。’仪曰:‘足矣!’”。〇喻指安身进取之本,或指能言善辩。唐元稹《献荥阳公诗五十韵》:“仪舌忻犹在,舒帷誓不褰。”另参见伦类部·亲眷“示山妻”、器用部·珍宝“疑璧”。

【舌耕】 晋王嘉《拾遗记》卷六《后汉》:“(贾逵)经史遍通,于闾里每有观者,称云振古无伦。门徒来学,不远万里,或襁负子孙,舍于门侧。皆口授经文,赠献者积粟盈仓。或云:‘贾逵非力耕所得,诵经舌倦,世所谓舌耕也。’”〇指以教书谋生。元张之翰《为郭迁庵寿》:“舌耕三十载,不救室悬磬。”

【刺舌】 参见人事部·禀性“刺舌”。元张雨《书东坡像》:“宁教刺舌奸邪党,可惜低头行从班。”

【钩舌】 参见人事部·禀性“常山骂羯奴”。宋文天祥《平原》:“哀哉常山惨钩舌,心归朝廷气不慑。”

【掉舌】 参见人事部·行止“舌卷齐城”。宋苏舜卿《蜀士》:“掉舌灭西寇,画地收幽燕。”

15**【拂须】** 参见政事部·贪佞“拂须”。清黄鹭来《猛虎行》:“中山之狼恣反噬,莱公远谪为拂须。”

【郄超髯】 《世说新语·宠礼》:“王珣、郗超并有奇才,为大司马所眷拔。珣为主簿,超为记室参军。超为人多须,珣状短小。于时荆州为之语曰:‘髯参军,短主簿。能令公喜,能令公怒。’”郗超,后讹作郄超。〇咏参军(官名)。唐李端《送从叔赴洪州》:“王粲名虽重,郄超髯未长。”另参见人物部·官吏“髯参军”。

(二) 肢体

1. 身体 2. 手(指、臂、肘) 3. 项 4. 胸 5. 肋 6. 腹 7. 背 8. 脐 9. 腰 10. 股 11. 髀 12. 胯 13. 脚足

1**【玉山】** 《世说新语·容止》:“嵇康身长七尺八寸,风姿特秀,见者叹曰:‘萧萧肃肃,爽朗清举。’或云:‘肃肃如松下风,高而徐引。’山公曰:‘嵇叔夜之为人也,岩岩若孤松之独立;其醉也,傀俄若玉山之将崩。’”〇喻男子体形或醉态。唐李白《襄阳歌》:“清风朗月不用一钱买,玉山自倒非人推。”另参见地理部·土石“玉山”、人事部·狂放“玉山颓”。

【道肥】 《韩非子·喻老》:“子夏见曾子。曾子曰:‘何肥也?’对曰:‘战胜故肥也。’曾子曰:‘何谓也?’子夏曰:‘吾入见先王之义则荣之,出见富贵之乐又荣之,两者战于胸中,未知胜负,故臞。今先王之义胜,故肥。’是以志之难也,不在胜人,在自胜也。”〇喻指修身养性而使心绪安宁。宋黄庭坚《次韵师厚病间十首》之十:“身病心轻安,道肥体癯瘦。”另参见人事部·志趣“道肥”。

【豫让漆】 参见人物部·人杰“豫让”。清袁枚《癣》:“病类伯牛癞,形同豫让漆。”

2**【手八叉】** 参见文明部·诗词“八叉”。清赵翼《集益斋

即事戏呈休宁座主》:“公于此已肱三折,我愧才非手八叉。”

【龟手】 参见九流部·医药“不龟药”。宋刘筠《许洞归吴中》:“荆山待价何忧晚,龟手犹期裂地酬。”

【妙手】 参见九流部·杂技“轮扁斫”。宋黄庭坚《和师厚接花》:“妙手从心得,接花如有神。”

【食指】 参见人事部·其他“染指”。宋陆游《致仕后即事》之十三:“食指忽摇方窃喜,小儿来请赛鄱官。”

【把臂】 参见伦类部·师友“把臂托”。唐孟浩然《伤岘山云表观主》:“因之问闾里,把臂几人全?”

【臂悬金斗】 参见人事部·富贵“腰印如斗”。唐李贺《送秦光禄北征》:“呵臂悬金斗,当唇注玉罍。”

【杨枝肘】 参见人事部·病死“柳生肘”。唐王维《胡居士卧病遗米因赠》:“徒言莲花目,岂恶杨枝肘。”(此处“杨”、“柳”互义。)

【肘后符】 参见九流部·医药“肘后方”。唐杜甫《寄张十二山人彪三十韵》:“肘后符应验,囊中药未陈。”

【襟不掩肘】 参见人事部·贫贱“捉襟见肘”。晋陶渊明《咏贫士》之三:“弊襟不掩肘,藜羹常乏斟。”

3**【强项】** 《后汉书·董宣传》:董宣为洛阳令,湖阳公主家奴杀人,董宣乘其随公主出行,“叱奴下车,因格杀之。主即还宫诉帝,帝大怒,召宣,欲箠杀之。宣叩头曰:‘愿乞一言而死。’帝曰:‘欲何言?’宣曰:‘陛下圣德中兴,而纵奴杀良人,将何以理天下乎? 臣不须箠,请得自杀。’即以头击楹,流血被面。帝令小黄门持之,使宣叩头谢主,宣不从,强使顿之,宣两手据地,终不肯俯”。○指官吏刚正不阿。唐李白《赠宣城赵太守悦》:“赤县扬雷声,强项闻至尊。”另参见人物部·官吏“董宣”、政事部·忠直“强项名”。

4**【胸中魂磊】** 《世说新语·任诞》:“王孝伯问王大:‘阮籍

何如司马相如?'王大曰:'阮籍胸中垒块,故须酒浇之。'"刘峻注:"言阮皆同相如,而饮酒异耳。"垒,或作磊;块,或作磈。○指胸中有不平之气。宋黄庭坚《次韵答张沙河》:"胸中磈磊政须酒,东海可揽北斗斟。"另参见器用部·饮食"酒浇磊磈"、人事部·情感"浇块磊"。

【胸有竹】 参见植物部·草本"胸有竹"。清刘献廷《代寿浙抚李公一百韵》:"代交胸有竹,草檄笔如椽。"

5 **【刘伶鸡肋】** 《晋书·刘伶传》:"(刘伶)尝醉与俗人相忤,其人攘袂奋拳而往。伶徐曰:'鸡肋不足以安尊拳。'其人笑而止。"○喻身体瘦弱,不堪一击。宋黄庭坚《谢答闻善二兄九绝句》:"阮籍醉睡不论昏,刘伶鸡肋避尊拳。"另参见动物部·飞禽"鸡肋1"。

6 **【坦腹】** 《世说新语·雅量》:"郗太傅(鉴)在京口,遣门生与王丞相(导)书,求女婿。丞相语郗信:'君往东厢,任意选之。'门生归,白郗曰:'王家诸郎亦皆可嘉,闻来觅女婿,咸自矜持,唯有一郎在东床上坦腹卧,如不闻。'郗公云:'正此好。'访之,乃是逸少(王羲之),因嫁女与焉。"○称美女婿。唐卢纶《送申屠正字湖南迎亲》:"坦腹定逢潘令醉,上楼应伴庾公闲。"另参见伦类部·亲眷"东床客"、器用部·日用"东床"、人事部·狂放"坦腹东床"。

【便便腹】 参见文明部·学识"五经笥"。宋陆游《初夏杂咏》之三:"咄咄书常懒,便便腹本宽。"

【袒腹晒书】 参见文明部·文具"腹中书籍"。宋程先贞《篋丝篋》:"不如七夕秋阳暖,袒腹空庭自晒书。"

【腹痛】 参见人事部·病死"斗酒只鸡。"明王思任《过徐吏部宅》:"嗟我知己感,腹痛久无从。"

7 **【炙背献天子】** 参见人事部·谬误"负暄献御"。唐杜甫《赤甲》:"炙背可以献天子,美芹由来知野人。"

8 **【董卓脐】** 《后汉书·董卓传》:董卓被王允设计诛杀后"乃尸卓于市。天时始热,卓素充肥,脂流于地。守尸吏然火置卓脐中，光明达曙，如是积日”。◯指恶人遭报应。唐刘禹锡《城西行》：“守吏能燃董卓脐，饥乌来觇桓玄目。”另参见器用部·日用“脐灯”。

【脐噬】　参见人事部·谬误“噬脐”。明李东阳《时用得诗见和似怪予破戒者用韵奉答》：“绅书亦徒然，脐噬嗟晚矣。”

9**【折腰】**　参见人物部·官吏“为米折腰”。唐杜甫《官定后戏赠》：“不作河西尉，凄凉为折腰。”

【楚腰】　《韩非子·二柄》：“越王好勇而民多轻死，楚灵王好细腰而国中多饿人。”◯喻女子指体形纤细。唐李商隐《效徐陵体赠更衣》：“楚腰知便宠，宫眉正斗强。”另参见器用部·衣冠“楚宫衣”、人物部·妇女“楚宫腰”。

【腰缠万贯】　参见人物部·志趣“腰金骑鹤”。清黄遵宪《逐客篇》：“腰缠得万贯，便骑归去鹤。”

【瘦沈腰】　《梁书·沈约传》：“初，(沈)约久处端揆，有志台司，论者咸谓为宜，而帝终不用，乃求外出，又不见许。与徐勉素善，遂以书陈情于勉曰：‘吾弱年孤苦，傍无期属，……解衣一卧，支体不复相关。……百日数旬，革带常应移孔；以手握臂，率计月小半分。以此推算，岂能支久？’”◯喻病愁，或谓身体削瘦。清赵翼《题沈既堂前辈〈载书移居图〉》：“只愁撑满便便腹，难作东阳瘦沈腰。”另参见器用部·衣冠“移带眼”、人物部·其他“沈郎”。

10**【股多坑】**　参见文明部·学识“读阴符”。唐元稹《答姨兄胡灵之见寄五十韵》：“囊疏萤易透，锥钝股多坑。”

11**【髀肉】**　《三国志·蜀志·先主传》裴松之注引《九州春秋》：“备住荆州数年，尝于表坐起至厕，见髀里肉生，慨然流涕。还坐，表怪问备，备曰：‘吾尝身不离鞍，髀肉皆消。今不复骑，髀里肉生。日月若驰，老将至矣，而功业不建，是以悲耳。’”◯喻因生活安逸而无所作为。唐白居易《题裴晋公女几山刻石诗后》：“战袍破犹在，髀肉生欲圆。”另参见人事部·寿考"髀重"。

12【胯下】　参见人事部·其他"跨下羞"。唐韩偓《息兵》："暂时胯下何须耻，自有苍苍鉴赤诚。"

13【白足】　参见九流部·宗教"白足禅僧"。唐李白《自梁园至敬亭山见会公谈陵阳山水兼期同游因有此赠》："何当移白足，早晚凌苍山。"

【金莲】　《南史·废帝东昏侯本纪》："（废帝）又凿金为莲花以帖地，令潘妃行其上，曰：'此步步生莲华也。'"○喻美人小脚，或喻美人仪态，亦指美人。唐李商隐《齐宫词》："永寿兵来夜不扃，金莲无复印中庭。"另参见植物部·花卉"金莲"、人物部·妇女"罗袜金莲"。

【春有脚】　参见天文部·时令"阳春有脚"。明瞿式耜《送蒋南陔补任建安》之一："草木也知春有脚，郊原争睹雨随车。"

（三）其他

1. 心　2. 肝　3. 胆　4. 膏肓　5. 血　6. 唾　7. 泪　8. 粪(矢)

1【方寸】　《三国志·蜀书·诸葛亮传》："庶辞先主而指其心曰：'本欲与将军共图王霸之业者，以此方寸之地也。今已失老母，方寸乱矣，无益于事，请从此别。'"○喻心。唐白居易《秋居书怀》："尽日方寸中，澹然无所欲。"

【捧心】　《庄子·天运》："西施病心而矉其里，其里之丑人见而美之，归亦捧心而矉其里。其里之富人见之，坚闭门而不出；贫人见之，挈妻子而去之走。彼知矉美，而不知矉之所以美。"○喻指仿效弄巧成拙，或喻美女病态。唐柳宗元《重赠二首》之二："世世悠悠不识真，姜芽尽是捧心人。"另参见人体部·头面"效颦"、人物部·妇女"丑女"、人物部·其他"东邻"、人事部·病死"西子病"。

2【纳肝】　参见政事部·忠直"弘演纳肝"。清潘耒《羊城杂咏》:“异代流风多感激,草间时有纳肝人。”

3【大胆】 参见人物部·将军“胆大姜伯约”。唐李贺《吕将军歌》:“独携大胆出秦门,金粟堆边哭陵树。”

4【疾在膏肓】 参见人事部·病死“病入膏肓”。唐周昙《咏史诗·晋景公》:“晋侯徒有秦医缓,疾在膏肓救已迟。”

5【王裒泣血】 参见人事部·情感“王裒泪”。清顾炎武《陈生芳绩两尊人先后即世适皆以三月二十九日追痛之作词旨哀恻依韵奉和》:“弘演纳肝犹报主,王裒泣血倍思亲。”

【苌弘血】 《庄子·外物》:“苌弘死于蜀,藏其血,三年化而为碧。”〇喻志士捐躯。唐顾况《露青竹杖歌》:“玉润犹沾玉垒雪,碧鲜似染苌弘血。”另参见人事部·冤怨“苌弘怨”。

【侍中血】 参见政事部·忠直“嵇绍血”。唐罗隐《题段太尉庙》:“堪嗟侍中血,不及御衣前。”

【漂杵血】 参见武备部·兵器“漂杵”。金李俊民《调祁定之》:“浮世几场漂杵血,流年一局烂柯棋。”

6【娄公唾】 参见人事部·雅逸“师德量”。明李东阳《胡忠安公挽诗四十韵》:“面受娄公唾,身无董氏弦?”

7【牛山泪】 参见人事部·情感“牛山悲”。唐杜牧《九日齐安登高》:“古往今来只如此,牛山何必泪沾衣。”

【牛衣泪】 参见人事部·贫贱“卧牛衣”。唐刘兼《中春登楼》:“王章莫耻牛衣泪,潘岳休惊鹤鬓霜。”

【玉壶盛泪】 晋王嘉《拾遗记·魏》:“文帝所爱美人姓薛名灵芸,常山人也。……灵芸闻别父母,歔欷累日,泪下霑衣。至升车就路路时,以玉唾壶承泪,壶则红色。既发常山,及至京师,壶中泪凝如血。”〇指妇人哀伤落泪。宋钱惟演《无题》:“纨扇寄情虽自洁,玉壶盛泪只凝红。”另参见器用部·器皿“玉壶敧”、人物部·妇女“红泪客”、人事部·情感“玉壶悲”。

【羊昙泪】 参见人事部·情感“咽羊昙”。清赵翼《秋帆制府挽》之三:“不堪重过灵岩馆,剩有羊昙泪满巾。”

【岘山泪】 参见器用部·宫室“堕泪碑”。唐杜甫《随章留后新亭会送诸君》:“已堕岘山泪,因题零雨诗。”

【杨朱泪】 参见人事部·情感“杨朱泣”。唐温庭筠《博山》:“见说杨朱无限泪,岂能空为路歧分。”

【孟尝泪】 参见人事部·情感“雍门哀”。宋苏轼《戴道士得四字代作》:“共吊桓魋宫,一洒孟尝泪。”

【珠泪】 参见动物部·鳞介“鲛人”。唐杨炯《送郑州周司功》:“居人下珠泪,宾御促骊歌。”

【黄犬泪】 参见人事部·情感“黄犬悲”。清舒位《感遇》之四:“始为苍蝇笑,旋下黄犬泪。”

【崩城泪】 参见人物部·妇女“杞梁妻”。唐沈佺期《度安海入龙编》:“虚道崩城泪,明心不应天。”

【湘妃泪】 参见人事部·情感“江娥啼竹”。唐温庭筠《瑟瑟钗》:“只应七夕回天浪,添作湘妃泪两行。”

【楚囚泪】 参见器用部·宫室“对泣新亭”。清黄遵宪《上黄鹤楼》:“洒尽新亭楚囚泪,烟波风景总生愁。”

8【三遗矢】 参见器用部·饮食“强饭廉颇”。〇喻年老体弱。清赵翼《吴门晤范治园编修》:“何当老态三遗矢,还附名流一瓣香。”

【尝粪】 参见政事部·贪佞“尝便”。宋张九成《杂兴》:“舐痔或尝粪,车服夸新好。”

五、动物部

(一) 飞禽

1. 禽　2. 鸟　3. 凤凰　4. 鸾　5. 鸳(鹓)雏
6. 鹏　7. 鹰　8. 鸢　9. 鵩　10. 鹤
11. 杜鹃　12 鹊　13. 燕　14. 鸥　15. 雁
16. 凫　17. 鹂　18. 鹗　19. 乌　20. 雉
21. 鸡　22. 鹅　23. 雀　24. 羽翼

1**【戏五禽】** 《后汉书·华佗传》:"(华)佗语(吴)普曰:'人体欲得劳动,但不当使极耳。……吾有一术,名五禽之戏:一曰虎,二曰鹿,三曰熊,四曰猿,五曰鸟。亦以除疾,兼利蹄足,以当导引。体有不快,起作一禽之戏,怡而汗出,因以著粉,身体轻便而欲食。'"〇指健身或消闲的运动。唐李商隐《寄华岳孙逸人》:"海上呼三鸟,斋中戏五禽。"另参见九流部·杂技"五禽戏"。另参见人事部·其他"五禽戏"。

【鲁禽】 《庄子·至乐》:"昔者海鸟止于鲁郊,鲁侯御而觞之于庙,奏九韶以为乐,具太牢以为膳。鸟乃眩视忧悲,不敢食一脔,不敢饮一杯,三日而死。此以己养养鸟也,非以鸟养养鸟也。"〇喻任性旷达之人。唐骆宾王《远使海曲春夜多怀》:"未安胡蝶梦,遽切鲁禽情。"另参见人事部·情感"海鸟悲"。

2**【青鸟】** 汉班固《汉武故事》:"七月七日,上于承华殿斋,日正中,忽见有青鸟从西方来,集殿前。上问东方朔,朔对曰:'西王母暮必降尊象,上宜洒扫以待之。'……有顷,王母至。乘紫车,玉女夹驭,载七胜,青气如云,有二青鸟如鸾,夹侍王母旁。"〇指神仙,或爱情的使者。唐李峤《拟古东飞伯劳西飞燕》:"传书青鸟迎箫凤,巫岭荆台数通梦。”另参见天文体·时令“青鸟过”、九流部·神仙“青鸟使”。

【祝鸟】 参见器用部·其他“祝网”。唐李峤《扈从还洛呈侍从群官》:“祝鸟既开罗,调人更张瑟。”

【黄鸟悲鸣】 《左传·文公六年》:“秦伯任好(秦穆公)卒,以子车氏之三子奄息、仲行、鍼虎为殉,皆秦之良也。国人哀之,为之赋《黄鸟》。”(《黄鸟》见《诗经·秦风》)○指谴责暴君、悲悼贤才。三国魏曹植《三良诗》:“黄鸟为悲鸣,哀哉伤肺肝。”另参见文明部·诗词“黄鸟悲诗”、人物部·圣贤“三良”、人事部·冤怨“秦穆杀三良”。

【精卫鸟】 参见人事部·冤怨“禽填海”。唐李白《寓言三首》之二:“区区精卫鸟,衔木空哀吟。”

3 **【凤求凰】** 参见人事部·情感“求凰”。明张雨《凤洞》:“第几峰前苍玉洞,何年于此凤求凰。”

【凤采珠实】 《艺文类聚》卷九十引《庄子》曰:“吾闻南方有鸟,其名为凤,所居积石千里,天为生食,其树名琼枝,高百仞,以璆琳、琅玕为实。天又为生离珠,一人三头,递卧递起,以伺琅玕。”按:今本《庄子》无此文。《尔雅·释地》:“西北之美者,有昆仑墟之璆琳、琅玕焉。”郭璞注:“璆琳,美玉名。琅玕,状似珠也。”○喻志向高洁。北周庾信《道士步虚词》:“凤林采珠实,春山种玉荣。”另参见人事部·志趣“餐琅玕”。

【白凤】 《西京杂记·卷二》:扬雄“著《太玄经》,梦吐凤凰,集《玄》之上,顷而灭”。○指文采华美。唐刘禹锡《酬乐天见贻贺金紫之什》:“久学文章含白凤,却因政事赐金鱼。”另参见文明部·文章“凤藻”、人物部·圣贤“吐凤人”。

【吞彩凤】 参见人事部·睡梦“吞鸟梦”。唐李商隐《偶成转韵七十二句赠四同舍》:“廷评日下握灵蛇,书记眠时吞彩凤。”

【秦凤】 参见九流部·神仙“乘鸾”、伦类部·亲眷“吹箫伴”。宋杨亿《宣曲二十二韵》:“秦凤来何晚,燕来梦未成。”

【楚人凤】 参见人事部·狂放“接舆狂”。宋陆游《识喜》:“傲世曾歌楚人凤,著书久绝鲁郊麟。”

【楚郊凤】 参见人事部·谬误“楚人求山鸡”。唐李峤《雉》:“楚郊疑凤出,陈宝若鸡鸣。”

【题凤】 参见人物部·其他“凡鸟”。唐罗隐《秋晓寄友人》:“手中彩笔夸题凤,天上泥封奖狎鸥。”

4**【枳棘鸾】** 参见人物部·官吏“枳棘栖凤”。唐孙逖《和左卫武仓曹卫中对雨创韵赠右卫李骑曹》:“枳棘鸾无叹,椅梧凤必巢。”

【乘鸾】 参见九流部·神仙“乘鸾”。〇也喻求得佳偶。唐赵嘏《代人赠别》:“会须携手乘鸾去,萧史楼台在玉京。”

【镜中鸾】 《艺文类聚》卷九十引南朝宋范泰《鸾鸟诗序》:“昔罽宾王结罝峻卯之山,获一鸾鸟。王甚爱之,欲其鸣而不能致也。乃饰以金樊,飨以珍羞,对之愈戚,三年不鸣。其夫人曰:‘尝闻鸟见其类而后鸣,何不悬镜以映之?’王从其意,鸾睹形悲鸣,哀响中霄,一奋而绝。”〇喻夫妻生死离别、孤独悲哀。唐李商隐《无题四首》之三:“多羞钗上燕,真愧镜中鸾。”另参见伦类部·亲眷“分鸾”、器用部·日用“鸾镜”、文明部·歌舞“鸾独舞”、人事部·情感“孤鸾”。

5**【鸳雏】** 参见人事部·谬误“疑鹓雏”。鸳,同“鹓”。唐陆龟蒙《孤雁》:“吾常吓鸳雏,尔辈安足讪。”

6**【九万鹏】** 参见人事部·志趣“九万欲抟空”。唐李咸用《空城雀》:“茫茫九万鹏,百雉且为乐。”

7**【上蔡苍鹰】** 参见人事部·情感“黄犬悲”。唐李白《行路难》之三:“华亭鹤唳讵可闻,上蔡苍鹰何足道。”

【苍鹰】 《史记·酷吏列传》:“郅都迁为中尉。丞相条侯至贵倨也,而都揖丞相。是时民朴,畏罪自重,而都独先严酷,致行法不避贵戚,列侯宗室见都侧目而视,号曰'苍鹰'。"○指官吏不畏权贵,执法严明。唐骆宾王《幽絷书情通简知己》:"骢马刑章峻,苍鹰狱吏猜。"另参见人物部·官吏"郅都"、政事部·忠直"郅都鹰"。

8【跕鸢】 参见动物部·走兽"款段"。唐沈佺期《赦到不得归题江上石》:"魂疲山鹤路,心醉跕鸢溪。"

9【贾鹏】 《史记·屈原贾生列传》:"贾生(贾谊)为长沙王太傅三年,有鸮飞入贾生舍,止于坐隅。楚人命鸮曰'服'(鹏)。贾生既以適居长沙,长沙卑湿,自以为寿不得长,伤悼之,乃为赋以自广。"○指人去世的凶讯或预兆。唐罗隐《秋日怀孟夷庚》:"知己秦貂没,流年贾鹏悲。"另参见文明部·文章"鹏赋"、人事部·情感"鹏悲"、人事部·病死"见飞鹏"。

10【王乔鹤】 汉刘向《列仙传·王子乔》:"王子乔者,周灵王太子晋也。好吹笙,作凤凰鸣。游伊洛之间,道士浮丘公接以上嵩高山。三十余年后,求之于山上,见桓良曰:'告我家:七月七日待我于缑氏山巅。'至时果乘白鹤驻山头,望之不得到,举手谢时人,数日而去。"○喻洒脱不凡之人,或指鹤。唐杜甫《观李固请司马弟山水图三首》之二:"范蠡舟扁小,王乔鹤不群。"另参见九流部·神仙"王子乔"、器用部·车船"鹤驾"、文明部·礼乐"子晋笙"、人事部·雅逸"吹笙客"。

【辽东鹤】 晋陶潜《搜神后记》:"丁令威,本辽东人,学道于灵虚山。后化鹤归辽,集城门华表柱。时有少年,举弓欲射之。鹤乃飞,徘徊空中而言曰:'有鸟有鸟丁令威,去家千年今始归。城郭如故人民非,何不学仙冢累累。'遂高上冲天。今辽东诸丁云其先世有升仙者,但不知名字耳。"○喻久别重归而叹世事变迁,或喻人去世,或指鹤。唐杜甫《卜居》:"归羡辽东鹤,吟同楚执珪。"另参见九流部·神仙“丁令威”、器用部·宫室“鹤归华表”、人事部·情感“鹤归”、人事部·病死“白鹤归”。

【吊鹤】 参见人事部·病死“吊陶”。唐李白《自溧水道哭王炎》:“海内故人泣,天涯吊鹤来。”

【扬州鹤】 参见人事部·志趣“腰金骑鹤”。宋苏轼《于潜僧绿筠轩》:“若对此君仍大嚼,世间那有扬州鹤?”

【君子徒为鹤】 参见人物部·其他“虫沙猿鹤”。北周庾信《和张侍中述怀》:“生民忽已鱼,君子徒为鹤。”

【轩鹤】 《左传·闵公二年》:“冬十二月,狄人伐卫。卫懿公好鹤,鹤有乘轩者。将战,国人受甲者皆曰:‘使鹤,鹤实有禄位,余焉能战?’”〇借指空有官爵禄位而不能当事者。唐沈佺期《移禁司刑》:“宠迈乘轩鹤,荣过食稻凫。”另参见人物部·官吏“乘轩鹤”。

【放鹤】 《世说新语·言语》:“支公好鹤,住剡东岇山。有人遗其双鹤,少时翅长欲飞。支意惜之,乃铩其翮。鹤轩翥不复能飞,乃反顾翅,垂头视之,如有懊丧意。林曰:‘既有凌霄之姿,何肯为人作耳目近玩?’养令翮成置,使飞去。”〇咏鹤僧人。唐卢纶《题念济寺晕上人院》:“放鹤临山阁,降龙步石桥。”另参见九流部·宗教“支公放鹤”。

【唳鹤】 《世说新语·尤悔》:“陆平原河桥败,为卢志所谗,被诛,临刑叹曰:‘欲闻华亭鹤唳,可复得乎?’”〇表示悔恨,或指眷恋乡土之情。唐李商隐《曲江》:“死忆华亭闻唳鹤,老忧王室泣铜驼。”另参见人事部·情感“华亭清唳”、人事部·冤怨“华亭归梦”。

【梅家鹤】 参见地理部·城建“梅福市”。唐卢纶《送黎燧尉阳翟》:“潘县花添发,梅家鹤暂来。”

【嵇鹤】 《世说新语·容止》:“有人语王戎曰:‘嵇延祖卓卓如野鹤之在鸡群。’答曰:‘君未见其父耳。’”〇喻指人才出众。唐李商隐《病中闻河东公乐营置酒口占寄上》:“嵇鹤元无对,荀龙不在夸。”另参见人事部·雅逸“出群”。

【鹤唳】　参见武备部·其他“风声鹤唳”。唐刘禹锡《赠澧州高大夫司马霞寓》:“残兵疑鹤唳,空垒辨乌声。”

11**【杜宇】**　《禽经·杜鹃》“蜀右曰杜宇”晋张华注引汉李膺《蜀志》曰:望帝称王于蜀,得荆州人鳖灵,便立以为相。“后数岁,望帝以其功高,禅位于鳖灵,号曰开明氏。望帝修道,处西山而隐,化为杜鹃鸟,或云化为杜宇鸟,亦曰子规鸟,至春则啼,闻者凄恻”。〇指杜鹃鸟,或喻哀怨、思归之情。唐李商隐《井络》:“堪叹故君成杜宇,可能先主是真龙。”另参见人物部·帝王“望帝”、人事部·情感“子规咽”、人事部·冤怨“杜鹃啼血”。

12**【河鹊】**　参见天文部·时令“七夕”。唐郑愔《奉和幸上官昭容院献诗四首》之四:“河鹊填桥至,山熊避槛来。”

【雕陵鹊】　《庄子·山木》:“庄周游于雕陵之樊,睹一异鹊自南方来者,翼广七尺,目大运寸,感周之颡而集于栗林。庄周曰:‘此何鸟哉,翼殷不逝,目大不睹?’蹇裳躩步,执弹而留之。睹一蝉,方得美荫而忘其身;螳螂执翳而搏之,见得而忘其形;异鹊从而利之,见利而忘其真。庄周怵然曰:‘噫!物固相累,二类相召也。’”〇指一物降一物或暗中伤人。南朝梁庾肩吾《七夕》:“倩语雕陵鹊,填河未可飞。”

13**【吴宫燕】**　《越绝书》卷二《外传记吴地》:“西宫在长秋,周一里二十六步。秦始皇帝十一年,守宫者照燕,失火烧之。”〇喻无辜受害者。南朝宋鲍照《代空城雀》:“犹胜吴宫燕,无罪得焚巢。”另参见器用部·宫室“巢幕吴宫”、人事部·冤怨“吴宫伤燕”。

【钗上燕】　汉郭宪《洞冥记》:“元鼎元年,(汉武帝)起招仙阁于甘泉宫西。……燃芳苡灯,……有青鸟,赤头,道路而下,以迎神女。神女留玉钗以赠帝,帝以赐赵婕妤。至昭帝元凤中,宫人犹见此钗。黄诛欲之,明日示之,既发匣,有白燕飞升天。后宫人学作此钗,因名玉燕钗,言吉祥也。”〇咏钗。唐李商隐《无题四首》之三:“多羞钗上燕,真愧镜中鸾。”另参见器用部·衣冠“玉燕钗”。

【彩燕】 南朝梁宗懔《荆楚岁时记》:“立春之日,悉剪彩为燕戴之,贴‘宜春’二字。”杜公赡注引晋傅咸《燕赋》曰:“四时代至,敬逆其始。彼应运于东方,乃设燕以迎至。翚经翼之歧歧,若将飞而未起。何夫人之功巧,式仪形之有似。”〇指立春。唐崔日用《立春游苑迎春应制》:“瑶筐彩燕先呈瑞,金缕晨鸡未学鸣。”另参见天文部·时令“彩燕迎春”。

【巢幕燕】 参见人事部·其他“巢幕”。宋陆游《排闷》:“君看投林猿,终异巢幕燕。”

【湘燕】 参见地理部·土石“石燕”。唐刘禹锡《和牛相公题姑苏所寄太湖石兼寄李苏州》:“眇小欺湘燕,团圆笑落星。”

14 **【忘机鸥鸟】** 参见人事部·其他“忘机”。金元好问《寄希颜二首》之一:“动色云山如有喜,忘机鸥鸟亦相亲。”

15 **【闻弓雁】** 参见武备部·兵器“虚弓”。唐元稹《遣行十首》之二:“射叶杨才破,闻弓雁已惊。”

【能鸣雁】 参见人事部·情感“悲雁”。唐杜甫《白帝城楼》:“急急能鸣雁,轻轻不下鸥。”

【寄书雁】 参见器用部·日用“雁书”。宋黄庭坚《送刘季展以军雁门二首》之一:“试寻北产汗血驹,莫杀南飞寄书雁。”

【衔芦雁】 《淮南子·修务训》:“夫雁顺风以爱气力,衔芦而翔,以备矰弋。”晋崔豹《古今注》:“雁自河北渡江南,瘦瘠,能高飞,不畏矰缴。江南沃饶,每至还河北,体肥,不能高飞,恐为虞人所获,常衔芦,长数寸,以防缴焉。”〇咏雁。唐李商隐《酬令狐郎中见寄》:“不见衔芦雁,空流腐草萤。”另参见植物部·草本“衔芦”。

16 **【凫飞】** 参见器用部·衣冠“凫舄”。唐岑参《送李别将摄伊吾令充使赴武威便寄崔员外》："马疾行千里，凫飞向五凉。"

17**【蚌鹬】** 参见动物部·鳞介"蚌鹬相持"。唐李咸用《和殷衙推春霖即事》："蚌鹬徒喧竞，笙歌罢献酬。"

18**【荐鹗】** 参见政事部·议政"鹗荐"。明李东阳《于景瞻府尹寿诗》："京尹望高曾荐鹗，省郎官贵早乘龙。"

19**【九乌】** 参见天文部·天体"九日落"。唐李白《古朗月行》："羿昔落九乌，天人清且安。"

【三足乌】 参见天文部·天体"阳乌"。唐杜甫《岳麓山道林二寺行》："莲花交响共命鸟，金榜双回三足乌。"

【乌头】 《燕丹子》："燕太子丹质于秦，秦王遇之无礼，不得意，欲求归，秦王不听。谬言曰：'令乌白头、马生角乃可许耳。'丹仰天叹，乌即白头，马生角，秦王不得已而遣之。"○喻处境困难，或喻不可能之事。唐白居易《江州赴忠州至江陵已来舟中示舍弟五十韵》："乌头因感白，鱼尾为劳赪。"另参见动物部·走兽"马角"、人事部·贫贱"乌头未变"、人事部·谬误"马角生"、人事部·谬误"乌头白"。

【乌攫肉】 参见人事部·其他"乌衔肉"。宋陆游《雀啄粟》："坡头车败雀啄粟，桑下饷来乌攫肉。"

【青陵乌】 参见人事部·情感"相思树"。明杨维桢《匹乌曲》："结生不作白头伴，结死须作青陵乌。"

【御史乌】 参见人物部·官吏"乌府客"。北周庾信《预麟趾殿校书和刘仪同》："月落将军树，风惊御史乌。"

20**【陈仓雉】** 晋干宝《搜神记》卷八："秦穆公时，陈仓人掘地得物，若羊非羊，若猪非猪。牵以献穆公，道逢二童子。童子曰：'此名为媪，常在地食死人脑。若欲杀之，以柏插其首。'媪曰：'彼二童子名为陈宝。得雄者王，得雌者伯（霸）。'陈仓人舍媪，逐二童子。童子化为雉，飞入平林。陈仓人告穆公，穆公发徒大猎，果得其雌。又化为石，置之汧、渭之间。至文公时，为立祠陈宝。其雄飞至南阳,今南阳雉县是其地也。……其后光武(刘秀)起于南阳。”另《史记·秦本纪》“正义”引《括地志》亦载。〇咏雉。南朝陈张正见《雉子斑》:“陈仓雉未飞,敛翮依芳甸。”另参见动物部·飞禽“秦鸡”。

21**【尸乡鸡】** 参见人事部·寿考“祝鸡翁”。清吴雯《和赠沈客子》:“呦呦思近华山路,祝祝复远尸乡鸡。”

【木鸡】 《庄子·达生》:“纪渻子为王养斗鸡,十日而问:‘鸡已乎?’曰:‘未也,方虚㤭而恃气。’十日又问,曰:‘未也,犹应响景。’十日又问,曰:‘未也,犹疾视而盛气。’十日又问,曰:‘几矣,鸡虽有鸣者,已无变矣,望之似木鸡矣,其德全矣,异鸡无敢应者,反走矣。’”〇喻呆笨发愣,或指修养极高。唐张祜《送韦正字析贯赴制举》:“木鸡方备德,金马正求贤。”

【白鸡】 参见人事部·病死“白鸡梦”。〇喻不祥之岁。宋王安石《次张唐公韵》:“公乘白凤今何处,我适新年值白鸡。”

【纶竿鸡】 参见政事部·治理“金鸡放赦”。清钱谦益《得卢德水宿迁书却寄六十四韵》:“肆赦纶竿鸡,重归华表鹤。”

【鸡肋 1】 参见人体部·肢体“刘伶鸡肋”。宋苏轼《闻子由为郡行所捃恐当去官》:“子虽仅自免,鸡肋安足顿。”

【鸡肋 2】 《三国志·魏书·武帝纪》:“(建安二十四年)三月,王自长安出斜谷,军遮要以临汉中,遂至阳平。备因险拒守。”裴松之注引《九州春秋》曰:“时王欲还,出令曰‘鸡肋’,官属不知所谓。主簿杨修便自严装,人惊问修:‘何以知之?’修曰:‘夫鸡肋,弃之如可惜,食之无所得,以比汉中,知王欲还也。’”〇喻无用却不忍舍弃的事物。唐罗隐《寄洪正师》:“鸡肋曹公忿,猪肝仲叔惭。”

【鸡鸣】 参见人物部·其他“鸡鸣狗盗”。唐李世民《入潼关》:“高谈先马度,伪晓预鸡鸣。”

【夜半闻鸡】 参见人事部·行止"闻鸡起舞"。明刘炳《同周伯宁连榻剧谈悲歌有感》:"夜半闻鸡眠不著,草堂秋雨读阴符。"

【武城鸡】 参见文明部·礼乐"武城弦"。〇喻大材小用。唐张九龄《赠澧阳韦明府》:"谁开太阿匣,持割武城鸡。"

【家鸡】 参见文明部·书画"家鸡野鹜"。宋苏轼《次韵孔毅父集古人诗见赠五首》之一:"天边鸿鹄不易得,便令作对随家鸡。"

【秦鸡】 参见动物部·飞禽"陈仓雉"。〇咏秦地。唐沈佺期《夏日梁王席送张岐州》:"秦鸡常下雍,周凤昔鸣岐。"

【淮南鸡】 参见九流部·神仙"云中鸡犬"。唐李商隐《井泥四十韵》:"淮南鸡舐药,翻向云中飞。"

【楚客山鸡】 参见人事部·谬误"楚人求山鸡"。唐李白《赠范金卿二首》之一:"辽东惭白豕,楚客羞山鸡。"

【舞山鸡】 南朝宋刘敬叔《异苑》卷三:"山鸡爱其毛羽,映水则舞。魏武帝时,南方献之,帝欲其鸣舞而无由。公子苍舒(曹冲)令置大镜其前,鸡鉴形而舞,不知止,遂乏死。"〇喻顾影自怜。唐崔护《山鸡舞石镜》:"庐峰开石镜,人说舞山鸡。"另参见器用部·日用"舞镜"、文明部·歌舞"山鸡舞"。

22 **【子鹅】** 参见人事部·贫贱"鹅炙"。唐陆龟蒙《蔬食》:"孔融不要留残脍,庾悦无端吝子鹅。"

【双鹅飞】 参见武备部·其他"飞鹅人"。唐李白《经乱后将避地剡中留赠崔宣城》:"双鹅飞洛阳,五马渡江徼。"

【半夜鹅】 《新唐书·李愬传》:李愬夜袭蔡州,"行七十里,夜半至悬瓠城,雪甚,城旁皆鹅鹜池,愬令击之,以乱军声"。终破蔡州,俘吴元济。〇喻有谋略。元傅若金《上蔡》:"徒怜丞相东门犬,犹忆将军半夜鹅。"

【换鹅】　《晋书·王羲之传》:"(王羲之)性爱鹅,……山阴有一道士,养好鹅,羲之往观焉,意甚悦,固求市之。道士云:'为写《道德经》,当举群相赠耳。'羲之欣然写毕,笼鹅而归,甚以为乐。"《晋中兴书》作写《黄庭经》。○喻以自己的高才绝技换取心爱之物,或喻书法作品高妙。唐李白《送贺宾客归越》:"山阴道士如相见,应写《黄庭》换白鹅。"另参见九流部·宗教"换鹅经"、文明部·书画"换鹅书"、人事部·雅逸"爱鹅"。

23 **【罗雀】**　参见器用部·宫室"雀罗门"。宋苏轼《次韵答章传道见赠》:"门前可罗雀,感子烦屡扣。"

【雀伺螳螂】　汉刘向《说苑·正谏》:"吴王欲伐荆,告其左右曰:'敢有谏者死!'舍人有少孺子者欲谏不敢,则怀丸操弹于后园,露沾其衣,如是者三旦。吴王曰:'子来!何苦沾衣如此?'对曰:'园中有树,其上有蝉。蝉高居悲鸣饮露,不知螳螂在其后也。螳螂委身曲跗欲取蝉,而不知黄雀在其傍也。黄雀延颈欲啄螳螂,而不知弹丸在其下也。此三者皆务欲得其前利而不顾其后之有患也。'吴王曰:'善哉!'乃罢其兵。"○喻只瞻前而不顾后,或喻侵犯。五代前蜀韦庄《和郑拾遗秋日感事一百韵》:"人心惊獬豸,雀意伺螳螂。"另参见动物部·虫豸"螳捕蝉"。

24 **【冲天翼】**　《韩非子·喻老》:"楚庄王莅政三年,无令发,无政为也。右司马御座,而与王隐曰:'有鸟止南方之阜,三年不翅,不飞不鸣,嘿然无声,此为何名?'王曰:'三年不翅将以观长羽翼;不飞不鸣,将以观民则。虽无飞,飞必冲天;虽无鸣,鸣必惊人。'"○喻指贤士待时而动。唐贯休《遇叶进士》:"自愧龙钟人,见此冲天翼。"另参见政事部·治理"一鸣"、人事部·志趣"冲天"。

【垂天翼】　参见人事部·志趣"九万欲抟空"。唐高适《酬秘书弟兼寄幕下诸公》:"并负垂天翼,俱乘破浪风。"

(二) 走兽

1. 麒麟 2. 猿 3. 猴(狙) 4. 虎 5. 豹 6. 熊(罴) 7. 犀 8. 鹿 9. 马(骓、骥、驹) 10. 牛(犊) 11. 驴 12. 羊 13. 豕 14. 狐 15. 犬(狗) 16. 兔 17. 鼠

1 **【鲁郊麟】** 参见人事部·情感“悲麟”。宋陆游《识喜》:“傲世曾歌楚人凤,著书久绝鲁郊麟。”

【麒麟】 参见伦类部·亲眷“麒麟儿”。宋黄庭坚《送徐隐父宰余干》:“天上麒麟来下瑞,江南柚橘间生贤。”

2 **【心猿】** 参见九流部·宗教“心猿意马”。唐赵嘏《四祖寺》:“自为心猿不调伏,祖师元是世间人。”

【白猿】 《吴越春秋·勾践阴谋外传》:“越王乃使使聘之(越女),问以剑戟之术。处女将北见于王,道逢一翁,自称曰袁公,问于处女:‘吾闻子善剑,愿一见之。’女曰:‘妾不敢有所隐,惟公试之。’于是,袁公即杖箖箊竹,竹枝上颉,桥末堕地。女即捷(通接)末。袁公操其本而刺处女。女应,即入之。三入,处女因举杖击之,袁公则飞上树,变为白猿,遂别去。”〇咏剑术。唐李白《中丞宋公以吴兵三千赴河南军次寻阳脱余之囚参谋幕府因赠之》:“白猿惭剑术,黄石借兵符。”另参见人物部·其他“猿公”。

【君子猿】 参见人物部·其他“虫沙猿鹤”。清赵翼《愍忠寺石坛》:“岂乏功臣狗,兼多君子猿。”

【断肠猿】 晋干宝《搜神记》卷二十:“临川东兴,有人入山,得猿子,便将归。猿母后自逐至家。此人缚猿子于庭中树上,以示之。其母便搏颊向人,欲乞哀状,直谓口不能言耳。此人既不能放,竟击杀之。猿母悲唤,自掷而死。此人破肠视之,寸寸断裂。”〇咏悲思或咏猿。唐张说《岳州别子均》:“津亭拔心草,江路断肠猿。”另参见人

事部·情感“猿断肠”。

3【众狙】 参见人事部·谬误“狙公玩”。宋刘筠《受诏修书述怀感事三十韵》：“讹谬刊三豕，公平喜众狙。”

【棘端猴】 参见九流部·杂技“猴雕刺”。宋苏轼《次韵王都尉偶得耳疾》：“病客巧闻床下蚁，痴人强觑棘端猴。”

【楚沐猴】 参见人事部·富贵“衣锦归”。○喻徒有其表之人。宋苏轼《代书答梁先》：“强名太守古徐州，忘归不如楚沐猴。”

4【三人成虎】 《战国策·魏策二》：“庞葱与太子质于邯郸，谓魏王曰：‘今一人言市有虎，王信之乎？’王曰：‘否。’‘二人言市有虎，王信之乎？’王曰：‘寡人疑之矣。’‘三人言市有虎，王信之乎？’王曰：‘寡人信之矣。’庞葱曰：‘夫市之无虎明矣，然而三人言而成虎。’”○指谣言惑众。宋黄庭坚《劝交代张和父酒》：“三人成虎事多有，众口铄金君自宽。”另参见地理部·城建“市中有虎”、政事部·议政“成虎”、人事部·谬误“三言成虎”。

【不畏虎】 《晋书·郭文传》：“洛阳陷，(郭文)乃步担入吴兴余杭大辟山中穷谷无人之地，倚木于树，苫覆其上而居焉，亦无壁障。时猛兽为暴，入屋害人，而文独宿十余年，卒无患害。……尝有猛兽忽张口向文，文视其口中有横骨，乃以手探去之，猛兽明旦致一鹿于其室前。……温峤问曰：‘猛兽害人，人之所畏，而先生独不畏邪？’文曰：‘人无害兽之心，则兽亦不害人。’”○咏高人隐士。宋苏轼《南溪之南竹林中……故名之曰避世堂》：“高人不畏虎，避世已无心。”另参见人事部·雅逸“感异类”。

【虎拙】 参见文明部·书画“画虎”。唐温庭筠《病中书怀呈友人》：“虎拙休言画，龙希莫学屠。”

【虎威狐假】 参见动物部·走兽“狐假虎威”。唐李商隐《哭遂州萧侍郎二十四韵》：“虎威狐更假，隼击鸟逾喧。”

【射虎】 《史记·李将军列传》：李广射猎，“见草中石，以为虎而射之,中石没镞,视之石也。因复更射之,终不能复入石矣”。〇指武将勇猛。唐卢纶《送彭开府往云中觐使君兄》:“夺旗貂帐侧,射虎雪林前。”另参见武备部·兵器“石没羽”、武备部·其他“军前射虎”、人物部·将相“射虎将军”、人事部·禀性“射猛虎”。

【渡虎】 《后汉书·宋均传》:“(宋均)迁九江太守。郡多虎暴,数为民患,常募设槛阱而犹多伤害。均到,下记属县曰:‘夫虎豹在山,鼋鼍在水,各有所托。……今为民害,咎在残吏,而劳勤张捕,非忧恤之本也。其务退奸贪,思进忠善,可一去槛阱,除削课制。’其后传言虎相与东游渡江。”〇咏地方官治理有方,灾害不兴。唐李白《中丞宋公以吴兵三千赴河南》:“九江皆渡虎,三郡尽还珠。”另参见政事部·治理“虎去境”。

5 **【管中窥豹】** 《世说新语·方正》:“王子敬数岁时,尝看诸门生樗蒲,见有胜负,因曰:‘《南风》不竞。’门生辈轻其小儿,乃曰:‘此郎亦管中窥豹,时见一斑。’”〇喻见识不广,或喻从部分推知全貌。唐归仁《悼罗隐》:“管中窥豹我犹在,海上钓鳌君也沉。”另参见人事部·行止“窥一斑”。

【隐豹】 汉刘向《列女转·陶答子妻》:“(陶答子)妻言:‘妾闻南山有玄豹,雾雨七日而不下食者,何也?欲以泽其毛而成文章也,故藏而远害。犬彘不择食以肥其身,坐而须死耳。’”〇喻隐居而全身远害。唐杜甫《戏寄崔评事表侄》:“隐豹深愁雨,潜龙故起云。”另参见天文部·气象“南山雾”、人事部·雅逸“南山隐”。

6 **【老罴】** 参见人事部·禀性“老熊当道”。宋王安石《辄次公辟韵书公戏语申之以祝助发一笑》:“老罴岂得长高卧,雏凤仍闻已间生。”

【渭川熊】 参见人事部·睡梦“梦非罴”。唐李商隐《五言四十韵》:“服箱青海马,入兆渭川熊。”

7【牛渚犀】　参见器用部·车船“夔犀船”。清黄景仁《登泗上楼》:“百灵自掣龟山锁,万怪须然牛渚犀。”

8【马鹿】　参见政事部·贪佞“指鹿”。唐古之奇《秦人谣》:“上下一相蒙,马鹿遂颠倒。”

【放麑】　参见政事部·议政“放麑翁”。唐孟郊《子庆诗》:“我欲拣其养,放麑者是谁?”

【得鹿】　参见人事部·睡梦“得鹿梦”。宋陆游《和陈鲁山十诗》之七:“谁知叹亡羊,但有喜得鹿。”

9【八骏】　《穆天子传》:“天子之骏:赤骥、盗骊、白义、逾轮、山子、渠黄、华骝、绿耳。”○指骏马。唐韦应物《酬郑户曹骊山感怀》:“万马自腾骧,八骏按辔行。”

【山公马】　参见人事部·狂放“山公醉”。唐李白《秋浦歌》:“醉上山公马,寒歌宁戚牛。”

【马角】　参见动物部·飞禽“乌头”。唐胡曾《咏史诗·易水》:“一旦秦皇马角生,燕丹归北送荆卿。”

【马革】　参见人事部·志趣“裹尸还”。唐慧偘《闻侯方儿来寇》:“羊皮赎去士,马革敛还尸。”

【仗前喑马】　参见人物部·官吏“仗下马”。明李东阳《宿刘谏议祠》:“海内鸣阳希世有,仗前喑马任人骑。”

【白马1】　参见人事部·其他“青丝白马”。唐杜甫《遣忧》:“纷纷乘白马,攘攘着黄巾。”

【白马2】　参见九流部·宗教“经传白马”。唐沈佺期《奉和圣制同皇太子游慈恩寺应制》:“金人来梦里,白马出城中。”

【白马3】　《韩非子·外储说左上》:“兒说,宋人,善辩者也,持‘白马非马也’服齐稷下之辩者。乘白马而过关,则顾白马之赋。故籍之虚词则能胜一国,考实按形不能谩于一人。”按:赋,税,古人过关按马毛色赋税。○指辩才不切实际。唐王勃《散关晨度》:“白马高谭去,青牛真气来。”

【白马来】 《后汉书·范式传》:“(范式)与汝南张劭为友,劭字元伯。……式忽梦见元伯玄冕垂缨屣履而呼曰:‘巨卿,吾以某日死,当以尔时葬,永归黄泉。子未忘我,岂能相及?’……具告太守,请往奔丧。……遂停柩移时,乃见有素车白马,号哭而来。其母望之曰:‘是必范巨卿也。’”○指悼亡。唐王维《哭褚习马》:“尚忆青骡去,宁知白马来?”另参见人事部·病死“白马送”。

【白额驹】 《晋书·凉武昭王李玄盛》:“尝与吕光太史令郭麐及其同母弟宋繇同宿,麐起谓繇曰:‘君当位及人臣,李君有国土之分,家有騧草马生白额驹,此其时也。’……(孟)敏寻卒,敦煌护军冯翊郭谦、沙州治中敦煌索仙等以(李)玄盛温毅有惠政,推为宁朔将军、敦煌太守。玄盛初难之,会宋繇仕於业,告归敦煌,言于玄盛曰:‘兄忘郭麐之言邪?白额驹今已生矣。’玄盛乃从之。”○指人才。唐李白《送舍弟》:“吾家白额驹,远别临东道。”

【老马】 《韩非子·说林上》:“管仲、隰朋从于桓公而伐孤竹,春往冬反,迷惑失道,管仲曰:‘老马之智可用也。’乃放老马而随之,遂得道。”○喻指阅历经验丰富者。唐杜甫《观安西兵过赴关中待命二首》之一:“老马夜知道,苍鹰饥著人。”另参见地理部·城建“知路”。

【华阳逸骥】 参见武备部·其他“归马华山阳”。南朝宋谢晦《彭城会诗》:“华阳有逸骥,桃林无伏轮。”

【伯乐识】 参见政事部·议政“伯乐顾”。唐韩琮《咏马》:“曾经伯乐识长鸣,不似龙行不敢行。”

【盐车骏】 参见器用部·车船“盐车”。唐陆龟蒙《袭美见题郊居十首因次韵酬之以伸荣谢》之八:“莫问盐车骏,谁看酱瓿玄?”

【骊黄】 《列子·说符》:伯乐推荐九方皋为秦穆公访求骏马。九方皋向穆公报告找到一匹好马“牝而黄”,牵来一看,则是“牡而骊”,伯乐对此大加赞赏:“若皋之所观,天机也。""视其所视,而遗其所不视,若皋之相马,乃有贵乎马者也。"○咏马,亦指鉴识人才不可拘于细节。元揭傒斯《曹将军下槽马图》:"画图仿佛余骊黄,华山之阳春草长。"另参见人物部·人杰"九方皋"。

【骏马换倾城】 参见人事部·雅逸"骏马换小妾"。宋苏轼《送成都高士敦钤辖》:"坐看飞鸣迎使节,归来骏马换倾城。"

【鹿是马】 参见政事部·贪佞"指鹿"。唐杜甫《奉赠卢五丈参谋琚》:"休传鹿是马,莫信鹏如鹗。"

【章台马】 参见人事部·雅逸"章台走马"。清毛奇龄《戴公子生儿适大理君迁京兆信至》:"有客能传京兆书,阿翁已走章台马。"

【跃马】 参见人物部·官吏"跃马年"。唐李白《送蔡山人》:"燕客期跃马,唐生安敢讥?"

【款段】 《后汉书·马援传》:"(马援)从容谓官属曰:'吾从弟少游常哀吾慷慨多大志,曰:"士生一世,但取衣食裁足,乘下泽车,御款段马,为郡掾史,守坟墓,乡里称善人,斯可矣。致求盈余,但自苦耳。"当吾在浪泊、西里间,虏未灭之时,下潦上雾,毒气重蒸,仰视飞鸢跕跕堕水中,卧念少游平生时语,何可得也!'"○喻指普通的生活或悔悟之情。唐李白《江南赠韦南陵冰》:"昔骑天子大宛马,今乘款段诸侯门。"另参见动物部·飞禽"跕鸢"、器用部·车船"下泽车"、人物部·官吏"下泽车"、人事部·谬误"飞鸢悔"、人事部·志趣"乘下泽"。

【渥洼种】 《史记·乐书》:"又尝得神马渥洼水中,复次以为《太一之歌》。"○指骏马。唐李群玉《骢马》:"由来渥洼种,本是苍龙儿。"另参见人物部·圣贤"步渥洼"。

【塞马】 参见人事部·其他"得马"。唐骆宾王《久戍边城有怀京邑》:"忘情同塞马,比德类宛驹。"

【楚亡骓】 参见人事部·情感"虞歌诀别"。元耶律楚材

《怀古一百韵寄张敏之》:“只知秦失鹿,不觉楚亡骓。”

【意马】 参见九流部·宗教“心猿意马”。唐许浑《题杜居士》:“机尽心猿伏,神闲意马行。”

【骢马】 参见人物部·官吏“骢马史”。唐岑参《送赵侍御归上都》:“骢马五花毛,青云归处高。”

【瞎马】 参见武备部·兵器“淅米矛头”。宋陈与义《目疾》:“不怪参军谈瞎马,但妨中散送飞鸿。”

【燕骏】 参见器用部·珍宝“死骨千金”。〇喻贤良之才。唐白居易《有小白马乘驭多时奉使东行至稠桑驿溘然而毙……》:“念倍燕来骏,情深项别骓。”

10 **【无全牛】** 参见九流部·杂技“庖丁解牛”。唐李白《送方士赵叟之东平》:“长桑晓洞视,五藏无全牛。”

【不分牛】 参见地理部·水流“牛马不辨”。隋孔德绍《王泽岭遭洪水》:“惊涛遥起鹭,回岸不分牛。”

【牛喘】 参见人物部·将相“问牛”。唐包佶《奉和柳相公中书言怀》:“凤巢方得地,牛喘最关心。”

【风马牛】 《左传·僖公四年》:“四年春,齐侯以诸侯之师侵蔡。蔡溃,遂伐楚。楚子使与师言曰:‘君处北海,寡人处南海,惟是风马牛不相及也,不虞君之涉吾地也,何故?’”〇指事物间毫不相干。宋杨万里《和张器先十绝》之二:“向来一别十番秋,消息中间风马牛。”

【火牛】 参见武备部·其他“田单术”。宋苏轼《云龙山观烧得云字》:“火牛入燕垒,燧象奔吴军。”

【宁戚牛】 《吕氏春秋·举难》:“宁戚欲干齐桓公,穷困无以自进,于是为商旅,将任车以至齐,暮宿于郭门之外。桓公郊迎客,夜开门,辟任车,爝火甚盛,从者甚众。宁戚饭牛居车下,望桓公而悲,击牛角疾歌。桓公闻之,抚其仆之手曰:‘异哉!之歌者,非常人也!’命后车载之。”后任之以事。〇咏人怀才未遇。唐李白《秋浦歌十七首》之七:“醉上山公马,寒歌宁戚牛。”另参见文明部·歌舞“饭牛歌”、人物部·将相“舍牛相齐”、人事部·贫贱“宁戚饭牛”。

【吴牛】 参见天文部·时令“吴牛喘月”。唐元稹《酬许五康佐》:“嘶风悲代马,喘月伴吴牛。”

【幸可饮牛】 参见人体部·头面“洗耳”。宋苏轼《江月五首》之三:“幸可饮我牛,不须违洗耳。”

【青牛】 参见九流部·神仙“青牛紫气”。唐骆宾王《秋日饯陆道士陈文林》:“青牛游华岳,赤马走吴宫。”

【金牛】 参见人物部·将相“五丁”。○指蜀道。唐李商隐《井络》:“将来为报奸雄辈,莫向金牛访旧踪。”

【挂帙牛角】 参见文明部·学识“牛角挂书”。清顾炎武《酬归祚明戴笠王仍潘柽章四子韭溪草堂联句见怀二十韵》:“挂帙安牛角,担囊逐马蹄。”

【殷牛】 参见人事部·病死“耳虚闻蚁”。韦庄《贼中与萧韦二秀才同卧重疾二君寻愈余独加焉恍惚之中因有题》:“胸中疑晋竖,耳下斗殷牛。”

【眠牛】 参见九流部·杂技“卜牛眠”。近代陈去病《天贶节为亡妇生日》:“眠牛未卜频惆怅,半夜踌躇月正弦。”

【粪牛】 参见政事部·治理“卖剑买牛”。宋苏轼《滕达道挽词二首》之二:“公方占贾鹏,我正买粪牛。”

【孳犊】 参见政事部·清廉“罢官还犊”。明王思任《简周龙侯太守》:“三年膏牧当孳犊,一道清风却馈鱼。”

【觳觫】 参见人事部·冤怨“觳觫钟衅”。○指牛。宋黄庭坚《题竹石牧牛》:“阿童三尺棰,御此老觳觫。”

11**【黔驴】** 唐柳宗元《三戒·黔之驴》:“黔无驴,有好事者船载以入,至则无可用,放之山下。虎见之,庞然大物也,以为神。蔽林间窥之,稍出近之,慭慭然莫相知。他日,驴一鸣,虎大骇,远遁,以为且噬己也,甚恐。然往来视之,觉无异能者。益习其声,又近出前后,终不敢搏。稍近,益狎,荡倚冲冒,驴不胜怒,蹄之。虎因喜,计之曰:

'计止此耳!'因跳踉大㘎,断其喉,尽其肉,乃去。"○喻指外强中干者。宋欧阳修《和武平学士岁晚禁直书怀五言二十韵》:"贪荣同卫鹤,取笑类黔驴。"

【灞桥驴】 参见文明部·诗词"骑驴索句"。清归庄《冬至后五日访徐昭法于灵岩山下》:"不须鞭策灞桥驴,那怕冻僵东郭胫。"

12**【亡羊1】** 参见九流部·杂技"博簺"。宋苏轼《送公为游淮南》:"读书莫学流麦士,挟策莫比亡羊人。"

【亡羊2】 参见地理部·城建"亡羊路"。宋黄庭坚《次韵奉送公定》:"得马折足祸,亡羊多歧悲。"

【为羊】 参见九流部·神仙"金华牧羊儿"。唐王绩《游仙四首》之二:"吹沙聊作鸟,动石试为羊。"

【五羖】 参见政事部·议政"五羖赎"。唐李白《南都行》:"陶朱与五羖,名播天壤间。"

【看羊】 参见政事部·忠直"苏武节"。唐杜甫《题郑十八著作文》:"贾生对鹏伤王傅,苏武看羊陷贼庭。"

【烂羊】 参见政事部·贪佞"烂羊头"。清丘逢甲《柳汀颇急治生诗以调之》:"烂羊太有封侯想,牧豕翻劳博士心。"

13**【三豕】** 参见人事部·谬误"豕亥"。宋刘筠《受诏修书述怀感事三十韵》:"讹谬刊三豕,公平喜众狙。"

【白豕】 参见人事部·谬误"辽豕白"。唐李白《赠范金卿二首》之一:"辽东惭白豕,楚客羞山鸡。"

14**【丘首狐】** 参见人事部·情感"狐首丘"。柳亚子《沙湖钓月图题词为筱墅梅痕伉俪作》之四:"句东风土清嘉县,数典吾惭丘首狐。"

【狐狸何足道】 参见政事部·贪佞"狐狸不足论"。唐杜甫《久客》:"狐狸何足道,豹虎正纵横。"

【狐假虎威】 《战国策·楚策一》:"虎求百兽而食之,得狐。狐曰:'子无敢食我也。天帝使我长百兽,今子食我,是逆天帝命也。子以我为不信,吾为子先行,子随我后,观百兽之见我而敢不走乎?'虎以为然,故遂与之行,兽见之皆走。虎不知兽畏己而走也,以为畏狐也。"〇喻依仗别人的威势恐吓他人。元方回《梅雨大水》:"狐假虎威饶此辈,鼠穿牛角念吾民。"另参见动物部·走兽"虎威狐假"。

15 **【犬吠白云】** 参见九流部·神仙"云中鸡犬"。唐杜甫《滕王亭子二首》之一:"春日莺啼修竹里,仙家犬吠白云间。"

【乌龙】 晋陶潜《搜神后记》卷九:"会稽句章民张然,滞役在都,经年不得归。家有少妇,无子,惟与一奴守舍,妇遂与奴私通。然在都养一狗,甚快,名曰乌龙,常以自随。后假归,妇与奴谋,欲得杀然。然及妇作饭食,共坐下食。妇语然:'与君当大别离,君可强啖。'然未得噉,奴已张弓拔矢当户,须然食毕。然涕泣不食,乃以盘中肉及饭掷狗,祝曰:'养汝数年,吾当将死,汝能救我否?'狗得食不啖,惟注睛舐唇视奴。然亦觉之。奴催食转急,然决计,拍膝大呼曰:'乌龙与手。'狗应声伤奴。奴失刀杖倒地,狗咋其阴,然因取刀杀奴。以妇付县,杀之。"〇指家犬,并常暗喻男女欢会。唐白居易《和梦游春诗一百韵》:"乌龙卧不惊,青鸟飞相逐。"另参见人事部·情感"横卧乌龙"。

【功臣狗】 《史记·萧相国世家》:"汉五年,既杀项羽,定天下,论功行封。群臣争功,岁余功不决。高祖以萧何功最盛,封为酂侯,所食邑多。功臣皆曰:'臣等身被坚执锐,多者百余战,少者数十合,攻城略地,大小各有差。今萧何未尝有汗马之劳,徒持文墨议论,不战,顾反居臣等上,何也?'高帝曰:'诸君知猎乎?'曰:'知之。''知猎狗乎?'曰:'知之。'高帝曰:'夫猎,追杀兽兔者狗也,而发踪指示兽处者人也。今诸君徒能得走兽耳,功狗也。至如萧何,发踪指示,功人也。'"〇喻武将。清赵翼《愍忠寺石坛相传唐太宗葬战骨处》:“岂乏功臣狗,兼多君子猿。”另参见人物部·将相“功狗”、人物部·将相“功人”。

【丧家狗】 《史记·孔子世家》:“郑人或谓子贡曰:‘东门有人,其颡似尧,其项类皋陶,其肩类子产,然自要以下不及禹三寸,累累若丧家之狗。’子贡以实告孔子。孔子欣然笑曰:‘形状,末也。而谓似丧家之狗,然哉!然哉!’”〇喻失意落魄的窘境。唐杜甫《奉赠李八丈判官》:“真成穷辙鲋,或似丧家狗。”另参见人事部·贫贱“丧家狗”。

【狗盗】 参见人物部·其他“鸡鸣狗盗”。唐周昙《咏史诗·春秋战国门·田文》:“下客常才不足珍,谁为狗盗脱强秦。”

【狗续貂】 《晋书·赵王伦传》:“(赵王伦)乃僭帝位……其余同谋者咸超阶越次,不可胜纪,至于奴卒厮役亦加以爵位。每朝会,貂蝉盈坐,时人为之谚曰:‘貂不足,狗尾续。’”〇喻指以次续好。元吴莱《严陵应仲章自杭寄书至赋此答之》:“世笑乌非鹊,吾怜狗续貂。”另参见人事部·谬误“续貂”。

【类狗】 参见文明部·书画“画虎”。唐皮日休《宏词下第感恩献兵部侍郎》:“画虎已成翻类狗,登龙才变即为鱼。”

【夜犬】 参见政事部·治理“夜犬不吠”。南朝梁萧纲《饯临海太守刘孝仪蜀郡太守刘孝胜》:“方无夜犬惊,向息神牛斗。”

【黄犬】 参见人事部·情感“黄犬悲”。唐杜甫《八哀诗·故秘书少监武功苏公源明》:“范晔顾其儿,李斯忆黄犬。”

【黄耳犬】 参见器用部·日用“犬书”。元张翥《余伯畴归浙东简郡守王居敬》:“家信十年黄耳犬,乡心一夜白头乌。”

【屠狗】 参见人事部·贫贱“贩缯屠狗”。明刘基《夜坐有怀呈石末公》:“雄豪窃据皆屠狗,功业舆台忽续貂。”

16【白兔】 参见动物部·走兽"月兔"。唐杜甫《八月十五夜月》其一:"此时瞻白兔,直欲数秋毫。"

【伺投兔】 参见人事部·其他"守株"。宋黄庭坚《送张沙河游齐鲁诸邦》:"守株伺投兔,岁晚将何获。"

【兔藏三窟】 《战国策·齐策四》:冯谖在薛焚烧了孟尝君的债券。后孟尝君至薛,百姓夹道欢迎,"孟尝君顾谓冯谖:'先生所为文市义者,乃今日见之。'冯谖曰:'狡兔有三窟,仅得免其死耳。今君有一窟,未得高枕而卧也,请为君复凿二窟。'"〇喻指谋求避祸之道。唐杜甫《见王监兵马使说近山有白黑二鹰赋诗二首》之一:"鹏碍九天须却避,兔藏三窟莫深忧。"另参见地理部·土石"狡穴"。

17【仓中鼠】 参见人事部·志趣"李斯溷鼠"。唐韦庄《同旧韵》:"安羡仓中鼠,危同幕上禽。"

【周玉郑鼠】 参见人事部·谬误"鼠璞"。宋陆游《无咎见郡斋燕集有诗末章见及敬次元韵》:"千金敝帚有定价,周玉郑鼠难强名。"

【狐鼠】 《晋书·谢鲲传》:"及(王)敦将为逆,谓谢鲲曰:'刘隗奸邪,将危社稷。吾欲除君侧之恶,匡主济时,何如?'对曰:'隗诚始祸,然城狐社鼠也。'敦怒曰:'君庸才,岂达大理。'出鲲为豫章太守,又留不遣,藉其才望,逼与俱下。"〇喻指恶人倚仗势力,不便消灭。清钱谦益《赠万尊师》:"莫为社公频发怒,人间狐鼠正喧豗。"另参见政事部·贪佞"城社"。

【掘鼠】 参见政事部·忠直"苏武节"。宋苏轼《客俎经旬无肉》:"使君不复怜乌攫,属国方将掘鼠余。"

【腐鼠】 参见人事部·谬误"疑鹓雏"。唐李商隐《安定城楼》:"不知腐鼠成滋味,猜意鹓雏竟未休。"

（三）鳞介

1．龙(蛟)　2．鱼　3．龟(鼋)　4．鳌　5．蛇　6．蛙(蟾蜍)　7．蜗　8．蟹　9．蚌　10．蜮(短狐)　11．鲛人

1**【二龙】**　参见伦类部·亲眷“二龙”。唐李白《鲁中送二从弟赴举之西京》:“复羡二龙去,才华冠世雄。”

【云间龙】　参见人物部·人杰“云间陆士龙”。林学衡《调叔永兼示东生》:“以兹云间龙,陋彼辽东豕。”

【六龙】　参见天文部·天体“羲驭”。唐李白《蜀道难》:“上有六龙回日之高标,下有冲波逆折之回川。”

【未掘双龙】　参见武备部·兵器“丰城龙剑”。○喻人才被埋没,或喻人死。唐杜牧《怀钟陵旧游四首》之二:“未掘双龙牛斗气,高悬一榻栋梁材。”

【龙屠】　参见九流部·杂技“屠龙”。唐温庭筠《开成五年秋书怀一百韵》:“虎拙休言画,龙希莫学屠。”

【叶龙】　汉刘向《新序·杂事》:“叶公子高好龙,钩以写龙,凿以写龙,屋室雕文以写龙。于是天龙闻而下之,窥头于牖,施尾于堂。叶公见之,弃而还走,失其魂魄,五色无主。是叶公非好龙也,好夫似龙而非龙者也。”○比喻名义上爱好某事物,实际上并不真爱好。唐温庭筠《开成五年秋……兼呈袁郊苗绅李逸三友人一百韵》:“叶龙图夭矫,燕鼠笑胡卢。”另参见人物部·其他“叶公”、人事部·志趣“叶公好尚”。

【斩蛟】　参见人事部·禀性“周处杀蛟”。唐刘禹锡《壮士行》:“明日长桥上,倾城看斩蛟。”

【佽飞斗蛟】　参见人事部·禀性“佽飞勇”。金元好问《观江涨》:“佽飞斗蛟鳄,燃犀出鳞介。”

【骊龙】　《庄子·列御寇》:“河上有家贫恃纬萧而食者,其子没于渊,得千金之珠。其父谓其子曰:‘取石来,锻之!

夫千金之珠,必在九重之渊而骊龙颔下。子能得珠者,必遭其睡也。使骊龙而寤,子尚奚微之有哉?'"〇喻宝物。唐刘禹锡《奉和裴晋公凉风亭睡觉》:"骊龙睡后珠元在,仙鹤行时步又轻。"另参见器用部·珍宝"骊珠"、文明部·文章"探颔得珠"、人事部·睡梦"骊龙睡"。

【葛陂龙】　参见植物部·木本"龙竹"。唐岑参《寻少室张山人闻与周明府同人都》:"叶县凫共去,葛陂龙暂还。"

【鼎湖龙】　参见九流部·神仙"乘龙"。唐李商隐《昭肃皇帝挽歌辞三首》之二:"始巢阿阁凤,旋驾鼎湖龙。"

2**【王祥鲤】**　晋干宝《搜神记》卷一一:"(王祥)母常欲生鱼,时天寒冰冻,祥解衣,将剖冰求之,冰忽自解,双鲤跃出,持之而归。"〇指孝事父母,或咏鱼。明吴廷翰《鲥》:"百年梦寐王祥鲤,千里风情张翰鲈。"另参见地理部·水流"卧冰"、伦类部·亲眷"冰鲤"。

【双鲤】　参见文明部·文章"鱼书"。明张煌言《重经南日吊沈彤庵相国》:"渭曲璜随双鲤逝,延津剑化一龙吟。"

【北溟鱼】　参见人事部·志趣"九万欲抟空"。唐李白《江夏使君叔席上赠史郎中》:"希君生羽翼,一化北溟鱼。"

【冯谖有鱼】　《战国策·齐策四》:齐人冯谖家贫,托食于孟尝君门下,因自言无能,孟尝君便笑予收留。"左右以君贱之也,食以草具。居有顷,倚柱弹其剑,歌曰:'长铗(剑把)归来乎,食无鱼!'左右以告,孟尝君曰:'食之,比门下之客。'居有顷,复弹其铗,歌曰:'长铗归来乎,出无车!'左右皆笑之,以告,孟尝君曰:'为之驾,比门下之车客。'于是乘其车,揭其剑,过其友曰:'孟尝君客我。'后有顷,复弹其剑铗,歌曰:'长铗归来乎,无以为家!'左右皆恶之,以为贪而不知足。孟尝君问:'冯公有亲乎?'对曰:'有老母。'孟尝君使人给其食用,无使乏,于是冯谖不复歌。"后来冯谖成为孟尝君手下最得力的谋士。〇指贤士怀才未遇,或反指受器重。宋苏轼《次韵周开祖长官见寄》:“犀首正缘无事饮,冯谖应为有鱼留。”另参见武备部·兵器“冯谖剑”、武备部·兵器“弹铗”、器用部·车船“车鱼”、文明部·歌舞“剑歌”、政事部·议政“车鱼”、人事部·贫贱“叹无鱼”。

【龙为鱼】 参见人事部·冤怨“鱼服困”。清尤侗《吾年五十九》:“势失龙为鱼,时乖鼠变虎。”

【池鱼】 参见人事部·冤怨“鱼祸”。唐白居易《杂感》:“城门自焚爇,池鱼罹其殃。”

【钓鱼】 《史记·齐太公世家》:“太公望吕尚者,东海上人……吕尚盖尝穷困,年老矣,以渔钓奸周西伯。……(西伯)遇太公于渭之阳,与语大悦。”○喻指隐者。唐杜审言《扈从出长安应制》:“山追散马日,水忆钓鱼人。”另参见人物部·将相“钓国”、人物部·圣贤“磻溪老”、人事部·雅逸“太公钓”、人事部·寿考“磻溪叟”。

【鱼跳波】 参见文明部·礼乐“鱼听曲”。唐李贺《李凭箜篌引》:“梦入神山教神妪,老鱼跳波瘦蛟舞。”

【鱼缘木】 参见人事部·谬误“缘木难求”。唐温庭筠《开成五年秋……兼呈袁郊苗绅李逸三友人一百韵》:“定为鱼缘木,曾因兔守株。”

【府丞鱼】 参见政事部·清廉“悬枯鱼”。南朝梁陆倕《以诗代书别后寄赠》:“讵知亭长肉,宁挂府丞鱼?”

【前鱼】 《战国策·魏策四》:“魏王与龙阳君共船而钓。龙阳君得十余鱼而涕下。王曰:‘有所不安乎?如是何不相告也。’对曰:‘臣无敢不安也。’王曰:‘然则何为涕出?’曰:‘臣为王之所得鱼也。’王曰:‘何谓也?’对曰:‘臣之始得鱼也,臣甚喜,后得又益大,今臣直欲弃臣前之所得矣。今以臣凶恶,而得为王拂枕席,今臣爵至人君,走人于庭,辟人于途。四海之内,美人亦甚多矣,闻臣之得幸于王也,必褰裳而趋王,臣亦犹曩臣之前所得鱼也,臣亦将弃矣,臣安能无涕出乎?’”○喻失宠。唐刘得仁《长信宫》:

"一从悲画扇,几度泣前鱼。"另参见人事部·情感"龙阳恨"。

【涸鱼】　《庄子·大宗师》:"泉涸,鱼相与处于陆,相呴以湿,相濡以沫,不如相忘于江湖。"○喻处境困窘或相互救助。唐白居易《香炉峰下新置草堂即事咏怀题于石上》:"倦鸟得茂树,涸鱼返清源。"另参见伦类部·师友"沫相濡"、人事部·雅逸"相忘鳞"、人事部·贫贱"枯鳞"。

【涸鲋】　《庄子·外物》:"庄周家贫,故往贷粟于监河侯。监河侯曰:'诺,我将得邑金,将贷子三百金,可乎?'庄周忿然作色曰:'周昨来,有中道而呼者,周顾视车辙中,有鲋鱼焉。周问之曰:"鲋鱼,来!子何为者邪?"对曰:"我东海之波臣也,君岂有斗升之水而活我哉?"周曰:"诺,我且南游吴越之王,激西江之水而迎子,可乎?"鲋鱼忿然作色曰:"吾失我常,与我无所处,吾得斗升之水然活耳。君乃言此,曾不如早索我于枯鱼之肆。"'"○喻指处境艰难或无益之助。唐沈佺期《赦到不得归题江上石》:"少宽穷涸鲋,犹愍触藩羝。"另参见地理部·水流"斗升水"、地理部·水流"西江"、器用部·车船"涸辙"、人事部·贫贱"受贷粟"。

【惠子鱼】　参见人事部·雅逸"观鱼"。唐李群玉《昼寐》:"正作庄生梦,谁知惠子鱼?"

【琴高赤鲤鱼】　参见九流部·神仙"乘鲤"。唐贯休《瀫江秋居作》:"面前小沼清如镜,终养琴高赤鲤鱼。"

【鲈鱼】　参见人事部·情感"忆鲈鱼"。唐杜牧《卢秀才将出王屋高步名场江南相逢赠别》:"交游话我凭君道,除却鲈鱼更不闻。"

3**【支床龟】**　《史记·龟策列传》:"南方老人用龟支床足,行二十余岁,老人死,移床,龟尚生不死。"○喻壮志未酬,蛰居待时;或喻隐逸。唐罗隐《圣真观刘真师院十韵》:"支床龟纵老,取箭鹤何慵?"另参见器用部·日用"龟支床”、人事部·雅逸“垫床龟”、人事部·志趣“龟冷搘床”。

【龟顾】 参见人事部·情感“龟三顾”。唐李德裕《述梦诗四十韵》:“龟顾垂金纽,鸾飞曳锦袍。”

【龟藏六】 《阿含经》:“有龟被野干所包,藏六而不出,野干怒而舍去。佛告诸比丘:‘当如龟藏六,自藏六根,魔不得便。’”注:“野干,兽名。干音犴。龟首尾及四足凡六。”○喻为避祸而不出头。唐陈陶《题僧院紫竹》:“从来道生一,况伴龟藏六。”另参见九流部·宗教“龟藏”、人事部·隐逸“藏六”。

【泥龟】 参见人事部·雅逸“曳尾”。唐钱起《巨鱼纵大壑》:“倾危嗟幕燕,隐晦诮泥龟。”

【尝鼋】 参见人事部·行止“染指”。宋苏轼《次韵水官诗》:“丹青偶为戏,染指初尝鼋。”

4 **【钓鳌】** 《列子·汤问》:“龙伯之国有大人,举足不盈数步而暨五山之所,一钓而连六鳌,合负而趣归其国。”○咏仙,或喻事业非凡。唐李白《赠薛校书》:“未夸观涛作,空郁钓鳌心。”另参见地理部·土石“鳌山”、九流部·神仙“龙伯国人”、人物部·其他“钓鳌客”。

【鳌足】 参见九流部·神仙“女娲”。○喻功业丰伟。唐元稹《献荥阳公诗五十韵》:“劲芟鳌足断,精贯虱心穿。”

5 **【弓蛇】** 参见武备部·兵器“樽中弩”。元谢应芳《顾中英临濠惠书词甚慷慨诗以代简》:“酒杯已辨弓蛇误,药杵无劳玉兔将。”

【汉高偶试】 参见人物部·帝王“赤龙子”。唐李咸用《西门行》:“汉高偶试神蛇验,武王龟筮惊人险。”

【灵蛇】 参见器用部·珍宝“隋侯珠”。唐罗隐《秋日汴河客舍酬友人》:“烦君更枉骚人句,白凤灵蛇满袖中。”

【斩蛇】 参见人物部·帝王“赤龙子”。唐张九龄《奉和圣制次成皋先圣擒建德之所》:“地识斩蛇处,河临饮马间。”

【春蚓秋蛇】 参见文明部·书画“春蚓秋蛇”。宋苏轼《书刘景文所藏王子敬帖绝句》:"家鸡野鹜同登俎,春蚓秋蛇总入奁。"

【蛇有足】《战国策·齐策二》:"楚有祠者,赐其舍人卮酒。舍人相谓曰:'数人饮之不足,一人饮之有余。请画地为蛇,先成者饮酒。'一人蛇先成,引酒且饮之,乃左手持卮,右手画蛇,曰:'吾能为之足。'未成,一人之蛇成,夺其卮曰:'蛇固无足,子安能为之足!'遂饮其酒。为蛇足者,终亡其酒。"○指多做无用之事。宋刘兼《中春登楼》之二:"失手已惭蛇有足,用心休为鼠无牙。"另参见文明部·书画"画蛇足"、人事部·谬误"画蛇著足"。

6【两部蛙】《南齐书·孔稚珪传》:"(孔)稚珪风韵清疏,好文咏,饮酒七八斗。……居宅盛营山水,凭机独酌,傍无杂事。门庭之内,草莱不剪,中有蛙鸣,或问之曰:'欲为陈蕃乎?'稚珪笑曰:'我以此当两部鼓吹,何必期效仲举?'"○咏环境清悠。唐戴复古《豫章巨浸呈陈幼度提干》:"自成鼓吹喧朝夕,输与东湖两部蛙。"

【官蛙】《晋书·惠帝纪》:"帝又尝在华林园,闻虾蟆声,谓左右曰:'此鸣者为官乎?私乎?'或对曰:'在官地为官,在私地为私。'……其蒙蔽皆此类也。"○指蛙。宋王令《和束熙之雨后》:"如何农亩三时望,只得官蛙一饷鸣。"

【蟾蜍】参见天文部·天体"蟾宫"。唐杜甫《八月十五夜月》之二:"刁斗皆催晓,蟾蜍且自倾。"

7【蜗角】《庄子·则阳》:"有国于蜗之左角者,曰触氏;有国于蜗之右角者,曰蛮氏。时相与争地而战,伏尸数万,逐北,旬有五日而后反。"○喻无谓之争。唐白居易《不如来饮酒七首》其七:"相争两蜗角,所得一牛毛。"另参见武备部·军旅"蛮触"。

8【水中蟹】《晋书·解系传》:"及张华、裴頠之被诛也。(赵王)伦、(孙)秀以宿憾收系兄弟。梁王肜救系等,伦怒曰：'我于水中见蟹且恶之，况此人兄弟轻我邪！此而可忍，孰不可忍！'"○喻报仇心切，或喻愤怒。宋苏轼《故周茂叔先生廉溪》："怒移水中蟹，爱及屋上乌。"另参见人事部·情感"水中见蟹"。

【把蟹】 参见器用部·饮食"持杯擘蟹"。宋苏轼《和周正孺坠马伤手》："书空渐觉新诗健，把蟹行看乐事全。"

9【蚌鹬相持】 《战国策·燕策二》："蚌方出曝，而鹬啄其肉，蚌合而拑其喙。鹬曰：'今日不雨，明日不雨，即有死蚌。'蚌亦谓鹬曰：'今日不出，明日不出，即有死鹬。'两者不肯相舍，渔者得而并禽之。"○喻双方争斗而使第三者得利。唐段成式《蛤像联二十字绝句》："宁同蚌顽恶，但与鹬相持。"另参见动物部·飞禽"蚌鹬"。

10【短狐】 《春秋·庄公十八年》："秋，有蜮。"杜预注："蜮，短狐也，盖以含沙射人为实。"○指阴谋中伤。清归庄《卜居》之十二："吾欲向南徼，短狐射人衣。"另参见地理部·土石"射工含沙"、政事部·贪佞"含沙射"。

11【鲛人】 晋张华《博物志》卷二："南海外有鲛人，水居如鱼，不废织绩，其眼能泣珠，从水出，寓人家，积日卖绢。将去，从主人索一器，泣而成珠，满盘以与主人。"○喻海滨之人。唐刘禹锡《伤秦姝行》："冯夷翩跹舞渌波，鲛人出听停绡梭。"另参见人体部·其他"珠泪"、器用部·珍宝"鲛珠"、器用部·其他"鲛绡"、文明部·诗词"五色绡"。

（四）虫豸

1. 虫 2. 蜂 3. 蝶 4. 螳（蝉） 5. 蚨 6. 萤 7. 蚁 8. 蝇 9. 虱 10. 蠹鱼 11. 蚓

1【三尸】 唐柳宗元《哭尸虫文》："有道士言：人皆有尸虫三，处腹中，伺人隐微失误，辄籍记。"唐段成式《酉阳杂俎·玉格》："三尸一日三朝：上尸青姑，伐人眼；中尸白姑，伐人五脏；下尸血姑，伐人胃命。"唐张读《宣室志》卷一：

"契虚问棒子曰:'吾向者觐谒真君,真君问我三彭之仇,我不能对。'棒子曰:'夫彭者,三尸之姓,常居人身中,伺察功罪,每至庚申日,籍于上帝。故凡学仙者,当先绝三尸,如是则神仙可得;不然,虽苦其心无补也。'"〇咏修道。唐白居易《题石上人》:"存神不许三尸住,混俗无妨两鬓斑。"另参见天文部·时令"庚申夜"、九流部·神仙"彭尸"、人事部·其他"守庚申"。

【沙虫】 参见人物部·其他"虫沙猿鹤"。清赵翼《愍忠寺石坛》:"邱貉尸难认,沙虫命总冤。"

2**【伯奇掇蜂】** 《太平御览》卷九五〇引汉刘向《列女传》:"尹吉甫子伯奇至孝事后母。母取蜂去毒,系于衣上,伯奇前欲去之,母便大呼曰:'伯奇牵我。'吉甫见疑之,伯奇自死。"〇指受人诬陷,父子反目。唐李端《杂歌》:"伯奇掇蜂贤父逐,曾参杀人慈母疑。"另参见伦类部·亲眷"掇蜂"、人事部·冤怨"衣蜂"。

3**【庄蝶】** 参见人事部·睡梦"蝶梦"。唐李商隐《秋日晚思》:"枕寒庄蝶去,窗冷胤萤销。"

【韩蝶】 参见人事部·情感"相思树"。唐李商隐《蝇蝶鸡麝鸾凤等成篇》:"韩蝶翻罗幙,曹蝇拂绮窗。"

4**【螳捕蝉】** 参见动物部·飞禽"雀伺螳螂"。宋黄庭坚《寺斋睡起二首》之一:"小黠大痴螳捕蝉,有余不足夔怜蚿。"

5**【青蚨】** 参见器用部·珍宝"青蚨"。宋华岳《秋宵有感》:"木耳有才持紫橐,楮皮无计换青蚨。"

6**【读书萤】** 《晋书·车胤传》:"车胤字武子,……恭勤不倦,博学多通。家贫不常得油,夏月则练囊盛数十萤火以照书,以夜继日焉。"〇喻勤学苦读。唐杜甫《题郑十八著作丈》:"穷巷悄然车马绝,案头干死读书萤。"另参见器用部·宫室"武子窗"、器用部·其他"萤烛"、文明部·学识"聚萤"、人事部·贫贱"对萤"。

7【床下蚁】 参见人事部·病死“耳虚闻蚁”。宋苏轼《次韵王都尉偶得耳疾》:“病客巧闻床下蚁,痴人强颇棘端猴。”

8【青蝇】 参见人事部·病死“青蝇吊”。清宋琬《哭门人孙石书》之一:“囊中白雪孤儿哭,门外青蝇吊客来。”

【曹蝇】 参见文明部·书画“屏风误点”。唐李商隐《蝇蝶鸡麝鸾凤等成篇》:“韩蝶翻罗幙,曹蝇拂绮窗。”

9【扪虱】 参见人事部·狂放“扪虱”。宋苏轼《和王斿二首》之一:“闻道骑鲸游汗漫,忆尝扪虱话悲辛。”

【悬虱如轮】 参见文明部·学识“虱心穿”。金元好问《愚轩为赵宜之赋》:“守宫缘壁夸覆射,悬虱如轮规命中。”

10【釜中鱼】 参见人事部·贫贱“甑生尘”。唐韩翃《寄雍丘窦明府》:“机尽独亲沙上鸟,家贫唯向釜中鱼。”鱼,蠹鱼。

11【纡春蚓】 参见文明部·书画“春蚓秋蛇”。宋苏轼《和人求笔迹》:“从此剡藤真可吊,半纡春蚓绾秋蛇。”

六、植物部

（一）木本

1．树　2．木(林)　3．松　4．杨　5．柳(絮)　6．桃　7．李　8．桂　9．柑橘　10．槐　11．梧桐　12．棠　13．栎　14．桑　15．枫　16．椿　17．紫荆　18．荆棘　19．竹(笋)　20．果　21．梅(子)　22．栗　23．枣　24．槟榔

1**【一瓢挂树】**　参见器用部·器皿“许由瓢”。唐徐夤《闲》:“一瓢挂树傲时代,五柳种门吟落晖。”

【相思树】　参见人事部·情感“相思树”。唐陆龟蒙《齐梁怨别》:“不知兰棹到何山,应倚相思树边泊。”

【将军树】　参见人物部·将相“大树旁”。唐杜甫《过宋员外之问旧庄》:“更识将军树,悲风日暮多。”

【庾公玉树】　参见器用部·珍宝“埋玉”。清毛奇龄《仲秋既望得萧行人嗣奇讣适向阳将归过别各拉泪哭以长句》:“顾荣璧轸已摧绝,庾公玉树真埋藏。”

2**【八公草木】**　参见武备部·军旅“草木兵”。清王顼龄《喜湖南诸路大捷和学士李容前辈韵》:“百粤风烟通马援,八公草木走苻坚。”

【不材木】　参见人事部·情感“悲雁”。〇喻无才而得福。宋苏轼《宥老楮》:“胡为寻丈地,养此不材木。”

【邓林】　参见天文部·天体“夸父逐日”。〇喻树林、拄杖。晋陶潜《读山海经十三首》之八:“余迹寄邓林,功竟在身后。”

3**【大夫松】**　《史记·秦始皇本纪》:始皇泰山封禅,“下,风雨暴至,休于树下,因封其树为五大夫”。〇咏松树,或喻受恩遇。唐鲍溶《闻国家将行封禅聊抒臣情》:“清跸间过

素王庙，翠华高映大夫松。”另参见人物部·帝王“封五树松”、人物部·官吏“松大夫”。

4**【杨叶百穿】** 参见武备部·其他“百步穿杨”。唐刘禹锡《寄和东川杨尚书幕巢兼寄西川继之二公》：“杨叶百穿荣公府，芝泥五色耀天庭。”

5**【王恭柳】** 《晋书·王恭传》：“（王）恭美姿仪，人多爱悦，或目之云：‘濯濯如春月柳。’尝被鹤氅裘，涉雪而行，孟昶窥见之，叹曰：‘此真神仙中人也！’”〇指人物品貌出众。唐李商隐《行至金中驿寄兴元渤海尚书》：“诸生个个王恭柳，从事人人庾杲莲。”另参见天文部·气象“披氅”、器用部·衣冠“王恭鹤氅”、人物部·其他“鹤氅人”、人事部·雅逸“披鹤氅”。

【五株柳】 晋陶潜《五柳先生传》：“先生不知何许人也，亦不详其姓字，宅边有五柳树，因以为号焉。”〇喻指隐者。唐李白《嘲王历阳不肯饮酒》。“浪抚一张琴，虚栽五株柳。”另参见器用部·宫室“陶宅”、人物部·人杰“五柳先生”、人事部·雅逸“五柳闭门”。

【张绪柳】 《南史·张绪传》：“（张）绪吐纳风流，听者皆忘饥疲，见者肃然如在宗庙。……刘悛之为益州，献蜀柳数株，枝条甚长，状若丝缕。时旧宫芳林苑始成，武帝以植于太昌灵和殿前，常赏玩咨嗟，曰：‘此杨柳风流可爱，似张绪当年时。’”〇指人谈吐风流，举止儒雅。宋陆游《小园竹间得梅一枝》：“梦魂不接庄周梦，心事肯付张绪柳？”另参见人事部·雅逸“灵和标格”。

【陶公柳】 《晋书·陶侃传》：“（陶侃）尝课诸营种柳，都尉夏施盗官柳植之于己门。侃后见，驻车问曰：‘此是武昌西门前柳，何因盗来此种？’施惶怖谢罪。”〇咏柳，或喻军纪严明。宋苏轼《游武昌寒溪西山寺》：“空传孙郎石，无复陶公柳。”另参见武备部·军旅“武昌柳”。

【柳生肘上】 参见人事部·病死“柳生肘”。唐白居易《病眼花》:“花发眼中犹足怪,柳生肘上亦须休。”

【谢家轻絮】 参见人物部·妇女“谢女”。唐李商隐《江东》:“今日春光太漂荡,谢家轻絮沈郎钱。”

【煅柳】 参见人物部·圣贤“山阳煅”。宋苏轼《自笑一首》:“既似蜡屐阮,又如煅柳嵇。”

6**【三士桃】** 《晏子春秋·内篇·谏下》:公孙接、田开疆、古冶子三人事景公,恃勇而无礼,晏子请求景公除去三人,并献计“请公使人少馈之二桃曰:‘三人何不计功而食桃?’”于是三人论功争桃,以至“反其桃,挈领而死”。○喻指用计杀人。唐卢象《追凉历下古城西北隅此地有清泉乔木》:“闲荫七贤地,醉餐三士桃。”另参见人物部·将相“齐相费二桃”、政事部·治理“二桃杀三士”。

【桃梗】 参见地理部·水流“梗泛”。清吴伟业《戏咏不倒翁》:“却遭桃梗妍皮诮,此内空空浪得名。”

【桃李】 参见伦类部·师友“桃李满天下”。○喻学生、弟子。唐李白《赠崔侍御》:“扶摇应借力,桃李愿成荫。”

7**【道旁李】** 《世说新语·雅量》:“王戎七岁,尝与诸小儿游,看道边李树多子折枝,诸儿竞走取之,唯戎不动。人问之,答曰:‘树在道边而多子,此必苦李。’取之信然。”○喻指弃用或退隐。宋范成大《次韵葛伯山赡军赠别韵》:“又如道旁李,味苦不堪折。”另参见人事部·隐逸“苦李”。

8**【东堂桂树】** 《晋书·郤诜传》:“(郤诜)累迁雍州刺史。武帝于东堂会送,问诜曰:‘卿自以为何如?’诜对曰:‘臣举贤良对策,为天下第一,犹桂林之一枝,昆山之片玉。’帝笑。”○喻指科举及第。唐崔子向《上鲍大夫》:“东堂桂树何年折,直至如今少一枝。”另参见器用部·珍宝“片玉”、文明部·学识“郤诜第”、人事部·富贵“折桂新荣”。

【薪桂】 《战国策·楚策三》:“苏秦之楚,三日乃得见乎王。谈卒,辞而行。楚王曰:‘寡人闻先生若闻古人,今先生乃不远千里而临寡人,曾不肯留,愿闻其说。’对曰:‘楚国之食贵于玉,薪贵于桂,谒者难得见如鬼,王难得见如天帝。今令臣食玉炊桂,因鬼见帝!'王曰:'先生就舍,寡人闻命矣!'"〇指物价昂贵、生活贫困。元萨都剌《题进士索士岩诗卷》:"羁旅燃薪桂,长吟出锦坊。"另参见伦类部·宾主"苏鬼"、器用部·珍宝"炊白玉"、人事部·贫贱"薪桂炊玉"。

【蟾桂】　参见天文部·天体"蟾宫"。唐李贺《巫山高》:"古祠近月蟾桂寒,椒花坠红湿云间。"

9**【斗酒双柑】**　参见器用部·饮食"斗酒双柑"。

【陆绩橘】　《三国志·吴志·陆绩传》:"绩年六岁,于九江见袁术。术出橘,绩怀三枚,去,拜辞堕地,术谓曰:'陆郎作宾客而怀橘乎?'绩跪答曰:'欲归遗母。'术大奇之。"〇咏孝顺。唐张祜《送卢弘本浙东觐省》:"怀中陆绩橘,江上伍员涛。"另参见伦类部·亲眷"怀橘"。

【橘奴】　《三国志·吴志·孙休传》裴松之注引《襄阳记》:"(李)衡每欲治家,妻辄不听,后密遣客十人于武陵龙阳汜洲上作宅,种甘橘千株。临死,敕儿曰:'汝母恶我治家,故穷如是。然吾州里有千头木奴,不责汝衣食,岁上一匹绢,亦可足用耳。'衡亡后二十馀日,儿以白母,母曰:'此当是种甘橘也,汝家失十户客来七八年,必汝父遣为宅。汝父恒称太史公言"江陵千树橘,当封君家"。'"〇代指橘,或喻微薄家产。唐杜甫《驱竖子摘苍耳》:"加点瓜薤间,依稀橘奴迹。"另参见地理部·土石"洲中奴长"、人物部·其他"家僮"。

10**【槐国梦】**　参见人事部·睡梦"南柯一梦"。元释善住《月夜》之四:"堪笑当年槐国梦,黄粱未熟已成空。"

11**【焦梧桐】**　参见文明部·礼乐"焦琴"。唐贾岛《投孟郊》:"愿倾肺肠事,尽入焦梧桐。"

12**【甘棠】**　参见政事部·治理"棠树政"。唐刘禹锡《答衢州徐使君》:"闻道天台有遗爱,人将琪树比甘棠。"

13【社栎】《庄子·人间世》：匠石之齐，见大栎树，“散木也，以为舟则沈，以为棺椁则速腐，以为器则速毁，以为门户则液樠，以为柱则蠹，是不材之木也，无所可用，故能若是之寿”。○喻能全身处世之人。宋苏轼《次韵送程六表弟》：“君才不用如涧松，我老得全似社栎。”另参见人物部·其他“散才”、人事部·雅逸“散材”、人事部·寿考“寿栎”。

【樗栎】 参见人物部·其他“樗散”。唐欧阳詹《寓兴》：“桃李有奇质，樗散无妙姿。”

14【桑下三宿】 参见人事部·情感“三宿恋”。宋苏轼《别黄州》：“桑下岂无三宿恋，樽前聊与一身归。”

15【枫落吴江】 参见文明部·诗词“枫落句”。清王士禛《论诗绝句》：“枫落吴江妙入神，思君流水是天真。”

16【大椿】 参见人事部·寿考“椿龄”。唐顾封人《月中桂树》：“能齐大椿长，不与小山同。”

17【紫荆树】 参见伦类部·亲眷“三荆”。唐杜甫《得舍弟消息》：“风吹紫荆树，色与暮庭春。”

18【负荆】 参见人物部·将相“廉蔺”。○指认错赔礼。晋卢谌《览古》：“屈节邯郸中，俯首忍回轩。廉公何为者，负荆谢厥愆。”

【孤鹤在枳棘】 参见人物部·官吏“枳棘栖凤”。唐常建《赠三侍御》：“孤鹤在枳棘，一枝非所安。”

【班荆】《左传·襄公二六年》：“初，楚伍参与蔡太师子朝友，其子伍举（亦名“椒举”）与声子相善也。”伍举获罪，“奔郑，将遂奔晋。声子将如晋，遇之于郑郊，班荆（以荆之枝叶铺地为席）相与食，而言复故。声子曰：‘子行也，吾必复子。’”○喻知心朋友相遇而谈心，或喻思念家国。晋陶潜《饮酒》之十五：“班荆坐松下，数斟已复醉。”另参见伦类部·师友“班荆椒举”。

【棘刺造猴】 参见九流部·杂技“猴雕刺”。唐李白《古风五十九首》之三五："棘刺造沐猴，三年费精神。"

【铜驼荆棘】 参见人事部·情感"泣铜驼"。宋陆游《春晴》："自笑此生余几许，铜驼荆棘尚关情。"

19**【龙竹】** 晋葛洪《神仙传·壶公》：费长房从壶公学仙，辞归，"忧不得到家。公以一竹杖与之曰：'但骑此得到家耳。'房骑竹杖辞去，忽如睡觉，已到家……所骑竹杖弃葛陂中，视之，乃青龙耳"。〇喻得道成仙，或指竹杖。唐王绩《游仙四首》之四："鸭桃闻已种，龙竹未经骑。"另参见地理部·土石"葛陂"、动物部·鳞介"葛陂龙"、九流部·神仙"杖化龙"、器用部·日用"龙杖"。

【此君】 《世说新语·任诞》："王子猷尝暂寄人空宅住，便令种竹。或问：'暂住何烦尔？'王啸咏良久，直指竹曰：'何可一日无此君！'"〇咏竹。唐杜牧《题刘秀才新竹》："不是山阴客，何人爱此君。"另参见文明部·书画"墨君"、人事部·雅逸"何可一日无此君。"

【竹头】 《晋书·陶侃传》："时造船，木屑及竹头悉令举掌之，咸不解所以。后正会，积雪始晴，听事前余雪犹湿，于是以屑布地。及桓温代蜀，又以(陶)侃所贮竹头作丁装船。其综理微密，皆此类也。"〇指节俭而善于利用废物。宋陆游《北窗》："竹头那足用，桐尾不禁焦。"另参见人事部·禀性"陶公木屑"。

【竹林】 参见人物部·圣贤"七贤"。唐卢纶《送从叔程归西川幕》："岂念在贫巷，竹林鸣鸟声。"

【伶伦采】 参见文明部·礼乐"伶伦吹"。〇咏竹。唐李贺《苦篁调啸引》："伶伦采之自昆丘，轩辕诏遣中分作十二。"

【孟笋】 《三国志·吴志·孙皓传》裴松之注引《楚国先贤传》："(孟)宗母嗜笋。冬节将至，时笋尚未生，宗入竹林哀叹，而笋为之出，得以供母，皆以为至孝之所致感。"〇喻孝亲。清袁枚《寄怀钱玙沙方伯予告归里》："莱衣久舞宫袍淡，孟笋重尝野味鲜。”另参见伦类部·亲眷“孝笋”。

【柯亭竹】　参见文明部·礼乐“柯笛”。南朝梁萧衍《咏笛》：“柯亭有奇竹，含情复抑扬。”

【胸有成竹】　宋苏轼《文与可画筼筜谷偃竹记》：“故画竹，必先得成竹于胸中，执笔熟视，乃见其所欲画者，急起从之，振笔直遂，以追其所见，如兔起鹘落，少纵则逝矣。”○喻做事先有成算。宋晁补之《赠文潜甥杨克一学文与可画竹求诗》：“与可画竹时，胸中有成竹。”另参见人体部·肢体“胸有竹”。

【骑青竹】　参见伦类部·师友“竹马”。唐杜甫《李司马桥成高使君自成都回》：“已传童子骑青竹，总拟桥东待使君。”

【湘竹】　参见人事部·情感“江娥啼竹”。唐白居易《江上送客》：“杜鹃声似哭，湘竹斑如血。”

20**【潘岳果】**　参见器用部·车船“潘郎车”、人物部·人杰“玉貌潘郎”。唐李商隐《病中闻河东公乐营置酒口占寄上》：“必投潘岳果，谁掺祢衡挝？”

21**【梅林止渴】**　参见人事部·谬误“渴望梅”。北周庾信《出自蓟北门行》：“梅林能止渴，复姓可防兵。”

22**【狙公分栗】**　参见人事部·谬误“朝四暮三”。宋苏轼《和邵同年戏赠贾收秀才三首》之三：“狙公欺病来分栗，水伯知馋为出鲈。”

23**【安期枣】**　《史记·封禅书》：“臣尝游海上，见安期生，安期生食巨枣，大如瓜。安期生仙者，通蓬莱中，合则见人，不合则饮。”○咏仙道，或称美瓜果。唐元稹《和乐天赠吴丹》：“冥搜方朔桃，结念安期枣。”另参见九流部·神仙“如瓜枣”。

24**【一斛槟榔】**　《南史·刘穆之传》：“（刘）穆之少时，家贫诞节，嗜酒食，不修拘检。好往妻兄家乞食，多见辱，不以为耻。其妻江嗣女，甚明识，每禁不令往江氏。后有庆会,属令勿来。穆之犹往,食毕求槟榔。江氏兄弟戏之曰:‘槟榔消食,君乃常饥,何忽须此?’……及穆之为丹阳尹,将召妻兄弟,妻泣而稽颡以致谢。穆之曰:‘本不匿怨,无所致忧。’及至醉饱,穆之乃令厨人以金柈贮槟榔一斛以进之。”〇喻不计前怨,或喻因贫困而遭戏弄。唐李白《玉真公主别馆苦雨赠卫尉张卿二首》:“何时黄金盘,一斛荐槟榔。”另参见器用部·饮食“食槟榔”、人事部·贫贱“泪向槟榔”。

(二) 草本

1. 草　2. 蓂　3. 生刍　4. 薇　5. 芥　6. 芦　7. 蒿　8. 蕉　9. 萍　10. 薏苡　11. 紫芝　12. 莼　13. 芹　14. 韭　15. 薤　16. 苜蓿　17. 芋　18. 葵　19. 茱萸　20. 瓜　21. 蔗　22. 麦　23. 秫　24. 粟　25. 豆

1**【三径草】**　参见地理部·城建“元亮径”。唐韦庄《同旧韵》:“露滋三径草,日动四邻砧。”

【小草】　参见政事部·议政“小草出山”。清袁枚《谢望山公赐素心兰》:“枚也如小草,公门久收贮。”

【斗百草】　参见天文部·时令“斗草”。唐郑谷《采桑》:“何如斗百草,赌取凤皇钗。”

【池塘春草】　参见人事部·睡梦“梦惠连”。唐韦庄《哭同舍崔员外》:“池塘春草在,风烛故人亡。”

【惜兰芳】　参见政事部·忠直“龚胜耻事新”。南朝宋谢灵运《庐陵王墓下作》:“延州协心许,楚老惜兰芳。”

2**【蓂荚】**　参见人物部·帝王“献尧蓂”。唐柳宗元《同刘二十八院长述旧言怀感……赠二君子》:“衰荣因蓂荚,盈缺几虾蟆。”

3**【生刍】**　参见人事部·病死“生刍奠”。唐李绅《趋翰苑遭诬构四十六韵》:“旧交封宿草,衰鬓重生刍。”

4【首山薇】 参见人物部·圣贤“夷齐”。宋黄庭坚《答永新宗令寄石耳》:“饥欲食首山薇,渴欲饮颍川水。”

5【拾芥】 参见文明部·学识“拾青”。〇喻极其容易。清魏源《村居杂兴十四首呈筠谷从兄》:“誓将拾芥效,偿此三馀忙。”

6【衔芦】 参见动物部·飞禽“衔芦雁”。唐杜甫《续得观书迎就当阳居止正月中旬定出三峡》:“飞鸣还接翅,行序密衔芦。”

7【仲蔚蒿】 参见人事部·雅逸“张仲蔚”。唐李德裕《早秋龙兴寺江亭闲眺忆龙门山居寄崔张旧从事》:“渊明菊犹在,仲蔚蒿莫剪。”

8【鹿蕉】 参见人事部·睡梦“得鹿梦”。宋程先贞《迁山春事》之十四:“鹿蕉覆去当年梦,鲑菜持来此日欢。”

9【楚昭萍】 汉刘向《说苑·辨物》:“楚昭王渡江,有物如斗,直触王舟,止于舟中。昭王大怪之,使聘问孔子。孔子曰:‘此名萍实,令剖而食之。惟霸王者能获之,此吉祥也。’”〇喻吉祥之物,或喻珍贵果品。宋刘筠《樱桃》:“楚昭萍已破,韩嫣弹争投。”另参见地理部·水流“楚江萍”。

10【明珠薏苡】 参见人事部·冤怨“薏苡谗”。明贝琼《送杨九思赴广西都尉经历》:“明珠薏苡无人辨,行李归来莫厌穷。”

11【商山芝】 参见人事部·寿考“四老”。唐杜甫《喜晴》:“千载商山芝,往者东门瓜。”

12【陆机莼】 参见器用部·饮食“莼菜羹”。李商隐《赠郑谠处士》:“越桂留烹张翰鲙,蜀姜供煮陆机莼。”

【莼菜】 参见人事部·情感“忆鲈鱼”。唐李群玉《送处士自番禺东游便归苏台别业》:“莼菜动归兴,忽然闻会吟。”

13【甘芹】 《列子·杨朱》:“昔人有美戎菽、甘枲茎、芹萍子者,对乡豪称之。乡豪取而尝之,蜇于口、惨于腹,众哂而怨之,其人大惭。”〇喻情意真挚。宋黄庭坚《送彦孚主簿》:“野人甘芹味,敢馈厌羊羫。”另参见人事部·情感“献芹”。

14【三韭】 参见人事部·贫贱“庾郎贫”。宋黄庭坚《大雷口阻风》:“孤村无十室,旅饭困三韭。”

【周颙韭】 参见九流部·宗教“何肉周妻”。唐李商隐《题李上谟壁》:“嫩割周颙韭,肥烹鲍照葵。”

15【拔薤】 参见政事部·清廉“任棠水”。宋苏轼《和方南圭寄迓周文之》之三:“拔薤已观贤守政,摘蔬聊慰故人心。”

16【仙人芋】 参见地理部·土石“白石”。北周庾信《任洛州酬薛文学见赠别》:“白石仙人芋,青林隐士松。”

【懒残芋】 《宋高僧传》卷一九:“相国邺公李泌避崔李之害,隐南岳而潜察(懒)瓒所为,曰:‘非常人也。’……瓒正发牛粪火,出芋啗之。良久乃曰:‘可以席地。’取所啗芋之半以授焉。李跪捧尽食而谢谓李公曰:‘慎勿多言,领取十年宰相。’”〇咏宰相。宋陈与义《留别天宁永庆乾明金銮四老》:“胜事远公连,深心懒残芋。”另参见九流部·神仙“煨芋仙”、九流部·宗教“懒残僧”、人物部·将相“十年相”。

17【盘中苜蓿】 参见人事部·贫贱“苜蓿堆盘”。明王思任《辛酉迎春大雪简文长集复次坡公韵》:“帐里羔羊谁唤酒,盘中苜蓿可骄盐。”

18【拔葵】 《汉书·董仲舒传》:“公仪子相鲁,之其家见织帛,怒而出其妻;食于舍而茹葵,愠而拔其葵,曰:‘吾已食禄,又夺园夫红女利乎?’”〇指为官者不与民夺利。宋苏轼《次阳行先》:“拔葵终相鲁,辟谷会封留。”另参见人物部·官吏“楚相拔葵”。

【惜园葵】 参见人事部·情感“忧葵”。唐李白《书怀赠南陵常赞府》:“将无七擒略,鲁女惜园葵。”

19【茱萸】 参见天文部·时令“登高”。唐王维《九月九日忆山东兄弟》:“遥知兄弟登高处,遍插茱萸少一人。”

20【东陵瓜】 《史记·萧相国世家》:“召平者,故秦东陵侯。秦破,为布衣,贫,种瓜于长安城东,瓜美,故世俗谓之‘东陵瓜’,从召平以为名也。”○指隐逸。唐骆宾王《夏日游德州赠高四》:“一顷南山豆,五色东陵瓜。”另参见地理部·土石“邵平田”、人物部·官吏“故侯”、人事部·雅逸“青门隐”。

【瓜代】 参见武备部·军旅“瓜戍”。宋贺铸《答杜仲观登丛台见寄》:“行将及瓜代,暂喜摆羁束。”

21【倒餐蔗】 《世说新语·排调》:“顾长康啖甘蔗,先食尾,人问所以,云‘渐至佳境。’”宋戴复古《送吴伯成归建昌》之一:“无因暗投璧,有味倒餐蔗。”另参见人事部·志趣“入佳境”。

22【舟赠麦】 参见器用部·车船“麦舟”。清赵翼《七十自述》之三:“孤露更谁舟赠麦,饥寒长自甑生尘。”

【飘麦】 《后汉书·高凤传》:“高凤字文通,南阳叶人也。少为书生,家以农亩为业,而专精诵读,昼夜不息。妻尝之田,曝麦于庭,令凤护鸡。时天暴雨,而凤持竿诵经,不觉潦水流麦。妻还怪问,凤方悟之。”○咏勤学。明何景明《送甥朝良读书梅黄山下》:“但知高凤曾飘麦,不论丁生解梦松。”另参见天文部·气象“漂麦雨”、文明部·学识“流麦”、人物部·人杰“流麦士”。

23【元亮秫】 参见人事部·雅逸“陶家种秫”。明刘基《夏日杂兴七首》之二:“酿酒剩收元亮秫,换鹅时写右军书。”

24【斗粟】 《史记·淮南衡山列传》:汉文帝之弟淮南厉王谋反事败,被徙蜀郡,途中“乃不食死”。“孝文十二年,民有作歌歌淮南厉王曰:‘一尺布,尚可缝;一斗粟,尚可舂。兄弟二人不能相容。’”裴骃集解引《汉书音义》曰:“尺布斗粟犹尚不弃,况于兄弟而更相逐乎?”瓒曰:“一尺布尚可缝而共衣,一斗粟尚可舂而共食也,况以天下之广而不能相容。”○喻兄弟相残。唐李商隐《和郑愚赠汝阳王孙家筝妓二十韵》:“斗粟配新声,娣侄徒纤指。”另参见伦类部·亲眷“汉谣”、人物部·帝王“尺布之谣”。

【周粟】 参见人物部·圣贤“夷齐”。唐李白《送张秀才从军》:“周粟犹不顾,齐珪安肯分。”

【赠粟】 参见伦类部·师友“指囷”。唐杜甫《水宿遣兴奉呈群公》:“赠粟囷应指,登桥柱必题。”

25 **【煮豆燃萁】** 参见伦类部·亲眷“萁燃”、文明部·诗词“七步咏”。柳亚子《题太平天国战史》:“煮豆燃萁谁管得,莫将成败论英雄。”

(三) 花卉

1. 花 2. 兰 3. 梅 4. 桃(花) 5. 莲 6. 菊

1 **【天女散花】** 参见九流部·宗教“散天花”。宋陆游《夜大雪歌》:“初疑天女下散花,复恐麻姑行掷米。”

【成蹊】 参见人事部·禀性“桃李自无言”。○喻指花事繁盛。唐贺知章《望人家桃李花》:“桃李从来露井傍,成蹊结影矜艳阳。”

【河阳一县花】 唐白居易《白帖》卷七七:“潘岳为河阳令,满植桃李花,人号曰‘河阳一枝花’。”○用作咏花之词,或喻地方之美或地方官善于治理。唐李商隐《县中恼饮席》:“若无江氏五色笔,争奈河阳一县花。”另参见地理部·城建“花县”、人物部·官吏“潘令花繁”、政事部·治理“潘安县”。

【笔生花】 参见文明部·文具“生花笔”。宋惠洪《胥启道次韵见寄复和之》:“寄我三诗争妙丽,疑公曾梦笔生花。”

【随风花】 参见人事部·其他“茵溷”。宋苏轼《张近几仲有龙尾子石砚以铜剑易之》:“二物与人初不异,飘落高下随风花。”

【腰鼓催花开】　参见文明部·礼乐“催花鼓”。宋苏轼《惜花》：“道人劝我清明来，腰鼓百面如春雷，打彻《凉州》花自开。”

【解语花】　参见人物部·妇女“解语花”。宋黄庭坚《饮润父家》：“一醉解语花，万事画地饼。”

2【国香】　《左传·宣公三年》：“初，郑文公有贱妾曰燕姞，梦天使与己兰，曰：‘余为伯儵，余而祖也，以是为而子，以兰有国香，人服媚之如是。’既而文公见之，与之兰而御之。……生穆公，名之曰兰。”〇咏兰及其香气。唐宋之问《过史正议宅》：“国香兰已歇，里树橘犹新。”另参见人物部·妇女“梦兰”、人事部·睡梦“兰兆”。

3【棣萼】　参见伦类部·亲眷“棠棣”。唐杜甫《至后》：“梅花一开不自觉，棣萼一别永相望。”

【妆梅朵】　参见人物部·妇女“梅妆”。唐白居易《新春江次》：“粉片妆梅朵，金丝刷柳条。”

【罗浮】　唐柳宗元《龙城录·赵师雄醉憩梅花下》：“隋开皇中，赵师雄迁罗浮。一日天寒日暮，在醉醒间，因憩仆车于松林间，酒肆旁舍，见一女人，淡妆素服，出迓师雄。”与语，但觉芳香袭人。至酒家共饮，有绿衣童子，笑歌戏舞。师雄醉寐，“但觉风寒相袭，久之东方已白，师雄起视，乃在大梅花树下”。〇喻梅花。明高启《题三香图》：“罗浮洛浦与潇湘，三处离魂一本香。”另参见九流部·神仙“罗浮美人”、人事部·睡梦“罗浮梦”。

【和羹】　参见人物部·将相“和羹”。〇借指梅花。唐徐夤《梅花》：“结实和羹知有日，肯随羌笛落天涯？”

【陇头梅】　南朝宋盛弘之《荆州记》：“陆凯与范晔相善，自江南寄梅花一枝，诣长安与晔，并赠花诗曰：‘折花逢驿使，寄与陇头人。江南无所有，聊赠一枝春。’”〇咏对朋友的思念之情，亦咏梅花。唐宋之问《题大庾岭北驿》：

"明朝望乡处,应见陇头梅。"另参见天文部·时令"一枝春"、伦类部·师友"寄梅"。

4**【武陵花】** 参见地理部·水流"桃源"。唐郑愔《奉和幸上官昭容院献诗四首》之一:"无云秦汉隔,别访武陵花。"

5**【金莲】** 参见人体部·肢体"金莲"。宋杨亿《南朝》:"步试金莲波溅袜,歌翻玉树涕沾衣。"

【庾杲莲】 参见人物部·其他"莲幕"。唐李商隐《行至金牛驿寄兴元渤海尚书》:"诸生个个王恭柳,从事人人庾杲莲。"

6**【白衣来】** 参见器用部·饮食"白衣酒"。〇咏菊。唐李峤《菊》:"黄花今日晚,无复向衣来。"

【罗含菊】 《晋书·罗含传》:"(罗含)累迁散骑常侍、侍中,仍转廷尉、长沙相。年老致仕,加中散大夫,门施行马。初,含在官舍,有一白雀栖集堂宇,及致仕还家,阶庭忽兰菊丛生,以为德行之感焉。"〇咏菊,或喻花主德行高尚。唐李商隐《寄太原卢司空三十韵》:"罗含黄菊宅,柳恽白蘋汀。"另参见器用部·宫室"罗含宅"。

七、武备部

（一）军旅

【一丸封】《东观汉记·隗嚣载记》："（隗）嚣将王元说嚣曰：'……元请以一丸泥为大王东封函谷关，此万世一时也。若计不及此，且蓄养士马，据隘自守，旷日持久，以待四方之变，图王不成，其弊犹足以霸。'"〇喻指勇士守险。宋王安石《西帅》："一丸岂虑封函谷，千骑无由饮渭桥。"另参见地理部·土石"一丸泥"、地理部·土石"封泥谷"。

【马革裹尸】 参见人事部·志趣"裹尸还"。清舒位《梅花岭吊史阁部》："豹皮自可留千载，马革终难裹一尸。"

【从军乐】 参见人物部·人杰"王粲"。〇咏从军。唐刘长卿《奉和李大夫同吕评事太行苦热行兼寄院中诸公仍呈王员外》："陈琳书记好，王粲从军乐。"

【分阃】《史记·冯唐列传》："（冯）唐对曰：'臣闻上古王者之遣将也，跪而推毂，曰：阃以内者，寡人制之；阃以外者，将军制之。'"裴骃《史记集解》："韦昭曰：'此郭门之阃也。'"〇指委任将帅在外统兵。唐许景先《奉和圣制送张尚书巡边》："四方分阃受，千里坐谋成。"另参见地理部·城建"阃外"、人物部·将相"画阃"。

【瓜戍】《左传·庄公八年》："齐侯使连称、管至父戍葵丘。瓜时而往，曰：'及瓜而代。'期戍，公问不至。请代，弗许。故谋作乱。"〇指官吏就任或任满离职。唐薛能《彭门解嘲二首》之二："秦客莫嘲瓜戍远，水风潇洒是彭城。"另参见天文部·时令"瓜时"、植物部·草本"瓜代"、人物部·官吏"及瓜"。

【如儿戏】 参见武备部·军旅"细柳营"。〇指军纪松散、衰败之师。唐杜牧《感怀诗一首》："凶门爪牙辈，穰穰如儿戏。"

【坑降】 参见人事部·冤怨“长平苦”。唐李端《送彭将军云中觐兄》:“设伏军密谋,坑降塞邑愁。”

【投笔从军】 参见人事部·志趣“投笔”。宋陆游《独酌有怀南郑》:“投笔书生古来有,从军乐事世间无。”

【投鞭填江】 《晋书·苻坚载记下》:前秦苻坚将攻晋,太子左卫率石越以为晋有长江之险,不可伐。“坚曰:‘以吾之众旅,投鞭于江,足断其流,何险之足恃?’”○喻兵众势大。唐李白《登金陵冶城西北谢安墩》:“投鞭可填江,一扫何足论。”另参见地理部·水流“投鞭填江”、器用部·其他“苻坚棰”。

【武昌柳】 参见植物部·木本“陶公柳”。唐李商隐《病中闻河东公乐营置酒口占寄上》:“缘忧武昌柳,遂忆洛阳花。”

【细柳营】 《史记·绛侯周勃世家》:文帝之后六年,以周亚夫为将军,军细柳。“上自劳军。至霸上及棘门军,直驰入,将以下骑送迎。已而之细柳军,军士吏被甲,锐兵刃,彀弓弩,持满。天子先驱至,不得入。先驱曰:‘天子且至!’军门都尉曰:‘将军令曰:“军中闻将军令,不闻天子之诏。”’居无何,上至,又不得入。于是上乃使使持节诏将军:‘吾欲入劳军。’亚夫乃传言开壁门。壁门士吏谓从属车骑曰:‘将军约,军中不得驱驰。’于是天子乃按辔徐行。”至营,将军亚夫以军礼见。天子为动,成礼而去。“既出军门,群臣皆惊。文帝曰:‘嗟乎,此真将军矣!曩者霸上、棘门军,若儿戏耳。’”○咏治军有方、军容整肃。唐王维《观猎》:“忽过新丰市,还归细柳营。”另参见地理部·城建“细柳”、地理部·城建“灞上”、武备部·军旅“如儿戏”、人物部·将相“亚夫”。

【草木兵】 《晋书·苻坚载记下》:淝水之战,苻坚兵败。“谢石等以既败梁成,水陆续进。坚与苻融登城而望王师,见部阵齐整,将士精锐;又北望八公山上草木,皆类人形，顾谓融曰：'此亦勍敌也，何谓少乎？'怃然有惧色。"〇喻极度惊恐而疑虑。清查慎行《送秦望兄东归》："雨腥双袖弓刀血，风静诸山草木兵。"另参见天文部·气象"草木风"、地理部·土石"八公山"、植物部·木本"八公草木"。

【挥日】 参见天文部·天体"戈挥日"。唐李商隐《寄太阳卢司空三十韵》："酣战仍挥日，降妖亦斗霆。"

【洗兵】 汉刘向《说苑·权谋》："武王伐纣……风霁而乘以大雨，水平地而啬。散宜生又谏说：'此其妖欤？'武王曰：'非也，天洒（通洗）兵也。'"〇喻胜利结束战争。唐杜甫《洗兵马》："安得壮士挽天河，净洗甲兵长不用。"另参见天文部·气象"洗兵雨"。

【振瓦】 《史记·廉颇蔺相如列传》："秦伐韩，军于阏与。"赵王令赵奢将兵救韩。"秦军军武安西，秦军鼓噪勒兵，武安屋瓦尽振。"〇咏军威。唐李白《发白马》："武安有振瓦，易水无寒歌。"另参见地理部·土石"长平瓦"。

【铁锁沉江】 《晋书·王濬传》："太康元年正月，（王）濬发自成都……吴人于江险碛要害之处，并以铁锁横截之，又作铁锥长丈余，暗置江中，以逆距船。先是，羊祜获吴间谍，具知情状。濬乃作大筏数十，亦方百余步，缚草为人，被甲持杖，令善水者以筏先行，筏遇铁锥，锥辄著筏去。又作火炬，长十余丈，大数十围，灌以麻油，在船前，遇锁，然炬烧之，须臾，融液断绝，于是船无所碍。"〇喻不牢固的防御。唐刘禹锡《西塞山怀古》："千寻铁锁沉江底，一片降幡出石头。"另参见地理部、水流"铁锁横江"、器用部·车船"王濬楼船"。

【着白袍】 《梁书·陈庆之传》："庆之麾下悉着白袍，所向披靡。先是洛阳童谣曰：'名师大将莫自牢，千军万马避白袍。'"〇咏军队。唐杜甫《久雨期王将军不至》："恨昔范增碎玉斗，未使吾兵着白袍。"另参见器用部·衣冠"白袍"。

【蛮触】　参见动物部·鳞介“蜗角”。金元好问《箕山》:“干戈几蛮触,宇宙日流血。”

(二) 兵器

1. 刀(匕首、刃)　2. 剑　3. 弓　4. 箭(羽)　5. 弩　6. 斧　7. 矛　8. 戈　9. 椎　10. 杵　11. 甲(札)

1【匕首献】　《史记·刺客列传》:燕太子丹使荆轲刺秦王。荆轲将匕首藏于所献之燕督亢地图之中。及见到秦王,“轲既取图奏之,秦王发图,图穷而匕首见。因左手把秦王之袖,而右手持匕首揕之”。〇喻最终显露本意或真相。宋钱惟演《始皇》:“金椎漫筑甘泉道,匕首还献督亢图。”另参见器用部·其他“图穷”。

【三刀】　参见人事部·睡梦“三刀梦”。唐李商隐《街西池馆》:“太守三刀梦,将军一箭歌。”

【大刀头】　参见人事部·情感“刀环有约”。《玉台新咏·古绝句》:“何当大刀头,破镜飞上天。”

【牛刀】　参见文明部·礼乐“武城弦”。〇喻有大材之人。唐孟浩然《赠萧少府》:“鸿渐升羽仪,牛刀列下班。”

【吕虔刀】　参见人事部·富贵“有佩刀”。唐杜甫《喜闻官军已临贼境二十韵》:“前军苏武节,左将吕虔刀。”

【犊佩】　参见政事部·治理“卖剑买牛”。〇指佩带刀剑,或指弃农背本。宋苏轼《次韵聪上人见寄》:“归心忘犊佩,生术寄羊鞭。”

【笑里刀】　《新唐书·李义府传》:“义府貌柔恭,与人言,嬉怡微笑,而阴贼褊忌著于心,凡忤意者,皆中伤之,时号义府‘笑中刀’。”〇喻阴险狠毒。唐白居易《劝酒十四首》之十四:“且灭嗔中火,休磨笑里刀。”另参见人事部·情感“笑中有刀”。

【馀刃】　参见九流部·杂技“庖丁解牛”。宋苏轼《再送蒋颖叔二首》之二:“馀刃西屠横海鲲,应余诗谶是游魂。”

[2]**【干将】** 参见武备部·兵器“干镆”。唐韩翃《送刘侍御赴陕州》:“金羁映骕骦,后骑佩干将。”

【干镆】 汉赵晔《吴越春秋·阖闾内传》:“干将者,吴人也,与欧冶子同师,俱能为剑。……莫邪,干将之妻也。干将作剑,采五山之铁精,六合之金英,候天伺地,阴阳同光,百神临观,天气下降,而金铁之精不销沦流……于是干将妻乃断发剪爪,投于炉中,使童女、童男三百人,鼓橐装炭,金铁乃濡,遂以成剑。阳曰干将,阴曰莫邪。”〇喻宝剑,或喻良才美器。唐李商隐《赠司勋杜十三员外》:“心铁已从干镆利,鬓丝休叹雪霜垂。”另参见武备部·兵器“干将”、武备部·兵器“莫邪”。

【丰城龙剑】 《晋书·张华传》:“初,吴之未灭也,斗牛之间常有紫气,……及吴平之后,紫气愈明。(张)华闻豫章人雷焕妙达纬象,乃要焕宿,屏人曰:‘可共寻天文,知将来吉凶。’因登楼仰观。焕曰:‘仆察之久矣,惟斗牛之间颇有异气。’华曰:‘是何详也?’焕曰:‘宝剑之精,上彻于天耳。’……因问曰:‘在何郡?’焕曰‘在豫章丰城。’……华大喜,即补焕为丰城令。焕到县,掘狱屋基,入地四丈余,得一石函,光气非常,中有双剑,并刻题,一曰龙泉,一曰太阿。其夕,斗牛间气不复见焉。……遣使送一剑并土与华,留一自佩。……华诛,失剑所在。焕卒,子华为州从事,持剑行经延平津,剑忽于腰间跃出堕水。使人没水取之,不见剑,但见两龙各长数丈,……须臾光彩照水,波浪惊沸,于是失剑。”〇指宝剑,或喻出类拔萃之人及华美宝贵之物。金元好问《赠答平阳仇舜臣》:“沧海骊珠能几见,丰城龙剑不终藏。”另参见天文部·天体“星辰剑”、地理部·城建“丰城气”、动物部·鳞介“未掘双龙”、九流部·神仙“剑为龙”、人事部·冤怨“剑埋狱底”、人事部·病死“剑化”。

【太阿】 参见武备部·兵器“欧冶剑”。唐钱起《秋霖曲》：“焉得太阿决屏翳,还令率土见朝曦。”

【冯谖剑】 参见人事部·贫贱“叹无鱼”。唐钱起《新丰主人》:“客里冯谖剑,歌中宁戚牛。”

【巨阙】 参见武备部·兵器“欧冶剑”。唐僧鸾《赠李粲秀才》:“笔下铦磨巨阙锋,胸中静滟西江水。”

【陆家宝剑】 参见人物部·官吏“陆贾分金”。○指遗产。金元好问《九日午后入府知曹子凶问夜为不能寐》:“陆家正有诸郎在,宝剑千金更属谁?”

【欧冶剑】 汉袁康《越绝书·越绝外传》:欧冶子为越王铸剑,“乃因天地之精神,悉其技巧,造为大刑三,小刑二:一曰湛卢,二曰纯钩,三曰胜邪,四曰鱼肠,五曰巨阙”。后楚王使风胡子之吴见“欧冶子、干将凿茨山,泄其溪,取铁英,作为铁剑三枚:一曰龙渊,二曰泰阿,三曰工布”。○指宝剑,或喻良才、美器。唐章孝标《思越州山水寄朱庆馀》:“还将欧冶剑,更淬若耶泉。”另参见武备部·兵器“太阿”、武备部·兵器“巨阙”、武备部·兵器“鱼肠”、武备部·兵器“湛卢”、人物部·人杰“欧冶子”。

【佽非剑】 参见人事部·禀性“佽飞勇”。南朝梁何逊《和刘咨议守风》:“本惭佽非剑,宁慕澹台璧。”

【鱼肠】 参见武备部·兵器“欧冶剑”。唐李贺《马诗二十三首》之二十:“重围如燕尾,宝剑似鱼肠。”

【故剑】 参见伦类部·亲眷“故剑”。唐长孙佐辅《古宫怨》:“莫道新缣长绝比,犹逢故剑会相追。”

【剑头炊】 参见武备部·兵器“淅米矛头”。宋黄庭坚《次韵奉送公定》:“脱身天禄阁,危于剑头炊。”

【剑痕】 参见器用部·车船“刻舟求剑”。宋苏轼《顷年杨康功使高丽还》:“作诗颂其美,何异刻剑痕?”

【剑舞鸿门】 参见人事部·行止“项庄奋剑”。清严遂成《乌江项王庙题壁》:“剑舞鸿门能赦汉,船沉巨鹿竟亡秦。”

【留徐剑】 参见伦类部·师友“挂剑”。唐杜甫《哭李尚书》:“欲挂留徐剑,犹回忆戴船。”

【莫邪】 参见武备部·兵器“干镆”。宋苏轼《乔太傅见和复次韵答之》:“莫邪当自跃,岂复须炉炭?”

【湛卢】 参见武备部·兵器“欧冶剑”。唐杜甫《大历三年春白帝城放船出瞿塘峡久居夔府将适江陵漂泊有诗凡四十韵》:“朝士兼戎服,君王按湛卢。”

【弹铗】 参见动物部·鳞介“冯谖有鱼”。唐骆宾王《咏怀古意上裴侍郎》:“磨铅不霑用,弹铗欲谁申?”

3 **【乌号】** 参见九流部·神仙“乘龙”。○指良弓。晋阮籍《咏贫》之十二:“良弓挟乌号,明甲有精光。”

【射日弓】 参见天文部·天体“九日落”。唐李贺《古邺城童子谣效王粲刺曹操》:“切玉剑,射日弓。”

【虚弓】 《战国策·楚策四》:“更赢与魏王处京台之下,仰见飞鸟。更赢谓魏王曰:‘臣为王引弓虚发而下鸟。’魏王曰:‘然则射可至此乎?’更赢曰:‘可。’有间,雁从东方来,更赢以虚发而下之。魏王曰:‘然则射可至此乎?’更赢曰:‘此孽也。’王曰:‘先生何以知之?’对曰:‘其飞徐而鸣悲。飞徐者,故疮痛也;鸣悲者,久失群也。故疮未息而惊心未至也。闻弦音引而高飞,故疮陨也。’”○喻因遇灾祸而过分惊恐。唐卢照邻《失雁群》:“虞人负缴来相及,齐客虚弓忽见伤。”另参见动物部·飞禽“闻弓雁”、人事部·情感“惊弦”。

【鼎湖弓】 参见九流部·神仙“乘龙”。唐元稹《宪宗章武孝皇帝挽歌词三首》之二:“狼星如要射,犹有鼎湖弓。”

【楚弓】 汉刘向《说苑·至公》:“楚共王出猎而遗其弓,左右请求之,共王曰:‘止。楚人遗弓,楚人得之,又何求焉?’仲尼闻之曰:‘惜乎其不大,亦曰“人遗弓,人得之”而已,何必楚也?’”○喻有失有得,或指弓。唐刘长卿《避地江东留别淮南使院诸公》:“何辞向物开秦镜,却使他人得楚弓。”

4【三箭】　参见武备部·其他“三矢平虏”。宋苏轼《次韵王晋卿奉诏押高丽燕射》:“天山自可三箭取,海国何劳一苇航。”

【如皋一箭】　参见伦类部·亲眷“射雉”。宋刘筠《无题》三首之一:“渐渐陇麦藏鸣雉,更恨如皋一箭迟。”

【彻扎箭】　参见武备部·兵器“七札贯”。札一作“扎”。宋张耒《鲁直惠洮河绿石研冰壶次韵》:“新编来如彻扎箭,劲笔更似划沙锥。”

【穿杨箭】　参见武备部·其他“百步穿杨”。唐元稹《酬翰林白学士代书一百韵》:“叶怯穿杨箭,囊藏透颖锥。”

【鲁连箭】　《史记·鲁仲连邹阳列传》:“齐田单攻聊城岁余,士卒多死而聊城不下。鲁连乃为书,约之矢以射城中,遗燕将。……燕将见鲁连书,泣三日,犹预不能自决。欲归燕,已有隙,恐诛;欲降齐,所杀虏于齐甚众,恐已降而后见辱。喟然叹曰:‘与人刃我,宁自刃。’乃自杀。聊城乱,田单遂屠聊城。”○喻指不战而屈人之兵。唐李白《江夏寄汉阳辅录事》:“君草陈琳檄,我书鲁连箭。”另参见武备部·其他“聊城功”、器用部·日用“鲁连书”。

【石没羽】　参见动物部·走兽“射虎”。唐李白《豫章行》:“精感石没羽,岂云惮险艰。”

5【潮头弩】　参见人物部·帝王“射潮”。清赵翼《西湖咏古》之二:“千秋英气潮头弩,三月风情陌上花。”

【樽中弩】　汉应劭《风俗通义·怪神》:“予之祖父郴为汲令,以夏至日请见主簿杜宣,赐酒。时北壁上有悬赤弩,照于杯中,其形如蛇。宣畏恶之,然不敢不饮。其日便得胸腹痛切,妨损饮食,大用羸露,攻治万端,不为愈。后郴因事过至宣家,窥视,问其变故,云畏此蛇,蛇入腹中。郴还听事,思惟良久,顾见悬弩,必是也。则使门下史将铃下侍徐扶辇载宣于故处设酒,杯中故复有蛇。因谓宣:'此壁上弩影耳,非有他怪。'宣意遂解,甚夷怿,由是瘳平。"○喻无端多疑,自相惊扰。唐杜甫《风疾舟中伏枕书怀三十六韵》:"疑惑樽中弩,淹留冠上簪。"另参见动物部·鳞介"弓蛇"、器用部·器皿"蛇杯"、人事部·谬误"杯中影"。

6【玉斧】 参见人物部·官吏"持斧"。元萨都剌《上内台治书阿图鲁立先莹石》:"獬豸峨冠侍紫皇,绣衣玉斧破炎荒。"

7【楯矛】 参见人事部·谬误"矛盾"。清钱谦益《甲子秋北上渡淮寄里游好》之三:"楯矛互陷多奇疾,食宿相兼乏好方。"

【淅米矛头】 南朝宋刘义庆《世说新语·排调》:"桓南郡(桓玄)与殷荆州(殷仲堪)语次,因共作了语……次复作危语。桓曰:'矛头淅米剑头炊。'殷曰:'百岁老翁攀枯枝。'顾(恺之)曰:'井上辘轳卧婴儿。'殷有一参军在坐,云:'盲人骑瞎马,夜半临深池。'"○指危险或不可能的事。金元好问《感事》:"富贵何曾润髑髅,直须淅米向矛头。"另参见动物部·走兽"瞎马"、武备部·兵器"剑头炊"、器用部·饮食"剑米危炊"。

8【鲁阳戈】 参见天文部·天体"戈挥日"。唐杜甫《伤春五首》之五:"难分太仓粟,竞弃鲁阳戈。"

9【博浪椎】 参见人事部·冤怨"博浪飞椎"。清吴伟业《咏史》:"惜哉博浪椎,何如圯桥履。"

10【漂杵】 《尚书·武成》:"戊午,师逾孟津。癸亥,陈于商郊,俟天休命。甲子昧爽(黎明),受率其旅若林,会于牧野。罔有敌于我师。前徒倒戈,攻于后以北。血流漂杵。"○喻战争残酷激烈。五代前蜀韦庄《辛丑年》:"九衢漂杵已成川,塞上黄云战马闲。"另参见人体部·其他"漂杵血"。

11【七札贯】《左传·成公十六年》:"潘尫之党与养由基蹲甲(将铠甲置物上)而射之,彻七札焉。"○喻箭术精湛,或喻速度极快。宋黄庭坚《再和寄子瞻闻得湖州》:"春波下数州,快若七札贯。"另参见武备部·兵器"彻扎箭"、九流部·杂技"七札穿"。

(三) 其他

1. 战功 2. 武功 3. 谋略 4. 战事 5. 战胜 6. 战败 7. 叛乱 8. 军书(檄)

1【三矢平虏】《旧唐书·薛仁贵传》:"(薛仁贵)领兵击九姓突厥于天山,……时九姓有众十余万,令骁健数十人逆来挑战,仁贵发三矢,射杀三人,自余一时下马请降。……军中歌曰:'将军三箭定天山,战士长歌入汉关。'九姓自此衰弱,不复更为边患。"○喻武艺高强、功勋卓著。唐白居易《答箭簇》:"不然学仁贵,三矢平虏庭。"另参见地理部·土石"弓挂天山"、武备部·兵器"三箭"、人物部·将相"歌三箭"。

【下齐功】参见人事部·行止"舌卷齐城"。清吴伟业《夜宿阜昌》:"下齐功不细,奔赵事无成。"

【斩楼兰】《汉书·西域传上》:"鄯善国,本名楼兰,王治扜泥城,去阳关千六百里。""(楼兰)攻劫汉使王恢等,又数为匈奴耳目,令其兵遮汉使。……上诏(任)文便道引兵捕楼兰王。……遣归国,亦因使候司匈奴。……后复为匈奴反间,数遮杀汉使。""元凤四年,大将军霍光白遣平乐监傅介子往刺其王。……既至楼兰,诈其王欲赐之,王喜,与介子饮,醉,将其王屏语,壮士二人从后刺杀之……介子遂斩王尝归首,驰传诣阙。"○喻杀敌建功立业。唐李白《塞下曲六首》之一:"愿将腰下剑,直为斩楼兰。"另参见器用部·饮食"楼兰肉"、人事部·志趣"取楼兰"。

【燕然功】　参见地理部·土石“勒燕然”。唐李益《塞下曲》:“请书塞北阴山石,愿比燕然车骑功。”

【聊城功】　参见武备部·兵器“鲁连箭”。唐李白《五月东鲁行答汶上翁》:“我以一箭书,能取聊城功。”

2 **【军前射虎】**　参见动物部·走兽“射虎”。唐刘商《赠头陀师》:“秋山年长头陀处,说我军前射虎归。”

【百步穿杨】　《战国策·西周》:“楚有养由基者,善射,去柳叶者百步而射之,百发百中。”○咏射术高明。唐李涉《看射柳枝》:“万人齐看翻金勒,百步穿杨逐箭空。”另参见植物部·木本“杨叶百穿”、武备部·兵器“穿杨箭”、人物部·将相“养由”。

【贾勇】　参见人事部·禀性“余勇”。唐刘兼《咸阳怀古》:“七国斗鸡方贾勇,中原逐鹿更争雄。”

3 **【七纵七擒】**　参见政事部·治理“七擒七纵”。唐贯休《送人征蛮》诗:“七纵七擒处,君行事可攀。”

【子房筹】　参见器用部·日用“借箸”。唐高适《古乐府飞龙曲留上陈左相》:“能为吉甫颂,善用子房筹。”

【田单术】　《史记·田单列传》:燕攻齐,破齐七十二城。田单固守即墨。“收城中得千余牛,为绛缯衣,画以五彩龙文,束兵刃于其角,而灌脂束苇于尾,烧其端。凿城数十穴,夜纵牛,壮士五千人随其后。牛尾热,怒而奔燕军,燕军夜大惊。”遂溃败。○指军事力量或武将智计。唐胡曾《咏史诗·即墨》:“固存不得田单术,齐国寻成一土丘。”另参见动物部·走兽“火牛”、人物部·将相“燕将”。

【孙吴暗同】　《世说新语·识鉴》:“晋武帝讲武于宣武场,帝欲偃武修文,亲自临幸,悉召群臣。山公(涛)谓不宜尔,因与诸尚书言孙吴用兵本意,遂究论,举坐无不咨嗟,……时人以谓山涛不学孙吴,而暗与之理会。王夷甫亦叹云:‘公暗与道合。’”○咏军事才能。唐高适《李云南征蛮诗》:“廉蔺若未死,孙吴知暗同。”

【背河一战】《史记·淮阴侯列传》:"(韩)信乃使万人先行,出,背水陈。……信曰:此在兵法,顾诸君不察耳。兵法不曰'陷之死地而后生,置之亡地而后存'?"〇指用兵奇谋。唐王季友《古塞曲》:"日落沙尘昏,背河可一战。"另参见地理部·水流"背水"。

【黄公略】 参见器用部·衣冠"取履"。唐刘禹锡《郡内书情献裴侍中留守》:"兵符今奉黄公略,书赠曾随翠凤翔。"

【聚米】《后汉书·马援传》:"八年,帝西征隗嚣,至漆,诸将多以王师之重,不宜远入险阻,计冘豫未决。会召援,夜至,帝大喜,引入,具以群议质之。援因说隗嚣将帅有土崩之执,兵进有必破之状。又于帝前聚米为山谷,指画形埶,开示众军所从道径往来,分析曲折,昭然可晓。帝曰:'虏在吾目中矣。'"〇指军事上分析地形。明陈瑚《李映碧廷尉遗地图》:"入关无复萧丞相,聚米空思马伏波。"另参见器用部·饮食"伏波米"。

4 **【归马华山阳】**《尚书·武成》载:周武王灭商,"乃偃武修文,归马于华山之阳,放牛于桃林之野,示天下弗服。"〇指罢战休兵。唐杜甫《有感五首》之二:"大君先息战,归马华山阳。"另参见地理部·土石"华山归马"、动物部·走兽"华阳逸骥"。

【金汤固】《汉书·蒯通传》:蒯通劝说范阳令徐公降陈涉部将武臣,说:"通且见武信君(武臣)而说之,曰:……(范阳令)欲以其城先下君。先下君而君不利,则边地之城皆将相告曰'范阳令先降而身死',必将婴(环绕)城固守,皆为金城汤池,不可攻也。为君计者,莫若以黄屋朱轮迎范阳令,使驰骛于燕赵之郊,则边城皆将相告曰'范阳令先下而身富贵',必相率而降,犹如阪上走丸也。"〇喻防守坚固。唐沈佺期《初冬从幸汉故青门应制》:"何必金汤固,无为道德藩。"另参见地理部·水流"汤池"、地理部·城建"金汤"。

【猿鹤化】　参见人物部·其他“虫沙猿鹤”。清朱琦《关将军挽歌》:“猿鹤幻化那忍论,我为剪纸招忠魂。”

5**【拔帜】**　《史记·淮阴侯列传》:“选轻骑二千人,人持一赤帜,从间道萆山而望赵军,诫曰:‘赵见我走,必空壁逐我,若疾入赵壁,拔赵帜,立汉赤帜。’”〇指在战争中战胜对手,据有其地。南朝陈张正见《赋得韩信诗》:“沉沙壅急水,拔帜上危城。”

6**【风声鹤唳】**　《晋书·谢安传》附《谢玄传》:“(谢)玄、(谢)琰仍进,决战于肥水南。(苻)坚中流矢,临阵斩(苻)融。坚众奔溃,……余众弃甲宵遁,闻风声鹤唳,皆以为王师已至,草行露宿,重以饥冻,死者十七八。”〇指因兵败而惊惧。清黄景仁《寿阳》:“地经白马青丝后,山在风声鹤唳中。”另参见动物部·飞禽“鹤唳”。

【兵残楚帐】　《史记·项羽本纪》:“项王军壁垓下,兵少食尽,汉军及诸侯兵围之数重。夜闻汉军四面皆楚歌,项王乃大惊曰:‘汉皆已得楚乎?是何楚人之多也!’”〇喻孤军被围或处境窘迫。唐李商隐《泪》:“人去紫台秋入塞,兵残楚帐夜闻歌。”另参见文明部·歌舞“楚歌”。

【南风不竞】　参见文明部·礼乐“南风多死声”。唐李白《避地司空原言怀》:“《南风》昔不竞,豪圣思经纶。”

7**【飞鹅入】**　《晋书·五行志中》:“孝怀帝永嘉元年二月,洛阳东北步广里地陷,有苍白二色鹅出,苍者飞翔冲天,白者止焉,此羽虫之孽,又黑白祥也。陈留董养曰:‘步广,周之狄泉,会盟地也。白者,金色,国之行也。苍为胡象,其可尽言乎?’是后刘元海、石勒相继乱华。”〇喻发生战乱。唐贺朝《从军行》:“始看晋幕飞鹅入,旋闻齐垒啼乌声。”另参见动物部·飞禽“双鹅飞”。

【青丝白马】　《梁书·侯景传》:“普通中,童谣曰:‘青丝白马寿阳来。’后(侯)景果乘白马,兵皆青衣。所乘马,每战将胜,辄踯躅嘶鸣,意气骏逸;其奔衄,必低头不前。”〇指叛乱军马。唐杜甫《洗兵马》:“青丝白马谁家子,粗豪且逐风尘起。”另参见动物部·走兽“白马1”、器用部·衣冠“青袍白马”、器用部·其他“青丝”。

【欃枪】　《尔雅·释天》:“彗星为欃枪。”《汉书·天文志》:“孝文后二年正月壬寅,天欃夕出西南。占曰:‘为兵丧乱。’”〇喻指叛乱、动乱。唐唐尧臣《金陵怀古》:“欃枪如云勃,鲸鲵旋自曝。”

8**【赤囊书】**　《汉书·丙吉传》:“适见驿骑持赤白囊,边郡发奔命书驰来至。”〇指边关告急文书。唐袁傪《喜陆侍御破石埭草寇东峰亭赋诗》:“同观白简使,新报赤囊书。”另参见器用部·其他“赤白囊”。

【陈琳檄】　《三国志·魏志·王粲传》附《陈琳传》:“太祖并以琳、瑀为司空军谋祭酒,管记室,军国书檄,多琳、瑀所作也。”裴松之注引《典略》:“琳作诸书及檄,草成呈太祖。太祖先苦头风,是日疾发,卧读琳所作,翕然而起曰:‘此愈我病。’数加厚赐。”〇咏军府中有才能的文人。唐李白《江夏寄汉阳辅录事》:“君草陈琳檄,我书鲁连箭。”另参见文明部·文章“愈头风”、人物部·官吏“孔璋才”。

八、九流部

（一）神仙

1．神仙　2．仙术　3．仙境

1【丁令威】　参见动物部·飞禽“辽东鹤”。金元好问《九日读书山用陶诗韵赋十首》之一：“大似丁令威，归来叹墟墓。”

【女娲】　《淮南子·览冥训》：“往古之时，四极废，九洲裂，天不兼覆，地不周载，火爁炎而不灭，水浩洋而不息，猛兽食颛民，鸷鸟攫老弱。于是女娲炼五色石以补苍天，断鳌足以立四极，杀黑龙以济冀州，积芦灰以止淫水。苍天补，四极正，淫水涸，冀州平，狡虫死，颛民生。”○喻指对社会有重大贡献。唐陆龟蒙《杂讽九首》之四：“女娲炼五石，天缺犹可补。”另参见天文部·天体“补天”、天文部·气象“天漏”、地理部·土石“女娲石”、动物部·鳞介“鳌足”。

【王子乔】　参见动物部·飞禽“王乔鹤”。○喻指仙人。《古诗十九首》之十五：“仙人王子乔，难可与等期。”

【方瞳人】　晋王嘉《拾遗记》卷三：“老聃在周之末，居反景日室之山，与世人绝迹。惟有黄发老叟五人，或乘鸿鹤，或衣羽毛，耳出于顶，瞳子皆方，面色玉洁，手握青筠之杖，与聃共谈天地之数。”○喻神仙道士。唐陆龟蒙《入林屋洞》：“自非方瞳人，不敢窥洞口。”另参见人体部·头面“方瞳”。

【龙伯国人】　参见动物部·鳞介“钓鳌”。○指仙人。唐杜甫《荆南兵马使太常卿公大食刀歌》：“苍水使者扪赤绦，龙伯国人罢钓鳌。”

【白石先生】　参见地理部·土石“白石”。唐司空曙《送曲山人之衡州》：“白石先生眉发光，已分甜雪饮红浆。”

【斥仙】　参见天文部·气象“流霞”。○指人间之仙。宋陆游《书适》:“太平固自多遗老,独往何妨是斥仙。”

【太乙】 参见器用部·日用“青藜杖”。清顾炎武《拟唐人五言八韵·班定远投笔》:“太乙藜初降,兰台露未晞。”

【冯夷】 《楚辞·远游》:“使湘灵鼓瑟兮,令海若舞冯夷。”王逸注:“冯夷,水仙人,《淮南》言:冯夷得道以潜于大川也。”○指河神。唐李商隐《七月二十八日夜与王郑二秀才听雨后梦作》:“瞥见冯夷殊怅望,鲛绡休卖海为田。”

【夸父】 参见天文部·天体“夸父逐日”。唐杜光庭《怀古今》:“夸父兴怀于落照,田文起怨于鸣琴。”

【后羿一射】 参见天文部·天体“九日落”。清薛时雨《苦热行示王小初太守》:“十日并出天地焦,后羿一射骄阳消。”

【安期舄】 参见器用部·衣冠“赤玉舄”。唐李白《赠张相镐》:“惟有安期舄,留之沧海隅。”

【阮郎千古事】 参见人物部·其他“刘郎”。唐武元衡《同苗郎中送严侍御赴黔中因访仙源之事》:“莫问阮郎千古事,绿杨深处翠霞空。”

【投壶玉女】 汉东方朔《神异经·东荒经》:“东荒山中有大石室,东王公居焉……恒与一玉女投壶,每投千二百矫。设有入不出者,天为之嘘唏。矫出而脱误不接者,天为之笑。”晋张华注:“言笑者,天口流火炤灼。今天不下雨而有电光,是天笑也。”○指得宠的佞臣或陪人嬉戏的女子,亦借指雷、电。唐李白《梁甫吟》:“帝旁投壶多玉女,三时大笑开电光,倏烁晦冥起风雨。”另参见天文部·气象“金壶电”、器用部·器皿“投壶”、政事部·贪佞“玉女”。

【灵胥】 参见人体部·头面“伍员抉目”。○指涛神。宋陆游《乙丑夏秋之交小舟早夜往来湖中戏成绝句》:“千年未息灵胥怒,卷地潮声到枕边。”

【阿香】 参见天文部·气象“阿香雷”。宋苏轼《无锡道中赋水车》:“天工不见老翁泣,唤取阿香推雷车。”

【青牛真气】 《史记·老子韩非列传》:“(老子)居周久之,见周之衰,乃遂去。至关,关令尹喜曰:‘子将隐矣,强为我著书。’于是老子乃著书上下篇,言道德之意五千余言而去,莫知所终。”司马贞《索隐》引《列仙传》:“老子西游,关令尹喜望见有紫气浮关,而老子果乘青牛而过也。”○喻祥瑞降临,或指成仙得道、隐逸山林。唐王勃《散关晨度》:“白马高谭去,青牛真气来。”另参见地理部·城建“紫气关”、动物部·走兽“青牛”、九流部·宗教“五千言”、文明部·文章“青牛句”。

【青鸟使】 参见动物部·飞禽“青鸟”。唐孟浩然《清明日宴梅道士房》:“忽逢青鸟使,邀入赤松家。”

【罗浮美人】 参见植物部·木本“罗浮”。清赵翼《梅花诗》之三:“好同姑射称仙子,会到罗浮化美人。”

【金华牧羊儿】 晋葛洪《神仙传·黄初平》:“黄初平者,丹溪人也。年十五,家使牧羊。有道士见其有良谨,便将至金华山石室中,四十余年,不复念家。其兄初起,行山寻索初平,历年不得。后见市中有一道士,初起召问之曰:‘吾有弟名初平,因令牧羊,失之四十余年,莫知生死所在,愿道君为占之。’道士曰:‘金华山中,有一牧羊儿姓黄,字初平,是卿弟非疑。’初起闻之,即随道士去求弟,遂得相见,悲喜语毕,问初平羊何在,曰:‘近在山东耳。’初起往视之不见,但见白石而还。谓初平曰:‘山东无羊也。’初平曰:‘羊在耳,兄但自不见之。’初平与初起俱往看之,初平乃叱曰:‘羊起!’于是白石皆变为羊数万头。”○指得道成仙,或喻有点石成金之神奇魔力。唐李白《古风》之十七:“金华牧羊儿,乃是紫烟客。”另参见地理部·土石“叱石”、动物部·走兽“为羊”。

【修月手】 参见天文部·天体“玉斧修”。宋苏轼《正月一日雪中过淮谒客回作》之一:“从来修月手,合在广寒宫。”

【洛川神】 《文选·洛神赋》李善注:“《记》曰:魏东阿王,汉末求甄逸女,既不遂。太祖回与五官中郎将。(曹)植殊不平,昼思夜想,废寝与食。黄初中入朝,帝示植甄后玉镂金带枕,植见之,不觉泣。时已为郭后谗死。帝意亦寻悟,因令太子留宴饮,仍以枕赉植。植还,度轘辕,少许时,将息洛水上,思甄后。忽见女来,自云:‘我本托心君王,其心不遂。此枕是我在家时从嫁前与五官中郎将,今与君王。遂用荐枕席,欢情交集,岂常辞能具。……’言讫,遂不复见所在。遣人献珠于王,王答以玉佩,悲喜不能自胜,遂作《感甄赋》。后明帝见之,改为《洛神赋》。”○咏神仙或美女。唐孟浩然《和张二自穰县还途中遇雪》:“歌疑郢中客,态比洛川神。”参见器用部·日用“甄后枕”、人物部·妇女“宓妃”、人事部·情感“宓妃留枕”。

【神女 1】 参见人事部·情感“朝云暮雨”。唐李商隐《无题二首》之二:“神女生涯原是梦,小姑居处本无郎。”

【神女 2】 参见器用部·珍宝“汉皋佩”。唐孟浩然《初春汉中漾舟》:“羊公岘山下,神女汉皋曲。”

【素女】 参见人物部·妇女“素女”。唐李峤《瑟》:“伏羲初制法,素女昔传名。”

【壶公】 《后汉书·方术列传·费长房传》:“费长房者,汝南人也。曾为市掾。市中有老翁卖药,悬一壶于肆头,及市罢,辄跳入壶中。市人莫之见,唯长房于楼上睹之,异焉,因往再拜奉酒脯。翁知长房之意其神也。谓之曰:‘子可明日来。’长房旦日复诣翁,翁乃与俱入壶中。唯见玉堂严丽,旨酒甘肴盈衍其中,共饮毕而出。”○喻指仙人道者。唐杜甫《寄司马山人十二韵》:“家家迎蓟子,处处识壶公。”另参见天文部·天体“壶中日月”、九流部·宗教“壶中天地”、九流部·医药“悬壶”、器用部·器皿“仙壶”。

【逐赤松】 参见人事部·志趣“留侯志”。北周庾信《寻周处士弘让》:“试逐赤松游,披林对一丘。”

【乘槎客】 参见器用部·车船“星槎”。○喻指游仙之人。唐李山甫《赠徐三十》:“从今不羡乘槎客,曾到三星列宿傍。”

【徐市】 《史记·秦始皇本纪》:“齐人徐市等上书言海中有三神山,名曰蓬莱、方丈、瀛洲,仙人居之。请得斋戒,与童男女求之。于是遣徐市发童男女数千人,入海求仙人。”○咏求仙事,多含讥刺。唐李白《古风》其三:“徐市载秦女,楼船几时回。”另参见地理部·土石“蓬莱”、地理部·水流“徐福空来”、人事部·谬误“远遣徐福”。

【黄石仙翁】 参见器用部·衣冠“取履”。唐徐夤《尚书荣拜恩命夤疾中辄课恶诗二首以申攀赞》之一:“昴星人杰当王佐,黄石仙翁识帝师。”

【彭尸】 参见动物部·虫豸“三尸”。宋范成大《不寐》:“彭尸不得去,罡骑无行色。”

【散花天女】 参见九流部·宗教“散天花”。○指佛家仙女。唐顾云《华清词》:“太上符箓龙蛇踪,散花天女侍香童。”

【萼绿华】 南朝梁陶弘景《真诰》卷一《运象》:“萼绿华者,自云是南山人,不知是何山也。女子年可二十上下,青衣,颜色绝整。以升平三年十一月十日夜降羊权家,自此往来,一月辄六过耳。云本姓杨,赠权诗一篇,并致火浣布巾一枚,金玉条脱各一枚。条脱似指环而大,异常精好。神女语权:‘君慎勿泄我,泄我则彼此获罪。’访问此人,云是九嶷山中得道女罗郁也,宿命时曾为师母毒杀乳妇,玄洲以先罪未灭,故令降谪于臭浊,以偿其过。与权尸解药。今在湘东山,此女已九百岁矣。”○指仙女,或喻美女。唐李商隐《无题》:“闻道阊门萼绿华,昔年相望抵天涯。”

【嵇生不遭逢】 《晋书·嵇康传》:“(嵇)康又遇王烈,共入山。烈尝得石髓如饴,即自服半,余半与康,皆凝而为石。

又于石室中见一卷素书,遽呼康往取,辄不复见。烈乃叹曰:‘叔夜志趣非常,而辄不遇,命也。’”○喻没有仙道之缘。唐胡曾《咏史诗·葛陂》:“莫道神仙难顿学,嵇生自是不遭逢。”另参见地理部·土石“石髓空握”。

【湘妃】 参见人事部·情感“江娥啼竹”。唐韦应物《鼋头山神女歌》:“湘妃独立九疑暮,汉女菱歌春日长。”

【煨芋仙】 参见植物部·草本“懒残芋”。清曹经沅《题仙山濯发图》:“绀宇更幽艳,中有煨芋仙。”

【嫦娥】 《淮南子·览冥训》:“羿请不死之药于西王母,姮娥窃以奔月。”○“姮娥”或作“恒娥”,后因避汉文帝刘恒讳,改作“常娥”、“嫦娥”。喻指美女,或用作月的别称。宋杨亿《无题三首》之三:“嫦娥桂独成幽恨,素女弦多有剩悲。”另参见天文部·天体“嫦娥孤栖”、九流部·医药“偷灵药”、人物部·妇女“月娥”。

【羲娥】 参见天文部·天体“羲驭”。唐韩愈《石鼓歌》:“孔子西行不到秦,掎摭星宿遗羲娥。”

2**【天钧】** 参见文明部·礼乐“钧天”。唐皮日休《上真观》:“天钧鸣响亮,天禄行蹒跚。”

【长房术】 《神仙传·壶公》:“费长房有神术,能缩地脉,千里存在,目前宛然,放之复舒如旧也。”○咏仙术,亦指赶路心情急切而倍道兼行。唐岑参《安西馆中思长安》:“遥凭长房术,为缩地山东。”另参见地理部·土石“缩地”。

【凫化舄】 参见器用部·衣冠“凫舄”。唐宋之问《送合宫苏明府颋》:“翟回车少别,凫化舄遥驰。”

【杖化龙】 参见植物部·木本“龙竹”。宋陆游《道室杂咏》:“舄化双凫杖化龙,云山回首不知重。”

【驱石】 《艺文类聚》卷七九引《三齐略记》:“(秦)始皇作石桥,欲过海观日出处。于时有神人,能驱石下海,城阳一山石,尽起立,嶷嶷东倾,状似相随而去。云石去不速,神人辄鞭之,尽流血。石莫不悉赤,至今犹尔。”○喻造桥有如神助。唐杜甫《陪李七司马造江上观造竹桥》:“合观却笑千年事,驱石何事到海东?”另参见地理部·土石“鞭石”、地理部·城建“秦桥”、人物部·帝王“秦王构石”。

【剑为龙】 参见武备部·兵器“丰城龙剑”。〇喻指脱俗成仙,或婉称人去世。唐韦庄《春云》:“山好只因人化石,地灵曾有剑为龙。”

【种玉】 参见器用部·珍宝“种玉”。唐卢纶《送王尊师》:“种玉非求稔,烧金不为贫。”

【乘龙】 《史记·封禅书》:“黄帝采首山铜,铸鼎于荆山下。鼎既成,有龙垂胡髯下迎黄帝。黄帝上骑,群臣后宫从上者七十余人,龙乃上去。余小臣不得上,乃悉持龙髯,龙髯拔,堕,堕黄帝之弓。百姓仰望黄帝既上天,乃抱其弓与胡髯号,故后世因名其处曰鼎湖,其弓曰乌号。”〇指仙去或帝王权臣去世,或指接近帝王、权臣。三国曹植《仙人篇》:“不见轩辕氏,乘龙出鼎湖。”另参见地理部·水流“鼎湖”、动物部·鳞介“鼎湖龙”、武备部·兵器“鼎湖弓”、武备部·兵器“乌号”、人物部·帝王“黄帝上天”、人事部·病死“鼎湖龙去”。

【乘鸾】 汉刘向《列仙传》卷上:“萧史者,秦穆公时人也,善吹箫,能致白孔雀于庭。穆公有女字弄玉,好之。公遂以女妻焉。日教弄玉作凤鸣,居数年,吹似凤声,凤凰来止其屋,公为作凤台。夫妇止其上,不下数年,一旦皆随凤凰飞去。故秦人为作凤女祠于雍宫中,时有箫声而已。”〇喻求得佳偶,或谓女子升仙。唐李群玉《玉真观》:“高情帝王慕乘鸾,绀发初簪玉叶冠。”另参见伦类部·亲眷“吹箫伴”、动物部·飞禽“秦凤”、动物部·飞禽“乘鸾”、器用部·宫室“秦楼”、器用部·宫室“鸾台”、文明部·礼乐“凤箫”、人物部·妇女“秦娥”、人物部·妇女“弄玉”、人物部·其他“萧史”、人事部·死丧“凤归天”。

【乘鲤】 汉刘向《列仙传》卷上:“琴高者,赵人也,以鼓琴为宋康王舍人,行涓彭之术,浮游冀州涿郡之间二百余年。后辞入涿水中取龙子,与诸弟子期曰:‘皆洁斋待于水傍,设祠。’果乘赤鲤来出坐祠中,旦有万人观之,留一月余,复入水去。”〇指成仙升天。唐刘禹锡《浙西李大夫述梦四十韵并浙东元相公酬和斐然继声》:“羽化如乘鲤,楼居旧冠鳌。”另参见动物部·鳞介“琴高赤鲤鱼”。

【雾术】 参见天文部·气象“五里雾”。唐王勃《八仙径》:“援萝窥雾术,攀林俯云烟。”

【樵风】 参见天文部·气象“朝南暮北风”。唐宋之问《游禹穴回出若邪》:“归舟何虑晚,且暮使樵风。”

3**【十二宫楼】** 《史记·封禅书》:“方士有言‘黄帝时为五城十二楼,以候神人于执期,命曰迎年’。”《汉书·郊祀志下》:“黄帝时为五城十二楼。”应劭注:“昆仑玄圃五城十二楼,仙人之所常居。”〇喻仙境。唐施肩吾《清夜忆仙宫子》:“三清宫里月如昼,十二宫楼何处眠。”另参见地理部·城建“十二城”、器用部·宫室“十二楼”。

【三山】 参见地理部·土石“蓬莱峰”。唐许浑《长安岁暮》:“三山岁岁有人去,唯恐海风生白波。”

【云中鸡犬】 汉王充《论衡·道虚》:“儒书言:淮南王学道,招会天下有道之人,倾一国之尊,下道术之士。是以道术之士,并会淮南,奇方异术,莫不争出。王遂得道,举家升天,畜产皆仙,犬吠于天上,鸡鸣于云中。此言仙药有余,犬鸡食之,并随王而升天也。”〇喻仙家生活。唐罗隐《广陵开元寺阁上作》:“云中鸡犬刘安过,月里笙歌炀帝归。”另参见动物部·飞禽“淮南鸡”、动物部·走兽“犬吠白云”、人事部·病死“鸡犬无还”。

【五里仙雾】 参见天文部·气象“五里雾”。〇指仙境。唐李益《华阴东泉同张处士诸藏律师兼简县内同官因寄齐中书》:“故人邑中吏,五里仙雾隔。”

【井有丹砂】 参见地理部·水流“丹砂井”。宋苏轼《与叶淳老侯敦夫张秉道同相视新河秉道有诗次韵二首》之一："一庵闭卧洞霄宫，井有丹砂水长赤。"

【华胥境】 参见人事部·睡梦"华胥梦"。宋陆游《睡觉作》之一："世言黄帝华胥境，千古蓁荒孰再游。"

【如瓜枣】 参见植物部·木本"安期枣"。宋苏轼《安期生》："海上如瓜枣，可闻不可逢。"

【苏耽宅】 参见地理部·水流"橘井"。〇喻仙人居处。唐王昌龄《奉赠张荆州》："王君飞舄仍未去，苏耽宅中意遥缄。"

(二) 宗　教

1．佛　2．道　3．修行

【飞锡】 《文选·孙绰〈游天台山赋〉》："王乔控鹤以冲天，应真飞锡以蹑虚。"唐李周翰注："应真，得真道之人。持锡杖而行于虚空，故云飞也。"〇称誉得道高僧。唐戎昱《送僧法和》："不知飞锡后，何处是恒沙？"另参见器用部·日用"飞锡杖"。

【支公放鹤】 参见动物部·飞禽"放鹤"。唐贯休《山居诗二十四首》之二十四："支公放鹤情相似，范泰论交趣不同。"

【心猿意马】 《维摩经·香积佛品》："以难化之人，心如猿猴，故以若干种法，制御其心，乃可调服。"唐敦煌变文《维摩诘经·菩萨品》："卓定深沉莫测量，心猿意马罢颠狂。"〇喻人心神不定，多存杂念。宋道潜《赠贤上人》："心猿意马就羁束，肯逐万境争驰驱？"另参见动物部·走兽"心猿"、动物部·走兽"意马"。

【示劫灰】 参见地理部·土石"劫灰"。唐李端《得山中道友书寄苗钱二员外》："自有归期在，劳君示劫灰。"

【白足禅僧】 南朝梁释慧皎《高僧传》卷十《释昙始》："释昙始，关中人，自出家以后多有异迹。……义熙初，复还关中，开导三辅。始足白于面，虽跣涉泥水，未尝沾湿，天下咸称白足和尚。"○咏高僧。唐李商隐《天平公座中呈令狐令公时蔡京在坐京曾为僧徒故有第五句》："白足禅僧思败道，青袍御史拟休官。"另参见人体部·肢体"白足"。

【半夜传衣】 《景德传灯录》卷三："逮夜，乃潜令人自碓坊召能行者入室，告曰：'……今以法宝及所传袈裟用付于汝，善自保护，无令断绝。'"○指传法。唐李商隐《谢书》："自从半夜传衣后，不羡王祥得佩刀。"

【传灯】 《大般若经》卷四〇六："诸佛弟子依所论法精勤修学，证法实性，由是为他有所宣说皆与法性不相违。故佛所言，如灯传照。"《维摩经·菩萨品》："无尽灯者，譬如一灯燃百千灯，冥者皆明，明终不尽。"《大智度论》卷一〇〇："所以嘱累者，为不令法灭故。汝当教化弟子，弟子复教余人，展转相教，譬如一灯，复燃余灯，其明转多。"○指佛教传法。南朝梁刘孝绰《酬陆长史倕》："谈谑有名僧，慧义似传灯。"另参见器用部·日用"传灯"。

【衣钵相传】 《旧唐书·僧神秀传》："昔后魏末，有僧达摩者，本天竺王子，以护国出家，入南海，得禅宗妙法，云自释迦相传，有衣钵为记，世相付授。达摩赍衣钵航海而来，……达摩传慧可，慧可尝断其一臂，以求其法；慧可传璨；璨传道信；道信传弘忍。"○指传授学问、技能。金王若虚《论诗诗》："文章自得方为贵，衣钵相传岂是真？"另参见器用部·衣冠"传衣"、器用部·器皿"衣钵"。

【论三车】 《妙法莲华经·譬喻品》："长者告诸子，言羊车、鹿车、牛车今在门外，可以游戏，汝等于此火宅宜速出来。"○喻指佛理、佛法。唐李白《僧伽歌》："真僧法号号僧伽，有时与我论三车。"另参见器用部·车船"三车"。

【杯渡】 释慧皎《高僧传》卷一〇："杯渡者，不知姓名，常乘木杯渡水，因而为目。初见在冀州，不修细行，神力卓越，世莫测其由来。……至孟津河，浮木杯于水，凭之度河，无假风棹，轻疾如飞，俄而度岸，达于京师。”〇喻指高僧。唐杜甫《题玄武禅师屋壁》：“锡飞常近鹤，杯渡不惊鸥。”另参见器用部·器皿“木杯”。

【龟藏】　参见动物部·鳞介“龟藏六”。宋范成大《春晚卧病……而燕宫海棠已烂熳矣》：“游骑行歌莫相笑，遨头六结已龟藏。”

【经传白马】　北魏杨衒之《洛阳伽蓝记》：“白马者，汉明帝所立也。佛入中国之始。……帝梦金神，长六丈，项背日月光明，胡神号曰佛。遣使向西域求之，乃得经像焉。时以白马负经而来，因以为名。”〇咏佛经寺庙等。明陈子龙《天台万年寺》：“僧赐紫衣坛卓锡，经传白马寄函金。”另参见动物部·走兽“白马2”。

【虎溪相送】　佚名《莲社高贤传》：“陆修静，吴兴人，早为道士，置馆庐山。时远法师居东林，其处流泉匝寺，下入于溪。每送客至此，辄有虎号鸣，因名虎溪。后送客未尝过。独陶渊明与修静至，语道契合，不觉过溪，因相与大笑，世传为《三笑图》。”〇咏僧人。明吴廷翰《怀白云寺僧》：“几度南山不得归，虎溪相送迹应稀。”另参见地理部·水流“虎溪”。

【换鹅经】　参见动物部·飞禽“换鹅”。宋黄庭坚《送舅氏野夫之宣城》之二：“谢公歌舞处，时对换鹅经。”

【浮屠三宿】　参见人事部·情感“三宿恋”。清丁日昌《子贞先生以诗索和已十五年不弹此调矣率尔呈政》：“浮屠三宿偶作缘，堂前问字无彭宣。”

【散天花】　《维摩经·观众生品》：“维摩诘以身疾，广为说法。佛告文殊利师：‘汝诣问疾。’时维摩诘室有一天女，见诸天人闻所说法，便现其身，即以天花散诸菩萨大弟子上。花至诸菩萨即皆堕落，至大弟子便著不堕。”〇喻似花片纷飞。唐李群玉《恼自澄》：“常闻天女会，玉指散天花。”另参见植物部·花卉“天女散花”、九流部·神仙“散花天女”。

【懒残僧】 参见植物部·草本“懒残芋”。清吴雯《陪五厓先生宿白茅寺七首》之二:“开樽清白吏,烧芋懒残僧。”

2**【五千言】** 参见九流部·神仙“青牛紫气”。○指《道德经》。唐李群玉《别尹炼师》:“吾家五千言,至道悬日月。”

【守庚申】 参见动物部·虫豸“三尸”。唐温庭筠《山中与诸道友夜坐闻边防不宁因示同志》:“风卷蓬根屯戊巳,月移松影守庚申。”

【青囊秘篇】 参见器用部·其他“青囊”。唐陈子昂《赠严仓曹乞推命录》:“闻道沉冥客,青囊有秘篇。”

【壶中天地】 参见九流部·神仙“壶公”。○指道家所谓的仙境。唐元稹《幽栖》:“壶中天地乾坤外,梦里身名旦暮间。”

【谒大巫】 《太平御览》卷七三五引《庄子》:“小巫见大巫,拔茅而弃,此其所以终身弗如也。”○喻学问、技艺相形见绌。唐杜甫《赠韦左丞丈》:“不谓矜馀力,还来谒大巫。”

3**【何肉周妻】** 《南齐书·周颙传》:“(周颙)清贫寡欲,终日长蔬菜,虽有妻子,独处山舍。卫将军王俭谓颙曰:‘卿山中何所食?’颙曰:‘赤米白盐,绿葵紫蓼。’文惠太子问颙:‘菜食何味最胜?’颙曰:‘春初早韭,秋末晚菘。’时何胤亦精信佛法,无妻妾。太子又问颙:‘卿精进何如何胤?’颙曰:‘三涂八难,共所未免。然各有其累。’太子曰:‘所累伊何?’对曰:‘周妻何肉。’”○指修行中有所难舍。明袁宏道《赠虞德园兄弟》:“台宗贤教谁能识,何肉周妻到底疑。”另参见伦类部·亲眷“周妻”、植物部·草本“周颙韭”、器用部·饮食“何肉”。

(三) 医 药

1. 医 2. 药 3. 药方

1**【盲医】** 参见人事部·病死"疾竖"。宋米芾《寄薛郎中绍彭二首》之二:"怀素獦獠小解事,仅趋平淡如盲医。"

【活国医】 《国语·晋语八》:"平公有疾,秦景公使医和视之,出曰:'不可为也,……'文子曰:'医及国家乎?'对曰:'上医医国,其次疾人,固医官也。'"〇喻指良医或贤臣。宋黄庭坚《见子瞻灿字韵诗次韵三首》之三:"诚求活国医,何忍弃和缓。"另参见人物部·官吏"上医"、政事部·治理"医国"。

【悬壶】 参见九流部·神仙"壶中天地"。〇指行医卖药。元张昱《拙逸诗》:"卖药不二价,悬壶无姓名。"

2**【不龟药】** 《庄子·逍遥游》:"宋人有善为不龟(皮肤冻裂)手之药者,世世以洴澼絖(漂洗绵絮)为事。客闻之,请买其方百金,聚族而谋曰:'我世世为洴澼絖,不过数金;今一朝而鬻技百金,请与之。'客得之,以说吴王。越有难。吴王使之将。冬,与越人水战,大败越人,裂地而封之。能不龟手一也,或以封,或不免于洴澼絖,则所用之异地。"〇喻平凡之物也能起大作用,或指才非所用。宋黄庭坚《戏答史应之三首》之二:"收得千金不龟药,短裙缥绕暮江寒。"另参见人休部·肢体"龟手"。

【庞公采药】 参见人事部·雅逸"庞公隐"。唐皇甫冉《赠郑山人》:"庞公采药去,莱氏与妻行。"

【偷灵药】 参见九流部·神仙"嫦娥"。唐李商隐《常娥》:"常娥应悔偷灵药,碧海青天夜夜心。"

【韩康药】 参见人事部·雅逸"卖药"。北周庾信《和张侍中述怀》:"时占季主龟,乍贩韩康药。"

【廖井】 参见地理部·水流"丹砂井"。宋苏轼《和陶潜读山海经诗十三首》之八:"廖井窖丹砂,红泉涌异常。"

【橘井】　参见地理部·水流"橘井"。唐杜甫《入衡州》："橘井旧地宅,仙山引舟航。"

3**【肘后方】**　《晋书·葛洪传》："(葛洪)自号抱朴子,因以名书。其余所著……《肘后要急方》四卷。……举尸入棺,甚轻,如空衣,世以为尸解得仙云。"〇喻指医方,也喻指仙道。唐韦庄《王道者》："五云遥指海中央,金鼎曾传肘后方。"另参见人体部·肢体"肘后符"。

(四)杂　技

1. 技艺　2. 卜相　3. 博弈

1**【七札穿】**　参见武备部·兵器"七札贯"。元袁桷《秋围》："七札巧穿谁矢直,六鳌连举我竿长。"

【五禽戏】　参见动物部·飞禽"戏五禽"。清袁枚《病起六首》之五："学仙拟作五禽戏,弹指刚偿百日灾。"

【中肯綮】　参见九流部·杂技"庖丁解牛"。〇喻正中要害、关键之处。明杨基《皂角滩》："牛刀惯熟中肯綮,郢斧神捷回锋棱。"

【衣冠优孟】　参见人物部·人杰"优孟"。清赵翼《文端师谕葬事毕余嘱其二子入京诗以志愧》："衣冠优孟惭何与,剧喜师门免负薪。"

【妙斫】　参见器用部·其他"郢匠斤"。宋陆游《雨后殊有秋意》："只叹鼻端无妙斫,岂知弦外有遗音。"

【如皋射雉】　参见伦类部·亲眷"射雉"。宋苏轼《和梅户曹会猎铁沟》："向不如皋闲射雉,归来何以得卿卿?"

【庖丁解牛】　《庄子·养生主》:庖丁为文惠君解牛,技艺十分精妙。"文惠君曰:'嘻!善哉!技盖至此乎?'庖丁释刀对曰:臣之所好者道也,进乎技矣,始臣之解牛之时,所见无非牛者。三年之后,未尝见全牛也。方今之时,臣以神遇,而不以目视,官知止而神欲行,依乎天理,批大郤,道大窾,因其固然,技经肯綮之未尝,而况大軱乎!良庖岁更刀,割也;族庖月更刀,折也。今臣之刀十九年矣,所解数千牛矣,而刀刃若新发于硎。彼节者有间,而刀刃者无厚;以无厚入有间,恢恢乎其于游刃,必有余地矣。是以十九年而刀刃若新发于硎。"〇喻指技能高超纯熟。宋黄庭坚《寄上叔父夷仲三首》之一:"庖丁解牛妙世故,监市履豨知民心。"另参见人体部·头面"目无牛"、动物部·走兽"无全牛"、九流部·杂技"中肯綮"、器用部·其他"游刃"、人物部·其他"庖丁"、政事部·治理"解牛"。

【贯虱】　参见文明部·学识"虱心穿"。唐李瀚《蒙求》:"纪昌贯虱,养由号猿。"

【轮扁斫】《庄子·天道》:"桓公读书于堂上,轮扁斫轮于堂下,释椎凿而上,问桓公曰:'敢问公之所读者何言邪?'公曰:'圣人之言也。'曰:'圣人在乎?'公曰:'已死矣。'曰:'然则君之所读者,古人之糟魄已夫?'桓公曰:'寡人读书,轮人安得议乎?有说则可,无说则死。'轮扁曰:'臣也,以臣之事观之,斫轮徐则甘而不固,疾则苦而不入,不徐不疾,得之于手,而应于心,口不能言,有数存焉于其间,臣不能以喻臣之子,臣之子亦不能受之于臣,是以行年七十而老斫轮。古之人与其不可传也,死矣,然则君之所读者,古人之糟魄已夫!'"〇咏技艺精微。唐元稹《八骏图》:"车无轮扁斫,辔无王良把。"另参见人体部·肢体"妙手"、器用部·车船"轮扁斫轮"、文明部·学识"老斫轮"、人物部·其他"斫轮人"。

【屠龙】《庄子·列御寇》:"朱泙漫学屠龙于支离益,单千金之家,三年技成,而无所用其巧。"〇喻指技艺华而不实。唐韩愈《岳阳楼别窦司直》:"屠龙破千金,为艺亦云亢。"另参见动物部·鳞介"龙屠"、人物部·其他"屠龙手"。

【敩鸡鸣】　参见人物部·其他"鸡鸣狗盗徒"。唐韩偓《故都》:"掩鼻计成终不觉,冯驩无路敩鸡鸣。"

【猴雕刺】《韩非子·外储说左上》:"宋人有请为燕王以

棘刺之端为母猴者，必三月斋然后能观之，燕王因以三乘养之。右御、冶工言王曰：‘臣闻人主无十日不燕之斋，今知王不能久斋以观无用之器也，故以三月为期。凡刻削者，以其所以削必小。今臣冶人也，无以为之削，此不然物也，王必察之。’王因囚而问之，果妄，乃杀之。”〇喻指欺诈、诞妄，或喻极难成就之事业。唐杜牧《昔事文皇帝三十二韵》：“斗巧猴雕刺，夸趫索挂跟。”另参见动物部·走兽“棘端猴”、植物部·木本“棘刺造猴”。

2**【卜牛眠】**　《晋书·周光传》：“初，陶侃微时，丁艰，将葬，家中忽失牛而不知所在。遇一老父，谓曰：‘前岗见一牛眠山污中，其地若葬，位极人臣矣。’……言讫不见。侃寻牛得之，因葬其处。”〇指风水好的墓地，可使后辈发达。朱桑则《寄运曲》：“一棺痛慈母，急为卜牛眠。”另参见地理部·土石“牛眠地”、动物部·走兽“眠牛”、人事部·病死“得牛眠”。

【卜师】　参见人事部·睡梦“梦非罴”。宋黄庭坚《读方言》：“卜师非熊罴，梦相解靡索。”

【成都卜】　《汉书·王贡两龚鲍传序》：“（严）君平卜筮于成都市，……裁日阅数人，得百钱足自养，则闭肆下帘而授《老子》。博览亡不通，依老子、严周之指著书十余万言。”〇指隐逸生活，或指占卜。唐杜甫《游子》：“厌就成都卜，休为吏部眠。”另参见地理部·城建“成都卜肆”、器用部·珍宝“卖卜钱”、人物部·圣贤“严平”、人事部·雅逸“终朝卖卜”。

【青囊卖卜】　参见器用部·其他“青囊”。唐陈子昂《酬田逸人游岩见寻不遇题隐居里壁》：“传道寻仙友，青囊卖卜来。”

【相宅】　参见伦类部·亲眷“宅相”。唐元稹《答姨兄胡灵之见寄五十韵》：“理家烦伯舅，相宅尽吾兄。”

【食肉相】　参见人事部·富贵“封侯万里”。宋朱松《蔬饭》:“平生食肉相,萧瑟何足赖。”

3【赌佩囊】 参见器用部·其他“紫罗囊”。唐李商隐《寄怀韦蟾》:“谢家离别正凄凉,少傅临岐赌佩囊。”

【赌墅】 参见人事部·情感“喜折屐”。○喻临危不惧的大将风度,或指舅甥关系。唐孙元晏《晋·谢公赌墅》:“自从乞与羊昙后,赌墅功成更有谁?”

【博簺】 《庄子·骈拇》:“臧与穀二人相与牧羊,而俱亡其羊。问臧奚事,则挟筴读书;问穀奚事,则博塞(一种赌博方法)以游。二人者事业不同,其于亡羊均也。”塞,也作簺。○喻指不务本业。唐温庭筠《开成五年秋书怀一百韵》:“亡羊犹博簺,牧马倦呼卢。”另参见动物部·走兽“亡羊1”、人事部·谬误“臧穀亡羊”。

【斧边弈】 参见器用部·其他“烂斧柯”。清魏源《关中览古·骊山》:“鹿争蕉中梦,柯烂斧边弈。”

【棋局消夏】 唐张固《幽闲鼓吹》:“宣宗坐朝,次对官趋至,必待气息平均,然后问事。令狐绹进李远为杭州,上曰:‘我闻李远诗云:“长日唯消一局棋。”岂可以临郡哉?’对曰:‘诗人之言,不足有实也。’仍荐廉察可任,乃许之。”○指休闲消遣。宋苏轼《司马君实独乐园》:“樽酒乐馀春,棋局消长夏。”

【棋覆】 参见人事部·禀性“覆局”。唐张祜《题僧壁》:“棋因王粲覆,鼓是祢衡挝。”

【谢傅围棋】 参见人事部·情感“喜折屐”、九流部·杂技“赌墅”。清赵翼《读史》之三:“谢傅围棋虽故事,曹参醇酒是何时?”

九、器用部

(一) 宫室

1．屋　2．宅第　3．居舍　4．庐　5．墅　6．宫　7．室(窝)　8．亭　9．台　10．楼阙　11．阁　12．堂　13．庭　14．廊庑　15．厕　16．门　17．窗　18．梁　19．墙(隅、埒)　20．壁　21．柱　22．槛(阈)　23．楹　24．灶突　25．肆　26．坛　27．塔　28．碑　29．华表　30．铜驼

1【**黄金屋**】　汉班固《汉武故事》:"胶东王(汉武帝刘彻)数岁,(长)公主抱置膝上,问曰:'儿欲得妇否?'长主指左右长御百余人,皆云不用。指其女:'阿娇好否?'笑对曰:'好。若得阿娇作妇,当作金屋贮之。'长主大悦,乃苦要上,遂成婚焉。"○喻女子所居之华丽宫室。唐李白《怨情》:"请看陈后黄金屋,寂寂珠帘生网丝。"另参见人物部·帝王"金屋贮阿娇"、人物部·妇女"阿娇"、人事部·情感"金屋夜情"。

【**矮屋**】　参见人事部·其他"屋打头"。宋杨万里《午热登多稼亭》:"矮屋炎天不可居,高亭爽气亦元无。"

2【**习氏宅**】　参见地理部·水流"习家池"。唐岑参《饯王崟判官赴襄阳道》:"津头习氏宅,江上夫人城。"

【**乌衣旧宅**】　参见地理部·城建"乌衣巷"。唐吴融《偶题》:"乌衣旧宅犹能认,粉竹金松一两枝。"

【**罗含宅**】　参见植物部·花卉"罗含菊"。唐徐夤《草木》:"菊英空折罗含宅,榆荚不生原宪家。"

【**陶宅**】　参见植物部·木本"五株柳"。唐李端《折杨柳》:"隋家两岸尽,陶宅五株荣。"

【弊宅因之】　参见伦类部·亲眷“相宅”。唐王维《戏题示萧氏甥》:“老夫何足似,弊宅倘因之。”

【辞第】　参见人事部·志趣“去病无家”。唐杜甫《奉和严中丞西城晚眺十韵》:“辞第输高义,观图忆古人。”

3【张融居】　参见器用部·车船“张融舸”。清毛奇龄《广文先生歌赠张学博》:“莫嫌高论与众殊,此间已是张融居。”

【问舍】　参见人事部·禀性“豪气元龙”。○喻胸无大志,或喻归隐。南朝梁高爽《往晋陵联句》:“问舍且求田,音乱无可择。”

4【臣庐】　参见人物部·帝王“三顾”。唐苏颋《奉和幸韦嗣立山庄应制》:“帝幄期松子,臣庐访葛侯。”

【张蔚庐】　参见人事部·雅逸“张仲蔚”。唐骆宾王《夏日游德州赠高四》:“聊安张蔚庐,讵扫陈蕃室?”

5【始宁墅】　《宋书·谢灵运传》:“(谢)灵运父祖并葬始宁县,并有故宅及墅,遂移籍会稽,修营别业,傍山带江,尽幽居之美。与隐士王弘之、孔淳之等纵放为娱,有终焉之志。”○指归隐之所。唐皇甫冉《曾东游以诗寄之》:“迢迢始宁墅,芜没谢公宅。”另参见人事部·雅逸“始宁隐”。

【谢公东墅】　参见人事部·情感“喜折屐”、九流部·杂技“赌墅”。清毛奇龄《留别张中宪锡怿有感》:“谢公东墅一望遥,何年相忆还相招?”

6【巢幕吴宫】　参见动物部·飞禽“吴宫燕”。南朝陈萧铨《咏衔泥双燕》:“学飞疑汉妾,巢幕惮吴宫。”

7【安乐窝】　《宋史·邵雍传》:“(邵)雍岁时耕稼,仅给衣食。名其居曰‘安乐窝’,因自号‘安乐先生’。”○指家居舒适。宋戴复古《访赵东野》:“四山便是清凉国,一室可为安乐窝。”

【陈室】　参见人事部·雅逸“扫一室”。唐白居易《新昌新居书事四十韵》:“陈室何曾扫,陶琴不要弦。”

【袁闳室】 《后汉书·袁闳传》:“延熹末,党事将作,(袁)闳遂散发绝世,欲投迹深林。以母老不宜远遁,乃筑土室,四周于庭,不为户,自牖纳饮食而已。”○指避乱之所。清唐孙华《次韵答王随庵》之一:“藏身且筑袁闳室,避世难求秦系峰。”

【原宪室】 参见人事部·贫贱“原宪贫”。唐李白《白马篇》:“羞入原宪室,荒径隐蓬蒿。”

8**【兰亭】** 参见伦类部·师友“永和人”。唐李縠《浙东罢府西归别张广文皮先辈陆秀才》:“兰亭旧址虽曾见,柯笛遗音更不传。”

【对泣新亭】 南朝宋刘义庆《世说新语·言语》:“过江诸人,每至美日,辄相邀新亭,藉卉饮宴。周侯(颛)中坐而叹曰:‘风景不殊,正自有山河之异!’皆相视流泪。唯王丞相(导)愀然变色曰:‘当共戮力王室,克复神州,何至作楚囚相对?’”○指忧国忧民之情。宋陆游《水乡泛舟》:“悲歌易水轻燕侠,对泣新亭笑楚囚。”另参见人体部·其他“楚囚泪”、人物部·其他“楚囚2”、人事部·情感“新亭对泣”。

9**【云台】** 参见人物部·将相“云台画象”。唐韦应物《自尚书郎出为滁洲刺史》:“云台焕中天,龙阙郁上征。”

【钓台】 参见人事部·隐逸“严陵钓”。唐周贺《早春越中留故人》:“清夜芦中客,严家旧钓台。”

【青陵台】 参见人事部·情感“相思树”。唐李白《白头吟》:“古来得意不相负,只今惟有青陵台。”

【柏梁台】 《三辅黄图·台榭》:“柏梁台,武帝元鼎二年春起。此台在长安城中北关内。《三辅旧事》云:‘以香柏为梁也,帝尝置酒其上,诏群臣和诗,能七言诗者乃得上。’”○美称台榭,或咏君臣饮宴赋诗。唐徐贤妃《长门怨》:“旧爱柏梁台,新宠昭阳殿。”另参见文明部·诗词“柏梁篇”、人事部·雅逸“柏梁宴”。

【债筑台】 《汉书·诸侯王表序》:“分为二周,有逃责(债)之台。”唐颜师古注:“服虔曰:‘周赧王负责,无以归之,主迫责急,乃逃于此台,后人因以名之。’”〇喻欠债极多。清黄遵宪《和议成志感》:“失民更为丛驱爵,毕世难偿债筑台。”

【高台倾】 参见人事部·情感“雍门哀”。〇指衰败后的境况。南朝梁虞羲《咏霍将军北伐诗》:“未穷激楚乐,已见高台倾。”

【铜雀分香】 参见人事部·病死“惜余香”。唐杜牧《出宫人二首》之二:“平阳拊背穿驰道,铜雀分香下璧门。”

【望夫台】 参见地理部·土石“望夫石”。唐李白《长干行》:“常存抱柱信,岂上望夫台?”

【鸾台】 参见九流部·神仙“乘鸾”。〇指仙女居处。唐刘禹锡《和杨师皋给事伤小姬英英》:“鸾台夜直衣衾冷,云雨无因入禁城。”

【黄金台】 《战国策·燕策一》:“于是昭王为(郭)隗筑宫而师之,乐毅自魏往,邹衍自齐往,剧辛自赵往,士争凑燕。”〇此事参见器用部·珍宝“死骨千金”。《战国策》原文系“筑宫”,至孔融《论盛孝章书》始有“筑台”之说。指招贤之所。唐李白《南奔书怀》:“侍笔黄金台,传觞青玉案。”另参见器用部·珍宝“黄金筑台”、人物部·圣贤“黄金台上客”、政事部·议政“尊隗”。

【楚王台】 参见人事部·情感“朝云暮雨”。唐张说《下江南向夔州》:“城临蜀帝祀,云接楚王台。”

【王粲楼】 参见人事部·行止“王粲登楼”。唐张九龄《候使登石头驿楼作》:“自守陈蕃榻,尝登王粲楼。”

10**【十二楼】** 参见九流部·神仙“十二宫楼”。唐杜甫《凤凰台》:“自天衔瑞图,飞下十二楼。”

【白玉楼】 参见人事部·病死“天上召”。清毛奇龄《仲秋既望得萧行人嗣奇讣……》:“太君先赴白玉楼,痛杀王戎死亲孝。”

【百尺楼】 参见人事部·禀性“豪气元龙”。金元好问《论诗三十首》之十八：“江山万古潮阳笔，合在元龙百尺楼。”

【南楼】 参见人事部·雅逸“庾公闲”。唐李白《陪宋中丞武昌夜饮怀古》：“清景南楼夜，风流在武昌。”

【秦楼】 参见九流部·神仙“乘鸾”、器用部·宫室“鸾台”。唐李商隐《无题二首》之二：“岂知一夜秦楼客，偷看吴王苑内花。”

【庾公楼】 南朝宋刘义庆《世说新语·容止》：“庾太尉(亮)在武昌，秋夜气佳景清，使吏殷浩、王胡之之徒登南楼理咏，音调始遒，闻函道中有屐声甚厉，定是庾公。俄而率左右十许人步来，诸贤欲起避之。公徐曰：‘诸君少住，老子于此处兴复不浅。’因便据胡床，与诸人咏谑，竟坐，甚得任乐。”○指风流儒雅之场所。唐卢纶《送申屠正字往湖南迎亲……》：“坦腹定逢潘令罪，上楼应伴庾公闲。”另参见人事部·雅逸“庾公闲”。

【眷魏阙】 参见人事部·情感“子牟恋”。南朝宋谢灵运《游赤石进帆海》：“仲连轻齐组，子牟眷魏阙。”

【绿珠楼】 参见人事部·病死“金谷堕楼”。清赵翼《美人风筝》：“挽住尚烦红线手，倦飞或堕绿珠楼。”

11 **【子云阁】** 参见人事部·冤怨“扬雄投阁”。唐上官仪《酬薛舍人万年宫晚景寓直怀友》：“东望安仁省，西临子云阁。”

【东阁】 参见人物部·圣贤“招贤地”。唐刘长卿《送李七之笮水谒张相公》：“东阁邀才子，南昌老腐儒。”

【凌烟阁】 《大唐新语·褒锡》：“贞观十七年，太宗图画太原倡义及秦府功臣赵公长孙无忌……等二十四人于凌烟阁。太宗亲为之赞，褚遂良题阁，阎立本画。”○咏功臣受勋。唐李贺《南园》之五：“请君暂上凌云阁，若个书生万户侯。”另参见文明部·书画“凌烟画阁”。

12【升堂】　参见文明部·礼乐“由也瑟”。〇喻学识造诣精深。唐杜甫《戏题寄上汉中王三首》之三：“空余枚叟在，应念早升堂。”

【琴堂】　参见文明部·礼乐“宓子弹琴”。〇指县衙。唐李白《赠从孙义兴宰铭》：“退食无外事，琴堂向山开。”

13【哭秦庭】　参见人事部·情感“秦庭哭”。唐杜甫《秦州见敕目……凡三十韵》：“独惭投汉阁，俱议哭秦庭。”

【鲤庭】　《论语·季氏》：“陈亢问于伯鱼曰：‘子亦有异闻乎？’对曰：‘未也。’尝独立，鲤趋而过庭。曰：‘学诗乎？’对曰：‘未也。’‘不学诗，无以言。’鲤退而学诗。他日，又独立，鲤趋而过庭。曰：‘学礼乎？’对曰：‘未也。’‘不学礼，无以立。’鲤退而学礼。闻斯二者，陈亢退而喜曰：‘问一得三，闻诗，闻礼，又闻君子之远其子也。’”〇喻指晚辈受师长教育。唐刘禹锡《酬郑州权舍人见寄》：“鲤庭传事业，鸡树遂翱翔。”另参见伦类部·亲眷“过庭”、伦类部·亲眷“趋庭恋”、伦类部·师友“过庭交分”、人事部·行止“过庭闻礼”。

14【米舂廊庑】　参见人事部·贫贱“鸿舂”。清吴嘉纪《举世无知者五韵五首和赠吴苍二》之二：“米舂廊庑下，车挽田园际。”

15【太仓溷厕】　参见人事部·志趣“李斯溷鼠”。清查慎行《鼠滩》：“太仓溷厕从渠偷，切莫饮水污清流。”

16【九重门】　宋玉《九辩》：“岂不郁陶而思君兮，君之门以九重。”王逸注：“君门深邃，不可至也。”〇喻指皇宫。唐戴叔伦《赠康老人洽》：“一篇飞入九重门，乐府喧喧闻至尊。”

【长门闭】　参见文明部·文章“千金赋”、人事部·情感“长门泣”。唐唐彦谦《萤》：“寒烟陈后长门闭，夜雨隋家旧苑空。”

【李膺门】　参见政事部·议政“登龙”。〇指官高品端的门第。唐杜牧《川守大夫刘公早岁……》:“昔为扬子宅,今是李膺门。”

【吟扣僧门】 参见文明部·诗词“推敲”。唐郑谷《次韵和王驾校书结绶见寄之什》:“醉披仙鹤氅,吟扣野僧门。”

【金马门】 参见人物部·圣贤“吏隐”。唐孟浩然《田园作》:“望断金马门,劳歌采樵路。”

【倚门】 参见伦类部·亲眷“慈亲倚门”。唐张说《岳州别姚司马绍之制许归侍》:“天从扇枕愿,人遂倚门情。”

【席门】 参见器用部·车船“长者车”。〇指贫居。唐罗邺《自遣》:“焚鱼酌醴醉尧代,吟向席门聊自娱。”

【袁门】 参见人事部·贫贱“袁安困雪”。唐白居易《雪中酒熟欲携访吴监先寄此诗》:“陈榻无辞解,袁门莫懒开。”

【雀罗门】 《史记·汲郑列传》:“始翟公为廷尉,宾客阗门;及废,门外可设雀罗。翟公复为廷尉,宾客欲往,翟公乃大署其门曰:‘一死一生,乃知交情;一贫一富,乃知交态;一贵一贱,交情乃见。’”〇喻指门庭冷落或世态炎凉。唐刘禹锡《有感》:“昨宵凤池客,今日雀罗门。”另参见伦类部·师友“交情”、伦类部·宾主“交态”、动物部·飞禽“罗雀”、器用部·其他“雀罗”、人物部、官吏“翟廷尉”、人事部·情感“雀罗愁”、人事部·贫贱“张罗”。

【魏公扫】 参见人事部·贫贱“扫门”。唐孟浩然《襄阳公宅饮》:“座非陈子惊,门还魏公扫。”

17**【北窗】** 参见人事部·雅逸“羲皇人”。唐陈子昂《群公集毕氏林亭》:“默语谁能识,琴樽寄北窗。”

【武子窗】 参见动物部·虫豸“读书萤”。宋杨亿《萤》:“武子窗尘积,隋家苑树深。”

【雪窗】 参见文明部·学识“映雪读书”。唐郑谷《送太学颜明经及第东归》:“闲来思学馆,犹梦雪窗明。”

18**【悬梁】** 参见文明部·学识“悬头苦学”。明胡居仁《叹古人读书》:“刺股悬梁辛苦志,其如一敬得功多。”

【歌梁】　参见文明部·歌舞“余音绕梁”。宋黄庭坚《寄陈适用》:“歌梁韵金石,舞地委兰麝。”

19【夫子墙】　《论语·子张》:“叔孙武叔语大夫于朝曰:‘子贡贤于仲尼。’子服景伯以告子贡。子贡曰:‘譬之宫墙,赐之墙也及肩,窥见室家之好。夫子之墙数仞,不得其门而入,不见宗庙之美,百官之富。得其门者或寡矣。夫子之云,不亦宜乎!’”〇指道德学问高深莫测。唐钱起《寻司勋李郎中不遇》:“重花不隔陈蕃榻,修竹能深夫子墙。”另参见文明部·学识“难窥墙”。

【宋玉墙】　参见人事部·情感“三年目送”。〇喻女子寄情之所。唐罗隐《桃花》:“数枝艳拂文君酒,半里红欹宋玉墙。”

【向隅】　参见人事部·情感“向隅”。宋苏轼《立春日……请成伯主会二首》之一:“老子从来兴不浅,向隅谁肯满堂欢?”

【金埒】　参见人事部·富贵“铺钱埒”。唐上官婉儿《游长安公主流杯池二十五首》之八:“玉环腾远创,金埒荷殊荣。”

20【安丘壁】　参见人事部·雅逸“卖饼”。清毛奇龄《徐允哲读予文稿辱贻二绝微及予旧事感生于心依韵奉和》之一:“素衣何幸变为苍,长就安丘壁里藏。”

【呵壁】　参见人事部·情感“呵壁问天”。清丘逢甲《村居书感次崧甫韵》:“天阊辽阻愁呵壁,时局艰危痛厝薪。”

【宣尼壁】　参见文明部·礼乐“鲁壁简”。唐李商隐《五言述德抒情诗一首四十韵献上杜七兄仆射相公》:“经出宣尼壁,书留晏子楹。”

【家四壁】　《史记·司马相如列传》:“(卓)文君夜亡奔相如,相如乃与驰归成都。家居徒四壁立。”〇指家境贫寒。宋苏轼《陈伯比和回字复次韵》:“诗书好在家四壁,蒲柳翕然城一隅。”另参见人事部·贫贱“马卿贫”。

【凿壁】 参见文明部·学识“借壁光”。唐杨衡《送陈房谒抚州周使君》:“凿壁年虽异,穿杨志幸同。”

【颜坯】 《淮南子·齐俗训》:“颜阖,鲁君欲相之而不肯,使人以币先焉,凿培而遁之。”注:“培,屋后墙也。”○喻指不愿出仕。唐杜甫《秋日荆南述怀三十韵》:“贤非梦傅野,隐类凿颜坯。”另参见人事部·雅逸“凿坯”。

21【汉柱】 参见人物部·官吏“京兆田郎”。唐沈佺期《酬苏员外味道夏晚寓直省中见赠》:“明朝题汉柱,三署有光辉。”

【倚柱】 参见人事部·情感“忧葵”。清钱谦益《嫁女词》:“不见漆室少,倚柱起长叹。”

【睨柱】 参见人事部·情感“冲冠”。宋苏轼《梦中作寄朱行中》:“相如起睨柱,头璧与俱还。”

22【折槛】 参见政事部·忠直“槛折”。唐杜甫《秋日荆南述怀三十韵》:“扬镳随日驭,折槛出云台。”

【阃外】 参见武备部·军旅“分阃”。唐张嘉贞《奉和圣制送张悦巡边》:“阃外传三略,云中冀一平。”

23【奠楹】 参见人事部·病死“泰山颓”。清赵翼《六哀诗·故公相赠郡王傅文忠公》:“公竟染危疾,还朝遽奠楹。”

24【灶养】 参见政事部·贪佞“烂羊头”。清赵翼《戏咏火判官》之二:“人以焦头惊上客,世无灶养作中郎。”

【曲突】 参见器用部·日用“徙薪”。宋黄庭坚《次韵子由绩溪病起被召寄王定国》:“必开曲突谋,满慰倾耳听。”

【墨灶】 参见器用部·宫室“墨翟突”。唐钱起《穷秋对雨》:“翟门悲暝雀,墨灶上寒苔。”

【墨翟突】 《淮南子·修务训》:“孔子无黔突(深灶),墨子无暖席。”突,后多作突。后又多言“孔子无暖席,墨子无黔突”。○指忙碌。唐权德舆《戏和三韵》:“墨翟突不黔,范丹甑生尘。”另参见器用部·日用“孔席”、器用部·宫室

"墨灶"。

25【黄公肆】《世说新语·伤逝》:"王濬冲为尚书令,著公服,乘轺车,经黄公酒垆下过,顾谓后车客:'吾昔与嵇叔夜、阮嗣宗共酣饮于此垆,竹林之游,亦预其末。自嵇生夭、阮公亡以来,便为时所羁绁。今日视此虽近,邈若山河。'"○指酒店,或用于悼亡。唐白居易《晚春沽酒》:"醉卧黄公肆,人知我是谁。"另参见人事部·病死"黄垆别"。

26【韩坛】参见人物部·将相"登坛拜将"。○指拜将帅的高台。宋王禹偁《射弩》:"不如执戈士,意气登韩坛。"

27【雁塔】参见文明部·学识"雁塔名"。清钱谦益《送林自名宪使归闽》:"雁塔嗟前梦,骊歌怆暮云。"

28【万山碑】参见地理部·水流"碑沉汉水"。明袁宏道《江崩及城》:"焉知深谷底,不有万山碑?"

【郭碑】参见人事部·病死"郭泰碑铭"。清宋琬《罗以献胡去骄将归武陵汉阳小集南园即席分韵》:"陈榻虽悬多倦色,郭碑初就倍沾襟。"

【堕泪碑】《晋书·羊祜传》:"(羊)祜率营兵出镇南夏,开设庠序,绥怀远近,甚得江汉之心。……祜乐山水,每风景,必造岘山,置酒言咏,终日不倦。"羊祜死后,"襄阳百姓于岘山祜平生游憩之所建碑立庙,岁时飨祭焉。望其碑者莫不流涕,杜预因名为堕泪碑。"○喻政绩卓著,或喻怀念之情,或喻伤心落泪。清舒位《梅花岭吊史阁部》:"吹箫来唱招魂曲,拂藓先看堕泪碑。"另参见地理部·土石"岘山"、人体部·其他"岘山泪"、人物部·官吏"羊公"、政事部·治理"羊公爱"、人事部·情感"岘山情"。

29【鹤归华表】参见动物部·飞禽"辽东鹤"。唐许浑《经故丁补阙郊居》:"鹏上承尘才一日,鹤归华表已千年。"

30【洛阳铜驼】参见人事部·情感"泣铜驼"。清曾国藩《反长歌行》:"上蔡黄狗空叹嗟,洛阳铜驼百迁徙。"

（二）衣冠

1．衣冠　2．衣服　3．袍　4．裘　5．氅　6．裙　7．袴　8．犊鼻　9．襟　10．裾　11．带　12．巾（罳）　13．冠　14．帽（笠）　15．（冠）缨　16．履　17．屐　18．屣　19．舄　20．靴　21．袜　22．钗　23．簪

1【衣冠就东市】　参见人物部·官吏“东市朝衣”。唐杜牧《河湟》：“旋见衣冠就东市，忽遗弓剑不西巡。”

【优孟衣冠】　参见人物部·人杰“优孟”。清黄遵宪《己亥续怀人诗》之五：“优孟衣冠笑沐猴，武灵胡服众人咻。”

【神武衣冠】　参见人事部·雅逸“挂冠”。宋陆游《闻韩无咎下世》：“凭高老泪无挥处，神武衣冠挂已迟。”

2【牛衣】　参见人事部·贫贱“卧牛衣”。宋苏轼《和穆父新凉》：“但知眠牛衣，宁免刺虎圈？”

【白衣宠】　参见人物部·官吏“白衣尚书”。唐武平一《奉和圣制幸韦嗣立山庄应制》：“汉日唯闻白衣宠，唐年更睹赤松游。”

【老莱衣】　参见伦类部·亲眷“斑衣奉亲”。唐杜甫《送韩十四江东省觐》：“兵戈不见老莱衣，太息人间万事非。”

【传衣】　参见九流部·宗教“衣钵相传”。唐方干《赠江南僧》：“继后传衣者，还须立雪中。”

【衣锦还】　参见人事部·富贵“衣锦归”。唐李白《送张遥之寿阳幕府》：“勖尔效才略，功成衣锦还。”

【青紫】　参见文明部·学识“拾青”。唐杜甫《夏夜叹》：“青紫虽被体，不如早还乡。”

【拂衣】　参见人事部·雅逸“拂衣去”。唐杜甫《曲江对酒》：“吏情更觉沧洲远，老大悲伤未拂衣。”

【垂衣裳】　参见人物部·圣贤“垂衣”。唐王维《奉和圣制

天长节赐宰臣歌应制》:"开阊阖兮临玉堂,俨冕旒兮垂衣裳。"

【贵缝掖】 参见政事部·议政"缝掖贵"。唐高适《真定即事奉赠韦使君二十八韵》:"从来贵缝掖,应是念穷途。"

【望白衣】 参见器用部·饮食"白衣酒"。金元好问《从邓州相公觅酒时在镇平》:"江州未觉风流减,可使陶潜望白衣。"

【楚宫衣】 参见人体部·肢体"楚腰"。唐李商隐《效长吉》:"长长汉殿眉,窄窄楚宫衣。"

【鹑衣】 《荀子·大略》:"子夏家贫,衣若县鹑。人曰:'子何不仕?'曰:'诸侯之骄我者,吾不为臣;大夫之骄我者,吾不复见。'"○指生活贫困。唐杜甫《风疾舟中伏枕书怀》:"乌几重重缚,鹑衣寸寸针。"另参见人事部·贫贱"鹑服"。

【绣服】 参见人物部·官吏"持斧"。唐钱起《送裴頔侍御使蜀》:"朝天绣服乘恩贵,出使星轺满路光。"

3 **【白袍】** 参见武备部·军旅"着白袍"。唐杜甫《喜闻官军已临贼寇二十韵》:"帐殿罗玄冕,辕门照白袍。"

【夺锦袍】 参见文明部·诗词"诗成得袍"。宋陆游《赠邢刍甫》:"割愁何处有并刀,倾座谁能夺锦袍。"

【范叔袍】 《史记·范睢蔡泽列传》:范睢先事魏中大夫须贾,因辞谢齐襄王的邀请,反受须贾怀疑,被魏相舍人毒打,几死,后贿赂看守而逃出。于是改名张禄,入秦为相。须贾出使秦国,范睢装扮成穷人去见他。"须贾意哀之,留与坐饮食,曰:'范叔一寒如此哉!'乃取其一绨袍以赐之。"后须贾知范睢是秦相,便肉袒请罪,范睢亦因须贾有绨袍之赠,未加害于他。○指贫困时所受帮助。清赵翼《前守韦缘事罢官诗以送别》之二:"民犹争诵廉公裤,我敢相矜范叔袍。"另参见伦类部·师友"重绨袍"、人事部·情感"绨袍惠"、人事部·贫贱"范叔贫"。

【青袍白马】 参见人事部·衣冠“青丝白马”。唐杜甫《洗兵马》:“青袍白马更何有,后汉今周喜再昌。”

4**【羊裘】** 参见人事部·隐逸“严陵钓”。唐李华《杂诗六首》之二:“何忍严子陵,羊裘死荆棘。”

【负薪裘】 《论衡·书虚》:“延陵季子出游,见路有遗金。当夏五月,有披裘而薪者。季子呼薪者曰:‘取彼地金来!’薪者投镰于地,瞋目拂手而言曰:‘何子居之高,视之下,仪貌之壮,语言之野也!吾当夏五月,披裘而薪,岂取金者哉!’季子谢之,请问姓字。薪者曰:‘子皮相之士也,何足语姓名!’遂去不顾。”〇咏隐士。唐王昌龄《放歌行》:“幸蒙国士识,因脱负薪裘。”另参见器用部·日用“负薪”、人物部·其他“皮相士”、人事部·雅逸“五月披裘”。

【季子裘】 《战国策·秦策一》:苏秦(字季子)“说秦王书十上而说不行。黑貂之裘敝,黄金百斤尽,资用乏绝,去秦而归。羸縢(裹着绑腿布)履蹻(穿着草鞋),负书担橐,形容枯槁,面目犁黑,状有归色。”〇咏人奔波劳碌。唐杜甫《摇落》:“鹅费羲之墨,貂除季子裘。”另参见人事部·贫贱“貂裘敝”。

【晏裘】 《礼记·檀弓下》:“晏子一狐裘,三十年。”〇指生活节俭。唐杜牧《冬至日遇京使发寄舍弟》:“旅馆夜忧姜被冷,暮江寒觉晏裘轻。”另参见人事部·禀性“齐相狐裘”。

【鹔鹴裘】 参见人事部·贫贱“贳酒成都”。宋苏轼《次韵孔常父送张天觉》:“送君应典鹔鹴裘,凭仗千钟洗别愁。”

5**【王恭鹤氅】** 参见植物部·木本“王恭柳”。唐李白《酬殷明佐见赠五云裘歌》:“相如不足夸鹔鹴,王恭鹤氅安可方。”

6**【布裙】** 参见人物部·妇女“荆钗布裙”。唐白居易《赠内》:“梁鸿不肯仕,孟光甘布裙。”

【羊欣白练裙】 《宋书·羊欣传》:“(羊)欣时年十二,时王献之为吴兴太守，甚知爱之。献之尝夏月入县，欣著新绢裙昼寝，献之书裙数幅而去。欣本工书，因此弥善。"〇咏书法，或喻互相雅慕。唐陆龟蒙《怀杨台文杨鼎文二秀才》："重思醉墨纵横甚，书破羊欣白练裙。"另参见文明部·书画"书裙"、人事部·雅逸"书白练裙"。

7【五袴】　参见政事部·治理"襦绔恩"。唐储光羲《晚次东亭献郑州宋使君文》："籍籍歌五袴，祁祁颂千箱。"

8【晒犊鼻】　参见人事部·贫贱"阮家贫"。唐李商隐《七夕偶题》："明朝晒犊鼻，方信阮郎贫。"

9【牵襟】　参见人事部·贫贱"捉襟见肘"。宋王安石《游土山示蔡天启秘校》："牵襟肘即见，着帽耳才瘅。"

10【引裾】　参见政事部·忠直"牵裾"。宋叶适《薛端明挽二首》之一："可但补阙名官日，不逢引裾强谏时。"

【朱门裾】　参见政事部·贪佞"曳裾"。清郭曾炘《检藏书感赋》："春曹三十载，不曳朱门裾。"

11【移带眼】　参见人体部·肢体"瘦沈腰"。宋杨亿《小园秋夕》："已是秋来移带眼，可堪玄鬓有霜华。"

【缟带】　《左传·襄公二十九年》：吴公子札"聘于郑，见子产，如旧相识。与之缟带，子产献纻衣焉"。〇指友人间馈赠物品。五代韦庄《同旧韵》："既闻留缟带，讵肯掷蓍簪。"另参见伦类部·师友"缟纻"。

12【折角巾】　《后汉书·郭太传》："（郭太）身长八尺，容貌魁伟，褒衣博带，周游郡国。尝于陈梁间行遇雨，巾一角垫，时人乃故折巾一角，以为'林宗巾'。其见慕皆如此。"〇指文人风流儒雅。唐卢照邻《咏史四首》之二："冲情甄负甑，重价折角巾。"另参见天文部·气象"雨垫巾"、人事部·雅逸"林宗巾"。

【漉酒巾】　参见人事部·雅逸"脱巾漉酒"。唐卢纶《无题》："高歌犹爱思归引，醉语惟夸漉酒巾。"

【倒接䍦】　参见人事部·狂放"山公醉"。唐李白《鲁中都东楼醉起作》:“昨日东楼醉,还应倒接䍦。”

13**【七世珥貂】** 参见人事部·富贵“七叶贵”。晋左思《咏史》之二:“金张籍旧业,七世珥汉貂。”

【沐猴冠】 参见人事部·富贵“衣锦归”。○喻徒有其表、目光短浅之人。宋苏轼《锦溪》:“楚人休笑沐猴冠,越俗徒夸翁子贤。”

【贡禹冠】 参见人事部·情感“贡公喜”。唐罗隐《酬高崇节》:“犹赖君相勉,殷勤贡禹冠。”

【金貂重】 参见人事部·狂放“金貂换”。唐骆宾王《畴昔篇》:“不识金貂重,偏惜玉山颓。”

【南冠】 参见文明部·礼乐“楚奏”。唐骆宾王《在狱咏蝉》:“西陆蝉声唱,南冠客思侵。”

【怒发冲冠】 参见人事部·情感“冲冠”。晋卢谌《览古诗》:“眥血下沾襟,怒发上冲冠。”

【铁冠】 参见人物部·官吏“戴铁冠”。唐高适《东平留赠狄司马》:“入幕绾银绶,乘轺兼铁冠。”

14**【辽东帽】** 《三国志·魏志·管宁传》:“(管)宁常著皂帽、布襦袴、布裙,随时单复,出入闺庭,能自任杖,不须扶持。四时祠祭,辄自力强,改加衣服,著絮巾,故在辽东所有白布单衣,亲荐馔馈,跪拜成礼。”○指清高,有操守;或喻隐居不仕。宋文天祥《正气歌》:“或为辽东帽,清操厉冰雪。”另参见人事部·雅逸“皂帽辽东”。

【侧帽】 《周书·独孤信传》:“(独孤)信在秦州,尝因猎,日暮,驰马入城,其帽微侧。诘旦,而吏民有戴帽者,咸慕信而侧帽焉。其为邻境及士庶所重如此。”○喻行止潇洒。唐李商隐《病中闻河东公乐营置酒口占寄上》:“风长应侧帽,路隘岂容车。”另参见人事部·行止“侧帽”。

【孟嘉帽】 《晋书·孟嘉传》:“(孟嘉)为征西桓温参军,温甚重之。九月九日,温燕龙山,僚佐毕集。时佐吏并著戎服,有风至,吹(孟)嘉帽堕落,嘉之不觉。温使左右勿言,欲观其举止。嘉良久如厕，温令取还之，命孙盛作文嘲嘉，著嘉坐处。嘉还见，即答之，其文甚美，四坐嗟叹。”○喻气度非凡，潇洒倜傥。唐独孤及《九月九日李苏州东楼宴》：“风前孟嘉帽，月下庾公楼。”另参见天文部·时令“落帽期”、天文部·气象“风落帽”、地理部·土石“龙山”、器用部·饮食“酒兵”、人物部·官吏“孟参军”、人物部·其他“落帽人”、人事部·雅逸“落帽欢”。

【着帽】《晋书·谢安传》：“（桓）温后诣（谢）安，值其理发。安性迟缓，久而方罢，使取帻。温见，留之曰：‘令司马着帽进。’其见重如此。”○指敬重贤才。宋苏轼《二公再和亦再答之》：“雍容许着帽，不怪安石缓。”

【戴笠】 参见伦类部·师友“车笠相逢”。清毛奇龄《定交诗为胡以宁方中通堵凤燕》：“担登同汗漫，戴笠自寒温。”

15 **【仲由缨】**《左传·哀公十五年》：“石乞、盂黡敌子路，以戈击之。断缨。子路曰：‘君子死，冠不免。’结缨而死。”○咏慷慨赴死。唐李商隐《送千牛李将军赴阙五十韵》：“幽囚苏武节，弃市仲由缨。”另参见人事部·禀性“仲由”。

16 **【东郭履】**《史记·滑稽列传》：“东郭先生久待诏公车，贫困饥寒，衣敝，履不完。行雪中，履有上无下，足尽践地。道中人笑之，东郭先生应之曰：‘谁能履行雪中，令人视之，其上履也，其履下处乃似人足者乎？’”○指生活贫困。唐李白《赠宣城赵太守悦》：“自笑东郭履，侧惭狐白温。”另参见人事部·贫贱“东郭履”。

【取履】《史记·留侯世家》：“（张）良尝闲，从容步游下邳圯上，有一老父，衣褐，至良所，直堕其履圯下，顾谓良曰：‘孺子，下取履！’良鄂然，欲殴之。为其老，强忍，下取履。父曰：‘履我！’良业为取履，因长跪履之。父以足受，笑而去。”后老人授张良一编书“曰：‘读此书则为王者师矣。后十年兴，十三年，孺子见我，济北穀城山下黄石即我矣。'"○指尊老受教。宋陆游《霜天杂兴》:"穀城黄石今安在,取履犹思效子房。"另参见地理部·城建"取履桥"、伦类部·师友"跪履"、武备部·其他"黄公略"、九流部·神仙"黄石仙翁"、文明部·学识"受兵略"。

【卖西陵履】 参见人事部·病死"惜余香"。清吴伟业《清凉山赞佛》:"纵洒苍梧泪,莫卖西陵履。"

【郑履】 参见政事部·议政"尚书履声"。唐钱起《送蒋尚书居守东都》:"郑履下天去,蘧轮满路声。"

【珠履】 参见人物部·其他"珠履客"。唐张继《春申君祠》:"当时珠履三千客,赵使怀惭不敢言。"

【商颂振履】 参见人事部·贫贱"捉襟见肘"。○喻安贫乐道,或咏处困境而不乱。宋苏轼《诸公饯子敦轼以病不往》:"我以病杜门,商颂空振履。"

【堕履】 汉贾谊《新书·喻诚》:"昔楚昭王与吴人战,楚军败,昭王走,屦决背而行走之。行三十步复旋取屦。及至于隋,左右问曰:'王何曾惜一踦屦乎?'昭王曰:'楚国虽贪,岂爱一踦屦哉?思与偕反也。'自是之后,楚国之俗无相弃者。"○喻不忘故旧之人、物。唐罗隐《得宣州窦尚书书因投寄二首》之一:"遗簪堕履应留念,门客如今只下僚。"

17**【阮家屐】** 《世说新语·雅量》:"阮遥集好屐,……或有诣阮,见自吹火蜡屐,因叹曰:'未知一生当著几量屐!'神色闲畅。"○喻指特别爱好。唐王维《谒璿上人》:"床下阮家屐,窗前筇竹杖。"另参见人事部·其他"几两屐"。

【谢公屐】 《宋书·谢灵运传》:"(谢灵运)寻山陟岭,必造幽峻,岩嶂千重,莫不备尽。登蹑常著木屐,上山则去前齿,下山去其后齿。"○咏游山玩水。唐李白《梦游天姥吟留别》:"脚著谢公屐,身登青云梯。"另参见人物部·官吏"谢公"、人事部·雅逸"谢公游"。

【谢安屐】 参见人事部·情感"喜折屐"。唐李白《登梅岗望金陵》:"吴风谢安屐,白足傲履袜。"

18 **【中郎屣】** 参见伦类部·宾主"倒屐迎"。清孙枝蔚《喜周元亮习农生还次龚孝升总宪韵》之十:"自倒中郎屣,公然四座惊。"

19 **【凫舄】** 《后汉书·方术列传·王乔传》:"王乔者,河东人也。显宗世,为叶令。乔有神术,每月朔望,常自县诣台朝。帝怪其来数而不见车骑,密令太史伺望之。言其临至,辄有双凫从东南飞来。于是候凫至,举罗张之,但得一只舄焉。乃诏尚方诊视,则四年中所赐尚书官属履也。"○喻指仙术。唐杜甫《秋日荆南送石首薛明府三十韵》:"岁满归凫舄,秋来把雁书。"另参见动物部·飞禽"凫飞"、九流部·杂技"凫化舄"、人物部、官吏"尚方舄"。

【赤玉舄】 汉刘向《列仙传·安期先生》:"安期先生者,琅琊阜乡人也,卖药于东海边,时人皆言'千岁翁'。秦始皇东游,请见,与语三日三夜,赐金璧,度数千万,出于阜乡亭,皆置去,留书以赤玉舄一双为报,曰:'后数年,求我于蓬莱山。'"○咏神仙。唐李白《古风五十九首》之二十:"终留赤玉舄,东上蓬莱路。"另参见九流部·神仙"安期舄"。

20 **【脱靴】** 参见人事部·狂放"力士脱靴"。明方孝孺《吊李白》:"脱靴力士只羞颜,捧砚杨妃劳玉脂。"

【靴挂】 参见政事部·清廉"捧靴"。清毛奇龄《郡太守许公迁宁绍兵巡副使赋赠》:"碑横刻上路,靴挂郡东楼。"

21 **【王生袜】** 《史记·张释之列传》:"王生者,善为黄老言,处士也。尝召居廷中,三公九卿尽会立。王生老人,曰:'吾袜解。'顾谓张廷尉:'为我结袜。'(张)释之跪而结之。既已,人或谓王生曰:'独奈何廷辱张廷尉,使跪结袜?'王生曰:'吾老且贱,自度终无益于张廷尉。张廷尉方今天下名臣,吾故聊辱廷尉,使跪结袜,欲以重之。'"○咏敬老,或喻礼贤下士,或喻狂放不羁。唐许浑《灞上逢元九处士东归》:“何人更结王生袜,此客虚弹贡氏冠。”另参见政事部·议政“结袜心”、人事部·狂放“结袜生”、人事部·寿考“结袜”。

22【**玉燕钗**】 参见动物部·飞禽“钗上燕”。唐李白《白头吟》之二:“头上玉燕钗,是妾嫁时物。”

【**荆钗**】 参见人物部·妇女“荆钗布裙”。唐许浑《酬殷尧藩》:“竹马儿犹小,荆钗妇惯贫。”

23【**蓍簪**】 《韩诗外传》第九卷第十三章:“孔子出游少源之野,有妇人中泽而哭,其音甚哀。孔子怪之,使弟子问焉。曰:‘夫人何哭之哀?’妇人曰:‘乡(刚才)者刈蓍薪而亡吾蓍簪,吾是以哀也。’弟子曰:‘刈蓍薪而亡蓍簪,有何悲焉!’妇人曰:‘非伤亡簪也,吾所以悲者,盖不忘故也。’”〇喻不忘故人、旧物。五代前蜀韦庄《同旧韵》:“既闻留缟带,讵肯掷蓍簪?”另参见人事部·情感“感故物”。

(三) 饮食

1. 饭(斋) 2. 食(餐) 3. 饮酒(醉) 4. 浆 5. 粮米 6. 菜 7. 羹 8. 肉炙 9. 糕饼 10. 其他

1【**一饭**】 《史记·淮阴侯列传》:“(韩)信钓于城下,诸母漂,有一母见信饥,饭信,竟漂数十日。信喜,谓漂母曰:‘吾必有以重报母。’母怒曰:‘大丈夫不能自食,吾哀王孙而进食,岂望报乎!’”后信为楚王,“召所从食漂母,赐千金。”〇指困厄之中受人救助。唐李群玉《病起别主人》:“益愧千金少,情将一饭殊。”另参见器用部·珍宝“千金答漂母”、人物部·将相“淮阴”、人物部·妇女“漂母”、人事部·贫贱“韩信贫”。

【**太常斋**】 参见伦类部·亲眷“太常妻”。唐高适《酬裴员外以诗代书》:“卧看中散论,愁忆太常斋。”

【**直万钱**】 参见人事部·富贵“万钱”。唐韩翃《寄上田仆射》:“金装昼出罗千骑,玉案晨餐直万钱。”

【侏儒饱饭】 参见人事部·冤怨“侏儒饱”。唐元稹《和李校书新题乐府十二首·立部伎》:“奸声入耳佞入心,侏儒饱饭夷齐饿。”

【钟非饭】 参见人事部·贫贱“饭后钟”。宋苏轼《石塔寺》:“虽知灯是火,不悟钟非饭。”

【强饭廉颇】 《史记·廉颇蔺相如列传》:“赵以数困于秦兵,赵王思复得廉颇,廉颇亦思复用于赵。赵王使使者视廉颇尚可用否。廉颇之仇郭开多与使者金,令毁之。赵使者既见廉颇,廉颇为之一饭斗米,肉十斤,被甲上马,以示尚可用。赵使还报王曰:‘廉将军虽老,尚善饭,然与臣坐,顷之三遗矢矣。’赵王以为老,遂不召。”〇喻老当益壮者。宋陆游《亲旧见过多见贺强健戏作此篇》:“据鞍马援虽堪笑,强饭廉颇亦未非。”另参见人体部·其他“三遗矢”、器用部·珍宝“郭开金”、人物部·将相“廉颇”、人事部·寿考“廉颇老”。

2**【东家就食】** 《艺文类聚》卷四十引《风俗通》:“齐人有女,二人求之。东家子丑而富,西家子好而贫。父母疑不能决,问其女,定所欲适……女云:‘欲东家食,西家宿。’”〇喻指不可兼得。宋范成大《偶书》:“东家就食西家宿,世事何缘得两全。”另参见人事部·谬误“食宿相兼”。

【食槟榔】 参见植物部·木本“一斛槟榔”。唐卢纶《酬赵少尹戏示诸侄元阳等因以见赠》:“且请同观舞鸜鹆,何须竟哂食槟榔。”

【嗟食】 《礼记·檀弓下》:“齐大饥,黔敖为食于路,以待饿者而食之,有饿者,蒙袂辑屦,贸贸然来。黔敖左奉食,右执饮,曰:‘嗟!来食!’扬其目而视之,曰:‘予唯不食嗟来之食,以至于斯也!’从而谢焉,终不食而死。”〇喻带侮辱性的施舍。唐李绅《却到浙西》:“野悲扬目称嗟食,林极翳桑顾所求。”另参见人事部·贫贱“嗟来”。

【餐白石】 参见地理部·土石“白石”。唐张蠙《华阳道者》:“惟餐白石过白日,拟骑青竹上青冥。”

3 **【一斗得凉州】** 《三国志·魏书·明帝纪》裴松之注引《三辅决录》:“伯郎姓孟,名他,扶风人。灵帝时,中常侍张让专朝政,让监奴典护家事。他仕不遂,乃尽以家财赂监奴,与共结亲,积年家业为之破尽。众奴皆惭,问他所欲,他曰:‘欲得卿曹拜耳。’奴被恩久,皆许诺。时宾客求见让者,门下车常数百乘,或累日不得通。他最后到,众奴伺其至,皆迎车而拜,径将他车独入。众人悉惊,谓他与让善,争以珍物遗他。他得之,尽以赂让,让大喜。他又以蒲桃酒一斛遗让,即拜凉州刺史。”一斛,或作一斗。○喻以行贿得官,或喻美酒。宋苏轼《次韵秦观秀才见赠》:“将军百战竟不侯,伯郎一斗得凉州。”另参见地理部·城建“博凉州”、政事部·贪佞“一斗博凉州”。

【一瓢饮】 参见人物部·圣贤“颜回”。唐孟浩然《西山寻辛谔》:“回也一瓢饮,贤哉常晏如。”

【二天酒】 参见天文部·天体“二天”。宋黄庭坚《次韵答清江主簿赵彦成》:“笙歌忽把二天酒,风雨犹惊三峡涛。”

【十日饮】 参见伦类部·师友“十日欢”。宋苏轼《和刘景文见赠》:“留子非为十日饮,要令安仁诵亡书。”

【山公能饮】 参见人事部·狂放“山公醉”。唐孟浩然《张七及辛大见寻南亭醉作》:“山公能饮酒,居事好弹琴。”

【千日酒】 晋张华《博物志·杂说下》:“昔刘玄石于中山酒家酤酒,酒家与千日酒,忘言其节度。归至家当醉,而家人不知,以为死也,权葬之。酒家计千日满,乃忆玄石前来酤酒,酒向醒耳。往视之,云玄石亡来三年,已葬。于是开棺,醉始醒。俗云:‘玄石饮酒,一醉千日。’”○喻美酒,或喻忘怀世俗。唐韩偓《江岸闲步》:“青布旗夸千日酒,白头浪吼半江风。”另参见人事部·雅逸“玄石饮”。

【亡何饮】 参见人事部·谬误“日饮无何”。宋戴复古《癖习》:“逢人共作亡何饮,拨冗时观未见书。”

【不饮盗泉】 参见地理部·水流“盗泉”、政事部·忠直“不饮盗泉水”。唐白居易《感鹤》:“饥不啄腐鼠,渴不饮盗泉。”

【中贤圣】 《三国志·魏志·徐邈传》:“魏国初建,(徐邈)为尚书郎。时科禁酒,而邈私饮至于沈醉。校事赵达问以曹事,邈曰:‘中圣人。’达白之太祖,太祖甚怒。度辽将军鲜于辅进曰:‘平日醉客谓酒清者为圣人,浊者为贤人,邈性脩慎,偶醉言耳。’竟坐得免刑。”○喻喜饮酒、醉酒。唐白居易《和微之春日投简阳明洞天五十韵》:“若不中贤圣,何由外智愚。”另参见人物部·圣贤“贤人”。

【车公停杯】 参见伦类部·宾客“招车胤”。唐白居易《五月斋戒罢……以长句呈谢》:“居士尔时缘护戒,车公何事亦停杯?”

【文君酒】 《史记·司马相如列传》:“(司马)相如与俱之临邛,尽卖其车骑,买一酒舍酤酒,而令文君当垆。相如身自著犊鼻裈,与保佣杂作,涤器于市中。”○咏酒或情爱。唐李百药《少年行》:“始酌文君酒,新吹弄玉箫。”另参见器用部·器皿“相如涤器”、器用部·日用“卓家垆”、人物部·妇女“当垆”、人事部·贫贱“涤器”。

【白衣酒】 南朝宋檀道鸾《续晋阳秋》:“陶潜尝九月九日无酒,宅边菊丛中,摘菊盈把,坐其侧久,望见白衣(小吏)至,乃王弘送酒也。即便就酌,醉而后归。”○喻饮酒,或喻菊花。唐罗隐《菊》:“千载白衣酒,一生青女霜。”另参见天文部·时令“九月白衣人”、植物部·花卉“白衣来”、器用部·衣冠“望白衣”、人物部·官吏“白衣人”。

【白堕】 《洛阳伽蓝记·城西法云寺》:“河东人刘白堕善能酿酒。季夏六月,时暑赫晞,以罂贮酒,暴于日中,经一旬,其酒味不动。饮之香美,醉而经月不醒。京师朝贵多出郡登藩,远相饷馈,逾于千里。”○咏酒。宋陆游《岁晚怀镜湖旧隐慨然有作》:“白堕兴来犹小醉,青精才足更何求。”

【斗酒双柑】 唐冯贽《云仙杂记》卷二:“戴颙春携双柑斗酒,人问何之,曰:‘往听黄鹂声。’”○指春游食物。清魏源《村居杂兴十四首呈筠谷从兄》之十一:“斗酒双柑下,中有万古诗。”另参见植物部·木本“斗酒双柑”。

【刘伶好酒】 《世说新语·任诞》:“刘伶病酒,渴甚,从妇求酒。妇捐酒毁器,涕泣谏曰:‘君饮太过,非摄生之道,必宜断之。’伶曰:‘甚善,我不能自禁,唯当祝鬼神,自誓断之耳,便可具酒肉。’妇曰:‘敬闻命。’供酒肉于神前,请伶祝誓。伶跪而祝曰:‘天生刘伶,以酒为名,一饮一斛,五斗解酲,妇人之言,慎不可听。’便引酒进肉,隗然已醉矣。”○指嗜酒。明于谦《醉时歌》:“刘伶好酒世称贤,李白骑鲸飞上天。”另参见器用部·器皿“咒酒卮”、器用部·器皿“五斗酲”、人物部·妇女“刘伶妇”、人事部·狂放“刘伶病酲”。

【问字酒】 参见文明部·学识“问奇字”。宋陆游《致仕后述怀》之三:“常辞问字酒,屡却作碑钱。”

【次公醒】 参见人事部·狂放“次公狂”。宋苏轼《平山堂次王居卿祠部韵》:“高会日陪山简醉,狂言屡发次公醒。”

【纱巾酒】 参见人事部·雅逸“脱巾漉酒”。元耶律楚材《和黄华老人题献陵吴氏成趣园》:“知音谁听断弦琴,临风痛想纱巾酒。”

【青州从事】 《世说新语·术解》:“桓公有主簿,善别酒,有酒辄令先尝,好者谓‘青州从事’,恶者谓‘平原督邮’。青州有齐郡,平原有鬲县。从事,言到脐;督邮,言在鬲上住。”○咏酒。唐皮日休《醉中寄鲁望一壶并一绝》:“醉中不得亲相倚,故遣青州从事来。”另参见人物部·官吏“督邮”、人物部·官吏“青州从事”。

【持杯擘蟹】 《世说新语·任诞》:“毕茂世云:‘一手持蟹螯,一手持酒杯,拍浮酒池中,便足了一生。’”○指喝酒,或喻放浪不羁。元赵奕《玉山佳处分得解字》:“开筵出红妆,持杯擘紫蟹。”另参见动物部·鳞介“把蟹”、人事部·狂放“一生长拍浮”。

【金貂换酒】 参见人事部·狂放“金貂换”。宋李宗谔《劝石集贤饮》:“石室细书勤亦至,金貂换酒醉何妨。”

【信陵醇酒】 参见人事部·志趣“醇酒美人”。清丘逢甲《过黄冈》:“信陵醇酒意,潦倒几英雄。”

【沽酒典鹔鹴】 参见人事部·贫贱“贯酒成都”。清刘大魁《送人归潜山作》:“沽酒城南典鹔鹴,故人相送返江乡。”

【桥玄酒】 参见人事部·死丧“斗酒只鸡”。清毛奇龄《将归赠丘四象随》:“白马南驰范巨车,炙鸡远酹桥玄酒。”

【酌贪泉】 参见地理部·水流“贪泉”。唐钱起《送李大夫赴广州》:“唯君饮冰心,可酌贪泉水。”

【宴柏梁】 参见器用部·宫室“柏梁台”。唐李世民《宴中山》:“回首长安道,方欢宴柏梁。”

【酒兵】 参见人事部·情感“愁城”。唐唐彦谦《无题十首》之八:“忆别悠悠岁月长,酒兵无计敌愁肠。”

【酒浇磊磈】 参见人体部·肢体“胸中磈磊”、人事部·情感“浇块磊”。元龚璛《春日寄怀书台》:“酒浇磊磈浇不平,况复不饮难为情。”

【流霞酒】 参见天文部·气象“流霞”。唐李商隐《武夷山》:“只得流霞酒一杯,空中箫鼓当时回。”

【曹参酒】 《史记·曹相国世家》:“(曹)参代(萧)何为汉相国,举事无所变更,一遵萧何约束。……日夜饮醇酒。卿大夫已下吏及宾客见参不事事,来者皆欲有言。至者,参辄饮以醇酒,间之,欲有所言,复饮之,醉而后去,终莫得开说,以为常。相舍后园近吏舍,吏舍日饮歌呼。从吏恶之,无如之何,乃请参游园中,闻吏醉歌呼,从吏幸相国召按之。乃反取酒张坐饮,亦歌呼与相应和。”○指丞相或官吏无为而治。唐李商隐《五言述德抒情诗一百四十韵》:“后饮曹参酒,先和傅说羹。”另参见人物部·将相“曹参爱酒”。

【渍酒】 参见伦类部·师友“裹鸡”。清赵翼《哭杭应龙先生墓》:“渍酒那禁涕泪具,死生曾不待须臾。”

【黄龙清酒】 参见政事部·忠直“清酒黄龙”。清黄遵宪《题樵野丈运甓斋话别图》:“紫凤短褐倒,黄龙清酒酬。”

【鲁酒】 参见人事部·谬误“鲁酒围邯郸”。唐王维《送孙秀才》:“山中无鲁酒,松下饭胡麻。”

【楚醴】 《汉书·楚元王传》:“初,元王敬礼申公等,穆生不耆酒,元王每置酒,常为穆生设醴。乃王戊即位,常设,后忘设焉。穆生退曰:‘可以逝矣!醴酒不设,王之意怠,不去,楚人将钳我于市。’称疾卧。”〇指礼遇宾客。唐白居易《奉酬淮南牛相公思黯见寄二十四韵》:“楚醴来樽里,秦声送耳边。”另参见伦类部·宾主“置醴”。

【新丰酒】 参见人事部·志趣“新丰酒”。宋陆游《雨中买酒镜湖酒楼》:“愁忆新丰酒,寒思季子裘。”

【融酒】 参见器用部·器皿“北海樽”。唐罗隐《暇日有寄姑苏曹使君》:“融酒徒夸无算爵,俭幕还少最高枝。”

【灌夫醉】 参见政事部·正直“灌夫骂”。高旭《海上怀陈去病》:“骂座非关灌夫醉,哀时须识步兵狂。”

4**【乞浆】** 参见人物部·妇女“桃花人面”。〇喻艳遇。宋苏轼《上巳日与二三子携酒出游》:“映帘空复小桃枝,乞浆不见膺门女。”

5**【呼庚癸】** 《左传·哀公十三年》:“吴申叔仪乞粮于公孙有山氏曰:‘佩玉蕊兮,余无所系之。旨酒一盛兮,余与褐之父睨之。’对曰:‘粱则无矣,粗则有之。若登首山以呼曰,庚癸乎,则诺。’”〇指缺粮。元袁桷《题柯自牧救荒记》:“比屋呼庚癸,连年厄丙丁。”

【千斛米】 《晋书·陈寿传》:“或云丁仪、丁廙有盛名于魏，(陈)寿谓其子曰：'可觅千斛米见与，当为尊公作佳传。'丁不与之，竟不为立传。"〇喻指为身后留名而行贿索贿。宋苏轼《台头寺雨中送李邦直赴史馆……》："门外想无千斛米，墓中知有百年人。"另参见器用部·器皿"米千斛"、人事部·贪佞"丁仪米"。

【五斗米】　参见人物部·官吏"为米折腰"。〇喻微薄俸禄。唐岑参《送许拾遗恩归江宁拜亲》："看君五斗米，不谢万户侯。"

【东方米】　参见人事部·贫贱"曼倩饥"。宋王安石《次韵酬昌叔羁旅之作》："自酬东方米，谁多季子金？"

【伏波米】　参见武备部·其他"聚米"。宋苏轼《泗州过仓中刘景文老兄戏赠一绝》："既聚伏波米，还属魏舒筹。"

【负米】　汉刘向《说苑·建本》："子路曰：'负重道远者不择地而休，家贫亲老者不择禄而仕。昔者由事二亲之时，常食藜藿之实，而为亲负米百里之外。亲没之后，南游于楚，从车百乘，积粟万钟，累茵而坐，列鼎而食，愿食藜藿为亲负米之时，不可复得也。'"〇喻奉养父母，或喻为奉养父母而在外谋求禄米。唐杜甫《八哀诗·故秘书少监武功苏公源明》："负米晚为身，每食脸必泫。"另参见伦类部·亲眷"负米"、人事部·贫贱"百里负米"。

【鸡黍】　参见伦类部·师友"张范"。唐孟浩然《过故人庄》："故人具鸡黍，邀我至田家。"

6**【庾郎鲑菜】**　参见人事部·贫贱"庾郎贫"。宋黄庭坚《戏赠彦深》："庾郎鲑菜二十七，太常斋日三百馀。"

【鲈鱼莼菜】　参见人事部·情感"忆鲈鱼"。唐白居易《偶吟》："犹有鲈鱼莼菜兴，来春或拟往江东。"

7**【杯羹】**　参见人物部·帝王"分我杯羹"。唐周昙《咏史诗·汉高祖》："太公悬命临刀几，忍取杯羹欲为谁？"

【莼菜羹】　《世说新语·言语》："陆机诣王武子，武子前置数斛羊酪，指以示陆曰：'卿江东何以敌此？'陆云：'有千里莼羹,但未下盐豉耳!'"○喻家乡美味,多怀思乡之情。宋陆游《春晚》:"下豉已添莼菜羹,衔泥又见燕巢新。"另参见植物部·草本"陆机莼"、器用部·饮食"盐豉"、人事部·情感"千里莼"。

【梅羹】 参见人物部·将相"和羹"。唐令狐楚《将赴洛下旅次汉南献上相公二十兄言怀八韵》:"龙衮期重补,梅羹伫再和。"

8**【子鹅炙】** 参见人事部·贫贱"鹅炙"。唐孙元晏《庾悦鹅炙》:"春晓江南景气新,子鹅炙美就中珍。"

【分肉】 参见人事部·志趣"陈平社"。唐杜甫《社日两篇》之二:"陈平亦分肉,太史竟论功。"

【何肉】 参见九流部·宗教"何肉周妻"。宋陈与义《游慧林寺以三峡炎蒸定有无为韵得定字……》:"愿言捐何肉,终岁奉清净。"

【割肉】 参见伦类部·亲眷"细君"。唐杜甫《社日两篇》之一:"尚想东方朔,诙谐割肉归。"

【楼兰肉】 参见武备部·其他"斩楼兰"。唐孟效《猛将吟》:"拟脍楼兰肉,蓄怒时未扬。"

9**【汤饼】** 参见人物部·其他"何郎"。宋杨亿《休沐端居有怀希圣少卿学士》:"独忆当筵试汤饼,谪仙冰骨照人清。"

【卖饼】 参见人事部·雅逸"卖饼"。清吴伟业《又咏古》之六:"宣城酒家保,北海卖饼师。"

【画饼】 《三国志·魏志·卢毓传》:"前此诸葛诞、邓飏等驰名誉,有四聪八达之诮,(魏文)帝疾之。时举中书郎,诏曰:'得其人与否,在卢生耳。选举莫取有名,名如画地作饼,不可啖也。'"○指用空想慰藉自己。唐李商隐《咏怀寄秘阁旧僚二十六韵》:"官衔同画饼,面貌乏凝脂。"另参见文明部·书画"画地饼"、人事部·谬误"画饼充肠"。

【题糕】 参见天文部·时令"题糕"。清赵翼《九日陶然亭同人小集》:“地僻向来无古迹,兹游或可续题糕。”

10【三哺】　参见人物部·帝王“周公吐哺”。唐白居易《和微之春日投简五十韵》:“重士过三哺,轻才低一铢。”

【止渴】　参见人事部·谬误“渴望梅”。北周庾信《出自蓟北门行》:“梅林能止渴,复姓可防兵。”

【五侯鲭】　《西京杂记》卷二:“五侯不相能,宾客不得来往。娄护丰辩,传食五侯间,各得其欢心,竞致奇膳。护乃合以为鲭,世称五侯鲭,以为奇味焉。”〇指美味佳肴。清朱祐《赠张谐石雪巢》:“羹藜不羡五侯鲭,拥书自比南面城。”

【忘味】　参见文明部·礼乐“闻韶”。〇指许久未吃过味美食物。宋陆游《病思》之四:“本自入山缘服玉,不应忘味待闻韶。”

【盐豉】　参见器用部·饮食“莼菜羹”。宋苏轼《蜜渍荔枝》:“每怜莼菜下盐豉,肯与葡萄压酒浆?”

【陶公鲊】　参见伦类部·亲眷“封鲊”。清丘逢甲《柬秦子质军门》:“思亲梦寄陶公鲊,教子经传尚父钤。”

【猪肝】　参见人事部·贫贱“买猪肝”。清张问陶《忆家园四首》之四:“猪肝累尹身难避,雀舌留宾手自煎。”

【祭馀】　参见人事部·贫贱“乞祭馀”。宋黄庭坚《清明》:“人乞祭余骄妾妇,士甘焚死不公侯。”

【剑米危炊】　参见武备部·兵器“淅米矛头”。宋苏轼《迁居临皋亭》:“剑米有危炊,针毡无稳坐。”

【黄粱炊】　参见人事部·睡梦“黄粱梦”。宋黄庭坚《病起次韵和稚川进叔倡酬之什》:“白发生来惊客鬓,黄粱炊熟又春华。”

【雪比盐】　参见人物部·妇女“谢女”。元张雨《题东坡真迹》之二:“谢女娇吟雪比盐,北台马耳见双尖。”

【裹鸡】　参见伦类部·师友“裹鸡”。元丁鹤年《挽四明乐仲本先生》:“裹鸡吾老矣,东望涕长潸。”

（四）车船

1．车　2．驾　3．辇　4．辕（辀）　5．轮　6．辖　7．辔　8．辙　9．轼　10．车盖　11．舟（帆）　12．船　13．舸　14．槎

1【九折回车】　参见地理部·城建“九折途”。明何景明《送王秉衡谪赣榆》：“中流得瓠常相保，九折回车且自全。”

【三车】　参见九流部·宗教“论三车”。唐杜甫《酬高使君相赠》：“双树容听法，三车肯载书。”

【下车】　参见政事部·治理“下车佳政”。唐李颀《送刘四赴夏县》：“一朝出宰汾河间，明府下车人吏闲。”

【下泽车】　参见动物部·走兽“款段”。清赵翼《江干晚步》：“长堤曲曲绕平沙，徐步聊当下泽车。”

【五车】　参见文明部·文具“五车书”。唐温庭筠《病中书怀呈友人》：“五车堆缥帙，三径阖绳枢。”

【车鱼】　参见人事部·贫贱“叹无鱼”。李中《甲子岁罢吉水县谒柴太尉席上作》：“却笑田家门下客，当时容易叹车鱼。”

【车笠交游】　参见伦类部·师友“车笠相逢”。清丘逢甲《和絜斋世丈西园杂兴》之五：“车笠交游广，相逢且越歌。”

【长者车】　《史记·陈丞相世家》：“（张）负随（陈）平至其家，家乃负郭穷巷，以弊席为门，然门外多有长者车辙。”○咏贫寒而有才者。唐张九龄《送宛句赵少府》：“林下纷相送，多逢长者车。”另参见地理部·城建“陈巷”、器用部·宫室“席门”、器用部·日用“席为门”、人事部·贫贱“席门穷巷”。

【吐车茵】　参见人事部·谬误“污车茵”。宋陆游《醉题埭西酒家》：“君看此间何境界，痴人犹说吐车茵。”

【羊车】 参见人物部·其他“玉人”。唐武元衡《至栎阳崇道寺闻严十少府趋侍》:“闻说羊车趋盛府,何言琼树在东林。”

【阿香车】 参见天文部·气象“阿香雷”。元萨都剌《赠刘云江尊师》:“羽人推转阿香车,童子穿松拾翠华。”

【桥玄车】 参见人事部·病死“斗酒只鸡”。清毛奇龄《舟过渔林关望沈功宋墓》:“深怜子敬琴亡后,恐负桥玄车过时。”

【盐车】 《战国策·楚策四》:“夫骥之齿至矣,服盐车而上太行,蹄申膝折,尾湛胕溃,漉汁洒地,白汗交流。中阪迁延,负辕不能上。伯乐遭之,下车攀而哭之,解纻衣以幂之。骥于是俯而喷,仰而鸣,声达于天,若出金石声者,何也?彼见伯乐之知己也。”○喻指人才处于困境。唐李白《天马歌》:“盐车上峻阪,倒行逆施长日晚。”另参见地理部·土石“盐阪”、动物部·走兽“盐车骏”、人事部·贫贱“骥服盐车”。

【鹿车】 参见人事部·狂放“荷锸随行”。清敦诚《挽曹雪芹》:“牛鬼遗文悲李贺,鹿车荷锸葬刘伶。”

【鼓车】 《后汉书·循吏传序》:“建武十三年,异国有献名马者,日行千里,又进宝剑,贾(价)兼百金。诏以马驾鼓车,剑赐骑士。”○指大材小用。唐杜甫《送从弟亚赴安西判官》:“吾闻驾鼓车,不合用骐骥。”

【潘郎车】 参见人物部·人杰“玉貌潘郎”。○喻女子爱慕美男子。南朝梁徐陵《洛阳道二首》之一:“潘郎车欲满,无奈掷花何。”

【觳觫车】 参见人事部·冤怨“觳觫钟衅”。○指牛车。唐丘丹《奉酬重送归山》:“步出芙蓉府,归乘觳觫车。”

【曦车】 参见天文部·天体“羲驭”。唐李咸用《绯桃花歌》:“野树滴残龙战血,曦朝碾下朝霞屑。”

2**【嵇生驾】** 《世说新语·简傲》:“嵇康与吕安善,每一相思，千里命驾。”○指好友相访。唐崔兴宗《酬王维卢象见过林亭》：“今朝忽枉嵇生驾，倒屣开门遥解颜。”另参见伦类部·师友“千里驾”。

【鹤驾】　参见动物部·飞禽“王乔鹤”。○喻仙人或太子的车骑。唐杜甫《洗兵马》：“鹤驾通霄凤辇备，鸡鸣问寝龙楼晓。”

3 **【辞辇】**　参见文明部·礼乐“辞辇”。唐卢纶《天长久词》：“辞辇复当熊，倾心奉六宫。”

4 **【北辕】**　《战国策·魏策四》：“魏王欲攻邯郸，季梁……往见王曰：‘今者臣来，见人于大行（太行山），方北面而持其驾，告臣曰：“我欲之楚。”臣曰：“君之楚，将奚为北面？”曰：“吾马良。”臣曰：“马虽良，此非楚之路也。”曰：“吾用多。”臣曰：“用虽多，此非楚之路也。”曰：“吾御者善。”此数者愈善，而离楚愈远耳。今王动欲成霸王……而攻邯郸……犹至楚而北行也。’”○指行动与目的相反。唐白居易《立部伎》：“欲望凤来百兽舞，何异北辕将适楚。”另参见人事部·谬误“北辕失”。

【短辕】　《艺文类聚》卷三五引《妒记》曰：“王丞相（导）曹夫人，性甚忌，禁制丞相，不得有侍御。时有妍少，必加诮责。王公不能久堪，乃密营别馆，众妾罗列，男女成行。后元会日，夫人于青疏中观望，忽见两三小儿骑羊，皆端正。夫人语婢云：‘汝出问，此是谁家儿？奇可念。’给使不达旨，乃云：‘此是第四五等诸郎。’曹氏惊恚，不能自忍，乃命驾车，将黄门及婢二十人，持食刀，欲自出寻讨。王公亦飞辔出门，犹患迟，乃以左手攀车栏，右手提麈尾，以柄打牛，狼狈奔驰，方得先至。蔡司徒闻之，乃谓王曰：‘朝廷欲加九锡，公知否？’王为信，自叙谦志。蔡曰：‘不闻加余物，唯闻短辕犊车、长柄麈尾尔。’王大羞愧。”○指牛车或粗陋小车，或喻妻性妒忌。宋钱惟演《送客不及》：“短辕白鼻何由得，目送层楼一雁过。”另参见人事部·情感“虚上短辕车”。

【雨随辀】 参见人物部·官吏“甘雨”。清宋琬《谒先大夫于名宦祠》:“汉庭循吏传,不数雨随辀。”

5**【轮扁斫轮】** 参见九流部·杂技“轮扁斫”。宋黄庭坚《戏题小雀捕飞虫画扇》:“丹青妙处不可传,轮扁斫轮如此用。”

【虱悬轮】 参见文明部·学识“虱心穿”。清赵翼《初用眼睛》:“遂觉虱悬轮,可以命中射。”

【埋轮】 参见政事部·忠直“埋轮”。唐罗隐《淮南送卢端公归台》:“应笑张纲谩生事,埋轮不得在长安。”

6**【孟公辖】** 《汉书·陈遵传》:“陈遵字孟公……耆(嗜)酒,每大饮,宾客满堂,辄关门,取客车辖投井中,虽有急,终不得去。”〇喻主人好客。唐元稹《酬窦校书二十韵》:“潜投孟公辖,狂乞莫愁钱。”另参见伦类部·宾主“陈遵投辖”、人物部·人杰“投辖陈遵”。

7**【揽辔】** 参见人事部·志趣“登车壮志”。唐高适《和贺兰判官望北海作》:“揽辔隼将击,忘机鸥复来。”

8**【卧车辙】** 《后汉书·侯霸传》:“(侯霸)为淮平大尹,政理有能名。……更始元年,遣使征霸,百姓老弱相携号哭,遮使者车,或当道而卧。皆曰:‘愿乞侯君复留期年。’”〇指地方官因治理有方而深受百姓拥戴。唐刘长卿《奉饯郑中丞罢浙西节度还京》:“五马嘶城隅,万人卧车辙。”另参见人物部·官吏“卧辙”、政事部·治理“卧辙风”。

【涸辙】 参见动物部·鳞介“涸鲋”。唐李白《江夏使君叔席上赠史郎中》:“涸辙思流水,浮云失旧居。”

9**【凭轼】** 参见人事部·行止“舌卷齐城”。唐魏徵《述怀》:“请缨系南越,凭轼下东藩。”

10**【盖倾】** 《孔丛子·杂训》:“子思曰:‘然吾昔从夫子于郯,遇程子于途,倾盖而语,终日而别,命子路将束帛赠焉,以其道同于君子也。'"〇喻同道相交。宋苏轼《次韵答孙侔》:"千里论交一言定,与君盖亦不须倾。"另参见伦类部·师友"倾盖"。

11 **【布帆无恙】** 《晋书·顾恺之传》:"(顾)恺之好谐谑,人多爱狎之。后为殷仲堪参军,亦深被眷接。仲堪在荆州,恺之尝因假还,仲堪特以布帆借之,至破冢,遭风大败。恺之与仲堪笺曰:'地名破冢,真破冢而出。行人安稳,布帆无恙。'"〇指旅途平安。唐李白《秋下荆门》:"露落荆门江树空,布帆无恙挂秋风。"

【同舟共济】 《孙子·九地》:"夫吴人与越人相恶也,当其同舟而济,遇风,其相救也如左右手。"〇喻在危难时团结互助。唐杜甫《解遣》:"减米散同舟,路难思共济。"

【麦舟】 宋僧惠洪《冷斋夜话》卷十:"范文正公(仲淹)在睢阳,遣尧夫(仲淹子)于姑苏取麦五百斛。尧夫时尚少,既还,舟次丹阳,见石曼卿,问:'寄此久近?'曼卿曰:'两月矣。五丧在浅土,欲丧之西北归,无可与谋者。'尧夫以所载舟付之,单骑自长芦捷径而去。到家拜起,侍立良久。文正曰:'东吴见故旧乎?'曰:'曼卿为三丧未举,留滞丹阳,时无郭元振,莫可告者。'文正曰:'何不以麦舟付之?'尧夫曰:'已付之矣。'"〇指友人间仗义资助。赵翼《哭祝芷堂侍御》:"赖有麦舟分赙厚,稍欣梨板刻诗成。"另参见伦类部·师友"赠麦舟"、植物部·草本"舟赠麦"。

【刻舟求剑】 《吕氏春秋·察今》:"楚人有涉江者,其剑自舟中坠于水,遽契其舟曰:是吾剑之所从坠。舟止,从其所契者入水求之。舟已行矣,而剑不行,求剑若此,不亦惑乎?"〇喻不谙变通,死守陈规;或喻事过境迁,不可复得。宋黄庭坚《追忆予泊舟西江事次韵》:"往事刻舟求坠剑,怀人挥泪著亡簪。"另参见武备部·兵器"剑痕"、人事部·谬误"刻舟痕"。

【范蠡扁舟】 参见人事部·雅逸"范蠡归"。刘筠《春夕遣怀》："范蠡扁舟终去相，冯唐半世只为郎。"

【彦伯舟】　参见文明部·诗词"牛渚咏"。唐岑参《送襄江任别驾》："莫羡黄公盖，须乘彦伯舟。"

【济川舟】　参见人物部·将相"济巨川"。唐钱起《奉送刘相公江淮催转运》："将征任土贡，更发济川舟。"

【膺舟】　参见伦类部·师友"仙侣同舟"。唐杜牧《分司东都叨承刘侍郎思知》："稚榻蓬莱掩，膺舟巩洛停。"

12**【王濬楼船】**　参见武备部·军旅"铁锁沉江"。唐刘禹锡《西塞山怀古》："王濬楼船下益州，金陵王气黯然收。"

【剡溪船】　参见伦类部·师友"访戴"。唐李白《叙旧赠江阳宰陆调》："多酤新丰醁，满载剡溪船。"

【鄂君船】　参见器用部·日用"鄂君被"。唐司空曙《送严使君游山》："青春明月夜，知上鄂君船。"

【船沉钜鹿】　参见器用部·器皿"破釜"。清严遂成《乌江项王庙题壁》："剑舞鸿门能赦汉，船沉钜鹿竟亡秦。"

【爨犀船】　《晋书·温峤传》："至牛渚矶，水深不可测，世云其下多怪物，(温)峤遂毁犀角而照之。须臾，见水族覆火，奇形异状，或乘马车著赤衣者。"〇咏奇异事物。唐杜甫《覆舟二首》之二："徒闻斩蛟剑，无复爨犀船。"另参见动物部·走兽"牛渚犀"、器用部·珍宝"犀角"。

13**【张融舸】**　《南齐书·张融传》：张融殊贫，"后日上问融从兄绪，绪曰：'融近东出，未有居止，权牵小船，于岸上住。'上大笑"。〇指生活贫困，居所简陋。明李梦阳《九月晦日西南陂再讫二首》之一："闲身欲住张融舸，短发羞欹杜甫冠。"另参见器用部·宫室"张融居"、人事部·贫贱"舟作屋"。

14**【星槎】**　晋张华《博物志》卷十："旧说云：天河与海通。近世有人居海渚者，年年八月有浮槎去来，不失期。人有奇志，立飞阁于槎上，多赍粮，乘槎而去。……去十余日，奄至一处，有城郭状，屋舍甚严。遥望宫中多织妇，见一丈夫牵牛渚次饮之。牵牛人乃惊问曰：'何由至此？'此人具说来意，并问此是何处，答曰：'君还至蜀郡访严君平则知之。'竟不上岸，因还如期。后至蜀，问君平，曰：'某年月日，有客星犯牵牛宿。'计年月，正是此人到天河时也。"〇喻出行所乘之船。唐刘禹锡《逢王十二学士入翰林因以诗赠》："厩马翩翩禁处逢，星槎上汉杳难从。"另参见天文部·天体"槎犯"、地理部·水流"乘槎水"、九流部·神仙"乘槎客"。

（五）珍宝

1. 金　2. 钱　3. 玉　4. 璧　5. 璜　6. 珠　7. 珊瑚　8. 犀角　9. 宝

1**【一字千金】**　参见文明部·文章"一字千金"。唐韩翃《奉和元相公家园即事寄王相公》："题诗更相应，一字重千金。"

【千金答漂母】　参见器用部·饮食"千金一饭"。唐李白《赠新平少年》："千金答漂母，万古共嗟称。"

【不偷金】　参见人事部·冤怨"偷金枉"。唐杜甫《赠裴南部闻袁判官自来欲有按问》："人皆知饮水，公辈不偷金。"

【四知金】　参见政事部·清廉"四知名"。唐杜甫《风雨舟中疾书三十六韵奉呈湖南亲友》："应过数粒食，得近四知金。"

【死骨千金】　《战国策·燕策一》："燕昭王收破燕，后即位，卑身厚币以招贤者，欲将以报仇，故往见郭隗先生……郭隗先生曰：'臣闻古之君人，有以千金求千里马者，三年不能得。涓人言于君曰："请求之。"君遣之，三月得千里马。马已死，买其首五百金，反以报君。君大怒曰："所求者生马，安事死马？而捐五百金？"涓人对曰："死马且买之五百金，况生马乎？天下必以王为能市马，马今至矣！"于是不能期年，千里之马至者三。'"〇咏求贤若渴。金元好问《奚官牧马图息轩画》:“曹韩画样出中秘,燕市死骨空千金。”另参见动物部·走兽“燕骏”、人物部·帝王“买骏骨”。

【陆贾金】 参见人物部·官吏“陆贾分金”。唐李白《送鞠十少府》:“我有延陵剑,君无陆贾金。”

【卖赋千金】 参见文明部·文章“千金赋”。范梈《秋日集咏奉和潘李二使君八首》之四:“题桥一字终何益,卖赋千金竟或无。”

【季布金】 参见人事部·禀性“黄金信”。唐韦庄《三用韵和薛先辈见寄》:“遗恨虞卿璧,言依季布金。”

【金山】 参见人事部·富贵“邓通富”。南朝陈沈炯《长安少年行》:“玉辇迎飞燕,金山赏邓通。”

【郭开金】 参见器用部·饮食“强饭廉颇”。唐周昙《咏史诗·春秋战国门·郭开》:“秦袭邯郸岁月深,何人沾赠郭开金。”

【黄金筑台】 参见器用部·宫室“黄金台”。唐贾至《燕歌行》:“昔日燕山重贤士,黄金筑台从隗始。”

[2]**【一大钱】** 参见政事部·清廉“刘宠”。宋苏轼《送张嘉州》:“归来还受一大钱,好意莫违黄发叟。”

【一钱不直】 参见政事部·正直“灌夫骂”。○喻对人或事物的蔑视。宋黄庭坚《次韵任道食荔支有感三首》之一:“一钱不直程卫尉,万事称好司马公。”

【叉头钱】 宋苏轼《答秦太虚七首》之四:“初到黄,廪入既绝,人口不少,私甚忧之。但痛自节俭,日用不得过百五十,每月朔便取四千五百钱,断为三十块,挂屋梁上,平日用画叉挑取一块,即藏去叉,仍以大竹筒别贮用不尽者,以待宾客,此贾耘老法也。”○喻指节俭或清贫。清朱彝尊《毕生饮二十杯而腹痛复欲止酒再以诗示之》:“来朝生且住,剩有叉头钱。”另参见人事部·贫贱“百钱叉”。

【杖头钱】 《世说新语·任诞》:“阮宣子常步行,以百钱挂杖头,至酒店,便独酣畅,虽当世贵盛不肯诣也。"○指买酒钱,或人物放荡不羁。唐贺兰进明《行路难》之一:"但愿亲友常含笑,相逢莫吝杖头钱。"另参见器用部·日用"钱挂杖头"、人事部·狂放"杖百钱"。

【阿堵】 《世说新语·规箴》:"王夷甫雅尚玄远,常嫉其妇贪浊,口未尝言钱字。妇欲试之,令婢以钱绕床不得行,夷甫晨起,见钱阂行,呼婢曰:'举却阿堵物。'"○指钱。宋陆游《岁暮贫甚戏书》:"阿堵无知不受呼,忍贫闭户亦良图。"

【卖卜钱】 参见九流部·杂技"成都卜"。唐杜甫《清明二首》之一:"虚沾周举为寒食,实藉君平卖卜钱。"

【青蚨】 晋干宝《搜神记》卷十三:"南方有虫,名嫩蜗,一名蝍蠋,又名青蚨。形似蝉而稍大,味辛美,可食。生子必依草叶,大如蚕子。取其子,母即飞来,不以远近。虽潜取其子,母必知处。以母血涂钱八十一文,以子血涂钱八十一文,每市物,或先用母钱,或先用子钱,皆复飞归,轮转无已。故《淮南子术》以之还钱,名曰青蚨。"○咏钱。唐寒山《诗三百三首》:"囊里无青蚨,箧中有黄绢。"另参见动物部·虫豸"青蚨"。

【青钱】 参见人物部·圣贤"青钱学士"。宋晏殊《示张寺丞王校勘》:"游梁赋客多风味,莫惜青钱万选才。"

【腰缠十万钱】 参见人事部·志趣"腰金骑鹤"。清赵翼《咏物四首》之二:"想仍水击三千里,岂羡腰缠十万钱。"

3**【片玉】** 参见人事部·富贵"折桂新荣"。○喻贤才。唐李咸用《悼范摅处士》:"安车未至柴关外,片玉已藏坟土新。"

【良玉三日烧】 《吕氏春秋·士容论·士容》:"故君子之容,纯乎其若钟山之玉,桔乎其若陵上之木。"高诱注:"钟山之玉,燔以炉炭,三日三夜,色泽不变。"○喻人品质坚贞。唐白居易《答友问》:"良玉同其中,三日烧不热。"另参见人事部·禀性“试玉烧三日”。

【周玉郑鼠】 参见人事部·谬误“鼠璞”。宋陆游《无咎兄郡斋燕集有诗末章见及敬次元韵》:“千金敝帚有定价,周玉郑鼠难强名。”

【和氏玉】 《韩非子·和氏》:“楚人和氏得玉璞楚山中,奉而献之厉王。厉王使玉人相之,玉人曰:‘石也。’王以和为诳,而刖其左足。及厉王薨,武王即位,和又奉其璞而献之武王。武王使玉人相之,又曰:‘石也。’王又以和为诳,而刖其右足。武王薨,文王即位,和乃抱其璞而哭于楚山之下,三日三夜,泪尽而继之以血。王闻之,使人问其故,曰:‘天下之刖者多矣,子奚哭之悲也?’和曰:‘吾非悲刖也,悲夫宝玉而题之以石,贞士而名之以诳,此吾所以悲也。’王乃使玉人理其璞而得宝焉,遂命曰‘和氏之璧’。”〇咏玉。唐钱起《落第刘拾遗相送东归》:“独收和氏玉,还采旧山薇。”另参见地理部·土石“荆山产美玉”、伦类部·师友“卞和”、人物部·圣贤“遗璧”、政事部·冤怨“刖足”、人事部·情感“卞泣”、人事部·禀性“与和璧”。

【炊白玉】 参见植物部·木本“薪桂”。宋黄庭坚《再答景致》:“小人食珍敢取足,都城一饭炊白玉。”

【种玉】 晋干宝《搜神记》卷十一:“杨公伯雍,洛阳县人也。……父母亡,葬无终山,遂家焉。山高八十里,上无水,公汲水,作义浆于阪头,行者皆饮之。三年,有一人就饮,以一斗石子与之,使至高平好地有石处种之,云:‘玉当生其中。’杨公未娶,又语云:‘汝后当得好妇。’语毕不见。乃种其石。数岁,时时往视,见玉子生石上,人莫知也。有徐氏者,右北平著姓,女甚有行,时人求,多不许。公乃试求徐氏。徐氏笑以为狂,因戏云:‘得白璧一双来,当听为婚。’公至所种玉田中,得白璧五双,以聘。徐氏大惊,遂以女妻公。”〇喻雪景,或喻田园之美。唐李商隐《喜雪》:“有田皆种玉,无树不开花。”另参天文部·气象

"玉田"、地理部·土石"蓝田"、九流部·神仙"种玉"。

【埋玉】 《世说新语·伤逝》:"庾文康亡,何扬州临葬云:'埋玉树著土中,使人情何能已已!'"○用以悼亡。宋陆游《与高安刘丞游大愚观壁间两苏先生诗》:"泉扃一埋玉,世事几炊黍。"另参见植物部·木本"庾公玉树"、人事部·病死"埋玉树"。

4 **【汉皋佩】** 汉刘向《列仙传·江妃二女》:"江妃二女者,不知何所人也。出游于江汉之湄,逢郑交甫。见而悦之,不知其神人也。谓其仆曰:'我欲下,请其佩。'……(二女)遂手解佩与交甫。交甫悦受而怀之中当心。趋去数十步,视佩,空怀无佩。顾二女,忽然不见。"○咏仙,或喻情人间馈赠信物。唐白居易《代书诗一百韵寄微之》:"心摇汉皋佩,泪堕岘亭碑。"另参见九流部·神仙"神女"、人物部·妇女"弄珠人"。

【弃白璧】 参见人事部·其他"投璧负婴儿"。唐李白《赠武十七谔》:"林回弃白璧,千里阻同奔。"

【连城白璧】 参见人事部·情感"冲冠"。○喻珍贵难得的人或物。唐李白《鞠歌行》:"楚国青蝇何太多,连城白璧遭谗毁。"

【拜璧】 参见人物部·帝王"埋璧"。唐王维《恭懿太子挽歌五首》之一:"何悟藏环早,才知拜璧年。"

【疑璧】 参见人体部·头面"仪舌"。○指不白之冤。唐骆宾王《幽縶书情简知己》:"绝缣非易辨,疑璧果难裁。"

【澹台璧】 晋张华《博物志》卷七:"澹台子羽渡河,赍千金之璧于河,河伯欲之,至阳侯波起,两鲛挟船,子羽左掺璧,右操剑,击鲛皆死。既渡,三投璧于河伯,河伯跃而归之,子羽毁而去。"○喻气概豪迈。南朝梁何逊《和刘谘议守风》:"本惭佽飞剑,宁慕澹台璧。"另参见人事部·禀性"斩蛟破璧"。

5 **【渭曲璜】** 参见人物部·圣贤"钓璜"。明张煌言《重经南日吊沈彤庵相国》:“渭曲璜随双鲤逝,延津剑化一龙吟。”

6【合浦珠】 《后汉书·孟尝传》:孟尝“迁合浦太守。郡不产谷实,而海出珠宝,与交阯比境,常通商贩,贸籴粮食。先时宰守并多贪秽,诡人采求,不知纪极,珠遂渐徙于交阯郡界。于是行旅不至,人物无资,贫者饿死于道。尝到官,革易前敝,求民病利。曾未逾岁,去珠复还,百姓皆反其业,商货流通,称为神明。”〇咏宝珠,或称美官吏治理有方。梁沈约《少年新婚为之咏》:“盈尺青铜镜,径寸合浦珠。”另参见政事部·治理“还珠”。

【乘珠】 参见人物部·圣贤“照国珠”。明陈子龙《熊水部伯甘与予同讨山寇水部征兵西道赠诗一章》:“齐威绌乘珠,昭奚贱和璧。”

【骊珠】 参见动物部·鳞介“骊龙”。唐白居易《昨以拙诗十首寄西川杜相公相公亦以新作十首惠然报示……重以一章用伸答谢》:“篇数虽同光价异,十鱼目换十骊珠。”

【隋侯珠】 晋干宝《搜神记》卷二十:“隋县溠水侧,有断蛇丘,隋侯出行,见大蛇被伤中断,疑其灵异,使人以药封之,蛇乃能走,因号其处‘断蛇丘’。岁余,蛇衔明珠以报之。珠盈径寸,纯白,而夜有光明,如月之照,可以烛室,故谓之‘隋侯珠’。亦曰‘灵蛇珠’,又曰‘明月珠’。丘南有隋季良大夫池。”〇喻珍珠,或喻人之才德,或喻报恩。晋卢谌《答魏子悌》:“恨无隋侯珠,以酬荆文璧。”另参见动物部·鳞介“灵蛇”。

【鲛珠】 参见动物部·鳞介“鲛人”。清赵翼《苦热》:“汗流似滴鲛珠湿,痱痒思搔鸟爪尖。”

【薏苡明珠】 参见人事部·冤怨“薏苡谗”。清朱彝尊《酬洪昇》:“梧桐夜雨词凄绝,薏苡明珠谤偶然。”

7【碎珊瑚】 参见人事部·富贵“斗奢”。宋陆游《春寒》之二:“高楼坠绿珠,恶客碎珊瑚。”

8【犀角】 参见器用部·车船“爨犀船”。唐王绩《游仙四首》之四:“照水然犀角,游山费虎皮。”

9【不贪宝】 参见政事部·清廉“不贪身内宝”。宋苏轼《王晋卿示诗欲夺海石》:“守子不贪宝,完我无瑕玉。”

(六) 器皿

1. 鼎 2. 杯 3. 壶 4. 盘 5. 樽 6. 卮 7. 盆 8. 斗斛 9. 瓢瓠 10. 釜 11. 瓮 12. 瓿 13. 甑 14. 钵

1【周鼎】《左传·宣公三年》:“楚子伐陆浑之戎,遂至于雒,观兵于周疆。定王使王孙满劳楚子。楚子问鼎之大小、轻重焉。对曰:‘在德不在鼎。……商纣暴虐,鼎迁于周。德之休明,虽小,重也。其奸回昏乱,虽大,轻也。天祚明德,有所厎止。成王定鼎于郏鄏,卜世三十,卜年七百,天所命也。周德虽衰,天命未改。鼎之轻重,未可问也。’”○喻指江山社稷。唐李商隐《送千牛李将军赴阙五十韵》:“纵未移周鼎,何辞免赵坑。”另参见人物部·帝王“定鼎”、政事部·议政“移鼎”、人事部·志趣“问鼎气”。

2【无何杯】 参见人事部·谬误“日饮无何”。宋张耒《赠无咎以既见君子胡为不喜为韵八首》之六:“虽乏无何杯,犹多未见书。”

【木杯】 参见九流部·宗教“杯渡”。唐戴叔伦《赠行脚僧》:“木杯能渡水,铁钵肯降龙。”

【季鹰杯】《晋书·张翰传》:“(张)翰任心自适,不求当世。或谓之曰:‘卿乃可纵适一时,独不为身后名邪?’答曰:‘使我有身后名,不如即时一杯酒。’时人贵其旷达。”○喻为人旷达。唐高适《酬裴员外以诗代书》:“辛酸陈侯诔,叹息季鹰杯。”

【相如涤器】 参见器用部·饮食“文君酒”。唐杜甫《醉时歌》:“相如逸才亲涤器,子云识字终投阁。”

【蛇杯】　参见武备部·兵器“樽中弩”。宋陈与义《答元方述怀作》:“汝悔蛇杯应已悟,襄陵驹隙竟难留。”

【霞杯】　参见天文部·气象“流霞”。唐李乂《幸白鹿观应制》:“云幄临悬圃,霞杯荐赤城。”

3**【玉壶欹】**　参见人体部·其他“玉壶盛泪”。宋杨亿《泪二首》之一:“汉殿微凉金屋闭,魏宫清晓玉壶欹。”

【仙壶】　参见九流部·神仙“壶中天地”。宋孔平仲《小庵初成奉酬元师》:“自有琴书增道气,别开世界在仙壶。”

【投壶】　参见天文部·气象“金壶电”、九流部·神仙“投壶玉女”。北周庾信《奉和赵王喜雨》:“投壶欲起电,倚柱稍惊雷。”

【荷锸携壶】　参见人事部·狂放“荷锸随行”。宋范成大《重九日行营寿藏之地》:“家山随处可行楸,荷锸携壶似醉刘。”

【缺唾壶】　《世说新语·豪爽》:“王处仲每酒后辄咏‘老骥伏枥,志在千里。烈士暮年,壮心不已。’以如意打唾壶,壶口尽缺。”〇指击节咏叹,或喻壮怀激烈。宋苏轼《次韵刘景文见寄》:“莫因老骥思千里,醉后哀歌缺唾壶。”另参见文明部·歌舞“唾壶歌”、人事部·行止“击玉壶”、人事部·狂放“唾壶缺”。

4**【苜蓿盘】**　参见人事部·贫贱“苜蓿堆盘”。宋陈与义《道中寒食》:“刺史葡萄酒,先生苜蓿盘。”

5**【北海樽】**　《三国志·魏志·崔琰传》裴松之注引张璠《汉纪》:“太祖……以法免(孔)融官。岁余,拜太中大夫。虽居家失势,而宾客日满其门,爱才乐酒,常叹曰:‘坐上客常满,樽中酒不空,吾无忧矣。’”〇咏饮宴。宋陆游《石帆山下》:“尚嫌名挂东林社,那问尘生北海樽。”另参见器用部·饮食“融酒”、人事部·雅逸“北海饮”。

6**【兕酒卮】**　参见器用部·饮食“刘伶好酒”。唐李商隐《咏怀寄秘阁旧僚二十韵》:“自哂成书簏,终当兕酒卮。”

7**【歌鼓盆】**　参见文明部·歌舞“漆园歌”。清林寿图《感逝三首》之一:“昔者漆园叟,箕踞歌鼓盆。”

8**【才八斗】**　参见文明部·学识“八斗才”。宋陈师道《古墨行》:“明窗净几风日暖,有愁万斛才八斗。”

【五斗折】　参见人物部·官吏“折腰官”。宋黄庭坚《次韵奉送定公》:“不为五斗折,自无三径资。”

【五斗酲】　参见器用部·饮食“刘伶好病”。宋杨亿《清风十韵》:“五斗酲初折,三年翼自高。”

【米千斛】　参见器用部·饮食“千斛米”。宋黄庭坚《次韵王炳之惠玉版纸》:“愿公进德使见书,不敢求公米千斛。”

【金斗】　参见人事部·富贵“腰印如斗”。唐李贺《送秦光禄北征》:“呵臂悬金斗,当唇注玉罍。”

【胆如斗】　参见人物部·将军“胆大姜伯约”。宋黄庭坚《秘阁观苏子美题壁》:“不甘老天禄,试欲叫未央。小臣胆如斗,侏儒俸一囊。”

9**【许由瓢】**　汉蔡邕《琴操·河间杂歌·箕山操》:“许由者,古之贞固之士也,尧时为布衣,夏则巢居,冬则穴处,饥则仍(依)山而食,渴则仍河而饮,无杯器,常以手捧水而饮之。人见其无器,以一瓢遗之,由操饮毕,以瓢挂树,风吹树动,历历有声,由以为烦扰,遂取损之。”○指高人与世无争。南朝梁刘孝威《奉和六月壬午应令》:“石累元卿径,枝挂许由瓢。”另参见植物部·木本“一瓢挂树”、人物部·圣贤“弃瓢翁”、人事部·雅逸“挂瓢”。

【箪瓢】　参见人物部·圣贤“颜回”。唐李咸用《依韵休睦上人山居十首》之四:“季子祸从怜富贵,颜生道在乐箪瓢。”

【魏王瓠】　《庄子·逍遥游》:“惠子谓庄子曰:魏王贻我大瓠之种,我树之成而实五石。以盛水浆,其坚不能自举也。剖之以为瓢,则瓠落无所容。非不呺然大也。吾为其无用而掊之。"○谦称自己才能差。唐储光羲《贻王侍御出台掾丹阳》:"南华在濠上,谁辨魏王瓠?"

10【莱芜釜】 参见人事部·贫贱"甑生尘"。唐卢照邻《失群雁》:"金龟全写中牟印,玉鹄当变莱芜釜。"

【破釜】《史记·项羽本纪》:秦军围赵王于钜鹿,项羽"乃遣当阳君、蒲将军将卒二万渡河,救钜鹿。战少利,陈馀复请兵。项羽乃悉引兵渡河,皆沉船,破釜甑,烧庐舍,持三日粮,以示士卒必死,无一还心。"遂大破秦军。○指下定决心,决一死战。清吴伟业《下相怀古》:"破釜救邯郸,功居入关上。"另参见器用部·车船"船沉钜鹿"。

11【抱瓮】 参见人事部·其他"汉机"。唐李白《赠张公洲革处士》:"抱瓮灌秋蔬,心闲游天云。"

【邻家瓮】 参见人事部·狂放"吏部眠"。唐韩偓《三月》:"新愁旧恨真无奈,须就邻家瓮底眠。"

12【扬雄瓻】 参见文明部·文章"玄文覆酱"。清赵翼《穆庵侍读见余近作枉赠佳章奉答》:"鞭长难获扬雄瓻,绠短方思董子帷。"

13【范甑】 参见人事部·贫贱"甑生尘"。唐骆宾王《和李明府》:"藻掞潘江澈,尘虚范甑清。"

【堕甑】《后汉书·郭太传》:"(孟敏)客居太原。荷甑(炊具)墯(堕)地,不顾而去。林宗(郭太)见而问其意。对曰:'甑以破矣,视之何益?'林宗以此异之,因劝令游学。十年知名,三公俱辟,并不屈云。"○指人洒脱大度,对己犯错误不加计较。宋陆游《三月十六日作》:"功名堕甑谁能问,羞作饥鹰夜掣韝。"另参见人事部·禀性"甑破"、人事部·谬误"堕甑"。

14【衣钵】 参见九流部·宗教"衣钵相传"。宋杨万里《赠王婿时可》:"两家不是无家法,何须外人问衣钵。"

（七）日用

1. 床　2. 榻　3. 被　4. 枕　5. 席　6. 毡
7. 案　8. 灯　9. 烛　10. 火　11. 镜(台)
12. 箱　13. 箧笥　14. 扇　15. 杖　16. 屏风
17. 步障　18. 帐　19. 帷　20. 帘幕　21. 蒲
22. 箸　23. 炉　24. 香　25. 薪　26. 畚帚
27. 书(信)　28. 针

[1]**【下床】** 参见人事部·禀性"豪气元龙"。○慢待客人。清赵翼《题闽游草后》之一:"共知殷浩宜高阁,偏伴陈登卧下床。"

【东床】 参见人体部·肢体"坦腹"。宋黄庭坚《奉和王世弼寄上七兄先生用其韵》:"传示同好人,我家东床坦。"

【对床】 参见伦类部·亲眷"对床夜雨"。明何景明《东昌公哀祠》之四:"萧条风雨候,愁绝对床年。"

【龟支床】 参见动物部·鳞介"支床龟"。宋陆游《连夕熟睡戏书》:"蝶入三更枕,龟支八尺床。"

【管宁床】 晋皇甫谧《高士传·管宁》:"(管宁)常坐一木榻上,积五十五年未尝箕踞,榻上当膝皆穿。"○咏勤学,或指行事端正。清叶燮《叠韵答学山侄》:"漂泊未归元亮宅,支离合老管宁床。"另参见人事部·行止"危坐管宁榻"。

[2]**【卧榻侧】** 参见人事部·睡梦"鼾睡他人"。清黄遵宪《纪事》:"毋许溷乃公,鼾睡卧榻侧。"

【徐孺榻】 《后汉书·徐稚传》:徐稚字孺子,"屡辟公府,不起。时陈蕃为太守,以礼请署功曹,稚不免之,既谒而退。蕃在郡不接宾客,唯稚来特设一榻,去则县之"。○指礼贤重才,或指礼遇宾客。唐孟浩然《荆门上张丞相》:"坐登徐孺榻,频接李膺杯。"另参见伦类部·宾主"解榻"、人物部·圣贤“悬榻侍”。

3【王章被】 参见人事部·贫贱“卧牛衣”。清顾炎武《酬归祚明戴笠王仍潘柽章四子韭溪草堂联句见怀二十韵》：“卧冷王章被，穷余范叔绨。”

【孙被】 《汉书·公孙弘传》：“汲黯曰：‘（公孙）弘位在三公，奉禄甚多，然为布被，此诈也。’上问弘，弘谢曰：‘有之。夫九卿与臣善者，无过黯，然今日庭诘弘，诚中弘之疾。夫以三公为布被，诚饰诈，欲以钓名。……今臣弘位为御史大夫，为布被，自九卿以下至于小吏，无差诚如黯言。且无黯，陛下安闻此言？’”○指官员生活俭朴。唐李峤《布》：“孙被登三相，刘衣阐四方。”另参见人物部·官吏“公孙”、人事部·禀性“孙弘被”。

【姜被】 《后汉书·姜肱传》：“（姜）肱与二弟仲海、季江，俱以孝行著闻。其友爱天至，常共卧起。”注引《谢承书》曰：“肱感《恺风》之孝，兄弟同被而寝。”○咏兄弟友爱。唐杜牧《冬至日遇京使发寄舍弟》：“旅馆夜忧姜被冷，暮江寒觉晏裘轻。”另参见伦类部·亲友“大被姜郎”。

【鄂君被】 《说苑·善说》：鄂君子皙泛舟于新波之中，“榜枻越人拥楫而歌，歌辞曰……‘今夕何夕兮，搴舟中流；今日何日兮，得与王子同舟。蒙羞被好兮，不訾诟耻。心几顽而不绝兮，得知王子。山有木兮木有枝，心说君兮君不知。’于是鄂君子皙乃揄修袂行而拥之，举绣被而覆之。”○咏被。唐李商隐《念远》：“床空鄂君被，杵冷女媭砧。”另参见器用部·车船“鄂君船”、人物部·其他“鄂君”。

【黔娄被】 汉刘向《列女传·鲁黔娄妻》：黔娄死，曾子往吊，见以布被覆尸，覆头则足见，覆足则头见。曾子曰：“斜引其被则敛矣。”黔妻曰：“斜而有馀，不如正而不足也。”○咏贫士。元赵孟頫《胡穆仲先生挽诗》：“泪落黔娄被，神伤郭泰巾。”另参见伦类部·亲眷“穷士贤妻”、人物部·妇女“黔娄妻”、人事部·贫贱“穷死黔娄”。

4【江夏枕】 参见伦类部·亲眷“温席”。宋苏轼《轼始于文登海上得白石数升可作枕以遗子明》:“愿子聚为江夏枕,不劳挥扇自宁亲。”

【邯郸枕】 参见人事部·睡梦“黄粱梦”。宋苏轼《伯父送先人下第归蜀》之七:“一杯归诵此,万事邯郸枕。”

【甄后枕】 参见九流部·神仙“洛川神”。清毛奇龄《寓言七首》之三:“徒怀甄后枕,不解枕中情。”

5【孔席】 参见器用部·宫室“墨突”。唐岑参《西蜀旅舍春叹寄朝中故人呈狄评事》:“早须归天阶,不得安孔席。”

【重席】 参见文明部·学识“据席谈经”。唐张籍《赠殷山人》:“讲序居重席,群儒愿执鞭。”

【席为门】 参见器用部·车船“长者车”。唐杜甫《敝庐遣兴奉寄严公》:“还思长者辙,恐避席为门。”

【戴凭席】 参见文明部·学识“据席谈经”。清黄遵宪《感怀》:“戴凭席互争,五鹿角娄折。”

6【半毡】 《南史·江革传》:“(谢)朓尝行还过候革,时大寒雪,见革弊絮单席,而耽学不倦,嗟叹久之,乃脱其所着襦,并手割半毡与革充卧具而去。”○指体恤寒士。宋胡宿《赵宗道归辇下》:“半毡未暖还伤别,一臂初交又解携。”

【苏武毡】 参见政事部·忠直“苏武节”。清尤侗《赠项生》:“啮同苏武毡,吞比豫让炭。”

【针毡】 《晋书·杜锡传》:“(杜锡)性亮直忠烈,屡谏愍怀太子,言辞恳切,太子患之。后置针著锡常所坐处毡中,刺之流血。他日,太子问锡:‘向著何事?’锡对:‘醉不知。’太子诘之曰:‘君喜诘人,何自作过也?’”○喻指坐立不安。宋苏轼《迁居临皋亭》:“剑米有危炊,针毡无稳坐。”

【青毡】 《晋书·王献之传》:“(王献之)夜卧斋中,而有偷人入其室,盗物都尽。献之徐曰:‘偷儿,青毡我家旧物,可特置之。’群偷惊走。”○喻先祖遗物,或喻旧业。唐卢纶《寄郑七纲》:"他日吴公如记问,愿将黄绶比青毡。"另参见人事部·情感"旧青毡"。

7【孟光案】　参见人物部·妇女"齐眉"。宋苏轼《往在东武与人往返作灿字韵诗今复和答之》:"不见梁伯鸾,空对孟光案。"

8【太乙灯】　参见器用部·日用"青藜杖"。明李东阳《和杨学士先生东阁跌坐韵四首》之二:"仙人露下秋茎白,太乙灯来夜影孤。"

【传灯】　参见九流部·宗教"传灯"。唐刘禹锡《送僧元暠南游》:"传灯已悟无为理,濡露犹怀罔极情。"

【脐灯】　参见人体部·肢体"董卓脐"。清陈豪《读〈三国志〉》之四:"一炷脐灯耀路衢,市儿沽酒亦欢呼。"

9【吟烛】　参见文明部·诗词"刻烛成篇"。宋刘筠《夜宴》:"吟烛惟忧尽,杯筹岂易防?"

【萤烛】　参见动物部·虫豸"读书萤"。唐徐夤《自咏十韵》:"只合沧州钓与耕,忽依萤烛愧功成。"

10【乞火】　参见人事部·行止"乞火"。唐杜牧《寄崔钧》:"自惭扫门士,谁为乞火人?"

【握火】　参见人物部·帝王"勾践"。宋刘筠《与客启明》:"垂天借喻齐谐志,握火寻盟《越绝书》。"

11【半镜】　唐孟棨《本事诗·情感》:"陈太子舍人徐德言之妻,后主叔宝之妹,封乐昌公主,才色冠绝。时陈政方乱,德言知不相保,谓其妻曰:'以君之才容,国亡必入权豪之家,斯永绝矣。傥情缘未断,犹冀相见,宜有以信之。'乃破一镜,人执其半,约曰:'他日必以正月望日,卖于都市,我当在,即以是日访之。'及陈亡,其妻果入越公杨素之家,宠嬖殊厚。德言流离辛苦,仅能至京。遂以正月望日访于都市。有苍头卖半镜者,大高其价,人皆笑之。德言直引至其居,设食,具言其故。出半镜以合之,乃题诗曰:'镜与人俱去,镜归人不归,无复嫦娥影,空留明月辉。'陈氏得诗，涕泣不食。素知之，怆然改容，即召德言，还其妻，仍厚遗之。闻者无不感叹。仍与德言、陈氏偕饮，令陈氏为诗，曰：'今日何迁次，新官对旧官。笑啼俱不敢，方验作人难。'遂与德言归江南，竟以终老。"○喻夫妻失散、分离。唐韩偓《代小玉家为蕃骑所虏后寄故事贤裴公相国》："折钗伴妾埋青冢，半镜随郎葬杜邮。"另参见伦类部·亲眷"破镜重寻"。

【秦镜】 《西京杂记》卷三："高祖初入咸阳宫，周行库府，金玉珍宝，不可称言。……有方镜，广四尺，高五尺九寸，表里有明。人直来照之，影则倒见；以手扪心而来，则见肠胃五脏，历然无硋；人有疾病在内，则掩心而照之，则知病之所在；又女子有邪心，则胆张心动。秦始皇常以照宫人，胆张心动者则杀之。"○咏镜。唐刘长卿《避地江东留别淮南使院诸公》："何辞向物开秦镜，却使他人得楚弓。"另参见政事部·治理"开秦镜"。

【鸾镜】 参见动物部·飞禽"镜中鸾"。唐沈佺期《章怀太子靖妃挽词》："形将鸾镜隐，魂伴凤笙游。"

【舞镜】 参见动物部·飞禽"舞山鸡"。清黄遵宪《番客篇》："山鸡爱舞镜，海燕贪栖梁。"

【玉台】 《世说新语·假谲》："温公（峤）丧妇，从姑刘氏，家值乱离散，唯有一女，甚有姿慧，姑以属公觅婚。公密有自婚意，答云：'佳婿难得，但如峤比云何？'姑云：'丧败之余，乞粗存活，便足慰吾余年，何敢希汝比！'却后少日，公报姑云：'已觅得婚处，门地粗可，婿身名宦，尽不减峤。'因下玉镜台一枚。姑大喜。"○咏招婿或指聘礼。唐李白《送族弟凝之滁求婚崔氏》："玉台挂宝镜，持此意何如？"另参见文明部·礼乐"玉镜台"。

12 **【青箱】** 参见文明部·学识"传家学"。清宋琬《赠宣城梅生》："青箱弓冶在，好自惜居诸。"

13 **【三箧】** 参见文明部·学识"诵亡书"。清张问陶《谢伊墨卿留赠残书一车》:"一鸱今免从人借,三箧还应向我求。"

【腹笥】 参见文明部·学识"五经笥"。唐杜甫《送从弟亚赴河西判官》:"兵法五十家,尔腹为箧笥。"

14**【团扇】** 参见人事部·情感"班女怨"。唐李峤《倡妇行》:"团扇辞恩宠,回文赠苦辛。"

【袁郎扇】 参见政事部·治理"仁风动"。唐罗隐《投宣武郑尚书二十韵》:"庾监高楼月,袁郎满扇风。"

【扇隔元规】 参见地理部·土石"元规尘"、政事部·忠直"遮王导"。宋钱惟演《休沐端居有怀希圣少卿学士》:"更赋新诗答灵运,不将团扇隔元规。"

【黄香扇】 参见伦类部·亲眷"温席"。唐岑参《送李宾客荆南迎亲》:"手把黄香扇,身披莱子衣。"

15**【飞锡杖】** 参见九流部·宗教"飞锡"。唐王维《过卢员外宅看饭僧共题》:"上人飞锡杖,檀越施金钱。"

【龙杖】 参见植物部·木本"龙竹"。唐骆宾王《出石门》:"暂策为龙杖,何处得神仙?"

【夸父杖】 参见天文部·天体"夸父逐日"。清赵翼《江楼野望》:"枉费狂奔夸父杖,大江自昔只东流。"

【青藜杖】 晋王嘉《拾遗记》卷六:"刘向于成帝之末,校书天禄阁,专精覃思。夜有老人,着黄衣,植青藜杖,登阁而进,见向暗中独坐诵书。老父乃吹杖端,烟然,因以见向,说开辟已前。向因受《洪范五行》之文,恐辞说繁广忘之,乃裂裳及绅,以记其言。至曙而去,向请问姓名。云:'我是太一之精,天帝闻金卯之子有博学者,下而观焉。'乃出怀中竹牒,有天文地图之书,'余略授子焉'。至向子歆,从向受其术,向亦不悟此人焉。"○咏勤学。宋陆游《村居》:"青藜杖出氛埃外,白版扉开水竹边。"另参见九流部·神仙"太飞"、器用部·日用"太乙灯"、文明部·学识"青藜照"。

【钱挂杖头】　参见器用部·珍宝“杖头钱”。清赵翼《野步》:“只惭卖酒人家笑,此老无钱挂杖头。”

16**【蝇点屏风】**　参见文明部·书画“屏风误点”。清袁枚《赠沈南苹画师》:“蝇点屏风墨未干,方诸拾泪写牛栏。”

17**【锦步障】**　参见人事部·富贵“斗奢”。唐李商隐《朱槿花》之二:“不卷锦步障,未登油壁车。”

18**【马融帐】**　参见伦类部·师友“绛帐”。唐元稹《酬翰林白学士代书一百韵》:“心轻马融帐,谋夺子房帷。”

19**【郡守帷】**　参见人物部·官吏“褰帷”。唐张谓《寄崔澧州》:“共襆台郎被,俱褰郡守帷。”

【董帷】　参见文明部·学识“下帷”。唐李商隐《咏怀寄秘阁旧僚二十六韵》:“奋迹登弘阁,摧心对董帷。”

20**【窥帘】**　参见人物部·妇女“窥帘”。唐李商隐《无题》:“贾氏窥帘韩掾少,宓妃留枕魏王才。”

【燕巢幕】　参见人事部·其他“巢幕”。清黄遵宪《逐客篇》:“去者鹊绕树,居者燕巢幕。”

21**【青蒲】**　参见政事部·忠直“伏蒲”。唐杜甫《寄岳州贾司马六丈巴州严八使君两阁老五十韵》:“青蒲甘受戮,白发竟谁怜。”

22**【失箸】**　《三国志·蜀志·先主传》:“是时曹公从容谓先主(刘备)曰:‘今天下英雄,唯使君与操耳。本初之徒,不足数也。’先主方食,失匕箸。”○喻指受惊失措。宋苏轼《唐道人言天目山上俯视雷雨》:“山头只作婴儿看,无限人间失箸人。”另参见人物部·帝王“英雄惟使君”、人事部·情感“失匕箸”。

【何曾箸】　参见人事部·富贵“万钱”。唐白居易《和三月三十日四十韵》:“莫空文举酒,强下何曾箸。”

【借箸】　《史记·留侯世家》:“汉王方食,曰:‘子房前!客有为我计桡楚权者。’具以郦生语告于子房,曰:‘何如?’良曰:‘谁为陛下画此计者?陛下事去矣!’汉王曰:‘何哉?'张良对曰:'臣请藉前箸为大王筹之。'"○喻指谋划。唐杜牧《河湟》:"元载相公曾借箸,宪宗皇帝亦留神。"另参见武备部·其他"子房筹"、人物部·将相"张良筹"。

23 **【荀炉】** 参见器用部·日用"荀令香"。○喻指香炉。宋李维《霜月》:"荀炉残更换,湘瑟罢仍调。"

【洪炉】 参见天文部·天体"洪炉"。唐杜甫《行决昭陵》:"指麾安率土,荡涤抚洪炉。"

【隐煅炉】 参见人物部·圣贤"山阳煅"。唐杜甫《过南岳入洞庭湖》:"才淑随厮养,名贤隐煅炉。"

24 **【分香】** 参见人事部·病死"惜余香"。唐罗隐《邺城》:"英雄亦到分香处,能共常人校几多?"

【汉署香】 参见人物部·官吏"含香"。唐杜甫《七月一日题终明府水楼二首》之一:"翛然欲下阴山雪,不去非无汉署香。"

【荀令香】 《太平御览》卷七○三引晋习凿齿《襄阳记》:"荀令君(彧)至人家,坐处三日香。"○喻奇异香味,或喻人风仪高雅。唐白居易《奉和裴令公新成午桥庄绿野堂即事》:"花妒谢家妓,兰偷荀令香。"另参见器用部·日用"荀炉"、人物部·官吏"荀令焚香"。

【贾女香】 参见人物部·妇女"窥帘"。宋黄庭坚《酴醾》:"汉宫娇额半涂黄,人骨浓熏贾女香。"

25 **【负薪】** 参见人事部·雅逸"披裘负薪"。唐骆宾王《畴昔篇》:"垂钓甘成白首翁,负薪何处逢知己?"

【买臣负薪】 《汉书·朱买臣传》:"(朱买臣)家贫,好读书,不治产业,常艾薪樵,卖以给食。担束薪,行且诵书。其妻亦负戴相随,数止买臣毋歌讴道中。买臣愈益疾歌,妻羞之,求去,买臣笑曰:'我年五十当富贵,今已四十余矣。女(汝)苦日久,待我富贵报女功。'妻恚怒曰:'如公等,终饿死沟中耳,何能富贵?'买臣不能留,即听去。其后,买臣独行歌道中,负薪墓间。"后果拜为会稽太守。○

喻寒士遭厄,或喻世态炎凉。唐白居易《读史》之五:“买臣负薪日,妻亦弃如遗。”另参见人事部·贫贱“买臣采樵”、人事部·富贵“五十功名”。

【汲黯薪】 参见政事部·议政“积薪”。唐骆宾王《帝京篇》:“汲黯薪逾积,孙弘阁未开。”

【卧薪】 参见人物部·帝王“勾践”。清张茂稷《读史偶感》:“李陵心事久风尘,三十年来岂卧薪!”

【徙薪】 《汉书·霍光传》:“客有过主人者,见其灶直突(烟囱),傍有积薪。客谓主人,更为曲突,远徙其薪,不者且有火患。主人嘿然不应。俄而家果失火,邻里共救之,幸而得息。于是杀牛置酒,谢其邻人,灼烂者在于上行,余各以功次坐,而不录言曲突者。人谓主人曰:‘乡使听客之言,不费牛酒,终亡火患。今论功而请宾,曲突徙薪亡恩泽,焦头烂额为上客耶?’主人乃寤而请之。”○喻深谋远虑。唐李商隐《失题》:“拯溺休规步,防虞要徙薪。”另参见人体部·头面“焦头”、器用部·宫室“曲突”。

【蜡代薪】 参见人事部·富贵“斗奢”。宋于石《夜烧松明火次韵黄养正》:“爨下有蜡可代薪,笑我夜寒痴坐然。”

26**【千金帚】** 《东观汉纪·光武帝纪》:“家有敝帚,享之千金。”○指对旧物十分珍爱。宋陈与义《送吕钦问监酒受代归》:“以我千金帚,逢君万斛船。”另参见人事部·情感“千金弊帚”。

【王猛畚】 参见人事部·雅逸“卖畚”。唐罗隐《南园题》:“病怜王猛畚,愚笑隗嚣泥。”

27**【八行书】** 《后汉书·窦章传》李贤注引马融《与窦章书》:“孟陵奴来,赐书,见手迹,欢喜何量,见于面也。书虽两纸,纸八行,行七字。”○指书信,或引申指文章。北齐邢邵《齐韦道逊晚春宴》:“谁能千里外,独倚八行书。”另参见文明部·文章“八行”。

【犬书】 南朝梁任昉《述异记》:“陆机少时,颇好游猎,在吴豪盛,客献快犬名曰黄耳;机后仕洛,常将自随……机羁京师,久无家问,因戏语犬曰:'我家绝无书信,汝能赍书驰取消息不?'犬喜摇尾,作声应之。机试为书,盛以竹筒,系之犬颈,犬出驿路,疾走向吴……径至机家,口衔筒作声示之。机家开筒取书,看毕,犬又向人作声,如有所求;其家作答书内筒,复系犬颈,犬既得答,仍驰还洛。计人程五旬,而犬往还才半月。"〇喻书信。唐李贺《始为奉礼忆昌谷山居》:"犬书曾去洛,鹤病悔游秦。"另参见动物部·走兽"黄耳犬"。

【鱼书】　古乐府《饮马长城窟行》:"客从远方来,遗我双鲤鱼;呼儿烹鲤鱼,中有尺素书。"〇喻指书信。宋晏殊《无题》:"鱼书欲寄何由达,水远山长处处同。"另参见动物部·鳞介"双鲤"。

【洪乔书】　参见人物部·其他"致书邮"。宋张元幹《九月一日与王季夷酌别为赋十六韵》:"可同洪乔书,尽付浙江水。"

【狱中书】　参见人事部·冤怨"梁狱"。唐崔国辅《送韩十四被鲁王推递往济南府》:"梁王虽好士,不察狱中书。"

【雁书】　《汉书·苏武传》:昭帝初年,"匈奴与汉和亲,汉求(苏)武等,匈奴诡言武死。后汉复使至匈奴,常惠请其守者与俱,得夜见汉使,具自陈道。教使者谓单于,言天子射上林中,得雁,足有系帛书,言武等在某泽中。使者大喜。如惠语以让单于。单于视左右而惊,谢汉使曰:'武等实在。'"〇喻书信。唐杜甫《秋日荆南送石首薛明诗》:"岁满归凫舄,秋来把雁书。"另参见动物部·飞禽"寄书雁"、人事部·情感"雁飞远"。

【鲁连书】　参见武备部·兵器"鲁连箭"。唐钱起《送屈突司马充安西书记》:"星飞庞统骥,箭发鲁连书。"

28**【长命针】**　《西京杂记》卷三:"戚夫人侍者贾佩兰,后出为扶风人段儒妻,说在宫内时……八月四日,出雕房北户,竹下围棋,胜者终年有福,负者终年疾病,取丝缕就北辰星求长命,乃免。”○指绣丝缕以祈康寿。北周庾信《夜听捣衣》:“并结连枝缕,双穿长命针。”

【金针】 唐冯翊子《桂苑丛谈·史遗》:“(采娘)七夕夜陈香筵祈于织女。是夕梦云舆雨盖,蔽空驻车,命采娘曰:‘吾织女,祈何福?’曰:‘愿丐巧耳。’乃遗一金针,长寸余,缀于纸上,置裙带中,令三日勿与,汝当奇巧。”○指诀窍。金元好问《论诗》之三:“鸳鸯绣了从教看,莫把金针度与人。”

(八) 其他

1. 织物(丝、纱、锦、绡、茵、缨、缊、繻)　2. 囊　3. 工具(刀、斧、斤、锸、锥、罗、网、梭)　4. 鞭(棰)　5. 棺　6. 丸　7. (官)檄　8. 笏　9. 名刺　10. 券　11. 地图　12. 垆　13. 铁

1【青丝】 参见武备部·其他“青丝白马”。清顾炎武《杭州》之二:“青丝江上来,朱邸城中出。”

【墨翟丝】 《墨子·所染》:“子墨子言见染丝者而叹曰:染于苍则苍,染于黄则黄,所入者变,其色亦变,五入必,而已则为五色矣,故染不可不慎也。”○喻因世俗给人以不良影响而感叹。清宋琬《白髭》:“趋炎不上江郎颊,欲涅还愁墨翟丝。”另参见人事部·情感“悲素丝”。

【护碧纱】 参见人事部·贫贱“饭后钟”。○喻名贵所题,为人重视、赏识。宋孙觌《再至》:“悬知不是唐王播,惭愧高僧护碧纱。”

【回文锦】 参见文明部·诗词“织锦回文”。唐元稹《春别》:“肠断回文锦,春深独自看。”

【鲛绡】 参见动物部·鳞介“鲛人”。唐李商隐《玄微先生》:“龙竹裁轻策,鲛绡熨下裳。”

【吐茵】 参见人事部·谬误“污车茵”。李郢《奉陪裴相公重阳日游安乐池亭》:“自笑吐茵还酩酊,日斜空从绛衣回。”

【飘茵】 参见人事部·其他“茵溷”。清刘蓉《园花为风雨摧落感赋长句》:“飘茵坠溷曾何择,摇落春风惜此材。”

【长缨】 参见人事部·志趣“请长缨”。唐钱起《送薛判官赴蜀》:“始见儒者雄,长缨系余孽。”

【束组】 参见人事部·行止“乞火”。宋黄庭坚《次韵孙子实寄少游》:“谁能借前筹,还妇用束组。”

【终军弃繻】 参见人事部·志趣“终军志”。唐杜甫《七月一日题终明府水楼二首》之二:“宓子弹琴邑宰日,终军弃繻英妙时。”

2 **【一囊】** 参见人事部·贫贱“曼倩饥”。唐骆宾王《在江南赠宋五之问》:“犹轻五车富,未重一囊贫。”

【阮囊】 参见人事部·贫贱“阮家贫”。清张问陶《除日同亥白登豆积山游唐冲妙先生张果祠》:“笑索阮囊贫 ,惟余一两屐。”

【赤白囊】 参见武备部·其他“赤囊书”。宋陆游《春夏雨旸调适颇有丰岁之望喜而有作》:“二十年无赤白囊,人间何地不耕桑。”

【李贺诗囊】 参见文明部·诗词“锦囊诗草”。宋陆游《衡门独立》:“宋清药卷贫来积,李贺诗囊病后空。”

【青囊】 《晋书·郭璞传》:“有郭公者,客居河东,精于卜筮,(郭)璞从之受业。公以《青囊中书》九卷与之,由是遂洞五行、天文、卜筮之术,攘灾转祸,通致无方,虽京房、管辂不能过也。璞门人赵载尝窃《青囊书》,未及读,而为火所焚。”〇指道士之术。唐杜甫《奉寄河南韦尹丈人》:“青囊仍隐逸,章甫尚西东。”另参见九流部·宗教“青囊秘篇”、九流部·杂技“青囊卖卜”、文明部·文具“青囊两卷书”。

【锥囊】 参见政事部·议政“毛遂请行”。唐杜甫《遣闷》：“气冲看剑匣，颖脱抚锥囊。”

【紫罗囊】 《晋书·谢玄传》：“（谢）玄少好佩紫罗香囊，（谢）安患之，而不欲伤其意，因戏赌取，即焚之。”○喻指香囊，或喻精美之物。唐杜甫《又示宗武》：“试吟青玉案，莫羡紫罗囊。”另参见九流部·杂技“赌佩囊”。

3**【朝歌鼓刀】** 参见人物部·圣贤“朝歌屠叟”。唐李白《鞠歌行》：“朝歌鼓刀叟，虎变磻溪中。”

【游刃】 参见九流部·杂技“庖丁解牛”。唐李商隐《城上》：“贾生游刃极，作赋又论兵。”

【烂斧柯】 梁任昉《述异记》卷上：“信安郡石室山，晋时王质伐木至，见童子数人，棋而歌，质因所之。童子以一物与质，如枣核，质含之，不觉饥。俄顷，童子曰：‘何不去？’质起，视斧柯尽烂。既归，无复时人。”○喻指世事变迁。宋黄庭坚《记梦》：“两客争棋烂斧柯，一儿坏局君不呵。”另参见九流部·杂技“斧边弈”、人物部·其他“烂柯人”。

【修月斧】 参见天文部·天体“玉斧修”。元萨都刺《和马伯庸除南台中丞……》：“桂殿且留修月斧，银河未许度星轺。”

【郢匠斤】 《庄子·徐无鬼》：“郢人垩慢其鼻端若蝇翼，使匠石斫之，匠石运斤成风，听而斫之，尽垩而鼻不伤，郢人立不失容。”○喻指技艺精湛。唐杜甫《奉赠鲜于京兆二十韵》：“脱略磻溪钓，操持郢匠斤。”另参见人体部·头面“斫鼻”、九流部·杂技“妙斫”、人物部·其他“郢匠”、人事部·谬误“鼻垩”。

【刘伶锸】 参见人事部·狂放“荷锸随行”。陈世宜《得天梅书却寄》之三：“其时同荷刘伶锸，一醉空江卧月明。”

【季子锥】 参见文明部·学识“刺股”。清查慎行《送叔毅南归》：“封书病捡山妻药，陈箧慵探季子锥。”

【雀罗】 参见器用部·宫室“雀罗门”。唐刘禹锡《有感》：“地幽蚕室闭，门静雀罗开。”

【吉网】 参见政事部·贪佞“吉网罗钳”。清王士禄《虫豸诗》：“只应同吉网，莫更诩经纶。”

【豫且网】 参见人事部·冤怨“鱼服困”。清顾炎武《赠万举人寿祺》：“白龙化为鱼，一入豫且网。”

【祝网】 《吕氏春秋·异用》：“汤见祝网者置四面。其祝曰：‘从天坠者，从地出者，从四方来者，皆离吾网。’汤曰：‘嘻，尽之矣！非桀其孰为此也。’汤收其三面，置其一面，更教祝曰：‘昔蛛蝥作网罟，今之人学纾。欲左者左，欲右者右，欲高者高，欲下者下，吾取其犯命者。’”〇称颂仁政。唐杜甫《秋日荆南述怀》：“垂旒资穆穆，祝网但恢恢。”另参见动物部·飞鸟“祝鸟”、人物部·帝王“开三面网”、政事部·治理“解网”。

【邻女梭】 《晋书·谢鲲传》：“邻家高氏女有美色，（谢）鲲尝挑之，女投梭，折其两齿。时人为之语曰：‘任达不已，幼舆折齿。’”〇指因调戏妇女而吃亏。清赵翼《邵松阿落一齿已而落处更生所谓儿齿也走笔奉和》：“非遭邻女梭，岂被逻卒击。”另参见人物部·其他“折齿人”。

4 **【七宝鞭】** 《晋书·明帝纪》：“（太宁二年）六月，（王）敦将举兵内向，帝密知之，乃乘巴滇骏马微行，至于湖，阴察敦营垒而出。有军士疑帝非常人。又敦正昼寝，梦日环其城，惊起曰：‘此必黄须鲜卑奴来也。’……于是使五骑物色追帝。帝亦驰去，马有遗粪，辄以水灌之。见逆旅卖食妪，以七宝鞭与之，曰：‘后有骑来，可以此示也。’俄而追者至，问妪。妪曰：‘去已远矣。’因以鞭示之。五骑传玩，稽留遂久。又见马粪冷，以为信远而止不追。帝仅而获免。”〇喻以智谋脱身。唐温庭筠《奉天西佛寺》：“宗臣欲舞千钧剑，追骑犹观七宝鞭。”

【苻坚棰】 参见武备部·军旅“投鞭填江”。唐陆龟蒙《奉和龚美古杉三十韵》:“挺若苻坚棰,浮于祖纳椎。”

【祖生鞭】 《晋书·刘琨传》:“(刘)琨少负志气,有纵横之才,善交胜己,而颇浮夸。与范阳祖逖为友,闻逖被用,与亲故书曰:‘吾枕戈待旦,志枭逆虏,常恐祖生先吾著鞭。’其意气相期如此。”○指争先立功,多用作劝勉之词。唐李白《赠宣城宇文太守兼呈崔侍御》:“多逢剿绝儿,先着祖生鞭。”另参见人事部·志趣“恐后施鞭”。

【绕朝鞭】 参见伦类部·师友“赠鞭”。唐李白《送林陶将军》:“莫道词人无胆气,临行将赠绕朝鞭。”

【蒲鞭】 参见政事部·治理“蒲鞭”。宋苏轼《次韵李端叔》:“顾我迂愚分竹使,与君谈笑用蒲鞭。”

5**【玉棺】** 《后汉书·方术列传·王乔传》:“(王)乔有神术,每月朔望,常自县诣台朝。……后天下玉棺于堂前,吏人推排,终不动摇。乔曰:‘天帝独召我邪?’乃沐浴服饰寝其中,盖便立覆。宿昔葬于城东,土自成坟。”○用以悼亡。唐李群玉《伤友》:“玉棺来九天,凫舄掩穷泉。”另参见人事部·病死“玉棺仙令”。

6**【金丸】** 参见人事部·富贵“韩嫣金丸”。唐李白《少年子》:“金丸落飞鸟,夜入琼楼卧。”

【黑白丸】 参见人事部·其他“黑白丸”。宋苏轼《约公择饮是日大风》:“偷儿夜探黑白丸,奋髯忽逢朱子元。”

7**【毛子檄】** 参见伦类部·亲眷“捧檄心”。明高启《送倪雅》:“聊持毛子檄,暂脱刘生剑。”

8**【拄笏】** 参见人事部·隐逸“拄笏看山”。宋刘过《题凤凰台》:“时事不言惟拄笏,书生无用且衔杯。”

9**【祢生刺】** 《后汉书·祢衡传》:“建安初,(祢衡)来游许下。始达颍川,乃阴怀一刺,既而无所之适,至于刺字漫灭。”○咏怀才不遇。唐司空曙《送卢堪》:“莫使祢生刺,空留怀袖中。”另参见人事部·贫贱“灭刺”。

10**【焚券】** 参见政事部·议政“市义”。宋苏轼《和穆父新凉》:“受知如负债,粗报乃焚券。”

11 **【图穷】** 参见武备部·兵器“匕首献”。晋陶潜《咏荆轲》:“图穷事自至,豪主正怔营。”

12 **【卓家垆】** 参见器用部·饮食“文君酒”。唐张祜《送蜀客》:“莫亦卓家垆,相如已屑屑。”

13 **【六州铁】** 参见人事部·谬误“铸大错”。宋方岳《戏成》:“铸错空糜六州铁,补鞋不似两钱催。”

十、文明部

（一）礼乐

1．礼教　2．教化　3．聘礼　4．音乐(曲)
5．律　6．弦　7．钟　8．鼓　9．琴　10．瑟
11．筝　12．笛　13．箫　14．竽　15．笙
16．筑

1**【辞辇】**《汉书·外戚传下·孝成班倢伃传》："成帝游于后庭，尝欲与(班)倢伃同辇载，倢伃辞曰：'观古图画，贤圣之君皆有名臣在侧，三代末主乃有嬖女，今欲同辇，得无近似之乎？'上善其言而止。"〇称颂后妃有德守礼。唐卢纶《天长久词》："辞辇复当熊，倾心奉六宫。"另参见器用部·车船"辞辇"、人物部·妇女"婕妤却辇"。

2**【文翁儒化】**《汉书·文翁传》："文翁……景帝末为蜀郡守。仁爱好教化，见蜀地辟陋，有蛮夷风。文翁欲诱进之，乃选郡县小吏开敏有材者张叔等十余人，亲自饬厉，遣诣京师，受业博士，……又修起学官于成都市中，招下县子弟以为学官弟子。……武帝时，乃令天下郡国皆立学校官，自文翁为之始云。……至今巴蜀好文雅，文翁之化也。"〇指官吏教化百姓，改易民风。唐杜甫《赠左仆射郑国公严公武》："诸葛蜀人爱，文翁儒化成。"另参见人物部·官吏"化蜀文翁"。

【鲁壁简】《汉书·鲁恭王刘馀传》："恭王初好治宫室，坏孔子旧宅，以广其宫。闻钟磬琴瑟之声，遂不敢复坏。于其壁中得古文经传。"〇咏经史。宋陆游《书室》："黑蚁常翻鲁壁简，瘦蛟时落越溪藤。"另参见器用部·宫室"宣尼壁"、文明部·礼乐"鲁壁书"。

3**【玉镜台】**　参见器用部·日用"玉台"。元杨维桢《玉镜

台》:“郎赠玉镜台,妾挂菱花盘。”

4**【大风曲】** 参见文明部·歌舞“大风歌”。唐郑愔《奉和幸大荐福寺》:“欣承大风曲,窃预小童讴。”

【广陵散】 《世说新语·雅量》:“嵇中散临刑东市,神气不变。索琴弹之,奏《广陵散》。曲终曰:‘袁孝尼尝请学此散,吾靳固不与,《广陵散》于今绝矣!’”〇喻指高雅乐曲。唐陈存《楚州赠别周愿侍御》:“淮南木叶飞,夜闻广陵散。”另参见人物部·其他“广陵客”、人事部·病死“广陵散”。

【白头曲】 参见文明部·诗词“白头吟”。宋苏轼《书林逋诗后》:“自言不作封禅书,更肯悲吟白头曲。”

【曲高】 战国楚宋玉《对楚王问》:“客有歌于郢中者,其始曰《下里》、《巴人》,国中属而和者数千人;其为《阳阿》、《薤露》,国中属而和者数百人;其为《阳春》、《白雪》,国中属而和者不过数十人;引商刻羽,杂以流徵,国中属而和者不过数人而已。是其曲弥高,其和弥寡。”〇喻指作品或言论因格调高雅而难于被人赏识。唐张说《酬崔光禄冬日述怀赠答》:“曲高弥寡和,主善代为师。”另参见文明部·诗词“巴人”、文明部·诗词“郢中吟”、文明部·文章“阳春白雪”、文明部·文章“郢声”、文明部·歌舞“郢歌”、文明部·歌舞“巴歌”、人物部·其他“郢中客”、人事部·雅逸“雪唱”。

【周郎顾】 《三国志·吴书·周瑜传》:“瑜少精意于音乐,虽三爵之后,其有阙误,瑜必知之,知之必顾,故时人谣曰:‘曲有误,周郎顾。’”〇咏乐曲或知音。唐李端《听筝》:“欲得周郎顾,时时误拂弦。”另参见伦类部·师友“周郎”。

【拔山曲】 参见人事部·情感“项别骓”。宋陆游《项王祠》:“时时长歌拔山曲,醉倒聊慰穷途艰。”

【南风多死声】 《左传·襄公十八年》:“晋人闻有楚师,师旷曰：‘不害，吾骤歌北风，又歌南风，南风不竞，多死声，楚必无功。’”〇喻指在战争中显示出失败征兆。北周庾信《拟咏怀二十七首》之十一：“楚歌饶恨曲，南风多死声。”另参见武备部·其他“南风不竞”。

【鱼听曲】 《荀子·劝学》：“昔者瓠巴鼓瑟而流鱼出听，伯牙鼓琴而六马仰秣。”《列子·汤问》：“瓠巴鼓琴而鸟舞鱼跃。”《淮南子·说山训》：“瓠巴鼓瑟而淫鱼出听。”高诱注：“瓠巴，楚人也，善鼓瑟，淫鱼喜音，出头于水而听之。”〇喻音乐动人。唐杜甫《陪王侍御同登东山最高顶宴姚通泉晓携酒泛江》：“灯前往往大鱼出，听曲低昂如有求。”另参见地理部·水流“鱼吹浪”、动物部·鳞介“鱼跳波”。

【钧天】 参见人事部·睡梦“钧天梦”。〇喻指美乐。唐李世民《春日玄武门宴群臣》：“娱宾歌湛露，广乐奏钧天。”

【闻韶】 《论语·述而》：“子在齐闻《韶》(舜时乐曲)，三月不知肉味，曰：‘不图为乐之至于斯也。’”〇喻听到或看到极美妙、极向往的音乐或事物。南朝梁张率《楚王吟》：“不惜同从理，但使一闻韶。”另参见器用部·饮食“忘味”、人物部·圣贤“闻韶忘味”、人事部·志趣“三月忘味”。

【高山流水】 《吕氏春秋·本味》：“伯牙鼓琴，钟子期听之。方鼓琴而志在太山，钟子期曰：‘善哉乎鼓琴，巍巍乎若太山。’少选之间，而志在流水，钟子期又曰：‘善哉乎鼓琴，汤汤乎若流水。’钟子期死，伯牙破琴绝弦，终身不复鼓琴，以为世无足复为鼓琴者。”〇指对音乐精通或知心好友。唐牟融《写意二首》之一：“高山流水琴三弄，明月清风酒一樽。”另参见伦类部·师友“钟期”、人体部·头面“钟期耳”、文明部·礼乐“流水琴”、人事部·病死“绝清弦”。

【舜乐】 参见人物部·帝王“舜咏”。唐杜审言《望春亭侍游应诏》：“尧樽随步辇，舜乐绕行麾。”

【楚奏】《左传·成公九年》:"晋侯观于军府,见钟仪。问之曰:'南冠而絷者,谁也?'有司对曰:'郑人所献楚囚也。'使税之。召而吊之。再拜稽首。问其族。对曰:'伶人也。'公曰:'能乐乎?'对曰:'先父之职官也,敢有二事?'使与之琴,操南音。"〇指囚人,或喻对故国家园思念。唐骆宾王《幽絷书情简知己》:"自悯秦冤痛,谁怜楚奏哀?"另参见器用部·衣冠"南冠"、文明部·礼乐"钟仪琴"、人物部·其他"楚囚1"、人事部·情感"恋楚"。

【箫韶曲】　参见人物部·帝王"奏虞韶"。唐鲍溶《忆郊天》:"至今满耳箫韶曲,徒羡瑶池舞凤皇。"

5【伶伦吹】《吕氏春秋·仲夏纪·古乐》:"昔黄帝令伶伦作为律,伶伦自大夏之西乃之阮隃之阴,取竹于嶰溪之谷,以生空窍厚钧者断两节间,其长三寸九分而吹之以为黄钟之宫。"〇咏音乐、音律。唐李商隐《钧天》:"伶伦吹裂孤生竹,却为知音不得听。"另参见植物部·草本"伶伦采"。

【邹氏律】　参见天文部·时令"邹子律"。唐杨知至《覆落后呈同年》:"寒谷谩劳邹氏律,长天独遇宋都风。"

6【五十弦】　参见人物部·妇女"素女"。〇指悲哀的乐曲,或美称音乐、瑟。唐李贺《上云乐》:"三千宫女列金屋,五十弦瑟海上闻。"

【武城弦】《论语·阳货》:"子之武城,闻弦歌之声。夫子莞尔而笑曰:'割鸡焉用牛刀?'子游对曰:'昔者偃也闻诸夫子曰:"君子学道则爱人,小人学道则易使也。"'子曰:'二三子,偃之言是也。前言戏之耳。'"〇咏重视礼乐教化。唐卢照邻《于时春也慨然有江湖之思寄赠柳九陇》:"遥闻彭泽宰,高弄武城弦。"另参见动物部·飞禽"武城鸡"、武备部·兵器"牛刀"、文明部·歌舞"弦歌"、人物部·官吏"武城宰"、政事部·治理"武城弦"。

7【饭后钟】　参见人事部·贫贱"饭后钟"。宋陆游《枕上作》:“虽无客共樽中酒,何至僧鸣饭后钟?”

8 **【掺鼓渔阳】** 参见人事部、狂放“祢衡挝”。宋刘筠《夜宴》:“巢笙传曲沃,掺鼓发渔阳。”

【催花鼓】 唐南卓《羯鼓录》:“尝遇二月初诘旦,巾栉方毕,时当宿雨初晴,景色明丽,小殿内庭,柳杏将吐。睹而叹曰:‘对此景物,岂得不为他判断之乎?’左右相目,将命备酒,独高力士遣取羯鼓。上(唐玄宗)旋命之临轩,纵击一曲,曲名《春光好》(原注:“上自制也。”),神思自得。及顾柳杏,皆已发拆。上指而笑谓嫔御曰:‘此一事不唤我作天公,可乎?’嫔御侍官皆呼万岁。”〇指打鼓为乐。宋杨万里《正月五日以送伴借官侍宴集英殿十口号》之七:“一声白雨催花鼓,十二竿头总下来。”另参见植物部·花卉“腰鼓催花开”。

9 **【人琴】** 参见人事部·病死“人琴两亡”。唐刘禹锡《和重题》:“人琴久寂寞,烟月若平生。”

【无弦琴】 《晋书·陶潜传》:“(陶潜)性不解音,而畜素琴一张,弦徽不具,每朋酒之会,则抚而和之,曰:‘但识琴中趣,何劳弦上声!’”〇喻自寻乐趣,或喻意趣高雅,或表示弦外情味。唐白居易《丘中有一士》之二:“行披带索衣,坐拍无弦琴。”另参见人事部·雅逸“不设弦”、人事部·志趣“手空挥”。

【宓子弹琴】 《吕氏春秋·察贤》:“宓子贱治单父,弹鸣琴,身不下堂而单父治。”〇咏官吏善于管理。唐杜甫《七月一日题终明府水楼二首》之二:“宓子弹琴邑宰日,终军弃繻英妙时。”另参见地理部·城建“单父邑”、器用部·宫室“琴堂”、人物部·官吏“宓子贱”、政事部·治理“佳政琴鸣”。

【钟仪琴】 参见文明部·礼乐“楚奏”。唐杨炯《和刘长史答十九兄》:“钟仪琴未奏,苏武节犹新。”

【流水琴】 参见文明部·礼乐“高山流水”。唐储光羲《同张侍御鼎和京兆萧兵曹华岁晚南园》:“潘岳闲居赋,钟期流水琴。”

【海上琴】　唐吴兢《乐府古题要解·水仙操》:“旧说伯牙学鼓琴于成连先生,三年而成。至于精神寂寞,情志专一,尚未能也。成连云:‘吾师子春在海中,能移人情。’乃与伯牙延望,无人。至蓬莱山,留伯牙曰:‘吾将迎吾师。’刺船而去,旬时不返,但闻海上水汩汲澌澌之声。山林窅冥,群鸟悲号,怆然叹曰:‘先生将移我情。’乃援琴而歌之。曲终,成连刺船而还。伯牙遂为天下妙手。”〇咏音乐。清张问陶《辛未除夕柬景朴斋司马时已请病将归》:“一年花雪互追寻,同鼓成连海上琴。”另参见人物部·人杰“成连”。

【焦琴】　《后汉书·蔡邕传》:“吴人有烧桐以爨者,(蔡)邕闻火烈之声,知其良木,因请而裁为琴,果有美音,而其尾犹焦,故时人名曰‘焦尾琴’焉。”〇美称琴,或喻人才遭到埋没。宋王禹偁《秋居幽兴》之二:“幽兴将何遣,焦琴贯酒杯。”另参见植物部·木本“焦梧桐”、人事部·冤怨“爨桐鸣”。

【琴心】　参见人事部·情感“求凰”。唐李贺《有所思》:“琴心与妾肠,此夜断还续。”

【舜琴】　参见人物部·帝王“舜咏”。唐曹唐《三年冬大礼五首》之二:“不闻北斗倾尧酒,空觉南风入舜琴。”

【雍门琴】　参见人事部·情感“雍门哀”。唐李白《猛虎行》:“肠断非关陇头水,泪下不为雍门琴。”

10【由也瑟】　《论语·先进》:“子曰:‘由之瑟奚为于丘之门?’门人不敬子路。子曰:‘由也升堂矣,未入于室也。’”〇指自谦学识不够精深。唐窦庠《酬韩愈侍郎登岳阳楼见赠》:“自悲由也瑟,敢坠孔悝铭。”另参见器用部·宫室“升堂”、文明部·学识“升堂入室”、文明部·学识“由瑟”。

【素瑟】　参见人物部·妇女“素女”、文明部·礼乐“五十弦”。宋杨亿《致斋太一宫》:“天迥飙轮度,宵残素瑟希。”

11【桓伊筝】《晋书·桓伊传》:“时谢安女婿王国宝专利无检行,安恶其为人,每抑制之。……国宝谗谀之计稍行于主相之间。而好利险诐之徒,以安功名盛极,而构会之,嫌隙遂成。帝召伊饮宴,安侍坐。……伊便抚筝而歌怨诗曰:‘为君既不易,为臣良独难。忠信事不显,乃有见疑患。周旦佐文武,金縢功不刊。推心辅王政,二叔反流言。’声节慷慨,俯仰可观。安泣下沾襟,乃越席而就之,捋其须曰:‘使君于此不凡!’帝甚有愧色。”〇咏抚筝,或指心情悲愤。宋陆游《夜闻湖中渔歌》:“悲伤似击渐离筑,忠愤如抚桓伊筝。”另参见人事部·情感“慷慨桓野王”。

12【三弄笛】《晋书·桓伊传》“(桓伊)善音乐,尽一时之妙,为江左第一。有蔡邕柯亭笛,常自吹之。王徽之赴召京师,泊舟青溪侧。素不与徽之相识。伊于岸上过,船中客称伊小字曰:‘此桓野王也。’徽之便令人谓伊曰:‘闻君善吹笛,试为我一奏。’伊是时已贵显,素闻徽之名,便下车据胡床,为伊三调,弄毕,便上车去,客主不交一言。”〇咏吹笛。清王士禛《秋柳四首》之一:“莫听临风三弄笛,玉关哀怨总谁论。”

【山阳笛】晋向秀《思旧赋·序》:“余与嵇康、吕安居止接近,其人并有不羁之才,……而后各以事见法。……余逝将西迈,经其旧庐。于时日薄虞渊,寒冰凄然!邻人有吹笛者,发声寥亮。追思曩昔游宴之好,感音而叹。”〇喻悼念、怀念故友。唐司空曙《残莺百啭歌同王员外耿拾遗吉中孚李端游慈恩各赋一物》:“金谷筝中传不似,山阳笛里写难成。”另参见伦类部·师友“山阳会”、人事部·情感“山阳笛”。

【柯笛】《后汉书·蔡邕传》:“远迹吴会。”李贤注引晋张骘《文士传》曰:“邕告吴人曰:‘吾昔尝经会稽高迁亭,见屋椽竹东间第十六可以为笛。'取用,果有异声。"《世说新语·轻诋》:"蔡伯喈睹睐笛椽。"刘孝标注引晋伏滔《长笛赋叙》曰:"余同僚桓子野有故长笛,传之耆老云:'蔡邕伯喈之所制也。'初,邕避难江南,宿于柯亭之馆,以竹为椽,邕仰眄之,曰:'良竹也。'取以为笛,音声独绝。历代传之至于今。"○咏笛。唐李縠《浙东罢府西归酬别张广文皮先辈陆秀才》:"兰亭旧址虽曾见,柯笛遗音更不传。"另参见植物部·木本"柯亭竹"。

13【凤箫】　参见九流部·神仙"乘鸾"。○泛指箫,或喻箫声优美。宋苏轼《与述古自有美堂乘月夜归》:"鱼钥未收清夜永,凤箫犹在翠微间。"

【吴市吹箫】　《史记·范雎蔡泽列传》:"伍子胥橐载而出昭关,夜行昼伏,至于陵水,无以糊其口,膝行蒲伏,稽首肉袒,鼓腹吹篪(一作"箫"),乞食于吴市,卒兴吴国,阖闾为伯。"○指因生活困顿而流浪飘泊,有为而未遇。清康有为《泛海至天津入京复还上海》:"方朔长安徒索米,子胥吴市又吹箫。"另参见地理部·城建"吹箫吴市"、人事部·贫贱"吴市乞"。

14【吹竽】　《韩非子·内储说上》:"齐宣王使人吹竽,必三百人,南郭处士请为王吹竽,宣王说之,廪食以数百人。宣王死,湣王立,好一一听之,处士逃。"○喻指没有真实本领而冒充内行。唐韩愈《和席八十二韵》:"倚玉难藏拙,吹竽久混真。"另参见人事部·谬误"滥吹竽"。

15【子晋笙】　参见动物部·飞禽"王子鹤"。唐杜牧《寄题甘露寺北轩》:"孤高堪弄桓伊笛,缥缈宜闻子晋笙。"

16【渐离筑】　《史记·刺客列传》:"秦皇帝惜其(高渐离)善击筑,重赦之,乃矐其目。使击筑,未尝不称善。稍益近之,高渐离乃以铅置筑中,复进得近,举筑朴秦皇帝,不中。"○指行刺报仇。宋陆游《夜闻湖中渔歌》:"悲伤似击渐离筑,忠愤如抚桓伊筝。"另参见人事部·冤怨"筑中置铅"。

（二）诗词

1. 吟咏　2. 作诗　3. 诗词

1**【七步咏】**　《世说新语·文学》："文帝尝令东阿王七步中作诗，不成者行大法。应声便为诗曰：'煮豆持作羹，漉菽以为汁。萁在釜下燃，豆在釜中泣。本是同根生，相煎何太急。'帝深有惭色。"○指人才思敏捷，才气过人。唐于志宁《冬日宴群公于宅各赋一字得杯》："俱裁七步咏，同倾三雅杯。"另参见伦类部·亲眷"萁燃"、植物部·草本"煮豆燃萁"、文明部·学识"七步才"。

【牛渚咏】　《晋书·袁宏传》："（袁宏）少孤贫，以运租自业。谢尚时镇牛渚，秋夜乘月，率尔与左右微服泛江。会宏在舫中讽咏，声既清会，辞又藻拔，遂驻听久之，遣问焉。答云：'是袁临汝郎诵诗。'即其咏史之作也。尚倾率有胜致，即迎升舟，与之谭论，申旦不寐，自此名誉日茂。"○称咏人有才。唐孟浩然《送袁十岭南寻弟》："早闻牛渚咏，今见鹡鸰心。"另参见器用部·车船"彦伯舟"、人事部·雅逸"牛渚吟"。

【沧浪吟】　参见人事部·雅逸"沧浪"。唐储光羲《酬李壶关奉使行县忆诸公》："青枫江上沧浪吟，白月宫中鹦鹉林。"

【咏贪泉】　参见地理部·水流"贪泉"。唐陆龟蒙《奉和袭美寄琼州杨舍人》："只以直诚天自信，不劳诗句咏贪泉。"

【洛生咏】　《世说新语·雅量》："桓公伏甲设馔……（谢安）方作洛生咏。"刘孝标注引宋明帝《文章志》曰："安能作洛下书生咏，而少有鼻疾，语音浊。后名流多敩其咏，弗能及，手掩鼻而吟焉。"○美称他人吟咏诵读。唐李白《经乱后将避地剡中留赠崔宣城》："闷为洛生咏，醉发吴越调。"另参见人体部·头面"拥鼻"、人事部·雅逸"拥鼻吟"。

【郢中吟】 参见文明部·礼乐“曲高”。○喻作品高雅不凡。唐高适《同郭十题杨主簿新厅》：“多君有知己，一和郢中吟。”

【赋吟梁苑雪】 参见天文部·气象“赋吟梁苑雪”。五代前蜀韦庄《送福州王先辈南归》：“八韵赋吟梁苑雪，六铢衣惹杏园风。”

2**【叉手】** 宋孙光宪《北梦琐言》卷四：“（温庭筠）工于小赋，每入试，押宫韵作诗，凡八叉手而成八韵成。”○指文人才思敏捷。明瞿式耜《浣溪晚集次子后韵》：“满眼浓华收不尽，固应叉手便诗成。”另参见人体部·肢体“八叉”、文明部·学识“叉手速”、人物部·人杰“温八叉”。

【诗入鸡林】 《新唐书·白居易传》：“（白）居易于文章精切，……鸡林（古国名）行贾售其国相，率篇易一金。”○指诗名远扬。宋黄庭坚《自咸平至太康得十小诗》之一：“诗入鸡林市，书邀道士鹅。”另参人物部·其他“鸡林贾”。

【诗成得袍】 《新唐书·宋之问传》：“武后游洛南龙门，诏从臣赋诗。左史东方虬诗先成，后赐锦袍。之问俄顷献，后览之嗟赏，更夺袍以赐。”○喻文才出众，或指宠赐。唐杜甫《崔驸马山亭宴集》：“客醉挥金椀，诗成得绣袍。”另参见器用部·衣冠“夺锦袍”。

【推敲】 宋胡仔《苕溪渔隐丛话前集》卷十九引《刘公嘉话》：“（贾）岛初赴举京师，一日，于驴上得句云：‘鸟宿池边树，僧敲月下门。’始欲着‘推’字，又欲着‘敲’字，练之未定，遂于驴上吟哦，时时引手作推敲之势。时韩愈吏部权京兆，岛不觉冲至第三节。左右拥至尹前，岛具对所得诗句云云。韩立马良久，谓岛曰：‘作“敲”字佳矣。’”○指作诗文时反复斟酌字句，或指对事情反复考虑。宋楼钥《蒋慈谿鹗挽词》：“推敲诗益炼，骈俪语尤工。”另参见伦类部·师友“幸遇韩京兆”、器用部·宫室“吟扣僧门”、人事部·行止“出手推敲”。

【授简】 参见天文部·气象“梁园雪”。○指奉命吟诗作赋。唐杜甫《又作此奉卫王》:“白头授简焉能赋,愧似相如为大夫。”

【骑驴索句】 宋孙光宪《北梦琐言》卷七:“或曰:‘相国(郑綮)近有新诗否?’对曰:‘诗思在灞桥风雪中驴子上,此处何以得之?’盖言平生苦心也。”○指吟诗。宋范成大《北门覆舟山道中》:“骑驴索句当年事,岁暮骚人不自聊。”另参见天文部·气象“灞桥风雪”、地理部·城建“灞桥驴背”、动物部·走兽“灞桥驴”。

【题糕字】 参见天文部·时令“题糕”。明张煌言《九日陪安昌王……登锁山和韵》:“追陪谁复题糕字,愧向銮坡问笔才。”

3 **【大风诗】** 参见文明部·歌舞“大风歌”。唐李世民《幸武功庆善宫》:“共乐还乡宴,欢比大风诗。”

【巴人】 参见文明部·礼乐“曲高”。○指较俗的作品,或指民歌。唐权德舆《奉和于司空二十五丈新卜城南郊居接司徒公别墅即事书情奉献兼呈李裴相公》:“巴人宁敢和,空此愧游藩。”

【王粲诗】 参见人物部·人杰“王粲”。唐钱起《赋得青城山歌送杨杜二郎中赴蜀军》:“星台二妙逐王师,阮瑀军书王粲诗。”

【四愁】 东汉张衡《四愁诗·序》:“时天下渐弊,郁郁不得志,为《四愁诗》。……思以道术相报,贻于时君,而惧谗邪不得以通。”○咏愁思。唐孟郊《百忧》:“智士日千虑,愚夫唯四愁。”另参见人事部·情感“张衡愁”。

【白头吟】 《西京杂记》卷三:“相如将聘茂陵人女为妾,卓文君作《白头吟》以自绝,相如乃止。”○喻心境哀伤幽怨。唐骆宾王《在狱咏蝉》:“那堪玄鬓影,来对白头吟。”另参见文明部·礼乐“白头曲”、人事部·情感“空赋白头吟”。

【扫壁觅诗】 参见人事部·贫贱“饭后钟”。○喻人才落魄民间。宋黄庭坚《送吕知常赴太和丞》:“往寻佳境不知处,扫壁觅我题诗看。”

【池塘一句诗】 参见人事部·睡梦“梦惠连”。唐吴融《莺》:“谢家园里成吟久,只欠池塘一句诗。”

【李陵诗】 参见人物部·将相“李将军”。《文选》中有李陵《与苏武三首》,其词凄怆悲苦。○指悲苦之辞。唐薛能《题盐铁李尚书浐州别业》:“备足好中还有阙,许昌军里李陵诗。”

【枫落句】 《旧唐书·郑世翼传》:“时崔信明自谓文章独步,多所凌轹。(郑)世翼遇诸江中,谓之曰:‘尝闻“枫落吴江冷”。’信明欣然示百余篇。世翼览之未终,曰:‘所见不如所闻。’投之于江。信明不能对,拥楫而去。”○指诗句精妙,或喻秋景。宋陆游《秋兴》:“才尽已无枫落句,身存又见雁来时。”另参见地理部·水流“枫落吴江”、植物部·木本“枫落吴江”。

【刻烛成篇】 《南史·王僧儒传》:“竟陵王子良尝夜集学士,刻烛为诗,四韵者则刻一寸,以此为率。(萧)文琰曰:‘顿烧一寸烛,而成四韵诗,何难之有?’乃与(丘)令楷、江洪等共打铜钵立韵,响灭则诗成,皆可观览。”○喻诗才敏捷。清吴伟业《题西泠闺咏》之二:“卖珠补屋花应满,刻烛成篇锦不如。”另参见器用部·日用“吟烛”。

【织锦回文】 《晋书·列女传》:“窦滔妻苏氏,始平人也,名蕙,字兰若。善属文。滔,苻坚时为秦州刺史,被徙流沙。苏氏思之,织锦为回文旋图诗以赠滔。宛转循环以读之,词甚凄婉,凡八百四十字,文多不录。”○喻妻子之书信或情书。亦指妇女的诗文佳作。唐李白《代赠远》:“织锦作短文,肠随回文结。”另参见伦类部·亲眷“窦家妻”、器用部·其他“回文锦”、人事部·情感“锦字书”。

【南风篇】 参见人物部·帝王“舜咏”。唐魏徵《奉和正月临朝应诏》:“既欣东日户,复咏南风篇。”

【柏梁篇】 参见器用部·宫室“柏梁台”。唐王维《奉和圣制重阳节宰臣及群官上寿应制》:“无穷菊花节,长奉柏梁篇。”

【黄鸟悲诗】 参见动物部·飞禽“黄鸟悲鸣”。东汉王粲《咏史》:“黄鸟作悲诗,至今声不亏。”

【婢知诗】 参见人物部·妇女“郑婢”。宋陆游《先少师宣和初有赠晁公以道诗……》:“奴爱才如萧颖士,婢知诗似郑康成。”

【道蕴诗】 参见人物部·妇女“谢女”。唐许浑《和宾客相国咏雪》:“道蕴诗传丽,相如赋骋才。”(蕴,通韫)

【锦囊诗草】 唐李商隐《李长吉小传》:“(李贺)每旦日出与诸公游,未尝得题然后为诗,如他人思量牵合以及程限为意。恒从小奚奴,骑距驴,背一古破锦囊,遇有所得,即书投囊中。及暮归,太夫人使婢受囊出之,见所书多,辄曰:‘是儿要当呕出心乃已尔。’上灯,与食。长吉从婢取书,研墨叠纸足成之,投他囊中。非大醉及吊丧日,率如此。”〇喻诗文优美,或喻作诗文辛苦。宋苏轼《次韵王晋卿奉诏押高丽燕射》:“锦囊诗草勤收拾,莫遣鸡林得夜光。”另参见器用部·其他“李贺诗囊”、人事部·病死“李贺得疾”。

【蓼莪诗】 参见人事部·病死“蓼莪废”。明李东阳《徐用和御史墓山八咏·茅屋时思》:“极德难忘寸草私,多愁长废蓼莪诗。”

【纨扇词】 参见人事部·情感“班女怨”。元王逢《宫中行乐词》:“望幸影娥池,微吟纨扇词。”

(三)文章

1. 文章 2. 名著 3. 赋 4. 铭 5. 启

1 **【八行】** 参见器用部·日用“八行书”。清高鹗《文章看落笔》:"八行操定价,千丈落奇观。"

【大手笔】 参见文明部·文具"椽笔"。唐李商隐《韩碑》:"古者世称大手笔,此事不系于职司。"

【凤藻】 参见动物部·飞禽"白凤"。清杨夔《送张相公出征》:"援毫飞凤藻,发匣吼龙泉。"

【色丝文】 《世说新语·捷悟》:"魏武尝过曹娥碑下,杨修从。碑背上见题作'黄绢幼妇,外孙齑臼'八字,魏武谓修曰:'解不?'答曰:'解。'魏武曰:'卿未可言,待我思之。'行三十里,魏武乃曰:'吾已得。'令修别记所知。修曰:'黄绢,色丝也,于字为绝;幼妇,少女也,于字为妙;外孙,女子也,于字为好;齑臼,受辛也,于字为辞:所谓绝妙好辞也。'魏武亦记之,与修同,乃叹曰:'我才不及卿,乃觉三十里。'"〇称赞文章文辞华美。唐赵嘏《题曹娥庙》:"文字在碑碑已堕,波涛辜负色丝文。"另参见人事部·禀性"相去三十里"。

【阳春白雪】 参见文明部·礼乐"曲高"。宋王安石《寄题郢州白雪楼》:"折杨黄花笑者多,阳春白雪和者少。"

【投湘文】 参见人事部·情感"吊楚臣"。宋徐铉《和方泰州见寄》:"置醴筵空情岂尽,投湘文就思如凝。"

【荐祢书】 参见政事部·议政"鹗荐"。清吴雯《寄呈梁大司农》:"荐祢书仍在,投琼语更温。"

【郢声】 参见文明部·礼乐"郢声"。唐皎然《杼山禅居寄赠东溪吴处士冯一首》:"身当青山秀,文体多郢声。"

【铅椠】 参见文明部·学识"怀铅"。唐杜牧《长安杂题长句六首》之二:"自笑苦无楼获智,可怜铅椠又何妨。"

【掷地篇】 《晋书·孙绰传》"(孙绰)尝作《天台山赋》,辞致甚工,初成,以示友人范荣期云:'卿试掷地,当作金石声也。'荣期曰:'恐此金石非中宫商。'然每至佳句,辄云:'应是我辈语。'"〇喻文辞优美。唐羊士谔《郡中玩月寄江南李少府尹虞部孟员外》:"兹夕披云望,还吟掷地篇。"

【探颔得珠】 参见动物部·鳞介"骊龙"。○喻写文章抓住关键要领。宋陆游《云峰顶里看采杨梅连日留山中》:"未爱满盘堆火齐,先惊探颔得骊珠。"

【焚稿】 参见人事部·禀性"焚谏草"。唐刘长卿《秋日夏口涉汉阳献李相公》:"藏弓身已退,焚稿事难闻。"

【愈头风】 参见武备部·其他"陈琳檄"。唐罗隐《魏博罗令公附卷有回》:"马上固惭消髀肉,幄中由羡愈头风。"

【誓墓文】 参见人事部·志趣"誓墓志"。元袁桷《寿致政王侍郎八十二十韵》:"誓墓文何早,传家计岂迂。"

【麟笔】 参见人事部·情感"悲麟"。○指著作。宋陆游《小轩》:"麟笔残功成水品,蛇图余思入棋枰。"

2**【千金字】** 《史记·吕不韦列传》:吕不韦使门人作《吕氏春秋》,"布咸阳市门,悬千金其上,延诸侯游士宾客,有能增损一字者,予千金"。○喻妙文佳作。唐王维《上张令公》:"市阅千金字,朝闻五色书。"另参见器用部·珍宝"一字千金"。

【左传癖】 《晋书·杜预传》:"(杜预)既立功之后,从容无事,乃耽思经籍,为《春秋左氏经传集解》。……武帝闻之,谓预曰:'卿有何癖?'对曰:'臣有《左传》癖。'"○喻指勤奋读书,钻研学问。宋陆游《夜坐》:"辛苦空成《左传》癖,逍遥常愧大慈仙。"另参见文明部·学识"春秋癖"、人事部·志趣"书癖"。

【玄文覆酱】 《汉书·扬雄传赞》:"巨鹿侯芭常从(扬)雄居,受其《太玄》、《法言》焉。刘歆亦尝观之,谓雄曰:'空自苦!今学者有禄利,然尚不能明《易》,又如《玄》何?吾恐后人用覆酱瓿也。'雄笑而不应。"○喻著作高深,无人能懂,或喻毫无价值。唐陆龟蒙《记事诗》:"骏骨正牵盐,玄文终覆瓿。"另参见器用部·器皿"扬雄瓿"、人事部·谬误"空读书"。

【青牛句】 参见九流部·神仙"青牛紫气"。○指《道德经》。宋黄庭坚《送顾子敦赴河东三首》之二:“遥知更解青牛句,一寸功名心已灰。”

【知丘】 参见人事部·志趣“知丘”。唐白居易《哭刘尚书梦得二首》:“杯酒英雄君与操,文章微婉我知丘。”

3 **【三都赋】** 参见文明部·文具“洛阳纸贵”。唐白居易《和酬郑侍御东阳春闷见寄》:“一缄疏入掩谷永,三都赋成排左思。”

【千金赋】 汉司马相如《长门赋·序》:“孝武皇帝陈皇后时得幸,颇妒。别在长门宫,愁闷悲思。闻蜀郡成都司马相如天下工为文,奉黄金百斤为相如、文君取酒,因于解悲愁之辞。而相如为文以悟主上,陈皇后复得亲幸。”○喻作品极有价值。金元好问《白屋》:“长门谁买千金赋,祖道虚传五鬼文。”另参见器用部·宫室“长门闭”、器用部·珍宝“卖赋千金”、人物部·妇女“陈皇后”、人事部·情感“长门泣”。

【子虚】 《史记·司马相如传》:“上(汉武帝)读《子虚赋》而善之,曰:‘朕独不得与此人同时哉!’(杨)得意曰:‘臣邑人司马相如自言为此赋。’上惊,乃召问相如。相如曰:‘有是。然此乃诸侯之事,未足观也。请为天子游猎赋,赋成奏之。’上许,令尚书给笔札。相如以‘子虚’虚言也,为楚称;‘乌有先生’者,乌有此事也,为齐难;‘无是公’者,无是人也,明天子之义。故空藉此三人为辞,以推天子诸侯之苑囿。其卒章归之于节俭,因以风谏。奏之天子,天子大说。”○喻指优美的文章。唐王维《戏赠张五弟諲三首》之二:“染翰过草圣,赋诗轻《子虚》。”另参见人物部·帝王“爱子虚”、政事部·议政“诵子虚”。

【平子赋】 《后汉书·张衡传》:“(张)衡乃拟班固《两都》,作《二京赋》,因以讽谏。精思傅会,十年乃成。”“衡常思图身之事,以为吉凶倚伏,幽微难明,乃作《思玄赋》,以宣寄情志。”○喻精美文章,或咏归隐及哀愁。唐皇甫冉《馆陶李丞旧居》:"词藻世传平子赋,园林人比郑公乡。"另参见人事部·雅逸"平子归休"。

【梁园赋】 参见天文部·气象"梁苑雪"。唐李商隐《送千牛李将军赴阙五十韵》:"幸藉梁园赋,叨蒙许氏评。"

【鹏赋】 参见动物部·飞禽"贾鹏"。唐戴叔伦《过贾谊旧居》:"楚乡卑湿以殊方,鹏赋人非宅已荒。"

4**【有道铭】** 参见人事部·病死"郭泰碑铭"。清查慎行《外舅陆射山先生挽歌》:"世乏中郎笔,谁为有道铭?"

【剑阁铭】《晋书·张载传》:"太康初,至蜀省父,道经剑阁。(张)载以蜀人恃险好乱,因著铭以作诫曰:……。益州刺史张敏见而奇之,乃表上其文,武帝遣使镌之于剑阁山焉。"〇咏蜀地。清钱谦益《绣斧西巡歌为徐季良先生作》之一:"胡床襆被萧然去,片石留为剑阁铭。"

5**【山公启】** 参见政事部·议政"山公启事"。唐张九龄《故徐州刺史赠吏部侍郎苏公挽词三首》之二:"本谓山公启,而今殁始扬。"

(四) 学识

1. 学问　2. 才智　3. 勤学　4. 中第

1**【五车读】** 参见文明部·文具"五车书"。宋陆游《感兴》:"饱以五车读,劳以万里行。"

【五经笥】《后汉书·文苑列传·边韶传》:"边韶字孝先……以文章知名,教授数百人。韶口辩,曾昼日假卧,弟子私嘲之曰:'边孝先,腹便便,懒读书,但欲眠。'韶潜闻之,应时对曰:'边为姓,孝为字。腹便便,《五经》笥。但欲眠,思经事。寐与周公通梦,静与孔子同意。师而可嘲,出何典记?'嘲者大惭。"笥,古代藏书竹器。〇喻指文人学识丰富。唐钱起《送集贤崔八叔承恩括图书》:"还劳五经笥,更访百家书。"另参见人体部·肢体"便便腹"、器用部·日用"腹笥"、人物部·圣贤"边韶"、人事部·睡梦"昼眠"。

【升堂入室】　参见文明部·礼乐“由也瑟”、器用部·宫室“升堂”。晋陆云《赠鄱阳府君张仲膺诗》:“斌斌君子,升堂入室。”

【由瑟】　参见文明部·礼乐“由也瑟”。唐窦牟《奉酬杨侍郎十兄见赠之作》:“自悲由瑟无弹处,今作关西门下人。”

【出头地】　宋欧阳修《与梅圣俞书》:“读(苏)轼书,不觉汗出。快哉快哉!老夫当避路,放他出一头地也。”○指学问或地位比别人高,清卓孝复《寄郑苏龛同年》:“曾让大名出头地,独留元气护高楼。”另参见人体部·头面“放出头”。

【奴爱才】　宋钱易《南部新书·庚》:“萧颖士,开元中,年十九,擢进士第。儒释道三教,无不该通。然性褊躁,忽忿戾,举世无比。尝使一佣仆杜亮,每一决责,便至力殚。亮养疮平,复为其指使如故。人有劝,曰:‘岂不知,但以爱其才而慕其博奥,以此恋恋不能去。’卒至于死耳。”○咏人有才华。宋陆游《先少师宣和初有赠晁公以道诗……》:“奴爱才如萧颖士,婢知诗似郑康成。”另参见人物部·其他“萧奴”。

【传家学】　《宋书·王准之传》:“王准之字元曾,曾祖彪之……博闻多识,练悉朝仪,自是家世相传,并谙江左旧事,缄之青箱,世人谓之‘王氏青箱学’。”○指世传家学。唐刘禹锡《衢州徐员外使君遗以缟纻兼竹书箱因成一篇用答佳贶》:“远放歌声分白纻,知传家学与青箱。”另参见器用部·日用“青箱”。

【弄獐书】　《旧唐书·李林甫传》:“太常少卿姜度,(李)林甫舅子,度妻诞子,林甫手书庆之曰:‘闻有弄獐之庆。’客视之掩口。”按,《诗经·小雅·斯干》:“乃生男子,载寝之床,载衣之裳,载弄之璋。”后称生男曰“弄璋”。○喻没有文化,写错别字。宋苏轼《贺陈述古弟章生子》:“甚欲去为汤饼客,惟愁错写弄獐书。”另参见文明部·书画“弄獐书"。

【怀铅】 《西京杂记》卷三:"扬子云好事,常怀铅提椠,从诸计吏,访殊方绝域四方之语,以为裨补輶轩所载,亦洪意也。"○指采访、笔记型著述。唐元稹《献荥阳公诗五十韵》:"空虚惭炙輠,点窜许怀铅。"另参见文明部·文章"铅椠"。

【拾青】 《汉书·夏侯胜传》:"(夏侯)胜每讲授,常谓诸生曰:'士病不明经术;经术苟明,其取青紫如俯地拾地芥耳。'"○指以学问求富贵。唐高适《奉酬北海李太守丈人夏日平阴亭》:"从此日闲放,焉能怀拾青。"另参见植物部·草木"拾芥"、器用部·衣冠"青紫"、人事部·志趣"拾青紫"。

【晒腹】 参见文明部·文具"腹中书籍"。宋刘筠《戊申年七夕五绝句》之四:"岂惟蜀客知踪迹,更问庭中晒腹人。"

【难窥墙】 参见器用部·宫室"夫子墙"。唐柳宗元《弘农公以硕德伟才屈于诬枉……谨献诗五十韵以毕微志》:"独弃伧人国,难窥夫子墙。"

2**【八斗才】** 《释常谈·八斗之才》:"谢灵运尝曰:天下才有一石,曹子建(植)独占八斗,我得一斗,天下共分一斗。"○喻有才之人。唐李商隐《可叹》:"宓妃愁坐芝田馆,用尽陈王八斗才。"另参见器用部·器皿"才八斗"。

【七步才】 参见文明部·诗词"七步咏"。唐李峤《杂咏》:"天子三章传,陈王七步才。"

【三语】 参见人物部·官吏"三语掾"。宋苏轼《次韵道潜留别》:"异同更莫疑三语,物我终当付八还。"

【叉手速】 参见文明部·诗词"叉手"。宋苏轼《袁公济和复次韵答之》:"文如翻水成,赋作叉手速。"

【韦编三绝】 参见文明部·文具"绝编"。元耶律楚材《过天德和王辅之四首》之四:"韦编三绝耽牺易,萧散风神真隐人。"

【下笔不加点】　《文选·祢衡〈鹦鹉赋〉》:“时黄祖太子射宾客大会,有献鹦鹉者,举酒于衡前曰:‘祢处士,今日无用娱宾,窃以此鸟自远而至,明慧聪善,羽族之可贵,愿先生为之赋,使四坐咸共荣观,不亦可乎?’衡因为赋,笔不停缀,文不加点。”〇指文思敏捷。清叶方蔼《撰西樵考功志文毕寄阮亭户部》:“敢云下笔不加点,差喜临文无愧辞。”另参见人物部·人杰“正平摇笔”。

【老斫轮】　参见九流部·杂技“轮扁斫”。宋黄庭坚《次韵郭明叔长歌》:“诗书自可老斫轮,智略足以解连环。”

【江夏无双】　参见人物部·人杰“江夏黄童”。宋苏轼《用和人求笔迹韵寄莘老》:“江夏无双应未去,恨无文字相娱嬉。”

【诵亡书】　《汉书·张安世传》:“亡书三箧,诏问莫能知,惟(张)安世识之。”〇咏博闻强记。宋苏轼《和刘景文见赠》:“留子非为十日饮,要令安世诵亡书。”另参见器用部·日用“三箧”、文明部·文具“亡书三箧”。

【梦鸟】　参见人事部·睡梦“吞鸟梦”。唐李商隐《失题》:“斯文虚梦鸟,吾道欲悲麟。”

【据席谈经】　《后汉书·戴凭传》:“时诏公卿大会,群臣皆就席,(戴)凭独立。光武问其意,凭对曰:‘博士说经皆不如臣,而坐居臣上,是以不得就席。’帝即召上殿,令与诸儒难说,凭多所解释。帝善之,拜为郎中。”〇指才高而雄辩。宋黄庭坚《再答明略二首》之二:“据席谈经只强颜,不安时论取讥弹。”另参见器用部·日用“戴凭席”。

3**【三冬学】**　《汉书·东方朔传》:“(东方)朔初来,上书曰:‘臣朔少失父母,长养兄嫂。年十三学书,三冬文史足用。’”如淳注:“贫子冬日乃得学书,言文史之事足可用也。”〇咏读书。唐罗隐《投浙东王大夫二十韵》:“自愧三冬学,来窥数仞墙。”另参见天文部·时令“三冬”。

【下帷】　《汉书·董仲舒传》:“(董仲舒)下帷讲经,弟子传以久次相授业,或莫见其面,盖三年不窥园,其精如此。”〇喻指专心读书。唐李白《行行且游猎篇》:“儒生不及游侠人,白首下帷复何益。”另参见器用部·日用“董帷”。

【牛角挂书】 《新唐书·李密传》:“(李密)以蒲鞯乘牛,挂《汉书》一帙角上,行且读。越国公杨素适见于道,按辔蹑其后,曰:‘何书生勤如此?’密识素,下拜。问所读,曰:‘《项羽传》。’因与语,奇之。”〇指人好学。宋陆游《对酒》:“牛角挂书何足问,虎头食肉亦非豪。”另参见动物部·走兽“挂帙牛角”。

【问奇字】 《汉书·扬雄传》:扬雄“家素贫,耆酒,人希至其门。时有好事者载酒肴从游学”。又“刘棻尝从雄学作奇字”。〇指从师受业或向人请教。唐韩愈《题张十八所居》:“端来问奇字,为我讲声行。”另参见伦类部·师友“载酒生徒”、器用部·饮食“问字酒”、人事部·贫贱“问字”。

【刺股】 《战国策·秦策一》:苏秦上书说秦王不成,回家后遭到冷落,“乃夜发书,陈箧数十,得太公阴符之谋,伏而诵之,简练以为揣摩。读书欲睡,引锥自刺其股,血流至足”。〇指勤学苦读。宋王安石《酬慕容员外》:“吹毛未识腰间剑,刺股犹藏袖里锥。”另参见人体部·肢体“股多坑”、器用部·其他“季子锥”。

【青藜照】 参见器用部·日用“青藜杖”。清陈鹏年《冬日感怀》之二:“直庐夜检青藜照,讲幄朝呈白虎通。”

【虱心穿】 《列子·汤问》:纪昌学射于飞卫,飞卫命他先学视,要做到视小如大,视微如著。“昌以氂悬虱于牖南面而望之,旬日之间浸大也。三年之后如车轮焉,以睹余物,皆丘山也。乃以燕角之弧,朔蓬之簳射之,贯虱之心而悬不绝。”〇指勤学苦练或技艺高超。唐元稹《献荥阳公诗五十韵》:“劲芟鳌足断,精贯虱心穿。”另参见动物部·虫豸“虱如轮”、九流部·杂技“贯虱”、器用部·车船“虱悬轮”。

【受兵略】 参见器用部·衣冠“取履”。唐李白《猛虎行》：“暂到下邳受兵略，来投漂母作主人。”

【映雪读书】 《初学记》卷二引《宋齐语》：“孙康家贫，常映雪读书，清谈，交游不杂。”〇喻勤学苦读。唐权德舆《旅馆雪晴因成杂言》：“丈夫富贵自有期，映雪读书徒白首。”另参见天文部·气象“窗雪”、器用部·宫室“雪窗”。

【春秋癖】 参见文明部·文章“左传癖”。唐元稹《哭吕衡州六首》之六：“杜预春秋癖，扬雄著述精。”

【铁砚穿】 宋何薳《春渚纪闻》：“桑维翰试进士，有司嫌其姓，黜之。或劝勿试，维翰持铁砚示人曰：‘铁砚穿，乃改业。’著《日出扶桑赋》以见志。”另《新五代史·桑维翰传》亦载。〇咏勤学。宋陆游《寒夜读书》：“韦编屡绝铁砚穿，口诵手抄那计年。”另参见文明部·文具“铁砚穿”。

【借壁光】 《西京杂记》卷二：“匡衡字稚圭，勤学而无烛。邻舍有烛而不逮，衡乃穿壁引其光，以书映光而读之。”〇咏勤学。清钱谦益《虫诗十二首·灯蛾》：“未许因人热，那能借壁光。”另参见器用部·宫室“凿壁”。

【流麦】 参见植物部·草本“飘麦”。唐韦应物《假中对雨呈县中僚友》：“流麦非关忘，收书独不能。”

【悬头苦学】 《太平御览》卷三六三引《汉书》：“孙敬字文宝，好学，晨夕不休，及至眠睡疲寝，以绳系头悬屋梁。后为当世大儒。”〇咏勤奋苦学。唐李商隐《咏怀寄秘阁旧僚二十六韵》：“悬头曾苦学，折臂反成医。”另参见人体部·头面“悬头”、器用部·宫室“悬梁”。

【聚萤】 参见动物部·虫豸“读书萤”。唐高适《奉酬李太守夏日平阴亭》：“一生徒羡鱼，四十犹聚萤。”

4【青钱万选】 参见人物部·圣贤“青钱学士”。〇喻文才出众，屡试屡中。宋晏殊《示张寺丞王校勘》：“游梁赋客多风味，莫惜青钱万选才。”

【郤诜第】 参见植物部·木本“东堂桂树”。唐岑参《送蒲秀才擢第归蜀》:“新登郤诜第,更著老莱衣。”

【雁塔名】 五代王定保《唐摭言》卷三:“进士题名,自神龙之后,过关宴后,率皆期集于慈恩塔下题名。”慈恩塔即大雁塔。〇指中进士。清赵翼《赠三元钱湘舲》:“设令国家更有别科目,不知又领几次雁塔名。”另参见器用部·宫室“雁塔”、人事部·富贵“慈恩题记”。

(五) 书画

1. 书法(书写) 2. 绘画(图画)

1**【世人那知】** 《世说新语·品藻》:“谢公问王子敬:‘君书何如君家尊?’答曰:‘固当不同。’公曰:‘外人论殊不尔。’王曰:‘外人那得知?’”〇喻父子书法皆工妙。唐柳宗元《重赠二首》之一:“如今试遣限墙问,已道世人那得知。”

【右军书】 《晋书·王羲之传》:“尝在蕺山见一老姥,持六角竹扇卖之。(王)羲之书其扇,各为五字。姥初有愠色。因谓姥曰:‘但言是王右军书,以求百钱邪。’姥如其言,人竞买之。”〇喻指书画作品。唐高适《途中寄徐录事》:“空多箧中赠,长见右军书。”

【春蚓秋蛇】 《晋书·王羲之传》:“(萧)子云近世擅名江表,然仅得成书,无丈夫之气,行行若萦春蚓,字字若绾秋蛇。”〇喻书法拙劣。宋苏轼《和孔密州五绝·和流杯石上草书小诗》:“蜂腰鹤膝嘲希逸,春蚓秋蛇病子云。”另参见动物部·鳞介“春蚓秋蛇”、动物部·虫豸“纡春蚓”。

【临池】 晋卫恒《四体书势》:“汉兴而有草书……弘农张伯英(芝)者,因而转精其巧。凡家之衣帛,必书而后练之。临池学书,池水尽墨。”〇咏练习书法。宋苏轼《石苍舒醉墨堂》:“不须临池更苦学,完取绢素充衾裯。”另参见地理部·水流“墨池”、人物部·人杰“临池圣”。

【家鸡野鹜】 晋何法盛《晋中兴书·颍川庾录》:“庾翼书少时与王右军齐名,右军后进,庾犹不分,在荆州与都下书曰:小儿辈厌家鸡,爱野鹜(一作鸡),皆学逸少(王羲之)书,须吾下当北之。”○喻书法的不同艺术风格。宋苏轼《书刘景文所藏王子敬贴绝句》:“家鸡野鹜同登俎,春蚓秋蛇总入奁。”另参见动物部·飞禽“家鸡”。

【换鹅书】 参见动物部·飞禽“换鹅”。○指书法佳作。元黄庚《杂咏》:“小径荒苔人不到,闭门闲学换鹅书。”

【醉本兰亭】 参见伦类部·师友“兰亭”。○指《兰亭集序》帖。唐李商隐《寄在朝郑曹独孤李四同年》:“不因醉本兰亭在,兼忘当年旧永和。”

【书裙】 参见器用部·衣冠“羊欣白练裙”。宋苏轼《会客有美堂周邠长官与数僧同泛湖》之二:“载酒无人过子云,掩关昼卧客书裙。”

【书壁问】 参见人事部·情感“呵壁问天”。清顾炎武《龙门》:“无人书壁问,倚马日将昏。”

【向空书】 参见人事部·情感“咄咄怪事”。唐卢纶《和徐法曹赠崔洛阳斑竹杖以诗见答》:“劲堪和醉倚,轻好向空书。”

【弄獐书】 参见文明部·学识“弄獐书”。宋苏轼《贺陈述古弟章生子》:“甚欲去为汤饼客,唯愁错写弄獐书。”

【荻字】 《宋史·欧阳修传》:欧阳修“四岁而孤,母郑,守节自誓,亲诲之学,家贫,至以荻画地学书”。○指母亲教子。清顾炎武《表哀诗》:“荻字书犹记,斑衣舞尚寻。”另参见伦类部·亲眷“冷灰画荻”、人事部·贫贱“画荻”。

2**【画地饼】** 参见器用部·饮食“画饼”。宋周孚《元日怀陈道人并忆焦山旧游》:“功名画地饼,岁月下江船。”

【画虎】 《后汉书·马援传》:“龙伯高敦厚周慎,口无择言,谦约节俭,廉公有威,吾爱之重之,愿汝曹效之。杜季良豪侠好义,忧人之忧,乐人之乐,清浊无所失,父丧致客,数郡毕至,吾爱之重之,不愿汝曹效也。效伯高不得,犹为谨敕之士,所谓刻鹄不成尚类鹜者也。效季良不得,陷为天下轻薄子,所谓画虎不成反类狗者也。"○喻好高骛远而无所成就。唐杜甫《奉赠太常张卿二十韵》:"谬知终画虎,微分是醯鸡。"另参见动物部·走兽"虎拙"、动物部·走兽"类狗"、人事部·谬误"图形类狗"。

【画蛇足】 参见动物部·鳞介"蛇有足"。宋苏轼《与叶淳老侯敦夫张秉道同相视新河秉道有诗次韵二首》之一:"从来自笑画蛇足,此事何殊食鸡肋。"

【图画云台】 参见人物部·将相"云台画象"。唐杜甫《述古三首》之三:"休运终四百,图画在云台。"

【屏风误点】 唐张彦远《历代名画记·曹不兴》:"曹不兴,吴兴人也。孙权使画屏风,误落笔点素,因就成蝇状。权疑其真,以手弹之。"○咏画技高超。唐王维《故人张諲工诗善易卜兼能丹青草隶顷以诗见赠聊获酬之》:"屏风误点惑孙郎,团扇草书轻内史。"另参见动物部·虫豸"曹蝇"、器用部·日用"蝇点屏风"。

【凌烟画阁】 参见器用部·宫室"凌烟阁"。唐王建《宫词》之九:"少年天子重边功,亲到凌烟画阁中。"

【墨君】 参见植物部·木本"此君"。○指绘画作品中的竹。宋苏轼《送文与可出守陵州》:"壁上墨君不解语,见之尚可销百忧。"

【卧游图】 《宋书·宗炳传》:"(宗炳)好山水,爱远游,……有疾还江陵,叹曰:'老疾俱至,名山恐难遍睹,唯当澄怀观道,卧以游之。'凡所游履,皆图之于室,谓人曰:'抚琴动操,欲令众山皆响。'"○指称赏画。宋陆游《小阁纳凉》:"莫遣良工更摹写,此诗端是卧游图。"另参见人事部·志趣"卧游"。

【郑侠图】 《宋史·郑侠传》:"是时,自熙宁六年七月不雨,至于七年之三月,人无生意。……(郑)侠知(王)安石不可谏,悉绘所见为图,奏疏诣阁门,不纳。乃假称密急,发马递上之银台司。……疏奏,神宗反复观图,长吁数四,袖以入。是夕,寝不能寐。翌日,命开封体放免行钱……越三日,大雨,远近沾洽。辅臣入贺,帝示以侠所进图状,且责之,皆再拜谢。”〇指百姓生活困苦。清查慎行《送彭南陔赴长沙》:“郑侠图曾伤目击,陈琳檄可愈头风。”另参见政事部·议政“监门图”。

(六) 文具

1. 笔　2. 墨　3. 纸　4. 砚　5. 书籍

1【毛颖】　参见文明部·文具“陈玄”。〇指毛笔。宋陈与义《次韵西郊春事》:“毛颖陈玄虽胜流,也须从事到青州。”

【生花笔】　五代王仁裕《开元天宝遗事·梦笔头生花》:“李太白少时,梦所用之笔头上生花。后天才赡逸,名闻天下。”〇喻文人才思俊逸或文笔优美。清赵翼《疑团》:“笑他如豆书生眼,徒诩生花笔一枝。”另参见植物部·花卉“笔生花”、人事部·睡梦“梦笔”。

【白笔】　参见人物部·官吏“簪白笔”。明何景明《送王御史德辉西巡》:“白笔万人看气象,肯令河外有烟尘?”

【江淹笔】　参见人事部·睡梦“江淹梦”。唐黄滔《喜侯舍人蜀中新命三首》之三:“内人未识江淹笔,竟问当时不早求。”

【班笔】　参见人事部·志趣“投笔”。唐元稹《纪怀赠李六户曹崔二十功曹五十韵》:“班笔行看掷,黄陂莫漫澄。”

【笔冢】　唐李肇《国史补》:“长沙僧怀素,好草书,自言得草圣三昧。弃笔堆积,埋于山下,号曰笔冢。”〇指人刻苦习字。唐裴说《怀素台歌》:“笔冢低低高似山,墨池浅浅深如海。”

【董狐笔】　参见政事部·忠直“董狐直笔”。唐杜甫《写怀》:“祸首燧人氏,厉阶董狐笔。”

【椽笔】　《晋书·王珣传》:“(王)珣梦人以大笔如椽与之,既觉,语人云:‘此当有大手笔。’俄而帝崩,哀册谥议,皆珣所草。"〇喻名家作品或写作才能极高。宋苏轼《三月廿三恭闻皇太后升遐》之一:"月落风悲天雨泣,谁将椽笔写光尘?"另参见文明部·文章"大手笔"。

【管城子】 唐韩愈《毛颖传》:"秦皇帝使(蒙)恬赐之汤沐,而封诸管城,号曰:'管城子'。"〇指毛笔。宋黄庭坚《戏呈孔毅父》:"管城子无食肉相,孔方兄有绝交书。"

2**【陈玄】** 唐韩愈《毛颖传》:"(毛)颖与绛人陈玄、弘农陶泓及会稽褚先生友善,相推致,其出处必偕。上召颖,三人者不待诏,辄俱往,上未尝怪焉。"毛颖,笔;陈玄,墨;陶泓,砚;褚先生(又作楮先生),纸。均为假托人名。〇指墨。宋陈与义《和张规臣水墨梅五绝》之二:"谁教也作陈玄面,眼乱初逢未敢言。"另参见文明部·文具"毛颖"、文明部·文具"陶泓"、文明部·文具"楮先生"。

3**【洛阳纸贵】** 《晋书·左思传》:"(左思)复欲赋三都……遂构思十年,门庭藩溷皆著笔纸,遇得一句,即便疏之。……及赋成,……(皇甫)谧称善,为其赋序。……自时之后,盛重于时,……于是豪贵之家竞相传写,洛阳为之纸贵。"〇喻作品风行一时。唐宋之问《范阳王挽词二首》之一:"洛阳今纸贵,犹写太冲词。"另参见文明部·文章"三都赋"。

【楮先生】 参见文明部·文具"陈玄"。〇指纸。宋陆游《村居日饮酒对梅花醉则拥纸衾熟睡》:"孤寂惟寻曲道士,一寒仍赖楮先生。"

4**【铁砚穿】** 参见文明部·学识"铁砚穿"。宋陆游《寒夜读书》之二:"韦编屡绝铁砚穿,口诵手钞那计年。"

【陶泓】 参见文明部·文具"毛颖"。〇指砚。宋苏轼《次韵范纯父涵星砚月石风林屏》:"陶泓不称管城沐,醉石可助平泉醒。"

【焚砚】 《晋书·陆机传》:"(陆机)弟(陆)云尝与书曰:'(崔)君苗见兄文,辄欲烧其笔砚。'"〇指自谦文才不如他人。唐冯伉《和权载之离合诗》:"息心欲焚砚,自靦陪群英。"

5**【亡书三箧】** 参见文明部·学识"诵亡书"。清吴雯《哭张三公路之丧而送之十首》之四:"亡书三箧君能记,谁备河东顾问来?"

【五车书】 《庄子·天下》:"惠施多方,其书五车,其道舛驳,其言也不中。"〇喻指读书多,学问深。唐王维《戏赠张五弟諲三首》之二:"张弟五车书,读书仍隐居。"另参见器用部·车船"五车"、文明部·学识"五车读"。

【韦编】 《史记·孔子世家》:"孔子晚而喜《易》,序《彖》、《系》、《象》、《说卦》、《文言》。读《易》,韦编三绝。曰:'假我数年,若是,我于《易》则彬彬矣。'"〇指书籍或发奋读书。唐权德舆《郊居岁暮因书所怀》:"就学缉韦编,铭心对欹器。"另参见文明部·学识"韦编三绝"、人物部·圣贤"易韦三绝"。

【百城书】 参见人事部·志趣"拥书城"。清顾汧《木庵荆岩梅崖枉过夜话分得鱼字》之一:"寒窗独拥百城书,客至雄谈慰索居。"

【青囊两卷书】 参见器用部·其他"青囊"。唐杜牧《赠朱道灵》:"刘根丹篆三千字,郭璞青囊两卷书。"

【茂陵书】 参见人物部·人杰"茂陵书生"。唐崔宗之《赠李十二白》:"袖有匕首剑,怀中茂陵书。"

【诗书焚爇】 参见人事部·冤怨"焚阬"。唐苏颋《奉和圣制春台望应制》:"诗书焚爇散学士,高阁奢逾娇美人。"

【鲁壁书】 参见文明部·礼乐"鲁壁简"。唐宋之问《宴安乐公主宅得空字》:"箫奏秦台里,书开鲁壁中。"

【腹中书籍】 《世说新语·排调》:"郝隆七月七日出日中仰卧,人问其故,答曰:'我晒书。'"〇指学识丰富。唐严武《寄题杜二锦江野亭》:"腹中书籍幽时晒,肘后医方静处看。"另参见人体部·肢体"袒腹晒书"、文明部·学识"晒腹”。

（七）歌舞

1．歌 2．舞

1【大风歌】 《史记·高祖本纪》：“（汉）高祖还归，过沛，留。置酒沛宫，悉召故人父老子弟纵酒，发沛中儿得百二十人，教之歌。酒酣，高祖击筑，自为歌诗曰：‘大风起兮云飞扬，威加海内兮归故乡，安得猛士兮守四方！’令儿皆和习之。高祖乃起舞，慷慨伤怀，泣数行下。”〇咏帝王，或指慷慨悲歌及治国安邦之志。唐杜甫《伤春五首》之五：“得无中夜舞，谁忆大风歌？”另参见文明部·礼乐“大风曲”、文明部·诗词“大风诗”、人物部·帝王“汉祖有歌”、人事部·志趣“歌大风”。

【凤歌】 参见人事部·狂放“接舆狂”。唐李白《庐山谣寄卢侍御虚舟》：“我本楚狂人，凤歌笑孔丘。”

【巴歌】 参见文明部·礼乐“曲高”。〇指通俗化的作品。唐孟浩然《同曹三御史行泛湖归越》：“秋入诗人意，巴歌和者稀。”

【击壤歌】 《论衡·艺增》：“《论语》曰：‘大哉，尧之为君也，荡荡乎民无能名焉。’传曰：‘有年五十击壤于路者，观者曰：“大哉，尧德乎！”击壤者曰：“吾日出而作，日入而息，凿井而饮，耕田而食，尧何等力！”’”〇称颂帝王治国有方。南朝陈张正见《从籍田应衡阳王教作五章》之五：“幸承滥吹末，击壤自为歌。”另参见人物部·帝王“歌帝力”、人物部·圣贤“尧舜力”、政事部·治理“尧年”、人事部·寿考“击壤翁”。

【优孟歌】 参见人物部·人杰“优孟”。〇喻贤臣身后凄凉。南朝梁沈约《伤李珪之》：“既阙优孟歌，身没谁为宠？”

【来暮歌】 参见政事部·治理“襦袴恩”。唐刘长卿《奉寄婺州李使君舍人》:"建隼罢鸣珂,初传来暮歌。"

【听歌吴季札】　《左传·襄公二十九年》:"吴公子札来聘……请观于周乐。使工为之歌《周南》、《召南》,曰:'美哉!始基之矣,犹未也。然勤而不怨矣。'为之歌《邶》、《鄘》、《卫》,曰:'美哉,渊乎!忧而不困者也。吾闻卫康叔、武公之德如是,是其《卫风》乎?'为之歌《王》……见舞《韶箾》者,曰:'德至矣哉……观止矣!若有他乐,吾不敢请已!'"季札曾封于延陵。〇指欣赏乐舞。唐韩翃《宴吴王宅》:"听歌吴季札,纵饮汉中山。"另参见人事部·志趣"延陵听赏"。

【余音绕梁】　《列子·汤问》:"昔韩娥东之齐,匮粮,过雍门,鬻歌假食。既去而余音绕梁欐,三日不绝,左右以其人弗去。"〇喻指歌声宛转悠扬。唐孙觌《长乐寺》:"雍门已陈迹,余音空绕梁。"另参见器用部·宫室"歌梁",人物部·妇女"韩娥"。

【饭牛歌】　参见人事部·贫贱"宁戚饭牛"。宋陆游《连日大雨门外湖水渺然》:"尚鄙朱公养鱼术,肯为宁戚饭牛歌。"

【易水歌】　参见地理部·水流"易水"。唐骆宾王《夏日游德州赠高四》:"白雪梁山曲,寒风易水歌。"

【弦歌】　参见文明部·礼乐"武城弦"。〇喻出任邑令。唐秦韬玉《送友人罢举除南陵令》:"共言愁是酌离杯,况值弦歌枉大才。"

【赵津歌】　汉刘向《列女传·赵津女娟》:"赵津女娟者,赵河津吏之女,赵简子之夫人也。初,简子南击楚,与津吏期。简子至,津吏醉卧,不能渡,简子欲杀之。娟惧,持楫而走。简子曰:'女子走何为?'对曰:'津吏息女。妾父闻主君来渡,不测之水,恐风波之起,水神动骇,故祷祠九江三淮之神,供具备礼,御釐受福,不胜巫祝杯酌余沥,醉至于此。君欲杀之,妾愿以鄙躯易父之死。'简子曰:'非女之罪也。'娟曰:'主君欲因其罪而杀之,妾恐其身之不知痛,而心不知罪也。若不知罪杀之,是杀不辜也。愿醒而杀之,使知其罪。'简子曰:'善!'遂释不诛。简子将渡,用楫者少一人,娟攘卷掺楫而请曰:'妾愿备员持楫。'……遂与渡。中流,为简子发《河激》之歌,其辞曰:'升彼阿兮面观清,水扬波兮杳冥冥。祷求福兮醉不醒,诛将加兮妾心惊。罚既释兮渎乃清,妾持楫兮操其维。蛟龙助兮主将归,呼来擢兮行勿疑。'简子大悦,曰:'昔者不谷梦娶妻,岂此女乎?'将使人祝祓以为夫人。娟乃再拜而辞曰:'夫妇人之礼,非媒不嫁。严亲在内,不敢闻命!'遂辞而去。简子归,乃纳币于父母,而立以为夫人。"○指江河中所唱歌曲。北周庾信《将命使北始渡瓜步江》:"虽同燕市泣,犹听赵津歌。"另参见人物部·妇女"赵津女"。

【郢歌】 参见文明部·礼乐"曲高和寡"。○指高雅的作品。唐张九龄《和姚令公从幸温汤喜雪》:"还闻吉甫颂,不共郢歌俦。"

【剑歌】 参见人事部·贫贱"叹无鱼"。五代前蜀韦庄《东游远归》:"扣角干名计已疏,剑歌休恨食无鱼。"

【振履商音】 参见器用部·衣冠"商颂振履"、人事部·贫贱"捉襟见肘"。宋苏轼《次韵郑介夫二首》之一:"相与啮毡持汉节,何妨振履出商音。"

【接䍦歌】 参见人事部·狂放"山公醉"。唐孟浩然《宴荣二山池》:"山公来取醉,时唱接䍦歌。"

【唾壶歌】 参见器用部·器皿"缺唾壶"。宋陆游《遣兴》:"懑拈如意舞,狂叩唾壶歌。"

【绿珠歌】 参见人事部·病死"金谷堕楼"。唐曹邺《和潘安仁金谷集》:"香飘十里风,风下绿珠歌。"

【紫芝歌】 参见人事部·寿考"四老"。唐张九龄《商洛山行怀古》:"长怀赤松意,重忆紫芝歌。"

【舜歌】 参见人物部·帝王"舜咏"。唐王丘《奉和圣制答张说扈从南出鼠雀谷之作》:“北土分尧俗,南风动舜歌。”

【遏云歌】　《列子·汤问》:“薛谭学讴于秦青,未穷青之技,自谓尽之;遂辞归。秦青弗止;饯于郊衢,抚节悲歌,声振林木,响遏行云。薛谭乃谢求反,终身不敢言归。”○喻指歌声优美动听。唐罗隐《春思》:“蜀国暖回溪峡浪,卫娘清转遏云歌。”另参见天文部·气象“歌云”。

【楚歌】　参见武备部·其他“兵残楚帐”。清赵翼《鄱阳湖怀古》:“楚歌四面乌江败,吴火中原赤壁烧。”

【漆园歌】　《庄子·至乐》:“庄子妻死,惠子吊之,庄子则方箕踞,鼓盆而歌。惠子曰:‘与人居,长子,老,身死,不哭,亦足矣,又鼓盆而歌,不亦甚乎?’庄子曰:‘不然,是其始死也,我独何能无概然?察其始,而本无生;非徒无生也,而本无形;非徒无形也,而本无气。杂乎芒芴之间,变而有气,气变而有形,形变而有生,今又变而之死,是相与为春秋冬夏四时行也。人且偃然寝于巨室,而我噭噭然,随而哭之,自以为不通乎命,故止也。’”庄子曾任漆园吏。○喻丧妻及丧妻之痛。清王夫之《续哀雨诗》:“他日凭收柴市骨,此生已厌漆园歌。”另参见伦类部·亲眷“庄缶击”、器用部·器皿“歌鼓盆”、人事部·情感“鼓盆悲”。

2**【山鸡舞】**　参见动物部·飞禽“舞山鸡”。宋苏轼《石镜》:“山鸡舞破半岩云,菱叶开残野水春。”

【轻身舞】　参见人物部·妇女“飞燕”。唐李白《阳春歌》:“飞燕皇后轻身舞,紫宫夫人绝世歌。”

【鸾独舞】　参见动物部·飞禽“镜中鸾”。宋陆游《东园》:“对镜每悲鸾独舞,绕枝谁见鹊南飞?”

【斑衣舞】　参见伦类部·亲眷“斑衣奉亲”。清顾炎武《表哀诗》:“荻字书犹记,斑衣舞尚寻。”

十一、人物部

（一）帝王

1. 上古 2. 先秦 3. 秦汉 4. 魏晋 5. 宋 6. 其他

1【黄帝上天】 参见九流部·神仙“乘龙”。唐李贺《苦篁调啸引》：“当时黄帝上天时，二十三管咸相随。”

【歌帝力】 参见文明部·歌舞“击壤歌”。宋黄庭坚《次韵寅庵四首》之一：“闲与老农歌帝力，年丰村落罢追胥。”

【献尧蓂】 《竹书纪年·帝尧陶唐氏》：“又有草夹阶而生，月朔始生一荚，月半而生十五荚，十六日以后日落一荚，及晦而尽，月小则一荚焦而不落，名曰蓂荚，一曰历荚。”〇歌颂帝德。唐司空曙《和耿拾遗元日观早朝》：“大官陈禹玉，司历献尧蓂。”另参见天文部·时令“蓂全落”、植物部·草本“蓂荚”。

【奏虞韶】 《尚书·虞书·益稷》：“《箫韶》九成，凤皇来仪。”孔安国传：“《韶》，舜乐名；言箫，见细器之备。”〇称颂帝王。唐黄颇《风不鸣条》：“太平无一事，天外奏虞韶。”另参见文明部·礼乐“箫韶曲”。

【舜咏】 《礼记·乐记》：“昔者舜作五弦之琴，以歌《南风》。”〇咏帝王为政圣明，或指古雅之乐。唐袁朗《赋饮马长城窟》：“汤征随北怨，舜咏起《南风》。”另参见天文部·气象“舜风”、文明部·礼乐“舜乐”、文明部·礼乐“舜琴”、文明部·诗词“南风篇”、文明部·歌舞“舜歌”、政事部·治理“整舜弦”。

【开三面网】 参见器用部·其他“祝网”。唐窦巩《唐州东途作》：“天子欲开三面网，莫将弓箭射官军。”

【垂裳】 参见人物部·圣贤“垂衣”。唐李隆基《送张说巡边》：“端拱复垂裳，长怀御远方。”

2【**周公吐哺**】　《韩诗外传》卷三:“成王封伯禽(周公之子)于鲁,周公诫之曰:‘往矣!子其无以鲁国骄士。吾,文王之子,武王之弟,成王之叔父也,又相天子,吾于天下,亦不轻矣。然一沐三握发,一饭三吐哺,犹恐失天下之士。’”○喻殷勤礼待贤士,或喻为政事而操心忙碌。三国魏曹操《短歌行》:“周公吐哺,天下归心。”另参见人体部·头面“三握发”、器用部·饮食“三哺”、政事部·议政“吐握”。

【**武王梦**】　参见地理部·土石“傅野”。○喻帝王赏识人才。唐徐夤《东归题屋壁》:“见说武王天上梦,无情曾与傅岩通。”

【**定鼎**】　参见器用部·器皿“周鼎”。唐沈佺期《龙门应制》:“先王定鼎河山固,宝命乘周万物新。”

【**楚襄王**】　参见人事部·情感“朝云暮雨”。唐储光羲《杂诗二首》之二:“鄙哉楚襄王,独好阳云台。”

【**买骏骨**】　参见器用部·珍宝“死骨千金”。唐杜甫《赠崔十三评事公辅》:“燕王买骏骨,渭老得熊罴。”

【**勾践**】　《吴越春秋·勾践归国外传》:“越王(勾践)念复吴仇,非一旦也。苦身劳心,夜以继日。目卧则攻之以蓼,足寒则渍之以水。冬常抱冰,夏还握火。愁火苦志,悬胆于户,出入尝之,不绝于口。”宋苏轼《拟孙权答曹操书》:“仆受遗以来,卧薪尝胆。”○喻指失败后刻苦自砺,奋发图强,报仇雪耻。唐刘驾《姑苏台》:“勾践饮胆日,吴酒正满杯。”另参见地理部·水流“抱冰”、器用部·日用“握火”、器用部·日用“卧薪”、人事部·行止“卧薪尝胆”、人事部·志趣“尝胆”。

3【**封五树松**】　参见植物部·木本“大夫松”。北周庾信《陪驾幸终南山和宇文内史》:“水奠三川石,山封五树松。”

【**秦王构石**】　参见九流部·神仙“驱石”。唐李峤《桥》:

"秦王空构石,仙岛远难依。"

【项王双瞳】 参见人体部·头面"重瞳"。〇指项羽。唐李白《登广武古战场怀古》:"项王气盖世,紫电明双瞳。"

【赤龙子】 《史记·高祖本纪》:"高祖被酒,夜径泽中,令一人行前。行前者还报曰:'前有大蛇当径,愿还。'高祖醉,曰:'壮士行,何畏!'乃前,拔剑击斩蛇。蛇遂分为两,径开。行数里,醉,因卧。后人来至蛇所,有一老妪夜哭。人问何哭,妪曰:'人杀吾子,故哭之。'人曰:'妪子何为见杀?'妪曰:'吾子,白帝子也,化为蛇,当道,今为赤帝子斩之,故哭。'"〇喻指帝王。唐李贺《公莫舞歌》:"材官小臣公莫舞,座上真人赤龙子。"另参见动物部·鳞介"汉高偶试"、动物部·鳞介"斩蛇"。

【拜韩信】 参见人物部·将相"登坛"。唐王涯《从军词三首》之一:"今朝拜韩信,计日斩成安。"

【分我杯羹】 《史记·项羽本纪》:"(项羽)与汉俱临广武而军,相守数月。当此时,彭越数反梁地,绝楚粮食,项王患之。为高俎,置太公其上,告汉王曰:'今不急下,吾烹太公。'汉王曰:'吾与项羽俱北面受命怀王,曰"约为兄弟"。吾翁即若翁,必欲烹而翁,则幸分我一杯羹。'项王怒,欲杀之。项伯曰:'天下事未可知,且为天下者不顾家,虽杀之无益,只益祸耳。'项王从之。"〇指从别人那里分享一分利益。唐李白《登广武古战场怀古》:"分我一杯羹,太皇乃汝翁。"另参见器用部·饮食"杯羹"。

【长揖隆准公】 参见人事部·狂放"长揖"。唐李白《梁甫吟》:"君不见高阳酒徒起草中,长揖山东隆准公(刘邦)。"

【三章令】 参见政事部·治理"法三章"。唐杨炯《奉和上元酺宴应诏》:"汉后三章令,周王五伐兵。"

【汉祖有歌】 参见文明部·歌舞"大风歌"。唐元稹《法曲》:"汉祖过沛亦有歌,秦王破阵非无作。"

【尺布之谣】 参见器用部·饮食"斗粟"。唐李白《上留田行》:“高风缅邈,颓波激清。尺布之谣,塞耳不能听。”

【茂陵求】 参见人物部·人杰“茂陵书生”。唐杜甫《过故斛斯校书庄二首》之一:“竟无宣室召,徒有茂陵求。”

【金屋贮阿娇】 参见器用部·宫室“黄金屋”。○喻另有新欢。南朝陈沈炯《八音诗》:“金屋贮阿娇,楼阁起迢迢。”

【爱子虚】 参见文明部·文章“子虚”。唐温庭筠《送襄州李中丞赴从事》:“汉庭文采有相如,天子通宵爱子虚。”

4 **【英雄惟使君】** 参见器用部·日用“失箸”。清舒位《卧龙岗作》之一:“其间王者有世名,天下英雄惟使君。”

【三顾】 《三国志·蜀志·先主传》:“徐庶见先主,先主器之,谓先主曰:‘诸葛孔明者,卧龙也,将军岂愿见之乎?’先主曰:‘君与俱来。’庶曰:‘此人可就见,不可屈致也。将军宜枉驾顾之。’由是先主遂诣亮,凡三往乃见。”○咏帝王爱才求贤。唐杜甫《蜀相》:“三顾频烦天下计,两朝开济老臣心。”另参见器用部·宫室“臣庐”、人物部·将相“卧龙”、人物部·圣贤“诸葛才雄”、政事部·议政“茅室三顾”、人事部·雅逸“南阳卧”。

【长安日】 参见地理部·天体“日下”。唐张说《幽州新岁作》:“遥遥西向长安日,愿上南山寿一杯。”

5 **【射潮】** 《宋史·河渠七·东南诸水下》:“浙江通大海,日受两潮。梁开平中,钱武肃王(镠)始筑捍海塘,在候潮门外。潮水昼夜冲激,版筑不就,因命强弩数以射潮头。”○喻勇武之举。宋苏轼《八月十五日看潮五绝》之五:“安得夫差水犀手,三千强弩射潮低。”另参见地理部·水流“射涛”、武备部·兵器“潮头弩”。

6 **【望帝】** 参见动物部·飞禽“杜宇”。唐李商隐《锦瑟》:“庄生晓梦迷蝴蝶,望帝春心托杜鹃。”

【九重天子】 参见器用部·宫室“九重门”。唐温庭筠《会昌丙寅丰岁歌》:“九重天子调天下,春绿将军到西野。”

【埋璧】《左传·昭公十三年》:"初,共王无冢适,有宠子五人,无适立焉。乃大有事于群望,而祈曰:'请神择于五人者,使主社稷。'乃遍以璧见于群望曰:'当璧而拜者,神所立也,谁敢违之?'既乃与巴姬密埋璧于大室之庭,使五人齐,而长入拜。康王跨之,灵王肘加焉。子干、子皙皆远之。平王弱,抱而入,再拜,皆伏纽。"〇咏太子。唐温庭筠《庄恪太子挽歌词》:"惟馀埋璧地,烟草近丹墀。"另参见器用部·珍宝"拜璧"。

(二) 将相

1. 将　2. 相　3. 拜封

1**【大树旁】**《后汉书·冯异传》:"(冯)异为人谦退不伐,行与诸将相逢,辄引车避道。进止皆有表识,军中号为整齐。每所止舍,诸将并坐论功,异常独屏树下,军中号曰'大树将军'。"〇咏将军。宋苏轼《食荔枝二首》之一:"丞相祠堂下,将军大树旁。"另参见植物部·木本"将军树"。

【万里长城】《宋书·檀道济传》:"(檀)道济立功前朝,威名甚重,左右腹心,并经百战。……道济见收,脱帻投地曰:'乃复坏汝万里之长城!'"《旧唐书·李勣传》:"太宗谓侍臣曰:'朕今委任李世勣于并州,遂使突厥畏威遁走,塞垣安静,岂不胜远筑长城耶?'"〇喻捍卫祖国的大将。唐贺知章《送人之军》:"万里长城寄,无贻汉国忧。"另参见地理部·城建"长城"。

【万里侯】　参见人事部·富贵"封侯万里"。北周庾信《拟咏怀二十七首》之三:"不言班定远,应为万里侯。"

【飞将】《史记·李将军列传》:"于是天子乃召拜李广为右北平太守。……广居右北平,匈奴闻之,号曰'汉之飞将军',避之数岁,不敢入右北平。"〇指李广,或泛指骁勇善战的将军。唐王昌龄《出塞》:"但使龙城飞将在,不教胡马度阴山。"另参见人物部·人杰"李飞将"。

【五丁】《水经注·沔水》:“秦惠王欲伐蜀而不知道,作五石牛,以金置尾下,言能屎金,蜀王负力,令五丁引之成道。”〇喻指功勋卓著的功臣名将。唐张祜《读狄梁公传》:“五丁抉造化,一柱正乾坤。”另参见地理部·土石“石路五丁开”、动物部·走兽“金牛”。

【功狗】 参见动物部·走兽“功臣狗”。清黄任《彭城道中》:“当年何不怜功狗,留取韩彭守四方。”

【乐毅】《史记·乐毅列传》:“乐毅贤,好兵,赵人举之。”“燕昭王以为亚卿。”“惠王自为太子时尝不快于乐毅,及即位,齐之田单闻之,乃纵反间于燕……乐毅知燕惠王之不善代之,畏诛,遂西降赵。”〇喻良将,或喻良将遭谗。唐李白《经乱离后天恩流夜郎忆旧游书怀赠江夏韦太守良宰》:“乐毅倘再生,于今亦奔亡。”另参见人物部·圣贤“乐毅贤”、人事部·冤怨“乐生谤”。

【亚夫】 参见武备部·军旅“细柳营”。唐羊士谔《送张郎中副使自南省赴凤翔府幕》:“亚夫高垒静,充国大田秋。”

【夺胡骑】《史记·李将军列传》:“(李广)出雁门击匈奴,匈奴兵多,破败广军,生得广。……胡骑得广,广时伤病,置广两马间,络而盛卧广。行十余里,广详(佯)死,睨其旁有一胡儿骑善马,广暂腾而上胡儿马,因推堕儿,取其弓,鞭马南驰数十里,复得其余军,因引而入塞。”〇称美武将骁勇。唐王维《老将行》:“少年十五二十时,步行夺得胡马骑。”

【李将军】《史记·李将军传》附《李陵传》:“而单于以兵八万围击(李)陵军五千人,兵矢既尽,士死者过半,而所杀伤匈奴亦万余人。……匈奴遮狭绝道,陵食乏而救兵不到,虏急击招降陵。陵曰:‘无面目报陛下。’遂降匈奴。”〇咏异域流亡之人。唐鲍溶《陇头水》:“生归苏属国,死别李将军。”另参见文明部·诗词“李陵诗”、人事部·情感“李陵悲”。

【沉碑会】 参见地理部·水流“碑沉汉水”。唐杜牧《送牛相公出镇襄州》:“遥仰沉碑会,鸳鸯玉佩敲。”

【饮羽威】 参见人事部·禀性“石饮羽”。唐李峤《石》:“宗子维城固,将军饮羽威。”

【养由】 参见武备部·其他“百步穿杨”。唐张建封《酬韩校书愈打毬歌》:“齐观百步透短门,谁羡养由遥破的。”

【故将军】 参见人事部·其他“灞陵夜猎”。○指旧时之将军,或喻失势之人。宋陆游《余为成都帅师参议成将军汉卿相从无虚日为赋此诗》:“山中岂识故将军,但怪英姿凛不群。”

【骂坐灌将军】 参见政事部·正直“灌夫骂”。宋苏轼《会客有美堂周邠长官以诗见寄因和》之一:“颇忆呼卢袁彦道,难邀骂座灌将军。”

【胆大姜伯约】 《三国志·蜀书·姜维传》:“魏将士愤怒,杀钟会及(姜)维,维妻子皆伏诛。”裴松之注引《世语》:“维死时见剖,胆如斗大。”姜维,字伯约。○喻有胆量、勇猛。唐韩翃《送刘将军》:“胆大欲期姜伯约,功多不让李轻车。”另参见人体部·其他“大胆”、器用部·器皿“胆如斗”。

【射虎将军】 参见动物部·走兽“射虎”。金元好问《赠萧汉杰》:“射虎将军右北平,短衣憔悴宿长亭。”

【善多多】 《史记·淮阴侯列传》:“上(刘邦)常从容与信言诸将能不(否),各有差。上问曰:‘如我能将几何?’信曰:‘陛下不过能将十万。’上曰:‘于君何如?’曰:‘臣多多而益善耳。’上笑曰:‘多多益善,何为为我禽(擒)?’信曰:‘陛下不能将兵,而善将将,此乃信之所以为陛下禽也。’”○喻越多越好。清赵翼《奉命赴滇从军征缅甸》:“为政已应书下下,将兵敢说善多多。”

【葛强】 参见人事部·狂放“山谷醉”。○指跟随自己的爱将。唐杜甫《清明》:“马援征行在眼前,葛强亲近同心事。”

【廉颇】　参见器用部·饮食“强饭廉颇”。○指老将。唐张说《南中送北使》之二：“廉颇诚未老，孙叔且无谋。”

【廉蔺】　《史记·廉颇蔺相如列传》：蔺相如被赵王拜为上卿，位居廉颇之上，廉颇深为不满，并寻找机会折辱蔺相如。蔺相如为了避免与廉颇冲突，每次都设法回避。蔺相如舍人对此都十分不满。蔺相如说：“夫以秦王之威，而相如廷叱之，辱其群臣，相如虽驽，独畏廉将军哉？顾吾念之，强秦之所以不敢加兵于赵者，徒以吾两人在也。今两虎共斗，其势不俱生。吾所以为此者，以先国家之急而后私仇也。”廉颇听说后，“肉袒负荆，因宾客至蔺相如门谢罪。曰：‘鄙贱之人，不知将军宽之至此也。’卒相与骓，为刎颈之交。”○喻指将相忠心为国而结下深厚友谊。唐李白《醉后赠从甥高镇》：“时清不及英豪人，三尺儿童重廉蔺。”另参见伦类部·师友“负荆”、植物部·木本“负荆”。

【歌三箭】　参见武备部·其他“三矢平虏”。宋张元幹《次友人书怀》之二：“将军未报歌三箭，乐府徒传舞丙蛙。”

【燕将】　参见武备部·其他“田单术”。唐孔绍安《结客少年场行》：“吴师惊燧象，燕将警奔牛。”

2**【十年相】**　参见植物部·草本“懒残芋”。宋陆游《睡起遣怀》：“身存那用十年相，陂坏且为凶岁储。”

【三台】　《晋书·天文志上》：“三台六星，两两而居，起文昌，列抵太微。一曰天柱，三公之位也。在人曰三公，在天曰三台，主开德宣符也。”○喻宰辅重臣。唐贯休《到蜀中与郑中丞相遇》：“深隐犹为未死灰，远寻知己遇三台。”另参见天文部·天体“台星”。

【山中宰相】　《南史·陶弘景传》：永明十年，“（陶弘景）上表辞禄”，“止于句容之句曲山”。“（梁）武帝既早与之游，及即位后，恩礼愈笃，书问不绝，冠盖相望。……国家每有吉凶征讨大事，无不前以咨询。月中常有数信，时人谓为山中宰相。"○指处士议政。唐徐夤《岚似屏风》："山中宰相陶弘景，谷口耕夫郑子真。"另参见政事部·议政"陶山相"、人事部·雅逸"陶隐居"。

【凤池客】 参见地理部·水流"凤池"。唐刘禹锡《有感》："昨宵凤池客，今日雀罗门。"

【甘罗作相】 《史记·甘茂传》附《甘罗传》："甘罗者，甘茂孙也。茂既死后，甘罗年十二，事秦相文信侯吕不韦。""始皇召见，使甘罗于赵。赵襄王郊迎甘罗。甘罗说赵王曰……赵王立自割五城以广河间。秦归燕太子。赵攻燕，得上谷三十城，令秦有十一。甘罗还报秦，乃封甘罗以为上卿，复以始甘茂田宅赐之。"○喻少年通显。唐杜牧《偶题》："甘罗昔作秦丞相，子政曾为汉辇郎。"另参见人物部·人杰"甘罗"。

【功人】 参见动物部·走兽"功臣狗"。○喻谋臣。清王昙《留侯祠》："功人功狗两无益，徒受亭公谩骂名。"

【东山起】 参见地理部·土石"东山"。○指失势后重新得势。唐杜甫《暮秋枉裴道州手札率尔遣兴寄近呈苏涣侍御》："无数将军西第成，早作丞相东山起。"

【丞相叹】 参见人事部·志趣"李斯溷鼠"。宋苏叔堂《赋鼠须笔》："既兴丞相叹，又发廷尉怒。"

【丞相阁】 参见人物部·圣贤"招贤地"。唐钱起《送王相公赴范阳》："幕开丞相阁，旗总贰师营。"

【伍员】 参见人体部·头面"伍胥抉目"。唐刘长卿《登吴古城歌》："伍员杀身谁不冤，竟看墓树如所言。"

【汲黯】 《史记·汲郑列传》："汲黯，字长孺"，"上闻召以为主爵都尉，列于九卿"，"好直谏，数犯主之颜色"，"亦以数直谏不得久居位。"○喻指敢于直谏的忠臣。唐杜甫《奉和严中丞西城晚眺十韵》："汲黯匡君切，廉颇出将频。"另参见政事部·忠直"汲黯直"。

【问喘牛】《汉书·丙吉传》:丙吉为丞相,“尝出,逢清道群斗者,死伤横道,吉过之不问,掾史独怪之。吉前行,逢人逐牛,牛喘吐舌。吉止驻,使骑吏问:‘逐牛行几里矣?’掾史独谓丞相前后失问,或以讥吉,吉曰:‘民斗相杀伤,长安令、京兆尹职所当禁备逐捕……宰相不亲小事,非所当于道路问也。方春少阳用事,未可大热,恐牛近行用暑故喘,此时气失节,恐有所伤害也。三公典调和阴阳,职当忧,是以问之。’掾史乃服,以吉知大体。”〇喻官吏关心民间疾苦,或指位居宰相之职。宋梅尧臣《依韵和丁元珍寄张圣民》:“诗书每博约,文酒时献酬。其间最达者,今已问喘牛。”另参见动物部·走兽“牛喘”、政事部·治理“问牛”。

【齐相费二桃】　参见植物部·木本“三士桃”。唐李白《梁甫吟》:“力排南山三壮士,齐相杀之费二桃。”

【张良筹】　参见器用部·日用“借箸”。元萨都刺《彭城杂诗》:“夜深一片城头月,曾照张良案上筹。”

【和羹】《尚书·商书·说命下》:“王曰:‘来汝说……若作酒醴,尔唯曲蘖;若作和羹,尔唯盐梅。”〇喻指宰相。唐刘禹锡《和汴州令狐相公到镇改月偶书所怀》:“受脤新梁苑,和羹旧傅严。”另参见植物部·花卉“和羹”、器用部·饮食“梅羹”。

【武侯功】　参见政事部·治理“七擒略”。唐胡曾《草檄答南蛮有咏》:“为报南蛮须屏迹,不同蜀将武侯功。”

【舍牛相齐】　参见人事部·贫贱“宁戚饭牛”。宋陆游《饭牛歌》:“人生得饱万事足,舍牛相齐何足言。”

【范大夫】　参见人事部·雅逸“范蠡归”。唐鲍溶《淮南卧病闻李相夷简移军山阳以靖东寇感激之下因抒长句》:“教闻清静萧丞相,计立安危范大夫。”

【茅庐卧龙】　参见人物部·帝王“三顾”。唐汪遵《南阳》:“若非先主垂三顾,谁识茅庐一卧龙?”

【非熊】 参见人事部·睡梦"梦非罴"。〇指扶持国政之相。唐元稹《有鸟二十章》:"文王长在苑中猎,何日非熊休卖屠?"

【钓国】 参见动物部·鳞介"钓鱼"。唐罗隐《题磻溪垂钓图》:"吕望当年展庙谟,直钩钓国更谁知?"

【追韩信】 《史记·淮阴侯列传》:"(韩)信数与萧何语,何奇之。至南郑,诸将行道亡者数十人,信度何等已数言上,上不我用,即亡。何闻信亡,不及以闻,自追之。人有言上曰:'丞相何亡。'上大怒,如失左右手。居一二日,何来谒上,上且怒且喜,骂何曰:'若亡,何也?'何曰:'臣不敢亡也,臣追亡者。'上曰:'若所追者谁?'何曰:'韩信也。'上复骂曰:'诸将亡者以十数,公无所追;追信,诈也。'何曰:'诸将易得耳,至如信者,国士无双。王必欲长王汉中,无所事信;必欲争天下,非信无所与计事者。'"〇喻指重视贤人,善于保护人才。唐李商隐《四皓庙》:"萧何只解追韩信,岂得虚当第一功。"另参见政事部·议政"萧君荐",人物部·圣贤"无双士"。

【济巨川】 《尚书·说命上》:高宗以傅说为相,"命之曰:'朝夕纳诲,以辅台德。若金,用汝作砺;若济巨川,用汝作舟楫;若岁大旱,用汝作霖雨。'"〇喻指宰相。唐沈佺期《哭苏眉州崔司业二公》:"崔昔挥宸翰,苏尝济巨川。"另参见天文部·气象"霖雨"、器用部·车船"济川舟"、人事部·志趣"济川心"。

【唾面娄】 参见人事部·雅逸"师德量"。唐唐彦谦《和陶渊明贫士诗七首》之四:"中年涉事熟,欲学唾面娄。"

【梦相】 参见地理部·土石"傅野"。〇喻受到帝王赏识。宋黄庭坚《读方言》:"卜师非熊罴,梦相解縻索。"

【曹参爱酒】 参见器用部·饮食"曹参酒"。唐贯休《大蜀皇帝潜龙日述圣德诗五首》之五:"西伯最怜耕让畔,曹参空爱酒盈樽。"

【楚相拔葵】 参见植物部·草本“拔葵”。宋梅圣俞《希深所居官舍新得相府蔬圃以广西园》:“楚相拔葵后,萧条三亩余。”

【鞭平王】 参见人事部·冤怨“鞭尸”。唐李白《游溧阳北湖亭望瓦屋山怀古赠同旅》:“运开展宿愤,入楚鞭平王。”

【鹰犬人】 参见人事部·情感“黄犬悲”。〇指丞相。唐李白《冬夜醉宿龙门觉起言志》:“傅说版筑臣,李斯鹰犬人。”

3 **【云台画象】** 《东观汉记》:“(永平三年)春二月,图二十八将于云台,册曰:‘部符封侯,或以德显。’”《资治通鉴·卷四十四》列其功臣姓名。〇指表彰功臣。唐杜甫《寄董卿嘉荣十韵》:“云台画形象,皆为扫氛妖。”另参见器用部、宫室“云台”、文明部·书画“图画云台”。

【李广不侯】 《史记·李将军列传》:李广与从弟李蔡都是汉将军,“蔡为人在下中,名声出广下甚远,然广不得爵邑,官不过九卿,而蔡为列侯,位至三公。诸广之军吏及士卒或取封侯。广尝与望气王朔燕语,曰:‘自汉击匈奴而广未尝不在其中,而诸部校尉以下,才能不及中人,然以击胡军功取侯者数十人,而广不为后人,然无尺寸之功以得封邑者,何也?岂吾相不当侯邪?且固命也?’”〇指功劳虽大,但命运不佳,不得晋升。唐徐夤《赠杨著》:“李广不侯身渐老,子山操赋恨何深。”另参见人事部·其他“未封侯”。

【封留】 《史记·留侯世家》:“汉六年正月,封功臣。良未尝有战斗功,高帝曰:‘运筹策帷帐中,决胜千里外,子房功也。自择齐三万户。’良曰:‘始臣起下邳,与上会留,此天以臣授陛下。陛下用臣计,幸而时中,臣愿封留足矣,不敢当三万户。’乃封张良为留侯。”〇指功臣良将能不居功自傲,功成身退。宋苏轼《次阳行先》:“拔葵终相鲁,辟谷会封留。”另参见人事部·雅逸“择留”。

【登坛】《史记·淮阴侯列传》:汉王欲拜韩信为将,"(萧)何曰:'虽为将,信必不留。'王曰:'以为大将。'何曰:'幸甚。'于是王欲召信拜之。何曰:'王素慢无礼,今拜大将如呼小儿耳,此乃信所以去也。王必欲拜之,择良日,斋戒,设坛场,具礼,乃可耳。'王许之。诸将皆喜,人人各自以为得大将。至拜大将,乃韩信也,一军皆惊。"〇指对高级将领进行任命。唐苏颋《同饯阳将军兼源州都督御史中丞》:"将礼登坛盛,军容出塞华。"另参见器用部·宫室"韩坛"、人物部·帝王"拜韩信"。

(三)官吏

【九折回轩】　参见地理部·城建"九折途"。〇借喻不再奔波于仕途。唐李商隐《明禅师院酬从兄见寄》:"斯游傥为胜,九折幸回轩。"

【三独】《后汉书·宣秉传》:宣秉字巨公,"建武元年,拜御史中丞。光武特诏御史中丞与司隶校尉、尚书令会同并专席而坐,故京师号曰'三独坐'"。〇指御史中丞、司隶校尉或尚书令。唐苏味道《赠封御史入台》:"故事推三独,兹辰对两闱。"另参见人事部·行止"独坐"。

【三语掾】《世说新语·文学》:"阮宣子有令闻,太尉王夷甫见而问曰:'老庄与圣教同异?'对曰:'将无同。'太尉善其言,辟之为掾,世谓'三语掾'。"〇代称幕府官员。唐元稹《答姨兄胡灵之见寄五十韵》:"官曹三语掾,国器万寻桢。"另参见文明部·学识"三语"。

【下泽车】　参见动物部·走兽"款段"。〇借指掾史之官。唐柳宗元《同刘二十八院长述旧言怀感时书事奉寄澧州张员外使君五十二韵之作因其韵增至八十通赠二君子》:"谁采中原菽,徒巾下泽车。"

【上医】　参见九流部·医药"活国医"。清毛奇龄《金匮仙人歌赠陈子太士》:"上医医国本恒理,况有高文比秋水。"

【及瓜】　参见人事部·狂放“瓜戍”。唐骆宾王《晚度天山有怀京邑》:“旅思徒漂梗,归期未及瓜。”

【五日尹】　《汉书·张敞传》:“(张)敞使贼捕掾絮舜有所案验。舜以敞劾奏当免,不肯为敞竟事,私归其家。人或谏舜,舜曰:‘吾为是公尽力多矣。今五日京兆耳,安能复案事?’敞闻舜语,即部吏收舜系狱。”〇指为官时日短。宋陆游《闻勾龙司户会客山亭送酒肴及橄榄并简诸同僚》:“但恨五日尹,阻造三语掾。”

【太守悬鱼】　参见政事部·清廉“悬枯鱼”。宋徐积《和路朝奉新居十五首》之六:“爱士主人新置榻,清身太守旧悬鱼。”

【长沙傅】　参见人事部·冤怨“长沙谪”。唐刘长卿《新年作》:“已似长沙傅,从今又几年。”

【仁风】　参见政事部·治理“仁风动”。唐畅当《奉送杜中丞赴洪州》:“江湖经战阵,草木待仁风。”

【化蜀文翁】　参见文明部·礼乐“文翁儒化”。明何景明《送盛斯征巡抚四川》:“征南诸葛筹先定,化蜀文翁事更宜。”

【父母官】　《后汉书·杜诗传》:“杜诗字君公,河内汲人也。……建武七年,迁南阳太守。性节俭而政治清平,以诛暴立威,善于计略,省爱民役。造作水排,铸为农器,用力少,见功多,百姓便之。又修治陂池,广拓土田,郡内比室殷足。时人方于召信臣,故南阳为之语曰:‘前有召父,后有杜母。’”〇咏地方官有治绩。宋王禹偁《赠浚仪朱学士》:“西垣久望神仙侣,北部休亏父母官。”另参见政事部·治理“杜母”。

【公孙】　参见器用部·日用“孙被”。宋陆游《病告中遇风雪作长歌排闷》:“公孙布被久有味,子敬青毡暖无匹。”

【乌府客】　《汉书·朱博传》:“是时御史府吏舍百余区井水皆竭,又其府中列柏树,常有野乌数千栖宿其上,晨去暮来,号曰‘朝夕乌’。”○喻指御史。唐武元衡《酬元十二》:“偶寻乌府客,同醉习家池。”另参见动物部·飞禽“御史乌”。

【方外司马】 《晋书·谢奕传》:“(谢奕)与桓温善。温辟为安西司马,犹推布衣好。在温坐,岸帻笑咏,无异常日。桓温曰:‘我方外司马。’奕每因酒,无复朝廷礼。尝逼温饮,温走入南康主门避之。主曰:‘君若无狂司马,我何由得相见!’”○指位居高官但不拘于世俗礼法。唐张说《岳州别姚司马绍之制许归侍》:“方外怀司马,江东忆步兵。”

【孔璋才】 参见武备部·其他“陈琳檄”。陈琳字孔璋。唐刘长卿《行营酬吕侍御时尚书问罪襄阳军次汉东境上》:“孔璋才素健,早晚檄书健。”

【东市朝衣】 《史记·袁盎晁错列传》:“(汉)景帝即位,以(晁)错为内史。……迁为御史大夫,请诸侯之罪过,削其地,收其枝郡。……吴楚七国果反,以诛错为名。及窦婴、袁盎进说,上令晁错衣朝衣斩东市。”○指大臣被杀。清吴伟业《鸳湖曲》:“东市朝衣一旦休,北邙抔土亦难留。”另参见地理部·城建“东市朝衣”、器用部·衣冠“衣冠就东市”。

【四知】 参见政事部·清廉“四知名”。唐杜牧《分司东都寓居履道叨承川尹刘侍郎大夫恩知上四十韵》:“四知台上镜,三惑井中瓶。”

【仗下马】 《新唐书·奸臣传·李林甫传》:“(李)林甫居相位凡十九年,固宠市权,蔽欺天子耳目,谏官皆持禄养资,无敢正言者。补阙杜琎再上书言政事,斥为下邽令。因以语动其余曰:‘明主在上,群臣将顺不暇,亦何所论?君等独不见立仗马乎?终日无声,而饫三品刍豆;一鸣,则黜之矣。后虽欲不鸣,得乎?’由是谏争路绝。”○喻指谏官无法进谏而成为摆设。宋陆游《长饥》:“早年羞学仗下马,末路幸似泥中龟。”另参见动物部·走兽“仗前喑马”。

【仙尉】　参见地理部·城建“梅福市”。唐常建《送楚十少府》:“愁烟闭千里,仙尉其何如。”

【白发郎官】　参见人事部·寿考“郎潜白发”。宋欧阳修《千叶红梨花》:“红梨千叶爱者谁,白发郎官心好奇。”

【白衣人】　参见器用部·饮食“白衣酒”。唐杜审言《重九日宴江阴》:“降霜青女月,送酒白衣人。”

【白衣尚书】　《后汉书·郑均传》:“郑均,字仲虞,东平任城人也。”“元和元年,诏告庐江太守、东平相曰:‘议郎郑均,束脩安贫,恭俭节整,前在机密,以病致仕,守善贞固,黄发不怠……’明年,帝东巡过任城,乃幸均舍,敕赐尚书禄以终其身,故时人号为‘白衣尚书’。”〇指受皇帝宠幸。唐刘禹锡《酬宣州崔大夫见寄》:“白衣曾拜汉尚书,今日恩光到敝庐。”另参见器用部·衣冠“白衣宠”。

【召公棠】　参见政事部·治理“棠树政”。宋刘筠《禁中庭树》:“宁知千载后,只美召公棠。”

【压头薪】　参见政事部·议政“积薪”。清唐孙华《同年王令诒至山中坐谈有感》:“宦味难期到尾蔗,官阶犹有压头薪。”

【同舍子】　参见人事部·冤怨“偷金柱”。〇喻指同居郎官的人。唐韩愈《和虞部卢四酬翰林钱七赤藤杖歌》:“归来捧赠同舍子,浮光照手欲把疑。”

【竹儿争见】　参见伦类部·师友“竹马”。唐孟郊《寄洺州李大夫》:“诗叟未相识,竹儿争见君。”

【刘宽】　参见政事部·治理“蒲鞭”。唐贯休《避地毘陵上王慥使君》:“庾亮风流澹,刘宽政事超。”

【次君稀迁】　参见政事部·议政“迁少”。宋陈与义《谨次十七叔去郑诗韵》之二:“怀祖定知当晚合,次君未可怨稀迁。”

【羊公】　参见器用部·宫室“堕泪碑”。唐元稹《襄阳道》:“羊公名渐远,唯有岘山碑。”

【羽翼】 参见人事部·寿考“四老”。唐杜甫《述古三首》之三:“耿贾亦宗臣,羽翼共裴回。”

【折腰官】 《晋书·陶潜传》:陶潜为彭泽令,“郡遣督邮至县,吏白应束带见之,潜叹曰:‘吾不能为五斗米折腰,拳拳事乡里小人邪!’义熙二年,解印去县。”〇喻不屈于人,有骨气。唐韦应物《杂言送黎元郎》:“莫言去做折腰官,岂使长安折腰客。”另参见人体部·肢体“折腰”、器用部·饮食“五斗米”、器用部·器皿“五斗折”。

【含香】 应劭《汉官仪》:“尚书郎奏事明光殿,省中皆胡粉涂壁,其边以丹漆地,故曰丹墀。尚书郎含鸡舌香,伏其下奏事。”〇指郎官。唐杜甫《西阁二首》之二:“不道含香贱,其如镊白休。”另参见器用部·日用“汉署香”。

【怀魏阙】 参见人事部·情感“子牟恋”。唐崔湜《襄城即事》:“子牟怀魏阙,元凯滞襄城。”

【陆贾分金】 《史记·郦生陆贾列传》:孝惠帝时,吕后专权,陆贾“自度不能争之,乃病免家居。以好畤田地善,可以家焉。有五男,乃出所使越得橐中装卖千金,分其子,子二百金,令为生产。陆生常安车驷马,从歌舞鼓琴瑟侍者十人,宝剑直百金,谓其子曰:‘与汝约:过汝,汝给吾人马酒食,极欲,十日而更。所死家,得宝剑车骑侍从者。’”〇指官吏退休后安排家业,分发钱财。唐骆宾王《帝京篇》:“陆贾分金将宴喜,陈遵投辖正留宾。”另参见武备部·兵器“陆家宝剑”、器用部·珍宝“陆贾金”。

【武城宰】 参见文明部·礼乐“武城弦”。〇喻善理政事之官吏。明高启《言公井》:“寥寥武城宰,遗井虞山阴。”

【青州从事】 参见器用部·饮食“青州从事”。宋苏轼《真一酒》:“人间真一东坡老,与作青州从事名。”

【松大夫】 参见植物部·木本“大夫松”。唐王维《过崔驸马山池》:“锦石称贞女,青松学大夫。”

【画阃】 参见武备部·军旅“分阃”。唐宋璟《奉和圣制送张说巡边》:“画阃崇威信,分麾盛宠荣。”

【卧辙】　参见器用部·车船“卧车辙”。唐杜甫《奉送王信州崟北归》:“解龟逾卧辙,遣骑觅扁舟。”

【刺史天】　参见天文部·天体“二天”。宋苏轼《送黄师是赴两浙宪》:“一见刺史天,稍忘狱吏尊。”

【郅都】　参见动物部·飞禽“苍鹰”。唐卢纶《宫中乐二首》之一:“塞垣万里无飞鸟,可是边城用郅都。”

【贤守】　参见人事部·贫贱“买猪肝”。清吴雯《广陵逢李阆仙刺史》:“难将菜把乞园官,敢望猪肝累贤守。”

【尚方舄】　参见器用部·衣冠“凫舄”。〇喻地方官。宋王安石《次韵约之谢惠诗》:“故人耽田里,老脱尚方舄。”

【罗钳罟网】　参见政事部·贪佞“吉网罗钳”。清丘逢甲《纪事》:“人间漫诧朝阳凤,已落罗钳罟网中。”

【牧羊臣】　参见政事部·忠直“苏武节”。唐崔湜《塞垣行》:“可嗟牧羊臣,海上久为客。”

【使者下车】　参见政事部·议政“下车佳政”。唐韩翃《送巴州杨使君》:“使者下车忧疾苦,豪吏销声出公府。”

【征黄霸】　《汉书·黄霸传》:“(黄霸)外宽内明,得吏民心,户口岁增,治为天下第一。征京兆尹,秩二千石。……后数月,征霸为太子太傅,迁御史大夫。”〇指地方官政绩优良而受征召为京官。唐白居易《自到郡斋仅经旬日方专公务未及宴游偷闲走笔……》:“常未征黄霸,湖未借寇恂。”另参见政事部·治理“征黄”。

【瓮边吏部】　参见人事部·狂放“吏部眠”。宋黄庭坚《送酒与毕大夫》:“瓮边吏部应欢喜,殊胜平原老督邮。”

【京兆田郎】　《三辅决录·田凤》:“长陵田凤,字季宗,为尚书郎,仪貌端正,入奏事,灵帝目送之,因题殿柱曰:‘堂堂乎张,京兆田郎。’”〇咏人仪表出众,风流儒雅;或以称美官吏。唐杜甫《赠田九判官梁丘》:“陈留阮瑀谁争长,京兆田郎早见招。”另参见器用部·宫室“汉柱”、人物部·

其他“汉田郎”。

【京兆画蛾眉】 参见伦类部·亲眷“画眉夫婿”。唐骆宾王《代女道士王灵妃赠道士李荣》:“不能京兆画蛾眉,翻向成都骋驺引。”

【宓子贱】 参见文明部·礼乐“宓子弹琴”。○喻指县官。唐李白《赠闾丘宿松》:“何惭宓子贱,不减陶渊明。”

【孟参军】 参见器用部·衣冠“孟嘉帽”。○指极有风仪之人。唐严维《九日陪崔郎中北山宴》:“府中官最小,唯有孟参军。”

【南柯太守】 参见人事部·睡梦“南柯一梦”。唐刘兼《偶有下觞因而自遣》:“南柯太守知人意,休问陶陶塞下翁。”

【荀令焚香】 参见器用部·日用“荀令香”。唐李颀《赠别张兵曹》:“荀令焚香日,潘郎振藻秋。”

【故侯】 参见植物部·草本“东陵瓜”。○指弃官隐居之人。唐杜甫《园人送瓜》:“园人非故侯,种此何草草?”

【枳棘栖凤】 《后汉书·仇览传》:“时考城令河内王涣,政尚严猛,闻(仇)览以德化人,署为主簿。谓览曰:‘主簿闻陈元之过,不罪而化之,得无鹰鹯之志邪?’览曰:‘以为鹰鹯,不若鸾凤。’涣谢遣曰:‘枳棘非鸾凤所栖,百里岂大贤之路? 今日太学曳长裾,飞名誉,皆主簿后耳。以一月奉为资,勉卒景行。’”○咏县吏,多有大才小用之意。唐刘长卿《送沈少府之任淮南》:“惜君滞南楚,枳棘徒栖凤。”另参见动物部·飞禽“枳棘鸾”、植物部·木本“孤鹤在枳棘”。

【持斧】 《汉书·武帝纪》:“(武帝)遣直指使者暴胜之等衣绣衣杖斧分部逐捕。刺史郡守以下皆伏诛。”○指由皇帝亲派执法的官吏。唐李白《赠宣城赵太守悦》:“持斧佐三军,霜清天北门。”另参见武备部·兵器“玉斧”、器用部·衣冠“绣服”。

【星郎】 参见天文部·天体“郎星”。唐岑参《送李别将摄伊吾令充使赴武威便寄崔员外》:"遥知竹林下,星使对星郎。"

【选一钱】 参见政事部·清廉"刘宠"。唐司空曙《送严使君游山》:"家楚依三户,辞州选一钱。"

【烂羊尉】 参见政事部·贪佞"灿羊头"。清王昙《卢忠烈墓》:"烂羊之尉灶下养,棘门游戏中军帐。"

【埋轮使】 参见政事部·忠直"埋轮"。宋苏轼《谢王泽州寄长松兼简张天觉二首》之二:"凭君说与埋轮使,速寄长松作解嘲。"

【索米长安】 参见人事部·贫贱"曼倩饥"。○指求取俸禄。宋杨亿《汉武》:"待诏先生齿编贝,那教索米向长安?"

【乘轩鹤】 参见动物部·飞禽"轩鹤"。唐杜牧《闻开江相国宋下世二首》之二:"谁令力制乘轩鹤,自取机沈在槛猿。"

【梦刀】 参见人事部·睡梦"三刀梦"。唐李隆基《过王浚墓》:"叹嗟悬剑陇,谁识梦刀祥?"

【捧檄毛公】 参见伦类部·亲眷"捧檄心"。唐孟浩然《书怀贻京邑同好》:"执鞭慕夫子,捧檄怀毛公。"

【跃马年】 《史记·范雎蔡泽列传》:"蔡泽者,燕人也。游学于诸侯小大甚众,不遇。而从唐举相……唐举曰:'先生之寿,从今以往者四十三岁。'蔡泽笑谢而去,谓其御者曰:'吾持粱刺齿肥,跃马疾驱,怀黄金之印,结紫绶于要,揖让人主之前,食肉富贵,四十三年足矣。'"○指做官。唐王维《赠从弟司库员外绿》:"徒闻跃马年,苦无出人智。"另参见动物部·走兽"跃马"。

【崔帅留靴】 参见政事部·清廉"捧靴"。清袁枚《接冯星实方伯手书道西江去官光景》:"崔帅留靴沿路泣,文翁画像满城看。"

【望尘态】 参见政事部·贪佞"望尘拜"。宋陆游《化成院》:“作此望尘态,岂如返巾冠?”

【淮南卧理】 参见政事部·治理“卧理”。唐贾岛《送汲鹏》:“淮南卧理后,复逢君姓汲。”

【寇恂】 参见政事部·治理“借寇恂”。唐钱起《送张员外出牧岳州》:“凤凰衔诏与何人,喜政多才宠寇恂。”

【弹冠】 参见人事部·情感“贡公喜”。唐骆宾王《秋日山行简梁大官》:“弹冠劳巧拙,结绶倦牵缠。”

【董狐】 参见政事部·忠直“董狐直笔”。唐来鹄《圣政纪颂》:“惟我之有颂兮,奚斯跃而董狐蹶。”

【董宣】 参见人体部·肢体“强项”。宋黄庭坚《次韵子瞻送穆父二绝》之二:“张敞怃眉应急召,董宣强项莫低回。”

【焚草】 参见人事部·禀性“焚谏草”。唐权德舆《和张秘监阁老献岁过蒋大拾遗因呈两省诸公并见示》:“焚草淹轻秩,藏书厌旧编。”

【渤海龚】 参见政事部·治理“卖剑买牛”。○指劝农重本、治理有方的官吏。宋苏轼《和陶渊明贫士七首》之六:“杖黎山谷间,状类渤海龚。”

【谢公】 参见器用部·衣冠“谢公屐”。唐张继《送窦十九判官使江南》:“南郡迎徐子,临川谒谢公。”

【疏太傅】 参见伦类部·亲眷“二疏”。清顾汧《送同年韩慕庐学士假归》之三:“贤哉疏太傅,矫翼如冥鸿。”

【督邮】 参见器用部·饮食“青州从事”。○喻指薄酒、劣酒。宋苏轼《次韵周开祖长官见寄》:“从今便踏青州曲,薄酒知君笑督邮。”

【廉叔度】 参见政事部·议政“襦袴恩”。○喻指有佳政之太守。唐高适《真定即事奉赠韦使君二十八韵》:“郡称廉叔度,朝议管吏吾。”

【翟廷尉】 参见器用部·宫室“雀罗门”。唐骆宾王《帝京篇》:“灰死韩安国,罗伤翟廷尉。”

【骢马史】 《后汉书·桓荣传》附《桓典传》:"辟司徒袁隗府,举高第,拜侍御史。是时宦官秉权,(桓)典持政无所回避。常乘骢马,京师畏惮,为之语曰:'行行且止,避骢马御史。'"○喻指御史。唐陈子昂《题祀山烽树赠乔十二侍御》:"可怜骢马史,白首为谁雄?"另参见动物部·走兽"骢马"。

【髯参军】 参见人体部·头面"郄超髯"。唐韩翃《和高平朱参军思归作》:"髯参军,髯参军,身为北州吏,心寄东山云。"

【醉尉】 参见人事部·其他"灞陵夜猎"。○指势利小人。唐杜甫《南极》:"乱离多醉尉,愁杀李将军。"

【潘令花繁】 参见植物部·花卉"河阳一县花"。唐罗隐《送丁明府赴紫溪任》:"栾公社在怜香树,潘令花繁贺版舆。"

【履声】 参见政事部·议政"尚书履声"。杜甫《八哀诗·赠左仆射郑国公严公武》:"京兆空柳色,尚书无履声。"

【褰帷】 《后汉书·贾琮传》:贾琮任冀州刺史。"旧典,传车骖驾,垂赤帷裳,迎于州界。及琮之部,升车言曰:'刺史当远视广听,纠察美德,何有反垂帷裳以自掩塞乎?'乃命御者褰之。百姓闻风,自然竦震。"○指官吏体察民情。唐李白《宣城九日闻崔四侍御与宇文太守游敬亭余时登响山不同此赏醉后寄崔侍御二首》之二:"列戟朱门晓,褰帷碧帐开。"另参见器用部·日用"郡守帷"。

【戴铁冠】 《汉书·张敞传》:"梁国大都,吏民凋蔽,且当以柱后惠文弹治之耳。"应劭注:"柱后,以铁为柱,今法冠是也,一名惠文冠。"○指御史。唐刘长卿《奉使鄂渚至乌江道中作》:"沧州不复恋鱼竿,白发那堪戴铁冠。"另参见器用部·衣冠"铁冠"。

【攀槛朱云】 参见政事部·忠直"槛折"。宋黄庭坚《仓后酒正厅昔唐林夫谪官所作》:"攀槛朱云头未白,不知流落向何州?"

【簪白笔】 《太平御览》卷六六八引魏鱼豢《魏略》:"明帝时,尝大会,殿中御史簪白笔,侧阶而坐。"〇指谏官用的笔,亦特指谏官。唐李白《赠宣城赵太守悦》:"伊昔簪白笔,幽都逐游魂。"另参见人物部·官吏"白笔"。

(四)圣贤

1. 圣人 2. 贤才

1 **【尧舜力】** 参见文明部·歌舞"击壤歌"。唐宋之问《寒食还陆浑别业》:"野老不知尧舜力,酣歌一曲太平人。"

【弃瓢翁】 参见器用部·器皿"许由瓢"。金段克己《岁己酉春正月张汉臣下世因作古意四篇》之二:"世无弃瓢翁,轩轾定谁说。"

【垂衣】 《周易·系辞下》:"黄帝、尧、舜,垂衣裳而天下治,盖取诸乾坤。"孔颖达疏:"垂衣裳者,以前衣皮,其制短小,今衣丝麻布帛,所作衣裳其制长大,故云垂衣裳也。"〇喻帝王以德化治理天下。唐李适《麟德殿宴百僚》:"恭己临群后,垂衣御八荒。"另参见器用部·衣冠"垂衣裳"、人物部·帝王"垂裳"、政事部·治理"垂衣治"。

【重瞳】 参见人体部·头面"重瞳"。唐李远《赠写御容长史》:"初分隆准山河秀,乍点重瞳日月明。"

【洗耳翁】 参见人体部·头面"洗耳"。唐李白《古风五十九首》之二四:"世无洗耳翁,谁知尧与跖。"

【巢许辈】 参见人体部·头面"洗耳"。唐顾况《华山西冈游赠隐玄叟》:"遂令巢许辈,于焉谢尘俗?"

【天上麒麟】 参见伦类部·亲眷"麒麟儿"。宋黄庭坚《送徐隐父宰余干》:"天上麒麟来下瑞,江南橘柚间生贤。"

【东家丘】 《文选·陈琳〈为鲁洪与魏文帝书〉》:"怪乃轻其家丘,谓为倩人,是何言欤?"唐张铣注:"鲁人不识孔子圣人,乃云:'我东家丘者,吾知子矣。'言轻孔丘也。"〇喻指圣贤未被世人认识。唐李白《送薛九被谗去鲁》:“宋人不辨玉,鲁贱东家丘。”另参见人事部·贫贱“贱东丘”。

【易韦三绝】 参见文明部·文具“韦编”。宋苏轼《夜梦》:“易韦三绝丘犹然,如我当以犀草编。”

【泣麟】 参见人事部·情感“悲麟”。唐孟郊《寄张籍》:“夫子亦如盲,所以空泣麟。”

【闻韶忘味】 参见文明部·礼乐“闻韶”、器用部·饮食“忘味”。○亦指对事物喜爱到入迷的地步。宋苏轼《山村五绝》之三:“岂是闻韶解忘味,迩来三月食无盐。”

2**【七贤】** 《世说新语·任诞》:“陈留阮籍、谯国嵇康、河内山涛三人年皆相比,康年少亚之。预此契者,沛国刘伶、陈留阮咸、河内向秀、琅邪王戎。七人常集于竹林之下,肆意酣畅,故世谓‘竹林七贤’。”○喻指文人放荡不羁,或指独立于世俗之外,或喻朋友的交情深厚。唐卢纶《秋夜同畅当宿潭上西亭》:“圆月出山头,七贤林下游。”另参见伦类部·师友“竹林欢”、植物部·木本“竹林”、人事部·雅逸“竹林游”、人事部·狂放“竹林笑傲”。

【三良】 参见动物部·飞禽“黄鸟悲鸣”。宋苏辙《和子瞻凤翔八观·秦穆公墓》:“三良百夫特,岂为无益死?”

【上客侯生】 参见政事部·议政“虚左迎”。清顾炎武《秋风行》:“车中公子常虚左,上客侯生衣敝衣。”

【山公】 参见政事部·议政“山公启事”。宋黄庭坚《和范廉》:“汲直非刀笔,山公识宁馨。”

【山阳煅】 《晋书·嵇康传》记载:嵇康隐居山阳,“性绝巧而好煅。宅中有一柳树甚茂,乃激水圜之,每夏月,居其下以煅”。○喻隐居,或喻自得其乐。唐杜甫《赠比部萧郎中十兄》:“中散山阳煅,愚公野谷村。”另参见植物部·木本“煅柳”、器用部·日用“隐煅炉”、人事部·雅逸“好煅嵇”。

【王后卢前】 《旧唐书·杨炯传》:“(杨)炯与王勃、卢照邻、骆宾王以文词齐名，海内称为王、杨、卢、骆，亦号为‘四杰’。炯闻之，谓人曰：‘吾愧在卢前，耻居王后。’”〇咏才子贤人。金元好问《别覃怀幕府诸君二首》之一：“王后卢前旧往还，江东渭北此追攀。”

【无双士】　参见人物部·将相“追韩信”。〇指才能出众之贤才。清袁枚《题柳如是画像》：“党人碑上无双士，夫婿辈中第二流。”

【五羖皮】　参见政事部·议政“五羖赎”。宋黄庭坚《咏李伯时摹韩幹三马……》：“千金市骨今何在，士或不价五羖皮。”

【东山谢安石】　参见地理部·土石“东山”、人物部·将相“东山起”。唐李白《永王东巡歌十一首》之二：“但用东山谢安石，为君谈笑静胡沙。”

【少微星】　《史记·天官书》：“廷藩西有隋星五，曰少微，士大夫。”〇喻指处士、隐士。唐储光羲《贻王侍御出台掾丹阳》：“既当少微星，复隐高山雾。”另参见天文部·天体“少微星”、人事部·雅逸“望少微”、人事部·病死“少微空陨光”。

【月旦诸子】　参见人事部·其他“许氏评”。唐陈子昂《春台引》：“星台秀士，月旦诸子。”

【乐毅贤】　参见人物部·将相“乐毅”。唐钱起《送傅管记赴蜀军》：“无人不重乐毅贤，何敌能当鲁连啸？”

【汉二疏】　参见伦类部·亲眷“二疏”。唐白居易《不致仕》：“贤哉汉二疏，彼独是何人？”

【边韶】　参见文明部·学识“五经笥”。唐李端《晚春过夏侯校书值其沉醉戏赠》：“姚馥清时醉，边韶白日眠。”

【吏隐】　《史记·滑稽列传》：“（东方）朔行殿中，郎谓之曰：‘人皆以先生为狂。’朔曰：‘如朔等，所谓避世于朝廷间者也。古之人，乃避世于深山中。’时坐席中，酒酣，据地歌曰：‘陆沉于俗，避世金马门。宫殿中可以避世全身，何必深山之中，蒿庐之下。'金马门者，宦者署门也，门傍有铜马，故谓之曰'金马门'。"〇指人行为高洁又不隐遁山林。元袁桷《次韵砥平石》："金门吏隐愧相如，岁月逡巡翰墨疏。"另参见器用部·宫室"金马门"、人事部·雅逸"金门隐"。

【夷齐】 《史记·伯夷列传》："伯夷、叔齐，孤竹君之二子也。父欲立叔齐，及父卒，叔齐让伯夷。伯夷曰：'父命也。'遂逃去。叔齐亦不肯立而逃之，国人立其中子。于是伯夷、叔齐闻西伯昌善养老，盍往归焉。及至，西伯卒，武王载木主，号为文王，东伐纣。伯夷、叔齐叩马而谏曰：'父死不葬，爰及干戈，可谓孝乎？以臣弑君，可谓仁乎？'左右欲兵之。太公曰：'此义人也。'扶而去之。武王已平殷乱，天下宗周，而伯夷、叔齐耻之，义不食周粟，隐于首阳山，采薇而食之。及饿且死，作歌。其辞曰：'登彼西山兮，采其薇矣。以暴易暴兮，不知其非矣。神农、虞、夏忽焉没兮，我安适归矣？于嗟徂兮，命之衰矣！'遂饿死于首阳山。"〇喻指有气节，不接受敌人施舍。唐李白《梁园吟》："持盐把酒但饮之，莫学夷齐事高洁。"另参见地理部·土石"首阳"、植物部·草本"首山薇"、植物部·草本"周粟"、政事部·忠直"辞粟"、人事部·雅逸"采薇"。

【扫门士】 参见人事部·贫贱"扫门"。唐杜牧《寄崔钧》："自愧扫门士，谁为乞火人？"

【吐凤人】 参见动物部·飞禽"白凤"。〇指写文章的好手。唐钱起《过张成侍御宅》："丞相幕中吐凤人，文章心事每相亲。"

【刘桢】 刘桢，字公干，"建安七子"之一，有文才。事见《三国志·魏志·王粲传》附《刘桢传》。另《刘桢传》裴松之注："建安中太祖特加旌命，以疾休息。后除上艾长，又以疾不行。"〇喻指贤才。唐薛能《送浙东王大夫》："空余骚雅事，千古傲刘桢。"另参见人事部·行止"公干卧"。

【严平】 参见九流部·杂技“成都卜”。唐郑世翼《过严君平古井》:“严平本高尚,远蹈古人风。”

【步渥洼】 参见动物部·走兽“渥洼种”。〇借指出众的人才。唐柳宗元《同刘二十八院长述旧言怀感时书事奉寄澧州张员外使君五十二韵之作因其韵增至八十通赠二君子》:“京邑搜贞干,南宫步渥洼。”

【沧浪叟】 参见人事部·雅逸“沧浪”。唐刘长卿《洞庭驿逢郴州使还寄李汤司马》:“莫使沧浪叟,长歌笑尔客。”

【沉湘水】 参见人事部·冤怨“屈平沉湘”。唐邵谒《放歌行》:“屈原若不贤,焉得沉湘水。”

【青钱学士】 《新唐书·张荐传》:“员外郎员半千数为公卿称‘(张)鷟文辞犹青铜钱,万选万中’,时号鷟‘青钱学士’。”〇喻试必高中之贤才。宋刘子翚《有怀十首》之六:“青钱学士妙文章,便合含毫侍帝旁。”另参见器用部·珍宝“青钱”、文明部·学识“青钱万选”。

【招贤地】 《汉书·公孙弘传》:“时上方兴功业,娄举贤良。(公孙)弘自见为举首,起徒步,数年至宰相封侯,于是起客馆,开东阁以延贤人,与参谋议。”颜师古注:“阁者,小门也,东向开之,避当庭门而引宾客,以别于掾史官属也。”〇喻招才纳贤、款待宾客之所。唐孙逖《和左司张员外自洛使入京中路先赴长安逢立春日赠韦侍御等诸公》:“共言东阁招贤地,自有西征谢傅才。”另参见器用部·宫室“东阁”、人物部·将相“丞相阁”。

【贤人】 参见器用部·饮食“中圣贤”。唐权德舆《晚秋陪崔阁老张秘监阁老苗考功同游昊天观时杨阁老新直未满以诗见寄斐然酬和有愧芜音》:“泛菊贤人至,烧丹姹女飞。”

【钓璜】 《宋书·符瑞志》上:“(周文)王至于磻谿之水,吕尚钓于涯,王下趋拜曰:‘望公七年,乃今见光景于斯。’尚立变名答曰:‘望钓得玉璜,其文要曰:姬受合,昌来提,撰尔雒钤报在齐。'"○指贤才将遇明主。唐钱起《晚出青门望终南别业》:"宁心鸣凤日,却意钓璜初。"另参见器用部·珍宝"渭曲璜"。

【版筑士】 参见地理部·土石"傅野"。唐李峤《野》:"谁言版筑士,犹处傅岩中。"

【庞德公】 参见人事部·雅逸"庞公隐"。唐杜甫《遣兴五首》之二:"昔者庞德公,未曾入州府。"

【於陵仲子】 汉刘向《列女传·楚於陵妻》:"楚王闻於陵子终(仲子)贤,欲以为相,使使者持金百镒往聘迎之。於陵子终曰:仆有箕帚之妾,请入与计之……于是子终出谢使者而不许也,遂相与逃而为人灌园。"○咏隐士。清尤侗《得家信人有传予地震死者戏为作此》:"寄谢众人皆欲杀,於陵仲子犹无恙。"另参见人事部·雅逸"灌园"。

【郑夫子】 参见地理部·土石"郑生谷"。唐罗隐《皇陂》:"输他谷口郑夫子,偷得闲名说至今。"

【袁安】 参见人事部·贫贱"袁安困雪"。唐裴虔馀《早春残雪》:"已闻三径好,犹可访袁安。"

【原宪】 参见人事部·贫贱"原宪贫"。唐元稹《酬孝甫见赠十首》之八:"原宪甘贫每自开,子春伤足少人哀。"

【赁春老子】 参见人事部·贫贱"鸿春"。宋陆游《读〈后汉书〉》:"赁春老子吾所慕,垂世文章枉在多。"

【诸葛才雄】 参见人物部·帝王"三顾"。唐骆宾王《畴昔篇》:"诸葛才雄已号龙,公孙跃马轻称帝。"

【黄金台上客】 参见器用部·宫室"黄金台"。唐刘沧《送友人罢举赴蓟门从事》:"此去黄金台上客,相思应羡雁南归。"

【悬榻待】 参见器用部·日用"徐孺榻"。唐刘长卿《送李校书适越谒杜中丞》:"陈蕃悬榻待,谢客枉帆过。"

【朝歌屠叟】 《尉缭子·武议》:"太公望(姜子牙)年七十,屠牛朝歌,卖食盟津,……及遇文王,则提三万之众,一战而天下定。"○喻未被赏识的贤德之士。唐李白《梁甫吟》:"君不见朝歌屠叟辞棘津,八十西来钓渭滨。"另参见器用部·其他"朝歌鼓刀"、人事部·雅逸"屠钓"、人事部·寿考"鼓刀叟"。

【遗璧】 参见器用部·珍宝"和氏玉"。唐李益《华阴东泉同张处士诣藏律师兼简县内同官因寄齐中书》:"大国本多士,荆岑无遗璧。"

【楚材】 《左传·襄公二十六年》:"且曰:'晋大夫与楚孰贤?'对曰:'晋卿不如楚,其大夫则贤,皆卿材也。如杞梓、皮革,自楚往也。虽楚有材,晋实用之。'"○喻指贤才。唐孟浩然《韩大使东斋会岳上人诸学士》:"郡守虚陈榻,林间召楚材。"另参见政事部·议政"得楚材"。

【照国珠】 《史记·田敬仲完世家》:"魏王问曰:王亦有宝乎? 威王曰:'无有。'梁王曰:'若寡人国小也,尚有径寸之珠照车前后各十二乘者十枚,奈何以万乘之国而无宝乎?'威王曰:'寡人之所以为宝者与王异。吾臣有……,将以照千里,岂特十二乘哉!'"○咏宝珠或贤臣。明高启《赠杨荥阳》:"手出照国珠,胸出补衮线。"另参见器用部·珍宝"乘珠"。

【颜回】 《论语·雍也》:"子曰:'贤哉,回也! 一箪食、一瓢饮,在陋巷,人不堪其忧,回也不改其乐。贤哉,回也!'"○指有修养、能安于贫困生活的贤才。唐王绩《被召谢病》:"颜回唯乐道,原宪岂伤贫。"另参见地理部·城建"颜巷"、器用部·饮食"一瓢饮"、器用部、器皿"箪瓢"、人事部·雅逸"乐一瓢"、人事部·贫贱"颜子贫"。

【磻溪老】 参见动物部·鳞介"钓鱼"。○喻在野的贤才,或喻隐士。唐张九龄《骊山下逍遥公旧居游集》:"岂与磻溪老,崛起因太师。"

（五）妇女

【人面桃花】 唐孟棨《本事诗·情感》："博陵崔护，姿质甚美，而孤洁寡合。举进士下第。清明日，独游都城南，得居人庄。一亩之宫，而花木丛萃，寂若无人。叩门久之，有女子自门隙窥之，问曰：'谁耶？'以姓字对，曰：'寻春独行，酒渴求饮。'女入以杯水至，开门设床，命坐，独倚小桃斜柯伫立，而意属殊厚，妖姿媚态，绰有余妍。崔以言挑之，不对，目注者久之。崔辞去，送至门，如不胜情而入，崔亦眷盼而归。嗣后，绝不复至。及来岁清明日，忽思之，情不可抑，径往寻之，门墙如故，而已锁扃之。因题诗于左扉曰：'去年今日此门中，人面桃花相映红。人面只今何处去，桃花依旧笑春风。'"〇喻女子美貌。清黄遵宪《不忍池晚游诗》之七："鸦背斜阳闪闪红，桃花人面薄纱笼。"另参见人体部·头面"桃花人面"、器用部·饮食"乞浆"、人事部·情感"崔护重来"。

【人彘】 参见人事部·谬误"人彘"。元马祖常《题四皓图》："阿婺人彘祸，吾恨紫芝翁。"

【小怜】 《北史·冯淑妃传》："冯淑妃名小怜，大穆后从婢也。穆后爱衰，以五月五日进之，号曰'续命'。慧黠能弹琵琶，工歌舞。后主惑之，坐则同席，出则并马，愿得生死一处。……后主至长安，请周武帝乞淑妃，帝曰：'朕视天下如脱屣，一老妪岂与公惜也！'仍以赐之。"〇咏后妃或乐妓。唐罗虬《比红儿诗》："陷却平阳为小怜，周师百万战长川。"

【飞燕】 《汉书·外戚传下·孝成赵皇后传》："孝成赵皇后，本长安宫人，初生时，父母不举，三日不死，乃收养之。及壮，属阳阿主家，学歌舞，号曰'飞燕'。"颜师古注："以其体轻故也。"〇喻指宫妃或歌女。唐李白《宫中行乐词八首》之二："宫中谁第一，飞燕在昭阳。"另参见文明部·

歌舞“轻身舞”。

【无盐】 汉刘向《新序·杂事之二》:“齐有妇人极丑无双,号曰‘无盐女’。其为人也,臼头深目,长壮大节,昂鼻结喉,肥项少发,折腰出胸,皮肤若漆。”〇喻丑女。唐李白《效古二首》之二:“寄语无盐子,如君何足珍。”

【月娥】 参见九流部·神仙“嫦娥”。唐李郢《中元夜》:“江南水寺中元夜,金粟栏边见月娥。”

【丑女】 参见人体部·其他“捧心”。〇指丑陋而强学美好之人。唐李白《古风五十九首》之三十五:“丑女来效颦,还家惊四邻。”

【邢尹】 参见人事部·情感“尹邢避面”。清袁枚《遣怀杂诗》之十八:“邢尹一相见,涕泣服其美。”

【当垆】 参见器用部·饮食“文君酒”。唐李商隐《杜工部蜀中离席》:“美酒成都堪送老,当垆仍是卓文君。”

【齐眉】 《后汉书·逸民列传·梁鸿传》:“遂至吴,依大家皋伯通,居庑下,为人赁舂。每归,妻为具食,不敢于鸿前仰视,举案齐眉。”〇指夫妻间互敬互爱。唐李绅《趋翰苑遭诬拘四十六韵》:“俯首安羸业,齐眉慰病夫。”另参见伦类部·亲眷“伯鸾妻”、人体部·头面“齐眉”、器用部·日用“孟光案”、人事部·行止“举案”。

【阳台女】 参见人事部·情感“朝云暮雨”。唐孟浩然《同张明府碧溪赠答》:“自有阳台女,朝朝拾翠过。”

【妇人醇酒】 参见人事部·志趣“醇酒美人”。清丘逢甲《柳汀赠诗述及台事叠韵答之》:“妇人醇酒足此生,老天不喜英雄气。”

【红泪客】 参见人事部·情感“玉壶盛泪”。唐李贺《蜀国弦》:“谁家红泪客,不忍过瞿塘。”

【弄玉】 参见九流部·神仙“乘鸾”。〇喻指美女或仙女。宋苏轼《留题延生观后山上小堂》:“不慚弄玉骑丹凤,应逐嫦娥驾老蟾。”

【弄珠人】 参见器用部·珍宝“汉皋佩”。〇称美女子。清尤侗《赠木渎仙姬十绝句》之三:“试取冰弦弹一曲,江头愁杀弄珠人。”

【远山色】 参见人体部·头面“远山眉”。唐白居易《井底引银瓶》:“婵娟两鬓秋蝉翼,宛转双蛾远山色。”

【杞梁妻】 汉刘向《列女传·齐杞梁妻》:“齐杞梁殖之妻也,庄公袭莒,殖战而死。庄公归遇其妻,使使者吊之于路。杞梁妻曰:‘今殖有罪,君何辱命焉。若令殖免于罪,则贱妾有先人之弊庐在下,妾不得与郊吊。’于是庄公乃还车,诣其室,成礼然后去。杞梁之妻无子,内外皆无五属之亲,既无所归,乃就其夫之尸于城下而哭之。内诚动人,道路过者莫不为之挥涕,十日而城为之崩。既葬,曰:‘吾何归矣夫!妇人必有所倚者也,父在则倚父,夫在则倚夫,子在则倚子,今吾上则无父,中则无夫,下则无子……亦死而已。’遂赴淄水而死。”〇喻对亡夫情深意切。汉《古诗十九首·西北有高楼》:“谁能为此曲,无乃杞梁妻。”另参见地理部·城建“城崩”、伦类部·亲眷“杞妻”、人事部·情感“杞梁哀”、人事部·病死“崩城泪”。

【阿娇】 参见器用部·宫室“黄金屋”、人物部·帝王“金屋贮阿娇”。唐李商隐《茂陵》:“玉桃偷得怜方朔,金屋修成贮阿娇。”

【陈皇后】 参见文明部·文章“千金赋”、人事部·情感“长门泣”。唐杜牧《月》:“唯应独伴陈皇后,照见长门望幸心。”

【卓氏】 参见人事部·情感“求凰”。唐杜甫《奉酬薛十二丈判官见赠》:“卓氏近新寡,豪家朱门扃。”

【罗袜金莲】 参见人物部·肢体“金莲”。唐韩偓《金陵》:“彩笺丽句今已矣,罗袜金莲何寂寥。”

【郑婢】 《世说新语·文学》:“郑玄家奴婢皆读书。尝使一婢,不称旨,将挞之。方自陈说,玄怒,使人曳箸泥中。

须臾，复有一婢来，问曰：'胡乎泥中？'答曰：'薄言往愬，逢彼之怒。'"○指仆婢有学问。清张问陶《题屠琴坞论诗图》之三："郑婢萧奴门户好，出人头地恐无时。"另参见文明部·学识"婢知诗"。

【宓妃】 参见九流部·神仙"洛川神"。唐李商隐《无题四首》之二："贾氏窥帘韩掾少，宓妃留枕魏王才。"

【织女】 参见天文部·时令"七夕"。宋范成大《宿东寺二首》之一："织女无言千古恨，素娥有意十分春。"

【春梦婆】 宋赵令畤《侯鲭录》卷七："东坡老人（苏轼）在昌化，尝负大瓢，行歌于田间。有老妇年七十，谓坡云：'内翰昔日富贵，一场春梦。'坡然之。里中呼此媪为春梦婆。"○喻好景不长。金元好问《出都诗》之一："神仙不到秋风客，富贵空悲春梦婆。"另参见人事部·睡梦"春梦"。

【赵津女】 参见文明部·歌舞"赵津歌"。唐徐坚《棹歌行》："因声赵津女，来听采菱歌。"

【荆钗布裙】 《太平御览》卷七一八引《列女传》："梁鸿妻孟光荆钗布裙。"○喻服饰朴素的妇女，或为妻子的谦称。元萨都剌《织女图》："催租县吏夜打门，荆钗布裙夫短袴。"另参见伦类部·亲眷"荆妇"、器用部·衣冠"布裙"、器用部·衣冠"荆钗"。

【昭君】 《汉书·匈奴传下》："元帝以后宫良家子王嫱字昭君赐单于。"○咏远嫁之妃子、女子。唐罗虬《比红儿诗》之六："置向汉宫图画里，入胡应不数昭君。"另参见人事部·情感"昭君觅故村"。

【秋胡妇】 汉刘向《列女传·鲁秋洁妇》："洁妇者，鲁秋胡子妻也。既纳之五日，去而官于陈，五年乃归。未至家，见路傍妇人采桑，秋胡子悦之，下车谓曰：'若曝采桑，吾行道远，愿托桑荫下飡，下赍休焉。'妇人采桑不辍。秋胡子谓曰：'力田不如逢丰年，力桑不如见国卿。吾有金，愿以与夫人。'妇人曰：'嘻！夫采桑力作，纺绩织纴，以供衣食，奉二亲，养夫子。吾不愿金，所愿卿无有外意，妾亦无淫佚之志。收子之赍与笥金。’秋胡子遂去。至家，奉金遗母。使人唤妇至，乃向采桑者也，秋胡子惭。妇曰：‘子束发辞亲往仕，五年乃还，当所悦驰骤扬尘疾至。今也乃悦路傍妇人，下子之粮，以金予之，是忘母也，忘母不孝；好色淫佚，是污行也，污行不义。夫事亲不孝，则事君不忠；处家不义，则治官不理。孝义并忘，必不遂矣。妾不忍见子改娶矣，妾亦不嫁。’遂去而东走，投河而死。”〇咏妇人贞洁。唐李白《湖边采莲妇》：“愿学秋胡妇，贞心比古松。”另参见人物部·其他“秋胡”。

【迷下蔡】　参见人事部·情感“三年目送”。唐温庭筠《春暮宴罢寄宋寿先辈》：“苏小风姿迷下蔡，马卿才调似临邛。”

【秦女】　参见九流部·神仙“乘鸾”。唐岑参《崔驸马山池重送宇文明府》：“不逢秦女在，何处听吹箫？”

【素女】　《史记·封禅书》：“太帝使素女鼓五十弦瑟，悲，帝禁不止，故破其瑟为二十五弦。”〇咏音乐曲调悲哀，或喻妇女心情哀怨。唐陈子昂《南山家园林木交映盛夏五月幽然清凉独坐思远率成十韵》：“凤韵仙人策，鸾歌素女弦。”另参见九流部·神仙“素女”、文明部·礼乐“五十弦”、文明部·礼乐“素瑟”、人事部·情感“素女愁”。

【莱妻】　汉刘向《列女传·楚老莱妻》：“莱子逃世耕于蒙山之阳，葭墙蓬室，木床蓍席，衣缊食菽，垦山播种。”楚王亲临访求，老莱应允，其妻曰：“‘妾闻之，可食以酒肉者，可随以鞭捶；可授以官禄者，可随以铁钺。今先生食人酒肉，受人官禄，为人所制也，能免于患乎？妾不能为人所制。’投其畚而去。老莱子曰：‘子还，吾为子更虑。’遂行不顾，至江南而止。”〇喻指夫妻偕隐。唐白居易《秋晚》：“莱妻卧病月明时，不捣寒衣空捣药。”另参见伦类部·亲眷“老莱藉嘉耦”、人事部·雅逸“莱氏与妻行”。

【班姬】 参见人事部·情感“班女怨”。唐王维《早朝》：“方朔金门侍，班姬玉辇迎。”

【徐妃半面妆】 《南史·梁元帝徐妃传》：“徐妃以帝眇一目，每知帝将至，必为半面妆以俟，帝见则大怒而出。”〇喻仅及一半，未得全貌。唐李商隐《南朝》：“休夸此地分天下，只得徐妃半面妆。”另参见人体部·头面“半面”。

【徐娘】 《南史·梁元帝徐妃传》：徐妃常与人淫通，“季江每叹曰：‘柏直狗虽老犹能猎，萧溧阳马虽老犹骏，徐娘虽老犹尚多情。’”〇喻年纪虽大但风韵犹存的妇女。唐刘禹锡《梦扬州乐妓和诗》：“花作婵娟玉作妆，风流争似旧徐娘。”另参见人事部·寿考“徐娘老”。

【梦兰】 参见植物部·花卉“国香”。〇喻受恩宠，或指怀孕。唐杜甫《同豆庐峰贻主客李员外贤子棐知字韵》：“梦兰他日应，折桂早年知。”

【梅妆】 《太平御览》卷九七〇引《宋书》：“(宋)武帝女寿阳公主人日卧于会章(殿)檐下，梅花落公主额上，成五出之花，拂之不去。皇后留之，自后有梅花妆，后人多效之。”〇喻女子华美妆饰，或喻梅花。唐李商隐《对雪二首》之二：“侵夜可能争桂魄，忍寒应欲试梅妆。”另参见人体部·头面“额妆”、植物部·花卉“妆梅朵”。

【婕妤却辇】 参见文明部·礼乐“辞辇”。明孙华《长桩寺拜瞻明慈圣李太后御容恭赋四十韵》：“婕妤常却辇，钩弋作披拳。”

【绿珠】 参见人事部·病死“金谷堕楼”。唐骆宾王《艳情代郭氏赠卢照邻》：“绿珠犹得石崇怜，飞燕曾经汉皇宠。”

【韩娥】 参见文明部·歌舞“余音绕梁”。〇泛指歌女。唐贯休《酷吏词》：“韩娥唱一曲，锦段鲜照屋。”

【鲁女】 参见人事部·情感“忧葵”。唐李白《书怀赠南陵常赞府》：“将无七擒略，鲁女惜因葵。”

【湘妃】 参见人事部·情感“江娥啼竹”。唐杜甫《渼陂行》:“湘妃汉女出歌舞,金支翠旗光有无。”

【谢女】 《世说新语·言语》:“谢太傅寒雪日内集,与儿女讲论文义,俄而雪骤,公欣然曰:‘白雪纷纷何所似?’兄子胡儿曰:‘撒盐空中差可拟。’兄女曰:‘未若柳絮因风起。’公大笑乐。即公大兄无奕女,左将军王凝之妻也。”○咏才女。唐刘禹锡《柳絮》:“萦回谢女题诗笔,点缀陶公漉酒巾。”另参见天文部·气象“雪似盐”、植物部·木本“谢家轻絮”、器用部·饮食“雪比盐”、文明部·诗词“道蕴诗”。

【楚宫腰】 参见人体部·肢体“楚腰”。唐李商隐《碧瓦》:“无双汉殿鬓,第一楚宫腰。”

【酬騄駬】 参见人事部·雅逸“骏马换小妾”。唐刘禹锡《裴令公见示诮乐天寄奴买马绝句》:“若把翠娥酬騄駬,始知天下有奇才。”

【虞姬】 参见人事部·情感“项别骓”。金萧贡《楚歌》:“楚歌一夜四面发,泣别虞姬歌数阕。”

【解语花】 五代王仁裕《开元天宝遗事·解语花》:“明皇秋八月,太液池有千叶白莲数枝盛开,帝(唐玄宗)与贵戚宴赏焉。左右皆叹羡,久之,帝指(杨)贵妃示于左右曰:‘争如我解语花?’”○喻美人聪慧可人。清赵翼《题女史骆佩香秋灯课女图》:“一个娇娃解语花,绮窗亲课秋宵读。”另参见植物部·花卉“解语花”。

【窥帘】 《世说新语·惑溺》:“韩寿美姿容,贾充辟以为掾。充每聚会,贾女于青琐中看,见寿,说之,恒怀存想,发于吟咏。后婢往寿家,具述如此,并言女光丽,寿闻之心动,遂请婢潜修音问,及期往宿。寿跻捷绝人,逾墙而入,家中莫知。自是充觉女盛自拂拭,说畅有异于常。后会诸吏,闻寿有奇香之气,是外国所贡,一著人则历月不歇。充计武帝唯赐己及陈骞,余家无此香,疑寿与女通。而垣墙重密,门阁急峻,何由得尔。乃托言有盗,令人修墙,使反曰:‘其余无异,唯东北角如有人迹,而墙高非人所逾。'充乃取女左右婢考问,即以状对,充秘之,以女妻寿。"○咏男女私情。唐李商隐《无题》:"贾氏窥帘韩掾少,宓妃留枕魏王才。"另参见器用部·日用"贾女香"、器用部·日用"窥帘"、人事部·情感"生香寄韩寿"。

【漂母】 参见器用部·饮食"千金一饭"。○喻施恩之人。晋陶潜《乞食》:"感子漂母惠,愧我非韩才。"

【黔娄妻】 参见器用部·日用"黔娄被"。○喻安贫乐道的贤德之妻。清顾陈垿《分拟鲍参军白头吟》:"不见黔娄妻,相看雪盈簪。"

【魏姝】 参见人事部·冤怨"掩鼻计"。唐李白《惧谗》:"魏姝信郑袖,掩袂对怀王。"

(六) 人杰

【九方皋】 参见动物部·走兽"骊黄"。○指善于识才之人。宋黄庭坚《过平舆怀李子先时在并州》:"世上岂无千里马,人中难得九方皋。"

【卫叔美】 参见伦类部·亲眷"卫玠"。唐李适《安乐公主移入新宅》:"人疑卫叔美,客似长卿才。"

【王粲】 《三国志·魏志·王粲传》:"王粲字仲宣,……年十七,司徒辟,诏除黄门侍郎,以西京扰乱,皆不就。乃之荆州依刘表。表以粲貌寝而体弱通侻,不甚重也。……魏国既建,拜侍中。博物多识,问无不对。时旧仪废弛,兴造制度,粲恒典之。……著诗、赋、论、议垂六十篇。"另,王粲有《七哀诗二首》、《从军乐五首》。《文选·谢灵运〈拟魏太子邺中集八首·王粲序〉》:"家本秦川,贵公子孙,遭乱流寓,自伤情多。"○喻才子、诗人或幕宾。唐高适《答侯少府》:"吾党谢王粲,群贤推郄诜。"另参见武备部·军旅"从军乐"、文明部·诗词"王粲诗"、政事部·议政"依刘表"、人事部·情感"哀王粲"、人事部·情感"王粲思家"、人事部·其他"悲王粲"。

【云间陆士龙】 《晋书·陆云传》:“(陆)云与荀隐素未相识,尝会(张)华坐,华曰:‘今日相遇,可勿为常谈。’云因抚手曰:‘云间陆士龙。’隐曰:‘日下荀鸣鹤。’鸣鹤,隐字也。”○指有才华者。宋苏轼《次韵刘景文西湖席上》:“将辞邺下刘公幹,却见云间陆士龙。”另参见动物部·鳞介“云间龙”。

【云间赵盾】 参见天文部·天体“赵盾日”。宋张耒《仲夏》:“云间赵盾益可畏,渊底武侯方熟眠。”

【五柳先生】 参见植物部·木本“五株柳”。唐雍陶《和孙明府怀旧山》:“五柳先生本在山,偶然为客落人间。”

【毛遂】 参见政事部·议政“毛遂请行”。唐李端《卧病闻吉中孚拜官寄元秘书昆季》:“毛遂登门虽异赏,韩非入传滥齐名。”

【长头儿】 参见人体部·头面“长头”。宋苏轼《赠上天竺辩才师》:“我有长头儿,角颊峙犀玉。”

【长沙才子】 参见人事部·冤怨“长沙谪”。唐杜甫《寄岳州贾司马六丈巴州严八使君两阁老五十韵》:“长沙才子远,钓濑客星悬。”

【玉貌潘郎】 《晋书·潘岳传》:“(潘)岳美姿仪……少时常挟弹出洛阳道,妇人遇之者,皆连手萦绕,投之以果,遂满车而归。”又,潘岳曾任河阳县令。○喻美男子,或喻情郎。唐温庭筠《和友人悼亡》:“玉貌潘郎泪满衣,昼罗轻鬓雨霏微。”另参见人体部·头面“潘岳貌”、植物部·木本“潘岳果”、器用部·车船“潘郎车”、人事部·情感“掷果河阳”。

【正平摇笔】 参见文明部·学识“下笔不加点”。清吴兆骞《同陈子长坐毡帐中话吴门旧游怆然作歌》:“独孤侧帽倾士女,正平摇笔凌王侯。”

【甘罗】 参见人物部·将相“甘罗作相”。唐韦应物《奉和张大夫戏示青山郎》:“荣禄何妨早,甘罗亦小儿。”

【田横】 《史记·田儋列传》附《田横传》:“田横惧诛,而与其徒属五百余人入海,居岛中……遂自刭,令客奉其头,从使者驰奏之高帝。”“闻其余尚五百人在海中,使使召之。至则闻田横死,亦皆自杀。”〇咏悲壮勇武之士。唐李白《于五松山赠南陵常赞府》:“海上五百人,同日死田横。”另参见人事部·情感“哭田横”。

【乐广披云】 《世说新语·赏誉》:“卫伯玉(瓘)为尚书,见乐广与中朝名士谈议,奇之曰:‘自昔诸人没已来,常恐微言将绝。今乃复闻斯言于君矣!’命子弟造之曰:‘此人,人之水镜也,见之若披云雾睹青天。’”〇喻人风神朗澈,或借用指云开天晴。唐张聿《圆灵水镜》:“乐广披云日,山涛卷雾年。”另参见天文部·天体“乐令天”、天文部·气象“披云雾”。

【冯妇】 《孟子·尽心下》:“晋人有冯妇者,善搏虎。卒为善,士则之。野有众逐虎,虎负嵎(同隅),莫之敢撄。望见冯妇,趋而迎之。冯妇攘臂下车,众皆悦之,其为士者笑之。”〇喻勇猛之人,或喻打虎之人。宋黄庭坚《乙未移舟出》:“刘郎弓石八,猛气压冯妇。”

【汉田郎】 参见人物部·官吏“京兆田郎”。唐钱起《和王员外雪晴早朝》:“题柱盛名兼绝唱,风流谁继汉田郎?”

【地下郎】 《太平御览》卷八八三引晋王隐《晋书》:“苏韶,字孝先,安平人也,仕至中牟令,卒。韶伯父承,为南中郎军司而亡,诸子迎丧还,到襄城,第九子节,夜梦见卤簿,行列甚肃,见韶……韶曰:言天上及地下事,亦不能悉知也。颜渊、卜商,今见在为修文郎。修文郎凡有八人,鬼之圣者。”〇指文人去世。唐杜甫《闻高常侍亡》:“虚历金华省,何殊地下郎?”另参见人事部·病死“修文地下”。

【成连】 参见文明部·礼乐“海上琴”。清张问陶《题门人崔晓林诗》:“成连弦指妙,东望海云宽。”

【优孟】 《史记·滑稽列传》:楚相孙叔敖死后,“居数年,其子穷困负薪,逢优孟,与言曰:‘我,孙叔敖子也。父且死时,属我贫困往见优孟。’优孟曰:‘若无远有所之。’即为孙叔敖衣冠,抵掌谈语。岁余,像孙叔敖,楚王及左右不能别也。庄王置酒,优孟前为寿。庄王大惊,以为孙叔敖复生也,欲以为相。优孟曰:‘请归与妇计之,三日而为相。’庄王许之。三日后,优孟复来。王曰:‘妇言谓何?’孟曰:‘妇言慎无为,楚相不足为也。如孙叔敖之为楚相,尽忠为廉以治楚,楚王得以霸。今死,其子无立锥之地,贫困负薪以自饮食。必如孙叔敖,不如自杀。’因歌曰:‘……楚相孙叔敖持廉至死,方今妻子穷困负薪而死,不足为也!’……于是庄王谢优孟,乃召孙叔敖子,封之寝丘四百户,以奉其祀。后十世不绝。”〇指演员模仿他人。唐刘禹锡《历阳书事七十韵》:“谑浪容优孟,娇怜许智琼。”另参见九流部·杂技“衣冠优孟”、器用部·衣冠“优孟衣冠”、文明部·歌舞“优孟歌”、人事部·隐逸“勿为楚相”。

【江夏黄童】 《东观汉记·黄香传》:“(黄香)年十二,博览传记,家业虚贫,衣食不赡。舅龙乡侯为作衣被,不受。帝赐香《淮南》、《孟子》各一通,诏令诣东观读所未尝见书,谓诸王曰:‘此日下无双江夏黄童也……’京师号曰‘天下无双国士’。”〇指才华出众者。唐罗隐《送姚安之赴任秋浦》:“江夏黄童徒逞辩,广都庞令恐非才。”另参见文明部·学识“江夏无双”、人事部·秉性“黄童”。

【李飞将】 参见人物部·将相“飞将”。唐李白《古风》之六:“谁怜李飞将,白首没三边。”

【投辖陈遵】 参见器用部·车船“孟公辖”。清赵翼《刘檀桥编修六十寿诗》:“投辖陈遵无昼夜,吹笙子晋本神仙。”

【茂陵书生】 《史记·司马相如传》:“(司马)相如既疾免,家居茂陵。天子曰:‘司马相如病甚,可往从悉取其书;若不然,后失之矣。’使所忠往,而相如已死,家无书。问其妻,对曰:‘长卿固未尝有书也。时时著书,人又取去,即空居。长卿未死时，为一卷书，曰有使者来求书，奏之。无他书。'其遗札书言封禅事，奏所忠。忠奏其书，天子异之。"另参见人事部·病死"相如渴疾"。○指司马相如，或指文人，多指落泊文人。唐卢纶《晚秋山中别业》："茂陵秋最冷，谁念一书生？"另参见地理部·城建"茂陵"、文明部·文具"茂陵书"、人物部·帝王"茂陵求"、人事部·行止"茂陵卧"、人事部·贫贱"茂陵贫"。

【欧冶子】 参见武备部·兵器"欧冶剑"。唐杜甫《同豆卢峰知字韵》："炼金欧冶子，喷玉大宛儿。"

【临池圣】 参见文明部·书画"临池"。唐朱逵《怀素上人草书歌》："几年出家通宿命，一朝却忆临池圣。"

【眉最白】 参见人体部·头面"白眉"。宋黄庭坚《赠秦少仪》："秦氏多英俊，少游眉最白。"

【高阳酒徒】 参见人事部·狂放"长揖"。唐高适《田家春望》："可叹无知己，高阳一酒徒。"

【流麦士】 参见植物部·草本"飘麦"。宋苏轼《送公为游淮南》："读书莫学流麦士，挟策莫比亡羊人。"

【谈天衍】 参见天文部·天体"邹生谈"。清赵翼《先辈查初白诗云……》之七："使君不是谈天衍，亲着深山六月裘。"

【逝去玉楼】 参见人事部·病死"天上召"。明张煌言《挽华吉甫明经》："逝去玉楼堪作赋，投来铁匣尚留诗。"

【萧史】 参见九流部·神仙"乘鸾"、伦类部·亲眷"吹箫伴"。唐方干《赠美人四首》之四："昔岁曾为萧史伴，今朝应作宋家邻。"

【鄂君】 参见器用部·日用"鄂君被"。唐李商隐《碧城三首》之二："鄂君怅望舟中夜，绣被焚香独自眠。"

【温八叉】 参见文明部·诗词"八叉"。清朱彝尊《龚尚书挽诗》："檀板柳三变，金荃温八叉。"

【楼上元龙】 参见人事部·禀性"豪气元龙"。○指尊贵之人。金元好问《寄希颜》之二:“山头杜甫长年瘦,楼上元龙先日豪。”

【管辂】 参见人事部·禀性“聪明管辂”。唐杜甫《哭李尚书》:“修文将管辂,奉使失张骞。”

【管鲍】 参见伦类部·师友“管鲍交”。唐李白《箜篌谣》:“管鲍久已死,何人继其踪?”

【豫让】 《史记·刺客列传》:“豫让又漆身为厉,吞炭为哑,使形状不可知,行乞于市。……其友为泣曰:‘以子之才,委质而臣事襄子,襄子必近幸子。近幸子,乃为所欲,顾不易邪?何乃残身苦形,欲以求报襄子,不亦难乎?’豫让曰:‘既已委质臣事人,而求杀之,是怀二心以事其君也。且吾所为者极难耳!然所以为此者,将以愧天下后世之为人臣怀二心以事其君者也。’”○指义士舍身报主。明张煌言《岛居八首》之六:“豫让桥应近,田横岛正宽。”另参见政事部·忠直“漆身吞炭”、人事部·冤怨“吞炭”。

【燕丹客】 参见地理部·水流“易水”。○喻勇士。唐骆宾王《送郑少府入辽共赋侠客远从戎》:“不学燕丹客,空歌易水寒。”

【蘧瑗知非】 参见人事部·谬误“今是昨非”。宋苏轼《次韵曹九章见赠》:“蘧瑗知非我所师,流年已似手中蓍。”

(七)其他

【凡鸟】 《世说新语·简傲》:“嵇康与吕安善,每一相思,千里命驾。安后来,值康不在,喜出户延之,不入,题门上作‘鳳’字而去。喜不觉,犹以为欣故作‘鳳’字,凡鸟也。”○喻庸才。唐张九龄《杂诗》之二:“凡鸟已相噪,凤凰安得知。”另参见伦类部·师友“寻嵇”、动物部·飞禽“题凤”、人事部·情感“千里相思”、人事部·狂放“题凡鸟”。

【广陵客】 参见文明部·礼乐“广陵散”。唐李颀《琴歌》:“主人有酒欢今夕,请奏鸣琴广陵客。”

【牛侩】　参见人事部·雅逸“卧墙东”。宋陆游《寓叹》：“人怪羊裘忘富贵，我从牛侩得贤豪。”

【丹徒布衣】　《晋书·诸葛长民传》：“义熙初，慕容超寇下邳，长民遣部将徐琰击走之，进位使持节……领晋陵太守、镇丹徒。”后因“骄纵贪侈，不恤政事”，为刘裕所疑，欲杀之，诸葛长民欲谋乱，“犹豫未发，既而叹曰：‘贫贱常思富贵，富贵必履危机。今日欲为丹徒布衣，岂可得也！’”○指平民，或喻识破官场诡危之人。唐李白《玉真公主别馆苦雨赠上尉张卿二首》之二：“丹徒布衣者，慷慨未可量。”另参见人事部·富贵“富贵危机”。

【凤客】　参见人事部·情感“求凤”。○指风流才子。唐卢仝《卓女怨》：“迷魂随凤客，娇思入琴心。”

【玉人】　《晋书·卫玠传》：“卫玠字叔宝，……总角乘羊车入市，见者皆以为玉人，观之者倾都。”○喻指男子美貌。唐卢纶《酬金部王郎中省中春日见寄》：“鹤侣正疑芳景引，玉人那为簿书沉。”另参见器用部·车船“羊车”。

【东邻】　参见人体部·其他“捧心”。宋杨亿《无题三首》之三：“北渚自应流怨泪，东邻谁敢效颦眉？”

【叶公】　参见动物部·鳞介“叶龙”。○喻徒有所好之人。唐齐己《谢惠上人见惠二龙障子以短歌酬之》：“恐是叶公好假龙，及见真龙却惊怕。”

【皮相士】　参见器用部·衣冠“负薪裘”。清黄遵宪《石川鸿斋偕僧来谒张副使》：“知公迹僧心亦僧，不复拘拘皮相士。”

【失马翁】　参见人事部·其他“得马”。唐许浑《怀旧居》：“朱门迹忝登龙客，白屋心期失马翁。”

【白社客】　参见地理部·城建“白社”。唐陈子昂《卧疾家园》：“宁知白社客，不厌青门瓜。”

【曳裾客】　参见政事部·贪佞“曳裾”。唐朱湾《送李司直归浙东幕兼寄鲍行军持节大夫初拜东平郡王》：“会作王门曳裾客,为余前谢鲍参军。"

【虫沙猿鹤】　《艺文类聚》卷九〇引《抱朴子》:"周穆王南征,一军尽化,君子为猿为鹤,小人为虫为沙。"〇喻战中死亡的官兵。唐韩愈《送区弘南归》:"穆昔南征军不归,虫沙猿鹤伏以飞。"另参见地理部·土石"虫沙"、动物部·走兽"君子猿"、动物部·飞禽"君子鹤"、动物部·虫豸"沙虫"、武备部·其他"猿鹤化"、人事部·死丧"化虫沙"。

【刘郎】　南朝宋刘义庆《幽明录》:"汉明帝永平五年,剡县刘晨、阮肇共入天台山取谷皮,迷不得返",望山上有一桃树,遂采桃充饥。后遇二女子,姿质妙绝,见刘、阮,"便呼其姓,如似有旧,乃相见忻喜,问:'来何晚邪?'因邀还家。""至暮,令各就一帐宿,女往就之,言声清婉,令人忘忧。"其地草木气候常如春时。二人停半年还乡,子孙已历七世。〇喻成仙而去,或指情郎。唐李商隐《无题四首》之一:"刘郎已恨蓬山远,更隔蓬山一万重。"另参见九流部·神仙"阮郎千古事"、人物部·妇女"阮郎妻"、人事部·情感"恨阮郎"。

【运甓翁】　参见人事部·志趣"运甓"。〇喻不安悠闲、奋发向上之人。宋黄庭坚《寄南阳谢外舅》:"谁令运甓翁,见谓牧猪奴。"

【两生】　《汉书·叔孙通传》:"于是(叔孙)通使征鲁诸生三十余人。鲁有两生不肯行,曰:'公所事者且十主,皆面谀亲贵。今天下初定,死者未葬,伤者未起,又欲起礼乐。礼乐所由起,百年积德而后可兴也。吾不忍为公所为。公所为不合古,吾不行。公往矣,毋污我!'"〇咏人洁身自好。元袁桷《次韵礼部李公二首》之二:"百年礼乐重开运,此道何须问两生。"另参见人事部·志趣"鲁二生"。

【折齿人】　参见器用部·其他"邻女梭"。清王士禛《啸园杂题八首·梭山》:"不妨折齿人,长兹置岩石。"

【吴阿蒙】　《三国志·吴志·吕蒙传》裴松之注引《江表

传》:"后鲁肃上代周瑜,过(吕)蒙言议,常欲受屈。肃拊蒙背曰:'吾谓大弟但有武略耳,至于今者,学识英博,非复吴下阿蒙。'蒙曰:'士别三日,即更刮目相待。大兄今论,何一称穰侯乎?'"○指人平庸。清顾汧《长至斋宿四译馆署次江补斋太常壁间韵》之四:"壮怀漫说庾开府,老眼依然吴阿蒙。"另参见人体部·头面"刮目"。

【何郎】　《世说新语·容止》:"何平叔美姿仪,面至白。魏明帝疑其傅粉,正夏月,与热汤饼。既噉,大汗出,以朱衣自拭,色转皎然。"○称赞青年男子貌美,或指情郎或驸马。唐李贺《同沈驸马赋得御沟水》:"幸因流浪处,暂得见何郎。"另参见人体部·头面"何郎面"、器用部·饮食"汤饼"。

【狂奴】　参见人事部·狂放"狂奴故态"。○喻傲世之隐者。唐皮日休《钓矶》:"狂奴卧此多,所以踏帝腹。"

【宋玉邻】　参见人事部·情感"三年目送"。唐徐夤《忆牡丹》:"宋玉邻边腮正嫩,文君机上锦初裁。"

【鸡林贾】　参见文明部·诗词"诗人鸡林"。元宋无《忆旧寄金陵冯寿之》:"句满鸡林贾,名齐雁塔人。"

【鸡鸣狗盗】　《史记·孟尝君列传》:秦昭王囚孟尝君,孟尝君"使人抵昭王幸姬求解。幸姬曰:'妾愿得君狐白裘。'此时孟尝君有一狐白裘,直千金,天下无双,入秦献之昭王,更无他裘。孟尝君患之,遍问客,莫能对,最下坐有能为狗盗者,曰:'臣能得狐白裘',乃夜为狗,以入秦宫藏中,取所献狐白裘至,以献秦王幸姬。幸姬为言昭王,昭王释孟尝君。孟尝君得出……夜半至函谷关……关法鸡鸣而出客,孟尝君恐追至,客之居下坐者有能为鸡鸣,而鸡尽鸣,遂发传出。出如食顷,秦追果至关,已后孟尝君出,乃还。"○喻指人物或技能不伦不类、委琐卑下。唐宋之问《过函谷关》:"鸡鸣将狗盗,论德不论勋。"另参见动物部·飞禽"鸡鸣"、动物部·走兽"狗盗"、九流部·杂技

“敩鸡鸣”。

【星使】　参见天文部·天体“使臣星”。唐高适《送柴司户充刘卿判官之岭外》:“月卿临幕府,星使出词曹。”

【钓鳌客】　参见动物部·鳞介“钓鳌”。宋陆游《梦笔驿》:“可怜钓鳌客,终返屠羊肆。”

【饱朱儒】　参见人事部·冤怨“侏儒饱”。清黄遵宪《新加坡杂诗十二首》之五:“人奴甘十等,只愿饱朱儒。”

【庖丁】　参见九流部·杂技“庖丁解牛”。唐温庭筠《过孔北海墓二十韵》:“轮辕无匠石,刀几有庖丁。”

【孟邻】　参见伦类部·亲眷“慈母择邻”。唐杜甫《寄张十二山人彪三十韵》:“历下辞姜被,关西得孟邻。”

【斫轮人】　参见九流部·杂技“轮扁斫”。清赵翼《刊刻汪文端师集既就书以志愧》之一:“太息斫轮人已去,乞谁刊定夜窗幽。”

【秋胡】　参见人物部·妇女“秋胡妇”。〇喻薄幸男子。南朝梁萧纲《妾薄命》:“荡子行未至,秋胡无定期。”

【烂柯人】　参见器用部·其他“烂斧柯”。唐刘禹锡《酬乐天扬州初逢席上见赠》:“怀旧空吟闻笛赋,到乡翻似烂柯人。”

【珠履客】　《史记·春申君列传》:“赵平原君使人于春申君,春申君舍之于上舍。赵使欲夸楚,为玳瑁簪,刀剑室以珠玉饰之,请命春申君客。春申君客三千余人,其上客皆蹑珠履以见赵使,赵使大惭。”〇喻指幕僚。唐杜牧《送王侍御赴夏口座主幕》:“君为珠履三千客,我是青衿七十徒。”另参见伦类部·宾主“三千客”、器用部·衣冠“珠履”、人事部·富贵“珠履”。

【莲幕】　《南史·庾杲之传》:庾杲之任王俭的长史官,“安陆侯萧缅与(王)俭书曰:‘盛府元僚,实难其选。庾景行(杲之字)泛渌水,依芙蓉,何其丽也。’时人以俭府为莲花池,故缅书美之。”〇美称官署的幕府、幕僚。唐李商隐

《自桂林奉使江陵途中感怀寄献尚书》："下客依莲幕，明公念竹林。"另参见植物部·花卉"庾杲莲"。

【致书邮】 《世说新语·任诞》："殷洪乔作豫章郡，临去，都下人因附百许函书。既至石头，悉掷水中，因祝曰：'沉者自沉，浮者自浮，殷洪乔不能作致书邮。'"〇指传送书信文稿。唐杜甫《晚秋长沙蔡五侍御饮筵送殷六参军归澧觐省》："甘从投辖饮，肯作致书邮。"另参见器用部·日用"洪乔书"、人事部·狂放"宁作置书邮"。

【郢中客】 参见文明部·礼乐"曲高和寡"。唐孟浩然《和张二自穰县还途中遇雪》："歌疑郢中客，态比洛川神。"

【郢匠】 参见器用部·其他"郢匠斤"。〇指技艺高超的人，或喻大毛笔。唐骆宾王《夏日游德州赠高四》："成风郢匠斫，流水伯牙弦。"

【高阳酒徒】 《史记·郦生陆贾列传》："郦生食其者，陈留高阳人也。""县中皆谓之狂生。""沛公引兵过陈留，郦生踵军门上谒曰……使者出谢曰：'沛公敬谢先生，方以天下为事，未暇见儒人也。'郦生瞋目按剑叱使者曰：'走，复入言沛公，吾高阳酒徒也，非儒人也！'"〇喻指狂放而好饮酒者。唐罗隐《曲江春感》："高阳酒徒半雕落，终南山色空崔嵬。"另参见人事部·狂放"郦生狂"。

【家僮】 参见植物部·木本"橘奴"。唐卢纶《送陈明府赴萍县》："梅花成雪岭，橘树当家僮。"

【萧奴】 参见文明部·学识"奴爱才"。清张问陶《题屠琴坞论诗图》之三："郑婢萧奴门户好，出人头地恐无时。"

【鹿门翁】 参见人事部·雅逸"庞公隐"。宋陆游《醉中书怀》："不见鹿门翁，全家事潜遁。"

【屠龙手】 参见九流部·杂技"屠龙"。〇喻有才能而不为所用之人。宋苏轼《次韵张安道读杜诗》："巨笔屠龙手，微官似马曹。"

【散才】 参见植物部·木本"社栎"。唐钱起《长安落第作》:“散才非世用,回音谢云萝。”

【散樗】　《庄子·逍遥游》:“惠子曰:‘吾有大树,人谓之樗。其大本拥肿,而不中绳墨;其小枝卷曲,而不中规矩。立之途,匠者不顾。今子之言,大而无用,众所同去也。’”○用以自谦,或指不愿为世俗做事。唐杜甫《送郑十八虔贬台州司户》:“郑公樗散鬓成丝,酒后常称老画师。”另参见植物部·木本“樗栎”、人事部·狂放“樗散”。

【韩康】　参见人事部·雅逸“卖药”。唐白居易《酬梦得贫居咏怀见赠》:“病添庄舄吟声苦,贫欠韩康药债多。”

【落帽人】　参见器用部·衣冠“孟嘉帽”。唐赵嘏《重阳日寄韦舍人》:“不知此日龙山会,谁是风流落帽人?”

【楚囚 1】　参见文明部·礼乐“楚奏”。唐赵嘏《长安晚秋》:“鲈鱼正美不归去,空戴南冠学楚囚。”

【楚囚 2】　参见器用部·宫室“新亭对泣”。唐李商隐《与同年李定言曲水闲话戏作》:“此生聚散何穷已,未忍悲歌学楚囚。”

【碌碌十九人】　参见政事部·议政“毛遂请行”。○喻指无用之人。清黄遵宪《自香港登舟感怀》:“行行遂越三万里,碌碌仍随十九人。”

【猿公】　参见动物部·走兽“白猿”。唐李贺《南园》之七:“见买若耶溪水剑,明朝归去事猿公。”

【德星】　参见天文部·天体“聚德星”。隋李德林《相逢狭路间》:“出门会亲友,天官奏德星。”

【鹤氅人】　参见植物部·木本“王恭柳”。唐白居易《雪夜喜李郎中见访兼酬所赠》:“可怜今夜鹅毛雪,引得高情鹤氅人。”

十二、政事部

（一）清廉

【不贪身内宝】 《左传·襄公十五年》:“宋人或得玉,献诸子罕。子罕弗受。献玉者曰:‘以示玉人,玉人以为宝也,故敢献之。’子罕曰:‘我以不贪为宝,尔以玉为宝。若以与我,皆丧宝也。不若人有其宝。’”〇喻清正廉洁。唐周昙《咏史诗·春秋战国门·宋子罕》:“自有不贪身内宝,玉人徒献外来珍。”另参见器用部·珍宝“不贪宝”。

【计日】 《后汉书·羊陟传》:羊陟字嗣祖,太山梁父人。拜侍御史,再迁冀州刺史。“帝嘉之,拜陟河南尹。计日受奉(同“俸”),常食干饭茹菜,禁制豪右,京师惮之。”〇喻为官清廉。唐崔峒《题桐庐李明府官舍》:“观风竞美新为政,计日还知旧触邪。”

【四知名】 《后汉书·杨震传》:“大将军邓骘闻其贤而辟之,举茂才,四迁荆州刺史、东莱太守。当之郡,道经昌邑,故所举荆州茂才王密为昌邑令,谒见,至夜怀金十斤以遗震。震曰:‘故人知君,君不知故人,何也?’密曰:‘暮夜无知者。’震曰:‘天知、神知、我知、子知,何谓无知!’密愧而出。”〇咏官吏清正廉洁。唐李峤《金》:“方同杨伯起,独有四知名。”另参见器用部·珍宝“四知金”。

【任棠水】 《后汉书·庞参传》:“(庞)参拜为汉阳太守。郡人任棠者,有奇节,隐居教授。参到,先候之。棠不与言,但以薤一大本,水一盂,置户屏前,自抱孙儿伏于户下。主簿白以为倨。参思其微意,良久曰:‘棠是欲晓太守也。水者,欲吾清也;拔大本薤者,欲吾击强宗也;抱儿当户,欲吾开门恤孤也。’”〇称颂官吏清正廉明,为民作主。唐高适《东平旅游奉赠薛太守二十四韵》:“不改任棠水,仍传晏子裘。”另参见地理部·水流“任棠水”、植物部·

草本“拔薤”。政事部·忠直“拔薤”、政事部·议政“谒任棠”。

【刘宠】 《后汉书·循吏传·刘宠传》:刘宠为会稽太守时治郡廉明,离任时,当地老叟各以百钱相赠。“宠曰:‘吾政何能及公言邪?勤苦父老!’为人选一大钱受之。”〇指廉政恤民的官吏。唐吴仁璧《金钱花》:“堪疑刘宠疑芳在,不许山阴父老贫。”另参见器用部·珍宝“一大钱”、人物部·官吏“选一钱”。

【饮贪泉】 参见地理部·水流“贪泉”。唐白居易《广府胡尚书频寄诗因答绝句》:“尚书清白临南海,虽饮贪泉心不回。”

【罢官还犊】 《三国志·魏志·常林传》裴松之注引《魏略》:“又其(时苗)始之官,乘薄軬车,黄牸牛,布被囊。居官岁余,牛生一犊。及其去,留其犊,谓主簿曰:‘令来时本无此犊,犊是淮南所生有也。’群吏曰:‘六畜不识父,自当随母。’苗不听,时人皆以为激,然由此名闻天下。”〇指官吏清正廉洁。清吴汝纶《题姚伯山木叶庵图》:“请剑除奸前日事,罢官还犊去时恩。”另参见动物部·走兽“孳犊”。

【捧靴】 《旧唐书·崔戎传》:“(崔戎)寻为剑南东、西两川宣慰使。西州承蛮寇之后,戎即宣抚,兼再定征税,废置得所,公私便之。还,拜给事中,驳奏为当时所称。改华州刺史,迁兖海沂密都团练观察等使。将行,州人恋惜遮道,至有解靴断鞓者。”〇指地方官为政清廉。清袁枚《送中丞至惠山蒙赐人参留别》:“一路官民尽捧靴,中丞病起奈劳何。”另参见器用部·衣冠“靴挂”、人物部·官吏“崔帅留靴”。

【悬枯鱼】 《后汉书·羊续传》:“时权豪之家多尚奢丽,(羊)续深疾之,常敝衣薄食,车马羸败。府丞尝献其生鱼,续受而悬于庭;丞后又进之,续乃出前所悬者以杜其意。”〇指为官清廉。清宋琬《送别俞眉仙归新安》:“郭外行春策病马,壁间退食悬枯鱼。”另参见动物部·鳞介“府丞鱼”、人物部·官吏“太守悬鱼”。

（二）忠直

1. 忠义 2. 正直

1**【文山柴市】** 元王恽《玉堂嘉话》卷五:“执文天祥(字文山)至大都,囚之,上屡欲赦出相之,竟不从。至元十九年十二月初九日(公元 1183 年 1 月 9 日),戮于燕南城柴市。”明赵弼《文信公传》:“公至柴市,观者万人。公问市人曰:‘孰南面?’或有指之者,公即向南再拜,索纸笔书二诗云:‘昔年单舸走维扬,万死逃生辅宋皇。天地不容兴社稷,邦家无主失忠良。’‘神归嵩岳风雷变,气吐烟云草树荒。南望九原何处是?尘沙黯淡路茫茫。’是日大风扬沙,天地昼晦。”〇指英勇就义。明张煌言《洒血》:“文山不柴市,故里一黄冠。此意谁非屈,何人肯自宽?”另参见地理部·城建“柴市”。

【叱驭】 参见地理部·城建“九折途”。明何景明《赠望之四首》之四:“绝裾不为忍,叱驭宁顾危。”

【弘演纳肝】 《吕氏春秋·忠廉》:“卫懿公有臣曰弘演,有所于使。翟人攻卫,其民……遂溃而去。翟人至,及懿公于荣泽,杀之,尽食其肉,独舍其肝。弘演至,报使于肝,毕,呼天而啼,尽哀而止,曰:‘臣请为襮。’因自杀,先出其腹实,内懿公之肝。”〇指杀身报主。清顾炎武《陈生芳绩两尊人先后即世适皆以三月十九日追痛之作词旨哀恻依韵奉和》:“弘演纳肝犹报主,王裒泣血倍思亲。”另参见人体部·其他“纳肝”。

【伍员忠】 参见人体部·头面“伍员抉目”。唐杜牧《吴宫词二首》之二:“当年国门外,谁信伍员忠。”

【存楚】 参见人事部·情感“秦庭哭”。〇喻精忠为国。

唐骆宾王《咏怀》:“宝剑思存楚,金椎许报韩。”

【苏武节】 《汉书·苏武传》:苏武出使匈奴,被单于拘禁,“绝不饮食,天雨雪,武卧吃雪,与毡毛并咽之,数日不死,匈奴以为神,乃徙武北海无人处,使牧羝,羝乳乃得归。……武既至海上,廪食不至,掘野鼠去草实而食之。杖汉节牧羊,卧起操持,节旄尽落。”〇喻忠臣出使,宁死不屈。唐戎昱《闻颜尚书陷贼中》:“能持苏武节,不受马超勋。”另参见动物部·走兽“看羊”、动物部·走兽“掘鼠”、器用部·日用“苏武毡”、人物部·官吏“牧羊臣”、人事部·贫贱“掘鼠”、人事部·谬误“羝乳”。

【牵裾】 《三国志·魏志·辛毗传》:“(魏文)帝欲徙冀州士家十万户实河南。时连蝗民饥,群司以为不可,而帝意甚盛。(辛)毗与朝臣俱见,帝知其欲谏,作色以见之,皆莫敢言。……毗曰:‘陛下不以臣不肖,置之左右,厕之谋议之官,安得不与臣议邪!臣所言非私也,乃社稷之虑也,安得怒臣!’帝不答,起入内;毗随而引其裾,帝遂奋衣不还,良久乃出,曰:‘佐治,卿持我何太急邪?’毗曰:‘今徙,既失民心,又无以食也。’帝遂徙其半。”〇指忠臣苦谏。唐杜甫《建都十二韵》:“牵裾恨不死,漏网辱殊恩。”另参见器用部·衣冠“引裾”。

【龚胜耻事新】 《汉书·龚胜传》载:龚胜字君宾,楚彭城人,曾为谏大夫、光禄大夫等职。及王莽篡汉,隐居不仕,再征不起,自称“岂以一身事二姓,下见居主哉?”死后,“有老父来吊,哭甚哀,既而曰:‘嗟乎!薰以香自烧,膏以明自销。龚生竟夭天年,非吾徒也。’遂趋而出,莫知其谁。”颜师古注:“薰,芳草。”〇喻忠贞不事二主。唐颜真卿《咏陶渊明》:“张良思报韩,龚胜耻事新。”另参见植物部·草本“惜兰芳”、人事部·病死“嗟龚胜”。

【清酒黄龙】 《后汉书·南蛮西南夷传·板楯蛮夷》:“秦昭襄王时有一白虎,常从群虎数游秦、蜀、巴、汉之境,伤害千余人。昭王乃重募国中有能杀虎者,赏邑万家,金百镒。时有巴蜀阆中夷人,能作白竹之弩,乃登楼射杀白虎。昭王嘉之,而以其夷人,不欲加封,乃刻石盟要……盟曰:‘秦犯夷,输黄龙一双;夷犯秦,输清酒一钟。’”〇黄龙为黄铜所铸之龙。指盟约。清鲁一同《重有感》:“清酒黄龙约屡讹,珠江瘴海日横戈。”另参见器用部·饮食“黄龙清酒”。

【嵇绍血】 《晋书·嵇绍传》:“值王师败绩于荡阴,百官及侍卫莫不散溃,唯绍俨然端冕,以身捍卫,兵交御辇,飞箭雨集,绍遂被害于帝侧,血溅御服,天子深哀叹之。及事定,左右欲浣衣,帝曰:‘此嵇侍中血,勿去。’”〇咏忠臣。唐杜甫《伤春五首》之四:“岂无嵇绍血,沾洒属车尘。”另参见人体部·其他“侍中血”。

【辞粟】 参见人物部·圣贤“夷齐”。〇喻忠贞不二。唐李白《月下独酌》之四:“辞粟卧首阳,屡空饥颜回。”

【漆身吞炭】 参见人物部·人杰“豫让”。清钱谦益《病榻消寒杂咏四十六首》之二:“漆身吞炭依稀是,烂额焦头取次能。”

【蹈海】 《史记·鲁仲连邹阳列传》:鲁仲连曰:“彼秦者,弃礼义而上首功之国也,权使其士,虏使其民。彼即肆然而为帝,过而为政于天下,则连有蹈东海而死耳,吾不忍为之民也。”〇指不畏强敌,宁死不屈。唐李白《送岑徵君归鸣皋山》:“蹈海宁受赏,还山非问津。”另参见地理部·水流“鲁连蹈海”。

2**【不饮盗泉水】** 参见地理部·水流“盗泉”。〇喻正直,不同流合污。唐卢照邻《赠益府群官》:“不息恶木枝,不饮盗泉水。”

【头似笔】 参见人体部·头面“头似笔”。

【伏蒲】 《汉书·史丹传》:“(史)丹以亲密臣得侍视疾,候上间独寝时,丹直入卧内,顿首伏青蒲上,涕泣言曰:‘皇太子以适长立……今者道路流言,为国生意,以为太子有动摇之议。审若此,公卿以下必以死争,不奉诏。臣愿先赐死,以示群臣。'"○咏忠臣直谏。唐许浑《闻边将刘皋无辜受戮》:"却赖汉庭多烈士,至今犹自伏蒲论。"另参见器用部·日用"青蒲"。

【汲黯直】 参见人物部·将相"汲黯"。唐戴叔伦《奉天酬别郑谏议云逵卢拾遗景亮见别之作》:"宽饶狂自比,汲黯直为邻。"

【直似王陵】 参见人事部·禀性"王陵戆"。唐张九龄《登荆州城楼》:"直似王陵戆,非如宁武愚。"

【拔薤】 参见政事部·清廉"任棠水"。唐吴融《和峡州冯君题所居》:"三年拔薤成仁政,一日诛茅葺所居。"

【郅都鹰】 参见动物部·飞禽"苍鹰"。唐李商隐《赠别前蔚州契苾使君》:"日晚鹖鹈泉畔猎,路人遥识郅都鹰。"

【故人天】 参见天文部·天体"二天"。宋宋祁《献外台王侍御》:"旧业久辞南郡帐,深恩独戴故人天。"

【埋轮】 《后汉书·张皓传附张纲传》:"汉安元年,选遣八使徇行风俗,皆耆儒知名,多历显位,唯纲年少,官次最微。余人受命之部,而纲独埋其车轮于洛阳都亭,曰:'豺狼当路,安问狐狸!'"遂奏弹大将军梁冀及其弟梁不疑,京师为之震悚。○咏官吏不畏权贵,勇于斗争。唐刘禹锡《早秋送台院杨侍御归朝》:"圣朝寰海静,所至不埋轮。"另参见器用部·车船"埋轮"、人物部·官吏"埋轮使"。

【铁案】 《旧唐书·李元纮传》:"(李)元纮少谨厚。初为泾州司兵,累迁雍州司户。时太平公主与僧寺争碾硙,公主方承恩用事,百司皆希其旨意,元纮遂断还僧寺。窦怀贞为雍州长史,大惧太平势,促令元纮改断,元纮大署判后曰:'南山或可改移,此判终无摇动。'竟执正不挠,怀贞不能夺之。"○指执法公正,或指不可推翻的定论。清黄遵宪《初闻京师义和团事感赋》:"绍述政行皆铁案,党人狱起又黄巾。”另参见地理部·土石“南山铁案”。

【强项名】 参见人体部·肢体“强项”。唐张说《送王晙自羽林赴永昌令》：“为负刚肠誉，还追强项名。”

【董狐直笔】 《左传·宣公二年》：“乙丑，赵穿攻灵公于桃园。宣子未出山而复。太史书曰，‘赵盾弑其君’，以示于朝。宣子曰：‘不然。’对曰：‘子为正卿，亡不越竟，反不讨贼，非子而谁？’”“孔子曰：‘董狐古之良史也，书法不隐。’”○咏史官秉笔直书，刚正不阿。宋黄庭坚《王彦祖惠其祖黄州制草书其后》：“董狐常直笔，汲黯少居中。”另参见文明部·文具“董狐笔”、人物部·官吏“董狐”。

【槛折】 《汉书·朱云传》：“至成帝时，丞相故安昌侯张禹以帝师位特进，甚尊重。云上书求见，公卿在前。云曰：‘今朝廷大臣上不能匡主，下亡以益民，皆尸位素餐，……臣愿赐尚方斩马剑，断佞臣一人以厉其余。’上问：‘谁也？’对曰：‘安昌侯张禹。’上大怒，曰：‘小臣居下讪上，廷辱师傅，罪死不赦。’御史将云下，云攀殿槛，槛折。云呼曰：‘臣得下从龙逄、比干游于地下，足矣！未知圣朝何如耳？’”因左将军辛庆忌叩谏得免。“及后当治槛，上曰：‘勿易！因而辑之，以旌直臣。’”○喻直谏。唐杜甫《闻高常侍亡》：“致君丹槛折，哭友白云长。”另参见器用部·宫室“折槛”、人物部·官吏“攀槛朱云”。

【遮王导】 参见地理部·土石“元规尘”。○喻抗拒权势。唐李商隐《今月二日不自量度……》：“扇举遮王导，樽开见孔融。”

【灌夫骂】 《史记·魏其武安侯列传》：“灌夫为人刚直使酒，不好面谀。”灌夫与丞相武安侯田蚡有隙。“丞相（田蚡）取燕王女为夫人，有太后诏，召列侯宗室皆往贺。……饮酒酣，武安起为寿，坐皆避席伏。已，魏其侯为寿，独故人避席耳，余坐膝席。灌夫不悦。起行酒，至武安，武安膝席曰：‘不能满觞。’夫怒，因嘻笑曰：‘将军贵人也,属之!'时武安不肯。行酒次至临汝侯,临汝侯方与程不识耳语,又不避席。夫无所发怒,乃骂临汝侯曰:'生平毁程不识不直一钱,今日长者为寿,乃效女儿呫嗫耳语!'"〇喻为人刚直,或指漫骂同座之人。清王以慜《复答冬丈聊广其意》:"有耳休矜巢父洗,有口休从灌夫骂。"另参见器用部·饮食"灌夫醉"、器用部·珍宝"一钱不直"、人物部·将相"骂坐灌将军"。

(三) 议政

1. 论政(谏)　2. 礼(求)贤　3. 荐才　4. 仕途

1**【一鸣】**　参见动物部·飞禽"三年翼"。唐李商隐《送千牛李将军赴阙五十韵》:"政已标三尚,人今伫一鸣。"

【市义】　《战国策·齐策四》载:孟尝君田文命冯谖往其封邑薛收债,冯至薛,"使吏召诸民当偿者悉来合券,券遍合,起,矫命以责(债)赐诸民,因烧其券,民称万岁。长驱到齐,晨而求见。孟尝君怪其疾也,衣冠而见之,曰:'责(债)毕收乎?来何疾也!'曰:'收毕矣。''以何市而反?'冯谖曰:'君云:"视吾家所寡有者。"臣窃计君宫中积珍宝,狗马实外厩,美人充下陈,君家所寡有者,以义耳。窃以为君市义。'"后孟尝君归薛,民扶老携幼以迎之。孟尝君顾谓冯谖曰:"先生所为文市义者,乃今日见之。"〇喻有雄才远见,或喻收买民心。唐刘禹锡《许给事见示哭工部刘尚书诗因命同作》:"总戎宽得众,市义贵能贫。"另参见器用部·其他"焚券"、人事部·行止"焚券"。

【成虎】　参见人事部·谬误"三人成虎"。宋陈师道《送杨侍禁兼寄颜黄二公二首之一》:"众口不成虎,诸公更荐贤。"

【伍员谏】　参见人体部·头面"伍胥抉目"。唐白居易《杂兴三首》之三:"伍员谏已死,浮尸去不回。"

【尚书履声】 《汉书·郑崇传》:“哀帝擢(郑崇)为尚书仆射。数求见谏争,上初纳用之。每见曳革履,上笑曰:‘我识郑尚书履声。’”〇喻入朝直谏,或指皇帝亲近的大臣。唐杜甫《八哀诗·赠左仆射郑国公严公武》:“京兆空柳色,尚书无履声。”另参见器用部·衣冠“郑履”、人物部·官吏“履声”。

【监门图】 参见文明部·书画“郑侠图”。清黄遵宪《武清道中作》:“监门图一幅,谁上九重看?”

【移鼎】 参见器用部·器皿“周鼎”。〇指改朝换代。清赵翼《过文信国祠同舫庵作》之一:“出师未捷悲移鼎,视死如归笑射钩。”

【谒任棠】 参见政事部·清廉“任棠水”。唐崔善为《答王无功冬夜载酒乡馆》:“明朝蓬户侧,会自谒任棠。”

[2]**【车鱼】** 参见动物部·鳞介“冯谖有鱼”。〇指受礼遇、器重。五代南唐李中《哭故主人陈太师》:“车鱼郑重知难报,吐握周旋不可论。”

【吐握】 参见人物部·将相“周公吐哺”。唐周昙《三代门·周公》:“仍闻吐握延儒素,犹恐民疵未尽知。”

【茅室三顾】 参见人物部·帝王“三顾”。唐沈佺期《陪幸韦嗣立山庄》:“茅室承三顾,花源接九重。”

【放麑翁】 《韩非子·说林上》:“孟孙猎得麑,使秦西巴持之归,其母随之而啼,秦西巴弗忍而与之,孟孙归,至而求麑,答曰:‘余弗忍而与其母。’孟孙大怒,逐之,居三月,复召以为其子傅,其御曰:‘曩将罪之,今召以为子傅何也?’孟孙曰:‘夫不忍麑,又且忍吾子乎?’”〇喻选用仁人。唐陈子昂《感遇诗三十八首》之四:“吾闻山中相,乃属放麑翁。”(此句误将鲁大夫孟孙误为中山相)另参见动物部·走兽“放麑”。

【结袜心】 参见器用部·衣冠“王生袜”。唐顾况《酬唐起居前后见寄二首》之一:“莫话弹冠事,谁知结袜心?”

【倒屣】　参见伦类部·宾主"倒屣迎"。唐姚鹄《随州献李侍御》之二:"今朝倘降非常顾,倒屣宁惟有古人。"

【陶山相】　参见人物部·将相"山中宰相"。唐郑谷《蔡处士》:"旨趣陶山相,诗篇沈隐侯。"

【虚左迎】　《史记·魏公子列传》:"魏有隐士曰侯嬴,年七十,家贫,为大梁夷门监者。……公子于是乃置酒大会宾客。坐定,公子从车骑,虚左,自迎夷门侯生。侯生摄敝衣冠,直上载公子上座,不让,欲以观公子。公子执辔愈恭。"○喻指礼贤下士。宋陆游《张功甫许见访以诗坚其约》:"书来屡有入东约,坐上极思虚左迎。"另参见人物部·圣贤"上客侯生"。

【虚堂曹参】　《史记·曹相国世家》:"(曹)参之相齐,齐七十城。天下初定,悼惠王富于春秋。参尽召长老诸生,问所以安集百姓,如齐故诸儒以百数,言人人殊,参未知所定。闻胶西有盖公,善治黄老言,使人厚币请之。既见盖公,盖公为言'治道贵清静而民自定',推此类具言之。参于是避正堂,舍盖公焉。其治要用黄老术,故相齐九年,齐国安集,大称贤相。"○指礼贤下士。宋王安石《张侍郎示东府新居诗因而和酬二首》之二:"虚堂欲踵曹参事,试问齐人或肯来?"

【缝掖贵】　《后汉书·王符传》:"后度辽将军皇甫规解官归安定,郡人有以货得雁门太守者,亦去职还家,书刺谒规,规卧不迎,既入而问:'卿前在郡食雁美乎?'有顷,又白王符在门。规素闻符名,乃惊遽而起,衣不及带,屣履出迎,援符手而还,与同坐,极欢。时人为之语曰:'徒见二千石,不如一缝掖(儒生所穿之衣,指儒生)。'言书生道义之为贵也。"○指礼待儒生贤士。唐高适《同李太守北池泛舟宴高平郑太守》:"乃知缝掖贵,今日对诸侯。"另参见器用部·衣冠"贵缝掖"。

【熊罴占梦】　参见人事部·睡梦"梦非罴"。清张问陶《题家子白若采梅屋课女图时官泾州刺史》:“冰雪填胸才气陡,熊罴占梦宦情寒。”

3【山公启事】 《晋书·山涛传》:“(山)涛甄拔隐屈,搜访贤才,旌命三十余人,皆显名当时。”“涛再居选职十有余年,每一官缺,辄启拟数人,诏旨有所向,然后显奏。……涛所奏甄拔人物,各为题目,时称《山公启事》。”〇喻知人能鉴,荐才举贤。唐李商隐《赠宇文中丞》:“人间只有嵇延祖,最望山公启事来。”另参见文明部·文章“山公启”、人物部·圣贤“山公”。

【五羖赎】 《史记·秦本纪》:“百里傒亡走宛,楚鄙人执之。缪公闻百里傒贤,欲重赎之,恐楚人不与,乃使人谓楚曰:‘吾媵臣百里傒在焉,请以五羖羊(黑公羊)皮赎之。’楚人遂许与之。……缪公大悦,授之国政,号曰‘五羖大夫’。”〇咏求贤。唐李商隐《自桂林奉使江陵途中感怀寄献尚书》:“长怀五羖赎,终著九州箴。”另参见动物部·走兽“五羖”、人物部·圣贤“五羖皮”、人事部·贫贱“五羊皮价”。

【毛遂请行】 《史记·平原君列传》:“秦之围邯郸,赵使平原君求救,合从于楚,约与食客门下有勇力文武备具者二十人偕。……得十九人,余无可取者,无以满二十人。门下有毛遂者,前,自赞于平原君曰:‘……今少一人,愿君即以遂备员而行矣。’……毛遂比至楚,与十九人论议,十九人皆服。平原君与楚合从,言其利害,日出而言之,日中不决。十九人谓毛遂曰:‘先生上。’毛遂按剑历阶而上,谓平原君曰:‘从之利害,两言而决耳。今日出而言从,日中不决,何也?’楚王谓平原君曰:‘客何为者也?’平原君曰:‘是胜之舍人也。’楚王叱曰:‘胡不下!吾乃与而(尔)君言,汝何为者也!’毛遂按剑而前曰:‘王之所以叱遂者,以楚国之众也。今十步之内,王不得恃楚国之众也,王之命县(悬)于遂手。吾君在前,叱者何也?……’

楚王曰：'唯唯，诚若先生之言，谨奉社稷而以从。'毛遂曰：'从定乎？'楚王曰：'定矣。'……平原君已定从而归，归至于赵，曰：'胜不敢复相士。胜相士多者千人，寡者百数，自以为不失天下之士，今乃于毛先生而失之也。毛先生一至楚，而使赵重于九鼎大吕。毛先生以三寸之舌，强于百万之师。胜不敢复相士。'遂以为上客。"〇指有才能者自我推荐。唐窦常《求自试》："陈王抗表日，毛遂请行秋。"另参见人体部·头面"三寸舌"、器用部·其他"锥囊"、人物部·人杰"毛遂"、人物部·其他"碌碌十九人"、人事部·禀性"颖锐"。

【求颜阖】　参见器用部·宫室"颜坯"。〇指求贤才。唐杜甫《敬赠郑谏议十韵》："使者求颜阖，诸公厌祢衡。"

【荐贤】　《后汉书·孔融传》："(孔)融闻人之善，若出诸己，言有可采，必演而成之，面告其短，而退称所长，荐达贤士，多所奖进，知而未言，以为己过。"《后汉书·祢衡传》："衡始弱冠，而(孔)融年四十，遂与为交友。""融既爱衡才，数称述于曹操。"〇指荐贤或忘年交。唐权德舆《奉酬从兄南仲见示十九韵》："荐贤比文举，理郡迈文翁。"另参见伦类部·师友"忘年"。

【诵子虚】　参见文明部·文章"子虚"。〇喻指荐举人才。唐齐己《寄钱塘罗给事》："愤愤呕谗书，无人诵子虚。"

【萧君荐】　参见人物部·将相"追韩信"。唐周昙《咏史诗·酂侯》："韩生不是萧君荐，猎犬何人为指踪。"

【得楚材】　参见人物部·圣贤"楚材"。〇指善于使用人才。宋黄庭坚《和邢惇夫秋怀十首》之四："秦收郑渠成，晋得楚材多。"

【尊隗】　参见器用部·宫室"黄金台"。唐李商隐《五言四十韵》："故事曾尊隗，前修有荐雄。"

【鹗荐】　汉孔融《荐祢衡表》："鸷鸟累百，不如一鹗。使衡立朝，必有可观。"〇指荐贤。宋苏轼《次韵王定国谢韩子华过饮》:“亲嫌妨鹗荐,相对发微泚。”另参见动物部·飞禽“荐鹗”、文明部·文章“荐祢书”。

4**【小草出山】** 《世说新语·排调》:“谢公始有东山之志,后严命屡臻,势不获已,始就桓公司马。于时人有饷桓公药草,中有‘远志’。公取以问谢:‘此药又名“小草”,何一物而有二称?’谢未即答。时郝隆在坐,应声答曰:‘此甚易解:处则为远志,出则为小草。’谢甚有愧色。桓公目谢而笑曰:‘郝参军此过乃不恶,亦极有会。’”〇指隐者出仕,或用于自谦。宋陆游《初拜再领祠宫之命有感》:“小草出山初已误,断云含雨欲何施。”另参见植物部·草本“小草”、人事部·雅逸“嘲远志”、人事部·谬误“远志作小草”。

【长岑未归】 《后汉书·崔骃传》:“窦宪为车骑将军,辟骃为掾。……宪擅权骄恣,骃数谏之。及出击匈奴,道路愈多不法,骃为主簿,前后奏记数十,指切长短。宪不能容,稍疏之,因察骃高第,出为长岑长。骃自以远去,不得意,遂不之官而归。”李贤注:“长岑,县,属乐浪郡,其地在辽东。”〇喻仕途失意。南朝梁何逊《仰赠从兄兴宁置南》:“死灰终不然,长岑且未归。”另参见地理部·城建“长岑”。

【迁少】 《汉书·萧育传》:“育字次君,少以父任为太子庶子。……育为人严猛尚威,居官数免,稀迁。”〇指仕途蹭蹬。唐杜牧《自贻》:“杜陵萧次君,迁少去官频。”另参见人物部·官吏“次君稀迁”。

【伯乐顾】 《战国策·燕策二》:“人有卖骏马者,比三旦立市,人莫之知。往见伯乐曰:‘臣有骏马,欲卖之,比三旦立于市,人莫与言,愿子还而视之,去而顾之,臣请献一朝之贾。’伯乐乃还而视之,去而顾之,一旦而马价十倍。”〇喻指受名家赏识而出名。唐张九龄《南还以诗代书赠京师旧僚》:“上惭伯乐顾,中负叔牙知。”另参见动物部·走兽“伯乐识”。

【依刘表】 参见人物部·人杰“王粲”。○喻依附权贵。唐李商隐《五言述德抒情诗一首四十韵献上杜七兄仆射相公》:“自是依刘表,安能比老彭。”

【积薪】 《史记·汲郑列传》:“始(汲)黯列为九卿,而公孙弘、张汤为小吏。及弘、汤稍益贵,与黯同位,黯又非弘、汤。已而弘至丞相,封为侯;汤至御史大夫;故黯时丞相史皆与黯同列,或尊用过之。黯褊心,不能无少望,见上,前言曰:‘陛下用群臣如积薪耳,后来者居上。’”○指官吏年高资深反位居人下。唐元稹《代曲江老人百韵》:“尚齿惇耆艾,搜材拔积薪。”另参见人体部·头面“头上千薪”、器用部·日用“汲黯薪”、人物部·官吏“压头薪”、人事部·寿考“千薪积”。

【捷径终南】 参见地理部·土石“南山捷径”。明李东阳《寿鹤溪潘先生八十》:“空群冀北人犹羡,捷径终南世敢猜。”

【登龙】 《后汉书·李膺传》:“是时朝庭日乱,纲纪穨陁,(李)膺独持风裁,以声名自高。士有被其容接者,名为登龙门。”李贤等注:“以鱼为喻也。龙门,河水所下之口,在今绛州龙门县。辛氏《三秦记》曰:‘河津一名龙门,水险不通,鱼鳖之属莫能上,江海大鱼薄集龙门下数千,不得上,上则为龙’也。”○喻得到有声望者援引而提高身价。唐高适《奉酬睢阳路太守见赠之作》:“相马知何限,登龙反自疑。”另参见地理部·城建“龙门”、器用部·宫室“李膺门”。

（四）治理

【二桃杀三士】 参见植物部·木本“三士桃”。唐李白《惧谗》:“二桃杀三士,讵假剑如霜。”

【七擒略】 《三国志·蜀志·诸葛亮传》裴松之注引《汉晋春秋》:“亮至南中,所在战捷,闻孟获者,为夷汉所服,募生致之。既得，使观於营陈之间，问曰：'此军何如？'获对曰：'向者不知虚实，故败。今蒙赐观看营陈，若只如此，即定易胜耳。'亮笑，纵使更战，七纵七禽，而亮犹遣获。获止不去，曰：'公，天威也，南人不复反矣。'"○指运用智计使人彻底折服。唐李白《书怀赠南陵常赞府》："将无七擒略，鲁女惜园葵。"另参见武备部·其他"七纵七擒"、人物部·将相"武侯功"。

【下车佳政】《礼记·乐记》："武王克殷，反商，未及下车，而封黄帝之后于蓟，封帝尧之后于祝，封帝舜之后于陈。下车而封夏后氏之后于杞。"○喻指官吏政绩，或指新官到任。唐钱起《送李大夫赴广州》："按节化瓯闽，下车佳政新。"另参见器用部·车船"下车"、人物部·官吏"使者下车"。

【开秦镜】 参见器用部·日用"秦镜"。唐刘长卿《避地江东留别淮南使院诸公》："何辞向物开秦镜，却使他人得楚弓。"

【仁风动】《世说新语·言语》："袁彦伯为谢安南司马，都下诸人送至濑乡。……"刘孝标注引《续晋阳秋》："袁宏字彦伯，陈郡人……太傅谢安赏宏机捷辩速，自吏部郎出为东阳郡，乃祖之于冶亭，时贤皆集。安欲卒迫试之，执手将别，顾左右取一扇而赠之。宏应声答曰：'辄当奉扬仁风，慰彼黎庶。'合坐叹其要捷。"○喻地方官有善政。唐独孤及《送马郑州》："当使仁风动，遥听舆颂喧。"另参见天文部·气象"千里仁风"、器用部·日用"袁郎扇"、人物部·官吏"仁风"。

【甘雨】《太平御览》卷十引三国吴谢承《后汉书》："百里嵩字景山，为徐州刺史。境旱，嵩出巡处，遽甘雨辄澍。东海、祝其、合乡等三县父老诉曰：'人等是公百姓，独不迂降。'迴赴，雨随车而下。"○称颂地方官有佳政。唐罗隐《乌程》："两府攀陪十五年，郡中甘雨幕中莲。"另参见天文部·气象“随车一雨”、器用部·车船“雨随”。

【尧年】 参见文明部·歌舞“击壤歌”。唐武元衡《奉和圣制丰年多庆九日示怀》:“赓歌禹功盛,击壤尧年丰。”

【竹马迎】 参见伦类部·师友“竹马”。唐白居易《送唐州崔使君侍亲赴任》:“发时正许沙鸥送,到日方乘竹马迎。”

【问牛】 参见人物部·将相“问喘牛”。唐卢延让《逢友人赴阙》:“倚马才高犹爱艺,问牛心在肯容私。”

【羊公爱】 参见器用部·宫室“岘山碑”。唐孟浩然《送王昌龄之岭南》:“岘首羊公爱,长沙贾谊愁。”

【阳春有脚】 参见天文部·时令“阳春有脚”。元王恽《春夜宴》:“阳春元有脚,玉度莹无瑕。”

【杜母】 参见人物部·官吏“父母官”。唐白居易《寄李蕲州》:“江郡讴谣夸杜母,洛城欢会忆车公。”

【医国】 参见九流部·医药“活国医”。宋陆游《小疾偶书》:“胸次岂无医国策,囊中幸有活人方。”

【还珠】 参见器用部·珍宝“合浦珠”。唐李白《中丞宋公以吴兵三千赴河南军次寻阳……囚参谋幕府因赠之》:“九江皆渡虎,三郡尽还珠。”

【武城弦】 参见文明部·礼乐“武城弦”。唐高适《过卢明府有赠》:“能奏明庭主,一试武城弦。”

【卧理】 《史记·汲郑列传》:“乃拜(汲)黯为淮阳太守,黯伏谢不受,诏数强予,然后奉诏。……上曰:‘君薄淮阴邪?吾今召君矣。顾淮阳吏民不相得,吾徒得君之重,卧而治之。’”○喻指官吏治理有方或声望高,能做到无为而治。唐张说《送崔二长史日知赴潞州》:“东山怀卧理,南省怅悲翁。”另参见人物部·官吏“淮南卧理”、人事部·雅逸“淮阳卧”。

【卧辙风】 参见器用部·车船“卧辙”。唐萧缜《前望江曲令颂德》:“谁论重德光青史,过里犹歌卧辙风。”

【卖剑买牛】 《汉书·龚遂传》:汉宣帝时,渤海年荒,民多带持刀剑为盗。龚遂为渤海太守,"见齐俗奢侈,好末技,不田作,乃躬率以俭约,劝民务农桑……民有带持刀剑者,使卖剑买牛,卖刀买犊。曰:'何为带牛佩犊!'"○喻重本务农。宋苏轼《常润道中有怀钱塘五首》之五:"卖剑买牛吾欲老,杀鸡为黍子来无?"另参见动物部·走兽"龚牛"、武备部·兵器"犊佩"、人物部·官吏"渤海龚"。

【虎去境】 参见动物部·走兽"渡虎"。唐罗隐《送汝州李中丞十二韵》:"虎知应去境,牛在肯全形。"

【垂衣治】 参见人物部·圣贤"垂衣"。唐李世民《重幸武功》:"垂衣天下治,端拱车书同。"

【佳政鸣琴】 参见文明部·礼乐"宓子弹琴"。唐郎士元《送长沙韦明府》:"遥知讼堂里,佳政在鸣琴。"

【征黄】 参见人物部·官吏"征黄霸"。宋苏轼《奉送朱中丞之晋赴河南》:"宠渥征黄渐,权宜借寇频。"

【金鸡放赦】 《太平御览》卷九一八引《三国典略》:"齐长广王湛即皇帝位,于南宫大赦,改元。其日将赦,库令于殿门外建金鸡。宋孝王不识其义,问于光禄大夫司马膺之:'赦建金鸡,其义何也?'膺之曰:'案《海中星占》曰:天鸡星动,当有赦。由是帝王以鸡为候。'"○指朝廷宣布赦令。唐李白《流夜郎赠辛判官》:"我愁远谪夜郎去,何日金鸡放赦归。"另参见动物部·飞禽"纶竿鸡"。

【夜犬不吠】 《后汉书·刘宠传》:"(刘宠)又三迁拜会稽太守。……宠简除烦苛,禁察非法,郡中大化。征为将作大匠。山阴县有五六老叟,尨眉皓发,自若邪山谷间出,人赍百钱以送宠。宠劳之曰:'父老何自苦?'对曰:'山谷鄙生,未尝识郡朝。它守时吏发求民间,至夜不绝,或狗吠竟夕,民不得安。自明府下车以来,狗不夜吠,民不见吏。年老遭值圣明,今闻当见弃去,故自扶奉送。'"○指地方官有治绩。唐李绅《闻里谣效古歌》:"兄锄弟耨妻在机,夜犬不吠开蓬扉。"另参见动物部·走兽"夜犬"。

【法三章】《史记·高祖本纪》:高祖西入咸阳,"封秦重宝财物府库,还军霸上。召诸县父老豪桀曰:'……与父老约,法三章耳:杀人者死,伤人及盗抵罪。余悉除去秦法。'"〇指简化法律,施政从简。唐李商隐《赠送前刘五经映三十四韵》:"鼎新麾一举,革故法三章。"另参见人物部·帝王"三章令"。

【借寇恂】《后汉书·寇恂传》:"(光武帝)即日车驾南征,(寇)恂从至颍川,盗贼悉降,而竟不拜郡。百姓遮道曰:'愿从陛下复借寇君一年。'乃留恂长社,镇抚吏人,受纳余降。"〇称颂官吏政绩卓著,受百姓拥戴。唐杜甫《奉寄章十侍御》:"湘西不得归关羽,河内犹宜借寇恂。"另参见人物部·官吏"寇恂"。

【棠树政】《史记·燕召公世家》:"召公之治西方,甚得兆民和,召公巡行乡邑,有棠树,决狱政事其下,自侯伯至庶人各得其所,无失职者。召公卒,而民人思召公之政,怀棠树不敢伐,哥咏之,作《甘棠》之诗。"〇咏官吏治理有方,政绩卓著。唐许浑《郡斋夜坐寄旧乡二侄》:"三月已乘棠树政,二年空负竹林期。"另参见植物部·木本"甘棠"、人物部·官吏"召公棠"。

【渡虎】《后汉书·宋均传》:"宋均字叔庠,南阳安众人也。""迁九江太守。郡多虎暴,数为民患,常募设槛阱而犹多伤害。均到,下记属县曰:'夫虎豹在山,鼋鼍在水,各有所托。且江淮之有猛兽,犹北土之有鸡豚也。今为民害,咎在残吏。而劳动张捕,非忧恤之本也。其务退奸贪,思进忠善,可一去槛阱,除削课制。'其后传言虎相与东游渡江。"〇咏官吏政绩卓著。唐李白《中丞宋公以吴兵三千赴河南军次寻阳脱余之囚参谋幕府因赠之》:"九江皆渡虎,三郡尽还珠。"另参见动物部·走兽"易俗去虎"。

【蒲鞭】《后汉书·刘宽传》:“典历三郡,温仁多恕,虽在仓卒,未尝疾言遽色。常以为‘齐之以刑,民免而无耻’。吏人有过,但用蒲鞭罚之,示辱而已,终不加苦。”〇咏官吏实施仁政。宋陆游《江东韩曹晞道寄杨庭秀所赠》:“政成蒲鞭亦不用,地上钱流仓粟红。”另参见器用部·其他“蒲鞭”、人物部·官吏“刘宽”。

【解网】 参见器用部·其他“祝网”。唐韩愈《赴江陵途中寄赠》:“殷汤闵禽兽,解网祝蛛蝥。”

【潘安县】 参见植物部·花卉“河阳一县花”。唐杜甫《花底》:“恐是潘安县,堪留卫玠东。”

【整舜弦】 参见人物部·帝王“舜咏”。唐韩偓《感事三十四韵》:“始议新尧历,将期整舜弦。”

【襦绔恩】《后汉书·廉范传》:廉范字叔度,为蜀郡太守。“成都民物丰盛,邑宇逼侧,旧制禁民夜作,以防火灾,而更相隐蔽,烧者日属。范乃毁削先令,但严使储水而已。百姓为便,乃歌之曰:‘廉叔度,来何暮?不禁火,民安作。平生无襦今五绔。’”绔,又作袴。〇咏地方官吏政绩卓著。唐白居易《赠后狂言酬赠萧殷二协律》:“宾客不见绨袍惠,黎庶未沾襦绔恩。”另参见器用部·衣冠“五袴”、文明部·歌舞“来暮歌”、人物部·官吏“廉叔度”。

【灌坛遗风】 参见天文部·气象“灌坛雨”。唐高适《同房侍御山园新亭与邢判官同游》:“灌坛有遗风,单父多鸣琴。”

(五)贪佞

【一斗博凉州】 参见器用部·饮食“一斗得凉州”。元周权《蒲萄酒》:“纵教典却鹔鹴裘,不将一斗博凉州。”

【丁仪米】 参见器用部·饮食“千斛米”。宋黄庭坚《幾复答予所赠三物三首》之三:“不取丁仪米,疑成校尉心。”

【义府刀】 参见人事部·禀性“笑中有刀”。宋陆游《十月四日夜记梦》:“森然义府刀,谁为叔度陂。”

【玉女】　参见九流部·神仙“投壶玉女”。唐李白《梁甫吟》:“帝旁投壶多玉女,三时大笑开电光。”

【吉网罗钳】《旧唐书·酷吏传下·罗希奭传》:“(罗希奭)为吏持法深刻。天宝初,右相李林甫引与吉温持狱,……自韦坚、皇甫惟明、李适之、柳勣、裴敦复、李邕、邬元昌、杨慎矜、赵奉璋下狱事,皆与温锻炼,故时称‘罗钳吉网’,恶其深刻也。”○指酷吏罗织罪名,滥施刑罚。清张岱《西湖梦寻·玛瑙寺》:“安得成汤开一面,吉网罗钳都不见。”另参见器用部·其他“罟网”、人物部·官吏“罗钳罟网”。

【曳裾】《汉书·邹阳传》:“饰固陋之心,则何王之门不可曳长裾乎?”○指阿附权贵。唐李白《行路难》:“弹剑作歌奏苦声,曳裾王门不称情。”另参见器用部·衣冠“朱门裾”、人物部·其他“曳裾客”。

【污尘埃】　参见地理部·土石“元规尘”。唐韩偓《驿步》:“物近刘舆招垢腻,风经庾亮污尘埃。”

【吮痈】　参见人事部·病死“秦痔”。唐薛奇童《拟古》:“吮痈世所薄,挟纩恩难顾。”

【含沙射】　参见动物部·鳞介“短狐”。清查慎行《惠研溪庶常从京邸寄到吴超士见怀诗四章次韵奉酬》之二:“潜形那避含沙射,沈璧何来按剑嗔?”

【拂须】《宋史·寇準传》:“初,丁谓出(寇)準门,至参政,事(寇)準甚谨。尝会食中书,羹污準须。谓起,徐拂之。準笑曰:‘参政,国之大臣,乃为官长拂须邪?’谓甚愧之。”○喻谄事长官。宋李洪《新交行》:“若非大夫尝便客,亦是丞相拂须人。”另参见人体部·头面“拂须”。

【狐狸不足论】《汉书·孙宝传》:“以立秋日署文东部督邮。入见,敕曰:‘今日鹰隼始击,当顺天气取奸恶,以成严霜之诛,掾部渠有其人乎?’文昂曰:‘无其人不敢空受职。’宝曰:‘谁也?’文曰:‘霸陵杜稚季。’宝曰:‘其次。’文曰:‘豺狼横道,不宜复问狐狸。’宝默然。”〇喻邪恶势力。唐杜甫《奉汉中王手札》:“犬马诚为恋,狐狸不足论。”另参见动物部·走兽“狐狸何足道”。

【城社】 参见动物部·走兽“狐鼠”。唐李商隐《行次西郊作一百韵》:“近作牛医儿,城社更攀缘。”

【指鹿】 《史记·秦始皇本纪》:“赵高欲为乱,恐群臣不听,乃先设验,持鹿献于二世,曰:‘马也。’二世笑曰:‘丞相误邪?谓鹿为马。’问左右,左右或默,或言马以阿顺赵高。或言鹿,高因阴中诸言鹿者以法。后群臣皆畏高。”〇喻指诬陷或颠倒是非。唐李绅《趋翰苑遭诬构四十六韵》:“诳天犹指鹿,依社尚凭狐。”另参见动物部·走兽“鹿是马”、动物部·动物“马鹿”、人事部·谬误“鹿为马”。

【尝便】 唐刘肃《大唐新语·谀佞》:“魏元忠为御史大夫,卧病,诸御史省之。侍御史郭霸独后,见元忠,忧形于色,请视元忠便液,以验疾之轻重。元忠辞拒,霸固请尝之,元忠惊惕。霸喜悦曰:‘大夫泄味甘,或难瘳;而今味苦矣,即日当愈。’元忠刚直,甚恶其佞,露其事于朝庭。”〇讥刺谀佞之徒。宋李洪《新交行》:“若非大夫尝便客,亦是丞相拂须人。”另参见人体部·其他“尝粪”。

【烂羊头】 《后汉书·刘玄传》:“时李轶、朱鲔擅命山东,王匡、张卬横暴三辅。其所授官爵者,皆群小贾竖,或有膳夫庖人,多著绣面衣、锦袴、襜褕、诸于,骂詈道中。长安为之语曰:‘灶下养,中郎将。烂羊胃,骑都尉。烂羊头,关内侯。’”〇指贪官污吏。清张问陶《冬日遣怀》:“今古茫茫貉一丘,功名常笑烂羊头。”另参见动物部·动物“羊头”、器用部·宫室“灶养”、人物部·官吏“烂羊尉”。

【望尘拜】 《晋书·潘岳传》:“(潘)岳性轻躁,趋世利,与石崇等谄事贾谧,每候其出,与崇辄望尘而拜。”〇喻谄媚权贵。清赵翼《有以疏慢见责者书以志愧》:“望尘未惯车前拜,樗散孤踪敢不恬。”另参见地理部·土石“拜后尘”、人物部·官吏“望尘态”。

【管蔡流言】《史记·鲁周公世家》载:武王灭殷,“封纣子武庚禄父,使管叔、蔡叔傅之,以续殷祀。……其后武王既崩,成王少,在强葆(襁褓)之中。周公恐天下闻武王崩而畔(叛),周公乃践阼代成王摄行政当国。管叔及其群弟流言于国曰:‘周公将不利于成王。’……管、蔡、武庚等果率淮夷而反。周公乃奉成王命,兴师东伐,作《大诰》。遂诛管叔,杀武庚,放蔡叔,收殷余民,以封康叔于卫,封微子于宋,以奉殷祀。宁淮夷东土,二年而毕定。”〇指忠而被谗。三国魏曹植《豫章行》:“周公穆康叔,管蔡则流言。”另参见人事部·冤怨“周公惧流言”。

十三、人事部

（一）行止

1．言语　2．吟啸　3．察视　4．挥舞　5．坐卧　6．其他

1【舌卷齐城】　《汉书·郦食其传》:“(刘邦)使食其说齐王曰:‘……王疾下汉王,齐国社稷可得而保也;不下汉王,危亡可立而待也。’田广以为然,乃听食其,罢历下兵守战备,与食其日纵酒。韩信闻食其冯轼下齐七十余城,乃夜度兵平原袭齐。”颜师古注:“冯读曰凭。凭,据也。轼,车前横板隆起者也。云凭轼者,言但安坐乘车而游说,不用兵众。”○喻儒士游说、建立功业。宋苏轼《次韵答刘泾》:“异义蜂起弟子争,舌翻涛澜卷齐城。”另参见地理部·城建“下齐七十城”、人体部·头面“掉舌”、武备部·其他“下齐功”、器用部·车船“凭轼”。

【许氏评】　《后汉书·许劭传》:“初,(许)劭与靖(许邵之从兄)俱有高名,好共核论乡党人物。每月辄更其品题,故汝南俗有‘月旦评’焉。”○指对人或作品进行评价。唐李商隐《送千牛李将军赴阙五十韵》:“幸藉梁园赋,叨蒙许氏评。”另参见人物部·圣贤“月旦诸子”。

【呵天问】　参见人事部·情感“呵壁问天”。清丘逢甲《三叠醇字韵赠实甫》:“龙蛇走壁呵天问,珠玉挥毫对佛陈。”

【谈天】　参见天文部·天体“邹生谈”。唐罗隐《酬黄从事怀旧见寄》:“长绳系日虽难绊,辩口谈天不易穷。”

2【苏门啸】　参见人事部·狂放“孙登长啸”。宋陆游《野炊》:“酒空人散寂无声,为君试作苏门啸。”

【越客吟】　参见人事部·情感“庄舄思归”。唐郑谷《通川客舍》:“渐解巴儿语,谁怜越客吟。”

【倚楹啸歌】　参见人事部·情感“忧葵”。宋黄庭坚《次韵

无咎阎子常携琴入村》："倚楹啸歌非寓淫，伯牙高山水深深。"

3【青盼】　参见人体部·头面"青眼"。唐韩愈《崔十六府摄伊阳以诗及书见投因酬三十韵》："音问难屡通，何由觌青盼？"

【窥一斑】　参见动物部·走兽"管中窥豹"。宋黄庭坚《平阴张澄居士隐处三诗·仁亭》："德人墙九仞，强学窥一斑。"

【窥宋】　参见人事部·情感"三年送目"。唐罗隐《粉》："郎若姓何应解傅，女能窥宋不劳施。"

【察眉】　《列子·说符》："晋国苦盗。有郤雍者，能视盗之貌，察其眉睫之间，而得其情。晋侯使视盗，千百无遗一焉。"○指察看人的面容便知实情。唐杜甫《夔府书怀四十韵》："即事须尝胆，苍生可察眉。"另参见人体部·头面"察眉"。

【壁上观】　《史记·项羽本纪》："当是时，楚兵冠诸侯。诸侯军救钜鹿下者十余壁，莫敢纵兵。及楚击秦，诸将皆从壁上观。"○指坐观成败不插手。明杨蕴辉《甲申仲秋感事》："何曾姓字敌心寒，坐拥都城壁上观。"

4【手空挥】　参见文明部·礼乐"无弦琴"。唐司空图《歌者十二首》之六："五柳先生自识微，无言共笑手空挥。"

【项庄奋剑】　《史记·项羽本纪》：项羽宴刘邦于鸿门。"范增数目项王，举所佩玉玦以示之者三，项王默然不应。范增起，出召项庄，谓曰：'君王为人不忍，若入前为寿，寿毕，请以剑舞，因击沛公于坐，杀之。不者，若属皆且为所虏。'庄则入为寿。寿毕，曰：'君王与沛公饮，军中无以为乐，请以剑舞。'项王曰：'诺。'项庄拔剑起舞，项伯亦拔剑起舞，常以身翼蔽沛公，庄不得击。于是张良至军门，见樊哙。樊哙曰：'今日之事何如？'良曰：'甚急。今者项庄拔剑舞，其意常在沛公也。'"○指言行表面上一套，其实另有所图。晋傅玄《惟汉行》:“项庄奋剑起,白刃何翩翩。”另参见武备部·兵器“剑舞鸿门”。

【闻鸡起舞】　《晋阳秋》:“(祖)逖与司空刘琨俱以雄豪著名,年二十四,与琨同辟司州主簿,情好绸缪,共被而寝,中夜闻鸡鸣俱起,曰:‘此非恶声也。’每语世事,则中宵起坐,相谓曰:‘若四海鼎沸,豪杰共起,吾与足下相避中原耳。’”〇指少年立志。清蒲松龄《夜坐悲歌》:“半夜闻鸡欲起舞,把酒问天天不语。”另参见动物部·飞禽“夜半闻鸡”、人事部·志趣“闻鸡兴”。

5**【危坐管宁榻】**　参见器用部·日用“管宁床”。清谭嗣同《夜成》:“此时危坐管宁榻,抱膝乃为梁父吟。”

【独坐】　参见人物部·官吏“三独”。唐吉中孚《送归中丞使新罗册立吊祭》:“官称汉独坐,身是鲁诸生。”

【下床卧】　参见人事部·禀性“豪气元龙”、伦类部·宾主“卧下床”。宋黄庭坚《见子瞻灿字韵诗次韵三首》之三:“下床引许卧,上床自咏叹。”

【公幹卧】　参见人物部·圣贤“刘桢”。唐杜牧《中秋日拜起居表晨渡天津桥即事十六韵献居守相国崔公兼呈工部刘公》:“人惭公幹卧,频送子牟还。”

【北窗高卧】　参见人事部·雅逸“羲皇人”。宋朱熹《四时读书乐》:“北窗高卧羲皇侣,只因素稔读书趣。”

【茂陵卧】　参见人物部·人杰“茂陵书生”。唐李贺《昌谷北园新笋四首》之四:“古竹老梢惹碧云,茂陵归卧叹清贫。”

【卧薪尝胆】　参见人物部·帝王“勾践”。宋刘克庄《春夜温故六言诗》之十七:“图霸卧薪尝胆,为农拾穗行歌。”

【袁安卧】　参见人事部·贫贱“袁安困雪”。宋曾巩《雪亳州》:“枚叟招何晚,袁安卧正坚。”

【罴卧】　参见人事部·禀性“老罴当道”。宋陆游《晓出至湖桑埭》:“老气犹能作罴卧,壮怀谁复记鸿轩?”

6【乞火】　《韩诗外传》卷七："里妇与里母相善。妇见疑盗肉，其姑去之，恨而告于里母，里母曰：'安（慢慢地）行。今令姑呼汝。'即束蕴请火去妇之家，曰：'吾犬争肉相杀，请火治之。'姑乃直使人追去妇还之。"另，《汉书·蒯通传》亦载此事，"蕴"作"缊"。〇指为人排解纠纷。唐杜牧《酬张祜处士见寄长句四韵》："荐衡昔日知文举，乞火无人作蒯通。"另参见器用部·日用"乞火"、器用部·其他"束缊"。

【广武登临】　参见人事部·志趣"广武叹"。清吴伟业《寄房师周芮公先生》之四："广武登临狂阮籍，承明寂寞老扬雄。"

【子夏索居】　《礼记·檀弓上》："子夏丧其子而丧其明。曾子吊之……子夏投其杖而拜，曰：'吾过矣，吾过矣。吾离群而索居，亦已久矣。'"〇指寂寥独居。唐杜甫《上韦左相二十韵》："长卿多病久，子夏索居频。"另参见人事部·志趣"子夏儒"。

【王粲登楼】　《文选·王粲〈登楼赋〉》唐李善注："盛弘之《荆州记》：当阳县城楼，王仲宣登之而作赋。"唐刘良注："仲宣避难荆州，依刘表，遂登江陵城楼，因怀旧而有此作，述其进退危惧之状。"〇指咏叹流落他乡而怀念故土，或指登楼。唐戴叔伦《赠司空拾遗》："陈琳草奏才还在，王粲登楼兴不赊。"另参见器用部·宫室"王粲楼"、人事部·情感"王粲望"。

【击玉壶】　参见器用部·器皿"缺唾壶"。唐李白《玉壶吟》："烈士击玉壶，壮心惜暮年。"

【出手推敲】　参见文明部·诗词"推敲"。宋陈师道《骑驴》之二："出手推敲宁避尹，题门吟咏不逢人。"

【过庭闻礼】　参见器用部·宫室"鲤庭"。唐薛奇童《和李起居秋夜之作》："过庭闻礼日，趋侍记言回。"

【伯鸾春】　参见人事部·贫贱"伯春"。宋陆游《穷居》："清宵叔夜煅，平旦伯鸾春。"

【邯郸步】 《庄子·秋水》:“子独不闻寿陵余子之学行于邯郸与？未得国能,又失其故行矣,直匍匐而归耳。”〇指学习方法不当,不仅未学到新技能,反而失去了原有技能。宋欧阳修《镇阳读书》:“有类邯郸步,两失皆茫茫。”另参见人事部·谬误“失本步”。

【怀肉】 参见伦类部·亲眷“细君”。宋陆游《村饮》:“丛祠怀肉有归遗,官道横眠多醉人。”

【侧帽】 参见器用部·衣冠“侧帽”。宋杨亿《公子》:“细雨垫巾过柳市,轻风侧帽上铜堤。”

【虱空扪】 参见人事部·雅逸“扪虱”。清查慎行《发贵阳留别大中丞杨公三首》之三:“明镜何私颜欲换,清谈无用虱空扪。”

【举案】 参见人物部·妇女“齐眉”。唐白居易《渭村退居寄礼部崔侍郎翰林钱舍人诗一百韵》:“传衣念褴褛,举案笑糯糠。”

【染指】 《左传·宣公四年》:“楚人献鼋于郑灵公。公子宋与子家将见。子公之食指动,以示子家,曰:‘他日我如此,必尝异味。’及入,宰夫将解鼋,相视而笑。公问之,子家以告。及食大夫鼋,召子公而弗与也。子公怒,染指于鼎,尝之而出。”〇指占有不应得的利益。唐皮日休《酒中十咏·酒床》:“开眉既压后,染指偷尝处。”另参见人体部·肢体“食指”、动物部·鳞介“尝鼋”。

【舐痔】 参见人事部·病死“秦痔”。宋唐庚《张求》:“士节久凋丧,舐痔甜不求。”

【探赤丸】 参见人事部·其他“探丸借客”。清宋琬《行路难》诗之一:“昼探赤丸乘白马,杜陵韦曲公然居。”

【焚券】 参见政事部·议政“市义”。唐温庭筠《开成五年秋书怀一百韵》:“市义虚焚券,关讥漫弃繻。”

（二）情感

1．欣喜　2．悲哀　3．哭泣　4．忧愁　5．伤悼　6．爱慕　7．私情　8．思乡　9．思恋　10．怀旧　11．真挚　12．恩惠　13．慷慨　14．离别　15．愤怒　16．惊惧　17．猜疑　18．嫉妒

1**【贡公喜】**　《汉书·王吉传》:王吉字子阳,“与贡禹为友,世称‘王阳在位,贡公弹冠’,言其取舍同也。”〇庆贺他人做官。唐杜甫《奉赠韦左丞丈二十二韵》:“窃效贡公喜,难甘原宪贫。”另参见伦类部·师友“弹冠”、器用部·衣冠“贡禹冠”、人物部·官吏“弹冠”。

【笑中有刀】　参见武备部·兵器“笑里刀”。唐白居易《新乐府·天可度》:“君不见李义府之辈笑欣欣,笑中有刀潜杀人。”

【喜折屐】　《晋书·谢安传》:“(苻)坚后率众,号百万,次于淮肥,京师震恐。加(谢)安征讨大都督。(谢)玄入问计,安夷然无惧色,答曰:‘已别有旨。’既而寂然。玄不敢复言,乃令张玄重请。安遂命驾出山墅,亲朋毕集,方与玄围棋赌别墅。安常棋劣于玄,是日玄惧,便为敌手而又不胜。安顾谓其甥羊昙曰:‘以墅乞汝。’安遂涉游,至夜乃还,指授将帅,各当其任。玄等既破(苻)坚,有驿书至,安方对客围棋,看书既竟,便摄放床上,了无喜色,棋如故。客问之,徐答云:‘小儿辈遂已破贼。’既罢,还内,过户限,心喜甚,不觉屐齿之折,其矫情镇物如此。”〇指欣喜。宋苏轼《与叶淳老侯敦夫张秉道同相视新河秉道有诗次韵二首》之一:“怜君嗜好更迂阔,得我新诗喜折屐。”另参见伦类部·亲眷“乞墅”、九流部·杂技“赌墅”、九流部·杂技“谢傅围棋”、器用部·宫室“乞墅”、器用部·衣冠

"谢安屐"、人事部·雅逸"棋赌山阴墅"、人事部·禀性"下尽羊昙两路棋"。

2**【子规咽】** 参见动物部·飞禽"杜宇"。唐顾况《露青竹杖歌》:"蜀帝城边子规咽,相如桥上文君绝。"

【牛山悲】 《晏子春秋·谏上》:"景公游于牛山,北临其国城而流涕曰:'若何滂滂去此而死乎?'艾孔、梁丘据皆从而泣,晏子独笑于旁。公刷涕而顾晏子曰:'寡人今日之游悲,孔与据皆从寡人而涕泣,子之独笑何也?'晏子对曰:'使贤者常守之,则太公、桓公将常守之矣;使勇者常守之,则庄公、灵公将常守之矣。数君者将守之,则吾君安得此位而立焉,以其迭处之,迭去之,至于君也。而独为之流涕,是不仁也。不仁之君见一,谄谀之臣见二,此臣之所以独窃笑也。'"〇指对事物迭代感到悲哀。唐李白《君子有所思行》:"无作牛山悲,恻怆泪沾臆。"另参见地理部·土石"牛山"、人体部·其他"牛山泪"。

【玉壶悲】 参见人体部·其他"玉壶盛泪"。宋钱惟演《宣曲二十二韵》:"已障纨扇笑,犹捧玉壶悲。"

【龙阳恨】 参见动物部·鳞介"前鱼"。唐李贺《钓鱼》:"詹子情无限,龙阳恨有余。"

【向隅】 汉刘向《说苑·贵德》:"今有满堂饮酒者,有一人独索然向隅而泣,则一堂之人皆不乐矣。"〇喻指哀伤或抑郁。唐温庭筠《病中书怀呈友人》:"逸足皆先路,穷郊独向隅。"另参见器用部·宫室"向隅"。

【杞妇哀】 参见人物部·妇女"杞梁妻"。唐皮日休《卒妻怨》:"处处鲁人髽,家家杞妇哀。"

【李陵悲】 参见人物部·将相"李将军"。唐胡曾《交河塞下曲》:"塞北草生苏武泣,陇西云起李陵悲。"

【岘山情】 参见器用部·宫室"堕泪碑"。唐皎然《九月十日》:"悠然南望意,自有岘山情。"

【易水悲】 参见地理部·水流"易水"。唐鲍溶《秋思三首》之二:“燕歌易水悲,剑舞蛟龙腥。”

【哀王粲】 参见人物部·人杰“王粲”。唐杜甫《春日江村五首》之五:“群盗哀王粲,中年召贾生。”

【孤鸾】 参见动物部·飞禽“镜中鸾”。唐郑谷《为人题》:“泪湿孤鸾晓镜昏,近来方解惜青春。”

【海鸟悲】 参见动物部·飞禽“鲁禽”。唐李商隐《赠送前刘五经映三十四韵》:“海鸟悲钟鼓,狙公畏服裳。”

【黄犬悲】 《史记·李斯列传》:秦相李斯因受赵高陷害,于秦二世二年七月,被腰斩咸阳市。“斯出狱,与其中子俱执,顾谓其中子曰:‘吾欲与若复牵黄犬俱出上蔡东门逐狡兔,岂可得乎!’遂父子相哭,而夷三族。”〇指为官受害而追悔莫及。宋苏轼《雨中过舒教授》:“飞鸢悔前笑,黄犬悲晚悟。”另参见人体部·其他“黄犬泪”、动物部·飞禽“上蔡苍鹰”、动物部·走兽“黄犬”、人物部·将相“鹰犬人”、人事部·冤怨“忆黄犬”。

【悲素丝】 参见器用部·其他“墨翟丝”。唐李白《古风五十九首》之五十九:“恻恻泣路歧,哀哀悲素丝。”

【断猿肠】 参见动物部·走兽“断肠猿”。唐李商隐《即日》:“几时逢雁足,著处断猿肠。”

【悲梗】 参见地理部·水流“悲梗”。唐崔橹《过蛮溪渡》:“身随远道徒悲梗,诗卖明时不直钱。”

【悲雁】 《庄子·山木》:“庄子行于山中,见大木枝叶盛茂,伐木者止其旁而不取也。问其故,曰:‘无所可用。’庄子曰:‘此木以不材得终其天年。’夫子出于山,舍于故人之家,故人喜,命竖子杀雁而烹之。竖子请曰:‘其一能鸣,其一不能鸣,请奚杀?’主人曰:‘杀不能鸣者。’明日,弟子问于庄子曰:‘昨日山中之木,以不材得终其天年,今主人之雁,以不材死,先生将何处?’庄子笑曰:‘周将处乎材与不材之间,材与不材之间,似之而非也。’”〇指英雄末路,或指无才蒙祸。唐李商隐《寄太原卢司空三十韵》:

“庄叟虚悲雁，终童漫识鼮。”另参见动物部·飞禽“能鸣雁”、植物部·木本“不材木”、人事部·雅逸“才不才”。

【悲颜驷】 参见人事部·寿考“郎潜生白发”。唐王适《蜀中言怀》：“老少悲颜驷，盈虚悟翟公。”

【悲麟】 《左传·哀公十四年》：“十四年春，西狩于大野，叔孙氏之车子钽商获麟，以为不祥，以赐虞人。仲尼观之，曰：‘麟也。’然后取之。”〇指感叹生不逢时。唐李商隐《失题》：“斯文虚梦鸟，吾道欲悲麟。”另参见地理部·土石“麟见处”、动物部·走兽“鲁郊麟”、文明部·文章“麟笔”、人物部·圣贤“泣麟”。

【鼓盆悲】 参见文明部·歌舞“漆园歌”。清赵翼《悼亡》之一：“已分今生不服缞，谁知暮景鼓盆悲。”

【楚臣悲】 参见人事部·情感“屈平沉湘”。唐柳宗元《汨罗遇风》：“南来不作楚臣悲，重入修门自有期。”

【鹏鸟悲】 参见动物部·飞禽“贾鹏”。唐许浑《途经李翰林墓》：“碧水鲈鱼思，青山鹏鸟悲。”

【雍门哀】 汉刘向《说苑·善说》：“雍门子周以琴见乎孟尝君（田文，封薛公），孟尝君曰：‘先生鼓琴，亦能令文悲乎？’雍门子周曰：‘臣何独能令足下悲哉？臣之所能令悲者，有先贵而后贱，先富而后贫者也。……凡若是者，臣一为之徽胶援琴而长叹息，则流涕沾衿矣。今若足下，千乘之君也，……视天地曾不若一指，忘死与生，虽有善鼓琴者，固未能令足下悲也。’孟尝君曰：‘否否，文固以为不然。’雍门子周曰：‘然，臣之所为足下悲者一事也。夫声敌帝而困秦者，君也；连五国之约，南面而伐楚者，又君也。天下未尝无事，不从则横，从成则楚王，横成则秦帝，楚王秦帝必报雠于薛矣。……千秋万岁之后，庙堂必不血食矣。高台既以坏，曲池既以堑，坟墓既以平，而青廷矣。婴儿竖子，樵采薪荛者，蹢躅其足而歌其上，众人见之，无不愀焉，为足下悲之，曰：“夫以孟尝君尊贵，乃可使若此乎!"'于是孟尝君泫然泣涕,承睫而未殒。雍门周子引琴而鼓之,徐动宫徵,微挥羽角,切终而成曲。曰:'先生之鼓琴,令文若破国亡邑之人也。'"〇喻指悲伤、感慨。宋朱熹《登定王台》:"从知爽鸠乐,莫作雍门哀。"另参见地理部·水流"曲池平"、人体部·其他"孟尝泪"、器用部·宫室"高台倾"、文明部·礼乐"雍门琴"。

3【牛衣泣】 参见人事部·贫贱"卧牛衣"。宋陆游《和范待制秋兴》:"一生不作牛衣泣,万事从渠马耳风。"

【卞泣】 参见器用部·珍宝"和氏玉"。〇指怀才不遇,或指蒙冤。唐杜甫《舟中出江陵南浦寄郑少尹》:"滥窃商歌听,时忧卞泣诛。"

【江娥啼竹】 晋张华《博物志》卷八:"尧之二女,舜之二妃,曰湘夫人。舜崩,二妃啼,以涕挥竹,竹尽斑。"〇咏忧伤之情,或咏竹。唐李贺《李凭箜篌引》:"江娥啼竹素女愁,李凭中国弹箜篌。"另参见地理部·水流"湘川"、人体部·其他"湘妃泪"、植物部·木本"湘竹"、九流部·神仙"湘妃"、人物部·妇女"湘妃"。

【杨朱泣】 《淮南子·说林训》:"杨子见逵(大道)路而哭之,为其可以南,可以北。"〇指因误入歧途而感伤。唐杜甫《早发射洪县南途中作》:"茫然阮籍途,更洒杨朱泣。"另参见地理部·城建"杨朱路"、人体部·其他"杨朱泪"。

【穷途哭】 《晋书·阮籍传》:阮籍"时率意独驾,不由径路,车迹所穷,辄恸哭而反。"〇喻指对世事极度悲观。唐杜甫《秋暮杠裴道州手札》:"齿落未是无心人,舌存耻作穷途哭。"另参见地理部·城建"穷途"、人事部·贫贱"阮途穷"。

【泣铜驼】 《晋书·索靖传》:"靖有先识远量,知天下将乱,指洛阳宫门铜驼,叹曰:'会见汝在荆棘中耳!'"〇指对国家人民遭劫难感到悲伤。唐李商隐《曲江》:"死忆华亭闻鹤唳,老忆王室泣铜驼。"另参见植物部·木本"铜驼荆棘”、器用部·宫室“洛阳铜驼”。

【哭田横】　参见人物部·人杰“田横”。唐李涉《哭田布》：“纵使将军能伏剑，何人岛上哭田横？”

【秦庭哭】　《左传·定公四年》：“初，伍员与申包胥友。其亡也，谓申包胥曰：‘我必复楚国。’申包胥曰：‘勉之，子能复之，我必能兴之。’及昭王在随，申包胥如秦乞师，曰：‘吴为封豕、长蛇，以荐食上国，虐始于楚。寡君失守社稷，越在草莽，使下臣告急……’秦伯使辞焉，曰：‘寡人闻命矣。子姑就馆，将图而告。’对曰：‘寡君越在草莽，未获所伏，下臣何敢即安？’立，依于庭墙而哭，日夜不绝声，勺饮不入口七日。秦哀公为之赋《无衣》，九顿首而坐。秦师乃出。”〇指为国解难。唐李百药《郢城怀古》：“莫救夷陵火，无复秦庭哭。”另参见器用部·宫室“哭秦庭”、政事部·忠直“存楚”。

【新亭对泣】　参见器用部·宫室“对泣新亭”。宋陆游《初寒病中有感》：“新亭对泣犹稀见，况觅夷吾一辈人。”

4**【忧天】**　参见天文部·天体“杞天”。唐李白《梁父吟》：“白日不照吾精诚，杞国无事忧天倾。”

【忧葵】　汉刘向《列女传·鲁漆室女》：鲁国漆室有女子，过了出嫁的年龄还没有出嫁。“当穆公时，君老太子幼，女倚柱而啸。”邻女以为她欲嫁，问知是“忧鲁君老太子幼”，便讥笑她。漆室女曰：“昔晋客舍吾家，系马园中，马佚驰走，践吾葵（冬葵），使我终岁不食葵……今鲁君老悖，太子少愚，愚伪日起，夫鲁国有患者，君臣父子皆被其辱，祸及众庶，妇人独安所避乎？吾其忧之。”后三年，鲁果乱。〇指对国事关心，或指女大当嫁。唐李商隐《咏怀寄秘阁旧僚二十六韵》：“小男方嗜栗，幼女漫忧葵。”另参见植物部·草本“惜园葵”、器用部·宫室“倚柱”、人物部·妇女“漆室女”、人事部·行止“倚楹啸歌”。

【张衡愁】　参见文明部·诗词“四愁”。唐王维《赋得秋日悬清光》:"宋玉登高怨,张衡望远愁。"

【倚门愁】 参见伦类部·亲眷"慈亲倚门"。唐王维《送崔三往密州觐省》:"同怀扇枕恋,独念倚门愁。"

【浇块磊】 参见人体部·肢体"胸中磈磊"。○指借酒消愁。金元好问《送钦叔内翰并寄刘达卿郎中白文举编修五首》之三:"我有一樽酒,浇君块磊胸。"

【素女愁】 参见人物部·妇女"素女"。唐李贺《李凭箜篌引》:"江娥啼竹素女愁,李凭中国弹箜篌。"

【雀罗愁】 参见器用部·宫室"雀罗门"。唐李群玉《献王中丞》:"半夜剑吹牛斗动,二年门掩雀罗愁。"

【愁城】 《南史·陈暄传》:"江咨议有言:'酒犹兵也,兵可千日而不用,不可一日而不备。酒可千日而不饮,不可一饮而不醉。'"○指借酒消愁。宋黄庭坚《行次巫山宋楙宗遣骑送折花厨酝》:"攻许愁城终不开,青州从事斩关来。"另参见地理部·城建"十丈愁城"、器用部·饮食"酒兵"。

5 **【山阳笛】** 参见文明部·礼乐"山阳笛"。唐许浑《同韦少尹伤故卫尉李少卿》:"何须更赋山阳笛,寒月沉西水向东。"

【王裒泪】 《晋书·王裒传》:"(王)裒少立操尚,行己以礼……痛父非命,未尝西向而坐,示不臣朝廷也。于是隐居教授,三徵七辟皆不就。庐于墓侧,旦夕常至墓所拜跪,攀柏悲号,涕泪著树,树为之枯。"○悼念亡亲。清李邺嗣《杂哭十三首》之十二:"十载王裒泪,重沾柏叶新。"另参见人体部·其他"王裒泣血"。

【吊楚臣】 汉贾谊《吊屈原文·序》:"谊为长沙王太傅,既以谪去,意不自得。及渡湘水,为赋以吊屈原。屈原,楚贤臣也,被谗放逐,作《离骚》赋,其终篇曰:'已矣哉,国无人兮,莫我知也。'遂自投汨罗而死。谊追伤之,因自喻。"○指自伤身世。唐李白《赠崔秋浦》:"应念金门客,投沙吊楚臣。"另参见文明部·文章"投湘文"。

【咽羊昙】 《晋书·谢安传》:谢安之甥羊昙"知名士也,为安所爱重。安薨后,辍乐弥年,行不由西州路。尝因石头(石头城)大醉,扶路唱乐,不觉至州门。左右白曰:'此西州门。'昙悲感不已,以马策扣扉,诵曹子建诗曰:'生存华屋处,零落归山丘。'恸哭而去。"○悼亡故人。唐陆龟蒙《京口与友生话别》:"功名思马援,歌唱咽羊昙。"另参见地理部·城建"西州路"、人体部·其他"羊昙泪"、人事部·病死"醉后悲"。

【荀奉倩】 《世说新语·惑溺》:"荀奉倩与妇至笃。冬月妇病热,乃出中庭自取冷,还以身熨之。妇亡,奉倩后少时亦卒。"○指夫妻恩爱,或用以悼亡。唐李贺《后园凿井歌》:"情若何?荀奉倩。"另参见伦类部·亲眷"已倾荀奉倩"、人事部·病死"爱思荀奉倩"。

6**【三年送目】** 战国楚宋玉《登徒子好色赋》:登徒子在楚王面前说宋玉好色,宋玉辩解说:"天下之佳人,莫若楚国。楚国之丽者,莫若臣里。臣里之美者,莫若臣东家之子。东家之子,增之一分则太长,减之一分则太短。著粉则太白,施朱则太赤。眉如翠羽,肌如白雪,腰如束素,齿如含贝。嫣然一笑,惑阳城,迷下蔡。然此女登墙窥臣三年,至今未许也。"○指女子爱慕男子。宋杨亿《宋玉》:"三年送目愁邻媛,七泽迷魂怨楚辞。"另参见器用部·宫室"宋玉墙"、人物部·妇女"迷下蔡"、人物部·其他"东邻"、人事部·行止"窥宋"。

【生香寄韩寿】 参见人物部·妇女"窥帘"。北周庾信《燕歌行》:"盘龙明镜饷秦嘉,辟恶生香寄韩寿。"

【求凰】 《史记·司马相如列传》:临邛大户卓王孙召临邛令及司马相如饮,"酒酣,临邛令前奏琴曰:'窃闻长卿好之,愿以自娱。'相如辞谢,为鼓一再行。是时卓王孙有女文君新寡,好音,故相如缪与令相重,而以琴心挑之。相如之临邛,从车骑,雍容闲雅甚都;及饮卓氏,弄琴,文君窃从户窥之,心悦而好之,恐不得当也。既罢,相如乃使人重赐文君侍者通殷勤。文君夜亡奔相如,相如乃与驰归成都。"○咏男女之情。唐岑参《送陕县王主簿赴襄阳成亲》:"求凰应不远,去马剩须鞭。"另参见伦类部·亲眷"求凰"、动物部·飞禽"凤求凰"、文明部·礼乐"卓家琴"、人物部·妇女"卓氏"、人物部·其他"凤客"。

【京兆画】 参见伦类部·亲眷"画眉夫婿"。唐吴融《倒次和韩致光侍郎无题三首元韵》:"阳城迷处笑,京兆画时嚬。"

【相思树】 晋干宝《搜神记》卷十一:"宋康王舍人韩凭,娶妻何氏,美,康王夺之。凭怨,王囚之,论为城旦。……凭乃自杀。其妻乃阴腐其衣。王与之登台,妻遂自投台,左右揽之,衣不中手而死。遗书于带曰:'王利其生,妾利其死。愿以尸骨,赐凭合葬。'王怒,弗听。使里人埋之,冢相望也。王曰:'尔夫妇相爱不已,若能使冢合,则吾弗阻也。'宿昔之间,便有大梓木生于二冢之端,旬日而大盈抱,屈体相就,根交于下,枝错于上。又有鸳鸯,雌雄各一,恒栖树上,晨夕不去,交颈悲鸣,音声感人。宋人哀之,遂号其木曰'相思树'。相思之名,起于此也。"○咏男女爱情。唐王初《即夕》:"月明休近相思树,恐有韩凭一处栖。"另参见动物部·飞禽"青陵乌"、动物部·虫豸"韩蝶"、植物部·木本"相思树"、器用部·宫室"青陵台"。

【掷果河阳】 参见人物部·人杰"玉貌潘郎"。唐骆宾王《艳情代郭氏赠卢照邻》:"掷果河阳君有分,贳酒成都妾亦然。"

7 **【宓妃留枕】** 参见九流部·神仙"洛川神"。唐李商隐《无题四首》之二:"贾氏窥帘韩掾少,宓妃留枕魏王才。"

【金屋夜情】 参见器用部·宫室"黄金屋"、人物部·帝王"金屋贮阿娇"。唐张谔《岐王席上咏美人》:"玉杯寒意少,金屋夜情多。"

【朝云暮雨】 战国楚宋玉《高唐赋》序:楚襄王与宋玉游于云梦之台,见高唐之上云气变化无穷。宋玉告诉襄王说那就是朝云,并说:"昔者先王(指楚怀王)尝游高唐。怠而昼寝,梦见一妇人,曰:'妾,巫山之女也,为高唐之客,闻君游高唐,愿荐枕席。'王因幸之,去而辞曰:'妾在巫山之阳,高丘之阻,旦为朝云,暮为行雨,朝朝暮暮,阳台之下。'旦朝视之,如言,故为立庙,号曰'朝云'。"又《神女赋》序:"楚襄王与宋玉游于云梦之浦,使玉赋高唐之事。其夜王寝,果梦与神女遇,其状甚丽。"〇咏男女之情。唐李白《寄远》:"美人美人兮归去来,莫作朝云暮雨兮飞阳台。"另参见天文部·气象"巫山一段云"、天文部·气象"楚雨"、地理部·土石"云雨巫山"、九流部·神仙"神女"、器用部·宫室"楚王台"、人物部·帝王"楚襄王"、人物部·妇女"阳台女"、人事部·睡梦"郢梦"。

【横卧乌龙】 参见动物部·走兽"乌龙"。唐韩偓《妒媒》:"洞房深闭不曾开,横卧乌龙作妒媒。"

8**【刀环有约】** 《汉书·李陵传》:"立政等见(李)陵,未得私语,即目视陵,而数数自循其刀环,握其足,阴谕之,言可归还也。"〇环、还谐音,用以咏思乡之情。清尤侗《挽叶元礼舍人三首》之二:"刀环有约劳思妇,剑铗无家泣老亲。"另参见武备部·兵器"大刀头"、人事部·睡梦"刀头梦"。

【千里相思】 参见人物部·其他"凡鸟"。唐刘禹锡《酬令狐相公见寄》:"千里相思难命驾,七言诗里寄深情。"

【千里莼】 参见器用部·饮食"莼菜羹"。唐杜甫《赠别贺兰铦》:"我恋岷下芋,君思千里莼。"

【王粲思家】 参见人事部·人杰"王粲"。五代前蜀韦庄《婺州屏居蒙右省王拾遗车枉降访病中延候不得因成寄谢》:"三年流落卧漳滨,王粲思家拭泪频。"

【王粲望】 参见人事部·行止"王粲登楼"。唐元稹《答姨兄胡灵之见寄五十韵》:“登楼王粲望,落帽孟嘉情。”

【忆鲈鱼】 南朝宋刘义庆《世说新语·识鉴》:“张季鹰(张翰)辟齐王东曹掾,在洛,见秋风起,因思吴中菰菜羹鲈鱼脍,曰:‘人生贵得适意尔,何能羁宦数千里以要(邀)名爵?’遂命驾便归。”〇咏思乡之情、归隐之志。唐杜甫《洗兵马》:“东走无复忆鲈鱼,南飞觉有安巢鸟。”另参见天文部·时令“秋风鲈脍”、天文部·气象“秋风起”、动物部·鳞介“鲈鱼”、植物部·草本“莼菜”、器用部·饮食“鲈鱼莼菜”、人事部·雅逸“张翰生涯”。

【华亭清唳】 参见动物部·飞禽“唳鹤”。金元好问《浩然师出围城赋鹤诗为送》:“辽海故家人几在,华亭清唳世空怜。”

【庄舄思归】 《史记·张仪列传》:“(秦)惠王曰:‘子(陈轸)去寡人之楚,亦思寡人不?’陈轸对曰:‘王闻夫越人庄舄乎?’王曰:‘不闻。’曰:‘越人庄舄仕楚执珪,有顷而病。楚王曰:“舄,故越之鄙细人也,今仕楚执珪,贵富矣,亦思越不?”中谢对曰:“凡人之思故,在其病也。彼思越则越声,不思越则楚声。”使人往听之,犹尚越声也。今臣虽弃逐之楚,岂能无秦声哉?’”〇咏思乡之情。唐王维《送秘书晁监还日本国》:“庄舄既显而思归,关羽报恩而终去。”另参见人事部·行止“越客吟”、人事部·病死“病庄舄”。

【狐首丘】 《礼记·檀弓上》:“太公封于营丘,比及五世,皆反葬于周。君子曰:‘乐,乐其所自生,礼,不忘其本。古之人有言曰:“狐死正首丘,仁也。”’”〇指不忘故土。宋陆游《百岁》:“壮心空似骥伏枥,病骨敢怀狐首丘。”另参见地理部·土石“狐丘”、动物部·走兽“丘首狐”。

【思故剑】 参见伦类部·亲眷“故剑”。〇喻不忘旧日情爱。唐王昌龄《行路难》:“一闻汉主思故剑,使妾长嗟万古魂。”

【恨阮郎】 参见人事部·情感“恨阮郎”。唐红绡妓《忆崔生》:"深洞莺啼恨阮郎,偷来花下解珠珰。"

【昭君觅故村】 参见人物部·妇女"昭君"。〇指思乡之情。唐李商隐《蝶》:"西子寻遗殿,昭君觅故村。"

【恋楚】 参见文明部·礼乐"楚奏"。唐白居易《东南行一百韵……》:"钟仪徒恋楚,张翰浪思吴。"

【雁飞远】 参见器用部·日用"雁书"。唐刘威《早秋归》:"家书欲寄雁飞远,客恨正深秋又来。"

【鹤归】 参见动物部·飞禽"辽东鹤"。唐杜牧《八月十二日移居霅溪馆》:"千岁鹤归犹有恨,一年人往岂无情。"

9 **【三宿恋】** 《后汉书·襄楷传》:"浮屠不三宿桑下,不欲久生恩爱,精之至也。"李贤注:"言浮屠之人寄桑下者,不经三宿便即移去,示无爱恋之心也。"〇喻指对人或事物有眷恋之心。清姚鼐《答孙补山中丞见怀》:"我欲更除三宿恋,就公新治乞坛经。"另参见植物部·木本"桑下三宿"、九流部·宗教"浮屠三宿"、人事部·睡梦"三宿梦"。

【子牟恋】 《庄子·让王》:"中山公子牟谓瞻子曰:'身在江海之上,心居乎魏阙之下,奈何?'子曰:'重生,重生则轻利。'中山公子牟曰:'虽知之,未能自胜也。'"〇喻指官吏眷恋朝廷。唐武元衡《甫构西亭偶题因呈监军及幕中诸公》:"信矣子牟恋,归欤尼父吟。"另参见器用部·宫室"眷魏阙"、人物部·官吏"怀魏阙"。

【崔护重来】 参见人物部·妇女"桃花人面"、器用部·饮食"乞浆"。宋苏轼《留别释迦院牡丹呈赵倅》:"去年崔护若重来,前度刘郎在千里。"

【锦字书】 参见文明部·诗词"织锦回文"。唐宋之问《桂州三月三日》:"不求汉使金囊赠,愿得佳人锦字书。"

10 **【千金弊帚】** 参见器用部·日用"千金帚"。宋苏轼《次韵秦观秀才……将入京应举》:"千金弊帚那堪换,我亦淹留岂长算。"

【旧青毡】 参见器用部·日用"青毡"。唐杜甫《与任城许主簿游南池》:“晨朝降白露,遥忆旧青毡。”

【感故物】 参见器用部·衣冠“蓍簪”。唐杜甫《水槛》:“人生感故物,慷慨有余悲。”

11**【献芹】** 参见植物部·草本“甘芹”。唐杜甫《槐叶冷淘》:“献芹则小小,荐藻明区区。”

12**【龟三顾】** 《艺文类聚》卷九十六引《会稽后贤传》:“孔愉尝至吴兴县余干亭,见人笼龟于路,愉求买放之。至水,反顾视愉。及封此亭侯而铸印,龟首回屈,三铸不正,有似昔龟之顾。灵德应感如此。愉悟,乃取而佩焉。”又见《晋书·孔愉传》。〇喻报恩,或颂积德升迁。唐刘威《遣怀寄欧阳秀才》:“似豹一斑时或有,如龟三顾岂全无。”另参见动物部·鳞介“龟顾”、人事部·富贵“龟衔印”。

【绨袍惠】 参见器用部·衣冠“范叔袍”。唐白居易《醉后狂言酬赠萧殷二协律》:“宾客不见绨袍惠,黎庶未沾襦裤恩。”

【推解】 《史记·淮阴侯列传》:“韩信谢曰:‘臣事项王,官不过郎中,位不过执戟,言不听,画不用,故倍楚而归汉。汉王授我上将军印,予我数万众,解衣衣我,推食食我,言听计用。故吾得以至于此。’”〇指在生活上关心他人。清陈锐《哭詹秀才》:“念与君相值,推解同衣食。”

13**【慷慨桓野王】** 参见文明部·礼乐“桓伊筝”。宋苏轼《游东西岩》:“慷慨桓野王,哀歌和清谈。”

14**【易水别】** 参见地理部·水流“易水”。唐李白《留别于十一兄逖裴十三游塞垣》:“耻作易水别,临歧泪滂沱。”

【绕朝赠】 参见伦类部·师友“赠鞭”。清钱谦益《送郭中书赴督师袁公幕》:“惭无绕朝赠,控马进一壶。”

【虞歌诀别】 《史记·项羽本纪》:项羽军被围困在垓下,闻四面楚歌,“则夜起,饮帐中。有美人名虞,常幸从;骏马名骓,常骑之。于是项王乃悲歌慷慨,自为诗曰:‘力拔山兮气盖世,时不利兮骓不逝。骓不逝兮可奈何,虞兮虞兮奈若何!'歌数阕,美人和之。项王泣数行下,左右皆泣,莫能仰视。"〇咏生离死别。宋刘筠《泪二首》之二:"虞歌诀别知亡楚,燕酒初酣待报秦。"另参见动物部·走兽"楚亡骓"、文明部·礼乐"拔山曲"、人物部·妇女"虞姬"、人事部·志趣"拔山志"。

【灞岸别】 参见地理部·城建"灞水桥"。隋智才《送别》:"镜中辞旧识,灞岸别新知。"

15**【水中见蟹】** 参见动物部·鳞介"水中蟹"。清赵翼《七十自述》之十:"水中见蟹犹生怒,杯底逢蛇得不惊?"

【冲冠】 《史记·廉颇蔺相如列传》:"赵惠文王时,得楚和氏璧。秦昭王闻之,使人遗赵王书,愿以十五城请易璧……王曰:'谁可使者?'相如曰:'王必无人,臣愿奉璧往使。城入赵而璧留秦;城不入,臣请完璧归赵。'……相如奉璧奏秦王,秦王大喜,传以示美人及左右,左右皆呼万岁。相如视秦王无意偿赵城,乃前曰:'璧有瑕,请指示王。'王授璧,相如因持璧却立,倚柱,怒发上冲冠……持其璧睨(斜视)柱,欲以击柱。秦王恐其破璧,乃辞谢固请,召有司案图,指从此以往十五都予赵。"相如诡称受璧需斋戒五日,秦王无奈,只好应允,"舍相如广成传舍,相如度秦王虽斋,决负约不偿城,乃使其从者衣褐,怀其璧,从径道亡,归璧于赵。"〇喻指愤怒。唐卢照邻《咏史四首》之四:"直发上冲冠,壮气横三气。"另参见人体部·头面"怒发"、器用部·宫室"睨柱"、器用部·衣冠"怒发冲冠"、器用部·珍宝"连城白璧"。

【呵壁问天】 汉王逸《楚辞·天问序》:"屈原放逐,忧心愁悴,彷徨山泽,经历陵陆,嗟号昊旻,仰天叹息。见楚有先王之庙及公卿祠堂,图画天地山川神灵,琦玮谲诡,及古贤圣怪物行事,周流罢倦,休息其下,仰见图画,因书其壁,呵而问之,以渫愤懑,舒写愁思。"〇喻指失意、愤懑。唐李贺《公无出门》:"分明犹惧公不信,公看呵壁书问天。”另参见天文部·天体“呵壁问天”、器用部·宫室“呵壁”、文明部·书画“书壁问”、人事部·行止“呵天问”。

16**【九折心】**　参见地理部·城建“九折途”。明吴廷翰《有感示儿》:“贾谊平生泪,王阳九折心。”

【失匕箸】　参见器用部·日用“失箸”。唐刘禹锡《平蔡州三首》之三:“四夷闻风失匕箸,天子受贺登高楼。”

【惊弦】　参见武备部·兵器“虚弓”。唐柳宗元《奉酬杨侍郎丈因送八叔拾遗戏赠诏追南来诸宾二首》之一:“贞一来时送彩笺,一行归雁慰惊弦。”

17**【投杼疑】**　参见人事部·冤怨“谗言三及”、伦类部·亲眷“投杼”。唐沈佺期《枉系二首》之一:“吾怜曾家子,昔有投杼疑。”

【妄喘】　参见天文部·时令“吴牛喘月”。宋苏轼《南禅长老和诗不已》:“老牛疲耕作,见月亦妄喘。”

【咄咄怪事】　《世说新语·黜免》:“殷中军(浩)被废在信安,终日恒书空作字。扬州吏民寻义逐之,窃视唯作‘咄咄怪事’四字而已。”〇指惊奇或忧疑。宋苏轼《杜介熙熙堂》:“咄咄何曾书怪事,熙熙长觉似春台。”另参见文明部·书画“向空书”、人事部·其他“怪事咄咄”。

18**【尹邢避面】**　《史记·外戚世家》:“尹夫人与邢夫人同时并幸,有诏不得相见。尹夫人自请武帝,愿望见邢夫人,帝许之。即令他夫人饰,从御者数十人,为邢夫人来前。尹夫人前见之,曰:‘此非邢夫人身也。’帝曰:‘何以言之?’对曰:‘视其身貌形状,不足以当人主矣。’于是帝乃诏使邢夫人衣故衣,独身来前。尹夫人望见之,曰:‘此真是也。’于是乃低头俛而泣,自痛其不如也。谚曰:‘美女入室,恶女之仇。’”〇指因嫉妒而互相回避。清袁枚《落花》之八:“茵溷无心随上下,尹邢避面各西东。”另参见人体部·头面“邢颜”、人物部·妇女“邢尹”。

【虚上短辕车】　参见器用部·车船“短辕”。唐罗虬《比红儿诗》之七十三："王相不能探物理，可能虚上短辕车。"

（三）雅逸

1．风雅 2．闲适 3．隐逸

1**【子猷兴】** 参见伦类部·师友"访戴"。唐李白《答王十二寒夜独酌有怀》："昨夜吴中雪，子猷佳兴发。"

【不设弦】 参见文明部·礼乐"无弦琴"。唐黄滔《赠友人》："超然陶子性，留琴不设弦。"

【牛渚吟】 参见文明部·诗词"牛渚咏"。唐李白《劳劳亭歌》："昔闻牛渚吟五章，今来何谢袁家郎。"

【书白练裙】 参见器用部·衣冠"羊欣白练裙"。元张雨《怀茅山》："归来闭户偿高卧，莫遣人书白练裙。"

【出群】 参见动物部·飞禽"嵇鹤"。唐杜甫《大历三年春白帝城放船四十韵》："出群皆野鹤，历块匪辕驹。"

【兰亭会】 参见伦类部·师友"永和人"。唐权德舆《和九华观见怀贡院八韵》："地殊兰亭会，人似山阴归。"

【师德量】 唐刘餗《隋唐嘉话》卷下："娄师德弟拜代州刺史，将行，谓之曰：'吾以不才，位居宰相，汝今又得州牧，叨据过分，人所嫉也。将何以全先人发肤？'弟长跪曰：'自今虽有唾某面者，某亦不敢言，但拭之而已。以此自勉，庶免兄忧。'师德曰：'此适所谓为我忧也。夫前人唾者，发于怒也。汝今拭之，是恶其唾而拭之，是逆前人怒也。唾不拭，将自干，何若笑而受之？'"〇指人宽容大度。宋王十朋《将过万桥用前韵寄大年先之》："师德量宽真耐事，沈郎诗瘦不胜衣。"另参见人体部·头面"娄公唾"、人物部·将相"唾面娄"。

【竹林游】 参见人物部·圣贤"七贤"。唐储光羲《仲夏觐魏四河北觐叔》："东篱摘芳菊，想见竹林游。"

【声洒梁园】 参见天文部·气象"梁苑雪"。唐齐己《贺雪》："歌扬郢路谁同听，声洒梁园客共闻。"

【李郭仙】 参见伦类部·师友“仙侣同舟”。唐岑参《送郭司马赴伊吾郡请示李明府》:“江上舟中月,遥思李郭仙。”

【何可一日无此君】 参见植物部·草本“此君”。唐宋之问《绿竹引》:“含情傲睨慰心目,何可一日无此君。”

【灵和标格】 参见植物部·木本“张绪柳”。唐韩偓《柳》:“无奈灵和标格在,春来依旧袅长条。”

【林宗巾】 参见器用部·衣冠“折角巾”。宋陆游《幽居记今昔事十首》之五:“雨垫林宗巾,风落孟嘉帽。”

【披鹤氅】 参见植物部·木本“王恭柳”。宋苏轼《和张子野见寄三绝句》之三《竹阁见忆》:“但遣先生披鹤氅,不须更乐画天真。”

【拥鼻吟诗】 参见文明部·诗词“洛生咏”。唐韩偓《雨》:“此时高味共谁论,拥鼻吟诗空伫立。”

【柏梁宴】 参见器用部·宫室“柏梁台”。唐王维《奉和圣制赐史供奉曲江宴应制》:“言陪柏梁宴,新下建章来。”

【爱鹅】 参见动物部·飞禽“换鹅”。唐卢纶《宴赵氏昆季书院因与会文并率尔投赠》:“咏雪因饶妹,书经为爱鹅。”

【骏马换小妾】 唐李冗《独异记》卷中:“后魏曹彰性倜傥,偶逢骏马,爱之,其主所惜也。彰曰:‘予有美妾可换,惟君所选。’马主因指一妓,彰遂换之。”○咏人风流倜傥。唐李白《襄阳歌》:“千金骏马换小妾,笑坐雕鞍歌落梅。”另参见动物部·走兽“骏马换倾城”、人物部·妇女“酬騄駬”。

【雪唱】 参见文明部·礼乐“曲高”。唐孟郊《送崔爽之湖南》:“雪唱与谁和,俗情多不通。”

【脱巾漉酒】 南朝梁萧统《陶渊明传》:陶渊明嗜酒,“郡将尝候之,值其酿熟,取头上葛巾漉酒,漉毕,还复著之”。○指嗜酒。宋朱松《春晚书怀》:“脱巾漉酒从人笑,拄笏看山颇自奇。”另参见器用部·衣冠“漉酒巾”、器用部·饮食“纱巾酒”。

【章台走马】　《汉书·张敞传》："（张）敞无威仪，时罢朝会，过走马章台街，使御史驱，自以便面拊马。"○指风流潇洒。唐李白《流夜郎赠辛判官》："夫子红颜我少年，章台走马著金鞭。"另参见地理部·城建"走章台"、动物部·走兽"章台马"。

【落帽欢】　参见器用部·衣冠"孟嘉帽"。唐孟浩然《卢明府九日岘山宴袁使君张郎中崔员外》："共美重阳节，俱怀落帽欢。"

【疏受杜门】　参见伦类部·亲眷"二疏"。唐李绅《初秋忽奉诏除浙东观察使检校右貂》："疏受杜门期脱屣，买臣归邸忽乘轺。"

【棋赌山阴墅】　参见人事部·情感"喜折屐"。唐王维《同崔傅答贤弟》："曲几书留小史家，草堂棋赌山阴墅。"

2**【一瓢欢】**　参见人物部·圣贤"颜回"。唐卢纶《同柳侍郎题侯钊侍郎新昌里》："三径春自足，一瓢欢有余。"

【二顷田】　参见地理部·土石"二顷田"。南朝梁吴均《咏怀》："二顷且营田，三钱柳饮马。"

【白社幽闲】　参见地理部·城建"白社"。唐李商隐《和刘评事永乐闲居见寄》："白社幽闲君暂居，青云器业我全疏。"

【玄石饮】　参见器用部·饮食"千日酒"。唐李峤《酒》："会从玄石饮，云雨出圆丘。"

【东山高卧】　参见地理部·土石"东山"。唐李白《梁园吟》："东山高卧时起来，欲济苍生应未晚。"

【扫一室】　《后汉书·陈蕃传》："（陈）蕃年十五，尝闲处一室，而庭宇芜秽。父友同郡薛勤来候之，谓蕃曰：'孺子何不洒扫以待宾客？'蕃曰：'大丈夫处世，当扫除天下，安事一室乎！'勤知其有清世志，甚奇之。"○指闲居生活，或指志向远大。宋苏轼《送张安道赴南都留台》："归来扫一室，虚白以自怡。"另参见器用部·宫室"陈蕃室"、人事部·

志趣“扫室陈蕃”。

【观鱼】 《庄子·秋水》:“庄子与惠子(惠施)游于濠梁之上。庄子曰:‘儵鱼出游从容,是鱼之乐也。’惠子曰:‘子非鱼,安知鱼之乐?’庄子曰:‘子非我,安知我不知鱼之乐?’惠子曰:‘我非子,固不知子矣;子固非鱼也,子之不知鱼之乐,全矣。’庄子曰:‘请循其本。子曰“汝安知鱼乐”云者,既已知吾知之而问我,我知之濠上也。’”○咏山水之乐。唐孟浩然《寻梅道士》:“重以观鱼乐,因之鼓枻歌。”另参见地理部·水流“濠梁”、动物部·鳞介“惠子鱼”。

【吹箫客】 参见动物部·飞禽“王乔鹤”。唐罗隐《北邙山》:“羡他缑岭吹箫客,闲访云头看俗尘。”

【狎鸥】 参见人事部·其他“忘机”。唐杜牧《渔父》:“终年狎鸥鸟,来去且无机。”

【相忘鳞】 参见动物部·鳞介“涸鱼”。清李颙《经涡路作》:“肇允相忘鳞,翻为涸池鱼。”

【垫床龟】 参见动物部·鳞介“支床龟”。明程先贞《春日偶题》:“过访只余寻垒燕,伴眠裁剩垫床龟。”

【酌霞】 参见天文部·气象“流霞”。唐孟浩然《与王昌龄宴王道士房》:“酌霞复对此,宛似入蓬壶。”

【陶家种秫】 《晋书·陶潜传》:陶潜为彭城令,“在县公田悉令种秫谷,曰:‘令吾常醉于酒足矣。’妻子固请种秔,乃使一顷五十亩种秫,五十亩种秔。”○指生活闲适。清毛奇龄《奉寄钱唐梁明府》:“陶家种秫分官酿,吴女栽花傍讼田。”另参见植物部·草本“元亮秫”。

【庾公闲】 参见器用部·宫室“庾公楼”。唐卢纶《送申屠正字往湖南迎亲》:“坦腹定逢潘令罪,上楼应伴庾公闲。”

【淮阳卧】 参见政事部·治理“卧理”。唐羊士谔《酬庐司门晚夏过永宁里弊居林亭见寄》:“自叹淮阳卧,谁知去国心?”

【谢公游】 参见器用部·衣冠“谢公屐”。唐雍陶《送徐使君赴岳州》:“巴陵山水郡,应称谢公游。”

【羲皇人】 晋陶潜《与子俨等疏》:“见树木交荫,时鸟变声,亦复欢然有喜。尝言五六月中北窗下卧,遇凉风暂至,自谓是羲皇上人。”羲皇,伏羲。羲皇上人,伏羲以前的人。〇指生活清闲自适。唐李白《戏赠郑溧阳》:“清风北窗下,自谓羲皇人。”另参见天文部·时令“北窗凉”、天文部·气象“北窗风”、器用部·宫室“北窗”、人事部·睡眠“北窗眠”、人事部·行止“北窗高卧”。

3**【才不才】** 参见人事部·情感“悲雁”。唐权德舆《八音诗》:“木雁才不才,吾知养生主。”

【五月披裘】 参见器用部·衣冠“负薪裘”。唐李白《杭州送裴大泽时赴卢州长史》:“五月披裘者,应知不取金。”

【五柳闭门】 参见植物部·木本“五株柳”。唐刘长卿《送柳使君赴袁州》:“五柳闭门高士去,三苗按节远人归。”

【支遁隐】 南朝宋刘义庆《世说新语·排调》:“支道林(支遁)因人就深公,买印山。深公答曰:‘未闻巢由买山而隐?’”〇咏隐士。唐孟浩然《晚春题远上人南亭》:“给园支遁隐,虚寂养身和。”另参见地理部·土石“买山”。

【太公钓】 参见动物部·鳞介“钓鱼”。唐孟浩然《冬至后过吴张二子擅溪别业》:“闲垂太公钓,兴发子猷船。”

【长啸鸾音】 参见人事部·狂放“孙登长啸”。唐李商隐《寄华岳孙逸人》:“惟应逢阮籍,长啸作鸾音。”

【介推】 《左传·僖公二十四年》:“晋侯赏从亡者,介之推不言禄,禄亦弗及。……遂隐而死。”《后汉书·周举传》李贤注:“晋文公返国,介子推无爵,遂去而之介山之上。文公求之不得,乃焚其山,推遂不出而焚死。”〇咏隐逸或寒食。唐顾况《拟古三首》之三:“浮生果何慕,老去羡介推。”另参见天文部·时令“子推”。

【勿为楚相】 参见人物部·人杰“优孟”。〇指不入仕途。宋苏轼《送碧香酒与赵明叔教授》:“闻君有妇贤且廉,劝君慎勿为楚相。”

【右军誓墓】 参见人事部·志趣“誓墓志”。清丘逢甲《李伯质太守乞退归志决矣相处四稔不能无言》之一：“右军誓墓心何切，吏部来潮道已光。”

【平子归休】 参见文明部·文章“平子赋”。唐韦丹《思归寄东林澈上人》：“已为平子归休计，五老岩前必共闻。”

【北海饮】 参见器用部·器皿“北海樽”。宋黄庭坚《对酒歌答谢公静》：“我为北海饮，君作东武吟。”

【四皓】 参见人事部·寿考“四老”。唐骆宾王《秋日山行简梁大官》：“不如从四皓，丘中鸣一弦。”

【曳尾】 《庄子·秋水》：“庄子钓于濮水，楚王使大夫二人往先焉，曰：‘愿以境内累矣。’庄子持竿不顾，曰：‘吾闻楚有神龟，死已三千岁矣，王巾笥而藏之庙堂之上。此龟者，宁其死为留骨而贵乎，宁其生而曳尾于涂中乎？’二大夫曰：‘宁生而曳尾涂中。’庄子曰：‘往矣，吾将曳尾于涂中。’”〇咏隐逸生活。唐齐己《刳肠龟》：“刳肠徒自屠，曳尾复何累。”另参见地理部·土石“曳泥涂”、动物部·鳞介“泥龟”。

【好煅嵇】 参见人物部·圣贤“山阳煅”。宋陆游《入秋游山赋诗略无阙日戏作五字七首》之七：“细推亦何乐，正类好煅嵇。”

【严陵钓】 《后汉书·严光传》：“严光字子陵，一名遵，会稽馀姚人也。少有高名，与光武（刘秀）同游学。及光武即位，乃变名姓，隐身不见。帝思其贤，乃令以物色访之。后齐国上言：‘有一男子，披羊裘钓泽中。’帝疑其光，乃备安车玄纁，遣使聘之。三反而后至。”〇咏隐士。唐李白《独酌清溪江石上寄权昭夷》：“永愿坐此石，长垂严陵钓。”另参见器用部·宫室“钓台”、器用部·衣冠“羊裘”。

【皂帽辽东】 参见器用部·衣冠“辽东帽”。清吴用威《纪事》：“甘陵南北风流监，皂帽辽东独汝贤。”

【谷口耕】 参见地理部·土石"郑生谷"。宋黄庭坚《薛乐道自南阳来入都作诗饯行》:"生涯谷口耕,世事邯郸梦。"

【谷名愚】 参见地理部·土石"愚公谷"。唐虞世南《门有车马客》:"如何守直道,翻使谷名愚。"

【沧浪】 《孟子·离娄上》:"有孺子歌曰:'沧浪之水清兮,可以濯吾缨;沧浪之水浊兮,可以濯吾足。'孔子曰:'小子听之,清斯濯缨,浊斯濯足矣,自取之也。'"〇指归隐。唐贾岛《重酬姚少府》:"沧浪余将还,知音激所习。"另参见地理部·水流"沧浪水"、文明部·诗词"沧浪吟"、人物部·圣贤"沧浪叟"。

【张仲蔚】 晋皇甫谧《高士传·张仲蔚》:"张仲蔚者,平陵人也,与同郡魏景卿俱修道德,隐身不仕。明天官博物,善属文,好赋诗,常居穷素,所处蓬蒿没人,闭门养性,不治荣名,时人莫识,惟刘、龚知之。"〇咏隐逸或贫困。唐李白《鲁城北郭曲腰桑下送张子还嵩阳》:"谁念张仲蔚,还依蒿与蓬。"另参见植物部·草本"仲蔚蒿"、器用部·宫室"张蔚庐"、人事部·贫贱"在蓬蒿"。

【张翰生涯】 参见人事部·情感"忆鲈鱼"。五代前蜀韦庄《江边吟》:"陶潜政事千杯酒,张翰生涯一叶舟。"

【陆通歌凤】 参见人事部·狂放"接舆狂"。唐元稹《放言五首》之四:"宁戚饭牛图底事,陆通歌凤也无端。"

【卖药】 汉赵岐《三辅决录》卷一:"韩康,字伯休,京兆霸陵人也。常游名山,采药卖于长安市中,口不二价者三十余季。时有女子买药于康,怒康守价,乃曰:'公是韩伯休邪,乃不二价乎?'康叹曰:'我欲避名,今区区女子皆知有我,何用药为?'遂遁入霸陵山中,博士公车连征不至。"〇咏隐士。唐皇甫冉《卖药人处得南阳朱山人书》:"卖药何为者,逃名市井居。"另参见九流部·医药"韩康药"、人物部·其他"韩康"。

【卖饼】 《后汉书·赵岐传》:"(赵)岐遂逃离四方,……自匿姓名,卖饼北海市中。时安丘孙嵩年二十余,游市见岐,察非常人,停车呼与共载。岐惧失色,嵩乃下帷,令骑屏行人。密问岐曰:‘视子非卖饼者,又相问而色动,不有重怨,即亡命乎?我北海孙宾石,阖门百口,执能相济。’岐素闻嵩名,即以实告之,遂以俱归。……藏岐复壁中数年。”〇指因避难而隐姓埋名。清钱谦益《欲别东楼去四首》之三:“卖饼经寒食,吹箫过落花。”另参见器用部·宫室“安丘壁”、器用部·饮食“卖饼”。

【卖畚】 《晋书·王猛传》:“王猛……少贫贱,以鬻畚为业。尝货畚于洛阳,乃有一人贵买其畚,而云无直,自言家去此无远,可随我取直。猛利其贵而从之,行不觉远,忽至深山,见一父老,须发皓然,踞胡床而坐,左右十许人,有一人引猛进拜之。父老曰:‘王公何缘拜也!’乃十倍偿畚直,遣人送之。猛既出,顾视,乃嵩高山也。”〇指贤士贫贱或隐逸。唐李白《留别王司马嵩》:“呼鹰过上蔡,卖畚向岑嵩。”另参见器用部·日用“王猛畚”、人事部·贫贱“洛阳货畚”。

【青门隐】 参见植物部·草本“东陵瓜”。唐白居易《新昌新居书事四十韵》:“迹慕青门隐,名惭紫禁仙。”

【苦李】 参见植物部·木本“道旁李”。宋苏轼《次韵王定国南迁回见寄》:“知君先竭是甘井,我愿得全如苦李。”

【范蠡归】 《史记·货殖列传》:“范蠡既雪会稽之耻,乃喟然而叹曰:‘计然之策七,越用其五而得意。既已施于国,吾欲用之家。’乃乘扁舟,浮于江湖,变名易姓,适齐为鸱夷子皮,之陶为朱公。”〇指为避灾祸而功成身退,唐温庭筠《和友人题壁》:“三台位缺严陵卧,百战功高范蠡归。”另参见地理部·水流“五湖载越姝”、器用部·车船“范蠡扁舟”、人物部·将相“范大夫”、人事部·富贵“陶朱”。

【卧墙东】 《后汉书·逢萌传》:“(逢)萌与同郡徐房、平原李子云、王君公相友善,并晓阴阳,怀德秽行。君房与子云养徒各千人,君公遭乱独不去,侩牛自隐。时人谓之论曰:'避世墙东王君公。'"〇指隐逸避世。宋黄庭坚《次韵谢公定王世弼赠答二绝句》之二:"王谢风流看二妙,病夫直欲卧墙东。"另参见人物部·其他"牛侩"。

【拄笏看山】 南朝宋刘义庆《世说新语·简傲》:"王子猷(王徽之)作桓(桓冲)车骑参军,桓谓王曰:'卿在府久,比当相料理。'初不答,直高视,以手版(即笏)拄颊云:'西山朝来,致有爽气。'"〇指朝廷官宦有隐士情怀。宋朱松《春晚书怀》:"脱巾漉酒从人笑,拄笏看山颇自奇。"参见地理部·土石"拄笏望西山"、器用部·其他"拄笏"。

【拂衣去】 《后汉书·杨震传》附《杨彪传》:"(曹)操托(杨)彪与(袁)术婚姻,诬以欲图废置,奏收下狱,劾以大逆。将作大匠,孔融闻之,不及朝服,往见操……融曰:'……今横杀无辜,则海内观听,谁不解体!孔融鲁国男子,明日便当拂衣而去,不复朝矣。'"〇指罢官退隐。唐陈子昂《答洛阳主人》:"不然拂衣去,归从海上鸥。"另参见器用部·衣冠"拂衣"。

【择留】 参见人物部·官吏"封留"。宋苏轼《再和闻正辅表兄将至》:"宁须张子房,万户自择留。"

【金门隐】 参见人物部·圣贤"吏隐"。清尤侗《秋意十首限韵》之四:"漫学金门隐,谁传安上图?"

【采薇】 参见人物部·圣贤"夷齐"。唐王绩《野望》:"相顾无相识,长歌怀采薇。"

【庞公隐】 《后汉书·庞公传》:"庞公者,南郡襄阳人也。居岘山之南,未尝入城府。夫妻相敬如宾。荆州刺史刘表数延请,不能屈。……表叹息而去。后遂携其妻子登鹿门山,因采药不反。"〇咏隐士。唐孟浩然《寻张五回夜园作》:"闻就庞公隐,移居近洞湖。"另参见地理部·土石"鹿门"、九流部·医药"庞公采药"、人物部·圣贤"庞德公"、人物部·其他"鹿门翁"。

【始宁隐】 参见器用部·宫室“始宁墅”。唐戴叔伦《和河南罗主簿送校书兄归江南》:“知君始宁隐,还缉旧荷裳。”

【终朝卖卜】 参见九流部·杂技“成都卜”。唐李端《赠道士》:“终朝卖卜无人识,敝服徒行入市中。”

【南山隐】 参见动物部·走兽“隐豹”。唐权德舆《南亭晓坐因以示璩》:“迹似南山隐,官从小宰移。”

【南阳卧】 参见人物部·帝王“三顾”。〇指有才之士隐居家中。唐韩偓《寄隐者》:“渭滨晦迹南阳卧,若比吾徒更寂寥。”

【挂冠】 《后汉书·逢萌传》:逢萌字子康,北海都昌人。“王莽杀其子宇,萌谓友人曰:‘三纲绝矣!不去,祸将及人。’即解冠挂东都城门,归,将家属浮海,客于辽东。”〇咏辞官归隐,唐杜甫《赠王二十四侍御契四十韵》:“客则挂冠至,交非倾盖新。”另参见器用部·衣冠“神斗衣冠”。

【挂瓢】 参见器用部·器皿“许由瓢”。唐李峤《扈从还洛》:“邑罕悬磬贫,山无挂瓢逸。”

【莱氏与妻行】 参见人物部·妇女“莱妻”。唐皇甫冉《赠郑山人》:“庞公采药去,莱氏与妻行。”

【桀溺长沮】 《论语·微子》:“长沮、桀溺耦而耕。孔子过之,使子路问津焉。长沮曰:‘夫执舆者为谁?’子路曰:‘为孔丘。’曰:‘是鲁孔丘与?’曰:‘是也。’曰:‘是知津矣。’问于桀溺,桀溺曰:‘子为谁?’曰:‘为仲由。’曰:‘是鲁孔丘之徒与?’对曰:‘然。’曰:‘滔滔者天下皆是也,而谁以易之?且而(尔)与其从辟(避)人之士也,岂若从辟(避)世之士哉?’耰而不辍。子路行以告,夫子怃然曰:‘鸟兽不可与同群,吾非斯人之徒与而谁与?天下有道,丘不与易也。’”何晏集解:“郑曰:长沮、桀溺,隐者也。”〇指隐士。北周庾信《奉报穷秋寄隐士》:“王倪逢啮缺,桀溺耦长沮。”

【留侯隐】 参见人事部·志趣“留侯志”。唐许浑《贺少师相公致政》:“门临二室留侯隐,棹倚三川越相归。”

【陶隐居】 参见人物部·官吏“山中宰相”。○喻隐逸情趣。唐高适《送虞城刘明府谒魏郡苗太守》:“今日逢明圣,吾为陶隐居。”

【黄绮】 参见人事部·寿考“四老”。唐白居易《题岐王旧山池石壁》:“黄绮更归何处去,洛阳城内有商山。”

【菊荒】 参见地理部·城建“元亮径”。明高启《送前进士夏尚之归宜春》:“菊荒应自叹,麦秀竟谁歌?”

【营窟】 参见动物部·走兽“藏三窟”。唐温庭筠《开成五年秋书怀一百韵》:“处己将营窟,论心若合符。”

【梅市隐】 参见地理部·城建“梅福市”。唐司空曙《闲园即事寄陈公》:“近水方同梅市隐,曝衣多笑阮家贫。”

【望少微】 参见人物部·圣贤“少微星”。唐张蠙《言怀》:“岂能得路陪先达,却拟还家望少微。”

【屠钓】 参见人物部·圣贤“朝歌屠叟”。唐杜甫《伤春五首》之三:“贤多隐屠钓,王肯载同归。”

【巢由洗耳】 参见人体部·头面“洗耳”。唐李白《笑歌行》:“巢由洗耳有何益,夷齐饿死终无成。”

【散材】 参见植物部·木本“社栎”。唐羊士谔《郡斋读经》:“散材诚独善,正觉岂无徒。”

【凿坯】 参见器用部·宫室“颜坯”。唐骆宾王《幽系书情通简知己》:“有气还冲斗,无时会凿坯。”

【傅岩人】 参见地理部·土石“傅野”。唐独孤及《送陈兼应辟兼寄高适贾至》:“适会傅岩人,虚舟济川时。”

【感异类】 参见动物部·走兽“不畏虎”。唐吴筠《高士咏·郭文举》:“绝迹遗世务,栖真入长林。元和感异类,猛兽怀德音。”

【漱流】 参见地理部·土石“枕石”。唐王维《纳凉》:“漱流复濯足,前对钓鱼翁。”

【嘲远志】 参见政事部·议政“小草出山”。宋陆游《和范待制月夜有感》:“坐客笑谈嘲远志,故人书札寄当归。”

【避秦】　参见地理部·水流“桃源”。唐王绩《田家三首》之三:“不知今有汉,惟言昔避秦。”

【藏六】　参见动物部·鳞介“龟藏六”。金元好问《龟藏六图》:“世人疑谋待君决,可能藏六便安全。”

【灌园】　参见人物部·圣贤“於陵仲子”。清归庄《赠县令胡侯》:“闻道陈蕃悬榻久,其如仲子灌园忙。”

(四) 志趣

1. 心志　2. 情趣

1 **【九万欲抟空】**　《庄子·逍遥游》:“北溟有鱼,其名为鲲。鲲之大,不知其几千里也。化而为鸟,其名为鹏。鹏之背,不知其几千里也。……鹏之徙于南冥也,水击三千里,抟扶摇而上者九万里,去以六月息者也。”○喻指志向或前程远大。唐李隆基《巡省途次上党旧宫赋》:“三千初击浪,九万欲抟空。”另参见天文部·气象“九万风”、动物部·飞禽“九万鹏”、动物部·飞禽“垂天翼”、动物部·鳞介“北溟鱼”。

【广武叹】　《三国志·魏志·阮籍传》裴松之注引《魏氏春秋》:阮籍“尝登广武,观楚、汉战处,乃叹曰:‘时无英才,使竖子成名乎?’”○喻怀才不遇而心不甘。金元好问《光武台》:“空余广武叹,无复云台功。”另参见人事部·行止“广武登临”。

【去病无家】　《史记·卫将军骠骑列传》:“天子为置地,令骠骑视之,对曰:‘匈奴未灭,无以家为也。’”○指公而忘私。明陈子龙《奉酬越大夫卓凡见赠之作》:“去病无家原为国,信陵有客尽知兵。”另参见器用部·宫室“辞第”。

【扫室陈蕃】　参见人事部·雅逸“扫一室”。明李东阳《储都宪净夫在南曹时尝取鹤鸣诗义名其园曰檀园……》:“窥园董子心仍在,扫室陈蕃志且偿。”

【向平愿】　参见伦类部·亲眷“子平嫁娶”。清赵翼《季女出嫁》:“恰了向平愿,应偿五岳缘。”

【问鼎气】　参见器用部·器皿“周鼎”。唐李隆基《巡省途次上党旧宫赋》:“长怀问鼎气,夙负拔山雄。”

【冲天】　参见动物部·飞禽“冲天翼”。唐孟浩然《田园作》:“冲天羡鸿鹄,争食羞鸡鹜。”

【运甓】　晋裴启《语林》:“陶太尉(侃)既作广州,优游无事。常朝自运甓(砖)于斋外,暮运于斋内。人问之,陶曰:‘吾方致力中原,恐为尔优游,不复堪事。’”〇喻指因立志建功立业而勤勉自励。唐元稹《纪怀赠李六户曹崔二十功曹五十韵》:“运甓调辛苦,闻鸡屡寝兴。”另参见地理部·土石“运甓”、人物部·其他“运甓翁”。

【李斯溷鼠】　《史记·李斯列传》:“年少时,为郡小吏,见吏舍厕中鼠食不絜,近人犬,数惊恐之。斯入仓,观仓中鼠,食积粟,居大庑之下,不见人犬之忧。于是李斯乃叹曰:‘人之贤不肖譬如鼠矣,在所自处耳!’乃从荀卿学帝王之术。”〇喻指人热衷名利。唐李咸用《物情》:“李斯溷鼠心应动,庄叟泥龟意已坚。”另参见动物部·走兽“仓中鼠”、器用部·宫室“太仓溷厕”、人物部·将相“丞相叹”。

【投笔】　《东观汉记·班超传》:“(班超)家贫,恒为官佣写书以供养,久劳苦,尝辍业投笔叹曰:‘大丈夫无他志略,犹当效傅介子、张骞立功异域以取封侯,安能久事笔研(砚)间乎!’”〇指弃文就武。唐魏征《述怀》:“中原初逐鹿,投笔事戎轩。”另参见武备部·军旅“投笔从军”、文明部·文具“班笔”。

【龟冷搘床】　参见动物部·鳞介“支床龟”。宋陆游《杂兴》:“骥衰伏枥心千里,龟冷搘床寿百年。”(搘,同支)

【陈平社】　《史记·陈丞相世家》:“里中社,平为宰,分肉食甚均。父老曰:‘善,陈孺子之为宰!’平曰:‘嗟呼,使平得宰天下,亦如是肉矣!’”〇指人在生活琐事中显现才能。金李俊民《即事》:“谁能宰似陈平社,那免悲如宋玉秋?”另参见器用部·饮食“分肉”。

【取楼兰】　参见武备部·其他“斩楼兰”。唐王昌龄《从军行七首》之六:“明敕星驰封宝剑,辞君一夜取楼兰。”

【拔山志】　参见人事部·情感“虞歌诀别”。唐曹邺《秦后作》:“空持拔山志,欲夺天地德。”

【终军志】　《汉书·终军传》:终军年十八,“从济南当诣博士,步入关,关吏予(终)军繻(rú,古代出入关津的凭证)。军问:‘以此何为?’吏曰:‘为复传,还当以合符。’军曰:‘大丈夫西游,终不复传还。’弃繻而去。军为谒者,使行郡国,建节东出关,关吏识之,曰:‘此使者乃前弃繻生也。’”○指少年立志求取功名。唐李咸用《边城听角》:“未遂终军志,何劳思故乡?”另参见器用部·其他“终军弃繻”。

【拾青紫】　参见文明部·学识“拾青”。清赵翼《放歌》:“少年鼻息冲云汉,唾手便思拾青紫。”

【尝胆】　参见人物部·帝王“勾践”。唐杜甫《夔府书怀四十韵》:“即事须尝胆,苍生可察眉。”

【闻鸡兴】　参见人事部·行止“闻鸡起舞”。唐元稹《纪怀赠李六户曹崔二十功曹五十韵》:“运甓调辛苦,闻鸡屡寝兴。”

【济川心】　参见人物部·将相“济巨川”。唐孟浩然《都下送辛大之鄂》:“未逢调鼎用,徒有济川心。”

【屋打头】　五代王仁裕《开元天宝遗事·卷上》:“张生(张彖)及第,释褐授华阴尉。时县令太守俱非其人,多行不法。张生有吏道,勤于政事,每申举一事,则太守令尹抑而不从。张生曰:‘大丈夫有凌霄盖世之志,而拘于下位,若立身于矮屋中,使人抬头不得。’遂拂衣长往,归遁于嵩山。”○指壮志难酬。宋苏轼《戏子由》:“常时低头诵经史,忽然欠伸屋打头。”另参见器用部·宫室“矮屋”。

【袁安高卧】　参见人事部·贫贱“袁安困雪”。唐高适《苦雪四首》之二:“惠连发清兴,袁安念高卧。”

【恐后施鞭】　参见器用部·其他“祖生鞭”。唐王维《哭祖六自虚》:“不期先挂剑,长恐后施鞭。”

【酌泉表洁】　参见地理部·水流“贪泉”。清赵翼《赋得贤不家食》:“酌泉逾表洁,宰肉故能公。”

【乘下泽】　参见动物部·走兽“款段”。宋陆游《怀镜中故庐》:“从宦只思乘下泽,忤人常悔读南华。”

【乘风破浪】　《宋书·宗悫传》:“(宗)悫年少时,(宗)炳问其志,悫答:‘愿乘长风破万里浪。’”〇喻指志向高远,勇往直前。宋李洪《偶作》:“乘风破浪非吾事,暂借僧窗永日眠。”另参见天文部·气象“长风”、地理部·水流“长风破浪”。

【留侯志】　《史记·留侯世家》:张良(字子房,封留侯)“从上(汉高祖)击代,出奇计马邑下,所与上从容言天下事甚众。自言:‘家世相韩,及韩灭,不爱万金之资,为韩报仇强秦,天下振动。今以三寸舌为帝者师,封万户,位列侯,此布衣之极,于良足矣。愿弃人间事,欲从赤松子游耳。’乃学辟谷、道引轻身。”〇咏高士功成身退。宋张咏《赠刘吉》:“请料酒仙人,何如留侯志?”另参见九流部·神仙“逐赤松”、人事部·雅逸“留侯隐”。

【请长缨】　《汉书·终军传》:“南越与汉和亲,乃遣(终)军使南越,说其王,欲令入朝,比内诸侯。军自请:‘愿受长缨(长绳),必羁南越王而致之阙下。’军遂往说越王,越王听许,请举国内属。”〇指立志报国,降服强敌。唐白居易《元和十二年淮寇未平》:“愚计忽思飞短檄,狂心便欲请长缨。”另参见器用部·其他“长缨”。

【移山志】　参见地理部·土石“愚公移”。宋陆游《杂感》之三:“蹈海言犹在,移山志未衰。”

【鲁二生】　参见人物部·其他“两生”。清钱谦益《戊辰七月应召赴阙车中言怀》之二："长吟颇惜齐三士，抚卷谁知鲁二生。"

【道胜】　参见人体部·肢体"道肥"。宋陆游《秋夜》之一："身闲诗简淡，道胜梦轻安。"

【登车壮志】　《后汉书·范滂传》："时冀州饥荒，盗贼群起，乃以(范)滂为清诏使，案察之。滂登车揽辔，慨然有澄清天下之志。"〇指有志于澄清天下。清归庄《和顾端木先生弃庵十咏》之五："登车壮志当无负，何事牢骚咏弃庵。"另参见器用部·车船"揽辔"。

【填渤澥】　参见人事部·冤怨"禽填海"。唐李贺《恼公》："古时填渤澥，今日凿崆峒。"

【腰金骑鹤】　《殷芸小说》："有客相从，各言所志，或愿为扬州刺史，或愿多赀财，或愿骑鹤上升。其一人曰：'腰缠十万贯，骑鹤上扬州。'欲兼三者。"〇指愿望、志向不切实际，或指得意之极。金元好问《雪后招邻舍王赞子襄饮》："卖刀买犊未厌早，腰金骑鹤非所望。"另参见人体部·肢体"腰缠万贯"、动物部·飞禽"扬州鹤"、器用部·珍宝"腰缠十万钱"。

【新丰独酌】　《新唐书·马周传》："(马周)留客汴，为浚仪令崔贤所辱，遂感激而西，舍新丰，逆旅主人不之顾，周命酒一斗八升，悠然独酌，众异之。"〇指人物未发迹时志向远大或豪气干云。宋陆游《十一月三日过升仙桥作》："纷纷满座谁能识，大似新丰独酌时。"另参见器用部·饮食"新丰酒"。

【歌大风】　参见文明部·歌舞"大风歌"。〇喻治国安邦之情怀。唐李世民《过旧宅二首》之二："八表文同轨，无劳歌大风。"

【誓墓志】　《晋书·王羲之传》：王羲之与王述不和，述任扬州刺史，羲之任会稽内史，述政绩卓著，"羲之深耻之，遂称病去郡，于父母墓前自誓曰：'……止足之分，定之于今……自今之后,敢渝此心,贪冒苟进,是有无尊之心而不子也。子而不子,天地所不覆载,名教所不得容。信誓之诚,有如皦日!'"○指辞官归隐。宋陆游《书志》:"往年出都门,誓墓志已决。"另参见地理部·城建"誓墓"、文明部·文章"誓墓文"、人事部·隐逸"右军誓墓"。

【裹尸还】《后汉书·马援传》:"(马)援军还,将至,故人多迎劳之,平陵人孟冀,名有计谋,于坐贺援。……援曰:'方今匈奴、乌桓尚扰北边,欲自请击之。男儿要当死于边野,以马革裹尸还葬耳,何能卧床上在儿女子手中邪?'冀曰:'谅为烈士,当如此矣。'"○指将士为国捐躯,战死沙场。唐李益《塞下曲》:"伏波惟愿裹尸还,定远何须生入关。"另参见动物部·走兽"马革"、武备部·军旅"马革裹尸"、人事部·病死"裹尸"。

【醇酒美人】《史记·魏公子列传》:"公子自知再以毁废,乃谢病不朝,与宾客为长夜饮。饮醇酒,多近妇女,日夜为乐饮者四岁,竟病酒而卒。"○指沉溺酒色。清宋琬《题戴苍画陈阶六小象和王阮亭韵》:"醇酒美人堪送老,唯君能学信陵君。"另参见器用部·饮食"信陵醇酒"、人物部·妇女"妇人醇酒"。

【题桥志】　参见人事部·富贵"题柱"。唐许浑《寄湘中友人》:"相如已定题桥志,江上无由梦钓台。"

【餐琅玕】　参见动物部·飞禽"凤采珠实"。晋阮籍《咏怀》之四十三:"朝餐琅玕实,夕宿丹山际。"

2**【入佳境】**　参见植物部·草本"倒餐蔗"。宋唐庚《立冬后作》:"啖蔗入佳境,冬来幽兴长。"

【三月忘味】　参见文明部·礼乐"闻韶"、人物部·圣贤"闻韶忘味"。宋黄庭坚《次韵答尧民》:"譬如闻韶耳,三月忘味叹。"

【子夏儒】　参见人事部·行止"子夏索居"。唐韩愈《县斋有怀》:"犹嫌子夏儒,肯学樊迟稼。"

【子猷归】 参见伦类部·师友“访戴”。唐元稹《月三十韵》:“荷锄元亮息,回棹子猷归。”

【不惜鹔鹴裘】 参见人事部·贫贱“贳酒成都”。唐赵嘏《春酿》:“马卿思一醉,不惜鹔鹴裘。”

【书癖】 参见文明部·文章“左传癖”。唐高适《古乐府飞龙曲留上陈左相》:“公才山吏部,书癖杜荆州。”

【东山趣】 参见地理部·土石“东山”。唐独孤及《同徐侍郎五云溪新庭重阳宴集作》:“已符东山趣,况值江南秋。”

【叶公好尚】 参见动物部·鳞介“叶龙”。〇喻只是表面上爱好某事物。唐郑谷《兵部卢郎中光济借示诗集以四韵谢之》:“叶公好尚浑疏阔,忽见真龙几丧明。”

【延陵听赏】 参见文明部·礼乐“听歌吴季札”。宋王安石《次韵吴冲卿召赴资政殿听读诗义感事》:“墙面岂能知奥义,延陵听赏自为聪。”

【卧游】 参见文明部·书画“卧游图”。清方文《题画寄刘十二尔仁》:“归去卧游何不可,送尔一幅李公麟。”

【拥书城】 《魏书·李谧传》:“李谧……每言:‘丈夫拥书万卷,何假南面百城。’遂绝迹下帏,杜门却扫,弃产营书,手自删削,卷无重复者四千有余矣。”〇指藏书丰富或对书有特殊爱好。清归庄《苦家居作》之四:“安得良朋共披对,雄哉南面拥书城。”另参见地理部·城建“百城”、文明部·文具“百城书”。

【知丘】 《孟子·滕文公下》:孟子曰:“世衰道微,邪说暴行有作,臣弑其君者有之,子弑其父者有之。孔子惧,作《春秋》。《春秋》,天子之事也;是故孔子曰:‘知我者其惟《春秋》乎！罪我者其惟《春秋》乎！’”〇喻对作者及其作品深为理解。唐徐弦《张先辈见寄二首》之二:“两首新诗千里道,感君情分独知丘。”另参见文明部·文章“知丘”。

（五）狂放

1．狂傲　2．不羁

1**【力士脱靴】**　唐李肇《唐国史补》卷上《李白脱靴事》："李白在翰林多沉饮，玄宗令撰乐词，醉不可待，以水沃之，白稍能动，索笔一挥十数章，文不加点。后对御引足令高力士脱靴，上命小阉排出之。"○指狂傲不羁、蔑视权贵。唐贯休《古意》："一朝力士脱靴后，玉上青蝇生一个。"另参见器用部·衣冠"脱靴"。

【长揖】　《史记·郦生列传》："沛公（刘邦）至高阳传舍，使人召郦生（食其）。郦生至，入谒，沛公方倨床使两女子洗足，而见郦生。郦生入，则长揖不拜，曰：'足下欲助秦攻诸侯乎？且欲率诸侯破秦也？'沛公骂曰：'竖儒！夫天下同苦秦久矣，故诸侯相率而攻秦，何谓助秦攻诸侯乎？'郦生曰：'必聚徒合义兵诛无道秦，不宜倨见长者。'于是沛公辍洗，起摄衣，延郦生上坐，谢之。郦生因言六国从横时。沛公喜，赐郦生食，……号郦食其为广野君。"○喻恃才不羁、傲视王侯。唐胡曾《咏史诗·高阳》："路入高阳感郦生，逢时长揖便论兵。"另参见人物部·帝王"长揖隆准公"、人物部·人杰"高阳酒徒"。

【白眼】　参见人体部·头面"青眼"。唐王维《与卢员外象过崔处士兴宗林亭》："科头箕踞长松下，白眼看他世上人。"

【宁作置书邮】　参见人物部·其他"致书邮"。○喻指人狂傲。唐陆龟蒙《逆友湖上》："欲寄一函聊问讯，洪乔宁作置书邮。"

【竹林笑傲】　参见人物部·圣贤"七贤"。宋沈约之《复挽于湖居士》："竹林笑傲今陈迹，抚榇江皋涕泫然。"

【次公狂】　《汉书·盖宽饶传》："盖宽饶字次公，魏郡人也。……平恩侯许伯入第，丞相、御史、将军、中二千石皆贺，宽饶不行。许伯请之，乃往，从西阶上，东乡（向）特坐。许伯自酌曰：‘盖君后至。’宽饶曰：‘无多酌我，我乃酒狂。’丞相魏侯笑曰：‘次公醒而狂，何必酒也？’坐者皆属目卑下之。”〇喻纵酒任诞。宋刘筠《即目》：“覆觞知已久，宁有次公狂！”另参见器用部·饮食“次公醒”。

【孙登长啸】　《晋书·阮籍传》：“（阮）籍尝于苏门山遇孙登，与商略终古及栖神导气之术，登皆不应，籍因长啸而退。至半岭，闻有声若鸾凤之音，响乎岩谷，乃登之啸也。”〇咏啸傲。唐王维《偶然作六首》之三：“孙登长啸台，松竹有遗处。”另参见人事部·行止“苏门啸”、人事部·雅逸“长啸鸾音”。

【狂奴故态】　《后汉书·逸民传·严光》：“司徒侯霸（字君房）与（严）光素旧，遣使奉书。使人因谓光曰：‘公闻先生至，区区欲即诣造，迫于典司，是以不获。愿因日暮，自屈语言。’光不答，乃投札与之，口授曰：‘君房足下：位至鼎足，甚善。怀仁辅义天下悦，阿谀须旨要（腰）领绝。’霸得书，封奏之。（光武）帝笑曰：‘狂奴故态也。’”〇指人行为狂傲。唐陆龟蒙《严光钓台》：“不是狂奴为故态，仲华争得黑头公。”另参见人物部·其他“狂奴”。

【郦生狂】　参见人物部·其他“高阳酒徒”。元赵孟頫《见章得一诗因次其韵二首》之一：“无酒难共陶令饮，从人皆笑郦生狂。”

【祢衡挝】　《后汉书·祢衡传》：“（祢衡）少有才辩，而尚气刚傲，好矫时慢物。……（孔）融既爱衡才，数称述于曹操。操欲见之，而衡素相轻疾，自称狂病，不肯往，而数有恣言。操怀忿，而以其才名，不欲杀之。闻衡善击鼓，乃召为鼓史，因大会宾客，阅试音节。诸史过者，皆令脱其故衣，更著岑牟（鼓史戴的帽子）单绞之服。次至衡，衡方为《渔阳》参挝，蹀躞而前，容态有异，声节悲壮，听者莫不慷慨。衡进至操前而止，吏诃之曰：‘鼓史何不改装，而轻敢进乎?'衡曰:'诺。'于是先解衵衣(内衣),次释余服,裸身而立,徐取岑牟、单绞而著之,毕,复参挝而去,颜色不怍。操笑曰:'本欲辱衡,衡反辱孤。'"〇用以咏鼓乐,或指相骂,或指文人狂放不羁。唐李商隐《病中闻河东公乐营置酒口占寄上》:"必投潘岳果,谁掺祢衡挝。"另参见文明部·礼乐"掺鼓渔阳"。

【接舆狂】 晋皇甫谧《高士传·陆通》:"陆通,字接舆,楚人也。好养性,躬耕以为食。楚昭王时,通见楚政无常,乃佯狂不仕,故时人谓之楚狂。孔子适楚,楚狂接舆游其门曰:'凤兮凤兮,何如德之衰也!来世不可待,往世不可追也。……方今之时,仅免刑焉,福轻乎羽,莫之知载,祸重乎地,莫之知避,已乎已乎!……'孔子下车,欲与之言,趋而避之,不得与之言。"〇咏隐士或狂者。五代前蜀韦庄《和郑拾遗秋日感事一百韵》:"世随渔父醉,身效接舆狂。"另参见动物部·飞禽"楚人凤"、文明部·歌舞"凤歌"、人事部·雅逸"陆通歌凤"。

【唾壶缺】 参见器用部·器皿"缺唾壶"。唐独孤及《代书寄上裴六骥刘二颖》:"长啸林木动,高歌唾壶缺。"

【题凡鸟】 参见人物部·其他"凡鸟"。唐王维《春日与裴迪过新昌里访吕逸人不遇》:"到门不敢题凡鸟,看竹何须问主人?"

2**【一生长拍浮】** 参见器用部·饮食"持杯擘蟹"。宋苏轼《莫笑银杯小答乔太傅》:"万斛船中著美酒,与君一生长拍浮。"

【山公醉】 《世说新语·任诞》:"山季伦(山简)为荆州,时出酣畅。人为之歌曰:'山公时一醉,径造高阳池。日莫(暮)倒载归,酩酊无所知。复能乘骏马,倒著白接䍦(头巾)。举手问葛彊,何如并州儿。'高阳池在襄阳,彊是其爱将,并州人也。"〇咏醉酒或醉态。唐李白《襄阳歌》:"傍人借问笑何事,笑杀山公醉如泥。"另参见地理部·水流“高阳池”、动物部·走兽“山公马”、器用部·衣冠“倒接䍦”、器用部·饮食“山公能饮”、文明部·歌舞“接䍦歌”、人物部·将相“葛强”。

【玉山颓】 参见人体部·肢体“玉山”。唐令狐楚《省中直夜对雪寄李师素侍郎》:“静怀琼树倚,醉忆玉山颓。”

【吏部眠】 《世说新语·任诞》刘峻注引《晋中兴书》:“(毕卓)太兴末为吏部郎,尝饮酒废职。比舍郎酿酒熟,卓因醉,夜至其瓮间取饮之。主者谓是盗,执而缚之。知为吏部也,释之。卓遂引主人宴瓮侧,醉而去。”〇咏嗜酒或醉态。唐杜甫《游子》:“厌就成都卜,休为吏部眠。”另参见器用部·器皿“邻家瓮”、人物部·官吏“瓮边吏部”、人事部·睡梦“瓮间眠”。

【扪虱】 《晋书·王猛传》:“桓温入关,(王)猛被褐而诣之,一面谈当世之事,扪虱而言,旁若无人。温察而异之,问曰:‘吾奉天子之命,率锐师十万,杖义讨逆,为百姓除残贼,而三秦豪杰未有至者何也?’猛曰:‘公不远数千里,深入寇境,长安咫尺而不渡灞水,百姓未见公心故也,所以不至。’温默然无以酬之。”〇咏贤士举止不拘小节。唐李白《赠韦秘书子春》:“披云睹青天,扪虱话良图。”另参见动物部·虫豸“扪虱”、人事部·行止“虱空扪”。

【刘伶病酲】 参见器用部·饮食“刘伶好酒”。宋陆游《咸齑十韵》:“刘伶病酲相如渴,长鱼大肉何由荐。”

【杖百钱】 参见器用部·珍宝“杖头钱”。宋苏轼《立春日病中邀安国二首》之二:“青衫公子家千里,白发先生杖百钱。”

【坦腹东床】 参见人体部·肢体“坦腹”。唐李白《送族弟凝之滁求婚崔氏》:“坦腹东床下,由来志气疏。”

【金貂换】 《晋书·阮孚传》:“(阮孚)尝以金貂(冠饰)换酒,复为所司弹劾,帝宥之。”〇指文人狂放不羁,或喻喜好饮酒。唐温庭筠《寄卢生》:“他年犹拟金貂换,寄语黄公旧酒垆。"另参见器用部·衣冠"金貂重"、器用部·饮食"金貂换酒"。

【结袜生】 参见器用部·衣冠"王生袜"。宋苏轼《次张秉道》:"髯张乃我结袜生,诗酒淋漓出狂怪。"

【荷锸随行】 《晋书·刘伶传》:刘伶"常乘鹿车,携一壶酒,使人荷锸(铁锹)而随之,谓曰:'死便埋我。'其遗形骸如此。"○指狂傲放诞。宋陆游《室中屏去长物戏作》:"久从昭代乞残骸,荷锸随行偶未埋。"另参见器用部·车船"鹿车"、器用部·器皿"荷锸携壶"、器用部·其他"刘伶锸"。

【樗散】 参见人物部·其他"散樗"。唐杜甫《送郑十八虔贬台州司户》:"郑公樗散鬓成丝,酒后常称老画师。"

(六)禀性

1．英勇　2．聪颖　3．信义　4．豪迈　5．大度　6．坚贞　7．镇定　8．谨慎　9．纯朴　10．节俭　11．耿直　12．懒惰　13．阴险

1**【石饮羽】** 《韩诗外传》卷六:"昔者楚熊渠子夜行,见寝石以为伏虎,弯弓而射之,没金饮羽,下视知其石也,因复射之,矢跃无迹。"另参见动物部·走兽"射虎"。○指射术精湛或勇武过人。宋苏轼《赠李彦威秀才》:"夜逢怪石曾饮羽,戏中戟枝何足数。"另参见地理部·土石"裂石"、人物部·将相"饮羽威"。

【老罴当道】 《北史·王罴传》:"神武遣韩轨,司马子如从河东宵济袭(王)罴,罴不觉。比晓,轨众已乘梯入城。罴尚卧未起,闻阁外汹汹有声,便袒身露髻徒跣,持一白棒,大呼而出,谓曰:'老罴(熊)当道卧,貉(狗獾)子那得过!'敌见,惊退。"○指猛士勇武使敌人害怕。清钱谦益《元日杂题长句八首》之五:"老熊当道踞津门,一旅师如万骑屯。"另参见地理部·城建"老罴当道"、动物部·走兽"老

罴”、人事部·行止“罴卧”。

【仲由】　参见器用部·衣冠“仲由缨”。○喻不畏牺牲的勇士。唐崔璐《览皮先辈盛制因作十韵以寄用伸款仰》:“勇果鲁仲由,文赋蜀相如。”

【壮气惊寒水】　参见地理部·水流“易水”。唐骆宾王《在江南赠宋五之问》:“温辉凌爱日,壮气惊寒水。”

【余勇】　《左传·成公二年》:“齐高固入晋师,桀(举)石以投人,禽之而乘其车,系桑本焉,以徇齐垒,曰:‘欲勇者贾余馀勇!’”○指勇气过人。唐骆宾王《从军中行路难二首》之二:“天子按剑征余勇,将军受脤事横行。”另参见武备部·其他“贾勇”。

【斩蛟破璧】　参见器用部·珍宝“澹台璧”。唐李商隐《偶成转韵七十二句赠四同舍》:“斩蛟破璧不无意,平生自许非匆匆。”

【周处杀蛟】　南朝宋刘义庆《世说新语·自新》:“周处年少时,凶强侠气,为乡里所患。又义兴中水中有蛟,山中有白额虎,并皆暴犯百姓。义兴人谓为三横,而处尤剧。或说处杀虎斩蛟,实冀三横唯馀其一。处即刺杀虎,又入水击蛟,蛟或浮或没,行数十里,处与之俱,经三日三夜,乡里皆谓已死,更相庆,竟杀蛟而出。闻里人相庆,始知为人情所患,有自改意。乃入吴,寻二陆(陆机、陆云),平原不在,正见清河,具以情告,并云:‘欲自修改而年已蹉跎,终无所成。’清河曰:‘古人贵朝闻夕死,况君前途尚可,且人患志之不立,亦何忧令名不彰邪?’处遂改励终为忠臣孝子。”又《初学记》卷七引祖台之《志怪》:“义兴郡溪渚长桥下有苍蛟,吞啖人。周处执剑侧伺,久之遇出,于是悬自桥上投下蛟背,而刺蛟数创,流血满溪,自郡渚至太湖勾浦乃死。”○指英勇过人,为民除害。马君武《从军行》:“周处杀三蛟,项籍力扛鼎。”另参见地理部·城建“长桥役”、动物部·鳞介“斩蛟”、武备部·兵器“挟剑长桥”、人事部·其他“三害”。

【佽飞勇】 《吕氏春秋·知分》:“荆有次非者,得宝剑于干遂。还反涉江,至于中流,有两蛟夹绕其船。次非谓舟人曰:‘子尝见两蛟绕船能两活者乎?’船人曰:‘未之见也。’次非攘臂祛衣,拔宝剑曰:‘此江中之腐肉朽骨也,弃剑以全己,余奚爱焉!’于是赴江刺蛟,杀之而复上船,舟中之人皆得活。荆王闻之,仕之执圭。孔子闻之,曰:‘夫善哉!不以腐肉朽骨而弃剑者,其次非之谓乎!’”次非,又作佽飞或佽非。〇喻英勇。宋孔武仲《赋张芸叟蕃刀》:“烦公一效佽飞勇,为公推鼓倾金瓯。”另参见动物部·鳞介“佽飞斗蛟”、武备部·兵器“佽非剑”。

【贯白虹】 《战国策·魏策四》:“夫专诸之刺王僚也,彗星袭月;聂政之刺韩傀也,白虹贯日。”〇咏英雄气概。唐骆宾王《边城落日》:“壮志凌苍兕,精诚贯白虹。”另参见天文部·气象“日贯虹”。

【射猛虎】 参见动物部·走兽“射虎”。唐杜甫《曲江三章章五句》之三:“短衣匹马随李广,看射猛虎终残年。”

2**【对日】** 参见地理部·城建“日下”。唐王维《恭懿太子挽歌五首》之一:“冲天王子去,对日圣君怜。”

【相去三十里】 参见文明部·文章“色丝文”。宋黄庭坚《送张林翁赴秦签》:“短长不登四万日,智愚相去三十里。”

【黄童】 参见人物部·人杰“江夏黄童”。宋苏轼《送杨孟容》:“后生多高才,名与黄童双。”

【颖锐】 参见政事部·议政“毛遂请行”。唐杜甫《八哀诗·赠司空王公思礼》:“追随燕蓟儿,颖锐物不隔。”

【聪明管辂】 《三国志·魏书·管辂传》裴松之注引《管辂别传》:“辂年八九岁,便喜仰视星辰,得人辄问其名,夜不肯寐。……及成人,果明《周易》,仰观、风角、占、相之道,无不精微。……父为琅邪即丘长,时年十五,来至官舍读书,始读《诗》、《论语》及《易》本,便开渊布笔,辞义斐然。于时黉上有远方及国内诸生四百余人,皆服其才也。……琅邪太守单子春语众人曰:'此年少盛有才器,听其言论,正似司马犬子(相如)游猎之赋,何其磊落雄壮,英神以茂,必能明天文地理变化之数,不徒有言也。'于是发声徐州,号之神童。"〇指神童。唐杜甫《上韦左相二十韵》:"聪明过管辂,尺牍倒陈遵。"另参见人物部·人杰"管辂"。

【覆局】 《三国志·魏书·王粲传》:"观人围棋,局坏,(王)粲为覆之。棋者不信,以帊盖局,使更以他局为之。用相比校(较),不误一道。其强记默识如此。"覆,同"复"。〇指记忆力极强。北周庾信《奉和永丰殿下言志》之五:"覆局能悬记,看碑解暗流。"另参见九流部·杂技"棋覆"。

3 **【许剑】** 参见伦类部·师友"挂剑"。〇喻讲信义。清赵翼《哭杭廷宣之讣》之一:"过车三步他年痛,许剑千金旧日情。"

【柱下期信】 参见地理部·城建"抱桥"。唐骆宾王《代女道士王灵妃赠道士李荣》:"只言柱下留期信,好欲将心学松蕣。"

【黄金信】 《史记·季布栾布列传》:"(曹丘)揖季布曰:'楚人谚曰:"得黄金百,不如得季布一诺。"足下何以得此声于梁楚间哉?'"〇称赞人守信。唐骆宾王《夏日游德州赠高四》:"一诺黄金信,三复白珪心。"另参见器用部·珍宝"季布金"。

【鲍叔义】 参见伦类部·师友"管鲍"。唐高适《宋中遇陈二》:"常忝鲍叔义,所期王佐才。"

4 **【豪气元龙】** 《三国志·魏志·陈登传》:"许汜与刘备并在荆州牧刘表坐,表与备共论天下人,汜曰:'陈元龙(登)湖海之士,豪气不除。'……备问汜:'君言豪,宁有事邪?'汜曰:'昔遭乱过下邳,见元龙。元龙无客主之意,久不相与语，自上大床卧，使客卧下床。’备曰：‘君有国士之名，今天下大乱，帝主失所，望君忧国忘家，有救世之意，而君求田问舍，言无可采，是元龙所讳也，何缘当与君语？如小人，欲卧百尺楼上，卧君于地，何但上下床之间邪？’表大笑。”〇称美人豪放高迈。金元好问《刘氏明远庵三首》之一：“豪气元龙百尺楼，功名场上早抽头。”另参见地理部·土石“求田”、伦类部·宾主“卧下床”、器用部·宫室“百尺楼”、器用部·宫室“问舍”、器用部·日用“下床”、人物部·人杰“楼上元龙”、人事部·行止“下床卧”。

5**【叔度千顷】**　《后汉书·黄宪传》：“黄宪，字叔度。……林宗曰：‘奉高之器，譬诸氿滥，虽清而易挹。叔度汪洋若千顷陂，澄之不清，淆之不浊，不可量也。’”〇指人心胸宽广。宋黄庭坚《汴岸置酒赠黄十七》：“初平群羊置莫问，叔度千顷醉即休。”

【甑破】　参见器用部·器皿“堕甑”。唐李商隐《大卤平后移家到永乐县……寄居》：“甑破宁回顾，舟沉岂暇看。”

6**【与和璧】**　参见器用部·珍宝“和氏玉”。〇喻坚贞不屈。唐刘商《哭韩淮端公兼上崔中丞》：“坚贞与和璧，利用归干将。”

【试玉烧三日】　参见器用部·珍宝“良玉三日烧”。唐白居易《放言五首》之三：“试玉要烧三日满，辨材须待七年期。”

【常山骂羯奴】　《新唐书·忠义传》载：安史乱起，常山太守颜杲卿起兵讨贼，终因粮尽矢绝，城陷被俘，押送洛阳，“安禄山怒曰：‘吾擢尔太守，何所负而反？’杲卿瞋目怒骂曰：‘汝营州牧羊羯奴耳，窃荷恩宠，天子负汝何事，而乃反乎？我世唐臣，守忠义，恨不斩汝以谢上，乃从尔反耶？’禄山不胜忿，缚之天津桥柱，节解以肉啖之，詈不绝，贼钩断其舌，曰：‘复能骂否？’杲卿含糊而绝。”〇喻坚贞不屈。宋文天祥《去年十月九日余至燕城今周星不报为赋长句》:“君不见常山太守骂羯奴,天津桥上舌尽刳。”另参见人体部·头面“钩舌”。

7**【下尽羊昙两路棋】**　参见人事部·情感“喜折屐”。唐李郢《上裴晋公》:“曾经庾亮三秋月,下尽羊昙两路棋。”

8**【刺舌】**　《隋书·贺若弼传》:“父敦,以武烈知名,仕周为金州总管,宇文护忌而害之。临刑,呼(贺若)弼,谓之曰:‘吾必欲平江南,然此心不果,汝当成吾志。且吾以舌死,汝不可不思。’因引锥刺弼舌出血,诫以慎口。”○喻出言谨慎。宋苏轼《刘贡父见余歌词数首以诗见戏聊次其韵》:“刺舌君今犹未戒,灸眉我亦更何辞!”另参见人体部·头面“刺舌”。

【焚谏草】　《晋书·羊祜传》:“(羊)祜历职二朝,任典枢要,政事损益,皆咨访焉。势利之求,无所关与。其嘉谋谠议,皆焚其草,故世莫闻。”《宋书·谢弘微传》:“(弘微)每有献替及论时事,必手书焚草,人莫之知。”○喻为官谨慎。唐杜甫《晚出左掖》:“避人焚谏草,骑马欲鸡栖。”另参见文明部·文章“焚稿”、人物部·官吏“焚草”。

9**【汉阴灌】**　参见人事部·其他“汉机”。○喻心地纯朴无机心。明何景明《立春日作》:“心存汉阴灌,躬学南阳耕。”

【桃李自无言】　《史记·李将军传赞》:“余睹李将军悛悛如鄙人,口不能道辞。及死之日,天下知与不知,皆为尽哀。彼其忠实心诚信于士大夫也。谚曰:‘桃李不言,下自成蹊。’此言虽小,可以喻大也。”○喻指人心性忠厚诚实。唐骆宾王《早秋出塞寄东台详正学士》:“数奇何以托,桃李自无言。”另参见地理部·城建“李径”、植物部·花卉“成蹊”。

10**【齐相狐裘】**　参见器用部·衣冠“晏裘”。清查慎行《敝裘》:“敢援齐相狐裘例,尚可随身十五年。”

【孙弘被】　参见器用部·日用“孙被”。明陈子龙《赠钱牧斋少宗伯》:“独指孙弘被,仍污庾亮尘。”

【陶公木屑】 参见植物部·木本“竹头”。清张问陶《久雨一首同亥白兄》:“谈昌葱涕亦仙药,陶公木屑皆奇谟。”

11 **【王陵戆】** 《史记·高祖本纪》:“吕后问:‘陛下百岁后,萧相国即死,令谁代之?’上曰:‘曹参可。’问其次,上曰:‘王陵可。然陵少戆,陈平可以助之。……’”〇喻人耿直不阿。唐许浑《维舟秦淮过温州李给事宅》:“代有王陵戆,时无勒尚谗。”另参见政事部·忠直“直似王陵”。

12 **【过八砖】** 参见地理部·土石“八砖”。宋陆游《晚起》:“欠伸看起东窗日,也似金銮过八砖。”

13 **【王莽谦恭】** 《汉书·王莽传上》:“(王)莽群兄弟皆将军五侯子,乘时侈靡,以舆马声色佚游相高,莽独孤贫,因折节为恭俭。……上由是贤莽。永始元年,封莽为新都侯……迁骑都尉光禄大夫侍中,宿卫谨敕,爵位益尊,节操愈谦。”〇喻以伪善骗取信任。唐白居易《放言五首》之三:“周公恐惧流言日,王莽谦恭未篡时。”

【笑中有刀】 《旧唐书·李义府传》:“(李)义府貌状温恭,与人语必嬉怡微笑,而褊忘阴贼,既处权笑,欲人附己,微忤意者,辄加倾陷,故时人言义府笑中有刀。”〇指人外表和善,内心险恶。唐白居易《天可度》:“君不见,李义府之辈笑欣欣,笑中有刀潜杀人。”另参见武备部·兵器“笑里刀”、政事部·贪佞“义府刀”。

(七)富贵

1. 功名 2. 富贵 3. 奢侈

1 **【五十功名】** 参见器用部·日用“买臣负薪”。〇喻大器晚成。清吴伟业《过朱买臣墓》:“行年五十功名晚,何似空山长负薪。”

【折桂新荣】 参见植物部·木本“东堂新桂”。唐姚鹄《及第后上主司王起》:“登龙旧美无邪径,折桂新荣尽直枝。”

【龟衔印】　参见人事部·情感“龟三顾”。宋杨亿《受诏修书述怀感事三十韵》:“矫矫龟衔印,翩翩隼画旟。”

【封侯万里】　《东观汉记·班超传》:“超行诣相者。曰:‘祭酒,布衣诸生尔,而当封侯万里之外。’超问其状,相者曰:‘生燕颔虎头,飞而食肉,此万里侯相也。’”后果立功异域,封为定远侯。〇指因有边功而封侯。宋陆游《累日文符沓至怅然有感》:“封侯万里独心在,糊口四方何事无。”另参见人体部·头面“燕颔”、九流部·杂技“食肉相”、人物部·将相“万里侯”。

【梦封侯】　参见人事部·睡梦“南柯一梦”。宋黄庭坚《题落星寺》之一:“蜜房各自开户牖,蚁穴或梦封侯王。”

【腰印如斗】　晋郭澄之《郭子》:“将军王敦起事,丞相(王)导(敦之堂弟)率诸兄弟诣阙请罪;值周侯(顗)将入见,诸王甚有忧色。丞相呼周侯曰:‘伯仁(周顗字),以百口赖卿。’周侯直过不应。苦相申救,既许,周大悦,饮酒。及出,诸王犹在门,又呼顗,顗不与言,顾左右曰:‘今年杀诸贼奴,当取一金印如斗大系肘。’”〇指高官。宋黄庭坚《次韵答张沙河》:“使公系腰印如斗,驷马高盖驱骎骎。”另参见人体部·肢体“臂悬金斗”、器用部·器皿“金印如斗”。

【慈恩题记】　参见文明部·学识“雁塔名”。宋林逋《喜侄宥及第》:“闻喜宴游秋色雅,慈恩题记墨行清。”

【题柱】　《太平御览》卷七三引晋常璩《华阳国志》:“升仙桥在成都县北十里,即司马相如题桥柱,曰:‘不乘驷马高车,不过此桥。’”〇喻指立志求取功名。唐杜甫《投赠哥舒开府翰二十韵》:“壮节初题柱,生涯独转蓬。”另参见地理部·城建“题桥”、人事部·志趣“题桥志”。

2**【七叶贵】**　《汉书·金日磾传赞》:“金日磾夷狄亡国,羁虏汉庭,而以笃敬寤主,忠信自著,勒功上将,传国后嗣,世名忠孝,七世内侍,何其盛也!”又据汉制:侍中之冠,珥貂为饰。〇喻世代显贵。唐王昌龄《留别岑参兄弟》:"貂蝉七叶贵,鸿鹄万里游。"另参见器用部·衣冠"七叶珥貂"。

【邓通富】 《史记·佞幸列传》:"邓通无他能,不能有所荐士,独自谨其身以媚上而已。上使善相者相通,曰:'当贫饿死。'文帝曰:'能富通者在我也,何谓贫乎?'于是赐邓通蜀严道铜山,得自铸钱,'邓氏钱'布天下。其富如此。"〇喻生活奢侈。宋苏轼《和孙志举》:"邓通岂不富,郭解安得贫?"另参见器用部·珍宝"金山"。

【有佩刀】 《晋书·王祥传》:"初,吕虔有佩刀,工相之,以为必登三公,可服此刀。虔谓(王)祥曰:'苟非其人,刀或为害。卿有公辅之量,故以相与。'详固辞,强之乃受。祥临薨,以刀授(王)览,曰:'汝后必兴,足称此刀。'览后奕世多贤才,兴于江丘矣。"〇咏人显贵,或咏刀。明李东阳《送开州陈同知》:"贫怜范叔惟尘甑,贵识王祥有佩刀。"另参见武备部·兵器"吕虔刀"。

【危机】 参见人物部·其他"丹徒布衣"。〇指富贵带来的危害。宋苏轼《宿州次韵刘泾》:"晚觉文章真小技,早知富贵有危机。"

【衣锦归】 《史记·项羽本纪》:项羽攻占咸阳后,"人或说项王曰:'关中阻山河四塞,地肥饶,可都以霸。'项王见秦宫室皆以烧残破,又心怀思欲东归,曰:'富贵不归故乡,如衣绣夜行,谁知之者!'说者曰:'人言楚人沐猴而冠耳,果然。'项王闻之,烹说者。"〇指富贵还乡。宋刘兼《宣赐锦袍设上赠诸郡客》:"深冬若得朝丹阙,太华峰前衣锦归。"另参见动物部·走兽"楚沐猴"、器用部·衣冠"衣锦还"、器用部·衣冠"沐猴冠"、人事部·谬误"沐猴冠"。

【金穴】 《后汉书·光武郭皇后纪》:"二十年,中山王辅复徙封沛王,后为沛太后。况迁大鸿胪。帝数幸其第,会公卿诸侯亲家饮燕,赏赐金钱缣帛,丰盛莫比,京师号况家为金穴。”〇咏富贵。唐杜牧《华清宫三十韵》:“雨露偏金穴,乾坤入梦乡。”另参见地理部·土石“金穴”。

【恐不免】 《世说新语·排调》:“初,谢安在东山居,布衣,时兄弟已有富贵者,翕集家门,倾动人物。刘夫人戏谓安曰:‘大丈夫不当如是乎?’谢乃捉鼻曰:‘但恐不免耳!’”〇喻本无心富贵,但恐时势逼人,终不得免。宋苏轼《送安惇秀才失解西归》:“他年名宦恐不免,今日栖迟那可追。”

【陶朱】 参见人事部·雅逸“范蠡归”。〇指富贵之人。唐高适《真定即事奉赠韦使君二十八韵》:“田园同季子,储蓄异陶朱。”

3**【万钱】** 《晋书·何曾传》:“(何曾)性奢豪,务在华侈。帷帐车服,穷极绮丽,厨膳滋味,过于王者。每燕见,不食太官所设,帝辄命取其食。蒸饼上不拆作十字不食。日食万钱,犹曰‘无下箸处’。”〇咏生活奢侈。唐元稹《代曲江老人百韵》:“万钱才下箸,五酘未称醇。”另参见器用部·饮食“直万钱”、器用部·日用“何曾箸”。

【马融奢】 《后汉书·马融传论》:“(马融)终以奢乐恣性,党附成讥,固知识能匡欲者鲜矣。”〇指生活奢侈。唐柳宗元《同刘二十八院长述旧言怀感时书事奉寄澧州张员外使君五十二韵之作因其韵增至八十通赠二君子》:“肯随胡质矫,方恶马融奢。”另参见伦类部·师友“绛帐”。

【斗奢】 南朝宋刘义庆《世说新语·侈汰》:“王君夫(恺)以粭糒澳釜,石季伦(崇)用蜡烛作炊。君夫作紫丝布步障碧绫里四十里,石崇作锦步障五十里以敌之。”又“石崇与王恺争豪,并穷绮丽以饰舆服。武帝,恺之甥也,每助恺。尝以一珊瑚树高二尺许赐恺,枝柯扶疏,世罕其比。恺以示崇,崇视讫,以铁如意击之,应手而碎。恺既惋惜,又以为疾己之宝,声色甚厉。崇曰:‘不足恨,今还卿。’乃命左右悉取珊瑚树,有三尺四尺,条干绝世,光采溢目者六七枚,如恺许,比甚众,恺惘然自失。"〇指富贵奢侈。唐刘禹锡《崔元受少府自贬所还遗山姜花以诗答之》:"王济本尚味,石崇方斗奢。"另参见器用部·珍宝"碎珊瑚"、器用部·日用"锦步障"、器用部·日用"蜡代薪"。

【珠履】 参见人物部·其他"珠履客"。〇喻幕僚生活奢华。唐刘言史《苦妇词》:"兰裙间珠履,食玉处花筵。"

【韩嫣金丸】 《西京杂记》卷四:"韩嫣好弹,常以金为丸,所失者日有十余。长安为之语曰:'苦饥寒,逐金丸。'京师儿童每闻嫣出弹,辄随之,望丸之所落,辄拾焉。"〇喻贵族生活奢侈。唐杜牧《长安杂题长句六首》之二:"韩嫣金丸莎覆绿,许公鞯汗杏黏红。"另参见器用部·其他"金丸"。

【铺钱埒】 《世说新语·汰侈》:"王武子被责,移第北邙下。于时人多地贵,济好马射,买地作埒,编钱匝地竟埒。时人号曰'金埒'。"〇指生活豪侈。唐宗楚客《安乐公主移入新宅侍宴应制》:"马向铺钱埒,箫闻弄玉台。"另参见器用部·宫室"金埒"。

(八)贫贱

1. 贫困　2. 卑贱

1**【乞墦】** 《孟子·离娄下》:"齐人有一妻一妾而处室者,其良人出,则必餍肉而后反。其妻问所与饮食者,则尽富贵也。其妻告其妾曰:'良人出,则必餍酒肉而后反,问其与饮食者,尽富贵也,而未尝有显者来,吾将瞷良人之所之也。'蚤起,施从良人之所之,遍国中无与立谈者。卒之东郭墦间,之祭者乞其余,不足,又顾而之他,此其为餍足之道也。"〇指人生活困窘或为谋利而不择手段。宋苏轼《送安节》之十:"乞墦何足羡,负米可忘艰。"另参见地理部·城建"东墦"、人事部·谬误"乞墦"。

【马卿贫】 参见器用部·宫室"家四壁"。唐李贺《出城别张又新酬李汉》:“赵壹赋命薄,马卿家业贫。”

【乌头未变】 参见动物部·飞禽“乌头”。唐元稹《韦兵曹臧文》:“鹏翼已翻君好去,乌头未变我何如。”

【邓通饿死】 《汉书·邓通传》:“上使善相人者相(邓)通,曰:‘当贫饿死。’”“及文帝崩,景帝立,邓通免,家居。居无何,人有告通盗出徼外铸钱,下吏验问,颇有,遂竟案,尽没入之,通家尚负责数巨万……竟不得名一钱,寄死人家。”○喻先富后贫至死。唐许碏《题南岳招仙观壁上》:“邓通饿死严陵贫,帝王岂是无人力。”另参见人事部·病死“邓通死饥”。

【东郭履】 参见器用部·衣冠“东郭履”。唐李商隐《崔处士》:“雪中东郭履,堂上老莱衣。”

【宁戚饭牛】 参见动物部·走兽“宁戚牛”。唐元稹《放言五首》之四:“宁戚饭牛图底事,陆通歌凤也无端。”

【对萤】 参见动物部·虫豸“读书萤”。唐李商隐《奉寄安国大师兼简子蒙》:“日下徒推鹤,天涯正对萤。”

【在蓬蒿】 参见人事部·雅逸“张仲蔚”。唐李咸用《陈正字山居》:“一叶闲飞斜照里,江南仲蔚在蓬蒿。”

【百里负米】 参见器用部·饮食“负米”。清顾炎武《吴兴行赠归高士祚明》:“高堂有母儿一人,负米百里伤哉贫。”

【百钱叉】 参见器用部·珍宝“叉头钱”。清赵翼《日计》:“东坡日计百钱叉,枕上先期饬吃斋。”

【舟作屋】 参见器用部·车船“张融舸”。清宋琬《送胡湘孙归虞山》:“老矣尚怜舟作屋,归与何处醉为乡。”

【问字】 参见文明部·学识“问奇字”。宋黄庭坚《谢送碾赐壑源拣牙》:“已戒应与老马走,客来问字莫载酒。”

【阮家贫】 南朝宋刘义庆《世说新语·任诞》:“阮仲容(咸)步兵(阮籍曾任步兵官职,故名)居道南,诸阮居道北,北阮富,南阮贫。七月七日,北阮盛晒衣,皆纱罗锦绮。仲容以竿挂大布犊鼻裈于中庭,人或怪之,答曰:‘未能免俗,聊复尔耳。'"〇指生活贫困。唐王维《郑梁州相过》:"中厨办粗饭,应恕阮家贫。"另参见器用部·衣冠"晒犊鼻"、器用部·其他"阮囊"。

【阮途穷】 参见人事部·情感"穷途哭"。唐李端《长安感事呈卢纶》:"蹉跎潘鬓至,蹭蹬阮途穷。"

【买臣采樵】 参见器用部·日用"买臣负薪"。晋左思《咏史》:"买臣困采樵,伉俪不安宅。"

【买猪肝】 《后汉书·周黄徐姜申屠传序》:"太原闵仲叔者,世称节士。……客居安邑,老病家贫,不能得肉,日买猪肝一片,屠者或不肯与,安邑令闻,敕吏常给焉。仲叔怪而问之,知,乃叹曰:'闵仲叔岂以口腹累安邑邪?'遂去。"〇指生活贫困,亦指地方官吏爱才。宋陆游《蔬食》:"何由取熊掌,幸免买猪肝。"另参见器用部·饮食"猪肝"、人物部·官吏"贤守"、人事部·谬误"仲叔惭"。

【饭后钟】 五代王定保《唐摭言》:"王播少孤贫,尝客扬州惠昭寺木兰院,随僧斋餐,诸僧厌怠,播至已饭矣。后二纪,播自重位出镇是邦,因访旧游,向之题已皆碧纱幕其上。播继以二绝句曰:'二十年前此院游,木兰花发院新修。而今再到经行处,树老无花僧白头。''上堂已了各西东,惭愧阇黎饭后钟,二十年来尘扑面,如今始得碧纱笼。'"〇指因贫穷而遭冷遇。宋苏轼《石塔寺》:"乃知饭后钟,阇黎盖具眼。"另参见器用部·饮食"钟非饭"、器用部·其他"护碧纱"、文明部·礼乐"饭后钟"、文明部·诗词"扫壁觅诗"。

【穷死黔娄】 参见器用部·日用"黔娄被"。清龚自珍《哭郑八丈》:"由来炊火绝,穷死一黔娄。"

【苜蓿堆盘】 宋计有功《唐诗纪事·薛令之》:"(薛令之)及第,迁右遮子。开元中,东宫官僚清淡,令之题诗自悼曰:'朝日上团团,照见先生盘。盘中何所有,苜蓿长阑干。……'"〇指生活清贫。宋陆游《书怀》之四:"苜蓿堆盘莫笑贫,家园瓜瓠渐轮囷。"另参见植物部·草本"盘中苜蓿"、器用部·器皿"苜蓿盘"。

【茂陵贫】 参见人物部·人杰"茂陵书生"。唐唐彦谦《逢韩喜》:"相逢浑不觉,只似茂陵贫。"

【范叔贫】 参见器用部·衣冠"范叔袍"。宋苏轼《崔文学甲携甲文见过》:"敝衣破冠履,可怜范叔贫。"

【画荻】 参见文明部·字画"荻字"。宋刘克庄《挽刘母王宜人》:"分灯照邻女,画荻训贤郎。"

【卧牛衣】 《汉书·王章传》:"(王章)为诸生学长安,独与妻居。章疾病,无被,卧牛衣中,与妻决涕泣。其妻呵怒之曰:'仲卿!京师尊贵在朝廷人谁逾仲卿者?今疾病困厄,不自激卬(同昂),乃反涕泣,何鄙也!'"〇咏贫士生活凄凉。唐皮日休《鲁望读襄阳耆旧传见赠次韵》:"甘穷卧牛衣,受辱对狗窦。"另参见伦类部·亲眷"泣牛衣"、人体部·其他"牛衣泪"、器用部·衣冠"牛衣"、器用部·日用"王章被"、人事部·情感"牛衣泣"。

【贫时交】 参见伦类部·师友"管鲍"。唐杜甫《贫交行》:"君不见管鲍贫时交,此道今人弃如土。"

【泪洒槟榔】 参见植物部·木本"一斛槟榔"。唐李嘉祐《送裴宣城上元所居》:"泪向槟榔尽,身随鸿雁归。"

【贳酒成都】 晋葛洪《西京杂记》卷二:"司马相如初与卓文君还成都,居贫愁懑,以所著鹔鹴裘就市人杨昌贳(赊欠)酒,与文君为欢。"〇咏人性情豪放,不惜以珍宝换取豪饮。唐骆宾王《艳情代郭氏赠卢照邻》:"掷果河阳君有分,贳酒成都妾亦然。"另参见器用部·衣冠"鹔鹴裘"、器用部·饮食"沽酒典鹔鹴"、人事部·志趣"不惜鹔鹴裘"。

【枯鳞】 参见动物部·鳞介"涸鱼"。唐元稹《酬乐天得微之诗知通州事因成四首》之四:"饥摇困尾丧家狗,热暴枯鳞失水鱼。"

【鬼笑穷】 《南史·刘粹传》:"(刘)损同郡宗人有刘伯龙

者，少而贫薄，及长，历位尚书左丞，少府，武陵太守，贫窭尤甚。常在家慨然，召左右将营十一之方，忽见一鬼在旁抚掌大笑。伯龙叹曰：'贫穷固有命，乃复为鬼所笑也。'遂止。"○指贫穷。宋陆游《书幸》："破屋颓垣鬼笑穷，暗中调护赖天公。"

【受贷粟】 参见动物部·鳞介"涸鲋"。唐杜甫《奉赠萧十二使君》："监河受贷粟，一起涸中鳞。"

【洛阳货畚】 参见人事部·雅逸"卖畚"。清王士禛《送戴务旃游华山》："洛阳货畚无人识，五月骑驴入华山。"

【袁安困雪】 《后汉书·袁安传》李贤注引晋周斐《汝南先贤传》："时大雪积地丈余，洛阳令身出案行，见人家皆除雪出，有乞食者。至袁安门，无有行路。谓安已死，令人除雪入户，见安僵卧。问何以不出。安曰：'大雪人皆饿，不宜干人。'令以为贤，举为孝廉。"○指高士生活清贫但有操守。晋陶潜《咏贫士七首》之五："袁安困积雪，貌然不可干。"另参见天文部·气象"袁安雪"、器用部·宫室"袁门"、人物部·圣贤"袁安"、人事部·行止"袁安卧"、人事部·志趣"袁安高卧"。

【原宪贫】 《庄子·让王》："原宪居鲁，环堵之室，茨以生草，蓬户不完，桑以为枢而瓮牖，二室，褐以为塞，上漏下湿，匡坐而弦。子贡乘大马，中绀而表素，轩车不容巷，往见原宪。原宪华冠縰履，杖藜而应门。子贡曰：'嘻！先生何病？'原宪应之曰：'宪闻之：无财谓之贫，学而不能行谓之病。今宪贫也，非病也。'子贡逡巡而有愧色，原宪笑曰：'夫希世而行，比周而友，学以为人，教以为己，仁义之慝，舆马之饰，宪不忍为也。'"○咏贤士能安贫乐道。唐王维《山中示弟》："莫学嵇康懒，且安原宪贫。"另参见器用部·宫室"原宪室"、人物部·圣贤"原宪"、人事部·病死"穷是病"。

【捉衿见肘】 《庄子·让王》："曾子居卫，缊（乱麻）袍无表,颜色肿哙,手足胼胝(老茧)。三日不举火,十年不制衣,正冠而缨绝,捉衿而肘见,纳履而踵决。曳縰而歌《商颂》,声满天地,若出金石。天子不得臣,诸侯不得友。"衿,后又作襟。〇指生活贫困,或喻办事不周。宋陆游《衰疾》:"捉衿见肘贫无敌,耸膊成山瘦可知。"另参见人体部·肢体"襟不掩肘"、器用部·衣冠"牵襟"、器用部·衣冠"商颂振履"、文明部·歌舞"振履商音"。

【席门穷巷】　参见器用部·车船"长者车"。唐高适《行路难二首》之一:"东邻少年安所知,席门穷巷出无车。"

【涤器】　参见器用部·饮食"文君酒"。唐杜甫《醉时歌》:"相如逸才亲涤器,子云识字终投阁。"

【曼倩饥】　《汉书·东方朔传》:东方朔字曼倩,"绐(欺骗)驺朱儒,曰:'上以若曹无益于县官,耕田力作固不及人,临众处官不能治民,从军击虏不任兵事,无益于国用,徒索衣食,今欲尽杀若曹。'朱儒大恐,啼泣。朔教曰:'上即过,叩头请罪。'居有顷,闻上过,朱儒皆号泣顿首。上问:'何为?'对曰:'东方朔言上欲尽诛臣等。'上知朔多端,召问朔:'何恐朱儒为?'对曰:'臣朔生亦言,死亦言。朱儒长三尺余,奉一囊粟,钱二百四十。臣朔长九尺余,亦奉一囊粟,钱二百四十。朱儒饱欲死,臣朔饥欲死。臣言可用,幸异其礼;不可用,罢之,无令但索长安米。'上大笑,因使待诏金马门,稍得亲近。"〇咏人生活清贫。唐许浑《早秋三首》之二:"老信相如渴,贫忧曼倩饥。"另参见器用部·饮食"东方米"、器用部·其他"一囊"、人物部·官吏"索米长安"。

【庾郎贫】　《南齐书·庾杲之传》:"庾杲之……清贫自业,食唯有韭葅、瀹韭、生韭杂菜,或戏之曰:'谁谓庾郎贫,食鲑常有二十七种。'言三九也。"〇指生活清贫。金元好问《追录田诗二首》之一:"相马自甘齐客瘦,食鲑谁顾庾郎贫。"另参见植物部·草本"三韭"、器用部·饮食"庾郎鲑菜”。

【剪髻鬟】 参见伦类部·亲眷“剪髻”。唐杜甫《送重表侄王砅评事使南海》:“自陈剪髻鬟,市鬻充杯酒。”

【韩信贫】 参见器用部·饮食“千金一饭”。唐李白《猛虎行》:“张良未遇韩信贫,刘项存亡在两臣。”

【嗟来】 参见器用部·饮食“嗟食”。晋陶潜《有会而作》:“嗟来何足吝,徒没空自遗。”

【貂裘敝】 参见器用部·衣冠“季子裘”。唐罗隐《东归》:“仙桂高高似有神,貂裘敝尽取无因。”

【鹑服】 参见器用部·衣冠“鹑衣”。唐权德舆《祇役江西路上以诗代书寄内》:“鹑服我久安,荆钗君所慕。”

【颜子贫】 参见人物部·圣贤“颜回”。唐钱起《过张成侍御宅》:“从军谁谓仲宣乐,入室方知颜子贫。”

【薪桂炊玉】 参见植物部·木本“薪桂”。宋黄庭坚《寄裴仲谋》:“我家辇毂下,薪桂炊白玉。”

【甑生尘】 《后汉书·范冉传》:范冉字史云,为莱芜长。“所止单陋,有时粮粒尽,穷居自若,言貌无改,闾里歌之曰:‘甑中生尘范史云,釜中生鱼(蠹鱼)范莱芜。’”〇咏生活清贫。唐权德舆《寓兴》:“敢求庖有鱼,但虑甑生尘。”另参见地理部·土石“甑中尘”、动物部·虫豸“釜中鱼”、器用部·器皿“莱芜釜”、器用部·器皿“范甑”。

【骥服盐车】 参见器用部·车船“盐车”。宋黄庭坚《次韵晁补之廖正一赠答诗》:“骥服盐车不称情,轻裘肥马凤凰城。”

2 **【五羊皮价】** 参见政事部·议政“五羊皮”。唐李群玉《薛侍御处乞靴》:“百里奚身悲甚似,五羊皮价敢全轻。”

【灭刺】 参见器用部·其他“祢生刺”。清黄景仁《六叠前韵和余少云作》:“廿载行藏羞灭刺,两家骨肉笑围灯。”

【叹无鱼】 参见动物部·鳞介“冯谖有鱼”。金元好问《蛟龙引》:“谁念田文坐中客,只将弹铗叹无鱼。”

【扫门】 《史记·齐悼惠王世家》:“及魏勃少时,欲求见齐相曹参,家贫无以自通,乃常独早夜扫齐相舍人门外。相舍人怪之,以为物,而伺之,得勃。勃曰:‘愿见相君,无因,故为子扫,欲以求见。’于是舍人见勃曹参,因以为舍人。”〇指贤才贫贱,托身高官显贵以求发展。唐王维《重酬苑郎中》:“仙郎有意怜同舍,丞相无私断扫门。”另参见器用部·宫室“魏公扫”、人物部·圣贤“扫门士”。

【吴市乞】 参见文明部·礼乐“吴市吹箫”。清赵翼《七十自述》之二十三:“小住本同吴市乞,久留恐被楚人钳。”

【张罗】 参见器用部·宫室“雀罗门”。唐白居易《放言五首》之四:“昨日屋头堪炙手,今朝门外好张罗。”

【丧家狗】 参见动物部·走兽“丧家狗”。唐卢仝《冬行三首》之二:“可怜圣明朝,还为丧家狗。”

【贩缯屠狗】 《史记·樊郦滕灌列传》:“舞阳侯樊哙者,沛人也。以屠狗为事,与高祖俱隐。……颍阴侯灌婴者,睢阳贩缯者也。……太史公曰:吾适丰沛,问其遗老,观故萧、曹、樊哙、滕公之家,及其素,异哉所闻! 方其鼓刀屠狗卖缯之时,岂自知附骥之尾,垂名汉廷,德流子孙哉?”〇指未发达时身居下层。宋王安石《邵平》:“天下纷纷未一家,贩缯屠狗尚雄夸。”另参见动物部·走兽“屠狗”。

【贱东丘】 参见人物部·圣贤“东家丘”。唐严维《余姚祗役奉简鲍参军》:“知己欲依何水部,乡人今正贱东丘。”

【掘鼠】 参见政事部·忠直“苏武节”。宋苏轼《客俎经旬无肉》:“使君不复怜乌攫,属国方将掘鼠余。”

【鸿舂】 《后汉书·梁鸿传》“(梁鸿)遂至吴,依大家皋伯通,居庑下,为人赁舂。”〇指生活清贫。唐贾岛《送令狐绹相公》:“鸿舂乖汉爵,祯病卧漳滨。”另参见器用部·宫室“米舂廊庑”、人物部·圣贤“赁舂老子”、人事部·行止“伯鸾舂”。

【鹅炙】 《太平御览》卷九一九引《晋书》曰:“刘毅家在京

口,酷贫,尝与乡曲士大夫往东堂共射。时庾悦为司徒右长史,要府州僚佐出东堂。毅已先至,遣与悦相闻曰:'身并贫踬,营一游甚难。君如意人,无处不可为适,岂能以此堂见让?'悦素豪,径前不答。时众人并避,唯毅留射如故。悦厨馔甚盛,不以及毅。毅既不去,悦甚不欢。毅又相闻曰:'身今年未得子鹅,岂能以残炙见惠?'悦又不答。及毅贵,奏解悦都督将军官,深相挫辱。悦不得志,疽发背,少日而卒。"今本《晋书·刘毅传》略同。〇指英雄或贵人尚未发迹。宋陆游《对食》:"方其未遇时,鹅炙动英雄。"另参见动物部·飞禽"子鹅"、器用部·饮食"子鹅炙"。

(九) 寿考

1. 称寿　2. 年老　3. 老者

1【寿栎】 参见植物部·木本"社栎"。宋陆游《吾年过八十》诗之二:"斧斤遗寿栎,云海寄冥鸿。"

【椿龄】 《庄子·逍遥游》:"上古有大椿者,以八千岁为春,八千岁为秋,此大年也。"成玄英疏:"大椿之木长于上古,以三万二千岁为一年也。"〇喻长寿。唐吴筠《步虚词》其七:"绵绵庆不极,谁谓椿龄多。"另参见植物部·木本"大椿"。

【添筹】 苏轼《东坡志林·三老语》:"尝有三老人相遇,或问之年。……一人曰:'海水变桑田时,吾辄下一筹,尔(迩)来吾筹已满十间屋。'"〇用以祝寿。清赵翼《己巳元旦》:"添筹且喜增年岁,鼓缶惟当乐夕晨。"

2【才尽】 参见人事部·睡梦"江淹梦"。〇喻因年老而才思退减。唐杜甫《送顾八分文学适洪吉州》:"才尽伤形体,病渴污官位。"

【千薪积】 参见政事部·议政"积薪"。宋苏轼《次前韵送程六表弟》:"青衫莫厌百僚底,白首上有千薪积。"

【徐娘老】 参见人物部·妇女"徐娘"。宋陈与义《书怀示友十首》之九:“开窗逢一笑,未觉徐娘老。”

【潘安白发生】 参见人体部·头面“潘鬓”。唐白居易《不准拟二首》之二:“多于贾谊长沙苦,小校潘安白发生。”

【髀重】 参见人体部·肢体“髀肉生”。唐姚合《赠卢大夫将军》:“上山嫌髀重,拔剑叹衣生。”

3 **【击壤翁】** 参见文明部·歌舞“击壤歌”。唐释贯休《大兴三教》:“击壤翁知否,吾皇即帝尧。”

【四老】 晋皇甫谧《高士传》:“四皓者,皆河内轵人也。或在汲。一曰东园公,二曰角里先生,三曰绮里季,四曰夏黄公。皆修道洁己,非义不动。秦始皇时,见秦政虐,乃退入蓝田山,而作歌曰:‘莫莫高山,深谷逶迤,晔晔紫芝,可以疗饥……’乃共入商雒隐地肺山,以待天下定。及秦败,汉高闻而征之,不至,深自匿终南山,不能屈己。”○称美年高德劭者。唐张说《赠崔公》:“我闻西汉日,四老南山幽。”另参见地理部·土石“商山”、植物部·草木“商山芝”、文明部·歌舞“紫芝歌”、人事部·雅逸“四皓”、人事部·雅逸“黄绮”。

【白发郎潜】 汉班固《汉武故事》:“上(汉武帝)尝辇至郎署,见一老翁,须鬓皓白,衣服不整。上问曰:‘公何时为郎,何其老也?’对曰:‘臣姓颜名驷,江都人也,以文帝时为郎。’上问曰:‘何其老而不遇也?’驷曰:‘文帝好文而臣好武;景帝好老而臣尚少;陛下好少而臣已老:是以三世不遇。故老于郎署。’上感其言,擢拜会稽都尉。”○指年老而怀才不遇。宋苏轼《次天字韵答岑岩起》:“莫叹郎潜生白发,圣朝求旧鄙鸢肩。”另参见人体部·头面“郎潜生白发”、人物部·官吏“白发郎官”、人事部·情感“悲颜驷”。

【冯唐老】 参见人事部·谬误“冯唐已老”。唐姚合《春日早朝寄刘起居》:“莫笑冯唐老,还来谒圣君。”

【祝鸡翁】 汉刘向《列仙传·祝鸡翁》:“祝鸡翁者,洛人也。居尸乡北山下,养鸡百余年,鸡有千余头,皆立名字。

暮栖树上,昼放散之,欲引,呼名,即依呼而至。卖鸡及子得千余万,辄置钱去,之吴作养鱼池,后升吴山,白鹤、孔雀数百常止其傍。"○称誉老人。唐刘禹锡《重寄表臣二首》之二:"早晚同归洛阳陌,卜邻须近祝鸡翁。"另参见动物部·飞禽"尸乡鸡"。

【结袜】 参见器用部·衣冠"王生袜"。宋陆游《野兴》之二:"宁甘结袜系,不作拜车尘。"

【鼓刀叟】 参见人物部·圣贤"朝歌屠叟"。唐李白《鞠歌行》:"朝歌鼓刀叟,虎变磻溪中。"

【愚公】 参见地理部·土石"愚公移"。宋陆游《雪夕》:"东郭稍能师顺子,北山未敢笑愚公。"

【廉颇】 参见器用部·饮食"强饭廉颇"。清顾炎武《郝将军今为医客于吴之上津桥言及旧事感而有赠》:"入楚廉颇犹未老,过秦扁鹊更能工。"

【磻溪叟】 参见动物部·鳞介"钓鱼"。唐温庭筠《渭上题三首》之三:"所嗟白首磻溪叟,一下渔舟更不归。"

(十)谬误

【人彘】 《史记·吕太后本纪》:吕后因汉高祖刘邦宠爱戚夫人,非常嫉恨,高祖死后,"太后(吕后)遂断戚夫人手足,去眼,煇(熏)耳,饮喑药,使居厕中,命曰'人彘'。"○指人遭受残酷迫害。宋刘筠《宣曲二十二韵》:"下陈无自愧,人彘剧豺狼。"另参见人物部·妇女"人彘"、人事部·冤怨"悲人彘"。

【三言成虎】 参见动物部·走兽"三人成虎"。宋黄庭坚《流民叹》:"疏远之谋未易陈,市上三言或成虎。"

【乞墦】 参见人事部·贫贱"乞祭余"。宋陆游《寒食临川道中》:"道边醉饱休相避,作吏堪羞甚乞墦。"

【马角生】 参见动物部·飞禽"乌头"。金元好问《秋夕》:"频年但觉貂裘敝,万古何曾马角生。"

【飞鸢悔】 参见动物部·走兽“款段”。〇指遇危难而有所悔悟。宋苏轼《雨中过舒教授》:“飞鸢悔前笑,黄犬悲晚悟。”

【日饮无何】 《史记·袁盎晁错列传》:“(袁盎)为吴相。辞行,种(袁盎侄儿)谓盎曰:‘吴王骄日久,国多奸。今苟欲劾治,彼不上书告君,即利剑刺君矣。南方卑湿,君能日饮,毋何,时说王毋反而已。如此幸得脱。’盎用种之计,吴王厚遇盎。”〇指每日饮酒,不问正事。宋苏轼《赵既见和复次韵答之》:“寒酸可笑分一斗,日饮无何足袁盎。”另参见器用部·饮食“亡何饮”、器用部·器皿“无何杯”。

【什袭收藏】 参见地理部·土石“燕石”。〇指虽是微物,亦精心收藏。清赵翼《秦良玉锦袍歌》:“盥手开缄时一恸,什袭收藏付后人。”

【今是昨非】 《庄子·则阳》:“蘧伯玉(瑗)行年六十而六十化,未尝不始于是之,而卒诎之以非也。未知今之所谓是之非五十九年非也。”〇指不断改过或表示往事不堪回首。宋陆游《累日文符沓至怅然有感》之二:“白首逢人只累欷,今虽未是昨真非。”另参见人物部·人杰“蘧瑗知非”。

【乌头白】 参见动物部·飞禽“乌头”。唐李商隐《人欲》:“秦中已久乌头白,却是君王未备知。”

【北辕失】 参见器用部·车船“北辕”。唐韦嗣立《偶游龙门北溪……奉呈诸大僚》:“还悟北辕失,方求南涧田。”

【失本步】 参见人事部·行止“邯郸步”。唐李白《古风》之三五:“寿陵失本步,笑杀邯郸人。”

【冯唐已老】 《史记·张释之冯唐列传》:“唐以孝著,为中郎署长,事文帝。文帝辇过,问唐曰:‘父老何自为郎?家安在?’唐具以实对。”“七年,景帝立,以唐为楚相,免。武帝立,求贤良,举冯唐。唐时年九十余,不能复为官。”〇喻指命运不济,或喻年岁已大但仍没有作为。唐杜甫《寄岑嘉州》:“谢朓每篇堪讽诵,冯唐已老听吹嘘。”另参见人事部·寿考“冯唐老”。

【矛盾】 《韩非子·难一》:“楚人有鬻楯(盾)与矛者,誉之曰:‘吾楯之坚,物莫能陷也。’又誉其矛曰:‘吾矛之利,于物无不陷也。’或曰:‘以子之矛,陷子之楯,何如?’其人弗能应也。”〇喻相互抵触。南朝梁何逊《西州直示同员》:“矛盾交为论,光璧带成珍。”另参见武备部·兵器“楯矛”。

【辽豕白】 汉朱浮《与彭宠书》:“往时,辽东有豕,生子白头,异而献之。行至河东,见群豕皆白,怀惭而还。”〇指少见多怪。唐张九龄《南阳道中作》:“岂暇墨突黔,空持辽豕白。”另参见动物部·走兽“辽东白豕”。

【仲叔惭】 参见人事部·贫贱“买猪肝”。唐罗隐《寄洪正师》:“鸡肋曹公忿,猪肝仲叔惭。”

【负暄献御】 《列子·杨朱》:“昔者宋国有田夫,常衣缊黂(乱麻为絮的衣服),仅以过冬。暨春冬作,自曝于日,不知天下之有广厦隩室,绵纩(新丝棉)狐貉。顾谓其妻曰:‘负日之暄,人莫知者,以献吾君,将有重赏。’”〇指人无知或没有见识。宋黄庭坚《次韵秦少章晁适道赠答诗》:“负暄真得计,献御恐成疏。”另参见人体部·肢体“炙背献天子”。

【污车茵】 《汉书·丙吉传》:丙吉为相,“于官属掾史,务掩过扬善。吉驭吏耆(嗜)酒,数逋荡,尝从吉出,醉欧(呕)丞相车上。西曹主吏白欲斥之,吉曰:‘以醉饱之失去士,使此人将复何所容?西曹地忍之,此不过污丞相车茵(车上的垫毯)耳。’遂不去也。”〇喻指醉后失误或替人掩盖过失。唐王维《故太子太师徐公挽歌四首》之三:“从今虚醉饱,无复污车茵。”另参见器用部·车船“吐车茵”、器用部·其他“吐茵”。

【守株】 《韩非子·五蠹》:“宋人有耕田者,田中有株,兔走，触株折颈而死，因释其耒而守株，冀复得兔，兔不可复得，而身为宋国笑。”○喻指墨守陈规，不知变通。唐温庭筠《开成五年秋书怀一百韵》：“定为鱼缘木，曾因兔守株。”另参见动物部·走兽“伺投兔”。

【远志作小草】 参见政事部·议政“小草出山”。宋黄庭坚《次韵子瞻赠王定国》：“远志作小草，灶衣生陵屯。”

【远遣徐福】 参见九流部·神仙“徐市”。“市”又作“福”。唐贯休《了仙谣》：“始皇不得此深旨，远遣徐福生忧恼。”

【豕亥】 《吕氏春秋·察传》：“子夏之晋，过卫，有读史记者曰：‘晋师三豕涉河。’子夏曰：‘非也，是己亥也。’夫己与三相近，豕与亥相似。至于晋而问之，则曰，晋师己亥涉河也。”○指因字形相近造成误解。清黄遵宪《感怀》：“读史辨豕亥，订礼分袒袭。”另参见动物部·走兽“三豕”。

【投汉阁】 参见人事部·冤怨“扬雄投阁”。唐杜甫《秦州见敕目薛三璩授司议郎毕四曜除监察与二子有故远喜迁官兼述索居凡三十韵》：“独惭投汉阁，俱议哭秦庭。”

【沐猴冠】 参见人事部·富贵“衣锦归”、动物部·走兽“楚沐猴”。宋苏轼《锦溪》：“楚人休笑沐猴冠，越俗徒夸翁子贤。”

【杯中影】 参见武备部·兵器“樽中弩”。明李东阳《次韵体斋病起见寄二首》之二：“疑蛇已辨杯中影，病鹤长怀海上心。”

【画饼充肠】 参见器用部·饮食“画饼”。宋朱熹《拟古》之四：“寓龙不为泽，画饼难充肠。”

【画蛇著足】 参见动物部·鳞介“蛇有足”。唐刘兼《中春登楼》之二：“失手已惭蛇有足，用心休为鼠无牙。”

【图形类狗】 参见文明部·书画“画虎”。唐李商隐《咏怀寄秘阁旧僚二十六韵》：“图形翻类狗，入梦肯非熊。”

【往来屑屑】 《后汉书·王良传》：“后以病归，一岁复征，至荥阳，疾笃不任进道，乃过其友人。友人不肯见，曰：

‘不有忠言奇谋而取大位,何其往来屑屑不惮烦也?’遂拒之。”○指为名利而忙碌。宋陈与义《以事走郊外示友》:“往来屑屑君应笑,要就南池照客衣。”

【刻舟痕】 参见器用部·车船“刻舟痕”。宋苏轼《王中甫哀辞》:“堪笑东坡痴钝老,区区犹记刻舟痕。”

【空读书】 参见文明部·文章“玄文覆酱”。唐戴叔伦《行路难》:“扬雄闭门空读书,门前碧草春离离。”

【孟津捧土】 参见地理部·土石“捧土”。清唐孙华《过淮下见数百人舁土置城下……》:“精卫衔石心已尽,孟津捧土谁能壅。”

【食宿相兼】 参见器用部·饮食“东家就食”。清钱谦益《甲子秋北上渡淮寄里游好》之三:“楯矛互陷多奇疾,食宿相兼乏好方。”

【野人非毛遂】 《西京杂记》卷六:“昔鲁有两曾参,赵有两毛遂。……野人毛遂坠井而死,客以告平原君,平原君曰:‘嗟乎,天丧予矣!’既而知野人毛遂,非平原君客也。”○喻以讹传讹。唐张祐《江上旅泊呈杜员外》:“野人未必非毛遂,太守还须是孟尝。”另参见地理部·水流“毛遂堕井”。

【鹿为马】 参见政事部·贪佞“指鹿”。宋王安石《桃源行》:“望夷宫中鹿为马,秦人半死长城中。”

【羝乳】 参见政事部·忠直“苏武节”。○指无法办到之事。元袁桷《题郝伯常雁足》:“不须羝乳终回汉,肯学鸡鸣诈度关。”

【堕甑】 参见器用部·器皿“堕甑”。宋苏轼《闻子由为郡僚所捃恐当去官》:“我已无可言,堕甑难追悔。”

【续貂】 参见动物部·走兽“狗续貂”。明刘基《夜坐有怀呈石末公》:“雄豪窃据皆属狗,功业舆台忽续貂。”

【朝四暮三】 《庄子·齐物论》:“狙公赋芧(栗子)曰‘朝三而暮四’,众狙皆怒;曰:‘然则朝四而暮三’,众狙皆悦。

名实未亏而喜怒为用,亦因是也。"○指反复无常或愚弄他人。宋黄庭坚《再答明略二首》之二:"使年七十今中安,安能朝四暮三浪忧喜。"另参见动物部·走兽"众狙"、植物部·木本"狙公分栗"。

【铸大错】　宋司马光《资治通鉴·唐昭宣帝天祐三年》:"初,田承嗣镇魏博,选募六州骁勇之士五千人为牙军,厚其给赐以自卫,为心腹。自是父子相继,亲党胶固,岁久益骄横,小不如意,辄族旧帅而易之。自史宪诚以来皆立于其手。天雄节度使罗绍威心恶之,力不能制。"遂密请朱全忠军,尽杀牙军及其老小。"全忠留魏半岁,罗绍威供亿,所杀牛羊豕近七十万,资粮称是,所赂遗又近百万。比去,蓄积为之一空。绍威虽去其逼,而魏兵自是衰弱。绍威悔之,谓人曰:'合六州四十三县铁,不能为此错也。'"胡三省注:"错,鑢也,铸为之。又释错为误。罗以杀牙军之误,取铸错为喻。"鑢,错刀。此为双关语。○喻造成重大失误,无可挽回。宋苏轼《赠钱道人》:"不知几州铁,铸此一大错。"另参见地理部·城建"铸六州"、器用部·其他"六州铁"。

【鲁酒围邯郸】　《庄子·胠箧》:"鲁酒薄而邯郸围。"唐陆德明《经典释文》:"楚宣王朝诸侯,鲁恭公后至而酒薄。宣王怒,欲辱之。恭公不受命,乃曰:'我,周公之胤,长于诸侯……我送酒已失礼,方责其薄,无乃太甚!'遂不辞而还。宣王怒,乃发兵与齐攻鲁。梁惠王常欲击赵而畏楚救。楚以鲁为事,故梁得围邯郸。……许慎注《淮南》云:'楚会诸侯。鲁赵俱献酒于楚王。鲁酒薄而赵酒厚。楚之主酒吏求酒于赵,赵不与。吏怒,乃以赵厚酒易鲁薄酒奏之。楚王以赵酒薄故围邯郸也。'"○指无端受到牵连。宋黄庭坚《观秘阁苏子美题壁》:"鲁酒围邯郸,老龟祸枯桑。"另参见器用部·饮食"鲁酒"、人事部·冤怨"鲁酒旁围"。

【渴望梅】 南朝宋刘义庆《世说新语·假谲》:"魏武(曹操)行役,失汲道,军皆渴,乃令曰:'前有大梅林,饶子,甘酸可以解渴。'士卒闻之,口皆出水,乘此得及前源。"○喻指以空想安慰自己。唐罗隐《丁亥岁作》:"病想医门渴望梅,十年心地反成灰。"另参见植物部·木本"渴望梅"、器用部·饮食"止渴"。

【缘木难求】 《孟子·梁惠王上》:"缘木求鱼,虽不得鱼,无后灾。"○喻指空费气力,无法达到目的。唐罗隐《答宗人衮》:"敢恨守株曾失意,始知缘木更难求。"另参见动物·鳞介"鱼缘木"。

【楚人求山鸡】 《太平广记》卷四六一引《笑林》:"楚人有担山鸡者,路人问曰:'何鸟也?'担者欺之曰:'凤皇也。'路人曰:'我闻有凤皇久矣,今真见之。汝卖之乎?'曰:'然。'乃酬千金,弗与;请加倍,乃与之。方将献楚王,经宿而鸟死。路人不遑惜其金,惟恨不得以献耳。国人传之,咸以为真凤而贵,宜欲献之,遂闻于楚王。王感其欲献己也,召而厚赐之,过买凤之值十倍矣。"○喻不辨真伪,或用作有所奉献的自谦、自嘲之词。唐李白《赠从弟洌》:"楚人不识凤,重价求山鸡。"另参见动物部·飞禽"楚郊凤"、动物部·飞禽"楚客山鸡"。

【鼠璞】 《尹文子·大道下》:"郑人谓玉未理者为璞,周人谓鼠未腊者为璞。周人怀璞,谓郑贾曰:'欲贾璞乎?'郑贾曰:'欲之。'出其璞视之,乃鼠也。因谢不取。"○指名不符实。宋张孝祥《次江州王知府叔坚韵》之五:"连城鼠璞不足唾,千金敝帚谁能酬。"另参见动物部·走兽"周玉郑鼠"、器珍部·珍贵"周玉郑鼠"。

【滥吹竽】 参见文明部·礼乐"吹竽"。唐温庭筠《病中书怀呈友人》:"对虽希鼓瑟,名亦滥吹竽。"

【蔡邕愧】 参见人事部·死丧"郭泰碑铭"。明李梦阳《哭徐博士二十韵》:"碑非蔡邕愧,诔岂仲宣论。"

【臧穀亡羊】　参见九流部·杂技"博簺"。宋黄庭坚《再和寄子瞻闻得湖州》:"臧穀皆亡羊,要以道湔盥。"

【鼻垩】　参见器用部·其他"郢匠斤"。宋陆游《叹老》:"平生师友雕零尽,鼻垩运斤未有人。"

【疑鹓雏】《庄子·秋水》:"惠子相梁,庄子往见之。或谓惠子曰:'庄子来,欲代子相。'于是惠子恐,搜于国中,三日三夜。庄子往见之,曰:'南方有鸟,其名为鹓鸰(凤凰一类的鸟),子知之乎?夫鹓鸰发于南海,而飞于北海,非梧桐不止,非练食不食,非醴泉不饮。于是鸱得腐鼠,鹓鸰过之,仰而视之曰:吓!今子欲以子之梁国而吓我邪!'"〇指小人庸俗,怕人与之争夺实际不重要的利益。唐刘禹锡《飞鸢操》:"腾音砺吻相喧呼,仰天大吓疑鹓雏。"另参见动物部·飞禽"鸳雏"、动物部·走兽"腐鼠"。

【噬脐】《左传·庄公六年》:"楚文王伐申,过邓。邓祁侯曰:'吾甥也。'止而享之。骓甥、聃甥、养甥请杀楚子,邓侯弗许。三甥曰:'亡邓国者,必此人也。若不早图,后君噬脐,其及图之乎?图之,此为时矣。'"〇指后悔。唐元稹《青云驿》:"悔为青云意,此意良噬脐。"另参见人体部·肢体"脐噬"。

【覆水难收】　参见地理部·流水"难收水"。唐骆宾王《艳情代郭氏赠卢照邻》:"情知唾井终无理,情知覆水也难收。"

(十一)冤怨

1. 冤屈　2. 陷害　3. 哀怨　4. 报冤

1**【长平苦】**《史记·赵世家》:"廉颇免而赵括代将。秦人围赵括,赵括以军降,卒四十余万皆阬之。王悔不听赵豹之计,故有长平之祸焉。"〇喻指战争惨败。唐李益《从军夜次六胡北饮马磨剑石为祝殇辞》:"毕昴不见胡天阴,东征曾吊长平苦。"另参见地理部·土石"赵坑"、武备部·军旅“坑降”。

【长沙谪】　《史记·贾生列传》:“于是天子议以为贾生(谊)任公卿之位。绛、灌、东阳侯、冯敬之属尽害之,乃短贾生曰:‘雒(洛)阳之人,年少初学,专欲擅权,纷乱诸事。’于是天子后亦疏之,不用其议,乃以贾生为长沙王太傅。”○喻指有才者遭贬谪。唐刘长卿《听笛歌》:“旧游怜我长沙谪,载酒沙头送迁客。”另参见人物部·官吏“长沙傅”、人物部·人杰“长沙才子”、政事部·议政“谪长沙”。

【忆黄犬】　参见人事部·情感“黄犬悲”。唐杜甫《八哀诗》:“范晔顾其儿,李斯忆黄犬。”

【乐生谤】　参见人物部·将相“乐毅”。唐张谓《同孙构免官后登蓟楼》:“去年大将军,忽负乐生谤。”

【扬雄投阁】　《汉书·扬雄传》:“汉(王)莽既以符命自立……诛(甄)丰父子,投(刘)棻四裔,辞所连及,便收不请。时雄校书天禄阁上,治狱使者来,欲收雄,雄恐不能自免,乃从阁上自投下,几死。……请问其故,乃刘棻尝从雄学作奇字,雄不知情。有诏勿问。然京师为之语曰:‘惟寂寞,自投阁;爰清静,作符命。’”○喻无故受牵连而获罪,走投无路。宋陆游《丰年行》:“书生识字亦聊尔,莫作扬雄老投阁。”另参见器用部·宫室“子云阁”、人事部·谬误“投汉阁”。

【伍员冤】　参见人体部·头面“伍员抉目”。唐元稹《去杭州》“得得为题罗刹石,古来非独伍员冤。”

【华亭归梦】　参见动物部·飞禽“唳鹤”。宋刘筠《鹤》:“碧树阴浓钿砌平,华亭归梦晓频惊。”

【刖足】　参见器用部·珍宝“和氏玉”。○指无端获罪。唐李频《下第后屏居书怀寄张侍御》:“刖足岂一生,良工隔千里。”

【衣蜂】　参见动物部·虫豸“伯奇掇蜂”。明李梦阳《七夕边马二宪使许过繁台别业不成辄用七句述我志怀二十韵》:"末俗但知张市虎,弃时谁切辨衣蜂。"

【苌弘怨】 参见人体部·其他"苌弘血"。唐雍陶《蜀中战后感事》:"岁积苌弘怨,春深杜宇哀。"

【杜鹃啼血】 参见动物部·飞禽"杜宇"。唐白居易《琵琶行》:"其间旦暮闻何物,杜鹃啼血猿哀鸣。"

【吴宫伤燕】 参见动物部·飞禽"吴宫燕"。唐刘禹锡《武陵观火》:"晋库走龙剑,吴宫伤燕雏。"

【冶长非罪】 《论语·公冶长》:"(公冶长)虽在缧绁之中,非其罪也。"邢昺疏:"旧说冶长解禽语,故系之缧绁。"○指无罪而遭拘囚的冤狱。唐骆宾王《畴昔篇》:"冶长非罪曾缧绁,长孺然灰也经溺。"

【侏儒饱】 《汉书·东方朔传》:"(东方)朔文辞不逊,高自称誉,上伟之,令待诏公车,奉禄薄,未得省见。久之,朔绐驺朱儒……朱儒大恐,啼泣。朔教曰:'上即过,叩头请罪。'居有顷,闻上过,朱儒皆号泣顿首。上问:'何为?'对曰:'东方朔言上欲尽诛臣等。'上知朔多端,召问朔:'何恐朱儒为?'对曰:'臣朔生亦言,死亦言。朱儒长三尺余,奉一囊粟,钱二百四十。臣朔长九尺余,亦奉一囊粟,钱二百四十。朱儒饱欲死,臣朔饥欲死。臣言可用,幸异其礼;不可用,罢之,无令但索长安米。'上大笑,因使待诏金马门,稍得亲近。"颜师古注:"朱儒,短人也。"朱儒,后又作侏儒。○喻小人得志而贤才受屈。元朱旭《杂诗》之二:"长身索米侏儒饱,飞将无功妄尉侯。"另参见器用部·饮食"侏儒饱饭"、人物部·其他"饱朱儒"。

【鱼服困】 《说苑·正谏》:"吴王欲从民饮酒,伍子胥谏曰:'不可,昔白龙下清冷之渊化为鱼,渔者豫且射中其目,白龙上诉天帝,天帝曰:"当是之时,若安置而形?"白龙对曰:"我下清冷之渊化为鱼。"天帝曰:"鱼固人之所射也,若是,豫且何罪?"夫白龙,天帝贵畜也;豫且,宋国残臣也。白龙不化,豫且不射,今弃万乘之位,而从布衣之士饮酒,臣恐其有豫且之患矣。'王乃止。"○指落难,或运气不佳而遇到灾祸。清赵翼《淮阴钓台》:"与哙伍怜鱼服困,假齐王伏狗烹灾。"参见动物部·鳞介"为鱼"、器用部·其他"豫且网"。

【鱼祸】 《太平广记》卷四六六引汉应劭《风俗通》(佚文):"城门失火,殃及池鱼。旧说:池中鱼,人姓字也,居宋城门,城门失火,延及其家,仲鱼烧死。又云:宋城门失火,人汲取池中水,以沃灌之,池中空竭,鱼悉露死。喻恶之滋,并伤良谨也。"○喻指无辜受牵连。宋洪炎《庚戌岁六月四日至洪城怅然伤怀》:"人言城门火,鱼祸自靡遗。"另参见动物部·鳞介"池鱼"。

【屈平沉湘】 《史记·屈原贾生列传》:楚顷襄王立,屈原遭谗毁,谪于江南,"于是怀石遂自投汨罗(湘江支流)以死"。○喻含冤屈死。唐李贺《箜篌引》:"屈平沉沙不足慕,徐衍入海诚为愚。"另参见地理部·水流"沉湘"、人物部·圣贤"沉湘水"、人事部·情感"楚臣悲"。

【剑埋狱底】 参见武备部·兵器"丰城龙剑"、动物部·鳞介"未掘双龙"。唐白居易《得微之到官后书备知通州之事怅然有感因成四章》之四:"剑埋狱底谁深掘,松偃霜中尽冷看。"

【秦穆杀三良】 参见动物部·飞禽"黄鸟悲鸣"。东汉王粲《咏史》:"秦穆杀三良,惜哉空尔为。"

【偷金柱】 《史记·万石张叔列传》附《直不疑传》:"塞侯直不疑者,南阳人也。为郎,事文帝。其同舍有告归,误持同舍郎金去,已而金主觉,妄疑不疑,不疑谢有之,买金偿。而告归者来而归金,而前郎亡金者大惭,以此称为长者。文帝称举,稍迁至太中大夫。"○喻指蒙受不白之冤。唐刘长卿《按覆后归睦州赠苗侍御》:"直氏偷金柱,于家决狱明。"另参见器用部·珍宝"不偷金"、人物部·官吏"同舍子"。

【梁狱】 《史记·鲁仲连邹阳列传》:“邹阳者,齐人也。游于梁,与故吴人庄忌夫子、淮阴枚生之徒交。上书而介于羊胜、公孙诡之间。胜等嫉邹阳,恶之梁孝王。孝王怒,下之吏。将欲杀之。邹阳客游,以谗见禽,恐死而负累,乃从狱中上书……书奏梁孝王,孝王使人出之,卒为上客。”〇喻冤狱、被谗害。唐杜甫《梁狱》:“梁狱书应上,秦台镜欲临。”另参见器用部·日用“狱中书”。

【谗言三及】 《战国策·秦策二》:“昔者,曾子处费,费人有与曾子同名族者而杀人,人告曾子母曰:‘曾参杀人。’曾子之母曰:‘吾子不杀人。’织自若。有顷焉,人又曰:‘曾参杀人。’其母尚织自若也。顷之,一人又告之曰:‘曾参杀人。’其母惧,投杼逾墙而走。夫以曾参之贤与母之信也,而三人疑之,则慈母不能信也。”〇喻受谗言诬陷。唐李白《答王十二寒夜独酌有怀》:“曾参岂是杀人者,谗言三及慈母惊。”另参见伦类部·亲眷“投杼”、人事部·情感“投杼疑”、人事部·其他“曾参杀人”。

【鲁酒旁围】 参见人事部·冤怨“鲁酒围邯郸”。唐杜牧《新转南曹……书此篇以自见志》:“宋株聊自守,鲁酒怕旁围。”

【寒灰复燃】 《史记·韩长孺列传》:韩安国事梁孝王为中大夫。“后坐法抵罪,蒙狱吏田甲辱安国。安国曰:‘死灰独不复然(燃)乎?’田甲曰:‘然即溺之。’居无何,梁内史缺,汉使使者拜安国为梁内史,起徒中为二千石。田甲亡走。”〇喻失势后重新得势。金元好问《甲午除夜》:“暗中人事忽推迁,坐守寒灰望复燃。”另参见地理部·土石“复燃灰”。

【觳觫钟衅】 《孟子·梁惠王上》:“(齐宣)王坐于堂上,有牵牛而过堂下者。王见之,曰:‘牛何之?’对曰:‘将以衅钟。’王曰:‘舍之。吾不忍其觳觫(恐惧颤抖貌),若无罪而就死地。’对曰:‘然则废衅钟与?’曰:‘何可废也,以羊易之。'"○指无辜遇祸成牺牲品。宋黄庭坚《四月戊申赋盐万岁山》:"濡需且肉食,觳觫恐钟衅。"另参见动物部·走兽"觳觫"、器用部·车船"觳觫车"。

【燕狱】 参见天文部·气象"燕霜"。唐骆宾王《畴昔篇》:"邹衍衔悲系燕狱,李斯抱怨拘秦桎。"

【薏苡谗】 《后汉书·马援传》:"初,(马)援在交阯,常饵薏苡实,用能轻身省欲,以胜瘴气。南方薏苡实大,援欲以为种,军还,载之一车。时人以为南土珍怪,权贵皆望之。援时方有宠,故莫以闻。及卒后,有上书谮之者,以为前所载还,皆明珠文犀。"○喻清白之身徒遭猜疑、诬陷。唐白居易《得微之到官后书因成四章》之三:"侏儒饱笑东方朔,薏苡谗忧马伏波。"另参见植物部·草本"明珠薏苡"、器用部·珍宝"薏苡明珠"。

【爨桐鸣】 参见文明部·礼乐"焦琴"。唐顾非熊《冬日寄蔡先辈校书京》:"惟君知我苦,何异爨桐鸣。"

2**【三字狱】** 《宋史·岳飞传》:岳飞被秦桧等诬陷下狱,"韩世忠不平,诣(秦)桧诘其实。桧曰:'飞子(岳)云与张宪书虽不明,其事体莫须有。'世忠曰:'莫须有三字,何以服天下?'"○喻无罪被冤成狱。清康有为《故四品卿衔军机章京参预新政候补知府谭君嗣同》:"竟无三字狱,遂以诛董承。"

【白马清流】 《旧五代史·梁书·李振传》:"天祐中,唐宰相柳璨希太祖旨,谮杀大臣裴枢、陆扆等七人于滑州白马驿。时(李)振自以咸通、乾符中尝应进士举,累上不第,尤愤愤,乃谓太祖曰:'此辈自谓清流,宜投于黄河,永为浊流。'"○指政治排挤或谗害。清钱谦益《吴门送福清公还闽》:"恩牛怨李谁家事,白马清流异代悲。"另参见地理部·水流"唐浊流"。

【周公惧流言】 参见政事部·贪佞"管蔡流言"。唐白居易《放言五首》之三:"周公恐惧流言日,王莽谦恭未篡时。”

【掩鼻计】　《战国策·楚策四》:“魏王遗楚王美人,楚王说之。夫人郑袖知王之说新人也,甚爱新人。衣服玩好,择其所喜而为之;宫室卧具,择其所善而为之。爱之甚於王。王曰:‘妇人所以事夫者,色也;而妒者,其情也。今郑袖知寡说之人新人也,其爱之甚于寡人,此孝子之所以事亲,忠臣之所以事君也。’郑袖知王以己为不妒也,因谓新人曰:‘王爱子美矣。虽然,恶子之鼻。子为见王,则必掩子鼻。’新人见王,因掩其鼻。王谓郑袖曰:‘夫新人见寡人,则掩其鼻,何也?’郑袖曰:‘妾知也。’王曰:‘虽恶必言之。’郑袖曰:‘其似恶闻君王之臭也。’王曰:‘悍哉!’令劓之,无使逆命。”○喻因嫉妒而谗害他人。唐韩偓《故都》:“掩鼻计成终不觉,冯驩无路敩鸣鸡。”另参见人体部·头面“掩鼻”、人物部·妇女“魏姝”。

【焚阬】　《史记·秦始皇本纪》:“丞相(李)斯昧死言:……臣请史官非秦记皆烧之。非博士官所职,天下敢有藏《诗》、《书》、百家语者,悉诣守、尉杂烧之。有敢偶语《诗》《书》者弃市。以古非今者族。吏见知不举者与同罪。令下三十日不烧,黥为城旦。所不去者,医药卜筮种树之书。若欲有学法令,以吏为师。制曰:‘可。’”又:侯生、卢生不愿为始皇求仙药,“于是乃亡去。始皇闻亡,乃大怒曰:‘……卢生等吾尊赐之甚厚,今乃诽谤我,以重吾不德也。诸生在咸阳者,吾使人廉问,或为訞言以乱黔首。’于是使御史悉案问诸生,诸生传相告引,乃自除犯禁者四百六十余人,皆阬(同坑)之咸阳。”○喻残毁文明。唐李商隐《赠送前刘五经映三十四韵》:“屋壁余无几,焚阬逮可伤。”另参见地理部·土石“秦灰”、地理部·土石“秦坑”、文明部·文具“诗书焚爇”。

【悲人彘】　参见人事部·谬误“人彘”。清赵翼《土城怀古》之二:“不闻宫掖悲人彘,肯使兵尘丧帝耙。”

3【长门泣】 参见文明部·文章“千金赋”。○喻失宠后的凄怨心情。南朝梁何逊《扬州法曹梅花盛开》:“朝洒长门泣,夕驻临邛杯。”

【空赋白头吟】 参见文明部·诗词“白头吟”。唐李绅《新楼诗二十首·城上蔷薇》:“风月寂寥思往事,暮春空赋白头吟。”

【绝弦】 参见文明部·礼乐“高山流水”。宋黄庭坚《次韵奉送公定》:“尘埃百年琴,绝弦为钟期。”

【班女怨】 汉班婕妤《怨歌行》并序:“昔汉成帝班婕妤失宠,供养于长信宫,乃作赋自伤,并为怨诗一首:‘新制齐纨素,鲜洁如霜雪,裁成合欢扇,团圆似明月。出入君怀袖,动摇微风发,常恐秋节至,凉风夺炎热,弃捐箧笥中,恩情中道绝。’”○指妇女因失宠而哀怨。唐窦牟《元日喜闻大礼寄上翰林四学士中书六舍人二十韵》:“忽思班女怨,遥听越人吟。”另参见器用部·日用“团扇”、文明部·诗词“纨扇词”、人物部·妇女“班姬”。

4【吞炭】 参见人物部·人杰“豫让”。明张煌言《羁恨二首》之二:“暂将吞炭恨,并作茹荼怜。”

【博浪飞椎】 《史记·留侯世家》:张良求客刺秦王,为韩报仇,“得力士,为铁椎重百二十斤。秦皇帝东游,良与客狙击秦皇帝博浪沙中,误中副车。秦皇帝大怒,大索天下,求贼甚急,为张良故也。良乃更名姓,亡匿下邳。”○喻报仇雪恨。清朱彝尊《彭城道中咏古二首》之二:“博浪飞椎后,圯桥进履车。”另参见地理部·土石“博浪沙”、武备部·兵器“博浪椎”。

【禽填海】 《山海经·北山经》:“发鸠之山,其上多柘木。有鸟焉,其状如乌,文首、白喙、赤足,名曰精卫,其鸣自詨。是炎帝之少女,名曰女娃。女娃游于东海,溺而不返,故为精卫。常衔西山之木石,以堙于东海。”○喻申冤报仇,或喻献身大业。唐杜甫《寄岳州贾六丈巴州严八使君两阁老》:"浪作禽填海,那将血射天。"另参见地理部·水流"精卫填海"、地理部·土石"衔石"、动物部·飞禽"精卫鸟"、人事部·志趣"填渤澥"。

【鞭尸】 《史记·伍子胥列传》:伍子胥之父兄为楚平王所害,他立誓要报仇,逃到吴国,帮助吴王阖庐攻破楚国的郢都。时楚平王已死,伍子胥"乃掘楚平王墓,出其尸,鞭之三百,然后已。"〇喻泄愤报仇。唐李白《酬裴侍御对雨感时见赠》:"鞭尸辱已及,堂上罗宿莽。"另参见人物部·将相"鞭平王"。

(十二)病死

1. 疾病 2. 死丧 3. 悼亡

1 **【耳虚闻蚁】** 《世说新语·纰漏》:"殷仲堪父病虚悸,闻床下蚁动,谓是牛斗。"〇指身体虚弱。宋苏轼《次韵乐著作野步》:"眼晕见花真是病,耳虚闻蚁定非聪。"另参见动物部·走兽"殷牛"、动物部·虫豸"床下蚁"。

【西子病】 参见人体部·其他"捧心"。唐司空图《村西杏花二首》之一:"东风狂不惜,西子病难医。"

【李贺得疾】 参见文明部·诗词"锦囊诗草"。〇喻苦心写作,呕心沥血。宋陈师道《和黄预病起》:"李贺固知当得疾,沈侯可更不胜衣。"

【伯牛灾】 《论语·雍也》:"伯牛有疾,子问之,自牖执其手,曰:'亡之,命矣夫!斯人也而有斯疾也!斯人也而有斯疾也!'"〇指不治之症。唐王维《哭褚司马》:"谁言老龙吉,未免伯牛灾。"

【沈郎】 参见人体部·肢体"瘦沈腰"。唐牟融《山中有怀李十二》:"客边秋兴悲张翰,病里春情笑沈郎。"

【穷是病】 参见人事部·贫贱"原宪贫"。宋苏轼《回先生过湖州东林沈氏》之一:"世俗何如穷是病,神仙可学道之余。"

【相如渴病】 《史记·司马相如列传》:“相如口吃而善著书。常有消渴疾。与卓氏婚,饶于财。其进仕宦,未尝肯与公卿国家之事,称病闲居,不慕官爵。”〇指渴饮或有疾病。唐唐彦谦《奏捷西蜀题沱江驿》:“锦江不识临邛酒,且免相如渴病归。”

【柳生肘】 《庄子·至乐》:“支离叔与滑介叔观于冥伯之丘,昆仑之虚,黄帝之所休。俄而柳生其左肘,其意蹶蹶然恶之。”郭庆藩《集释》引郭嵩焘曰:“柳、瘤字,一声之转。”〇指疾病或灾变。宋苏轼《记所见开元寺吴道子迎佛灭度以答子由题画文殊普贤》:“当时修道颇辛苦,柳生两肘乌巢肩。”另参见人体部·肢体“杨枝肘”、植物部·木本“柳生肘上”。

【秦痔】 《庄子·列御寇》:“秦王有病,召医,破痈溃痤者,得车一乘;舐痔者,得车五乘。所治愈下,得车愈多。”〇指阿谀谄媚、出卖人格而求取物质利益;或泛指痔疮。唐李商隐《自桂林奉使江陵途中感怀寄献尚书》:“尚怜秦痔苦,不遣楚醪沉。”另参见政事部·贪佞“吮痈”、人事部·行止“舐痔”。

【病入膏肓】 《左传·成公十年》:“(晋景)公疾病,求医于秦。秦伯使医缓为之。未至,公梦疾为二竖子,曰:‘彼良医也,惧伤我,焉逃之?’其一曰:‘居肓之上,膏之下,若我何!’医至,曰:‘疾不可为也。在肓之上,膏之下,攻之不可,达之不及,药不至焉,不可为也。’公曰:‘良医也。’厚为之礼而归之。”〇指不治之症,或喻事态已坏到不可收拾的地步。金王若虚《论诗》:“功夫费尽漫穷年,病入膏肓不可携。”另参见人体部·其他“疾在膏肓”、九流部·医术“膏肓”。

【病庄舄】 参见人事部·情感“庄舄思归”。宋苏轼《次韵定国见寄》:“越吟知听否,谁念病庄舄。”

【疾竖】 参见人事部·病死“病入膏肓”。宋陆游《秋晚幽居》:“吴中秋色气犹和,疾竖其如此老何。”

2**【九原可作】** 《国语·晋语》:“赵文子与叔向游于九原,曰:‘死者若可作也,吾谁与归?’叔向曰:‘其阳子乎!’”○喻死者再生。唐杜牧《长安杂题长句六首》之四:“九原可作吾谁与,师友琅玡邴曼容。”另参见地理部·土石“九原”、地理部·城建“九原”。

【天上召】 唐李商隐《李贺小传》:“长吉(李贺字)将死时,忽昼见一绯衣人,驾赤虬,持一板书若太古篆或霹雳石文者云:‘当召长吉。’长吉……一言:……贺不愿去。绯衣人笑曰:‘帝成白玉楼,立召君为记。天上差乐不苦也。’长吉独泣。边人尽见之。少之,长吉气绝。”○指才子英年早逝。宋欧阳修《吊黄学士三首》之二:“共疑天上召,更欲水边招。”另参见器用部·宫室“白玉楼”。

【见飞鹏】 参见人事部·情感“鹏鸟悲”。唐温庭筠《秘书刘尚书挽歌词二首》之一:“粉署见飞鹏,玉山猜卧龙。”

【化虫沙】 参见人物部·其他“虫沙猿鹤”。金元好问《石岭关书所见》:“已化虫沙休自叹,厌逢豺虎欲安逃。”

【凤归天】 参见九流部·神仙“乘鸾”。唐姚合《题梁国公主池亭》:“寂寞空馀歌舞地,玉箫惊起凤归天。”

【邓通死饥】 参见人事部·贫贱“邓通饿死”。唐杜牧《杜秋娘诗》:“苏武却生返,邓通终死饥。”

【玉棺仙令】 参见器用部·其他“玉棺”。清吴雯《自郏县至南阳五日山水风土不无感怀成诗九首》之二:“寥落孤城傍翠微,玉棺仙令去何归。”

【白鸡梦】 《晋书·谢安传》:“(谢安)因怅然谓所亲曰:‘昔桓温在时,吾常惧不全。忽梦乘温舆行十六里,见一白鸡而止。乘温舆者,代其位也;十六里,止今十六年矣;白鸡主酉,今太岁在酉,吾病殆不起乎!’”○指死亡。唐李白《东山吟》:“白鸡梦后三百岁,洒酒浇君同所欢。”另参见天文部·时令“白鸡年”、动物部·飞禽“白鸡”、人事部·睡梦“鸡梦”。

【白鹤归】 参见动物部·飞禽“辽东鹤”。○喻人去世。唐李德裕《遥伤茅山孙尊师三首》之三:“数日奇香在,何年白鹤归。”

【伍员死】 参见人体部·头面“伍员抉目”。唐刘商《姑苏怀古送秀才下第归江南》:“王道潜隳伍员死,可叹斗间瞻王气。”

【弃吴江】 参见地理部·水流“伍员潮”。唐李白《行路难三首》之三:“子胥既弃吴江上,屈原终投湘水滨。”

【鸡犬无还】 参见九流部·神仙“云中鸡犬”。唐邵谒《经安容先生旧居》:“云雨有归时,鸡犬无还日。”

【金谷堕楼】 《晋书·石崇传》:“崇有妓曰绿珠,美而艳,善吹笛。孙秀使人求之。”石崇不予,孙秀怒,遂矫诏收崇,“崇正宴于楼上,介士到门。崇谓绿珠曰:‘我今为尔得罪。’绿珠泣曰:‘当效死于官前。’因自投于楼下而死。”○指美人遇难。唐杜牧《题桃花夫人庙》:“至竟息亡缘底事,可怜金谷堕楼人。”另参见器用部·宫室“绿珠楼”、文明部·歌舞“绿珠歌”、人物部·妇女“绿珠”。

【星坼】 《晋书·张华传》:“初,(张)华所封壮武郡有桑化为柏,识者以为不祥。又华第舍及监省数有妖怪。少子韪以中台星坼,劝华逊位。华不从……遂害之于前殿马道南。”○用以悼亡。唐温庭筠《题丰安里王相林亭》:“星坼悲元老,云归送墨仙。”另参见天文部·天体“台星坼”。

【修文地下】 参见人物部·人杰“地下郎”。唐杜甫《哭李常侍峄》之一:“一代风流尽,修文地下深。”

【剑化】 参见武备部·兵器“丰城龙剑”。○喻人去世。唐韩愈《大行皇太后挽歌词三首》之二:“凤飞终不返,剑化会相从。”

【泰山颓】 《礼记·檀弓上》:“孔子蚤(早)作,负手曳杖,消摇(同“逍遥”)于门。歌曰:‘泰山其颓乎?梁木其坏乎？哲人其萎乎？'既歌而入，当户而坐。……（子贡）趋而入，夫子曰：'赐，尔来何迟也？夏后氏殡于东阶之上，则犹在阼（东阶）也；殷人殡于两楹之间，则与宾主夹之也；周人殡于西阶之上，则犹宾之也。而丘也，殷人也。予畴昔之夜，梦坐奠于两楹之间。夫明王不兴，而天下其孰能宗予，予殆将死也。'盖寝疾七日而没。"○喻指人去世。唐王湾《哭补阙亡友綦毋学士》："泣为洹水化，叹作泰山颓。"另参见地理部·土石"泰山毁"、器用部·宫室"奠楹"、人事部·睡梦"梦楹"。

【毙长途】　参见天文部·天体"夸父逐日"。○指劳累而死。唐僧鸾《苦热行》："饮流夸父毙长途，如见当中印王字。"

【得牛眠】　参见九流部·杂技"卜牛眠"。清赵翼《为伟儿得葬地感赋》之二："忽欣来蝶梦，恰报得牛眠。"

【惜余香】　三国魏曹操《遗令》："汝等时时登铜雀台，望吾西陵墓田。余香可分与诸夫人，不命祭。诸舍中（指众妾）无所为，可学作组履卖也。"○喻临死前对妻儿的思念。南朝梁沈约《八咏诗》："一朝卖玉碗，眷眷惜余香。"另参见地理部·城建"铜雀分香"、器用部·衣冠"卖西陵履"、器用部·日用"分香"。

【鼎湖龙去】　参见九流部·神仙"乘龙"。唐杜甫《骊山》："鼎湖龙去远，银海雁飞深。"

【蓼莪废】　《晋书·王裒传》："（王）裒少立操尚，行己以礼，身长八尺四寸，容貌绝异，音声清亮，辞气雅正，博学多能，痛父非命，未尝西向而坐，示不臣朝廷也。于是隐居教授，三征七辟皆不就。庐于墓侧，旦夕常至墓所拜跪，攀柏悲号，涕泪著树，树为之枯。母性畏雷，母没，每雷，辄到墓曰：'裒在此。'及读《诗》至'哀哀父母，生我劬劳'，未尝不三复流涕，门人受业者并废《蓼莪》之篇。"○指父母去逝。宋陆游《生日子聿作五字诗十首为寿追怀先亲泫然有作》："负米养亲无复日，蓼莪废讲岂胜悲。"另参见文明部·诗词"蓼莪诗"。

【裹尸】 参见人事部·志趣"裹尸还"。南朝梁何逊《见征人分别》："且当横行去，谁论裹尸入。"

3**【人琴两亡】** 《世说新语·伤逝》："王子猷(徽之)、子敬(献之)俱病笃，而子敬先亡。子猷问左右：'何以都不闻消息？此已丧矣。'语时了不悲，便索舆来奔丧，都不哭。子敬素好琴，便径入坐灵床上，取子敬琴弹，弦既不调，掷地云：'子敬子敬，人琴俱亡！'因恸绝良久，月余亦卒。"○指悼念亲友。唐陈子昂《同宋参军之问梦赵六赠卢陈二子之作》："人琴遂两亡，白云失处所。"另参见伦类部·亲眷"子敬"、器用部·礼乐"人琴"。

【广陵散】 参见文明部·礼乐"广陵散"。○喻哀悼怀才去世者。唐李白《忆崔郎中宗之游南阳遗吾孔子琴抚之潸然感旧》："谁传广陵散，但哭邙山骨。"

【少微空陨光】 南朝宋檀道鸾《续晋阳秋》："谢敷隐居会稽山。初，月犯少微星，一名处士星，时戴逵名重于敷，时人忧之。俄而敷死，故会稽士人嘲吴人云：'吴中高士，求死不得。'"○用作悼亡。唐李群玉《经费拾遗所居呈封员外》："云卧竟不起，少微空陨光。"另参见人物部·圣贤"少微星"。

【斗酒只鸡】 《后汉书·桥玄传》："初，曹操微时，人莫知者。尝往候玄，玄见而异焉，谓曰：'今天下将乱，安生民者其在君乎！'操常感其知己。及后经过玄墓，辄凄怆致祭。自为其文曰：'故太尉桥公，懿德高轨，泛爱博容。……又承从容约誓之言："徂没之后，路有径由，不以斗酒只鸡过相沃酹，车过三步，腹痛勿怨。"虽临时戏笑之言，非至亲之笃好，胡肯为此辞哉？怀旧惟顾，念之凄怆。奉命东征，屯次乡里，北望贵土，乃心陵墓。裁致薄奠，公其享之！'"○用以追悼亡友。金元好问《哭曹征君子玉二首》之二:“斗酒只鸡孤旧约,素车白马属何人。”另参见伦类部·师友“腹痛约”、人体部·肢体“腹痛”、器用部·饮食“桥玄酒”、器用部·车船“桥玄车”。

【生刍奠】 《后汉书·徐稚传》:“(郭)林宗有母忧,(徐)稚往吊之,置生刍一束于庐前而去。众怪,不知其故。林宗曰:‘此必南州高士徐孺子也。《诗》不云乎,“生刍一束,其人如玉。”吾无德以堪之。’”〇指祭奠死者称颂死者德行。宋杨万里《四十九祖母朱氏挽词》:“眼底生刍奠,身前泛柏舟。”另参见植物部·草本“生刍”。

【白马送】 参见动物部·走兽“白马来”。宋王安石《葛郎中挽词》:“白马有悲送,赤车非古行。”

【吊陶】 《世说新语·贤媛》引《陶侃别传》:“及侃丁母忧,在墓下,忽有二客来吊,不哭而退,仪服鲜异,知非常人。遣随视之,但见双鹤冲天而去。”〇指吊丧。唐李商隐《过姚孝子庐偶书》:“鱼因感姜出,鹤为吊陶来。”另参见动物部·飞禽“吊鹤”。

【杞妻恸哭】 参见人物部·妇女“杞梁妻”。唐李白《东海有勇妇》:“梁山感杞妻,恸哭为之倾。”

【青蝇吊】 《三国志·吴志·虞翻传》裴松之注引《翻别传》:“(虞)翻放弃南方,云:‘自恨疏节,骨体不媚,犯上获罪,当长没海隅,生无可与语,死以青蝇为吊客,使天下一人知己者,足以不恨。’”〇用以悼亡。清王士禛《望剑州怀乔文衣》:“太息青蝇吊,交州几岁还?”另参见动物部·虫豸“青蝇”。

【埋玉树】 参见器用部·珍宝“埋玉”。宋欧阳修《吊黄学士三首》之三:“空嗟埋玉树,斋志永沉沉。”

【徐稚吊】 参见伦类部·师友“裹鸡”。清赵翼《李雨村挽诗》:“万里难为徐稚吊,一编重检蜀州诗。”

【爱思荀奉倩】 参见人事部·情感“荀奉倩”。唐罗虬《比红儿诗》之十五:“因事爱思荀奉倩,一生闲坐枉伤神。”

【郭泰碑铭】　《后汉书·郭泰传》:"明年春,(郭泰)卒于家,时年四十二。四方之士千余人,皆来会葬。同志者乃共刻石立碑,蔡邕为其文,既而谓涿郡卢植曰:'吾为碑铭多矣,皆有惭德,唯郭有道无愧耳。'"○称颂人生前品行。唐罗隐《圌城偶作》:"自从郭泰碑铭后,只见黄金不见人。"另参见器用部·宫室"郭碑"、文明部·文章"有道铭"、人事部·谬误"蔡邕愧"。

【黄垆别】　参见器用部·宫室"黄公肆"。清袁枚《挽范莪亭孝廉》:"何图白首逢,遽作黄垆别。"

【悬剑】　参见伦类部·师友"挂剑"。唐骆宾王《夕次旧吴》:"悬剑空留信,亡珠尚识机。"

【嗟龚胜】　参见政事部·忠直"龚胜耻事新"。唐李白《自溧水道哭王炎三首》之一:"楚国一老人,来嗟龚胜亡。"

【醉后悲】　参见人事部·情感"咽羊昙"。唐司空曙《哭苗员外呈张参军》:"季子生前别,羊昙醉后悲。"

(十三)睡　梦

1. 睡眠　2. 做梦

1**【北窗眠】**　参见人事部·雅逸"羲皇人"。唐许浑《元处士自洛归宛陵山居见示詹事相公饯行之什因赠》:"月落尚留东阁醉,风高还忆北窗眠。"

【瓮间眠】　参见人事部·狂放"吏部眠"。唐李商隐《咏怀寄秘阁旧僚二十六韵》:"瓮间眠太率,床下隐何卑。"

【夜雨对床眠】　参见伦类部·亲眷"对床夜雨"。宋张孝祥《和如庵》:"厌听诸方三昧禅,却思夜雨对床眠。"

【昼眠】　参见文明部·学识"五经笥"。唐卢纶《秋幕中夜独坐迟明因陪陈翃郎中晨谒上公因书即事兼呈同院诸公》:"书此更何问,边韶唯昼眠。"

【骊龙睡】　参见动物部·鳞介"骊龙"。○喻睡觉,或喻因侥幸获得机遇。唐刘禹锡《奉和裴晋公凉风亭睡觉》:"骊龙睡后珠元在,仙鹤行时步又轻。”

【鼾睡他人】 宋岳珂《桯史·徐铉入聘》:“国(南唐)初三徐,名著江左,皆以博洽闻中朝,而骑省(徐)铉,又其白眉也。……其后王师征包茅于煜,骑省(徐铉)复将命请缓师,其言累数千言,上(宋太祖)谕之曰:‘不须多言,江南亦何罪?但天下一家,卧榻之侧,岂容他人鼾睡耶!’”○喻自己的利益被肆意侵犯。清黄遵宪《上黄鹤楼》:“鼾睡他人同卧榻,婆娑老子自登楼。”另参见器用部·日用“卧榻侧”。

[2]**【刀头梦】** 参见人事部·情感“刀环有约”。明张煌言《得家信有感二首》之一:“天涯亦有刀头梦,恰是巫山化石时。”

【三刀梦】 《晋书·王濬传》:“(王)濬夜梦悬三刀于卧屋梁上,须臾又益一刀,濬惊觉,意甚恶之。主簿李毅再拜贺曰:‘三刀为州字(古州字写作“刕”),又益一刀,明府其临益州乎!’……果迁濬为益州刺史。”○指升官。唐李德裕《题剑门》:“想是三刀梦,森然在眼然。”另参见武备部·兵器“三刀”、人物部·官吏“梦刀”。

【三宿梦】 参见人事部·情感“三宿恋”。清查慎行《初秋与恒斋住舟……》:“烟波三宿梦,犹自恋江舟。”

【生桑梦】 《益都耆旧传》:“(何祇)尝梦井中生桑,以问占梦赵直,直曰:‘桑非井中之物,会当移植;然桑字四十下八,君寿恐不过此。’祇笑言‘得此足矣。’……年四十八卒,如直所言。”“桑”又写作“桒”。○喻人将死。元陆友仁《哭季弟》:“不图十日后,竟应生桑梦。”

【兰兆】 参见植物部·花卉“国香”、人物部·妇女“梦兰”。唐骆宾王《艳情代郭氏答卢照邻》:“离前吉梦成兰兆,别后啼痕上竹生。”

【华胥梦】 《列子·黄帝》:黄帝即位十五年,“昼寝而梦,游于华胥之国。华胥之国在弇州之西,台州之北,不知斯齐国几千万里,盖非舟车足力之所及,神游而已。其国无帅长,自然而已。其民无嗜欲,自然而已。不知乐生,不知恶死,故无夭殇;不知亲己,不知疏物,故无爱憎;不知背逆,不知向顺,故无利害;都无所爱惜,都无所畏忌,入水不溺,入火不热。斫挞无伤痛,指擿无痟痒。乘空如履实,寝虚若处床,云雾不硋其视,雷霆不乱其听,美恶不滑其心,山谷不踬其步,神行而已。"〇指梦境、仙境。唐李商隐《思贤顿》:"不见华胥梦,空闻下蔡迷。"另参见九流部·神仙"华胥境"。

【江淹梦】 《南史·江淹传》:江淹,字文通。"尝宿于冶亭,梦一丈夫自称郭璞,谓淹曰:'吾有笔在卿处多年,可以见还。'淹乃探怀中得五色笔一以授之。尔后为诗绝无美句,时人谓之才尽。"〇指文采不凡。唐方干《再题路支使南亭》:"睡时分得江淹梦,五色毫端弄逸才。"另参见文明部·文具"江淹笔"、人事部·寿考"才尽"。

【吞鸟梦】 《晋书·罗含传》:"(罗含)少有志尚。尝昼卧,梦一鸟文彩异常,飞入口中,因惊起说之。(叔母)朱氏曰:'鸟有文彩,汝后必有文章。'自此后藻思日新。"〇喻文才出众。唐崔日知《冬日述怀奉呈兰台名贤》:"终期吞鸟梦,振翼上云烟。"另参见动物部·飞禽"吞彩凤"、文明部·学识"梦鸟"。

【鸡梦】 参见人事部·病死"白鸡梦"。宋王安石《游土山示蔡天启秘校》:"予衰极今岁,倘与鸡梦协。"

【罗浮梦】 参见植物部·木本"罗浮"。唐殷尧藩《友人山中梅花》:"好风吹醒罗浮梦,莫听空林翠羽声。"

【春梦】 参见人物部·妇女"春梦婆"。唐刘禹锡《春日书怀》:"眼前名利同春梦,醉里风情敌少年。"

【南柯一梦】 唐李公佐《南柯太守传》载:淳于棼酒醉而眠,梦中至槐安国,娶公主,封南柯太守,享尽荣华富贵,显赫一时。后因擅萝国进犯,淳于棼率师出征战败,公主亦死，遭国王疑忌，被遣归。醒后，在庭前槐树下掘得蚁穴，即梦中之槐安国。南柯郡为槐树南树下另一蚁穴。〇喻人生如梦。宋黄庭坚《戏答荆州王充道烹茶》之三："为公唤觉荆州梦，可待南柯一梦成。"另参见地理部·土石"梦蚁穴"、地理部·城建"南柯"、植物部·木本"槐国梦"、人物部·官吏"南柯太守"、人事部·富贵"梦封侯"。

【郢梦】　参见人事部·情感"朝云暮雨"。唐李群玉《送萧十二校书赴郢州婚姻》："马穿暮雨荆山远，人宿寒灯郢梦长。"

【钧天梦】　《史记·赵世家》："赵简子疾，五日不知人，大夫皆惧。医扁鹊视之，出，董安于(简子家臣)问。扁鹊曰：'血脉治也，而何怪！在昔秦缪公尝如此，七日而寤。……今主君之疾与之同。……'居二日半，简子寤。语大夫曰：'我之帝所甚乐，与百神游于钧天，广乐九奏万舞，不类三代之乐，其声动人心。'"〇咏梦境。宋杨亿《直夜》："负郭春耕废，钧天晓梦长。"另参见九流部·神仙"天钧"、文明部·礼乐"钧天"。

【黄粱梦】　唐沈既济《枕中记》载：卢生在邯郸客店遇道士吕翁，生自叹穷困，翁探囊中枕授之曰：枕此当令子荣适如意。时主人正蒸黄粱，卢生梦入枕中，享尽人间荣华富贵。及醒，黄粱尚未熟，怪曰："岂其梦寐耶？"翁笑曰："人世之事亦犹是矣。"〇指世事虚幻如梦。宋苏轼《被命南迁途中寄定武同僚》："只知紫绶三公贵，不觉黄粱一梦游。"另参见器用部·饮食"黄粱炊"、器用部·日用"邯郸枕"。

【梦非罴】　《六韬·文韬·文师》："(周)文王将田(同"畋")，史编布卜曰：'田于渭阳，将大得焉。非龙非彨(同"螭")，非虎非罴(熊的一种)，兆(占卜)得公侯，天遗汝师，以之佐昌，施及三王。'文王曰：'兆致是乎？'史编曰：'编之太祖史畴为禹占得皋陶，兆比于此。'文王乃斋三日,乘田车,驾田马,田于渭阳,卒见太公坐茅以渔。”与语大悦,“乃载与俱归,立为师。”○指国家求贤。唐李商隐《咏怀寄秘阁旧僚二十六韵》:“图形翻类狗,入梦肯非罴。”另参见动物部·走兽“渭川熊”、九流部·杂技“卜师”、人物部·将相“非熊”、政事部·议政“熊罴占梦”。

【梦周】《论语·述而》:“子曰:‘甚矣,吾衰也!久矣,吾不复梦见周公。’”○咏梦。晋刘琨《重赠卢堪》:“吾衰久矣夫,何其不梦周。”

【梦笔】　参见文明部·文具“生花笔”。唐钱起《送郭秀才赴举》:“新经梦笔夜,才比弃繻年。”

【梦高宗】　参见地理部·土石“傅野”。○指受到帝王的赏识。唐姚合《赠终南山傅山人》:“悲君还姓傅,独不梦高宗。”

【梦惠连】《南史·谢方明传》:“(谢方明)子惠连,年十岁能属文,族兄灵运嘉赏之,云:‘每有篇章,对惠连辄得佳语。’尝于永嘉西堂思诗,竟日不就,忽梦见惠连,即得‘池塘生春草’,大以为工。常云:‘此语有神功,非吾语也。’”○指创作诗文有神来之笔。唐李白《书情寄从弟邠州长史昭》:“昨梦见惠连,朝吟谢公诗。”另参见地理部·水流“春草池塘”、伦类部·亲眷“阿连”、植物部·草本“池塘春草”、文明部·诗词“池塘一句诗”。

【梦楹】　参见人事部·病死“泰山颓”。宋王巩《挽苏辙》之三:“静者宜膺寿,胡为忽梦楹。”

【得鹿梦】《列子·周穆王》:“郑人有薪于野者,遇骇鹿,御而击之,毙之。恐人见之也,遽而藏诸隍中,覆之以蕉,不胜其喜,俄而遗其所藏之处,遂以为梦焉。顺途而咏其事,傍人有闻者,用其言而取之。既归,告其室人曰:‘向薪者梦得鹿而不知其处;吾今得之,彼直真梦矣。’室人曰:‘若将是梦见薪者之得鹿邪?讵有薪者邪?今真得鹿,是若之梦真邪?’夫曰:‘吾据得鹿,何用知彼梦我梦邪?'薪者之归,不厌失鹿。其夜真梦藏之之处,又梦得之之主。爽旦,案所梦而寻得之。遂讼而争之,归之士师。士师曰:若初真得鹿,妄谓之梦;真梦得鹿,妄谓之实。彼真取若鹿,而与若争鹿,室人又谓梦仞人鹿。无人得鹿。今据有此鹿,请二分之。"○咏世事无常,如梦如幻。宋陆游《赠镜中隐者》:"得鹿梦回初了了,吠獒声恶尚狺狺。"另参见动物部·走兽"得鹿"、植物部·草本"鹿蕉"。

【蝶梦】 《庄子·齐物论》:"昔者庄周梦为胡蝶,栩栩然胡蝶也。自喻适志与,不知周也。俄然觉,则蘧蘧然周也。不知周之梦为胡蝶与?胡蝶之梦为周与?周与胡蝶,则必有分矣。此之谓物化。"○咏梦。唐骆宾王《同辛簿简仰酬思玄上人林泉四首》之二:"有蝶堪成梦,无羊可触藩。"另参见动物部·虫豸"庄蝶"。

(十四)其他

1. 事理 2. 杀人 3. 受辱 4. 失意 5. 辛劳 6. 危险 7. 怪事

1**【几两屐】** 参见器用部·衣冠"阮家屐"。宋苏轼《岐亭》之四:"人生几两屐,莫厌频来集。"

【汉机】 《庄子·天地》:"子贡南游于楚,反于晋。过汉阴,见一丈人,方将为圃畦,凿隧而入井,抱瓮而出灌,搰搰然。用力甚多,而见功寡。子贡曰:'有械于此,一日浸百畦,用力甚寡而见功多,夫子不欲乎?'为圃者卬而视之曰:'奈何?'曰:'凿木为机,后重前轻,挈水若抽,数如泆汤,其名为槔。为圃者忿然作色而笑曰:'吾闻之吾师,有机械者,必有机事,有机事者必有机心,机心存于胸中,则纯白不备,纯白不备则神生不定,神生不定者,道之所不载也。吾非不知,羞而不为也。'"○指有机心,想投机取巧。唐卢照邻《山林休日田家》:"耕田虞讼寝,凿井汉机忘。"另参见器用部·器皿"抱翁"、人事部·禀性"汉阴灌"。

【投璧负婴儿】 《庄子·山木》:"子桑雽曰:'子独不闻假人之亡与?林回弃千金之璧,负赤子而趋。或曰:"为其布与?赤子之布寡矣;为其累与?赤子之累多矣;弃千金之璧,负赤子而趋,何也?"林回曰:"彼以利合,此以天属也。"夫以利合者,迫穷祸患害相弃也;以天属者,迫穷祸患害相收也。'"〇喻重自然联系,轻身外之利。宋黄庭坚《次韵子瞻与尧舒文祷雪雾猪泉唱和》:"林回投璧负婴儿,岂闻烹儿翁不哭。"另参见伦类部·亲眷"投璧负婴"、器用部·珍宝"弃白璧"。

【忘机】 《列子·黄帝》:"海上之人有好沤鸟者,每旦之海上从沤鸟游,沤鸟之至者百往而不止。其父曰:'吾闻沤鸟皆从汝游,汝取来,吾玩之。'明日之海上,沤鸟舞而不下也。"〇喻思想纯朴,与人交往没有机心。唐李商隐《赠田叟》:"鸥鸟忘机翻浃洽,交亲得路昧平生。"另参见伦类部·师友"鸥伴侣"、动物部·飞禽"忘机鸥鸟"、人事部·雅逸"狎鸥"。

【茵溷】 《南史·范缜传》:"子良问曰:'君不信因果,何得富贵贫贱?'缜答曰:'人生如树花同发,随风而堕,自有拂帘幌坠于茵席之上,自有关篱墙落于粪溷之中。坠茵席者,殿下是也;落粪溷者,下官是也。贵贱虽复殊途,因果竟在何处?'"〇指各人人生遭际不同。清袁枚《落花》之八:"茵溷无心随上下,尹邢避面各西东。"另参见植物部·花卉"随风花"、器用部·其他"飘茵"。

【桑田变】 参见地理部·土石"桑田"。唐戴叔伦《湘中怀古》:"倏忽桑田变,谗言亦已空。"

【得马】 《淮南子·人间训》:"近塞上之人,有善术者,马无故亡而入胡。人皆吊之。其父曰:'此何遽不为福乎?'居数月,其马将胡骏马而归。人皆贺之。其父曰:'此何遽不为祸乎?'家富良马,其子好骑,堕而折其髀。人皆吊之。其父曰:'此何遽不为福乎?'居一年,胡人大入塞,丁壮者引弦而战，近塞之人，死者十九。此独以跛之故，父子相保。故福之为祸，祸之为福，化不可极，深不可测也。"〇指世事无常，祸福相因。唐元稹《哭子十首》之一："维鹈受刺因吾过，得马生灾念尔冤。"另参见动物部·走兽"塞马"、人物部·其他"失马翁"。

【得楚弓】　参见武备部·兵器"遗弓"。唐刘长卿《避地江东留别淮南使院诸公》："何辞向物开秦镜，却使他人得楚弓。"

【漂梗】　参见地理部·水流"梗泛"。唐杜甫《临邑舍弟书至苦雨黄河泛溢堤防之患簿领所忧因寄此诗用宽其意》："吾衰同泛梗，利涉想蟠桃。"

[2]**【探丸借客】**　《汉书·尹赏传》："长安中奸滑浸多，闾里少年群辈杀吏，受赇报仇，相与探丸为弹，得赤丸者斫武吏，得黑丸者斫文吏，白者主治丧。"〇咏游侠杀人。唐卢照邻《长安古意》："挟弹飞鹰杜陵北，探丸借客渭桥西。"另参见器用部·其他"黑白丸"、人物部·其他"探赤丸"。

【筑中置铅】　参见文明部·礼乐"渐离筑"。唐李白《结袜子》："燕南壮士吴门豪，筑中置铅鱼隐刀。"

【曾参杀人】　参见人事部·冤怨"谗言三及"、伦类部·亲眷"曾参杀人"。唐元稹《寄乐天二首》之一："唯应鲍叔犹怜我，自保曾参不杀人。"

[3]**【跨下羞】**　《史记·淮阴侯列传》："淮阴屠中少年有侮(韩)信者，曰：'若虽长大，好带刀剑，中情怯耳。'众辱之曰：'信能死，刺我；不能死，出我袴下。'于是信孰视之，俯出袴下，蒲伏。一市人皆笑信，以为怯。""袴"，或作"胯"或"跨"。〇指人在未出名时被人鄙视或侮辱。唐李群玉《献王中丞》："张仪会展平生舌，韩信那惭跨下羞。"另参见人体部·肢体"胯下"。

【灞陵夜猎】　《史记·李将军列传》：李广被贬为庶人，"家居数岁。广家与故颍阴侯孙屏野居蓝田南山中射猎。尝夜从一骑出,从人田间饮。还至霸陵亭,霸陵尉醉,呵止广。广骑曰:‘故李将军。’尉曰:‘今将军尚不得夜行,何乃故也!’止广宿亭下。”〇指旧有权位已失,受人欺侮。唐李商隐《少年》:“灞陵夜猎随田窦,不识寒郊自转蓬。”另参见人物部·将相“故将军”、人物部·官吏“醉尉”。

4【**未封侯**】　参见人物部·将相“李广不侯”。唐杜甫《将赴荆南寄别李荆州》:“但见文翁能化俗,焉知李广未封侯。”

【**惭邓禹**】　《南齐书·王融传》:“(王)融自恃人地,三十内望为公辅。直中书省,夜叹曰:‘邓禹笑人。’行逢大舫开,喧湫不得进。又叹曰:‘车前无八驺卒,何得称为丈夫!’”按东汉邓禹二十四岁封酂侯,王融则对自己三十而做中书郎不满。〇指年岁已大而功名不就。宋陆游《病后衰甚非篮舆不能出门感叹有赋》:“寂寂岂惟惭邓禹,厌厌更觉类曹蜍。”

【**悲王粲**】　参见人物部·人杰“王粲”。〇喻怀才不遇。唐卢照邻《西使兼送孟学士南游》:“零雨悲王粲,清尊别孔融。”

5【**乌衔肉**】　《汉书·黄霸传》:“尝欲有所司察,择长年廉吏遣行,属令周密。吏出,不敢舍邮亭,食于道旁,乌攫其肉。民有欲诣府口言事者适见之,(黄)霸与语道此。后日吏还谒霸,霸见迎劳之,曰:‘甚苦,食于道旁乃为乌所盗肉。’吏大惊,以霸具知其起居,所问毫氂不敢有所隐。”〇喻公差辛劳,或喻体察下情。宋苏轼《捕蝗至浮云岭山行疲苶有怀子由弟》之一:“无人可诉乌衔肉,忆弟难凭犬附书。”另参见动物部·飞禽“乌攫肉”。

6【**巢幕**】　《左传·襄公二十九年》:吴公子札出使各国,“自卫如晋,将宿于戚。闻钟声焉,曰:‘异哉!吾闻之也:“辩而不德,必加于戮。”夫子获罪于君以在此,惧犹不足,而又何乐?夫子之在此也,犹燕之巢于幕上。君又在殡,而可以乐乎?'"○喻情况危急。唐李商隐《咏怀寄秘阁旧僚二十六韵》:"乘轩宁见宠,巢幕更逢危。"另参见动物部·飞禽"巢幕燕"、器用部·日用"燕巢幕"。

7**【怪事咄咄】**　参见人事部·情感"咄咄怪事"。清舒位《得仲瞿山中诗却寄》之二:"草书最爱匆匆不,怪事无端咄咄才。"

拼音索引

（＊为出典源者）

F

N

O

P

Q

T

W

X

Z